KB100989

카이사르의 여자들
2

카이사르의 여자들

Caesar's Women

COLLEEN
McCULLOUGH

2

콜린
매컬로
지음

강선재 · 신봉아
이은주 · 홍정인
옮김

교유서가

MASTERS OF ROME

CAESAR'S WOMEN 2

CONTENTS

마르쿠스 툴리우스 키케로

4장

CHAPTER FOUR
1. Jan. ~ 5. Dec. 63 B.C.

기원전 63년
1월 1일부터
12월 5일까지

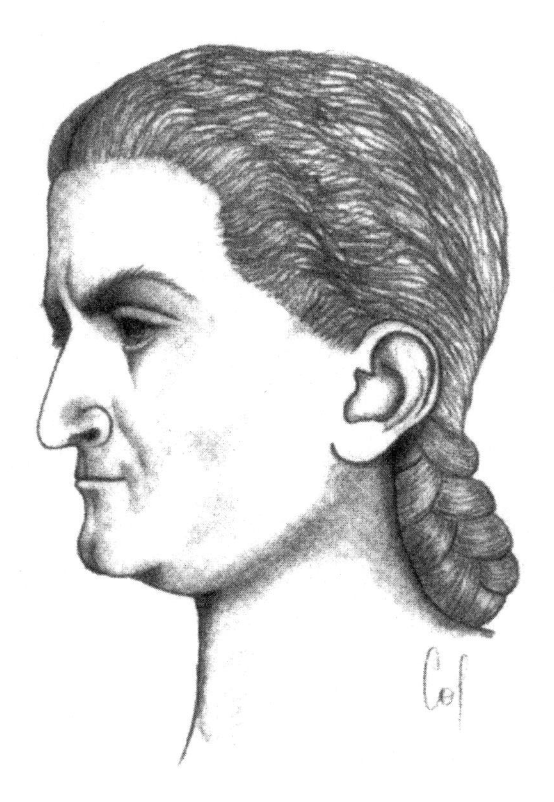

테렌티아

불운하게도 키케로가 집정관으로 취임한 때는 심각한 경제 불황이 한창이었다. 게다가 경제는 그의 전문분야가 아니었기에, 키케로는 상당히 우울한 분위기 속에서 임기를 맞이했다. 그가 꿈꾸던 집정관 직과는 거리가 먼 양상이 아닌가! 그는 임기를 마치고 나면 사람들이 자신을 두고 흔히 7년 전 폼페이우스와 크라수스의 집정관 재임 덕에 도래했다고들 하는 것과 같은 번영의 황금기를 로마에 안겨주었다고 평가하기를 원했다. 히브리다는 차석 집정관이기에 필연적으로 모든 공이 그에게 돌아올 터이고, 이는 곧 폼페이우스와 크라수스가 서로 그랬던 것과는 달리 그가 히브리다와 나쁜 사이로 끝날 필요가 없다는 뜻이었다.

로마의 경제 문제는 동방에서 비롯된 것이었다. 그 지역은 20년 넘게 로마인 사업가들의 접근이 제한되었다. 먼저 미트리다테스 왕이 그 땅을 정복했고, 이어서 술라가 왕의 통치권을 빼앗으면서 그곳에 훌륭한 재정 규정을 도입함으로써 로마의 기사 계층이 또다시 예전처럼 동방의 단물을 다 빨아먹지 못하게 막았다. 여기에 더해 공해상의 해적 문제 역시 마케도니아와 그리스의 동쪽에서 사업을 벌이려는 생각을 주저하게 만들었다. 그 결과, 세금을 징수하거나 돈을 빌려주거나 밀, 포도주, 양모 같은 상품을 거래하는 이들은 자금을 국내에 묶어두었다. 이러한 현상은 히스파니아에서 퀸투스 세르토리우스와의 전쟁이 발발하고 연이은 가뭄으로 수확이 줄면서 더욱 심해졌다. 지중해 양쪽 끝은 사업하기에 위험하거나 사업이 불가능한 지역이 되었다.

이들 요인의 작용으로 20년간 자본과 투자가 로마와 이탈리아에 집중되었다. 로마의 기사계급 사업가들에게 해외에서의 유혹적인 사업 기회는 전혀 보이지 않았고, 그에 따라 사업가들은 거금을 찾아 나설 필요가 거의 없었다. 대출 금리가 낮고 집세도 낮았으며, 물가상승률은 높아졌고 채권자들은 빚을 급히 회수할 마음이 없었다.

키케로의 불운은 전적으로 폼페이우스의 탓으로 돌려야 마땅했다. 먼저 폼페이우스 마그누스는 해적들을 소탕했고, 그런 뒤 미트리다테스 왕과 티그라네스 왕을 뒤쫓아 한때 로마의 상업권에 속했던 지역에서 몰아내었다. 그는 또한 루쿨루스가 존속시켜야 한다고 끈질기게 주장했음에도 불구하고 술라의 재정 규정을 폐지했다. 이것이야말로 기사들이 영향력을 행사해 루쿨루스를 몰아내고 그의 지휘권을 폼페이우스에게 내주게 된 유일한 동기였다. 어쨌든 그리하여 키케로와 히브리다가 취임할 무렵에는 말 그대로 무수한 사업 기회가 동방에서 열리고 있었다. 예전에는 아시아 속주와 킬리키아 속주 둘이었던 것이 이제 네 개의 속주가 되었다. 폼페이우스가 비티니아 · 폰토스와 시리아 속주를 제국에 새로 추가한 덕분이었다. 그는 로마에 근거를 둔 대규모 징세청부업체들에게 세금과 십분의일세, 공세를 징수할 권리를 줌으로써 기존의 두 속주와 같은 방식으로 새로운 속주들을 세웠다. 감찰관들이 내주는 민간 계약은 국가의 세금 징수 부담을 덜어주고 공무원의 급증을 막아주었다. 골치 아픈 일은 징세청부업자들에게 맡겨버리자! 국고위원회는 오로지 계약에 명시된 수익금만 받으면 그만이었다.

이러한 동방의 사업체들에 대한 지배권을 얻으려는 새로운 흐름에 따라, 로마와 이탈리아 밖으로 자본이 흘러나갔다. 그 결과 금리가 급등하고, 고리대금업자들은 갑자기 묵은 빚을 회수했으며, 신용경색이 일어났다. 도시에서는 집세가 치솟았으며 시골 농부들은 담보대출금을 상환하느라 돈에 쪼들렸다. 결국 곡물 가격까지—국가가 공급하는 곡물마저 예외가 아니었다—상승했다. 엄청난 거액이 로마에서 흘러나가고 있었으나, 정부에서는 아무도 그 상황을 통제할 방법을 몰랐다.

키케로는 기사 부호인 티투스 폼포니우스 아티쿠스(그는 너무 많은 영업 비밀을 키케로에게 알려줄 의향은 없었다) 같은 친구들로부터 이러한 자금 유출이 번 돈을 고향으로 보내는 유대계 체류 외국인들 탓이라는 정보를 들은 뒤, 유대인들이 고국에 돈을 보내는 것을 전면 금지하는 법안을 신속히 도입했다. 당연히 효과는 거의 없었다. 그러나 이밖에 달리 뭘 할 수 있을지, 수석 집정관은 도저히 알 수 없었다. 게다가 아티쿠스도 그에게 깨우쳐줄 생각이 없었다.

집정관 재임기를 분명히 인기가 없을 뿐 아니라 실속도 없는 고난의 여정이 되게 하는 것은 키케로의 천성에 맞지 않았다. 그래서 그는 자신이 잘하는 영역 내에서 적절하다고 여겨지는 문제로 관심을 돌렸다. 경제 상황은 시간이 지나면 저절로 해결될 것인 반면, 법에는 사람의 손길이 반드시 필요했다. 키케로가 취임했다는 건 곧 이번만큼은 로마가 법률을 제정하는 집정관을 얻었다는 뜻이었고, 그러니 그는 법률을 제정할 작정이었다.

가장 먼저 그는 4년 전에 집정관 가이우스 피소가 도입한, 집정관 투표에서 뇌물수수를 금하는 법에 달려들었다. 자신부터가 막대한 뇌물수수를 저질렀던 피소는 어쩔 수 없이 그에 반하는 법을 제정해야 했다. 어찌 보면 필연적이게도 피소가 통과시킨 법은 사방으로 줄줄 새는 허점이 가득했으나, 키케로가 최악의 구멍들을 대충 땜질하고 나니 그런대로 봐줄만한 모양새가 되기 시작했다.

그다음으로는 무엇에 손대야 할 것인가? 아! 아, 그렇지, 자기 속주에서 부당취득을 저질러놓고 부재중 선거로 집정관에 당선되는 방법으로 기소를 피해 갈 생각을 하는, 임기를 마치고 돌아오는 법무관급 총독들! 속주 총독으로 파견되는 법무관들은 집정관급 총독들보다 부당취득을 저지르는 경향이 더 컸다. 법무관급 총독은 여덟 명이고 집정관급 총독은 두 명에 불과했는데, 이는 곧 그들 대다수가 속주를 통치하면서 재산을 모을 기회는 법무관급 총독일 때밖에 없음을 알고 있다는 의미였다. 그렇지만 자기 속주를 거덜이 나도록 쥐어짠 후 귀국하는 법무관급 총독이 어떻게 부당취득죄로 기소되는 것을 피할 수 있을까? 그가 강력한 집정관 후보인 경우, 가장 좋은 방법은 부재중 후보로 집정관 선거에 출마할 수 있게 해달라고 원로원에 청원하는 것이었다. 임페리움을 보유한 사람은 기소할 수 없도록 되어 있었다. 귀국하는 법무관급 총독이 로마 시로 들어오는 신성경계선을 넘지 않았다면, 그는 속주를 다스릴 수 있도록 부여받은 임페리움을 그대로 유지하는 상태가 된다. 그러니 임페리움을 고스란히 지닌 채 도시 바로 외곽의 마르스 평원에 진을 치고 앉아, 부재중 후보로 집정관 선거에 출마하게 해달라고 원로원에 요청하여 마르스 평원에서부터 선거유세를 벌이게 되고, 그렇게 하다 운좋게 집정관으로 당선되면 곧장 새로운 임페리움을 얻게 되는 것이다. 이 같은 책략은 곧 그가 2년 더 기소를 피하게 됐다는 뜻이고, 막상 그때가 오면 원래 분노에 차서 그를 기소할 작정이었던 속주 주민들도 이미 포기하고 집으로 돌아간 뒤일 터였다. 음, 이런 작태는 당장 중단되어야 한다! 키케로는 원로원과 민회에서 이렇게 외쳤다. 그리하여 그는 차석 집정관 히브리다와 함께, 귀국하는 법무관급 총독의 집정관 선거 부재중 출마를 금지하는 법안을 제출했다. 로마 안으로 들어와 기소 여부를 운에 맡겨야 한다! 이것이 그 법안의 취지였다. 그리고 원로원과 인민이 이를 훌륭하다고 판단함에 따라 신규 법안은 그대로 통과되었다.

그럼 이제 또 무엇을 할 수 있을까? 키케로는 이것저것 생각해보았다. 모두 그의 명성을 높여줄 유용하고 자잘한 법안들이었다. 하지만 아아, 확고한 명성을 안겨주진 못할 것들이었다. 법률 권위자가 아닌 집정관으로서의 명성. 키케로에게 필요한 건 위기였다. 경제 위기가 아닌 다른 어떤 위기.

추첨을 통해 7월에 열릴 선거들을 관장할 책임을 맡았을 때조차도, 키케로는 그렇게 간절히 바라던 위기가 자신의 수석 집정관 임기 후반에 와주리라는 생각은 전혀 해보지 못했다. 이 선거들이 있기 얼마 전, 혼자만의 시간을 아내가 방해한 사건이 몰고 올 여파에 대해서도 처음에는 제대로 인식하지 못했다.

테렌티아는 평소 습관대로 격식도 차리지 않고 그의 서재에 불쑥 쳐들어왔다. 그가 경건하게 생각을 정리하고 있는 것은 아랑곳하지 않았다.

"키케로, 지금 하고 있는 게 뭐든 당장 관둬요!" 그녀는 바락 고함을 쳤다.

그는 즉시 펜을 내려놓았다. 생각을 방해받은 데 대한 짜증을 드러내는 어리석은 짓은 하지 않고 고개를 들어 아내를 쳐다보았다. "그래요, 여보, 무슨 일이오?" 그가 부드러운 어조로 물었다.

테렌티아는 심각한 얼굴로 피호민용 의자에 털썩 앉았다. 그러나 그녀는 원래 늘 심각한 얼굴이었으므로, 지금 짓는 심각한 표정의 원인이 무엇인지 키케로는 전혀 감이 잡히지 않았다. 그저 자기 때문은 아니기를 간절히 빌 뿐이었다.

"오늘 아침에 날 찾아온 손님이 있었어요." 그녀가 말했다.

하마터면 손님이 와서 좋았냐는 말이 입 밖으로 나올 뻔했지만, 그는 용케도 평소 제멋대로인 혀를 얌전히 묶어두고 침묵을 지켰다. 그의 혀를 찍소리 못하게 제압할 힘을 가진 사람이 달리 아무도 없을지 몰라도, 테렌티아는 확실히 그런 힘을 가지고 있었다. 그랬기에 그는 그저 관심이 있는 척하면서 아내가 마저 얘기하기를 기다렸다.

"손님 말이에요." 그녀는 같은 말을 되풀이했다. 그런 뒤 콧방귀를 뀌었다. "분명히 말하는데, 나와 가까운 사람이 아니었다고요, 여보! 풀비아였어요."

"푸블리우스 클로디우스의 부인 말이오?" 그가 깜짝 놀라며 물었다.

"아뇨, 아니에요! 풀비아 노빌리오리스였어요."

이 설명에도 그의 놀라움은 줄지 않았다. 아내가 말한 풀비아는 정말로 떳떳지 못한 인물이었기 때문이다. 훌륭한 가문에서 태어났지만 불명예스럽게 이혼하고 수입도 없었으며, 지금은 7년 전 포플리콜라와 렌툴루스 클로디아누스의 그 유명한 숙청 때 원로원에서 퇴출된 퀸투스 쿠리우스와 연인 사이였다. 테렌티아가 맞이하기에는 너무나 부적절한 손님이 아닌가! 테렌티아는 뚱한 성품 못지않게 엄정하기로도 유명했으니.

"이런 세상에! 대체 그 여자가 뭘 원한 거요?"

"실은 그 여자가 꽤나 마음에 들었어요." 테렌티아는 생각에 잠긴 채 대꾸했다. "사내들의 기구한 희생양, 그 이상도 이하도 아니에요."

이 말에 어찌 대답해야 좋단 말인가? 키케로는 불분명한 툴툴거림 정도로 절충을 봤다.

"나를 찾아온 건, 그것이 여인네가 당신같이 저명한 유부남과 얘기하고 싶을 때 택해야 할 올바른 절차이기 때문이죠."

게다가 당신과 결혼한 사내일 때겠지, 하고 키케로는 마음속으로 덧붙였다.

"당연히 당신이 직접 그 여자를 만나고 싶겠지만, 먼저 그 여자가 내게 준 정보를 알려줄게요." 흘낏 던진 시선만으로도 키케로를 돌로 만들 수 있는 그의 아내가 말했다. "그 여자의, 그러니까 그 여자의 보호자라는 쿠리우스가 최근 들어 정말 이상한 행동을 보이고 있다나봐요. 그 사람은 원로원에서 축출된 뒤로 재정 상황이 너무나 곤란해져서, 공직 생활을 재개하기 위해 호민관 선거에 출마할 수도 없을 정도래요. 그런데 어느 날부터 갑자기 자기가 큰 재물과 높은 자리를 얻게 될 거라는 허황한 얘기를 하기 시작했대요. 이건," 테렌티아는 불길한 목소리로 말을 이었다. "카틸리나와 루키우스 카시우스가 내년에 집정관이 될 거라는 확신에서 나온 얘기인 것 같아요."

"그러니까 카틸리나가 그쪽으로 움직이려는 거군, 안 그렇소? 루키우스 카시우스 같은 살찌고 아둔한 멍청이와 함께 집정관이 되는 것." 키케로가 말했다.

"내일 당신이 선거 사무소를 열면 그 두 사람 다 입후보 선언을 할 거예요."

"아주 좋소, 여보, 하지만 어떻게 카틸리나와 루키우스 카시우스가 나란히 집정관이 된다고 해서 쿠리우스가 갑자기 재물과 명성을 얻을 수 있는 건지 이해가 안 되는군요."

"쿠리우스는 전면적인 부채 탕감에 대해 떠들고 있어요."

키케로의 입이 떡 벌어졌다. "그렇게 멍청한 짓을 할 리가!"

"왜 안 되겠어요?" 테렌티아가 물었다. 그녀는 사안을 냉정히 바라보고 있었다. "생각을 해봐요, 키케로! 카틸리나는 금년에 당선되지 못하면 더이상 기회가 없다는 걸 알고 있어요. 지금 상황으로는, 출마할 생각을 하고 있는 사람들이 실제로 모두 출마한다면 대단한 격전이 벌어질 것으로 보여요. 실라누스는 건강이 많이 호전돼서 확실히 출마할 거라고 세르빌리아가 그러더군요. 무레나는 여러 영향력 있는 자들의 지지를 받고 있고, 파비아 말로는 리키니아를 통해 베스타 신녀 쪽과의 연줄을 최대한으로 이용하고 있대요. 또 당신 친구인 세르비우스 술피키우스 루푸스도 있죠. 그는 상하급 기사들 사이에서 두루 평판이 좋으니 1계급에서 높은 득표수를 보일 거예요. 이렇게 실라누스, 무레나, 술피키우스처럼 확실히 뛰어난 인물들을 상대로, 카틸리나와 루키우스 카시우스 같은 동반 출마자가 무엇을 내놓을 수 있겠어요? 집정관 둘 중에 한 명만 파트리키일 수 있으니까, 결국 파트리키에게 던지는 표는 카틸리나와 술피키우스 둘로 나뉠 거예요. 만약 내가 투표권이 있다면 난 카틸리나보다 술피키우스를 선택할 거예요."

얼굴을 찌푸리고 있던 키케로는 순간 아내를 무서워하던 걸 잊고 포룸 로마눔의 동료에게 하듯이 그녀에게 말했다. "그러니까 카틸리나의 선거 공약이 전면적인 부채 탕감이다, 당신이 말하는 게 이건가?"

"아뇨, 풀비아가 말한 거예요."

"당장 그 여자를 만나야겠소!" 그는 이렇게 외치며 자리에서 일어났다.

"내게 맡겨둬요, 내가 사람을 보내서 부를게요." 테렌티아가 말했다.

당연히 이 말은 그가 풀비아 노빌리오리스와 단둘이 얘기하게 둘 수 없다는 뜻이었다. 테렌티아는 그 자리에서 오가는 모든 말을—그리고 모든 표정을—주시할 작정이었다.

문제는 풀비아 노빌리오리스가 이미 테렌티아가 그에게 전해준 것 외에 별다른 정보는 주지 않고 감정이 격앙된 상태로 자기 이야기만 산만하게 늘어놓았다는 것이었다. 쿠리우스는 옴짝달싹 못하도록 빚더미에 깔려 있으면서 도박이나 해대고 술이나 퍼마신다고 했다. 또한 틈만 나면 카틸리나와 루키우스 카시우스를 비롯한 그 패거리와 밀담을 나누는데, 이런 모임을 갖고 집에 돌아올 때면 자기 애인에게 앞으로 온갖 호강을 다 시켜주겠다며 큰소리친다고 했다.

"왜 내게 이런 얘기를 하는 겁니까, 풀비아?" 키케로가 물었다. 그는 그녀가 보이는 모습만큼이나 당혹스러운 기분이었다. 이 여자가 왜 이리 두려워하는지 당최 이해할 수가 없었기 때문이다. 전면적인 부채 탕감이 난처한 소식인 건 맞지만…….

"수석 집정관이시잖아요!" 가슴을 치면서 눈물을 흘리던 그녀가 훌쩍이며 말했다. "누군가에겐 말해야 했으니까요!"

"풀비아, 문제는 당신이 내게 카틸리나가 전면적인 부채 탕감을 계획하고 있다는 증거를 단 하나도 주지 않았다는 겁니다. 나는 구체적인 글이나 믿을 만한 증인이 필요합니다! 부인이 준 것이라고는 이야기뿐인데, 어떤 여인이 들려준 이야기보다 좀더 확실한 물증 없이 원로원에

갈 수는 없어요."

"하지만 이건 잘못된 일이잖아요, 아닌가요?" 여자가 눈물을 훔치며 물었다.

"네, 아주 잘못되었지요. 그리고 이렇게 나를 찾아온 건 대단히 잘하신 겁니다. 하지만 나는 증거가 필요해요." 키케로가 대답했다.

"제가 드릴 수 있는 건 몇몇 이름뿐이에요."

"그럼 말씀해보세요."

"술라의 백인대장이었던 두 사람, 가이우스 만리우스와 푸블리우스 푸리우스요. 그들은 에트루리아에 땅을 가지고 있어요. 그런데 이들이 투표를 하러 로마에 올 예정인 사람들에게, 카틸리나와 카시우스가 집정관이 되면 빚이 완전히 없어질 거라고 말하고 다녀요."

"그러면 풀비아, 술라의 군단에서 백인대장을 지냈던 두 사람과 카틸리나, 카시우스를 어떻게 연관 지어야 되겠습니까?"

"저도 몰라요!"

한숨을 쉬며 키케로는 자리에서 일어났다. "음, 풀비아, 이렇게 날 찾아와줘서 진심으로 고맙게 생각합니다." 그가 말했다. "정확히 무슨 일이 벌어지고 있는 건지 계속 알아내려고 애써보세요. 선거 때 마르스 평원에 수상한 냄새가 엄습할 거라는 물증을 찾아내면 그 즉시 내게 알리시고요." 그는 순수한 호의로 비치길 바라며 풀비아에게 미소를 지어보였다. "앞으로도 아내를 통해 연락하세요. 아내가 내게 계속 알려줄 테니까요."

테렌티아가 손님을 안내하여 데리고 나간 뒤, 키케로는 다시 자리에 앉아 곰곰이 생각에 잠겼다. 그에게 이런 사치가 그리 길게 허락되지는 않았지만. 잠시 뒤 테렌티아가 부산스럽게 들어왔다.

"어떻게 생각해요?" 그녀가 물었다.

"나도 알았으면 좋겠어요, 여보."

"흐음." 그녀는 열성적인 태도로 몸을 앞으로 기울였다. 남편에게 정치적인 조언을 해주는 것만큼 그녀가 좋아하는 일도 없었기 때문이다. "내 생각을 말해볼게요! 내 생각으론 카틸리나가 혁명을 꾀하고 있는 것 같아요."

키케로는 입을 딱 벌렸다. "혁명을?" 그의 목소리가 갈라졌다.

"그래요, 혁명."

"테렌티아, 전면적인 부채 탕감을 주축으로 하는 선거 전략과 혁명은 전혀 다른 얘기요!" 그가 이의를 제기했다.

"아뇨, 그렇지 않아요, 키케로. 합법적으로 선출된 집정관들이 어떻게 전면적인 부채 탕감처럼 혁명적인 조치에 착수할 수 있단 말이에요? 그게 국가를 전복시키는 자들이 쓰는 술책인 건 당신도 잘 알잖아요. 사투르니누스, 세르토리우스 같은. 그건 독재관들과 기병대장들을 의미해요. 어떻게 합법적으로 선출된 집정관들이 그런 정책을 법제화하길 바랄 수가 있어요? 설령 그들이 그 법안을 트리부스회에 내놓는다 하더라도, 공식 선포는 고사하고 집회에서부터 최소한 호민관 한 사람은 거부권을 행사할 거예요. 그런데 전면적인 부채 탕감에 찬성하는 자들이 이런 걸 다 모를 것 같아요? 당연히 잘 알죠! 이런 정책을 옹호하는 집정관들에게 표를 던지려는 이들은 스스로를 혁명가의 색깔로 칠하고 있는 거라고요."

"그 색은," 키케로가 무겁게 말했다. "빨강이지. 피의 색. 아, 테렌티아, 내 집정관 임기중에는 안 되오!"

"반드시 카틸리나의 출마를 막아야 해요." 테렌티아가 말했다.

"증거 없이는 그리할 수 없어요."

"그럼 증거를 찾아야죠." 그녀는 일어나 문 쪽으로 향했다. "또 알아요? 풀비아와 내가 우리끼리 퀸투스 쿠리우스가 증언하도록 설득해낼지도 모르죠."

"그래 주면 도움이 되겠소." 키케로가 다소 냉랭하게 대꾸했다.

씨앗은 뿌려졌다. 카틸리나는 혁명을 도모하고 있다. 아니, 도모하고 있어야 한다. 다음 몇 달간 있을 일들이 이를 입증해주는 듯 보이기는 했지만, 키케로는 과연 루키우스 세르기우스 카틸리나가 혁명이라는 구상을 그 운명적인 선거 이전에 떠올렸는지 이후에 떠올렸는지 결코 확실히 알 수는 없게 될 터였다.

씨앗이 뿌려졌으니, 수석 집정관은 가능한 한 모든 정보를 캐내는 일에 착수했다. 그는 에트루리아에 정보원들을 보냈고, 전통적으로 또 다른 혁명의 중심지인 아풀리아의 삼니움족 지역에도 정보원들을 보냈다. 아니나 다를까, 정보원들 모두 카틸리나와 루키우스 카시우스가 집정관으로 당선되면 전면적인 부채 탕감을 실시할 거라는 소문이 실제로 유포되고 있다고 알려왔다. 무기 비축이나 은밀한 병력 모집같이 혁명을 가리키는 좀더 확실한 물증은 드러난 바가 없었다. 그래도 시도해볼 만은 하다고 키케로는 속으로 생각했다.

집정관과 법무관을 선출하는 고등 정무관 선거는 7월 10일에 열릴 예정이었다. 전날인 9일, 키케로는 즉결로 선거를 11일까지 연기하고 10일에 원로원 회의를 소집했다.

물론 원로원 의원들의 참석률은 굉장했다. 호기심이 동한 상태에서, 병환으로 몸을 가누지 못하거나 로마에 없는 사람을 제외한 모두가 일찌감치 도착했다. 그 덕분에, 크게 존경받는 카토가 정말로 회의 전에 두루마리 한 보따리를 발치에 쌓아놓고 하나는 펼쳐서 양손으로 든 채 자리에 앉아 천천히 집중하여 읽고 있는 모습을 모두가 직접 목격할 수 있었다.

"원로원 의원 여러분," 의식이 끝나고 나머지 형식적인 절차까지 마무리된 뒤 수석 집정관이 입을 열었다. "선거가 열리는 가설투표소가 아닌 이 자리에 여러분이 오시도록 한 것은, 수수께끼를 풀 수 있게 도움을 청하기 위해서입니다. 이로 인해 불편을 겪은 분들께 사과드리며, 오늘 회의 후 내일 무사히 선거를 진행할 수 있기를 바랄 뿐입니다."

참석자들이 설명을 듣고 싶어 안달한다는 것은 척 봐도 자명했지만, 키케로는 이번만큼은 청중의 호기심을 가지고 장난칠 기분이 아니었다. 그가 하고자 한 일은 이 문제에 대해 알리고, 카틸리나와 루키우스 카시우스에게 이제 모두가 알게 되었으니 그들의 계략이 소용없어졌음을 깨닫게 하고, 카틸리나가 뜻하는 계획이 있다면 미연에 그 싹을 없애는 것이었다. 테렌티아가 예견한 혁명이라는 것에, 포도주병을 너무 많이 비우면서 늘어놓은 실없는 소리나 법을 준수하는 집정관들보다는 혁명과 더 자주 연결되기 마련인 몇몇 경제 조치 이상의 무언가가 있으리라고는 단 한 순간도 진지하게 생각해보지 않았다. 마리우스와 킨나, 카르보, 술라, 세르토리우스, 레피두스를 겪었으니 제아무리 카틸리나라 해도 공화국이 그리 쉽게 무너지지 않는다는 것을 분명 배웠을 터였다. 물론 그는 악인이고, 그건 누구나 아는 사실이었다. 하지만 집정관으로 선출되기 전까지는 아직 아무런 공직도 없으니 임페리움도, 이미 주어진 군대도 없었으며, 마리우스나 레피두스가 그랬던 것처럼 에트루리아에 엄청나게 많은 피호민을 둔 것도 아니었다. 그러므로 지금 필요한 조치는 카틸리나가 정신이 번쩍 들도록 겁을 주는 것이었다.

누구도, 어느 한 사람도 지금 무슨 일이 일어나려는 건지 짐작도 못하는구나. 수석 집정관은 회의장 양쪽으로 늘어선 좌석들을 천천히 훑어보며 속으로 이렇게 생각했다. 크라수스는 무표정하게 앉아 있었고, 카툴루스는 조금 늙어 보였으며, 그의 처남 호르텐시우스는 어쩐지 폭삭 늙은 모습이었고, 카토는 공격적인 개처럼 언제든 싸울 기세였다. 카이사르는 딱 봐도 확실히 줄고 있는 머리칼이 두피를 잘 덮도록 정수리 부분을 매만지고 있었고, 무레나는 선거가 연기되어 짜증이 난 게 분명했으며, 실라누스는 그의 선거운동원들이 주장한 것처럼 건강하고 팔팔한 상태가 아니었다. 그리고 끝으로 전직 집정관들 사이에 위대한 루키우스 리키니우스 루쿨루스, 개선장군이 앉아 있었다. 키케로와 카툴루스, 호르텐시우스가 열띤 웅변을 토하며 루쿨루스에게 개선식을 허락해줘야 한다고 원로원을 설득했고, 그 덕분에 진정한 동방의 정복자가 이제 자유롭게 신성경계선을 넘어와 원로원과 민회에서 정당한 자리를 차지할 수 있게 된 것이었다.

"루키우스 세르기우스 카틸리나," 키케로가 고관석 단상에서 말했다. "자리에서 일어나주시면 고맙겠습니다."

처음에 키케로는 루키우스 카시우스에 대해서도 혐의를 제기할 생각이었지만, 고심 끝에 카틸리나에게만 초점을 맞추는 편이 낫겠다고 판단했다. 지금 서 있는 그는 어리둥절해하며 걱정스러운 기색이었다. 얼마나 잘생긴 사내인가! 키가 크고 멋진 몸매에, 어느 모로 보나 훌륭한 파트리키 귀족의 모습이었다. 키케로가 그들을 얼마나 혐오했던가. 카틸리나, 카이사르 혈통들! 내 혈통도 부끄럽지 않을 만큼 훌륭하건만 대체 왜 문제를 삼는 것인가? 왜 저들은 나를 로마인의 몸에 난 치명적인 종양으로 치부한단 말인가?

"말씀대로 일어났습니다만, 마르쿠스 툴리우스 키케로." 카틸리나가 점잖게 말했다.

"루키우스 세르기우스 카틸리나, 가이우스 만리우스와 푸블리우스 푸리우스라는 자들을 아십니까?"

"그런 이름의 피호민이 둘 있습니다."

"현재 그들이 어디에 있는지 아십니까?"

"로마에 있어야겠지요! 지금쯤 마르스 평원에서 내게 표를 던지고 있어야 했으니 말입니다. 그런데 그러질 못하니 어디 선술집에 앉아 있을 것 같군요."

"최근에 그들의 소재는 어디였습니까?"

카틸리나는 검은 양쪽 눈썹을 추켜세웠다. "마르쿠스 툴리우스, 나는 피호민들더러 일거수일투족을 보고하라고 하지 않습니다! 당신이 별 볼 일 없다는 건 잘 알지만, 피호민과 보호자 관계에서의 관례도 모를 정도로 피호민이 없단 말입니까?"

키케로는 얼굴이 벌게졌다. "만리우스와 푸리우스가 최근에 파이술라이, 볼라테라이, 클루시움, 사투르니아, 라리눔, 베누시아에서 목격되었다는 사실을 알면 놀라시겠습니까?"

카틸리나의 눈이 깜박였다. "그 말에 왜 놀라겠습니까, 마르쿠스 툴리우스? 두 사람 다 에트루리아에 땅이 있고, 푸리우스는 아풀리아에도 땅이 있는데요."

"그러면 만리우스와 푸리우스가 백인조회 선거에서 유효 투표권이 있을 만한 사람들을 만나기만 하면, 당신과 당신이 지정한 동료 루키우스 카시우스가 집정관으로 취임하는 즉시 전면적으로 부채를 탕감해 주는 내용의 법률을 제정할 작정이라고 말하고 다닌다는 사실에는 놀라시겠습니까?"

이 말에 깜짝 놀란 웃음이 터져나왔다. 잠시 뒤 냉정을 되찾은 카틸리나는 마치 키케로가 돌연 미치기라도 했다는 듯이 그를 빤히 쳐다보았다. "그건 정말로 놀랍군요!"

키케로가 전면적인 부채 탕감이라는 무시무시한 구절을 내뱉는 순간부터 동요하기 시작한 원로원 의원들은 이제 귀에 들릴 정도로 웅성거리고 있었다. 물론 참석자들 중에는 대금업자들이 전액 상환을 계속 요구하고 있어 이처럼 극단적인 조치가 절실한 사람도 있었지만(신임 최고신관 카이사르도 그중 하나였다), 전면적인 부채 탕감이 수반할 무시무시한 경제적 파급효과를 모르는 사람은 거의 없었다. 본인들부터도 끊임없이 현금유동성 문제를 겪고 있음에도 불구하고, 원로원 구성원들은 금융 구조를 비롯해 종류를 불문하고 근본적인 개혁 앞에서만은 본질적으로 보수적인 동물이었다. 게다가 재정적으로 궁핍한 의원들도 있었지만, 부채를 전면적으로 탕감하게 되면 얻는 것보다 잃는 게 훨씬 많을 의원들이 그보다 세 배쯤 많았다. 크라수스, 루쿨루스, 오늘 불참한 폼페이우스 마그누스 같은 이들이었다. 따라서 카이사르와 크라수스 둘 다 목줄이 매인 사냥개들처럼 몸을 바짝 앞으로 내밀고 있는 것도 놀라운 일은 아니었다.

"나는 에트루리아와 아풀리아에 대해 철저한 조사를 진행해왔습니다, 루키우스 세르기우스 카틸리나." 키케로가 말했다. "그리고 이러한 소문이 사실인 것으로 판단된다는 말씀을 드리게 되어 비통한 심경입니다. 나는 당신이 정말로 부채를 탕감할 의향이라고 생각합니다."

카틸리나의 반응은 웃고, 웃고, 또 웃는 것이었다. 그는 얼굴에 눈물을 흘렸고, 배를 움켜쥐었으며, 웃음을 참아보려고 용감하게 시도했다가 몇 번이나 실패하고 말았다. 멀지 않은 자리에 앉아 있던 루키우스 카시우스는 그와 달리 얼굴이 벌게지며 분개하는 반응을 보였다.

"헛소리!" 겨우 진정이 되자 카틸리나가 외쳤다. 자제력을 잃은 상태라 손수건을 찾을 수 없었으므로, 그는 토가 주름으로 얼굴을 훔쳤다. "헛소리, 헛소리, 헛소리요!"

"그러한 취지로 서약을 하시겠습니까?" 키케로가 물었다.

"아니, 하지 않겠소!" 카틸리나는 자세를 바로 하며 쏘아붙였다. "세르기우스 가문의 파트리키인 내가 아르피눔 출신 이주민의 근거 없고 악의적인 헛소리에 서약을 하라고? 대체 당신 따위가 뭐라고 생각하는 거요, 키케로?"

"나는 로마 원로원과 인민의 수석 집정관입니다." 키케로는 괴로움 속에 위엄을 갖추어 말했다. "기억하는지 모르겠지만, 작년 고등 정무관 선거에서 당신을 이긴 사람이지요! 그리고 수석 집정관인 나는 이 나라의 우두머리입니다."

또다시 폭소가 터져나왔다. "로마에는 두 개의 몸통이 있다는 얘기가 있소, 키케로! 하나는 허약하면서 얼간이의 머리가 달렸고, 다른 하나는 튼튼하지만 머리가 아예 없다고 하지요. 그럼 당신은 뭐일 것 같소, 오, 이 나라의 우두머리여?"

"얼간이는 아니오, 카틸리나, 그건 확실합니다! 나는 올해 로마의 아버지요 수호자이며, 이번처럼 기괴한 상황에서도 내 의무를 다할 생각입니다! 당신은 모든 부채를 탕감하려 한다는 혐의를 전적으로 부인하는 겁니까?"

"당연히 그렇소!"

"하지만 그런 취지로 서약을 하지는 않을 것이고요."

"절대로 하지 않을 거요." 카틸리나는 깊게 숨을 들이마셨다. "아니, 안 할 거요! 그러나 오, 이 나라의 우두머리여, 오늘 아침 당신의 비열한 행동과 근거 없는 비난을 보면 내 처지에 있는 수많은 이들이 이런 말을 하고 싶어질 거요. 만약 로마의 튼튼하지만 머리 없는 몸통이 머리를 찾는다면, 내 머리를 고르는 편이 좋을 거라고! 적어도 내 머리는 로마인의 머리니까! 적어도 내 머리에는 조상들이 있으니까! 당신은 나를 파멸시키려 나서고 있소, 키케로. 어제만 해도 공정하고 더럽혀지지 않은 선거에서 내가 가질 수 있었던 기회를 망쳐놓고 있소! 중상과 비난을 받으며 이 자리에 서 있는 나는 산골에서 온 주제넘은 벼락출세자, 로마인도 아니고 귀족도 아닌 자에게 당한 그야말로 죄 없는 희생양이오!"

이런 조롱에 응수하지 않는 데는 엄청난 노력이 필요했지만, 키케로는 평정을 유지했다. 그러지 않는다면 이 대결에서 지고 말리라. 바로 그 순간부터 그가 확신했듯이 풀비아 노빌리오리스의 말이 맞았으므로, 테렌티아의 말이 맞았으므로. 제아무리 웃으며 부인한다 해도, 루키우스 세르기우스 카틸리나는 혁명을 도모하고 있었다. 수많은 악인을 제압했던(또한 대변했던) 변호인이, 뻔뻔스럽게 시치미 떼며 공격과 조롱과 상처 입은 고결성을 최고의 방어수단으로 취하는 자의 얼굴 표정과 몸짓언어를 잘못 판단할 리 없다. 카틸리나는 유죄였다. 키케로는 그렇게 확신했다.

하지만 원로원의 다른 사람들도 그것을 알았을까?

"제가 몇 마디 해도 되겠습니까, 원로원 의원 여러분?"

“아니, 할 수 없소!” 카틸리나가 소리쳤다. 그는 자기 자리에서 뛰쳐나와 검은색과 흰색 판석이 깔린 바닥 한가운데 서서 키케로를 향해 주먹을 휘둘렀다. 그러고는 회의장 위쪽으로 커다란 문이 있는 곳까지 성큼성큼 걸어가더니, 그곳에서 몸을 돌려 넋이 나간 의원들을 마주보았다.

“루키우스 세르기우스 카틸리나, 당신은 지금 본 조직의 의사규정을 어기고 있습니다!” 키케로가 외쳤다. 불현듯 자신이 이 회의에 대한 통제권을 잃을 판국이라는 자각이 들었다. “제자리로 돌아가시오!”

“그러지 않겠소! 또한 나는 이 자리에 잠깐이라도 더 남아 이 근본 없고 주제넘은 벼락출세자가 내가 이해하기로는 반역에 해당하는 죄로 나를 비난하는 소리를 듣고 있지도 않을 것이오! 그리고 원로원 의원 여러분, 본인은 내일 동틀 녘에 가설투표소에서 집정관 후보로 선거전을 치를 것임을 본 회의장에 알려드리는 바입니다! 부디 여러분 모두 제정신을 되찾아서, 이 나라의 얼간이 같은 우두머리로 하여금 그에게 주어진 의무를 수행하고 선거를 열도록 촉구해주시기를 간절히 바랍니다! 분명히 말해두는데, 마르쿠스 툴리우스 키케로, 내일 아침 가설투표소가 비어 있다면 당신 릭토르들을 데리고 와서 나를 체포하고 대반역죄로 기소하는 게 좋을 거요! 툴루스 호스틸리우스 왕의 자문을 맡았던 100인의 일원을 조상으로 둔 사람에게 경반역죄로는 어림없을 테니까!”

카틸리나는 문 쪽으로 돌아서서 문을 확 열어젖히더니 그대로 사라져버렸다.

“흐음, 마르쿠스 툴리우스 키케로, 이제 어쩔 생각입니까?” 몸을 젖히며 하품을 하던 카이사르가 물었다. “저 사람 말이 맞아요. 당신은 턱

없이 빈약한 근거로 사실상 저자를 고발한 겁니다."

시야가 흐려진 채, 키케로는 누군가 그의 편임을, 그를 믿고 있음을 드러내는 자의 얼굴을 찾았다. 카툴루스? 아니다. 호르텐시우스? 아니다. 카토? 아니다. 크라수스? 아니다. 루쿨루스? 아니다. 포플리콜라? 아니다.

그는 어깨를 똑바로 펴고 꼿꼿이 섰다. "본 회의의 표결을 실시하겠습니다." 그는 굳은 어조로 말했다. "내일 고등 정무관 선거를 실시해야 하고, 루키우스 세르기우스 카틸리나의 집정관 출마를 허용해야 한다고 생각하는 분들은 모두 제 왼쪽으로 서십시오. 루키우스 세르기우스 카틸리나의 출마 자격에 대한 조사가 끝날 때까지 고등 정무관 선거를 더 연기해야 한다고 생각하는 분들은 모두 제 오른쪽으로 서십시오."

그것은 헛된 희망이었다. 아무리 발의를 할 때 키케로 자신이 원하는 결과가 오른쪽에 가도록 간계를 썼다 해도, 불길하다고 여겨지는 왼쪽으로 기꺼이 가려고 할 원로원 의원은 아무도 없었다. 그러나 이번만은 신중함이 미신을 이겼다. 의원들은 단 한 명의 예외도 없이 전원 왼쪽으로 갔다. 그리하여 다음날 선거가 열리고, 루키우스 세르기우스 카틸리나는 집정관 직에 출마할 수 있게 되었다.

키케로는 회의를 해산시켰다. 제발 감정을 주체 못하고 눈물을 쏟게 되기 전에 집에 도착하고 싶은 마음뿐이었다.

이대로 내빼는 건 자존심이 허락하지 않았다. 그래서 키케로는 문제가 발생할 때에 대비해 가설투표소 인근에 청년 몇백 명을 눈에 띄게 배치해놓은 뒤, 토가 아래에 판갑을 챙겨 입은 상태로 고등 정무관 선거를 주관했다. 청년들 중에는 푸블리우스 클로디우스가 있었는데, 카틸리나를 향한 그의 증오는 키케로가 그에게 일으키는 소소한 짜증에 비할 바가 아니었다. 클로디우스가 있는 곳에는 자연히 젊은 포플리콜라, 젊은 쿠리오, 데키무스 브루투스, 마르쿠스 안토니우스도 있었다. 모두 요즘 활개를 치는 클로디우스 클럽의 구성원들이었다.

그리고 키케로는 한 가지 사실을 깨닫고 크게 안도할 수 있었다. 원로원 의원들은 믿지 않으려 했던 것을, 기사계급은 전원 확실히 믿었던 것이다. 기사계급 사업가에게는 전면적인 부채 탕감처럼 끔찍한 공포도 없었다. 설사 본인이 빚을 지고 있더라도 마찬가지였다. 백인조들이 차례차례 나와서, 내년 집정관이 될 인물로 데키무스 유니우스 실라누스와 루키우스 리키니우스 무레나에게 표를 던졌다. 카틸리나는 세르비우스 술피키우스보다도 뒤처졌다. 물론 루키우스 카시우스보다는 많은 표를 받았지만.

"악질 비방꾼 같으니!" 올해 법무관 중 하나인 파트리키 귀족 렌툴루스 수라가 으르렁거리듯 내뱉었다. 집정관 두 명과 법무관 여덟 명을 선출한 긴 하루가 끝나고 백인조회가 막 파하는 참이었다.

"뭐라고요?" 챙겨 입고 온 그 망할 판갑의 무게에 짓눌리고 있던 키케로가 멍하니 물었다. 편안히 군장을 입고 있기에는 너무 두툼해진 배를 어서 해방시켜주고 싶은 마음뿐이었다.

"들었잖소! 카틸리나와 카시우스가 당선되지 못한 건 당신 때문이야, 이 악질 비방꾼! 당신은 일부러 부채에 관한 해괴한 소문으로 유권자들에게 겁을 줘 그 두 사람에게서 쫓아버렸소! 오, 정말 영리한 짓이야! 왜 굳이 기소해서 그들에게 답변할 기회를 주겠소? 당신은 정치적인 무기고에서 완벽한 무기를 찾은 거요, 안 그렇소? 반박할 수 없는 주장! 비방, 중상, 명예훼손 말이오! 카틸리나가 제대로 봤소. 당신은 근본 없고 주제넘은 벼락출세자야! 이제 당신 같은 촌뜨기들은 분수를 알게 해줄 때가 온 거요!"

키케로가 입을 딱 벌리고 서 있는 사이 렌툴루스 수라는 성큼성큼 멀어져갔다. 키케로는 눈물이 차오르는 걸 느꼈다. 카틸리나에 대한 내 생각이 맞았어. 내가 맞았어! 카틸리나는 종국에 로마와 공화정을 파괴하고 말 것이다.

"위로가 될지 모르겠지만, 키케로," 바로 곁에서 차분한 목소리가 들려왔다. "나는 향후 몇 달간 눈을 부릅뜨고 귀를 쫑긋 세우고 있을 작정이네. 곰곰이 생각해보니 카틸리나와 카시우스에 대해 자네가 한 말이 맞을 것 같거든. 저들은 오늘 기분이 좋지 않으니까!"

키케로는 고개를 돌려 거기 서 있는 크라수스를 보고서 마침내 버럭 화를 냈다. "당신!" 그는 증오가 가득한 목소리로 외쳤다. "다 당신 책임입니다! 당신이 지난 재판에서 카틸리나가 빠져나가게 해줬잖아요! 배심원단을 매수하고, 그자에게 로마에 그가 스스로 독재관 칭호를 달고 나오는 걸 보고 싶어하는 사람들이 있다는 걸 알려줬어요!"

"난 배심원단을 매수하지 않았네." 크라수스는 기분 상한 기색 없이 말했다.

"하!" 키케로는 이렇게 내뱉더니 자리를 박차고 떠났다.

"대체 왜 저러는 건가?" 크라수스가 카이사르에게 물었다.

"아, 키케로는 지금 해결해야 할 위기가 있다고 생각해요. 그런데 왜 원로원에서 아무도 자기에게 동조하지 않는지 이해가 안 되는 거죠."

"하지만 나는 저 사람 말에 동의한다고 말한 거잖나!"

"그냥 잊어버려요, 마르쿠스. 최고신관 관저로 와서 제 당선 기념행사나 도와주세요. 관저 위치가 정말 좋아요! 키케로 얘기를 좀더 하자면, 저 불쌍한 친구는 선풍적인 사건의 중심에 있고 싶어 안달이 나 있던 차에 이제 막 하나를 찾았다 싶은데 눈곱만한 관심도 끌 수가 없는 거죠. 그는 몹시도 공화국을 구하고 싶을 거예요." 카이사르가 씩 웃으며 말했다.

"하지만 나는 포기하지 않을 거요!" 키케로는 아내에게 외쳤다. "이대로 물러서지 않겠소! 테렌티아, 풀비아와 계속 가깝게 지내면서 절대 그 관계를 놓지 말아요! 풀비아는 문에 귀를 대고 엿들어서라도 얻을 수 있는 모든 정보를 얻어와야 하오. 쿠리우스가 누굴 만나는지, 어디로 가는지, 뭘 하는지 말이오. 그리고 당신과 내 생각대로 실제로 혁명의 기운이 일고 있다면, 그녀는 내게 협력하는 것이 최선이라고 반드시 쿠리우스를 설득해야 해요."

"그럴게요. 걱정 말아요." 테렌티아가 얼굴에 생기를 띠며 말했다. "원로원은 카틸리나의 편을 들었던 날을 후회하게 될 거예요, 마르쿠스. 나는 풀비아를 직접 만나봤고, 당신도 잘 알아요. 당신은 여러모로 바보 같지만, 악당들의 냄새를 맡을 때만은 그렇지 않죠."

"내가 왜 바보란 말이오?" 그가 분개하며 물었다.

"일단 쓰레기 같은 시를 쓰는 점이 그렇죠. 게다가 미술 감식가로 명성을 얻으려 하는 점도 그렇고요. 무엇보다 빌라들에 줄줄이 쏟아붓는 돈 낭비는 어떻고요. 당신이 끊임없이 돌아다니는 사람이라도 거기 들어가 살 시간이 없을 텐데, 당신은 돌아다니지도 않잖아요. 툴리아의 버릇을 심하게 망쳐놓는 점도 그렇고. 폼페이우스 마그누스 같은 자들에게 아첨하는 점도요."

"그만하시오!"

그녀는 말을 멈추며, 단 한 번도 사랑의 빛을 담아본 적 없는 두 눈으로 그를 가만히 바라보았다. 애석한 노릇이었다. 사실 그녀는 남편을 무척 사랑했기 때문이다. 그러나 그녀는 그의 수많은 약점들을 모두 아는 반면, 그녀에게 약점이라고는 없었다. 남들에게 그라쿠스 형제의 어머니 코르넬리아의 뒤를 잇는 여자로 보이고 싶은 야심은 없었지만 그녀는 로마 부인이 갖춰야 할 모든 미덕을 지니고 있었으며, 이런 성향 때문에 키케로 같은 사내가 함께 살기에는 너무나 벅찬 상대였다. 검소하고 부지런하고 침착하고 야무졌으며, 타협할 줄 모르고, 입바른 말을 하고, 누구도 두려워하지 않고, 정신력에 있어서는 스스로 어떤 남자에게도 뒤지지 않는다는 것을 잘 알고 있었다. 어리석은 짓은 결코 용인하지 않는 사람, 그게 바로 테렌티아였다. 남편에게조차 예외가 아니었다. 자신의 가문이 흠잡을 데 없고 속속들이 로마인의 피를 물려받았기에, 그녀는 남편의 불안정한 마음과 열등감을 이해해보려고 시도조차 하지 않았다. 테렌티아가 보기에는 남편이 여유를 갖고 자신의 치맛자락을 타고서 로마 사회 중심부로 들어가는 것이 가장 좋은 길이었다. 그런데 그는 자꾸만 그녀를 집구석으로 밀어넣고, 수도 없이 옆길로 새며 자신이 타고나지 못한 귀족 지위만을 갈망했다.

"퀸투스를 이리로 불러야 해요." 그녀가 말했다.

그러나 키케로와 그의 동생은 키케로와 테렌티아만큼이나 잘 맞지 않는 사이였으므로, 수석 집정관은 입꼬리를 축 떨구며 고개를 저었다. "퀸투스는 남들보다 나을 게 없소. 그애는 내가 모래 한 양동이로 산을 만들려 한다고 생각하니까. 그래도 내일 아티쿠스를 만나기는 할 거요. 그 친구는 믿어줬거든. 하기야 그는 기사이고 상식이 있는 사람이니." 그는 잠시 생각에 잠겼다가 다시 말했다. "렌툴루스 수라가 오늘 가설투표소에서 내게 대단히 무례하게 굴었소. 당최 이유를 모르겠단 말이오. 물론 여러 원로원 의원들이 카틸리나의 기회를 망쳤다며 나를 비난하는 건 알지만, 렌툴루스 수라는 어딘가 너무 이상했소. 그러니까…… 이 일이 그에게 너무나 중요한 것처럼 보였다고 할까."

"그와 그의 아내 율리아 안토니아, 그리고 끔찍한 의붓아들들!" 테렌티아는 경멸을 가득 담아 말했다. "그보다 속수무책인 치들을 찾기도 힘들 거예요. 렌툴루스와 율리아 안토니아와 그녀의 끔찍한 아들들 중에 누가 제일 짜증나는지 모를 지경이라니까요."

"렌툴루스 수라는 꽤나 잘해왔소. 7년 전에 감찰관들이 그를 제명한 걸 감안하면." 키케로는 미적지근한 태도를 취했다. "재무관 직으로 다시 원로원에 들어와 처음부터 새로 시작했잖소. 그는 축출되기 전에 집정관을 지냈던 사람이오, 테렌티아. 지금 시점에 또다시 법무관이 되어야 한다는 건 분명 충격적인 실추일 거요."

"그 아내처럼 그 사람도 구제불능이에요." 테렌티아가 동정하는 기색 없이 말했다.

"그건 그렇다 쳐도, 오늘은 정말 이상했소."

테렌티아는 콧방귀를 뀌었다. "렌툴루스 수라뿐만 아니라 여러 가지로 그렇죠."

"내일 아티쿠스가 아는 게 있는지 좀 알아볼 텐데, 아무래도 흥미로울 것 같소." 키케로는 눈에 눈물이 맺히도록 하품을 했다. "피곤하군, 여보. 우리 티로를 좀 들여보내주겠소? 받아쓰게 할 것이 있어요."

"정말로 피곤한 것 같군요! 아무리 티로라 해도 글 쓰는 걸 다른 사람한테 맡기는 건 당신답지 않잖아요. 그를 들여보내긴 하겠지만, 잠깐만이에요. 당신은 잠을 자야 해요."

테렌티아가 의자에서 일어나려 할 때 키케로는 충동적으로 그녀에게 손을 내밀며 미소를 지었다. "고맙소, 테렌티아, 여러 가지로! 당신이 내 편을 들어주는 게 얼마나 힘이 되는지 몰라요."

그녀는 남편이 내민 손을 잡아서 꽉 쥐더니, 다소 수줍고 소년 같고 어설픈 웃음을 지어 보였다. "별것도 아닌데요, 뭘." 그녀는 이렇게 말하더니, 방안의 공기가 질척하고 감상적인 분위기로 바뀔 틈을 주지 않고 잽싸게 방을 나갔다.

누군가 키케로에게 아내와 동생을 사랑하느냐고 물었다면 그는 즉시 그렇다고 대답했을 것이고, 그 대답에는 진실이 담겨 있었을 것이다. 그러나 그의 마음속에 가장 소중한 자리를 차지하고 있는 건 테렌티아도 퀸투스 키케로도 아닌 다른 몇 사람이었다. 그들 중에는 단 한 명만이 그와 혈연관계였다. 그건 당연히 그의 딸, 따뜻하고 활기 넘치는 성격으로 어머니와 대비되는 툴리아였다. 아들은 아직 너무 어려서 키케로의 마음속에 파고들어 강한 애정을 느끼게 하진 못했다. 어쩌면 어린 마르쿠스는 앞으로도 그럴 일이 없을지도 몰랐다. 아들은 천성적으로 그의 동생 퀸투스와 더 닮아서 충동적이고 다혈질에 젠체하는 성격이었고, 신동도 아니었다.

그렇다면 다른 이들은 누구였을까?

키케로가 가장 먼저 떠올릴 이름은 티로였을 것이다. 티로는 그의 노예였으며, 노예들이 열등한 존재라기보다 소유권과 신분법에 묶인 불운한 자인 사회에서 그러했듯 말 그대로 그의 가족의 일원이기도 했다. 로마인의 가정 노예들은 그 집안의 자유인들과 상당히 가깝게—사실상 거의 딱 붙어서—지냈기 때문에 여러모로 대가족과 같은 상황이었으며, 그러한 상태에 따르는 장단점을 모두 지니고 있었다. 다양한 인물들이 뒤섞인 상황은 복잡해서, 크고 작은 폭풍이 왔다가 사라지곤 했고 자유인과 노예 양쪽에 권력 기반이 존재했다. 냉정한 주인이어야 노예들의 압력에 시종일관 휘둘리지 않을 수 있었다. 툴리우스 집안에서 노예들이 조심해야 할 사람은 테렌티아였지만, 그런 테렌티아조차도 티로에게는 무장해제될 수밖에 없었다. 그는 툴리아에게 어머니 말씀이 맞다고 설득하는 일도, 어린 마르쿠스를 달래는 일도 아무런 어려움 없이 척척 해냈다.

티로는 어린 나이에 툴리우스 집안으로 온 그리스인으로, 보이오티아의 가난한 벽지 마을에서 썩는 것보다 나은 대안을 찾아 스스로 노예가 되었다. 그가 키케로의 마음에 드는 건 필연적인 일이었다. 그는 키케로의 비서 일에도 뛰어났지만 상냥하고 친절하기까지 해서, 도저히 좋아하지 않을 수 없는 그런 사람이었기 때문이다. 티로가 변함없이 자상하고 사려 깊게 행동하다보니, 툴리우스 집안의 동료 노예들 중에 가장 심술궂고 이기적인 이들조차도 그를 두고 주인나리와 주인마님에게 알랑거린다고 비난하지 못했다. 그의 넘치는 다정함이 동료 노예들과의 관계에까지 스며들어 그들 역시 그를 좋아하게 만든 것이다.

그러나 키케로야말로 그 누구보다도 티로를 가장 아꼈다. 티로는 그리스어와 라틴어를 더할 나위 없이 훌륭히 구사했을 뿐 아니라 타고난 문학적 소질도 뛰어났으며, 어떤 구절이나 단어 선택을 보고 티로가 아주 약간이라도 못마땅한 듯한 표정을 지으면 그의 주인은 잠시 멈춰서 문제의 부분을 다시 검토했다. 티로는 불러준 말을 완벽하게 속기하여 단정하고 명료한 서체로 옮겨 적었으며, 단 한 글자라도 제멋대로 바꿔 쓰는 법이 없었다.

키케로가 집정관이던 무렵, 세상에서 가장 완벽한 이 노예는 5년째 단란한 가족의 품에서 살고 있었다. 당연히 그는 키케로의 유언장에 따르면 이미 해방되어 있었지만, 통상적으로는 10년 더 노예로 일하게 될 터였고 그후 부유한 해방노예로서 키케로의 피호민 집단 일원이 될 터였다. 그는 이미 높은 임금을 받고 있었지만, 추가로 급료 인상을 받을 때도 언제나 그가 가장 우선이었다. 결국 툴리우스 집안에서 가장 중요한 핵심은 한마디로 요약되었다. 티로가 없으면 어떻게 될까? 키케로가 티로 없이 어떻게 살 수 있을까?

두번째 인물은 티투스 폼포니우스 아티쿠스였다. 그와의 우정은 아주 오래전으로 거슬러올라갔다. 키케로와 아티쿠스는 키케로가 어린 영재였고 아티쿠스가 부친의 다양한 사업체를 물려받기 위해 교육받고 있던 시절 포룸 로마눔에서 처음 만났다. 그리고 술라의 장남(키케로와 절친한 친구였던)이 죽은 뒤 그 자리를 채워준 사람이 아티쿠스였다. 물론 아티쿠스가 그 두 친구보다 네 살 더 많기는 했다. 폼포니우스라는 가문명은 상당한 명성을 지니고 있었는데, 폼포니우스 씨족이 실제로는 카이킬리우스 메텔루스 가문의 분가였기 때문이다. 이는 곧 폼포니우스 가문 사람들이 로마 상류사회 중심부에 속한다는 의미였다. 또한 아티쿠스가 원하기만 했다면 원로원에서 정치 경력을 쌓고 어쩌면 집정관이 되는 것도 가능했다는 뜻이기도 했다. 그러나 아티쿠스의 아버지는 원로원에서의 명성을 갈망하다가, 저 끔찍했던 시기에 로마를 좌지우지하던 파벌들이 계속 바뀌는 동안 그로 인해 고통을 겪었다. 1계급의 18개 상급 백인조 계층에 확고히 자리잡은 아티쿠스는 원로원과 공직 모두를 포기했다. 그의 성향은 그가 바라는 바와 잘 맞아떨어졌다. 그의 바람은 최대한 많은 돈을 벌어서 로마 최고의 부호 중

한 명으로 역사에 남는 것이었다.

초창기만 해도 그의 이름은 아버지와 똑같이 그냥 티투스 폼포니우스였다. 세번째 이름은 없었다. 그러나 킨나 치하의 불안했던 몇 년 동안, 아티쿠스와 크라수스는 술라가 미트리다테스 왕으로부터 아시아 속주를 다시 빼앗아온 것을 기회 삼아 아시아 속주에서 세금과 상품을 거둬들일 계획을 짜고 함께 회사를 차렸다. 두 사람은 수많은 투자자들로부터 필요한 자금을 끌어모았다. 그런데 술라는 아시아 속주 행정부를 규제하는 데 있어 로마의 징세청부업자들이 이익을 얻을 수 없는 방식을 선호한 것이 아닌가. 크라수스와 아티쿠스 둘 다 어쩔 수 없이 채권자들로부터 달아나야 했다. 그래도 아티쿠스는 어찌어찌 개인 재산을 챙겨갔고, 그리하여 추방생활을 하면서도 지극히 안락한 삶을 누릴 수단이 있었다. 그는 아테네에 정착했는데, 그곳이 어찌나 좋았던지 이후로 아테네는 그의 마음속 첫번째 자리를 차지했다.

강력한 인물 술라가 로마로 귀환하여 독재관이 된 후 술라와의 관계를 구축하는 것은 별문제가 되지 않았고, 아티쿠스는(아테네인들의 땅인 아티케를 좋아한다는 것 때문에 그즈음에는 이 이름으로 불리게 되었다) 자유롭게 로마에 살 수 있게 되었다. 실제로도 그는 얼마간 로마에서 살았지만, 아테네에 있는 집은 절대 처분하지 않고 정기적으로 그곳에 갔다. 또한 그는 코린토스 만의 북쪽으로 아드리아 해안에 면한 그리스 지역인 에페이로스에 넓은 토지를 매입했다.

젊은 남자 애인을 선호하는 아티쿠스의 성향은 익히 알려져 있었지만, 로마처럼 동성애를 혐오하는 지역에서는 놀랍게도 오명으로부터 자유로웠다. 그가 그리스에 갈 때만 자신의 욕구를 마음껏 충족시켰기 때문이다. 그리스에서는 동성애 성향이 일반적인 것이었을 뿐 아니라 사실상 남자의 명성을 더해주기도 했다. 로마에 있을 때면 그는 말로든 외양으로든 자신이 그리스식 사랑을 실천하고 있다는 기색을 전연 드러내지 않았으며, 이렇듯 엄격한 자기 통제 덕분에 그의 가족과 친구들과 사회적 동료들은 티투스 폼포니우스 아티쿠스에게 남다른 성향이 없는 것처럼 행동할 수 있었다. 이것이 중요한 문제였던 또다른 이유는, 아티쿠스가 어마어마한 부자에 금융계의 실세가 되었기 때문이었다. 징세청부업자(공공 계약에 입찰하는 사업가) 중에서도 그는 최고의 힘과 영향력을 지니고 있었다. 은행가이자 선박업계의 거물이자 대상인인 아티쿠스는 엄청나게 중요한 인물이었다. 그가 누군가를 집정관으로 세울 수는 없을지 몰라도, 그 사람을 가시적으로 지원하는 데 크게 도움을 줄 수 있는 것만은 분명했다. 키케로의 선거유세 기간에 키케로를 지원했던 것처럼.

그는 키케로의 출판업자이기도 했다. 돈은 조금 지루해졌으니 문학이 신선한 변화가 되어주리라 판단했던 것이다. 최상의 교육을 받은 그는 자연스레 문인들에게 친밀감을 느꼈으며, 따라올 자가 거의 없는 키케로의 독보적인 언변에 감탄했다. 저술가들의 보호자가 되는 일은 즐거움과 만족감을 동시에 안겨주었고, 그로써 돈까지 벌 수 있었다. 소시우스 출판사의 경쟁업체로 그가 아르길레툼 구역에 문을 연 출판사는 날로 번창했다. 그간 쌓아둔 폭넓은 인맥은 새로운 인재들을 갈수록 더 많이 공급해주었으며, 그의 필경사들은 뛰어난 사본을 만들어냈다.

그는 키 크고 마른 체형에 근엄한 생김새여서, 다름아닌 메텔루스 스키피오의 아버지라고 해도 통할 정도였다. 물론 메텔루스 스키피오는 입양을 통해 카이킬리우스 메텔루스 가문 사람이 되었으므로, 두 사람이 가까운 혈연관계는 아니었다. 그러나 이렇듯 외모가 닮았다는 건 그의 혈통이 의심할 여지가 없으며 긴 전통을 지녔음을 모든 유명 가문의 구성원들이 알고 있다는 의미였다.

그는 진심으로 키케로를 좋아했지만, 키케로 특유의 약점에는 꿈쩍하지 않았다. 이 점에서 그는 똑같이 부유하지만 똑같이 키케로의 재정 상태가 어려워도 도와주려 하지 않는 테렌티아의 본보기를 따랐다. 딱 한 번 키케로가 용기를 내어 아티쿠스에게 돈을 약간 빌려달라고 부탁했을 때, 친구가 어찌나 단호하게 거절했던지 이후로 키케로는 다시는 그런 부탁을 하지 않았다. 이따금씩 아티쿠스가 도와주겠다고 나서기를 은근히 바랐지만, 아티쿠스는 결코 그러지 않았다. 아티쿠스는 그리스 곳곳을 다니는 중에 키케로가 부탁한 조각상이나 기타 미술품을 구해주는 일은 기꺼이 맡았지만, 물건값은 물론이고 이탈리아로의 운반비까지 반드시 받아내려고 했다. 키케로가 추측하기에, 그가 비용을 청구하지 않은 부분이라면 그 물건들을 찾는 데 들인 시간 같았다. 이 모든 면면에 비추어볼 때 아티쿠스가 구제불능의 구두쇠였을까? 키케로는 그렇게 생각하지 않았다. 크라수스와 달리 아티쿠스는 손님에게 후했고, 자유인 고용자들에게나 노예들에게나 급료를 넉넉히 주었기 때문이다. 아티쿠스는 구두쇠라기보다도 돈을 중요하게 여기고 크게 존중받아 마땅한 것으로 보았으며, 본인과 똑같이 돈을 존중하지 않는 사람들에게 돈을 거저 내주는 일을 못 견디는 것이었다. 키케로는 예술가연하고 낭비벽이 있으며 호사가에다 이랬다저랬다 변덕이 심했다. 그러므로 그는 돈에 대해 마땅히 보여야 할 존중을 보이지 않는—보일 수 없는—사람이었다.

세번째 인물은 아티쿠스 못지않게 유서 깊고 존경받는 가문 출신의 푸블리우스 니기디우스 피굴루스였다. 니기디우스 피굴루스(코그노멘인 피굴루스는 점토 일을 하는 사람, 즉 도공이라는 뜻인데, 니기디우스 씨족에서 최초로 이 이름을 사용한 사람이 어쩌다 이런 별명을 얻게 되었는지는 그 가문 사람들도 몰랐다) 역시 아티쿠스처럼 공직 생활을 포기했다. 아티쿠스의 경우, 공직에 나가면 소유한 토지에서 나오는 수입 외에 일체의 영리 활동을 포기해야 했는데 그는 정치보다 상업을 더 좋아했다. 니기디우스 피굴루스의 경우 공직 생활이 그가 가장 사랑하는 것을 지나치게 잠식해 들어가리라는 점이 문제가 되었는데, 그의 애정이 향한 곳은 종교 중에도 비전(秘傳) 쪽이었다. 그는 오래전에 멸망한 에트루리아인들이 행하던 점술의 으뜸가는 전문가로 인정받았으며, 어느 도살업자나 수의사보다도 양의 간에 대해 잘 알았다. 그는 새들의 비행, 벼락의 여러 형태, 천둥소리나 지반 운동, 수, 화구(火球), 유성, 일식, 방첨탑, 선돌, 탑문, 피라미드, 구체, 봉분, 흑요석, 부싯돌, 천란(天卵), 불꽃의 색과 형태, 신성한 닭, 동물의 창자에서 나올 수 있는 온갖 주름에 대해 알았다.

당연히 그는 로마의 예언서들을 관리하는 사람 중 하나였고, 조점관단에게 백과사전 같은 존재였다. 조점관들은 도표를 읽고 징조가 길하거나 불길하다고 선언할 법적 의무를 진 선출직 종교 관료 이상도 이하도 아니었으므로, 그들 중 누구도 점술 분야의 권위자가 아니었다. 키케로는 무엇보다도 조점관에 선출되기를 간절히 바랐다(그는 자신이 대신관으로 뽑힐 가능성이 있다고 생각할 만큼 바보가 아니었다). 자신이 조점관이 되면, 선출이든 지명이든 자기 가문이 자격을 갖춘 덕에 쉽게 종교 관직을 차지한 동료 조점관 그 누구보다도 자신이 점술에 대해 많이 알 거라고 장담했다.

처음에 니기디우스 피굴루스와 친해지려 했던 건 그의 지식 때문이었지만, 얼마 안 가 키케로는 그의 차분하고 상냥하며 겸손하고 섬세한 매력에 푹 빠지고 말았다. 출중한 사회적 위상에도 불구하고 그는 전혀 잘난 체하는 속물이 아니었으며, 재치 있고 활기찬 사람과 함께하는 것을 즐겼다. 그러니 재치 있기로 유명하고 함께할 때 늘 활기찬 키케로와 저녁시간을 보내는 일은 아주 즐겁다고 생각했다. 아티쿠스와 마찬가지로 니기디우스 피굴루스도 결혼을 하지 않았지만, 아티쿠스와 달리 그의 이런 선택은 종교적 이유 때문이었다. 집안에 여자를 들이면 눈에 보이지 않는 힘과 세력으로 이루어진 신비의 세계와의 연결고리가 깨질 것이라고 확신했던 것이다. 여자는 땅의 사람이요, 니기디우스 피굴루스는 하늘의 사람이었다. 그런데 하늘과 땅은 절대 섞이지 않으며, 서로를 파괴하지도 않지만 절대 서로를 향상시키지도 않는다는 생각이었다. 또한 그는 신성한 장소를 제외하고 피를 보는 것을 질색했는데, 여자들은 피를 흘렸다. 이 때문에 그의 노예들은 모두 남자였고, 그의 어머니는 누이 부부와 함께 살도록 했다.

키케로는 고등 정무관 선거가 있던 다음날 오직 아티쿠스만 만날 작정이었으나, 집안일이 끼어들었다. 동생 퀸투스가 법무관으로 당선되었던 것이다. 당연히 축하할 일이었다. 퀸투스가 형의 선례를 따라 법으로 정해진 최소 연령에 딱 맞춰(서른아홉 살이었다) 선출되었기에 더더욱 그러했다. 별 볼 일 없는 아르피눔 지주의 둘째 아들로 태어난 그는 카리나이 지구의 저택에서 살고 있었다. 그의 아버지가 신동인 아들 마르쿠스에게 그의 두뇌에 필요한 모든 혜택을 주고자 가족을 이끌고 처음 로마로 이사했을 때 산 집이었다. 키케로와 그의 식구는 만찬시간 직전에 팔라티누스 언덕에서 카리나이 지구로 터벅터벅 걸어갔다. 그렇다고 형제에 대한 이 같은 의무로 인해 아티쿠스와의 만남이 취소된 것은 아니었다. 퀸투스가 아티쿠스의 누이 폼포니아와 결혼한 사이였으므로, 아티쿠스도 그쪽으로 올 예정이었다.

키케로와 그의 동생은 꼭 닮았지만, 둘 중에는 키케로가 명백히 더 매력적인 쪽이었다. 우선 그가 훨씬 더 키 크고 체격도 더 좋았다. 퀸투스는 아주 자그마하고 몸이 막대기 같았다. 게다가 키케로는 머리숱이 남아 있는 반면 퀸투스는 정수리 부분이 많이 벗겨졌다. 퀸투스의 귀가 키케로의 귀보다 더 많이 돌출되어 보이기도 했는데, 사실 이는 키케로의 머리가 워낙 커서 생긴 착시현상이었다. 머리가 큰 탓으로 옆에 붙은 이 부속물들이 작아 보인 것이다. 형제는 둘 다 갈색 눈과 갈색 머리카락, 건강한 갈색 피부를 지니고 있었다.

둘에게는 공통점이 하나 더 있었다. 두 사람 다 부유하고 드센 여자와 결혼했다는 점이었다. 가까운 친척들도 결혼시키기를 포기했을 정도의 여자들이었다. 테렌티아의 경우, 설령 그녀에게 의지가 있었다 한들 아무리 형편이 궁한 사람도 누구 하나 용기를 내어 그녀에게 청혼할 수 없었을 정도로 성질이 까다로울 뿐 아니라 도저히 비위를 맞추기가 불가능한 것으로 유명했다. 키케로와의 결혼도 키케로가 그녀를 선택한 것이 아니라 그녀가 키케로를 선택한 것이었다. 폼포니아로 말하자면, 아티쿠스가 누이 때문에 화가 나서 두 손 두 발 다 든 일만 두 번이었다! 폼포니아는 못생겼고 난폭했고 무례했고 신랄했고 표독스러웠다. 앙심을 잘 품었으며, 언제든 잔인해질 수도 있었다. 그녀의 첫 남편은 아티쿠스의 지원 덕에 상업 분야에서 확실히 기반을 다졌으나, 아티쿠스 없이도 자립할 수 있게 되자마자 그녀와 이혼함으로써 그녀를 다시 아티쿠스의 문간에 데려다놓았다. 그가 내세운 이혼 사유는 불임이었지만, 로마 사람들은 다들 같이 살고 싶은 마음이 없다는 게 진짜 사유이리라고 추측했다(옳은 추측이었다). 동생 퀸투스가 그녀와 결혼하도록 설득할 수 있을지 모른다는 얘기를 꺼낸 사람은 키케로였고, 그와 아티쿠스 두 사람이 나서서 퀸투스를 설득해냈다. 이 결합은 13년 전에 이루어졌으며, 신랑이 신부보다 한참 어렸다. 식을 치른 지 10년 후에 폼포니아는 아들 퀸투스를 낳음으로써 불임이라는 말이 거짓이었음을 증명했다.

부부는 끊임없이 싸웠다. 그리고 정신적 우위를 차지하기 위한 끝없는 싸움에서 벌써부터 가엾은 어린 아들을 무기로 사용하여, 이 불쌍한 아이를 한쪽에서 다른 쪽으로 그리고 또다시 반대 방향으로 밀어내고 당기기를 반복했다. 아티쿠스는 이를 걱정했고(누이의 아들은 그의 상속자였다) 키케로도 이를 걱정했지만, 두 사람 다 정작 고통받는 이는 어린 퀸투스라며 싸움의 당사자들을 설득하는 데엔 실패했다. 동생 퀸투스가 키케로처럼 가만히 참고 살 수 있는 지각이 있었다면, 아내를 달래고 절대 그녀의 신경을 거스르지 않도록 비상한 노력을 기울일 수 있었다면 이 결혼은 키케로와 테렌티아보다 더 잘 풀릴 수도 있었을 것이다. 폼포니아는 단순히 우위를 차지하고 싶어한 데 반해, 테렌티아가 원한 것은 정치적 영향력이었기 때문이다. 그러나 안타깝게도 동생 퀸투스는 키케로보다 훨씬 더 부친과 닮아 있었다. 그는 무슨 일이 있어도 자기 집안의 주인이 되어야 했다.

집안의 전쟁은 여전히 계속되고 있었다. 키케로와 테렌티아, 툴리아, 두 살배기 마르쿠스가 그 집에 들어섰을 때 그것만큼은 확실해 보였다. 툴리아와 어린 마르쿠스를 육아실로 데려간 건 집사였다. 폼포니아는 퀸투스에게 소리를 질러대느라 바빴고, 퀸투스 역시 큰 소리로 아내를 제압하는 데 정신이 팔려 있었다.

"차라리 다행이구나," 키케로가 포룸 로마눔에서나 쓰는 큰 소리로 힘껏 고함을 질렀다. "텔루스 신전이 바로 옆에 있으니 말이야! 그렇지 않았으면 불평하는 이웃들이 더더욱 많았을 테니."

이 말로 그들이 저지되었을까? 천만에! 아티쿠스가 도착하기 전까지, 그들은 새로 온 사람들이 존재하지도 않는다는 듯이 싸움을 계속했다. 아티쿠스가 이 싸움을 끝낸 방법은 아주 기초적이면서도 직접적이었다. 그는 곧장 성큼성큼 다가가서 누이의 어깨를 잡고, 그녀의 이가 맞부딪치는 소리가 날 때까지 마구 흔들어댔다.

"저리 가거라, 폼포니아!" 그는 쏘아붙이듯 말했다. "자자, 테렌티아를 어디 데려가서 네 불만은 그쪽에 털어놔!"

"저도 흔들어봤습니다." 동생 퀸투스가 하소연하듯 말했다. "그래도 소용이 없어요. 제 거기를 무릎으로 치지 뭐예요."

"나를 무릎으로 쳤으면," 아티쿠스가 단호하게 말했다. "저앨 죽였을 걸세."

"제가 아내를 죽이면 살인죄로 잡혀가겠지요."

"그렇지." 아티쿠스는 씨익 웃었다. "불쌍한 퀸투스! 저애와 다시 얘기해보고 내가 도울 수 있을지 알아보겠네."

키케로는 이 대화에 끼지 않았다. 아티쿠스가 오기 전에 황급히 피해 있던 그는 이제 막 양손에 두루마리를 펼쳐 들고 서재 쪽에서 나타났다.

"또 글을 쓰는 거야, 동생?" 그가 고개를 들며 물었다.

"소포클레스식 비극이야."

"실력이 늘었구나. 꽤 좋아."

“늘었기를 바라! 형이 연설과 시로 집안의 명성을 가져갔으니 나는 역사와 희극, 비극 중에 골라야 하지. 역사에 필요한 연구를 할 시간은 없었고, 내가 사는 환경을 감안하면 희극보다는 비극이 더 쉽게 느껴져.”

“네 환경이라면 광대극이 맞을 것 같은데.” 키케로가 점잔 빼며 말했다.

“아, 입 닥쳐!”

“철학과 자연과학이 있잖아.”

“내 철학 실력은 평범하고 자연과학은 아예 이해가 안 돼. 그러니 결국 역사, 희극, 비극만 남지.”

아티쿠스는 그새 자리를 떴다가 이제 아트리움 저쪽 끝에서 말을 던졌다. “이게 뭔가, 퀸투스?” 그의 목소리에는 웃음기가 실려 있었다.

“어휴, 정말, 제가 보여드리기도 전에 찾으시면 어떡합니까!” 퀸투스가 외치며 서둘러 아티쿠스가 있는 쪽으로 갔다. 키케로도 그 뒤를 따랐다. “이제 저는 법무관입니다. 허가가 나왔어요.”

“물론 그렇지.” 아티쿠스는 근엄한 어조로 말했다. 하지만 그의 눈빛만은 유쾌함을 숨기지 못했다.

키케로는 두 사람 사이를 밀치고 들어와 적당히 거리를 두고 선 채 엄숙한 얼굴로 그 장엄함을 흠뻑 음미했다. 그의 시선이 향한 것은 퀸투스의 거대한 흉상이었다. 실물보다 너무 커서 공공장소에는 절대로 내보일 수 없을 정도였다. 오로지 신들만이 인간의 실제 키보다 크게 만들어질 수 있었기 때문이다. 누군지는 몰라도 이 흉상을 만든 사람은 점토로 작업하고 구운 뒤에 채색한 듯했는데, 이 방법에는 장단점이 있었다. 장점은 실제 모델과 닮은 면이 생생히 드러나며 고운 색을 띤다는 것이었고, 단점은 점토 조각상은 값싸고 조각조각 파손될 위험이 크다는 것이었다. 퀸투스의 주머니 사정으로 대리석이나 청동 흉상은 어림없다는 것을 키케로와 아티쿠스는 누구보다 잘 알았다.

"물론 오래가진 못하겠죠." 퀸투스가 활짝 웃으며 말했다. "하지만 이걸 틀 삼아 정말로 멋진 청동 조각상을 만들 형편이 될 때까지는 유지될 거예요. 제 이마고를 만들어주는 사람에게 제작을 맡겼어요. 밀랍 초상을 아무도 봐줄 사람 없이 장식장에 처박아놓는 건 아쉽다고 항상 생각했거든요." 그는 여전히 조각상에 정신이 팔린 채 곁눈질로 키케로를 슬쩍 봤다. "어떻게 생각해, 마르쿠스?" 그가 물었다.

"내 생각엔," 키케로는 신중하게 말을 골랐다. "절반이 전체보다 큰 건 난생처음 보는 것 같구나."

이 말에 아티쿠스는 도저히 당해낼 도리가 없었다. 그는 웃다 지쳐 바닥에 앉았고, 키케로도 그와 같이 앉았다. 이렇게 되니 가엾은 퀸투스에게는 두 가지 선택만이 남았다. 버럭 성을 내거나, 자기를 놀리는 사람들의 즐거움에 동참하거나. 그는 괜히 키케로의 동생이 아니었으므로, 결국 유쾌하게 웃는 쪽을 택했다.

그런 뒤 저녁식사 시간이 되었다. 식사 자리에는 테렌티아, 중재자인 툴리아와 함께 어느 정도 진정된 폼포니아도 합석했다. 툴리아는 어느 누구보다도 숙모를 잘 다뤘다.

"그래, 결혼식은 언제냐?" 아티쿠스가 물었다. 그는 정말로 오랜만에 툴리아를 본지라 소녀의 부쩍 성숙해진 외모에 상당히 놀랐다. 얼마나 예쁜 아이인가! 연갈색 머리카락, 연갈색 눈에 아버지의 장점만 닮은 외모와 아버지의 풍부한 재치까지. 툴리아는 몇 년 전 젊은 가이우스 칼푸르니우스 피소 프루기와 약혼했는데, 단지 돈과 영향력뿐만 아니라 여러 면에서 좋은 결합이었다. 피소 프루기는 친절함보다 고약한 성질로, 관대함보다 무자비한 성향으로 유명한 그 가문에서 단연 가장 매력적인 구성원이었다.

"두 해 더 남았어요." 툴리아가 한숨을 쉬며 대답했다.

"아직 한참 기다려야 하는구나." 아티쿠스가 딱해하며 말했다.

"너무 한참이죠." 툴리아는 또다시 한숨을 내쉬었다.

"자, 자," 키케로의 쾌활한 목소리가 끼어들었다. "한번 지켜보자꾸나, 툴리아. 어쩌면 조금은 더 앞당겨볼 수도 있을 테니."

이 대답에 여자들 셋 다 기대로 잔뜩 들떠 폼포니아의 거실로 돌아갔다. 벌써부터 결혼식 계획을 세우느라 난리였다.

"여자들을 기쁘게 하는 덴 결혼만한 게 없지." 키케로가 말했다.

"저애는 사랑에 빠졌네, 마르쿠스. 중매결혼에서 보기 드문 일이야. 내가 알기로는 피소 프루기도 같은 마음인 것 같던데, 툴리아가 열여덟 살이 되기 전에 같이 살게 해주는 게 어떤가?" 아티쿠스가 미소를 지으며 물었다. "올해 몇이지, 열여섯?"

"거의 다 됐네."

"그럼 금년 말에 혼인시키게."

"내 생각도 같아요." 동생 퀸투스가 무뚝뚝하게 말했다. "둘이 같이 있는 모습이 참 보기 좋아요. 얼마나 잘 지내는지 마치 친구 같아요."

듣고 있던 두 사람 다 이 말에 뭐라 대꾸하지 않았지만, 키케로에게는 지금이야말로 결혼과 여자들에서 카틸리나로 화제를 바꿀 절호의 기회였다. 더 흥미롭기도 하거니와 다루기도 더 쉬운 화제였다.

"그가 부채를 탕감할 계획이었다고 생각하나?" 그는 열을 올리며 아티쿠스에게 물었다.

"그걸 믿었다고 해야 할진 모르겠네, 마르쿠스. 하지만 그저 무시하고 지나칠 수 없었던 것은 분명해." 아티쿠스가 솔직히 털어놓았다. "그런 혐의가 제기된 것만으로 상업계 종사자 대부분을 놀라게 하기에 충분했네. 특히나 대출 문턱이 턱없이 높고 금리가 이리도 높은 상황이니 말이야. 아, 물론 그걸 반길 자들도 많지만 그들은 결코 다수파가 아닌 데다 업계의 선두에 있는 경우도 드물지. 전면적인 부채 탕감은 별 볼 일 없는 자들이나, 자금 운용을 유지할 만큼 충분한 유동 자산이 없는 자들에게 가장 잘 먹힐 걸세."

"그러니까 자네 말은, 1계급이 카틸리나와 루키우스 카시우스에게서 등을 돌린 건 신중함 때문이라는 거군." 키케로가 말했다.

"틀림없네."

"그럼 카이사르 말이 맞았네요." 퀸투스가 불쑥 끼어들었다. "형은 회의장에서 턱없이 빈약한 근거로 사실상 카틸리나를 고발한 거야. 다시 말해 형이 유언비어를 시작한 거지."

"아니, 그런 적 없어!" 키케로는 왼팔 아래에 괸 쿠션을 탕 치며 고함을 질렀다. "난 그러지 않았다! 내가 그렇게 무책임한 짓을 할 리가 없잖아! 넌 왜 그리 멍청한 거냐, 퀸투스? 그 둘은 집정관으로서든 반란군으로서든 정부를 전복시킬 계획을 세우고 있었어! 테렌티아도 옳게 말했듯이, 1계급보다 낮은 계급들에게 지지를 구하려 하지 않고서야 전면적인 부채 탕감 같은 계획을 세울 순 없어. 독재관 체제를 수립하려는 자들이 쓰는 전형적인 수법이지."

"술라도 독재관이었지만 부채를 없애주진 않았잖아." 퀸투스가 고집스레 말했다.

"그래, 기사 2천 명의 목숨을 없애버렸을 뿐이지!" 아티쿠스가 외쳤다. “몰수한 그들의 재산으로 국고가 채워졌고, 새로운 자들이 우르르 나타나 다른 경제 조치가 불필요해질 만큼 그 돈으로 배를 두둑이 불렸지.”

“술라가 형님을 공권박탈자 명단에 올리지는 않았잖아요.” 퀸투스가 발끈하며 말했다.

“당연한 일이지! 술라는 잔인했지만 결코 바보는 아니었어.”

“저는 그렇다는 말씀이에요?”

“그래, 퀸투스, 너는 바보다.” 키케로가 나서며 아티쿠스로부터 요령 있는 답변을 찾아내는 수고를 덜어주었다. “너는 왜 그리도 늘 날을 세우는 거냐? 너희 부부가 잘 지내지 못하는 것도 당연해. 둘이 판에 박은 듯 똑같아!”

“으으으!” 퀸투스는 부들거리다가 이내 잠잠해졌다.

“어쨌든, 마르쿠스, 이미 엎질러진 물이야.” 아티쿠스가 차분히 말했다. “그리고 자네가 선거 전에 행동을 취한 게 옳았을 가능성도 충분하네. 나도 그 여자를 조금 아는데, 자네 정보원이 미덥진 못한 것 같네만, 다른 한편으로 그 여자의 경제 관련 지식은 바늘 끝에도 쉽게 다 적을 수 있으리라는 데엔 기꺼이 돈을 걸겠네. 그 여자가 전면적인 부채 탕감 같은 표현을 난데없이 생각해낸다? 불가능한 일이야! 그래, 지금까지로 봐서는 자네가 충분히 나설 만했다고 생각하네.”

“무슨 일이 있어도,” 키케로가 외쳤다. 그의 대화 상대 둘 다 풀비아 노빌리오리스에 대해 너무 많이 알고 있다는 생각이 불현듯 떠올랐던 것이다. “누구에게도 절대 그 여자의 이름을 언급하지 말게! 카틸리나 진영에 내 첩자가 있다는 기색조차 보여서는 안 돼! 그 여자를 계속 이용하고 싶으니까.”

퀸투스조차도 이 호소에 일리가 있다고 생각해서, 풀비아 노빌리오리스에 대해서는 혼자서만 알고 있겠다고 약속했다. 한편 지극히 논리적인 아티쿠스는 카틸리나 주변인들의 움직임을 계속 주시한다는 것에 전적으로 찬성을 표했다.

"카틸리나 본인은 직접 연루되지 않았을 가능성도 있네." 아티쿠스가 마지막으로 의견을 내놓았다. "하지만 그자의 측근들은 확실히 지켜볼 필요가 있어. 에트루리아와 삼니움은 이탈리아 전쟁 이후 끊임없이 들끓고 있고, 가이우스 마리우스의 몰락으로 상황은 더욱 악화됐네. 술라가 취한 조치는 말할 필요도 없고."

그리하여 8월에 퀸투스 키케로는 양쪽 집안의 여러 여자들과 자녀들을 데리고 바닷가로 떠난 반면, 마르쿠스 키케로는 상황을 지켜보기 위해 로마에 남았다. 쿠리우스 가문은 쿠마이나 미세눔에서 휴가를 보낼 돈이 없었으므로, 풀비아 노빌리오리스는 무더운 여름을 그냥 견뎌야 했다. 키케로에게도 고생스럽기는 마찬가지였으나, 그는 그만한 가치가 있으리라고 생각했다.

9월의 칼렌다이가 지나는 동안, 원로원에서는 전통적으로 이날 열도록 되어 있는 형식적인 회의 외에는 아무 일도 없었다. 회의가 끝난 뒤 원로원 의원 대부분은 해변으로 돌아갔다. 달력이 계절보다 한참 앞서가서 아직 가장 무더운 시기가 남아 있었기 때문이다. 카이사르는 로마에 머물렀다. 니기디우스 피굴루스와 바로도 동일한 이유로 로마에 있었다. 앞서 신임 최고신관이 이른바 왕들의 석판 연대기와 주해를 발견했다고 발표했던 것이다. 최고신관은 먼저 8월 마지막날에 신관단을 소집해서 그들에게 먼저 사실을 알리고 서판과 사본을 살펴볼 기회를 준 다음, 9월 칼렌다이에 열린 원로원 회의를 활용해 자신이 발견한 내용을 선보였다. 대다수 의원들은 하품만 해댔지만(일부 신관들까지도 그랬다) 키케로와 바로, 니기디우스 피굴루스를 비롯한 몇몇은 이 소식에 대단히 흥미진진해했고, 9월 전반을 대체로 이 고문서를 탐독하는 데 할애했다.

새로 입주한 저택의 너르고 호화로운 공간에 여전히 살짝 도취되어 있던 카이사르는, 그달 이두스에 만찬회를 열었다. 초대 손님은 니기디우스 피굴루스, 바로, 키케로, 그리고 카이사르가 미틸레네 성벽 앞에서 하급 군관으로 함께 어울렸던 두 사람인 필리푸스 2세와 가이우스 옥타비우스였다. 필리푸스는 카이사르보다 두 살 위였고 마찬가지로 내년에 법무관이 될 예정이었지만, 옥타비우스는 두 사람 중간에 낀 나이였으므로 그 다음해에나 법무관이 될 기회를 얻을 터였다. 그 이유는 물론, 파트리키인 카이사르가 평민들보다 2년 일찍 고등 정무관 직을 차지할 수 있기 때문이었다.

비열하고 부도덕한 필리푸스 영감, 무엇보다도 이 파벌에서 저 파벌로 수없이 편을 바꾼 것으로 유명한 그는 아직까지 살아 있었고 여전히 이따금씩 원로원 회의에 참석했지만, 그 조직에서 영향력을 행사하던 시절은 지나간 지 오래였다. 악덕으로든 권세로든, 그의 아들이 그 자리를 대신 차지할 일도 없으리라고 카이사르는 생각했다. '젊은' 필리푸스는 지나치리만큼 에피쿠로스학파 신봉자라서 식당의 긴 의자와 가벼운 예술이 있고 절묘하게 정돈된 즐거움에 지나치게 중독되어 있었으며, 자신에게 주어진 권리이기에 기꺼이 원로원에서 의무를 다하고 관직의 사다리를 오르기는 했지만 어느 정치 파벌에든 원한을 살 행보는 절대 취하지 않았다. 그는 카이사르와 잘 지내는 것처럼 카토와도 쉽게 잘 지낼 수 있었다. 물론 카토보다는 카이사르와 어울리는 편을 훨씬 좋아하기는 했다. 그는 겔리우스 가문의 여자와 결혼했는데, 아내가 죽은 후 재혼하지 않기로 마음을 정했다. 자기 아들과 딸에게 계모를 안기지 않는 편이 좋겠다고 생각해서였다.

카이사르와 가이우스 옥타비우스 사이에는 우정을 키울 특별한 동기가 있었다. 옥타비우스의 첫번째 아내(앙카리우스 가문 출신으로 부유한 법무관의 여식이었다)가 죽은 뒤 그는 카이사르의 조카딸, 즉 작은누나의 딸인 아티아에게 청혼했다. 아티아의 아버지 마르쿠스 아티우스 발부스는 카이사르에게 이 결혼에 대해 어찌 생각하는지 의견을 물었다. 가이우스 옥타비우스는 훌륭한 귀족 가문 출신이 아니라 그저 라티움 지역의 벨리트라이에서 온 대단히 부유한 집안 출신이었기 때문이다. 미틸레네에서 옥타비우스가 보여준 신의를 떠올리며, 또한 그가 아름답고 유쾌한 아티아를 열렬히 사랑한다는 것을 알고서 카이사르는 이들의 결혼을 지지했다. 의붓딸이 하나 있었지만 다행히 악의라곤 없는 착한 아이였고, 첫번째 결혼에서 난 아들은 없었기에 아티아가 옥타비우스의 아들을 낳더라도 그 아이의 유산 상속을 망칠 걱정은 없었다. 그리하여 결혼이 성사되었고, 아티아는 비록 위치가 아주 특이하여 팔라티움 고지 엉뚱한 쪽의 황소머리라는 이름이 붙은 거리 끄트머리에 있기는 했지만 로마에서 가장 훌륭한 축에 드는 저택으로 들어갔다. 그리고 재작년 10월에 첫번째 아이를 낳긴 했지만, 안타깝게도 딸이었다.

대화는 자연스레 왕들의 석판 연대기와 주해를 중심으로 돌아갔다. 물론 카이사르는 옥타비우스와 필리푸스를 배려하는 뜻에서, 학자 성향이 강한 다른 손님 세 명의 관심을 이 경이로운 물건에서 떼어놓기 위해 상당한 노력을 기울였다.

"당연히 당신은 고대법에 있어 대단한 권위자로 인정받고 있소." 키케로가 말했다. 그는 현대 로마에서 그다지 중요하지 않아 보이는 분야에서라면 상대의 우월함을 기꺼이 수긍할 마음이 있었다.

"고맙소." 카이사르가 진지하게 말했다.

"왕의 법정에서 일어난 그날그날의 활동에 대한 정보가 더 없는 게 아쉽군요." 바로의 말이었다. 그는 폼페이우스의 전속 자연과학자이자 비상근 전기 작가로, 동방에서 장기간 체류하다가 막 귀국한 참이었다.

"네, 하지만 저 두 문건을 종합해봄으로써 이제 우리는 대반역죄 재판 절차에 대해 선명하게 그려볼 수 있게 되었고, 그 자체로도 대단히 흥미로워요." 니기디우스 피굴루스가 말했다. "경반역죄를 고려해보면 말이지요."

"경반역죄는 사투르니누스가 고안해낸 것이죠." 카이사르가 말했다.

"그가 경반역죄를 고안해낸 건, 구체계로는 아무도 반역으로 유죄판결을 받을 수 없어서였죠." 키케로가 재빨리 덧붙였다.

"당신이 찾은 이 문건의 존재를 당시 사투르니누스가 몰랐던 게 유감이군요, 카이사르." 바로가 꿈꾸듯 말했다. "재판관 두 명에 배심원단이 없으면 재판 결과가 크게 달라질 텐데!"

"말도 안 됩니다!" 키케로가 자세를 고쳐 앉으며 외쳤다. "원로원이나 민회나 배심원단 없는 형사재판은 허락하지 않을 거예요!"

"정말로 흥미로운 점은," 니기디우스 피굴루스가 말했다. "현재 살아있는 사람 중에 재판관 자격에 맞는 사람이 네 명 정도밖에 안 된다는 겁니다. 카이사르 당신. 당신 육촌인 루키우스 카이사르. 파비우스 상가. 그리고 묘한 얘기지만 카틸리나가 있지요! 그 외의 파트리키 가문들은 호라티우스가 누이 살인죄로 재판받던 시절엔 없었으니까요."

필리푸스와 옥타비우스는 꽤나 지루해 보였고, 조금 알아듣기 힘들어하는 것 같기도 했다. 그래서 카이사르는 또 한번 화제를 바꿔보려 했다.

"예정일이 언제인가?" 그가 옥타비우스에게 물었다.

"한 주 정도 남았네."

"아들인 것 같나, 딸인 것 같나?"

"이번에는 아들이 아닐까 생각하고 있네. 두 명의 아내에게서 세번째로 딸을 본다면 너무나 실망스러울 거야." 가이우스 옥타비우스가 한숨지으며 말했다.

"툴리아가 태어나기 전에 그애가 아들일 거라고 확신했던 일이 생각나는군요." 키케로가 싱긋 웃으며 말했다. "테렌티아도 확신했었지요. 그런데 실제로 아들을 보기까지 14년을 기다려야 했어요."

"그렇게 오래도록 계속 노력한 거군요. 그렇죠, 키케로?" 필리푸스가 물었다.

이 말에 키케로는 아무 대답 없이 얼굴만 붉혔다. 출세를 꿈꾸는 야심만만한 신진 세력이 대개 그렇듯이, 그는 도저히 안 뱉고는 못 배길 정도로 멋진 재담이 떠오르지 않는 한 습관적으로 점잔을 떨었다. 기반이 튼튼한 귀족들은 다소 저속한 말을 해도 되었지만, 키케로는 그렇지 못했다.

"고대 회의장 관리인의 아내 말로는 아들일 거라네요." 옥타비우스가 말했다. "그 여자가 아티아의 결혼반지를 실에 묶어서 아티아 배 위에 들고 있더군요. 반지가 오른쪽으로 빠르게 돌았는데, 확실한 징조랍니다."

"음, 그 여자 말이 맞기를 바라세." 카이사르의 말이었다. "내 큰누나는 아들을 여럿 낳았네만, 확실히 딸을 낳는 집안 내력이 있기는 해."

"궁금한 게 있는데," 바로가 물었다. "툴루스 호스틸리우스 통치기에 실제 대반역죄로 재판받은 사람이 몇 명인가요?"

카이사르는 한숨이 나오려는 걸 꾹 참았다. 학자 세 명에다 에피쿠로스주의자 단 둘만 만찬에 초대한 결과는 확실히 실패였다. 포도주와 관저의 요리사들이 최상급인 게 그나마 다행이었다.

에트루리아 소식은 최고신관과의 만찬에 다녀온 지 며칠 지나지 않아 당도했다. 소식을 전한 이는 풀비아 노빌리오리스였다.

"카틸리나가 군대를 모집하기 위해 가이우스 만리우스를 파이술라이로 보냈어요." 풀비아는 긴 의자 끄트머리에 걸터앉아 땀이 송골송골 맺힌 이마를 닦으며 키케로에게 말했다. "푸블리우스 푸리우스도 아풀리아에서 같은 일을 하고 있고요."

"증거는?" 키케로가 재빨리 물었다. 그 자신의 이마도 갑자기 축축해졌다.

"아무것도 없어요, 마르쿠스 키케로."

"퀸투스 쿠리우스가 당신에게 말해줬습니까?"

"아뇨. 어제 저녁식사 후에 그 사람이 루키우스 카시우스와 얘기하는 걸 엿들었어요. 그들은 제가 자러 들어간 줄 알았어요. 선거일 이후로 그들 모두 대단히 조용했어요. 퀸투스 쿠리우스까지도요. 그 일로 카틸리나가 큰 충격을 받았으니까, 제 생각엔 얼마간 회복할 시간을 가진 것 같아요. 뭔가 은밀한 얘기를 나누는 건 어젯밤에 처음 들었어요."

"만리우스와 푸리우스가 언제 그 작전에 착수했는지 압니까?"

"아뇨."

"그러니까 모병이 얼마나 진행됐는지는 전혀 모른다는 겁니까? 가령, 내가 파이술라이로 사람을 보낸다면 확증을 얻을 가능성이 있겠습니까?"

"몰라요, 마르쿠스 툴리우스. 저도 알았으면 좋겠어요!"

"퀸투스 쿠리우스는 어떻습니까? 노골적인 혁명을 바라고 있습니까?"

"잘 모르겠어요."

"그럼 알아내려고 애써보세요, 풀비아." 키케로는 목소리나 태도에 짜증이 묻어나지 않도록 신경을 썼다. "그가 원로원에서 증언하도록 설득할 수만 있다면, 원로원 의원들도 내 말을 믿을 수밖에 없을 거예요."

"안심해요, 여보. 풀비아는 최선을 다할 거예요." 테렌티아는 이렇게 말한 뒤 손님을 데리고 나갔다.

키케로는 반란 세력이 노예들을 적극적으로 모병할 거라는 확신하에, 대단히 예리하고 보기에 그럴싸한 자를 골라 병사로 자원하라는 지시와 함께 파이술라이로 보냈다. 그는 원로원의 다수가 자기를 아둔하며 집정관 임기를 화려하게 장식할 위기를 찾느라 혈안이라고 여긴다는 것을 잘 알았기에, 아티쿠스에게서 이 노예를 빌려왔다. 따라서 이 자는 개인적으로 키케로의 말을 들어야 할 의무가 없다고 증언할 수 있을 터였다. 그러나 안타깝게도 돌아온 그의 손에는 별다른 정보가 들려 있지 않았다. 그의 말로는 무슨 일이 분명히 일어나고 있고, 파이술라이만이 아니라고 했다. 문제는 에트루리아에 노예가 없다는 것이었다. 이는 그가 정보를 캐러 다니기 시작했을 때 들은 얘기라고 했다. 에트루리아는 자유인들의 지역이고, 에트루리아를 위해 봉사할 자유인들이 충분히 많다는 얘기였다. 그런데 이 대답이 무슨 의미인지는 뭐라 콕 집어내기가 어려웠다. 당연히 에트루리아도 이탈리아 안팎의 다른 모든 지역과 같이 노예들로 가득했기 때문이다. 온 세상이 노예들에 기대어 돌아가는 것을!

"이게 정말로 반란이라면 말입니다, 마르쿠스 툴리우스." 아티쿠스의 하인은 이렇게 추론했다. "그건 자유인으로만 한정된 반란입니다."

"이제 어떻게 하죠?" 저녁 식탁에서 테렌티아가 물었다.

"정말이지 모르겠소, 여보. 문제는 원로원을 소집해서 다시 시도해야 할지, 아니면 자유인 중에 정보원을 몇 명 모아서 확실한 증거를 찾아낼 때까지 기다려야 할지요."

"확실한 증거는 찾기가 매우 어려우리라는 예감이 들어요, 여보. 북부 에트루리아 사람들은 아무도 외부인을 신뢰하지 않아요. 자유인이건 노예건 마찬가지죠. 그 사람들은 배타적이고 숨기는 게 많아요."

"흐음." 키케로는 한숨을 내쉬었다. "모레 원로원 회의를 소집해야겠소. 달리 아무런 도움이 안 된다고 해도, 최소한 카틸리나에게 내가 여전히 지켜보고 있다는 걸 알려줄 수는 있을 테니."

키케로의 예상대로, 그 회의는 달리 아무런 도움도 되지 않았다. 아직까지 해변에 가 있지 않고 참석한 의원들은 잘해야 회의적인 반응이었고, 최악의 경우 대놓고 모욕적인 말을 뱉었다. 특히 카틸리나가 그랬다. 그는 회의에 참석해서 거침없이 의견을 말했지만, 집정관이 되려던 희망이 영원히 박살나버린 사람치고는 놀랍도록 냉정을 유지했다. 이번에는 키케로에게든 상대편에게든 고함을 치지도 않았다. 그저 의자에 앉아 참을성 있게 차분히 답변할 뿐이었다. 회의론자들에게 호감을 주고 지지자들은 고소해할 수 있게 해준 좋은 전략이었다. 그가 그렇게 나오지 않았다면 소란스럽고 열띤 논쟁이 되었을지도 모를 자리가 점점 무기력한 분위기로 바뀌어버린 것도 당연했다. 가이우스 옥타비우스가 갑자기 소리를 지르고 춤을 추며 문을 박차고 나간 것이 생동감을 준 유일한 사건이었다.

"아들을 얻었다! 아들을 얻었어!"

회의를 파할 구실이 생긴 것에 감사하며, 키케로는 서기들을 보내고 옥타비우스를 에워싼 무리에 합류했다.

"별점은 길하게 나왔나?" 카이사르가 물었다. "하기야 길하지 않게 나오는 법이 없지."

"길한 정도가 아니라 기적적이네, 카이사르. 점성술사 그자가 한 말대로라면 내 아들 가이우스 옥타비우스는 세상을 지배하게 될 거라네." 뿌듯한 아버지는 픽 웃음을 터뜨렸다. "그래도 난 속아줬네! 점성술사에게 수고비에다 덤까지 얹어줬지."

"내 어머니 말씀을 믿자면, 내 탄생 별점에는 가슴의 이상한 질병에 대한 얘기만 잔뜩 있었다더군." 카이사르가 말했다. "어머니는 절대 보여주시질 않아."

"내 별점에는 절대로 돈을 못 번다고 나왔다네." 크라수스가 말했다.

"점은 여자들을 기쁘게 하죠." 필리푸스가 말했다.

"유노 루키나에게 출생 등록을 하러 같이 갈 사람이 있나요?" 여전히 활짝 웃는 얼굴로 옥타비우스가 물었다.

"최고신관 카이사르 할아버지가 아니면 누구겠나?" 카이사르는 옥타비우스의 어깨에 팔을 둘렀다. "다녀와서는 새로 태어난 내 생질손을 보여줘야 하네."

에트루리아나 아풀리아에서 온 중요한 정보도, 풀비아 노빌리오리스의 소식도 없이 10월의 열여드레가 지나갔다. 키케로와 아티쿠스가 파견한 정보원들이 가끔 편지를 보내왔지만, 확실한 증거가 나오리라는 희망은 거의 주지 못했다. 다만 한결같이 무언가가 일어나고 있는 건 확실하다는 단언을 담고 있었다. 가장 큰 문제는 진짜 알맹이가 없다는 사실에 있는 듯했다. 그저 이 마을 저 마을의 술라 휘하에 있던 어느 백인대장의 다 무너져가는 농장이나, 어느 술라군 퇴역병의 싸구려 선술집에서 사람들이 동요하고 몸서리치고 있는 것뿐이었다. 그렇지만 낯선 얼굴만 등장했다 하면 모두가 천진스레 휘파람을 불며 돌아다녔다. 파이술라이, 아레티움, 볼라테라이, 아이세르니아, 라리눔, 그 밖에 에트루리아와 아풀리아의 다른 모든 도심 주거지들의 성벽 안에서는 경제 불황과 극심한 가난 말고는 아무것도 겉으로 드러나지 않았다. 감당할 길 없는 빚을 충당하기 위해 팔려고 내놓은 집과 농장이 곳곳에 있었지만, 그 이전 소유주들은 코빼기도 보이지 않았다.

키케로는 자꾸만 지쳐갔다. 뭔가 바로 그의 코밑에서 분주히 진행되고 있는 건 확실한데 입증할 길이 없었다. 이제는 자기가 반란이 일어나는 그날까지도 결코 입증해내지 못할 거라는 생각이 들기 시작했다. 테렌티아도 절망에 빠졌는데, 희한하게도 그녀가 그런 상태가 되자 같이 살기에 더 수월해지는 것 같았다. 키케로는 원래 육욕이 강한 사람이 아니었지만, 요즘 들어서는 빨리 잠자리에 들어 아내의 부조화스러우면서도 마음을 미혹시키는 듯한 몸에서 위안을 찾고 싶은 마음이 드는 것이었다.

그날, 10월 18일 밤의 자정이 막 지나갈 무렵 부부는 둘 다 깊은 잠에 빠져 있었다. 그때 티로가 와서 그들을 깨웠다.

"주인어른, 주인어른!" 총애받는 노예가 문 앞에서 작은 소리로 말했다. 그의 꼬마요정같이 매력적인 얼굴이 등불 위로 비치며 저승에서 온 얼굴처럼 바뀌어 보였다. "주인어른, 손님들이 오셨어요!"

"시간이 어떻게 됐나?" 키케로는 간신히 정신을 차리고 침대 한쪽으로 다리를 휙 돌려 빠져나왔다. 테렌티아는 몸을 뒤척이며 눈을 떴다.

"아주 늦었습니다, 주인어른."

"손님들이라고 했나?"

"네, 주인어른."

테렌티아는 침대 다른 쪽에서 일어나 앉으려 애를 썼지만 옷을 입을 기미는 보이지 않았다. 무슨 일이 돌아가고 있건 자신은 끼워주지 않으리라는 걸 알았기 때문이다. 여자니까! 그렇다고 다시 잠을 청할 수도 없었다. 키케로가 돌아와서 무슨 일인지 말해줄 때까지 참고 있는 수밖에.

"누군가, 티로?" 튜닉에 머리를 밀어넣으며 키케로가 물었다.

"마르쿠스 리키니우스 크라수스와 다른 귀족 두 분입니다, 주인어른."

"맙소사!"

씻고 신발을 챙길 겨를도 없었다. 키케로는 급히 집안의 아트리움으로 향했다. 문득 그곳이 금년 말부터 전직 집정관이 될 사람의 것이라기엔 너무 작고 단조롭다는 생각이 들었다.

아니나 다를까, 크라수스가 와 있었다. 다른 사람도 아닌 마르쿠스 클라우디우스 마르켈루스와 메텔루스 스키피오를 동행하고서! 집사는 분주히 등잔에 불을 붙였고, 티로는 만약을 위해 필기용지와 펜, 밀랍서판을 가져왔다. 밖에서 들리는 소리로 미루어 포도주와 다과도 곧 도착할 것 같았다.

"무슨 문제가 있습니까?" 키케로가 의례적인 인사를 생략하고 물었다.

"자네가 옳았네, 친구." 크라수스는 이렇게 말하며 양손을 내밀었다. 오른손에는 펼쳐진 종이 한 장이 있었고, 왼손에는 여전히 접힌 채 봉인된 편지 몇 장이 들려 있었다. 그는 펼쳐진 종이를 건네주었다. "그걸 읽어보면 무슨 문제인지 알게 될 걸세."

아주 짤막한 글이었지만 제대로 교육받은 사람이 쓴 것이었고, 수신인은 크라수스 앞으로 되어 있었다.

> 저는 운 나쁘게 반란에 휘말리게 된 애국자입니다. 이 편지들을 마르쿠스 키케로가 아니라 당신께 보내는 이유는 로마에서 당신이 차지하고 있는 위상 때문입니다. 아무도 마르쿠스 키케로를 믿지 않았습니다. 부디 당신은 모두가 믿어주기를 희망합니다. 편지들은 사본입니다. 급히 빠져나오느라 원본은 챙길 수 없었습니다. 이름들도 밝힐 수 없습니다. 제가 말씀드릴 수 있는 건 곧 포화와 혁명이 로마를 덮칠 거라는 사실입니다. 로마에서 피하십시오, 마르쿠스 크라수스. 죽임당하고 싶지 않은 사람들 전부 데리고 떠나십시오.

빠른 묵독에 있어서 카이사르와 견줄 바는 아니었지만, 키케로도 그리 느리진 않았다. 크라수스가 이 편지를 읽는 데 걸린 것보다 짧은 시간 만에 키케로는 고개를 들었다.

"유피테르 신이여, 마르쿠스 크라수스! 어쩌다 이걸 손에 넣었습니까?"

크라수스는 의자에 털썩 주저앉았고, 메텔루스 스키피오와 마르켈루스는 나란히 긴 의자 쪽으로 갔다. 하인 하나가 포도주를 따르려 하자 크라수스는 손짓으로 물리쳤다.

"우리는 내 거처에서 늦은 저녁식사중이었네." 그가 말을 시작했다. "그리고 나는 상당히 흥분한 상태였네. 마르쿠스 마르켈루스와 퀸투스 스키피오가 집안 재산을 늘리려 하는데 원로원의 선례는 깨고 싶지 않다면서 내게 조언을 구하러 왔지."

"맞습니다." 마르켈루스가 경계하는 태도로 말했다. 키케로가 원로원 규정에 어긋나는 사업 계획에 대해 발설하지 않을 거라고 믿을 순 없었기 때문이다.

그러나 지금 키케로의 머릿속에서 원로원 의원의 적법한 관행과 불법 활동 간의 미묘한 차이는 전혀 관심 밖의 문제였다. 그래서 그는 조바심을 내며 "그래, 알았네!"라고 말한 뒤 크라수스를 재촉했다. "계속하세요!"

"대략 한 시간 전에 누군가가 문을 두드렸지만, 내 집사가 나갔을 땐 밖에 아무도 없었네. 처음에 집사는 계단에 놓여 있던 편지들을 보지 못했네. 그러다 편지 더미가 우르르 쏟아지면서 내는 소리에 그쪽으로 눈길을 돌렸지. 자네도 봐서 알다시피, 내가 뜯어본 편지는 개인적으로 내 앞으로 보낸 것이었네. 물론 그걸 뜯어보게 된 건 어떤 불안한 예감이 있어서라기보다 순전히 호기심에서였지만. 어떤 사람이 그런 이상한 방법으로, 그것도 그런 시각에 편지를 전한단 말인가?" 크라수스의 표정은 엄숙했다. "이 편지를 읽고 여기 있는 마르쿠스와 퀸투스에게 보여준 뒤, 우리는 즉시 이걸 전부 자네에게 가져오는 게 최선이라고 판단했네. 자네야말로 그 소란을 피웠던 사람이니까."

키케로는 뜯지 않은 편지 다섯 통 뭉치를 받아들고, 공작무늬가 들어간 산다락나무 탁자에 팔꿈치를 괴고 앉았다. 100만 세스테르티우스를 주고 산 탁자였지만, 자칫 자기가 긁어서 흠집이 나면 어쩌나 하는 생각 따윈 안중에도 없었다. 그는 편지를 차례로 들어 등불에 비춰보며 싸구려 밀랍 봉인을 관찰했다.

"평범한 붉은 밀랍으로 된 늑대 봉인이군요." 그는 한숨을 쉬며 말했다. "아무 가게에서나 살 수 있는 겁니다." 그는 더미에 있던 맨 마지막 편지의 종이 귀퉁이 아래로 손가락을 집어넣더니 작은 원형의 밀랍 문장을 세게 잡아당겨 반으로 쪼갰다. 크라수스와 다른 두 사람은 그의 그런 모습을 열심히 쳐다보았다. "제가 읽어드리겠습니다." 키케로는 이렇게 말하며 종이 한 장을 펼쳤다. "이건 서명이 없지만, 가이우스 만리우스에게 보낸 편지로군요." 그는 흘려 쓴 글씨를 세세히 보면서 읽기 시작했다.

11월 칼렌다이 닷새 전날에 병사들을 조직하고 파이술라이를 침공하여 혁명을 시작하게. 그 지역은 통째로 자네 수중에 들어올 거라고 자네가 우리에게 장담했지. 우리는 자네를 믿네. 어떻게 하든 곧장 무기고를 사수하게. 같은 날 새벽 자네 동료 네 명도 움직일 걸세. 푸블리우스 푸리우스는 볼라테라이, 미누키우스는 아레티움, 푸블리키우스는 사투르니아, 아울루스 풀비우스는 클루시움을 맡을 걸세. 해가 질 때쯤엔 이 도시들 전부 자네들 수중에 들어가서 우리 군대가 훨씬 커지기를 기대하네. 무장을 더 잘 갖추게 되는 건 말할 것도 없고.

칼렌다이 나흘 전날에 로마에 있는 우리도 공격을 개시할 걸세.

군대는 불필요해. 잠행이 더 유리할 걸세. 집정관 둘과 법무관 여덟 명 전부 죽일 것이네. 집정관 당선자들과 법무관 당선자들이 어찌될지는 그들이 얼마나 분별력이 있느냐에 따라 달라지겠지만, 상업계의 몇몇 거물들은 살려둘 수 없네. 마르쿠스 크라수스, 세르빌리우스 카이피오 브루투스, 티투스 아티쿠스 같은 자들이지. 그들의 재산이 우리 계획에 자금이 되어 여윳돈이 마련될 거야.

좀더 기다리면서 힘과 병력을 키울 수 있었다면 더 좋겠지만, 우리가 준비를 마치기도 전에 폼페이우스 마그누스가 가까이 접근해서 우리 쪽으로 진격하도록 기다리고 있을 순 없네. 언젠가 그의 차례도 오겠지만, 우선은 제일 중요한 일을 먼저 해야 하니까. 신들의 가호가 있기를.

키케로는 편지를 내려놓고 두려워하는 얼굴로 크라수스를 바라보았다. "유피테르 신이여, 마르쿠스 크라수스!" 소리치는 그의 손이 떨리고 있었다. "아흐레 뒤면 일이 닥칩니다!"

더 젊은 두 사내의 얼굴은 깜박거리는 불빛에 잿빛으로 보였다. 눈길은 키케로에게서 크라수스에게로, 다시 그 반대로 이리저리 흔들렸으며, 머릿속은 '죽인다'는 단어 외에는 아무것도 소화할 수 없는 상태인 게 분명해 보였다.

"다른 편지들도 뜯어보게." 크라수스가 말했다.

그러나 그 글들은 첫번째 것과 거의 같은 내용이었고, 가이우스 만리우스의 편지에 이름이 언급된 네 사람에게 각각 보내는 것이었다.

"영리한 자군요." 키케로가 고개를 저으며 말했다. "일인칭 단수 시점으로 쓴 글이 하나도 없어서 제가 카틸리나에게 공개적으로 협의를 제기할 수 없게 되어 있어요. 로마에 있는 누가 연루되었는지는 전혀 언급이 없습니다. 여기 나와 있는 건 에트루리아에 있는 그의 군사적 심복들의 이름뿐인데, 그들은 이미 혁명에 목숨을 바친 자들이니 중요치 않지요. 참으로 영리해요!"

메텔루스 스키피오는 입술을 핥고 간신히 입을 열었다. "마르쿠스 크라수스 앞으로 편지를 쓴 사람은 누굽니까, 키케로?" 그가 물었다.

"퀸투스 쿠리우스가 아닐까싶네."

"쿠리우스라고요? 원로원에서 쫓겨난 그 쿠리우스 말입니까?"

"맞네."

"그럼 그자가 증언하게 만들 수 있겠습니까?" 마르켈루스가 물었다.

이번에는 크라수스가 고개를 저었다. "아니, 그럴 수는 없네. 저들이 그를 죽여버리면 우리는 다시 지금 상태로 미끄러질 테고, 정보원만 잃게 되네."

"그가 증언대에 서기 전부터 신변보호 조치를 취하면 되지 않습니까." 메텔루스 스키피오가 말했다.

"그랬다가 그가 입을 다물면?" 키케로가 물었다. "신변보호 상태에서는 언제든 그가 입을 다물 수 있네. 가장 중요한 것은 카틸리나를 압박해서 실토하게 만드는 거야."

이 말에 마르켈루스가 얼굴을 찌푸리며 대꾸했다. "혹시라도 주동자가 카틸리나가 아니면요?"

"중요한 지적이네." 메텔루스 스키피오가 말했다.

"내가 어떻게 해야 자네들의 그 둔한 머리통에 주동자는 카틸리나일 수밖에 없다는 걸 이해시킬 수 있겠나?" 키케로가 고함을 쳤다. 값비싼 탁자 표면을 어찌나 세게 쳤는지 금과 상아로 된 아래쪽 받침대가 부서지고 말았다. "카틸리나야! 카틸리나라고!"

"증거를 주게, 마르쿠스." 크라수스가 말했다. "증거가 필요해."

"어떻게든 증거를 입수할 겁니다." 키케로가 말했다. "그러나 그 전에 당장 에트루리아에서 일어난 혁명을 진압해야 합니다. 내일 네번째 시각에 원로원 회의를 소집하겠습니다."

"좋네." 크라수스는 느릿느릿 자리에서 일어났다. "그럼 나는 이만 집으로 가서 잠을 청해야겠네."

"당신은 어떻습니까?" 문으로 향하던 길에 키케로가 물었다. "카틸리나가 주범이라고 생각하십니까, 마르쿠스 크라수스?"

"가능성은 아주 크네. 하지만 확신은 못 하겠군." 이것이 돌아온 대답이었다.

"그 사람은 늘상 그러지 않았어요?" 잠시 뒤 테렌티아가 똑바로 일어나 앉으며 말했다. "아마 유피테르 옵티무스 막시무스와 동맹을 한대도 자기 의사를 분명히 하지 않을 거예요!"

"아마 원로원의 다른 대다수도 그럴 거요." 키케로는 한숨을 내쉬었다. "하지만 여보, 이제 당신이 풀비아를 만나볼 때가 된 것 같소. 여러 날째 그 여자에게서 아무 소식이 없었으니." 그는 자리에 누웠다. "등불을 꺼주시오. 잠을 좀 청해봐야겠소."

키케로가 예상하지 못했던 것은, 분명 반란의 조짐으로 보이기는 하는데 그 사태의 배후가 카틸리나인지에 대해 원로원이 품은 극도의 의구심이었다. 회의적인 반응은 예상했지만 노골적인 반대에 부딪힐 줄은 몰랐다. 그러나 그가 편지들을 가져와 읽었을 때 돌아온 반응은 노골적인 반대였다. 그는 자기 이야기에 크라수스를 끌어들이면 공화국 수호를 위한 원로원 결의, 즉 계엄령을 선포하는 결의를 얻어내리라 생각했지만 원로원은 그의 요청을 거부했다.

"본 회의가 열릴 때까지 그 편지들을 개봉하지 말았어야 합니다." 카토가 나무라듯 말했다. 그는 이제 호민관 당선자였으므로 발언권이 있었다.

"하지만 나는 의심할 바 없는 확실한 증인들 앞에서 그것을 개봉했습니다!"

"그렇다 해도 마찬가지요." 카툴루스가 말했다. "당신은 원로원의 특권을 침해한 거요."

이런 이야기가 오가는 내내 카틸리나는 지금 상황과 꼭 맞아떨어지는 일련의 감정을 얼굴과 눈빛에 드러내며 자리에 앉아 있었다. 분노, 침착함, 결백함, 가벼운 짜증, 불신 순이었다.

도저히 참을 수 없는 지경에 이르자 키케로는 고개를 돌려 카틸리나 쪽을 보았다. "루키우스 세르기우스 카틸리나, 당신이 이 사건들의 주동자라는 것을 인정하겠습니까?" 그의 목소리가 서까래 주위로 울려퍼졌다.

"아니요, 마르쿠스 툴리우스 키케로. 인정하지 않소."

"이 자리에 계신 분들 중에 저를 지지하실 분은 없습니까?" 수석 집정관은 강력히 물은 뒤 크라수스부터 카이사르, 카툴루스, 카토까지 차례로 쳐다보았다.

"본 원로원이 수석 집정관에게 이 사안의 모든 측면을 추가로 조사하도록 요청하는 것이 어떨까 합니다." 한참의 침묵 후 크라수스가 말했다. "에트루리아가 반란을 일으켰다 해도 놀라운 일은 아니지요. 그 부분은 인정합니다, 마르쿠스 툴리우스. 하지만 당신의 동료 집정관조차 이 모든 것이 몹쓸 장난이라면서 내일 쿠마이로 돌아가겠다고 말하는 판국에, 어찌 나머지 우리가 돌연 공황 상태에 빠지리라 기대할 수 있겠습니까?"

상황은 그렇게 끝났다. 키케로는 추가 증거를 찾아야만 했다.

"마르쿠스 크라수스에게 편지들을 전한 사람은 퀸투스 쿠리우스였어요." 다음날 아침 일찍 풀비아 노빌리오리스가 말했다. "하지만 그는 증언하진 않을 거예요. 너무 겁을 먹고 있어요."

"그 사람과 얘기를 나눴습니까?"

"네."

"그러면 명단을 말해줄 수 있습니까, 풀비아?"

"퀸투스 쿠리우스의 친구들 이름만 말씀드릴 수 있어요."

"누굽니까?"

"집정관님도 아시는 루키우스 카시우스, 쿠리우스와 같이 원로원에서 축출된 가이우스 코르넬리우스와 루키우스 바르군테이우스예요."

풀비아의 말은 불현듯 키케로의 머릿속 한구석에 묻혀 있던 어떤 사실과 연결되었다. "법무관 렌툴루스 수라도 그의 친구입니까?" 선거일에 그자가 퍼부은 폭언을 떠올리며 키케로가 물었다. 그랬다, 렌툴루스 수라는 감찰관 포플리콜라와 클로디아누스에 의해 제명된 70여 명 중 하나였다! 집정관을 지냈음에도 불구하고.

그러나 풀비아는 렌툴루스 수라에 대해 전혀 아는 바가 없었다. "다만," 그녀가 말했다. "케테구스가의 동생이—가이우스 케테구스였나요?—가끔 루키우스 카시우스와 같이 있는 걸 본 적은 있어요. 루키우스 스타틸리우스와 코그노멘이 카피토인 가비니우스도요. 하지만 그들은 친한 친구들은 아니라서, 그들이 음모에 가담했는지는 장담하기 어려워요."

"에트루리아의 반란은 어찌되고 있습니까?"

"퀸투스 쿠리우스가 반란이 일어날 거라고 말해준 것밖에 없어요."

"퀸투스 쿠리우스가 반란이 일어날 거라고 말했다는군." 풀비아 노빌리오리스를 배웅하고 돌아온 테렌티아에게 키케로는 같은 말을 그대로 되풀이했다. "카틸리나는 로마인치고 너무나 영리해요, 여보. 살면서 비밀을 엄수하는 로마인을 본 적이 있소? 그런데 지금 나는 어느 방향으로 가도 계속 벽에 부딪히고만 있소. 내가 귀족 혈통이었으면 얼마나 좋았을까! 내 이름이 리키니우스나 파비우스나 카이킬리우스였다면 지금쯤 로마는 계엄령하에 있었을 테고 카틸리나는 공공의 적이 되었을 거요. 그런데 내 이름이 툴리우스이고 아르피눔—그놈의 마리우스의 지역!—출신이라는 이유로, 내가 무슨 말을 해도 무게가 실리지 않소."

"사실이에요." 테렌티아가 말했다.

이 대답에 키케로는 씁쓸한 시선으로 아내를 보았지만 별다른 말은 하지 않았다. 잠시 후 그는 양손으로 넓적다리를 탁 치면서 말했다. "자, 그렇다면 계속 노력하는 수밖에!"

"뭔가 알아내려고 벌써 에트루리아에 여러 사람을 보냈잖아요."

"그리 생각할 수도 있소. 하지만 이 편지들을 보면 반란세력은 그 도시들에 집중되어 있지 않아요. 그 도시들은 외부의 근거지에서 점령당하는 것으로 되어 있소."

"편지에는 무기가 부족하다는 암시도 있어요."

"맞소. 폼페이우스 마그누스가 집정관 재임 당시 로마 북쪽에 무기고를 둬야 한다고 주장했을 때 우리 대다수는 그 생각을 반기지 않았소. 그의 무기고가 놀라만큼이나 침투하기 어렵다는 건 인정하지만, 만약 그 도시들이 반란을 일으키게 된다면, 음……."

"그 도시들은 아직 반란을 일으키지 않았어요. 그러기엔 너무 겁이 나는 거겠죠."

"그 지역은 온통 에트루리아인들로 가득하고, 에트루리아인은 로마를 싫어해요."

"이 반란은 술라의 퇴역병들이 꾸민 일이에요."

"그 지역에 살지도 않는 자들."

"바로 그거죠."

"그럼 원로원에서 다시 한번 시도하는 게 좋겠소?"

"그래요, 여보. 더 잃을 것도 없잖아요. 그러니 다시 시도해봐요."

그는 하루 뒤인 10월 21일에 다시 시도했다. 회의 출석률은 저조했다. 로마 원로원 의원들이 수석 집정관을 어떻게 생각하는지 보여주는 또하나의 징후였다. 별것 아닌 일을 큰일처럼 부풀리고, 후대를 위해 출판할 가치가 있는 연설 몇 개가 나올 만큼 대단한 명분을 찾아내려 애쓰는 야심 가득한 신진 세력. 카토, 크라수스, 카툴루스, 카이사르, 루쿨루스는 참석했지만, 바닥 양쪽의 세 줄에 해당하는 자리는 거의 다 비어 있었다. 그러나 카틸리나는 그를 좋게 생각하며 그가 핍박받는다고 여기는 이들에게 둘러싸인 채 여봐란듯이 참석해 있었다. 루키우스 카시우스, 독재관 술라의 조카인 푸블리우스 술라, 그의 친구 아우트로니우스, 퀸투스 안니우스 킬로, 죽은 케테구스의 두 아들, 독재관 술라와 같은 가계는 아니지만 그럼에도 연고가 좋은 술라 가문의 두 형제, 기지 넘치는 호민관 당선자 루키우스 칼푸르니우스 베스티아, 마르쿠스 포르키우스 라이카 등이 카틸리나를 지지하는 자들이었다. 저들 모두 관여되어 있는 걸까? 키케로는 자문해보았다. 지금 내 눈앞에 보이는 것이 로마의 새로운 체제인가? 만약 그렇다면, 나는 그것을 존중하지 않는다. 이자들은 모두 악인이다.

키케로는 깊게 숨을 들이쉰 뒤 말을 시작했다.

"공화국 수호를 위한 원로원 결의 같은 긴 구절을 말하는 것도 지칩니다." 이어서 그는 한 시간 동안 고르고 고른 말을 발표했다. "그래서 저는 원로원이 유일하게 모든 민회와 정부 조직, 기관, 시민에 대해 법적 구속력을 갖도록 공포할 수 있는 이 포고에 새로운 이름을 붙이고자 합니다. 저는 이것을 세나투스 콘술툼 울티뭄, 즉 원로원 최종 결의라고 부르겠습니다. 그리고 원로원 의원 여러분, 여러분께 원로원 최종 결의를 내려주실 것을 요청하는 바입니다."

"나에 대해서 말이오, 마르쿠스 툴리우스?" 카틸리나가 미소를 지으며 물었다.

"혁명에 대해섭니다, 루키우스 세르기우스."

"하지만 당신은 둘 중 어느 쪽도 입증하지 못했잖소, 마르쿠스 툴리우스. 말만 하지 말고 증거를 내놓으시오!"

또다시 실패로 돌아갈 모양이었다.

"마르쿠스 툴리우스, 당신이 루키우스 세르기우스 개인에 대한 공격을 그만둔다면 우리가 에트루리아의 반란을 믿을 마음이 더 들 수도 있소." 카툴루스가 말했다. "당신이 그에 대해 제기한 혐의는 전혀 사실무근이고, 따라서 티베리스 강 북서쪽에서 일고 있다는 심상치 않은 소요 사태에 대해서도 커다란 의혹의 그림자를 드리우게 되는 거요. 에트루리아는 케케묵은 핑계고 루키우스 세르기우스는 명백한 희생양이오. 아니, 마르쿠스 툴리우스, 우리는 매끈한 말보다 훨씬 더 구체적인 증거 없이는 단 한 마디도 믿을 수 없소."

"제게 구체적인 증거가 있습니다!" 문 쪽에서 우렁찬 목소리가 들려오더니 전 법무관 퀸투스 아리우스가 걸어들어왔다.

키케로는 무릎이 탁 풀리면서 상아 대좌에 털썩 주저앉았고, 입을 딱 벌린 채 아리우스를 쳐다보았다. 아리우스는 길을 달리느라 헝클어진 모습이었고 말을 타고 온 차림 그대로였다.

회의장의 사람들이 웅성거리며 카틸리나를 쳐다보기 시작했다. 친구들 사이에 앉은 그는 망연자실한 얼굴이었다.

"단상으로 올라와서 말씀해주십시오, 퀸투스 아리우스."

"에트루리아에 반란이 일어났습니다." 아리우스는 간략하게 말했다. "제 눈으로 직접 봤습니다. 술라의 퇴역병들이 모두 자기들 농장을 벗어나 지원병 훈련에 여념이 없습니다. 대개가 작금의 어려운 시기에 집이나 재산을 잃은 자들이지요. 파이술라이에서 몇 킬로미터 떨어진 곳에서 그들의 진지를 발견했습니다."

"무장한 자들이 얼마나 됩니까, 아리우스?" 카이사르가 물었다.

"대략 2천 명입니다."

이 말에 회의장에는 안도의 한숨이 흘러나왔지만, 계속해서 아리우스가 아레티움, 볼라테라이, 사투르니아에도 유사한 진지가 있으며 클루시움 역시 연루되었을 가능성이 농후하다고 말하자 사람들의 안색은 또다시 어두워졌다.

"그러면 나는 어떻게 됩니까, 퀸투스 아리우스?" 카틸리나가 큰 소리로 물었다. "내가 그들의 두목입니까? 이곳 로마에 앉아 있는데도?"

"내가 아는 한, 루키우스 세르기우스, 그들의 두목은 술라의 백인대장이었던 가이우스 만리우스라는 잡니다. 당신 이름은 들은 적이 없고 당신에게 혐의를 씌울 증거도 없습니다."

카틸리나 주위에 있던 이들이 환호성을 지르기 시작했고, 나머지 의원들의 얼굴에는 안도의 기색이 떠올랐다. 수석 집정관은 분을 삼키며 퀸투스 아리우스에게 감사를 표한 뒤, 회의장에 모인 의원들에게 다시 한번 원로원 최종 결의를 발동하여 그와 그의 정부가 에트루리아의 반란군에 대처할 수 있게 해달라고 요청했다.

"표결을 실시하겠습니다." 수석 집정관이 말했다. "에트루리아의 반란을 처리하기 위해 원로원 최종 결의를 선포하는 데 찬성하는 분들은 모두 제 오른쪽으로 서십시오. 반대하는 분들은 모두 제 왼쪽으로 서주십시오."

카틸리나와 그의 지지자들을 포함해 모두가 오른쪽에 섰다. 카틸리나의 표정은 이렇게 말하는 듯했다. 어디 네 멋대로 굴어봐라, 이 아르피눔의 벼락출세자야!

"그렇지만," 모두 자기 자리로 돌아간 뒤 법무관 렌툴루스 수라가 말을 꺼냈다. "병력이 모여 있다고 해서 반드시 심각한 반란 의도가 있다고 볼 수는 없습니다. 적어도 지금 당장은 말입니다. 날짜를 들은 게 있습니까, 퀸투스 아리우스? 가령 마르쿠스 크라수스에게 저 유명한 편지들이 배달되었던 11월 칼렌다이 닷새 전 같은."

"날짜는 들은 바 없습니다." 아리우스가 대답했다.

"이 질문을 한 까닭은," 렌툴루스 수라의 말이 이어졌다. "현재 국고위원회가 대대적인 모병 활동에 들어갈 큰돈을 찾아낼 상황이 아니기 때문입니다. 마르쿠스 툴리우스, 당분간은 당신이 말한…… 에…… '원로원 최종 결의'를 제한적으로 시행하는 것이 어떻겠습니까?"

그를 쳐다보는 얼굴들에 찬성의 뜻이 담겨 있음을 눈치채는 건 어렵지 않았다. 그리하여 키케로는 전문 검투사들을 전원 로마에서 내보내는 조치로 만족했다.

"뭡니까, 마르쿠스 툴리우스, 유사시에는 무기를 들고 싸우도록 등록되어 있는 이 도시의 전 시민에게 무기를 지급하는 명령은 없는 건가요?" 카틸리나가 상냥한 말투로 물었다.

"그렇소, 루키우스 세르기우스, 당신과 당신 무리가 공공의 적이라는 것을 증명해내기 전에는 그 명령을 내릴 의향이 없습니다!" 키케로가 쏘아붙였다. "무기를 나눠줬다가는 종국에 충성스러운 시민들을 향해 그 무기를 겨눌 자들에게 내가 왜 그러겠습니까?"

"이 사람은 악의로 가득합니다!" 두 손을 쭉 뻗으며 카틸리나가 외쳤다. "눈곱만한 증거도 없으면서 아직도 저를 향한 악의적인 괴롭힘을 끈질기게 계속하고 있습니다!"

그러나 카툴루스는 그와 호르텐시우스가 지난해에 느꼈던 것을 떠올리고 있었다. 그들이 함께 공모하여 카틸리나를 집정관 감에서 배제하고 좀더 나은 대안으로 사실상 그 자리에 키케로를 앉히던 당시의 생각을. 카틸리나가 주동자일 가능성이 있을까? 가이우스 만리우스는 카틸리나의 피호민이었다. 또다른 반역자들 중 하나인 푸블리우스 푸리우스 또한 마찬가지였다. 어쩌면 미누키우스, 푸블리키우스, 아울루스 풀비우스 또한 그의 피호민들이 아닌지 알아보는 것이 현명할지도 모른다. 따지고 보면 카틸리나 주위에 앉은 자들 중 어느 누구도 청렴의 표상은 아니지 않은가! 루키우스 카시우스는 살찐 멍청이고, 푸블리우스 술라와 푸블리우스 아우트로니우스로 말할 것 같으면…… 취임하기도 전에 집정관 직을 박탈당하지 않았던가? 게다가 당시 저들이 그 자리의 후임자였던 루키우스 코타와 토르콰투스를 암살할 계획이라는 해괴한 소문까지 나돌지 않았던가? 카툴루스는 입을 열기로 했다.

"마르쿠스 툴리우스를 가만 내버려두시오, 루키우스 세르기우스!" 그는 지친 목소리로 명령했다. "우리가 당신들 둘 사이의 사소한 개인적인 전쟁을 참고 있어야 할지는 몰라도, 관직도 없는 일개 시민이 합법적으로 선출된 수석 집정관에게 그의…… 에…… 원로원 최종 결의를 어떻게 시행하라고 이러쿵저러쿵하는 소리를 참고 들을 필요는 없소. 나는 공교롭게도 마르쿠스 툴리우스의 의견에 동의하는 바요. 지금부터 에트루리아에 집중된 병력은 면밀히 감시될 것이오. 따라서 당장은 이 도시의 누구에게도 무기를 지급할 필요가 없소."

"목표 달성이 가까워졌군요, 키케로." 원로원이 해산하자 카이사르가 말했다. "카툴루스가 카틸리나에 대해 다시 생각해보기 시작했으니까."

"당신은 어떻소?"

"아, 나는 그가 진짜 악인이라고 생각하오. 퀸투스 아리우스에게 에트루리아에서 조사를 좀 해달라고 부탁한 것도 그래서죠."

"당신이 아리우스에게 그리하도록 시킨 거였소?"

"흐음, 당신 혼자 감당이 안 되고 있었잖소, 안 그래요? 아리우스를 고른 건 그가 술라 밑에서 복무했고 술라의 퇴역병들이 그를 아주 좋아하기 때문이오. 로마 상류층에 저 불만 가득한 퇴역병 출신 농부들의 의심을 잠재울 수 있는 인물은 몇 없지만, 아리우스가 바로 그중 하나죠." 카이사르가 말했다.

"당신에게 신세를 졌군요."

"별말씀을. 나와 같은 부류가 다들 그렇듯이 나 또한 같은 파트리키를 저버리는 일은 꺼려져요. 하지만 나는 바보가 아니오, 키케로. 나는 반란에 관여하고 싶지도 않고, 반란에 관여한 파트리키와 동일시되는 것도 두고볼 수 없소. 내 별은 여전히 떠오르고 있소. 카틸리나의 별이 져버린 건 유감이지만, 그 별은 엄연히 졌어요. 따라서 카틸리나는 로마 정계에서 더이상 영향력 없는 죽은 권력이죠." 카이사르는 어깨를 으쓱했다. "나는 죽은 권력과 상대할 수 없소. 크라수스부터 카툴루스까지 우리들 대다수도 마찬가지일 거요. 지금 보시다시피 말이죠."

"에트루리아에 사람들을 보내두었소. 정말로 칼렌다이 닷새 전날에 반란이 일어난다면 하루 안에 로마도 알게 될 거요."

그러나 로마는 하루 안에 알지 못했다. 11월 칼렌다이 나흘 전날이 지나갈 때까지 아무 일도 일어나지 않았다. 편지에 의하면 살해 대상이었던 집정관과 법무관 들은 아무 피해 없이 하던 일을 계속했고, 에트루리아에서 들려온 반란 소식은 없었다.

키케로는 의심과 기대 사이를 미친듯이 오가고 있었다. 카틸리나의 끝없는 조롱이나, 카툴루스와 크라수스에게서 갑작스레 느껴지는 냉랭한 분위기도 기분 전환에 전혀 도움이 되지 않았다. 무슨 일이 일어난 것인가? 왜 아무 소식도 없는가?

11월의 칼렌다이가 도래했다. 여전히 아무 소식이 없었다. 그렇다고 사건이 일어나기만 기다려야 했던 그 끔찍한 날들 동안 키케로가 아예 손놓고 지낸 것은 아니었다. 그는 카푸아에서 파견된 병력으로 도시를 에워싸고 오크리쿨룸에 1개 보병대대를 배치했으며, 티부르와 오스티아, 프라이네스테에도 각각 1개 대대를, 베이에는 2개 대대를 배치했다. 그 이상은 할 수 있는 일이 없었다. 카푸아에조차 전투 준비를 갖춘 병력이 더는 없었기 때문이다.

그러다 칼렌다이 정오가 지날 무렵 모든 일이 한꺼번에 터졌다. 프라이네스테에서 공격을 받고 있다며 절박하게 도움을 요청하는 전갈이 왔다. 그리고 드디어 파이술라이에서도 역시 공격을 받고 있다는 절박한 전갈이 당도했다. 실제로 반란은 닷새 전에 시작되었다. 편지에 적혀 있던 것과 정확히 일치하는 날짜였다. 해가 저물어갈 즈음엔 카푸아와 아풀리아에서 노예들이 들끓고 있다는 또다른 전갈이 왔다. 키케로는 다음날 새벽에 원로원을 소집했다.

개선식 절차가 이리도 유용할 수 있다니 이 얼마나 놀라운가! 지난 50년간, 로마가 위기에 처했을 때 마르스 평원에 대기하고 있던 개선 장군의 군대는 도시를 위험에서 구해내는 역할을 해왔다. 지금의 위기도 다르지 않았다. 퀸투스 마르키우스 렉스와 작은 염소 메텔루스 크레티쿠스 둘 다 마르스 평원에서 개선식을 기다리는 중이었다. 물론 두 사람 중 어느 쪽도 1개 군단 이상을 데리고 있지는 않았지만, 그 군단들은 노련한 병사들이었다. 원로원의 완전한 합의하에 키케로는 마르스 평원에 명령을 전달했다. 작은 염소 메텔루스는 남쪽 아풀리아로 진군하면서 도중에 프라이네스테를 구하도록 하고, 마르키우스 렉스는 북쪽 파이술라이로 진군하라는 내용이었다.

키케로에게는 원하는 대로 부릴 수 있는 법무관이 여덟 명 있었다. 물론 렌툴루스 수라는 마음속으로 제외했다. 그는 퀸투스 폼페이우스 루푸스에게 카푸아로 가서 캄파니아 땅에 정착한 수많은 퇴역병 중에서 병사들을 모집하라고 지시했다. 그럼, 이제 또 누가 있지? 가이우스 폼프티누스는 무관인데다 친한 친구였으므로 중대한 임무에 대비해 로마에 남겨두는 것이 최선이었다. 코스코니우스는 뛰어난 장군의 아들이었으나 전장엔 전혀 적합하지 않았다. 로스키우스 오토는 키케로와 절친한 사이였지만 지휘나 신병 모집보다는 비위를 맞추는 역할에 더 효과적이었다. 술피키우스는 파트리키가 아님에도 불구하고 다소 카틸리나와 공감하는 것 같았고, 파트리키인 발레리우스 플라쿠스는 키케로가 도저히 신뢰할 수 없는 또 한 사람이었다. 이렇게 되니 남는 사람은 단 한 명, 폼페이우스의 사람이자 그야말로 충성스러운 수도 담당 법무관 메텔루스 켈레르였다.

"퀸투스 카이킬리우스 메텔루스 켈레르, 피케눔으로 가서 병사들을 모집할 것을 명합니다." 키케로가 말했다.

켈레르가 얼굴을 찌푸리며 일어났다. "마르쿠스 툴리우스, 당연히 그리하고 싶지만 문제가 하나 있습니다. 수도 담당 법무관으로서 저는 한 번에 열흘 이상 로마를 떠나 있을 수가 없습니다."

"원로원 최종 결의하에서는 원로원이 지시하는 어떤 일을 하더라도 법이나 전통을 어기는 것이 아닙니다."

"당신 해석에 동의할 수 있다면 좋겠지만," 카이사르가 끼어들었다. "나는 동의하지 않습니다, 마르쿠스 툴리우스. 최종 결의는 오로지 위기 상황에만 확대 적용되지, 통상적인 정무관의 직무를 뒤바꾸지는 않습니다."

"위기 상황을 해결하기 위해 켈레르가 필요한 겁니다!" 키케로가 매섭게 쏘아붙였다.

"아직 활용하지 않은 법무관이 다섯 명 더 있잖습니까." 카이사르가 말했다.

"내가 수석 집정관이니, 가장 적합하다고 생각되는 법무관을 보낼 겁니다!"

"그 행동이 법에 어긋날지라도요?"

"나는 법에 어긋난 행동을 하는 게 아닙니다! 원로원 최종 결의는 당신이 켈레르의 의무라고 한 '통상적인 정무관의 직무'까지 포함해 다른 모든 고려사항보다 우선합니다!" 키케로는 얼굴이 벌게져 고함을 지르기 시작했다. "정식으로 임명된 독재관이 켈레르를 한 번에 열흘 넘게 로마 밖으로 보낸다고 해도 그 권리에 이의를 제기할 겁니까?"

"아뇨, 그러지 않을 겁니다." 카이사르는 아주 침착한 태도로 대답했다. "그러니 마르쿠스 툴리우스, 이 일을 제대로 하는 게 어떻습니까? 당신이 만지작거리고 있는 장난감은 이제 그만 버리고, 본 원로원에 가이우스 만리우스와 전쟁을 벌일 독재관과 기병대장을 임명하도록 요청하시죠."

"기막힌 생각이로군요!" 주변에 자기를 지지하는 이들을 전부 거느리고 으레 앉는 자리에 앉아 있던 카틸리나가 느릿느릿 말했다.

"지난번에 로마가 독재관을 두었을 때, 그는 결국 왕이라도 되는 양 로마를 지배했습니다!" 키케로가 외쳤다. "원로원 최종 결의는 한 사람이 절대적으로 장악할 수 없는 방식으로 내란 위기를 처리할 수 있게 고안된 것입니다!"

"뭐요, 당신이 장악한 게 아니었소, 키케로?" 카틸리나가 물었다.

"나는 수석 집정관입니다!"

"그리고 모든 결정을 내리지요. 마치 당신이 독재관이기라도 한 듯이." 카틸리나가 조롱하며 말했다.

"나는 원로원 최종 결의의 매개자입니다!"

"당신은 정무관 직에 혼란을 가져오는 매개자입니다." 카이사르가 말했다. "꼭 한 달 뒤면 새로운 호민관들이 취임합니다. 그 취임식 전후 며칠간 수도 담당 법무관은 로마에 있어야 할 의무가 있습니다."

"그런 취지의 법률은 서판에 적혀 있지 않습니다!"

"하지만 수도 담당 법무관이 한 번에 열흘 이상 로마에 부재해서는 안 된다고 명시한 법은 있지요."

"좋아요, 좋습니다!" 키케로가 소리쳤다. "당신 뜻대로 해드리지요! 퀸투스 카이킬리우스 메텔루스 켈레르, 피케눔으로 가라는 지시는 그대로지만 열하루째 날마다 로마로 돌아와야 합니다! 또한 새로운 호민관들이 취임하기 엿새 전에도 로마로 돌아와 그들의 취임식 엿새 후까지 로마에 머물러야 합니다!"

바로 그때 서기 하나가 격분한 수석 집정관에게 쪽지를 건넸다. 키케로는 그것을 읽더니 웃음을 터뜨렸다. "이런, 루키우스 세르기우스!" 그가 카틸리나를 향해 말했다. "당신에게 또 약간의 어려움이 닥치려는 것 같군요! 루키우스 아이밀리우스 파울루스가 플라우티우스 폭력법에 의거해 당신을 고발할 생각이라고 방금 로스트라 연단에서 선언했답니다." 키케로는 들으라는 듯이 과장되게 목청을 가다듬었다. "루키우스 아이밀리우스 파울루스가 누군지는 잘 아시겠지요! 당신과 같은 파트리키이고, 게다가 똑같은 혁명분자였습니다! 몇 년간의 추방생활 끝에 로마로 돌아와 공직 측면에서는 동생인 레피두스보다 한참 뒤처졌으나, 보아하니 이제 자기는 반역에 대한 생각은 털끝만큼도 품지 않는다는 것을 열렬히 알리고 싶어하는 것 같군요. 당신은 우리같이 벼락출세한 신진 세력들만 당신에게 반기를 든다고 생각하겠지만, 아이밀리우스 가문 사람을 벼락출세자라 부를 순 없지 않겠습니까?"

"오, 오, 오!" 카틸리나는 한쪽 눈썹을 치켜세운 채 느릿하게 말을 끌었다. 그러더니 오른손을 내밀고 손을 덜덜 떠는 흉내를 냈다. "이런,

내가 얼마나 떠는지 보시오, 마르쿠스 툴리우스! 내가 군중의 '폭력'을 선동한 혐의로 기소될 거라고요? 그런데 언제 그랬다는 얘기요?" 그는 자리에 그대로 앉아 있었지만, 크게 마음 상한 표정으로 주변을 둘러보았다. "아무래도 내가 자발적으로 어느 귀족의 집에 감금되어야 되겠군요, 안 그렇소, 마르쿠스 툴리우스? 그러면 만족하시겠소?" 그는 마메르쿠스를 쳐다보았다. "여어 거기, 원로원 최고참 의원 마메르쿠스 아이밀리우스 레피두스, 저를 당신 집으로 데려가 감금하시겠습니까?"

아이밀리우스 레피두스 가문의 수장으로, 돌아온 추방자 파울루스와도 가까운 친척관계인 마메르쿠스는 싱긋 웃으며 단호히 고개를 저었다. "그러고 싶지 않소, 루키우스 세르기우스." 그가 말했다.

"그럼 당신은 어떻소, 수석 집정관?" 카틸리나가 키케로에게 물었다.

"뭐요, 언제 나를 죽일지 모르는 사람을 내 집에 들이라고요? 고맙지만 사양하겠소!" 키케로가 말했다.

"당신은 어떻소, 수도 담당 법무관?"

"불가능합니다." 메텔루스 켈레르가 말했다. "아침에 피케눔으로 떠나야 하니까요."

"그러면 평민 클라우디우스 가문 사람은 어떻겠습니까? 당신이 나서시겠소, 마르쿠스 클라우디우스 마르켈루스? 며칠 전에 당신 주인 크라수스의 지시는 잽싸게 따랐지 않소!"

"거절하겠습니다." 마르켈루스가 말했다.

"내게 더 좋은 생각이 있소, 루키우스 세르기우스." 키케로가 말했다. "자진해서 로마를 떠나 대놓고 당신의 반란세력에 합류하는 게 어떻겠소?"

"나는 자진해서 로마를 떠날 생각이 없고, 그들은 내 반란세력도 아니오." 카틸리나가 말했다.

"그렇다면 본 회의의 폐회를 선언하겠습니다." 키케로가 말했다. "로마는 우리의 힘이 닿는 한 최선을 다해 보호되고 있습니다. 이제 우리가 할 수 있는 건 이후 어떻게 될지 상황을 지켜보는 것뿐입니다. 카틸리나, 조만간 당신은 본색을 드러낼 것이오."

"다만 내 향락적인 동료 집정관 히브리다가 로마로 돌아왔으면 좋겠는데!" 나중에 그는 테렌티아에게 말했다. "지금 이곳은 공식적으로 비상사태가 선포되었는데, 가이우스 안토니우스 히브리다는 어디에 있는지 아시오? 아직까지도 쿠마이의 전용 해변에서 뒹굴고 있어요!"

"원로원 최종 결의에 따라 그에게 돌아오라고 지시할 순 없나요?" 테렌티아가 물었다.

"아마 가능할 거요."

"그럼 그렇게 해요, 키케로! 그 사람이 필요할 수도 있어요."

"그는 통풍 핑계를 대고 있소."

"통풍은 그의 머릿속에 있죠." 이것이 테렌티아의 의견이었다.

11월 7일 동이 트기 다섯 시간 전쯤, 티로는 또다시 깊이 잠들어 있던 키케로와 테렌티아를 깨웠다.

"손님이 오셨습니다, 주인어른." 총애받는 노예가 말했다.

수석 집정관의 아내는 류머티즘을 앓고 있는 것으로 유명했지만, 침대에서 펄쩍 뛰어내리면서도 전혀 아픈 티를 내지 않았다(당연히 점잖은 잠옷 차림이었다. 키케로의 집에 홀딱 벗고 자는 사람은 없으니까!).

"풀비아 노빌리오리스예요." 테렌티아가 키케로를 흔들어 깨우며 말했다. "일어나요, 여보, 일어나!" 아, 이렇게 기쁠 수가! 드디어 그녀도 작전 회의에 참여하게 된 것이다!

"퀸투스 쿠리우스가 보내서 왔어요." 풀비아 노빌리오리스가 말했다. 화장할 시간이 없었기에 그녀의 얼굴은 늙고 적나라해 보였다.

"그가 생각을 바꿨습니까?" 키케로가 예리하게 질문을 던졌다.

"네." 손님은 테렌티아가 가져다준 희석하지 않은 포도주가 담긴 잔을 들어 한 모금 마시곤 몸을 떨었다. "그들은 한밤중에 마르쿠스 포르키우스 라이카의 집에서 만났어요."

"누가 만났습니까?"

"카틸리나, 루키우스 카시우스, 저의 퀸투스 쿠리우스, 가이우스 케테구스, 술라 형제 두 명, 가비니우스 카피토, 루키우스 스타틸리우스, 루키우스 바르군테이우스, 가이우스 코르넬리우스예요."

"렌툴루스 수라는 없었고요?"

"네."

"그렇다면 내가 그에 대해 잘못 생각했던 것 같군요." 키케로는 몸을 앞으로 기울였다. "계속해보세요, 부인. 어서요! 그래서 어떻게 됐습니까?"

"그들이 만난 건 로마 함락 계획을 세우고 반란을 성공시키기 위해서였어요." 풀비아 노빌리오리스가 말했다. 포도주가 효과를 발휘하면서 양볼에 혈색이 조금 돌아와 있었다. "가이우스 케테구스는 즉시 로마를 점령하고 싶어했지만 카틸리나는 아풀리아와 움브리아, 브루티움에서 반란이 진척될 때까지 기다리기를 원해요. 그는 사투르누스 축제일 밤이 어떻겠냐고 제안하면서, 그날이 일 년중 단 한번 노예들이 판을 장악하고 자유인들은 시중을 들며 모두가 거나하게 취하는 등 로마가 거꾸로 뒤집히는 때라는 걸 이유로 들었어요. 그리고 그는 그 정도 시간은 지나야 반란의 규모가 커질 수 있다고 생각해요."

키케로는 고개를 끄덕이며 그 말에 수긍했다. 사투르누스 축제는 12월 17일, 지금부터 여섯 번 장날 주기가 지난 뒤에 열렸다. 그때쯤이면 이탈리아 전역이 들끓고 있을지도 모를 일이었다. "그래서 누가 이겼습니까, 풀비아?" 그가 물었다.

"카틸리나요. 다만 한 가지 사안에서는 케테구스가 이겼어요."

"그게 무엇입니까?" 여자가 말을 멈추고 몸을 떨기 시작하자 수석 집정관은 부드럽게 그녀를 재촉했다.

"그 두 사람은 집정관님을 즉시 살해해야 한다는 데 합의했어요."

편지를 읽었을 때부터 자신을 살려두지 않을 작정이란 건 알고 있었지만, 막상 이 겁에 질린 불쌍한 여자의 입으로 직접 그 얘기를 듣자 키케로는 지금껏 느낀 적 없을 정도의 전율과 공포에 압도당했다. 그를 즉시 살해할 계획이다! 즉시! "방법과 시기는요?" 그가 물었다. "어서요, 풀비아, 말해보세요! 당신을 법정으로 끌고 가진 않을 겁니다. 당신은 보상을 받을 일을 했지 벌 받을 짓을 한 게 아니에요! 말을 하세요!"

"루키우스 바르군테이우스와 가이우스 코르넬리우스가 집정관님의 피호민들과 함께 새벽에 이곳에 나타날 거예요." 그녀가 말했다.

"하지만 그들은 내 피호민이 아닙니다!" 키케로가 딱 잘라 말했다.

"저도 알아요. 하지만 그들이 당신의 지원을 받아 공직에 복귀할 수 있도록 피호민이 되게 해달라고 요청하기로 얘기가 됐어요. 그들은 집 안에 들어오자마자 자기네 얘기를 들어달라며 당신 서재에서 개인 면담을 요청할 거예요. 진짜 속셈은 당신을 찔러 죽이고 당신의 피호민들이 상황을 알기 전에 무사히 도망치는 거고요." 풀비아가 말했다.

"그렇다면 간단하겠군요." 키케로가 안도의 한숨을 내쉬며 말했다.

"집의 문을 다 걸어 잠그고, 주랑정원에 보초를 세워두고, 나는 병을 핑계삼아 피호민들을 만나지 않겠습니다. 온종일 외출하지도 않을 테고요. 이제 대책회의를 해야 할 때로군요." 그는 자리에서 일어나 풀비아 노빌리오리스의 손을 가볍게 잡았다. "진심으로 고맙습니다. 그리고 퀸투스 쿠리우스에게는 그가 중간에 개입한 덕에 완전히 죄를 면했다고 알려주세요. 하지만 그가 만약 모레 원로원 의사당에서 이 모든 사실을 증언한다면 영웅이 될 거라는 말도 전하십시오. 그에게 어떤 일도 일어나지 않게 하겠다고 약속합니다."

"그렇게 전할게요."

"사투르누스 축제일에 카틸리나가 정확히 무얼 할 계획입니까?"

"그들은 어딘가에 커다란 무기고를 확보해뒀는데—퀸투스 쿠리우스는 위치를 몰라요—가담한 모든 이들에게 이 무기를 지급할 거예요. 도시 전역에서 개별적으로 열두 차례 포격이 개시될 예정이에요. 카피톨리누스 언덕에서 한 번, 팔라티누스 언덕에서 두 번, 카리나이 지구에서 두 번, 포룸 로마눔 양쪽 끝에서 각각 한 번 등이죠. 일부 대원들은 모든 정무관들의 집으로 가서 그들을 죽일 거고요."

"나는 제외하고 말이죠. 이미 죽었으니까."

"네."

"이만 가보시는 게 좋겠습니다, 풀비아." 키케로는 아내에게 고갯짓을 했다. "바르군테이우스와 코르넬리우스가 조금 일찍 도착할 수도 있을 텐데, 그들이 당신을 보면 안 되니까요. 경호할 사람은 데려왔습니까?"

"아뇨." 그녀는 또다시 얼굴이 창백해지며 기어들어가는 목소리로 대답했다.

"그러면 티로와 다른 네 사람을 함께 보내드리지요."

"꽤나 대단한 음모네요!" 테렌티아가 으르렁거리듯 말했다. 풀비아 노빌리오리스의 탈출 계획을 세워주자마자 키케로의 서재로 들어오는 참이었다.

"여보, 당신이 아니었으면 나는 벌써 죽은 목숨이었을 거요."

"나도 잘 알아요." 테렌티아는 이렇게 대꾸하며 자리에 앉았다. "하인들에게 지시를 내려뒀어요. 티로와 다른 하인들이 돌아오는 즉시 온 집안을 철저하게 문단속하라고요. 이제 당신이 아파서 손님을 받지 않는다는 공지글을 하나 써요. 현관에 붙여놓게요."

키케로는 고분고분 글을 써서 아내에게 건네주고는 아내가 알아서 계획을 실행하도록 맡겼다. 할 수만 있었다면 군대의 대단한 지휘관이 되고도 남았을 여자다! 뭐든 잊는 법이 없고 모든 위기에 철저히 대비하니까.

"카툴루스, 크라수스, 해변에서 돌아왔으면 호르텐시우스도, 그리고 마메르쿠스, 카이사르를 만나봐야 해요." 모든 준비를 마친 뒤 그녀가 말했다.

"오늘 오후 전에는 안 돼요." 키케로가 비실거리는 목소리로 말했다. "우선 내가 위험에서 벗어날 때까지 기다려봅시다."

티로는 정문이 잘 보이는 위층 창가에 배치되었고, 동이 트고 한 시간 뒤에 바르군테이우스와 코르넬리우스가 마침내 떠났다고 알릴 수 있었다. 물론 떠나기 전에 키케로의 튼튼한 정문 자물쇠를 따려고 몇 번이나 시도한 뒤였다.

"아, 정말이지 넌더리가 나는군!" 수석 집정관이 외쳤다. "수석 집정관인 내가 내 집안에 갇혀 있는 꼴이라니! 사람을 보내 로마에 있는 전직 집정관들을 모두 불러와, 티로! 내일 카틸리나가 도망치게 해줘야겠어."

전직 집정관 열다섯 명이 도착했다. 마메르쿠스, 포플리콜라, 카툴루스, 토르콰투스, 크라수스, 루키우스 코타, 바티아 이사우리쿠스, 쿠리오, 루쿨루스, 바로 루쿨루스, 볼카티우스 툴루스, 가이우스 마르키우스 피굴루스, 글라브리오, 루키우스 카이사르, 가이우스 피소였다. 집정관 당선자들과 수도 담당 법무관 당선자인 카이사르는 초대되지 않았다. 키케로는 이 작전 회의를 자문 성격으로만 열기로 마음먹었던 것이다.

"불행히도," 모인 사람들 모두가 비좁아서 답답한 아트리움에 들어온 뒤—어떻게든 돈을 벌어서 더 큰 집을 사야 할 터였다!—그는 무거운 어조로 말을 꺼냈다. "퀸투스 쿠리우스에게 증언하도록 설득할 수는 없습니다. 즉, 제게는 확실한 진술이 없는 거지요. 풀비아 노빌리오리스도 증언하지 않을 겁니다. 설사 원로원이 여자가 제공하는 증거를 청취하는 데 동의한다 하더라도 말이죠."

"도움이 될진 모르겠지만, 키케로, 이제 자네 말을 믿네." 카툴루스가 말했다. "그 이름들을 그저 자네 머릿속에서 생각해냈을 리는 없을 것 같으니."

"이런, 고맙습니다, 퀸투스 루타티우스!" 쏘아붙이는 키케로의 눈에 번쩍 섬광이 지나갔다. "이리 인정해주시니 기운이 납니다만, 내일 원로원에서 무슨 말을 할지 정하는 데는 전혀 도움이 안 됩니다!"

"카틸리나에게만 집중하고 나머지는 전부 잊어버리게." 크라수스의 조언이었다. "자네의 마술 상자에서 끝내주는 연설을 하나 골라서 카틸리나를 겨냥하게. 자네가 해야 할 일은 그를 압박해서 로마를 떠나게 하는 것이네. 나머지 무리들은 이곳에 둬도 되지만 그들의 동태를 철저히 지켜봐야 할 테고. 카틸리나가 로마의 튼튼하지만 머리 없는 몸통의 목에 이어붙이려 하는 머리를 잘라버리게."

"지금까지 안 떠났으면 앞으로도 떠나지 않을 겁니다." 키케로가 침울하게 말했다.

"가능할지도 모르오." 루키우스 코타가 말했다. "특정 인사들에게 원로원 의사당에서 그와 가까이 있는 걸 피하라고 설득해낼 수만 있다면. 내가 푸블리우스 술라를 만나보겠소. 크라수스는 아우트로니우스를 잘 아니까 그자를 만나볼 수 있겠지요. 그 둘은 카틸리나의 저수지에서 단연 가장 큰 물고기들이니만큼, 장담하건대 그들이 원로원 의사당에 들어가서 카틸리나를 피하는 모습을 보이면 오늘 우리가 들은 명단에 있는 자들까지도 카틸리나를 버리게 될 거요. 자기보호 본능은 충성심을 갉아먹는 법이니까요." 그는 자리에서 일어나며 싱긋 웃었다. "슬슬 일어납시다, 전직 집정관 여러분! 키케로가 일생일대의 연설을 쓸 수 있도록 가주자고요."

키케로가 힘겹게 애쓴 끝에 대단한 결과를 낳았다는 것은 다음날 확연해졌다. 그는 공격하기 어렵고 방어하기는 쉬운 벨리아 고지의 구석진 곳에 위치한 유피테르 스타토르 신전에서 원로원을 소집했다. 신전 바깥 곳곳에 경비대가 보란듯이 배치되어 있었고, 당연히 이 광경은 포룸 로마눔에 늘 드나드는 사람들의 호기심을 불러일으켜 많은 구경꾼을 끌어들였다. 카틸리나는 루키우스 코타가 예상한 대로 일찍 왔으므로, 그를 따돌리는 수법이 노골적으로 드러났다. 루키우스 카시우스와 가이우스 케테구스, 호민관 당선자들인 베스티아와 마르쿠스 포르키우스 라이카만이 그의 옆에 앉아 푸블리우스 술라와 아우트로니우스를 맹렬히 쏘아보았다.

그러던 어느 순간 눈에 띄는 변화가 카틸리나를 휩쓸고 지나갔다. 그는 먼저 루키우스 카시우스 쪽으로 고개를 돌려 귀엣말을 속삭인 뒤 나머지 사람들에게도 차례로 귀엣말을 했다. 네 명 모두 세차게 고개를 저었지만, 결국 카틸리나가 이겼다. 그들은 조용히 일어나 그의 곁을 떠났다.

그때 키케로가 연설을 시작했다. 로마 함락을 계획한 한밤중의 모임에 대한 얘기를 전하면서, 참석한 자들 전원의 이름과 모임이 열린 집의 주인 이름을 낱낱이 밝혔다. 그는 말 사이사이 루키우스 세르기우스 카틸리나에게 로마를 떠나라고, 이 도시에서 그의 사악한 존재를 없애달라고 강력히 촉구했다.

카틸리나는 딱 한 번 끼어들었다.

"내가 자진해서 추방당하길 원하는 거요, 키케로?" 그가 큰 소리로 물었다. 문이 열려 있었고, 바깥에 모인 군중이 한마디도 놓치지 않으려고 열심히 귀를 기울이고 있었기 때문이다. "자자, 키케로, 내가 자진해서 추방당해야 할지 원로원에 물어보시오! 원로원이 그래야 한다고 하면 그렇게 할 테니까!"

키케로는 이 말에 아무 대꾸도 않고 그저 계속 밀어붙이기만 했다. 가버려라, 떠나라, 로마를 떠나라, 이것이 그의 주제였다.

그렇게도 불확실한 상황이 계속되었건만, 알고 보니 이 일은 쉬운 것으로 밝혀졌다. 키케로가 말을 마치자 카틸리나는 자리에서 일어나 온통 장엄한 분위기를 끌어모았다.

"나는 가겠소, 키케로! 로마를 떠나겠소! 로마가 아르피눔에서 온 유숙객, 로마인도 라티움인도 아닌 이방인의 손에 놀아나는 판국이니 여기 더 있고 싶지도 않소! 당신은 삼니움족 촌놈이오, 키케로. 조상도 영향력도 없는, 산골 구석에서 온 본데없는 촌뜨기요! 당신 강요에 못 이겨 내가 떠난다고 생각하시오? 아, 전혀 아니올시다요! 카툴루스, 마메르쿠스, 코타, 토르콰투스 때문이오! 그들이 날 버렸기 때문이지, 당신이 지껄이는 말 때문에 떠나는 게 아니오! 동료들에게 버림받으면 그 사람은 진정 끝난 거요. 그것이 내가 떠나는 이유요."

카틸리나가 포룸 로마눔 단골들의 한가운데를 가르고 지나가자 밖에서 혼란스러운 소리가 들려오더니, 잠시 뒤 침묵이 찾아왔다.

원로원 의원들은 이제 자리에서 일어나 키케로가 연설에서 거명한 자들을 서둘러 피했다. 형제조차도 자신의 형제를 피했다. 푸블리우스 케테구스는 반란 모의는 물론, 가이우스와도 갈라서기로 결심한 게 분명했다.

"만족하셨길 바라오, 마르쿠스 툴리우스." 카이사르가 말했다.

이것은 승리였다. 당연히 승리였다. 그런데 어쩐 일인지, 다음날 키케로가 로스트라 연단에 올라 포룸 로마눔의 군중 앞에서 연설까지 하고 나서도 흐지부지 실패하는 것처럼 느껴졌다. 카틸리나의 마지막 말에 뜨끔한 기색이었던 카툴루스는, 그로부터 이틀 뒤 원로원이 모인 자리에서 일어나 카틸리나가 보낸 편지를 읽었다. 편지에서 카틸리나는 자신의 무죄를 항변하고, 아내인 아우렐리아 오레스틸라의 보호 관리를 카툴루스에게 맡겼다. 카틸리나가 정말로 자진 추방을 단행할 작정이며, 죽마고우인 통길리우스를 포함해 무명의 세 인물과 동행하여 아우렐리우스 가도를 따라(옳은 방향으로) 로마를 떠났다는 소문이 돌기 시작했다. 이로 인해 역풍이 형성되었다. 어느덧 사람들은 카틸리나가 유죄라는 믿음에서 그가 부당한 피해자라는 생각으로 급선회하기 시작했다.

바로 며칠 뒤 에트루리아에서 개별적으로 온 소식이 없었다면 키케로의 삶은 갈수록 더 견디기 힘들어졌을지도 몰랐다. 카틸리나는 추방지인 마실리아로 간 것이 아니었다. 그 대신 토가 프라이텍스타를 입고 집정관 휘장을 달고서, 사내 열두 명에게 심홍색 튜닉을 입히고 도끼머리가 끼워진 파스케스를 주었다. 아레티움에서 그가 동조자와 함께 있는 모습이 목격되었는데, 쇠락한 파트리키 가문의 가이우스 플라미니우스였다. 게다가 이제는 은 독수리를 자랑스레 보이고 다니며 가이우스 마리우스가 그의 군단에게 나눠줬던 진품이라고 공언했다. 언제나 마리우스 세력의 주요 원천이었던 에트루리아는 그 은 독수리 깃대 아래 결집하고 있었다.

당연히 이 소식으로 카툴루스와 마메르쿠스 같은 전직 집정관들의 불만은 쏙 들어갔다(호르텐시우스는 미세눔에서의 통풍이 로마의 두통거리보다 낫다고 판단한 듯했지만, 쿠마이에 있는 안토니우스 히브리다의 통풍은 순식간에 로마와 차석 집정관으로서의 의무를 피하기 위한 볼썽사나운 핑계가 되어가고 있었다).

그러나 여전히 원로원의 일부 잔챙이 의원들은 일련의 사건들이 시종일관 키케로로 인해 일어났으며, 사실상 키케로가 끊임없이 괴롭히며 몰아댄 바람에 카틸리나가 돌아버린 것이라고 생각했다. 이런 부류에 속하는 인물로 켈레르의 동생이자 곧 호민관으로 취임할 메텔루스 네포스가 있었다. 역시 호민관 취임을 앞둔 카토는 키케로를 칭찬했는데, 이는 카토를 싫어하던 네포스가 더더욱 큰 소리를 지르게 만들었다.

"아, 대체 언제 반란이 이리도 논쟁적이고 보잘것없는 일이었단 말이오?" 키케로는 테렌티아에게 외쳤다. "적어도 레피두스는 태도를 분명히 했소! 파트리키, 파트리키! 파트리키는 잘못된 짓을 할 리가 없다는 거지! 지금 내 손에 악인들이 한 무더기 있는데도 반역죄는커녕 방수관을 잘못 건드린 혐의로도 기소할 수가 없는 거요!"

"기운 내요, 여보." 테렌티아가 말했다. 그녀는 키케로가 평소의 자기보다 더 암울한 얼굴을 하고 있는 게 즐거운 듯했다. "상황은 이미 시작됐고 앞으로도 계속될 거예요. 당신은 그냥 두고보기만 하면 되죠. 얼마 안 가 메텔루스 네포스부터 카이사르에 이르기까지 의심하는 이들 모두 당신이 옳다는 걸 인정할 수밖에 없을 거예요."

"카이사르는 나를 좀더 도와줄 수도 있었을 텐데." 키케로는 매우 언짢은 기색이었다.

"그래도 퀸투스 아리우스를 보냈잖아요." 테렌티아가 대꾸했다. 요즘 들어 그녀는 카이사르를 좋게 보고 있었다. 이부동생인 베스타 신녀 파비아가 신임 최고신관에 대해 입이 마르도록 칭찬한 덕이었다.

"하지만 그는 원로원에서 나를 밀어주지 않아요. 원로원 최종 결의에 대한 내 해석을 자꾸만 걸고넘어지고. 내 보기에 그는 아직도 카틸리나가 부당한 취급을 받았다고 생각하는 것 같소."

"카툴루스도 그리 생각하지만, 카툴루스와 카이사르는 서로 사이가 안 좋잖아요." 테렌티아가 말했다.

이틀 뒤, 카틸리나와 만리우스가 마침내 세력을 합쳤으며 그들에게 경험 많은 노련병들로 구성된 완전한 2개 군단 외에도 여전히 훈련중인 병사들 수천 명이 더 있다는 소식이 로마로 전해졌다. 파이술라이는 아직 무너지지 않았으므로, 그곳의 무기고도 온전할 것이었다. 에트루리아의 다른 주요 도시들 역시 카틸리나 세력에게 무기를 내주는 데 동의한 곳은 없었다. 에트루리아 지역 대부분이 카틸리나를 신뢰하지 않는다는 걸 알 수 있는 지점이었다.

트리부스회는 원로원 결의를 비준하고 카틸리나와 만리우스를 공공의 적으로 선포했다. 이는 곧 그들의 시민권과 그에 따른 특권을 박탈한다는 뜻이었고, 거기에는 그들이 체포될 경우 반역죄로 재판을 받을 권리도 포함되었다. 가이우스 안토니우스 히브리다가 드디어—발가락에 통풍이 걸린 채—로마로 돌아오자, 키케로는 그에게 즉시 카푸아와 피케눔에서 모집된 병사들(모두 전투 경험이 있는 퇴역병들이었다)을 맡아 파이술라이 외곽으로 가서 카틸리나와 만리우스와 대적하라고 지시했다. 수석 집정관은 혹시라도 통풍 걸린 발가락이 계속 문제가 될 경우를 미리 고려하여 히브리다에게 훌륭한 부사령관을 내어주었다. 무관인 마르쿠스 페트레이우스였다. 키케로 본인은 로마 시의 방어체계를 조직할 책임을 맡고 그때부터 조금씩 무기를 지급하기 시작했다. 물론 그 자신이나 아티쿠스나 크라수스나 카툴루스(그사이 완전히 입장을 전환했다)가 미심쩍게 여기는 이들은 제외했다. 현재 카틸리나가 무슨 음모를 꾸미고 있는지는 아무도 알지 못했다. 다만 만리우스가 여전히 움브리아의 전장에 있는 개선장군 렉스에게 편지를 보낸 일이 있었다. 만리우스가 그런 편지를 썼다는 건 놀라운 일이었지만, 그 일로 딱히 바뀌는 건 없었다.

바로 이 시점에, 로마는 북쪽에서 오는 공격을 격퇴할 태세를 갖추었고 카푸아에 있는 폼페이우스 루푸스와 아풀리아의 작은 염소 메텔루스는 검투사 병력부터 노예 봉기에 이르기까지 남쪽에서 일어나는 모든 일에 맞설 준비가 된 상황에서, 카토는 키케로의 책략을 뒤엎고 다가오는 집정관 교체 이후 로마의 위기 대처 능력을 위태롭게 하는 쪽을 택했다. 11월이 끝을 향해갈 즈음 카토는 원로원 회의장에서 일어나, 차석 집정관 당선자 루키우스 리키니우스 무레나에 대해 뇌물수수를 통해 관직을 얻은 혐의로 소송을 제기하겠노라고 선언했다. 자신은 호민관 당선자이기에 형사재판을 직접 진행할 시간이 없을 것 같으므로 낙선후보인 세르비우스 술피키우스 루푸스가 기소를 담당할 것이고 그 아들(아직 어린애 티도 채 벗지 못했다)이 차석 기소인을, 파트리키 가이우스 포스투미우스가 세번째 기소인을 맡을 것이라고 외쳤다. 기소인들이 모두 파트리키이고 따라서 카토와 평민회를 활용할 수 없으므로 이 재판은 뇌물수수 법정에서 이루어질 것이라고도 말했다.

"마르쿠스 포르키우스 카토, 그럴 순 없소!" 경악한 키케로는 이렇게 외치며 자리에서 벌떡 일어났다. "루키우스 무레나의 유무죄 여부는 핵심에서 벗어난 문제요! 지금 우리는 반란에 대해 우려하고 있소! 신임 집정관 한 명이 빠진 상태로 새해를 맞이할 상황이 아니라는 말이오! 이 일을 하려고 생각했다면 왜 하필 지금이오, 왜 해가 다 끝나가는 이 때요?"

"해야 할 일은 해야 하는 겁니다." 카토는 꿈쩍도 하지 않았다. "증거가 이제 막 밝혀졌고, 나는 수개월 전 본 회의장에서 집정관 후보가 뇌물수수를 했다는 사실을 알게 되면 반드시 그가 고발 및 기소되게 하겠노라고 맹세했습니다. 새해에 로마의 상황이 어떤지는 내게 아무런 차이가 없습니다! 뇌물수수는 뇌물수수일 뿐입니다. 무슨 일이 있더라도 근절되어야 마땅합니다."

"그 무슨 일이 자칫 로마의 몰락이 되는 수가 있소! 당장 연기하시오!"

"안 됩니다!" 카토가 소리쳤다. "나는 당신이든 그 누구든 마음대로 조종할 수 있는 꼭두각시가 아닙니다! 내가 해야 할 일을 찾았으니 그 일을 할 겁니다!"

"당신이 해야 할 일을 하느라 어느 불쌍한 사람에게 죄를 묻는 사이, 로마는 필시 티레니아 해 아래 가라앉을 거요!"

"그렇다면 티레니아 해에 빠져 죽는 순간까지 내 할 일을 할 겁니다!"

"부디 신들이 우리를 지키시어 당신 같은 사람이 더 나오지 않기만 바랄 뿐이오, 카토!"

"나 같은 사람이 더 많아지면 로마는 더 나은 곳이 될 겁니다!"

"당신 같은 사람이 하나라도 더 나오면 로마는 아예 돌아가질 않을 거요!" 두 팔을 치켜들고 손으로 하늘을 할퀴는 듯한 동작을 취하며 키케로가 고함을 질렀다. "바퀴가 너무 깨끗하면 끽끽 소리가 나고 멈추기도 하는 법이오, 마르쿠스 포르키우스 카토! 기름때가 조금은 있어야 세상이 훨씬 잘 돌아가는 거요!"

"저거야말로 진실이로군." 카이사르는 씨익 웃었다.

"연기하게, 카토." 크라수스가 지친 기색으로 말했다.

"그 문제는 이제 완전히 내 손을 떠났습니다." 카토가 우쭐해하며 말했다. "세르비우스 술피키우스의 결심이 단호하거든요."

"한때나마 세르비우스 술피키우스를 좋게 생각했다니!" 그날 저녁 키케로는 테렌티아에게 말했다.

"아, 카토가 그를 부추긴 거예요, 여보. 그보다 더 확실한 것도 없어요."

"대체 카토는 뭘 원하는 거요? 오로지 정의가 당장 구현되어야 한다는 이유로 로마가 망하는 꼴을 보겠다는 건가? 새해 첫날에 집정관 한 명만 취임하는 것이 얼마나 위험한지 모르는 거요? 그것도 실라누스처럼 병든 집정관이?" 키케로는 괴로워하며 양손을 세게 맞부딪쳤다. "카틸리나 열 명이 와도 카토 하나가 로마에 가하는 위협만큼은 못 될 거라는 생각마저 들려고 하오!"

"음, 그러면 술피키우스가 무레나를 기소하지 못하게 해야겠죠." 테렌티아는 늘 그랬듯 현실적이었다. "당신이 직접 무레나를 변호해요, 키케로. 호르텐시우스와 크라수스에게도 지원을 요청하고요."

"보통 현직 집정관은 집정관 당선자를 변호하지 않소."

"그럼 선례를 만들어요. 그건 당신이 잘하는 분야잖아요. 당신에게 행운을 주는 일이기도 해요. 전에 보니까 그렇더라고요."

"호르텐시우스는 아직 엄지발가락에 패드를 댄 채로 미세눔에 있소."

"그럼 납치하는 한이 있더라도 그를 데려다놓아요."

"그래서 이 사건을 완전히 끝내버리고. 당신 말이 맞소, 테렌티아. 뇌물수수 법정의 재판관은 발레리우스 플라쿠스, 파트리키요. 그러니 그가 세르비우스 술피키우스보다는 내 쪽을 볼 만큼 분별력이 있기를 바라는 수밖에 없겠소."

"그는 그럴 거예요." 테렌티아가 사납게 웃으며 말했다. "그는 술피키우스를 탓하지 않을 거예요. 카토 탓으로 돌리겠죠. 게다가 파트리키치고 진심으로 카토를 높이 평가하는 사람은 없어요. 다 된 집정관 직을 빼앗겼다고 생각하는 세르비우스 술피키우스 같은 사람이 아니고서는."

키케로의 눈에 희망차면서도 교활한 빛이 번쩍였다. "내가 그를 빼내주면 무레나가 너무 고마운 나머지 멋진 새집을 사줄 수도 있지 않겠소? 그런 생각이 드는군."

"꿈도 꾸지 말아요, 키케로! 당신이 무레나를 필요로 하는 거지 무레나에게 당신이 필요한 게 아니에요. 그런 수고비를 요구하려거든 그보다 훨씬 절박한 사람이 나타나길 기다려요."

그래서 키케로는 자기에게 새집이 필요하다는 내색을 자제했으며, 200년 전의 별로 유명하지 않은 그리스인이 그린 꽤 괜찮은 그림 한 점만 받기로 하고 집정관 당선자의 변호를 맡았다. 호르텐시우스는 투덜거리고 끙끙대면서 억지로 끌려오듯 미세눔에서 돌아왔고, 크라수스는 특유의 철두철미함과 끈질김으로 중무장하고 이 싸움에 합세했다. 이 셋으로 구성된 피고측 변호인단은 분하게도 세르비우스 술피키우스 루푸스가 상대하기에는 너무나 막강했고, 결국 이들은 배심원단을 매수할 필요도 없이—카토가 떡 버티고 서서 모든 움직임을 주시하고 있었으니 애초에 고려 대상도 아니었다—무레나의 무죄 평결을 얻어냈다.

그러고 나서 달리 무슨 일이 벌어질 수 있었을까? 무레나가 그림을 보냈는지 확인하려고 포룸 로마눔에서 잰걸음으로 집으로 가는 길에 키케로는 생각했다. 내가 한 연설은 얼마나 훌륭했던가! 물론 배심원단이 평결을 내리기 전에 한 최종 변론 말이다. 키케로가 가진 최고의 자산 중 하나는 배심원단의 분위기를 파악한 뒤 발언의 방향을 비틀 줄 아는 능력이었다. 당연히 배심원들은 대부분 그가 잘 아는 이들이었다. 운좋게도 무레나의 배심원단은 다들 재치 있는 말을 좋아하고 잘 웃는 자들이었다. 그래서 그는 익살스러운 분위기로 연설했고, 카토가 저 끔찍하고 성가신 그리스인 제논이 제창한 (대체로 인기 없는) 스토아학파 철학을 신봉하는 것을 조롱거리로 삼아 엄청난 익살을 이끌어냈다. 배심원단은 그야말로 열광했고, 그가 하는 모든 말과 그가 풍기는 모든 뉘앙스에 환호했다. 그중에서도 압권은 그의 멋들어진 카토 흉

내내기였다. 목소리부터 자세며, 손으로 카토의 거대한 코를 흉내낸 것까지. 그가 몸을 비비 꼬며 튜닉을 벗어던졌을 때로 말하자면, 배심원 전원이 너무 우스워서 바닥을 구를 정도였다.

"대단한 희극배우를 수석 집정관으로 뒀군!" 압솔보(무죄)로 평결이 나온 뒤 카토는 큰 소리로 말했다. 하지만 그 말에 배심원단은 더 크게 웃음을 터뜨렸고, 카토가 패배를 깨끗이 인정할 줄 모른다고 생각했다.

"그의 형 카이피오가 죽은 뒤 카토가 시리아에 있었을 때에 대해 이야기를 들었던 게 생각나는군." 그날 오후 만찬자리에서 아티쿠스가 말했다.

"무슨 이야기지?" 키케로는 예의상 물어보았다. 카토에 대한 이야기라면 전혀 듣고 싶은 생각이 없었지만, 배심원 대표였던 아티쿠스에게는 고마워해야 할 이유가 있었다.

"그러니까 카토가 노예 세 명과 무나티우스 루푸스, 아테노도로스 코르딜리온과 함께 거지꼴로 길을 걸어가고 있는데 저멀리 어렴풋이 안티오케이아 성문이 보였다네. 그런데 도시 밖에서 거대한 무리가 환호를 하며 다가오는 게 보이는 거야. '내 명성이 얼마나 나를 앞질러 가는지 알겠지?' 카토가 무나티우스 루푸스와 아테노도로스 코르딜리온에게 이렇게 물었네. '온 안티오케이아 사람들이 내게 경의를 표하러 나온 거네. 내가 바로 모든 로마인이 따라야 할 완벽한 본보기이기 때문이지. 겸손하고 검소하며 모스 마이오룸의 자랑거리니까.' 무나티우스가 말하길—그 사람이 아테네에서 나를 우연히 만나서 해준 이야기야—자기는 카토의 이 말이 미심쩍었지만, 늙은 아테노도로스 코르딜리온은 그 말을 곧이곧대로 믿고 카토에게 굽실거리기 시작했다네. 그때 사람들 무리가 바로 앞에 당도했는데, 손에는 화환을 한가득 들고 처녀들은 장미꽃잎을 뿌려대는 거야. 마침내 행정장관이 입을 열었네. '여러분 중 어느 분이 영예로운 나이우스 폼페이우스 마그누스의 해방노예, 위대한 데메트리오스이십니까?' 이 말에 무나티우스 루푸스와 노예 세 명은 길바닥에서 포복절도를 했고, 아테노도로스 코르딜리온조차 카토의 표정이 너무 웃겨서 그 대열에 동참했네. 하지만 카토는 격노했어! 대체 이게 뭐가 우습다는 건지 이해할 수 없었던 거지. 특히나 마그누스의 해방노예인 데메트리오스는 향유를 뿌리고 다니는 계집 같은 자였으니까!"

재미있는 이야기였다. 키케로는 진심으로 웃음을 터뜨렸다.

"듣자 하니 호르텐시우스는 바로 절뚝거리며 미세눔으로 돌아갔다더군."

"거기가 그의 정신적인 고향이거든. 물고기들이 버글버글하니."

"그런데 원로원의 사면권을 이용하기 위해 투항하는 사람이 아무도 없네, 마르쿠스. 이러면 앞으로 어찌되는 건가?"

"나도 알았으면 좋겠네, 티투스. 제발 알았으면 좋겠어!"

이어서 전개된 사건이, 먼 갈리아의 로다누스 강 최상류에 거주하는 알로브로게스족 사절단이 로마에 와 있던 것에서 비롯되리라고는 아무도 예상하지 못했을 것이다. 라틴어로 브로구스라는 이름의 부족 원로를 앞세운 그들은 가이우스 칼푸르니우스 피소 등 일련의 총독들과 은행가로 가장한 일부 고리대금업자들의 행태에 대해 원로원에 항의할 목적으로 온 것이었다. 이러한 사절단과 관련한 심리는 2월로만 제한한다는 내용의 가비니우스법에 대해 몰랐던 그들은, 자신들의 탄원을 더 빠르게 처리하기 위한 특별 허가를 얻어내지 못했다. 그러니 선택지는 먼 갈리아로 돌아가거나, 아니면 여관 숙박비와 긍핍한 원로원 의원들에게 먹일 뇌물로 거액을 쓰며 두 달 더 로마에 남아 있거나 둘 중 하나였다. 결국 그들은 집으로 돌아갔다가 2월 초에 다시 오기로 결정했다. 가장 비천한 갈리아인 노예부터 가장 위의 브로구스에 이르기까지 그들 사이의 분위기도 결코 좋지 못했다. 이 점은 브로구스가 가장 친한 로마인 친구이자 해방노예 은행가인 푸블리우스 움브레누스에게 한 말에서도 드러났다. "가망 없는 일 같네, 움브레누스. 그래도 우리 부족민들에게 인내심을 갖고 기다려보라고 설득할 수만 있다면 돌아올 거네. 우리 중에는 전쟁 얘기를 꺼내는 사람들도 있어."

"음, 브로구스, 알로브로게스족은 로마와 전쟁을 벌여온 오랜 전통이 있지." 움브레누스가 말했다. 그의 머릿속에 막 기발한 생각이 피어나는 참이었다. "폼페이우스 마그누스가 세르토리우스와 싸우러 히스파니아에 갔을 때, 자네들이 그를 얼마나 동동거리게 만들었는지 생각해 보게."

"로마와의 전쟁은 무익하다고 보네." 브로구스가 침울하게 말했다. "로마 군단은 마치 맷돌과도 같네. 가차없이 계속 갈아버리지. 전장에서 그들을 죽이고 우리가 저들을 무찔렀구나 생각하고 돌아서면, 바로 다음 철에 그들이 떡하니 나타나서 또 처음부터 다시 시작되지."

"이건 어떤가," 움브레누스가 은근한 목소리로 말했다. "자네들이 전쟁에서 로마의 지원을 받는다면?"

브로구스는 헉 하고 숨을 내쉬었다. "그게 무슨 소린가!"

"로마는 하나로 결합된 덩어리가 아니네, 브로구스. 여러 파벌로 쪼개져 있지. 자네도 알다시피 당장 지금도 대단히 똑똑한 몇 사람이 이끄는 강력한 파벌이 하나 있네. 이 인물들은 현존하는 로마 원로원과 인민의 규칙에 이의를 제기하는 길을 택했고."

"카틸리나 말인가?"

"그래, 카틸리나. 카틸리나가 로마의 독재관이 된 뒤 알로브로게스족에게 음, 가령 발렌티아 북쪽 로다누스 강 유역 전체의 완전한 소유권을 준다는 확약을 내가 받을 수 있다면 어떻겠는가?"

브로구스는 생각에 잠기는 듯했다. "솔깃한 제안이군, 움브레누스."

"진심 어린 제안이네, 내 장담하지."

브로구스는 한숨을 쉬다가 문득 미소를 지었다. "딱 하나 문제가 있네, 푸블리우스. 대단한 귀족인 카틸리나 같은 사람이 자네를 어느 정도로 높이 평가하는지 우리가 알 길이 없다는 걸세."

다른 상황이었다면 움브레누스는 자신의 영향력에 대한 이 평가에 화를 냈을지도 몰랐다. 하지만 지금은 그럴 상황이 아니었다. 저 기발한 생각이 계속 커가고 있는 지금은. 그래서 그는 이렇게 말했다. "그래, 무슨 뜻인지 알겠네, 브로구스. 당연히 무슨 뜻인지 알지! 파트리키 코르넬리우스 가문의 일원이고 자네도 익히 얼굴을 아는 법무관 한 명과의 만남을 주선해주면 자네 우려가 좀 가라앉겠나?"

"그러면 우려가 좀 가라앉겠네." 브로구스가 말했다.

"셈프로니아 투디타니의 집이 가장 좋겠군. 여기서 가깝고, 남편도 집에 없으니까. 하지만 자네를 거기까지 안내해줄 시간이 없으니, 지금부터 두 시간 뒤에 알타 세미타의 살루스 신전 뒤에서 만나기로 하세." 움브레누스는 이렇게 말한 뒤 방에서 뛰쳐나갔다.

두 시간 동안 어떻게 그 일을 다 처리해낸 건지, 푸블리우스 움브레누스는 나중에 가서도 기억해낼 수 없었다. 하지만 분명히 그는 다 처리해냈다. 그러기 위해 먼저 법무관 푸블리우스 코르넬리우스 렌툴루스 수라, 원로원 의원 루키우스 카시우스와 가이우스 케테구스, 기사 푸블리우스 가비니우스 카피토와 마르쿠스 카이파리우스를 만나야 했다. 두번째 시각이 지날 때쯤, 움브레누스는 렌툴루스 수라와 가비니우스 카피토와 함께 살루스 신전 뒷골목(인적 없는 장소였다)에 도착했다.

렌툴루스 수라는 브로구스에게 귀족다운 거만한 태도로 인사를 건네는 데 걸린 시간만큼만 머물렀다. 그는 상당히 불안해 보였고 어서 빨리 그 자리를 벗어나고 싶은 기색이 역력했다. 그렇게 해서 브로구스를 상대하는 일은 움브레누스와 가비니우스 카피토에게 맡겨졌다. 카피토가 음모 가담자들의 대변인 역할을 맡았다. 알로브로게스족 다섯 명은 그의 말을 경청했지만, 카피토가 마침내 말을 끝내자 자신 없고 경계하는 듯한 표정으로 말을 얼버무렸다.

"글쎄요, 나는 잘……." 브로구스가 말했다.

"어떻게 해야 지금 우리가 진심으로 하는 말이라는 걸 납득하겠나?" 움브레누스가 물었다.

"잘 모르겠네." 브로구스는 혼란스러운 얼굴이었다. "오늘밤 동안 생각해보겠네, 움브레누스. 내일 동틀녘에 여기서 만날 수 있겠나?"

그리하여 그렇게 합의가 되었다.

알로브로게스족 일행은 포룸 로마눔 가장자리에 있는 여관으로 돌아갔다. 얄궂은 인연이었다. 거기서 바로 위쪽 사크라 가도상에 있는 개선문을 세운 사람이 바로 퀸투스 파비우스 막시무스 알로브로기쿠스로, 그는 수십 년 전에 바로 이 갈리아 부족을 (일시적으로) 정복하고 그들의 부족명을 자기 이름에 추가했던 것이다. 그리하여 브로구스와 나머지 알로브로게스족은 그들이 알로브로기쿠스 후손들의 피호민임을 상기시키는 그 구조물을 가만히 응시했다. 현재 그들의 보호자는 증손자인 퀸투스 파비우스 상가였다.

"솔깃하게 들리는 건 사실이야." 아치형 개선문을 바라보며 브로구스가 동료들에게 말했다. "그러나 이건 재앙을 뜻할 수도 있네. 혈기왕성한 과격파 중 누구라도 이 제안에 대해 알게 된다면, 그들은 생각해보려 하지도 않고 당장 전쟁에 돌입할 거야. 그에 반해 내 직감은, 이건 아니라는 쪽이네."

사절단 중에는 과격한 이가 없었기에, 알로브로게스족 일행은 그들의 보호자인 파비우스 상가를 만나보기로 했다.

결과적으로 현명한 결정이었다. 파비우스 상가는 곧장 키케로를 찾아갔다.

"드디어 그들을 잡았네, 퀸투스 파비우스!" 키케로가 외쳤다.

"어떤 면에서요?" 상가가 물었다. 그는 더 높은 관직에 도전하지 못할 정도로 머리가 딸렸고, 그래서 무엇이든 설명이 필요한 사람이었다.

"알로브로게스족에게 다시 가서, 반드시 렌툴루스 수라—내가 맞았네, 내 생각이 맞았어!—에게 편지를 요청해야 한다고 이르게. 다른 고위급 공모자 세 명한테도 그렇게 하고. 알로브로게스족 사람들이 에트루리아에서 카틸리나를 직접 만나보게 해달라고 고집해야 하네. 그들이 어떤 요청을 받았는지 생각해보면 이건 타당한 요구야. 또 그리되면 로마 밖으로 나가야 하고, 공모자들 중에서 안내할 사람이 동행하게 되겠지."

"안내자가 왜 중요합니까?" 상가가 눈을 깜박이며 물었다.

"공모자들 중 하나가 그 일행과 같이 있어야만, 한밤중에 은밀하게 로마를 떠나는 게 더 신중한 처사가 되기 때문이지." 키케로가 참을성 있게 대답했다.

"그들이 꼭 밤에 떠날 필요가 있습니까?"

"필요하고말고, 퀸투스 파비우스, 내 말을 믿게! 나는 물비우스 교 양 끝에 사람을 배치할 텐데, 밤에 하는 편이 쉽네. 알로브로게스족들과 공모자측 안내자가 다리에 당도하는 즉시 내 수하들이 그들을 덮칠 걸세. 드디어 우리 손에 편지라는 확실한 물증이 들어오는 거야."

"알로브로게스족들을 해칠 생각은 아니시죠?" 누가 누구를 덮친다는 말에 크게 놀란 상가가 물었다.

"당연히 아니지! 그들은 이 계획에 가담하는 것이니, 그들에게 저항하지 말라고 단단히 지시해두게. 또한 브로구스에게는 편지를 그가 직접 가지고 있도록 하고, 혹시라도 함께 가는 공모자가 내 증거물을 훼손하려 할 경우에 대비해 부족민들이 그의 곁에 꼭 붙어 있게 하라고 일러두게." 키케로는 준엄한 표정으로 파비우스 상가를 쳐다보았다. "다 이해됐는가, 퀸투스 파비우스? 헷갈리지 않고 전부 기억할 수 있겠나?"

"다시 한번 설명해주십시오." 상가가 말했다.

키케로는 한숨을 내쉬며 그렇게 했다.

다음날이 저물 무렵, 키케로는 브로구스와 그의 알로브로게스족 동료들이 편지 세 통을 보관하고 있다는 소식을 상가로부터 전해 들었다. 하나는 렌툴루스 수라가 보낸 것이었고, 하나는 가이우스 케테구스가, 또하나는 루키우스 스타틸리우스가 보낸 것이었다. 루키우스 카시우스는 편지를 써달라는 요청을 거부했고 불안해하는 기색이었다. 키케로는 편지 세 통이면 충분하다고 생각했을까?

그래, 충분하다! 키케로는 그의 가장 날랜 하인까지 앞지르며 서둘러 돌아갔다.

그리하여 그날 밤의 네번째에서 여섯번째 시각 사이에 작은 기마행렬이 북쪽 대도(大道)인 플라미니우스 가도로 연결되는 라타 가도를 따라 로마를 벗어나기 시작했다. 앞서 물비우스 교로 향하는 길에 마르스 평원을 지나온 뒤였다. 브로구스와 다른 알로브로게스족 외에도 그들의 안내를 맡은 크로톤의 티투스 볼투르키우스뿐 아니라, 루키우스 타르퀴니우스라는 자와 기사계급인 마르쿠스 카이파리우스가 동행했다.

동트기 네 시간 전쯤 일행이 물비우스 교에 도착해서 다리에 깔린 포석 위에 서둘러 발을 내디딜 때까지만 해도 모든 일이 제대로 돌아갔다. 마지막 말이 다리 위로 걷기 시작했을 때, 남쪽 끝에 있던 법무관 플라쿠스가 북쪽 끝에 있던 법무관 폼프티누스 쪽으로 등불을 비췄다. 두 법무관은 각각 자원 시민군 1개 백인대를 뒤에 이끌고 신속히 이동하여 다리를 봉쇄했다. 마르쿠스 카이파리우스는 검을 빼들고 싸우려 했고 볼투르키우스는 항복했으며, 수영에 능한 타르퀴니우스는 다리에서 캄캄한 티베리스 강물 속으로 뛰어들었다. 알로브로게스족들은 고분고분하게 한덩어리로 모여 서 있었다. 브로구스가 허리춤의 주머니에 넣고 있던 편지들만큼이나 그들의 말고삐도 단단히 쥐여 있었다.

동트기 직전 폼프티누스, 발레리우스 플라쿠스, 알로브로게스족들, 볼투르키우스, 카이파리우스가 키케로의 집에 도착했을 때 키케로는 그들을 기다리고 있던 중이었다. 파비우스 상가 역시 기다리고 있었다. 그리 똑똑하지는 못해도 보호자로서의 의무만큼은 충분히 의식하고 있었던 것이다.

"편지를 가지고 있소, 브로구스?" 파비우스 상가가 물었다.

"네 통입니다." 브로구스는 주머니를 끌러서 얇은 두루마리 세 개와 접어서 봉인한 종이 한 장을 꺼냈다.

"네 통이라고?" 키케로가 열의를 띠며 물었다. "루키우스 카시우스가 마음을 바꾼 거요?"

"아니요, 마르쿠스 툴리우스. 접힌 편지는 법무관 수라가 카틸리나에게 보낸 개인 서신이라고, 그렇게 들었습니다."

"폼프티누스," 꼿꼿이 선 자세로 키케로가 말했다. "푸블리우스 코르넬리우스 렌툴루스 수라, 가이우스 코르넬리우스 케테구스, 푸블리우스 가비니우스 카피토, 루키우스 스타틸리우스의 집으로 가시오. 그들에게 즉시 이곳 내 집으로 오라고 지시하되 이유는 알려주지 말고. 알겠소? 그리고 민병대도 같이 데리고 가시오."

폼프티누스는 엄숙하게 고개를 끄덕였다. 그는 그날 밤에 일어난 사건들이 거의 꿈처럼 느껴져서, 물비우스 교에서 알로브로게스족들을 잡아들일 때도 실제로 무슨 일이 일어난 건지 깨닫지 못하고 있었다.

"플라쿠스, 당신은 여기 남아 증인 역할을 해줘야겠소." 키케로가 다른 법무관에게 말했다. "하지만 당신 민병대는 콩코르디아 신전으로 보내 그 주변에 대기하도록 하시오. 나는 여기서 몇 가지 일을 처리하는 즉시 그곳에서 원로원 회의를 소집할 생각이니까."

모든 눈이 그를 지켜보았다. 그중에는 어두운 한쪽 구석에서 지켜보는 테렌티아의 눈도 있음을 눈치채고 그는 얼굴을 찌푸렸다. 뭐, 왜 안 되겠는가? 테렌티아는 이 모든 일을 겪는 동안 그의 곁을 지켰다. 그녀는 노력의 대가로 이 연극의 뒷자리를 얻어낸 것이다. 잠시 생각한 뒤 그는 브로구스를 제외한 알로브로게스족들을 식당으로 보내 음식과 포도주를 들게 하고 브로구스, 상가, 발레리우스 플라쿠스와 함께 자리에 앉아 폼프티누스와 그더러 데려오라고 명령한 자들이 오기를 기다렸다. 볼투르키우스는 전혀 위험하지 않았지만—그는 테렌티아로부터 가장 멀리 떨어진 한구석에서 웅크린 채 울고 있었다—카이파리우스는 여전히 투지가 남아 있는 것 같기도 한 모습이었다. 키케로는 결국 그를 벽장에 가두면서, 이자도 호송해 가게 했으면 좋았을 걸 하고 아쉬워했다. 그러니까 로마에 그를 가둬둘 안전한 장소가 있긴 하다면 말이다!

"사실," 루키우스 발레리우스 플라쿠스가 벽장 열쇠를 흔들며 말했다. "당신의 임시 감옥이 라우투미아이 감옥보다 확실히 더 안전합니다."

가이우스 케테구스가 경계심과 저항감이 어린 얼굴로 가장 먼저 도착했다. 그로부터 얼마 지나지 않아 스타틸리우스와 가비니우스 카피토가 함께 들어왔고, 바로 뒤에 폼프티누스가 따라왔다. 렌툴루스 수라는 훨씬 오래 기다려야 했지만, 결국 그도 문을 열고 들어왔다. 그의 표정과 몸짓에는 짜증 말고는 아무것도 드러나지 않았다.

"정말이지, 키케로, 이건 너무 심하지 않소!" 그는 이렇게 소리치고 나서야 다른 사람들 쪽으로 눈길을 돌렸다. 놀란 티는 거의 내지 않았지만, 키케로는 그 기색을 감지했다.

"당신 친구들과 합류하시죠, 렌툴루스." 키케로가 말했다.

누군가가 바깥문을 두드려대기 시작했다. 야밤의 임무 때문에 갑옷 차림이던 폼프티누스와 발레리우스 플라쿠스는 검을 빼들었다.

"열어줘, 티로!" 키케로가 말했다.

그러나 거리에 있는 것은 위험이나 암살자들이 아니었다. 카툴루스, 크라수스, 쿠리오, 마메르쿠스, 세르빌리우스 바티아가 걸어들어왔다.

"수석 집정관의 긴급 명령으로 콩코르디아 신전에 모이라는 얘기를 듣고, 먼저 수석 집정관을 찾아보는 게 좋겠다고 판단했네." 카툴루스가 말했다.

"사실 아주 잘 오셨습니다." 키케로가 감사하며 말했다.

"무슨 일인가?" 눈으로는 공모자들을 쳐다보며 크라수스가 물었다.

키케로가 설명하는 동안, 문을 두드리는 소리가 몇 번 더 들려왔다. 더 많은 원로원 의원들이 호기심에 가득찬 채 몰려들었다.

"소문이 어찌 이리도 빨리 돈 겁니까?" 키케로는 기쁨을 감추지 못하며 물었다.

그러나 마침내 방이 꽉 찼고, 수석 집정관은 본론으로 들어가서 알로브로게스족과 물비우스 교에서의 체포에 관한 이야기를 전하며 편지들을 보여줄 수 있었다.

"그러면," 키케로가 매우 의례적인 어조로 말했다. "푸블리우스 코르넬리우스 렌툴루스 수라, 가이우스 코르넬리우스 케테구스, 푸블리우스 가비니우스 카피토, 루키우스 스타틸리우스, 당신들이 루키우스 세르기우스 카틸리나의 모반에 가담했는지 여부에 대한 전면 조사가 있을 때까지 당신들을 구금하겠소." 그는 마메르쿠스 쪽으로 고개를 돌렸다. "원로원 최고참 의원, 이 두루마리 세 개를 당신께 맡기겠습니다. 그리고 원로원 전체가 콩코르디아 신전에 모일 때까지 편지의 봉인을 뜯지 말아주시기를 요청합니다. 이어서 그 편지들을 낭독하는 것이 원로원 최고참 의원으로서 당신의 임무가 될 것입니다." 키케로는 모두가 볼 수 있게 접힌 종이를 높이 들었다. "이 편지는 지금 이 자리에서, 여러분이 모두 보고 있는 가운데 제가 개봉하겠습니다. 만약 이 편지가 그 필자인 법무관 렌툴루스 수라를 위태롭게 하는 내용이라면, 우리가 조사를 밀어붙이지 못하게 막을 수 있는 건 아무것도 없습니다. 만약 이 편지가 무해한 내용이라면, 우리는 원로원이 모이기 전에 저 두루마리 세 개를 어떻게 할지 결정해야 할 것입니다."

"어서 여시오, 마르쿠스 툴리우스 키케로." 마메르쿠스가 말했다. 이 악몽 같은 순간에 휘말린 지금, 그는 집정관을 한 차례 지냈고 법무관을 두 번이나 지낸 렌툴루스 수라가 정말로 연루되었을 수 있다는 사실을 도무지 믿을 수 없었다.

오, 이처럼 성대하고 경이로운 연극에서 모든 시선의 중심에 있다니 얼마나 좋은가! 키케로는 뛰어난 배우다운 몸짓으로, 모두가 렌툴루스 수라의 것임을 확인한 밀랍 봉인을 큰 소리 나게 뜯으면서 생각했다. 그가 종이를 펼쳐서 대강 훑어보고 소리내어 읽기 전에 그 내용을 숙지하기까지, 끝도 없이 오랜 시간이 걸리는 듯했다.

> 루키우스 세르기우스, 부디 생각을 바꾸게. 자네가 우리 대업을 노예 군대로 더럽히고 싶어하지 않는다는 건 알지만, 실제로 노예들을 우리 병력에 받아들이면 며칠 안에 수많은 병사들과 압도적인 승리를 얻게 될 거라는 내 말을 믿게. 로마가 자네와 대적하도록 파견할 수 있는 병력은 4개 군단이 전부네. 마르키우스 렉스와 메텔루스 크레티쿠스 휘하의 각각 1개 군단, 그리고 하는 일 없이 놀고먹는 히브리다 휘하의 2개 군단이지.
>
> 예언에 의하면 코르넬리우스 씨족 출신 세 명이 로마를 통치하게 될 것이고, 나는 코르넬리우스라는 이름의 그 세 명 중 내가 세번째임을 확신하네. 자네 이름 세르기우스가 코르넬리우스보다 훨씬 더 역사가 길다는 점은 알지만, 자네는 이미 로마보다 에트루리아를 통

치하고 싶다는 뜻을 밝힌 바 있네. 경우가 이러하니, 노예에 대한 자네 입장을 재고하게. 나는 용납하네. 부디 이에 동의해주게.

그는 침묵 속에 편지 낭독을 끝마쳤다. 어찌나 완전한 침묵이었는지, 사람들로 가득한 이 방에서도 숨소리 하나조차 공기를 흩뜨리지 않는 듯했다.

그때 카툴루스가 입을 열었다. 거칠고 화가 난 목소리였다. "렌툴루스 수라, 당신은 이제 끝이오!" 그가 쏘아붙였다. "오줌 벼락이나 맞을 인간 같으니!"

"내 생각에는," 마메르쿠스가 무겁게 말을 꺼냈다. "저 두루마리들을 지금 열어보는 것이 좋겠소, 마르쿠스 툴리우스."

"뭐요, 그랬다가 카토가 국가의 증거물에 손댔다며 날 비난하게 하라고요?" 키케로가 눈을 크게 떴다가 다시 모들뜨며 물었다. "아뇨, 마메르쿠스, 두루마리의 봉인은 그대로 둘 겁니다. 그것을 개봉하는 것이 아무리 옳은 일이라 해도, 우리 친애하는 카토의 화를 돋우고 싶지는 않군요!"

법무관 가이우스 술피키우스가 그 자리에 있는 게 키케로의 눈에 들어왔다. 잘됐군! 저자에게도 일거리를 줘서 내가 편애한 것처럼 보이게 하지 말아야겠어. 카토가 트집잡을 거리를 단 하나도 만들지 않으리라.

"가이우스 술피키우스, 렌툴루스 수라와 케테구스, 가비니우스, 스타틸리우스의 집으로 가서 혹시 무기가 없는지 확인해주겠소? 폼프티누스의 민병대를 데려가고, 계속해서 그들이 포르키우스 라이카의 집도 수색하게 하시오. 카이파리우스, 루키우스 카시우스, 여기 있는 볼투르키우스, 루키우스 타르퀴니우스의 집도 마찬가지요. 당신이 원로원 내 공모자들의 집을 직접 조사한 뒤에도 병사들이 수색을 계속하도록 하는 것이 좋겠소. 가능한 한 빨리 당신이 원로원에 와줘야 하기 때문이오. 거기서 조사결과를 내게 보고해주시오."

아무도 먹거나 마시는 데 관심이 없었으므로, 키케로는 카이파리우스를 벽장에서 나오게 하고 식당에 있는 알로브로게스족들을 불렀다. 카이파리우스는 갇히기 전엔 어떤 투지가 있었다 해도 지금은 거의 달아나고 없는 듯했다. 알고 보니 키케로의 벽장은 거의 완벽한 밀폐 공간이었고, 카이파리우스는 겁에 질려 횡설수설하면서 밖으로 나왔다.

현직 법무관이면서 반역자라니! 한때 집정관을 지낸 사람까지. 이 일을 어떤 식으로 처리해야 이 벼락출세한 신진 세력, 유숙객, 아르피눔에서 온 이방인이 좋게 비칠 것인가? 마침내 키케로는 방을 가로질러 렌툴루스 수라 쪽으로 가서 사내의 축 처진 오른손을 꽉 움켜잡았다.

"가시죠, 푸블리우스 코르넬리우스." 그는 지극히 예의를 갖춰 말했다. "콩코르디아 신전으로 갈 시간입니다."

"별 희한한 일도 다 있군!" 사람들의 긴 행렬이 베스타 계단에서 포룸 로마눔 낮은 구역을 가로질러 콩코르디아 신전을 향해 줄줄이 이어지는 중에 루키우스 코타가 말했다. 콩코르디아 신전은 게모니아이 계단을 사이에 두고 툴리아눔 감옥의 사형집행실과 분리되어 있었다.

"희한하다니요? 무엇이 말입니까?" 키케로가 물었다. 여전히 그는 렌툴루스 수라의 힘없는 손을 잡아 이끌고 있었다.

"지금 막 도급업자들이 유피테르 옵티무스 막시무스의 새로운 조각상을 신전 내부의 대좌에 놓는 작업을 하고 있소. 벌써 한참 전에 했어야 할 일을! 토르콰투스와 내가 그 일을 하겠다고 서약한 지 3년 가까이 지나서야." 루키우스 코타는 몸을 떨었다. "그 모든 징후들이라니!"

"당신 임기중에 수백 건이 있었죠." 키케로가 말했다. "오래된 에트루리아 늑대가 번갯불에 젖먹이를 잃은 걸 보고 참으로 안타까웠습니다. 어미 늑대의 표정을 참 좋아했는데 말이죠. 어쩜 그리 강아지 같은지! 로물루스에게 젖을 주면서도 그에 대해 조금도 신경쓰지 않고요."

"어미 늑대가 왜 두 아기에게 젖을 먹이지 않는지 나는 통 이해가 안 됐소." 코타는 이렇게 말하고 어깨를 으쓱했다. "아 뭐, 어쩌면 에트루리아인들 전설에서는 아기가 하나만 있었을지도 모르지요. 확실히 그 조각상이 로물루스와 레무스보다 먼저 만들어졌고, 아직 우리에게 어미 늑대는 있으니까."

"당신 말씀이 맞습니다." 아주 낮은 지대에 있는 신전의 현관에 연결된 계단 세 개를 오르는 렌툴루스 수라를 부축해주면서 키케로가 말했다. "이건 징조예요. 위대한 신을 동향으로 놓는 것이 좋은 의미여야 할 텐데!" 입구에 이른 그가 갑자기 멈춰 섰다. "세상에, 이렇게 많이 몰리다니!"

소문은 사방으로 퍼져 있었다. 콩코르디아 신전은 로마에 있는 모든 원로원 의원들을 수용하느라 터지기 직전이었다. 아픈 의원들까지도 왔기 때문이었다. 이 장소를 고른 건 순전히 일시적인 변덕 때문만은 아니었다. 물론 로마인들 중에서도 키케로가 유독 콩코르디아에 병적으로 집착하는 것은 사실이었지만. 반역의 결과를 다루는 회의는 원로원 의사당에서 열 수 없게 되어 있기도 했고, 이번 반란이 로마 사회 전반에 걸쳐 있었으므로 콩코르디아 신전은 회의 장소로 타당했다. 하지만 유감스럽게도 원로원이 유피테르 스타토르 신전 같은 곳에서 모일 때 설치했던 목제 계단들은 콩코르디아 신전 안에 들어가지 않았다. 모든 의원들은 환기가 좀 잘됐으면 하고 바라면서 본인이 도착한 자리에 그대로 서 있어야 했다.

키케로는 전직 집정관들과 정무관들을 평의원들이나 하급 관료들 앞쪽으로 보내 접의자에 앉힘으로써 마침내 붐비는 공간 안에 나름의 질서를 잡았다. 그는 고등 정무관들을 가운데 뒤쪽으로 보낸 뒤 서로 마주보는 의자 두 줄 사이에 알로브로게스족, 볼투르키우스, 카이파리우스, 렌툴루스 수라, 케테구스, 스타틸리우스, 가비니우스 카피토, 파비우스 상가를 배치했다.

"가이우스 케테구스의 집에 무기가 보관되어 있었습니다!" 법무관 술피키우스가 숨을 헐떡이며 들어왔다. "장검과 단도가 수백 개씩 있었습니다. 방패도 몇 개 있고 판갑은 없었습니다."

"나는 무기 수집벽이 있습니다." 케테구스가 시큰둥하게 말했다.

키케로는 얼굴을 찌푸린 채, 사방이 막힌 공간 때문에 생긴 또다른 문제를 두고 고민하고 있었다. "가이우스 코스코니우스," 그는 법무관 중 하나를 향해 말했다. "당신이 속기에 능하다고 들었소. 솔직히 말해 이곳에 서기 대여섯 명을 들일 공간은 도저히 찾을 수가 없으니 그 전문가들 없이 진행할 생각이오. 평의원 중에 회의록을 말한 그대로 받아 적을 수 있는 사람을 세 명 고르시오. 그러면 당신들 네 사람이 일을 나눠 갖게 되고, 네 명이면 충분할 거요. 긴 회의가 되지는 않을 듯하니, 회의가 끝난 뒤 서로 받아 적은 것을 비교해서 함께 초안을 만들 시간이 있을 것이오."

"저 사람 얼굴을 보고 저 말을 듣고 있을 거요?" 실라누스가 카이사르에게 속삭였다. 둘 사이를 감안한다면 속엣말을 털어놓을 상대로는 이상한 선택이었다. 하지만 아마도 무레나를 포함해 실라누스 가까이 붙어 있는 사람들 중에는 얘기를 나눌 만하다고 여겨지는 사람이 달리 아무도 없나보다고 카이사르는 생각했다. "드디어 기고만장하는군!" 실라누스가 뭔지 모를 소리를 냈고, 카이사르는 그걸 혐오감의 표현으로 해석했다. "음, 나로서는 이 상황이 말할 수 없이 천박하다고 생각합니다!"

"아르피눔에서 온 촌놈이라도 빛을 보는 날은 있는 법이죠." 카이사르가 말했다. "가이우스 마리우스가 전통을 만들었어요."

마침내 키케로가 온갖 법석을 떨며 기도와 제물, 길조와 인사말과 함께 회의를 열었다. 그러나 그의 사전 평가가 옳았다. 회의는 오래 끌지 않았던 것이다. 안내자 티투스 볼투르키우스는 파비우스 상가와 브로구스의 증언을 듣더니 눈물을 흘리면서 모든 것을 털어놓을 수 있게 해달라고 요청했다. 허락을 받은 그는 모든 질문에 대답하고, 렌툴루스 수라와 다른 네 명에게 점점 더 큰 죄를 씌웠다. 그의 설명에 의하면 루키우스 카시우스는 난데없이 먼 갈리아로 떠났고, 볼투르키우스가 짐작하기에는 마실리아로 자발적 추방을 떠나는 길인 듯했다. 원로원 의원 퀸투스 안니우스 킬로, 술라 형제들, 푸블리우스 아우트로니우스를 비롯한 다른 이들도 도망쳤다. 기사와 은행가, 하수인, 고리대금업자 등의 이름들이 줄줄이 튀어나왔다. 볼투르키우스의 장황한 이야기가 끝나갈 즈음에는 카틸리나부터 맨 아래의 본인에 이르기까지 대략 스물일곱 명의 주요 로마인 가담자들이 언급되었다(그리고 거명되지 않은 독재관의 조카 푸블리우스 술라는 땀을 뻘뻘 흘리고 있었다).

뒤이어 원로원 최고참 의원 마메르쿠스가 편지들의 봉인을 뜯고 소리내어 읽었다. 용두사미에 가까운 결말이었다.

키케로는 고함치며 진실을 추궁하는 위대한 변호인 역할을 고대하면서 먼저 가이우스 케테구스를 심문했다. 하지만 안타깝게도 케테구스는 바로 허물어지더니 죄를 실토해버렸다.

다음으로 스타틸리우스가 나섰지만, 결과는 비슷했다.

그다음은 렌툴루스 수라 차례였는데, 그는 질문이 시작되기도 전에 곧바로 자백을 했다.

가비니우스 카피토는 잠깐 동안 저항하는 듯했지만, 마침 키케로가 본격적으로 덤벼들려는 찰나에 자백을 했다.

마지막으로 마르쿠스 카이파리우스 차례가 왔다. 그는 왈칵 울음을 터뜨리고 미친듯이 눈물을 쏟아내더니 흐느끼는 사이사이 자백을 하는 것 같았다.

카툴루스로서는 하기 힘든 일이었지만, 심문이 모두 종료됐을 때 그는 훌륭하고 경계를 게을리하지 않은 로마의 수석 집정관에게 감사의 뜻을 표하는 동의를 제출했다. 말이 조금씩 막히긴 했지만, 카이파리우스의 자백과 비슷한 정도로는 알아들을 수 있게 나왔다.

"당신을 조국의 아버지라고 부르겠습니다!" 카토가 한 발언이었다.

"진지한 거요, 비꼬는 거요?" 실라누스가 카이사르에게 물었다.

"카토가 하는 말이라면, 그 누가 알겠습니까?"

이어서 현장에 없는 공모자들의 체포 명령서를 발급할 권한이 키케로에게 주어졌고, 그다음으로 출석한 공모자들 다섯 명에 대한 감독을 의원들에게 나눠 맡길 시간이 왔다.

"내가 렌툴루스 수라를 맡겠습니다." 루키우스 카이사르가 슬픈 목소리로 말했다. "그는 내 매부입니다. 가문으로 따지자면 다른 렌툴루스 분가로 가야 할 수도 있겠지만 도리상으로는 내 책임이 되는 게 맞아요."

"나는 가비니우스 카피토를 맡겠소." 크라수스가 말했다.

"그럼 나는 스타틸리우스를 맡지요." 카이사르가 말했다.

"내게 젊은 케테구스를 주십시오." 퀸투스 코르니피키우스가 말했다.

"그럼 내가 카이파리우스를 데려가겠소." 늙은 나이우스 테렌티우스가 말했다.

"반란에 가담한 현직 법무관은 어찌해야 합니까?" 실라누스가 물었다. 공기가 통하지 않는 곳에서 그의 안색은 대단히 창백해 보였다.

"그의 휘장을 떼고 휘하 릭토르들을 해산시키도록 명해야 합니다." 키케로가 말했다.

"그건 합법적이지 않은 듯합니다." 카이사르가 조금 지친 기색으로 말했다. "고등 정무관의 임기가 끝나기 전에 그 임기를 종료할 권한은 누구에게도 없습니다. 엄밀히 말해, 당신은 그를 체포할 수 없어요."

"원로원 최종 결의에 따르면 그럴 수 있습니다!" 키케로가 짜증이 나서 쏘아붙였다. 카이사르는 왜 항상 트집을 잡는 것인가? "그러고 싶다면, 종료라고 부르지 말든가요! 그저 그가 고등 정무관임을 보여주는 장식을 뗀다고 생각하십시오!"

좁은 공간에 끼어 있기가 지겨워지고 콩코르디아 신전을 벗어나고 싶은 마음이 간절했던 크라수스는 이 험악한 대화에 끼어들어, 도시 성벽 내에서 유혈사태 없이 반란 음모를 발견한 것을 기념하는 공공 감사제를 열자고 발의했다. 하지만 그는 키케로를 언급하지는 않았다.

"말이 나온 김에 크라수스, 우리의 친애하는 마르쿠스 툴리우스 키케로에게 시민관을 수여하자고 제안하는 게 어떻소?" 포플리콜라가 호통을 쳤다.

"지금 저건," 실라누스가 카이사르에게 말했다. "확실히 비꼰 거로군."

"아, 신들께 감사해야겠어요. 드디어 그가 회의를 파하려는 참이니." 이것이 카이사르의 대답이었다. "우리가 유피테르 스타토르나 벨로나 신전에서 모일 이유를 찾아낼 순 없었던 걸까요?"

"내일 낮의 두번째 시각에 이곳에서 모입니다!" 키케로는 일제히 쏟아지는 불평 소리에 대고 이렇게 외친 뒤 급히 신전을 빠져나갔다. 그리고 로스트라 연단에 올라, 기대감에 찬 대규모 군중을 향해 안심하라는 연설을 했다.

"왜 저리 냅다 서두르는지 모르겠군." 크라수스가 카이사르에게 말했다. 그들은 함께 서서 몸을 풀고 달콤한 바깥 공기를 깊이 들이마셨다. "그는 오늘밤 집에 가지도 못해. 그의 부인이 보나 데아 축제를 주최할 테니까."

"네, 그렇죠." 카이사르가 한숨을 쉬며 말했다. "제 아내와 어머니도 그쪽으로 갈 겁니다. 당연히 베스타 신녀들도요. 아마 율리아도 가겠지요. 어른이 다 됐으니."

"키케로도 갔으면 좋겠네."

"좀 봐줘요, 크라수스, 그가 드디어 물 만난 물고기가 됐는데요! 이런 작은 승리 정도는 갖게 해주자고요. 이건 그리 대단한 음모도 아니고, 아폴론과 맞붙은 판만큼이나 성공 가능성이 낮았어요. 유리병 안의 폭풍, 그 이상은 아니죠."

"아폴론과 맞붙은 판이라고? 판이 이겼지, 맞나?"

"순전히 미다스가 재판관이었기 때문이죠, 마르쿠스. 그 일로 그는 남은 평생 당나귀 귀 한 쌍을 달고 살게 됐지요."

"미다스는 늘 재판관을 맡는다네, 카이사르."

"황금의 힘이죠."

"바로 그거야."

두 사람은 포룸 로마눔 위쪽으로 움직이기 시작했다. 중간에 멈춰 서서 키케로가 인민에게 하는 연설을 들을 생각은 추호도 없었다.

"자네 집안이 연루됐지, 참." 카이사르가 사크라 가도를 지나치고 같이 팔라티누스 언덕 쪽으로 향하는 것을 보고 크라수스가 말했다.

"그렇습니다. 아주 멍청한 육촌누이와 그녀의 덩치 큰 망나니 아들 세 녀석이죠."

"그녀가 루키우스 카이사르 집으로 갈 것 같은가?"

"절대 아닐 겁니다. 그러기엔 루키우스 카이사르가 워낙 주도면밀해요. 지금 집에 자기 누이의 남편을 감금하고 있으니까요. 그래서 어머니가 보나 데아 축제를 기념하러 키케로의 집으로 가시고 하니, 이참에 루키우스에게 잠깐 들러서 제가 바로 율리아 안토니아를 만나보러 가겠다고 얘기하려고요."

"자네가 부럽진 않군." 크라수스가 씩 웃으며 말했다.

"말도 마세요, 저도 제가 안 부럽습니다!"

꽤 근사한 렌툴루스 수라 저택의 문을 두드리기도 전에 율리아 안토니아의 목소리가 들려오자 카이사르는 어깨를 쫙 폈다. 왜 하필 오늘밤이 보나 데아 축제란 말인가? 율리아 안토니아의 친구들은 전부 키케로의 집으로 갈 것이고, 보나 데아는 괴로워하는 친구를 위해 무시할 수 있는 정도의 신이 아니었다.

안토니우스 크레티쿠스의 아들 셋은 카이사르가 보기에 놀라울 정도로 모두 참을성 있고 친절하게 어머니를 돌보고 있었다. 하지만 아들들의 보살핌도 그녀가 벌떡 일어나 카이사르의 가슴팍에 안기는 걸 막지는 못했다.

"오, 육촌!" 그녀는 우는소리를 냈다. "내가 어떻게 해야 할까요? 난 어디로 가죠? 저들이 수라의 전 재산을 몰수할 거예요! 내가 살 집마저 없어질 거예요!"

"그분 좀 그만 괴롭히세요, 엄마." 큰아들 마르쿠스 안토니우스가 말했다. 그는 꽉 움켜쥔 어머니의 손가락을 떼어내서 그녀를 다시 의자로 데려갔다. "이제 거기 앉아 계시고 힘든 내색은 그만하세요. 그런다고 우리가 이 곤경에서 빠져나갈 수 있는 것도 아니니까요."

아마 혼자 난리를 치느라 기진맥진해서인지, 율리아 안토니아는 아들의 말대로 했다. 다소 뚱뚱하고 어설퍼 보이는 막내아들 루키우스는 어머니 옆 의자에 앉아 어머니의 손을 잡고 달래는 소리를 내기 시작했다.

"저애 차례거든요." 안토니우스는 짧게 말한 뒤 외재당숙을 바깥 주랑정원으로 데리고 나갔다. 둘째 아들 가이우스도 그들과 합류했다.

"요즘 원로원에서 코르넬리우스 가문 출신 대다수가 코르넬리우스 렌툴루스 분가 사람들이라는 게 유감이야." 카이사르가 말했다.

"그들 중 자기 집안에 반역자가 있다는 걸 조금이라도 달가워할 사람은 아무도 없겠죠." 마르쿠스 안토니우스가 단호히 말했다. "그분이 정말 반역자입니까?"

"티끌만큼도 의심할 여지가 없어, 안토니우스."

"확신하세요?"

"지금 한 말이 그거잖아! 뭐가 문제냐? 너도 연루됐다는 게 알려질까봐 걱정하는 거야?" 불현듯 불안감을 느끼며 카이사르가 물었다.

안토니우스는 얼굴이 시뻘게졌지만 아무 말도 하지 않았다. 그 대신 가이우스가 발을 쿵 구르며 대답했다.

"우리는 연루되지 않았어요! 왜 항상 다들 우리가 최악의 짓을 했다고만 생각하는 거예요? 아저씨까지 포함해서요!"

"그런 걸 두고 평판이라고 말하지." 카이사르가 참을성 있게 말했다. "너희 셋 모두 끔찍한 평판을 얻고 있잖아. 도박이며 포도주며 매춘부며." 그는 빈정대는 듯한 표정으로 마르쿠스 안토니우스를 쳐다봤다. "심지어 남자 애인도 가끔 등장하고 말이야."

"저와 쿠리오에 관한 소문은 사실이 아니에요." 안토니우스가 불쾌해하며 말했다. "쿠리오의 아버지를 화나게 하려고 애인인 척하는 것뿐이에요."

"하지만 그런 게 다 쌓여서 평판이 되는 거다, 안토니우스. 너와 네 동생들도 곧 알게 되겠지만. 원로원의 모든 사냥개들이 코를 킁킁거리며 너희 궁둥짝 주위를 돌게 될 거야. 그러니 너희가 아주 사소하게라도 연루됐다면 지금 내게 털어놓는 게 좋아."

크레티쿠스의 세 아들 모두, 카이사르가 그 누구보다도 사람을 당황스럽게 만드는 눈을 가지고 있다고 오래전에 결론을 내렸다. 그 눈은 꿰뚫어 보듯 날카롭고 차가웠으며 모든 것을 다 아는 듯했다. 이는 곧 이들이 카이사르를 좋아하지 않는다는 뜻이기도 했다. 그의 눈이 그들을 수세로 몰고, 그들 스스로 내심 생각하는 것보다 못난 사람처럼 느껴지게 했기 때문이다. 게다가 그는 자기들이 보기에 사소한 결점 정도인 일로는 굳이 책망하려 들지도 않고, 지금처럼 상황이 정말로 나쁠 때만 찾아왔다. 따라서 그의 등장은 파멸의 조짐을 연상시켰고, 그들에게서 반격하고 스스로를 변호할 능력을 빼앗아버리는 경향이 있었다.

그래서 마르쿠스 안토니우스는 부루퉁하게 대답했다. "우린 아주 사소하게라도 연루된 적 없어요. 클로디우스가 카틸리나는 실패자라고 했거든요."

"클로디우스가 하는 말은 뭐든 다 옳고, 안 그래?"

"보통은요."

"동의한다." 카이사르가 예상치 못한 말을 했다. "그 친구는 영악하지."

"이제 어떻게 되나요?" 가이우스 안토니우스가 불쑥 물었다.

"너희 새아버지는 반역죄 재판에 회부되어 유죄판결을 받을 거야." 카이사르가 말했다. "그는 자백을 했어. 그럴 수밖에 없었지. 키케로의 법무관들이 그의 유죄를 입증하는 편지 두 통과 함께 알로브로게스족을 체포했고, 그 편지들은 위조된 게 아니야. 그건 확실해."

"그럼 엄마 말이 맞네요. 엄마는 모든 걸 잃을 거예요."

"그렇게 되지 않을 방법을 내가 찾아보마. 그리고 내 말에 공감할 사람들도 상당히 많을 거야. 이제는 로마에서 누군가의 범죄로 인해 그 가족까지 처벌하는 일은 그만둬야 할 때야. 내가 집정관이 되면 그런 취지의 법률을 서판에 새겨야겠어." 그는 아트리움 쪽으로 돌아가기 시작했다. "내가 직접 너희 어머니를 위해 할 수 있는 일은 없다, 안토니우스. 저 사람에게는 함께 있어줄 여자가 필요해. 우리 어머니가 보나 데아 축제에서 돌아오시는 대로 이리로 보내마." 아트리움에 들어선 그는 주위를 둘러보았다. "수라가 미술품을 수집하지 않은 게 아쉽구나. 그랬다면 국가에서 와서 가져가기 전에 몇 개 슬쩍 감추어둘 수 있었을지도 모르는데 말이야. 앞서 내가 한 말이 진심이긴 하지만, 수라가 가진 얼마 안 되는 재산이 몰수되지 않게 하도록 최선을 다해보마. 그가 모반에 동참한 것도 그 때문인 것 같구나. 재산을 늘려보려고."

"아, 틀림없어요." 카이사르를 문 쪽으로 안내하며 안토니우스가 말했다. "원로원에서 제명된 것 때문에 자기가 얼마나 크게 파산했는지 끝도 없이 불평했으니까요. 그리고 자기는 그런 일을 당할 만한 짓을 한 적이 없다고요. 항상 주장하시기를 감찰관 렌툴루스 클로디아누스가 자기에게 악의를 품은 거라고 했어요. 클로디아누스가 렌툴루스 가문에 입양됐을 때 일어난 가문 내 다툼 때문이라고요."

"그 사람을 좋아하니?" 문턱을 넘어가며 카이사르가 물었다.

"아, 그럼요! 수라는 정말 멋진 사람이에요. 최고의 사내죠!"

그것참 흥미롭구나, 하고 카이사르는 포룸 로마눔의 관저로 돌아오면서 생각했다. 모든 의붓아버지가 저 청년 삼인방에게 자기를 좋아하게 만들진 못했을 터인데! 그들은 전형적인 안토니우스 혈통이었다. 부주의하고 열정적이고 충동적이며, 무슨 종류가 됐든 자신의 욕구를 채우려 드는. 그 넓은 어깨 위에 정치적인 머리가 붙어 있는 경우는 하나도 없었다! 삼 형제 모두 거대한 짐승 같은 유형이었고, 못생겼지만 여자들이 대단히 매력을 느끼는 듯한 면이 있었다. 저애들이 재무관으로 출마할 수 있는 나이가 되면 도대체 원로원에 무슨 짓을 할까? 그러니까 출마할 돈이 있다고 쳤을 때 말이다. 크레티쿠스는 불명예스럽게 자살했다. 그나마 아무도 사후에 그를 국가에 대한 범죄로 기소할 것을 제안하지는 않았다. 그에게 양식과 판단력은 없었어도 로마에 대한 충성심은 없지 않았던 것이다. 그러나 율리아 안토니아가 렌툴루스 수라와 재혼하면서 그의 재산은 침식되었다. 수라는 자기 자식이 없었지만 큰 재산 또한 없었다. 루키우스 카이사르에게는 아들과 딸이 있었으므로 그쪽에서 안토니우스 형제들이 기대할 수 있는 건 없었다. 이는 곧 안토니우스가의 재산을 늘리려는 노력은 카이사르의 몫이라는 뜻이었다. 이 일을 어떻게 해낼지는 전혀 모르겠지만, 어쨌든 그는 해낼 것이다. 돈은 간절히 필요할 때면 어김없이 나타나니까.

물비우스 교에서 티베리스 강으로 뛰어내렸던 도망자 루키우스 타르퀴니우스는 파이술라이로 가는 길에 붙잡혀 키케로에게 인도되었다. 보나 데아 축제 이튿날 콩코르디아 신전에서 원로원이 모이기 전의 일이었다. 자기집에 들어갈 수 없게 된 키케로는 그날 밤 니기디우스 피굴루스의 집에서 묵었고, 피굴루스는 사려 깊게도 아티쿠스와 퀸투스 키케로를 저녁식사에 초대했다. 그들이 함께한 유쾌한 저녁시간은 테렌티아가 보내온 전갈로 한층 더 유쾌해졌다. 보나 데아의 제단에 피운 불이 꺼진 뒤 갑자기 커다란 불길이 타올랐는데, 이를 두고 베스타 신녀들은 키케로가 조국을 구했다는 뜻으로 받아들였다는 내용의 전갈이었다.

이 얼마나 기분좋은 생각인가! 조국의 아버지, 조국의 구원자라니. 아르피눔에서 온 유숙객인 내가.

그러나 그의 마음이 마냥 편하지만은 않았다. 그가 로스트라 연단에서 인민을 안심시키는 연설을 했음에도 불구하고, 오늘 아침 용케도 니기디우스 피굴루스의 집까지 그를 찾아온 피호민들은 초조하고 불안해 보였으며 심지어 두려워하기까지 했다. 로마의 일반 민중 중에 새로운 질서를—그리고 전면적인 부채 탕감을—지지하는 사람은 얼마나 될까? 보아하니 아주 많은 듯했다. 카틸리나가 사투르누스 축제일 밤에 이 도시를 내부로부터 장악하는 것도 충분히 가능했을지 모를 정도로. 경제적 고통을 겪는 모두의 마음에 피어났던 그 모든 희망은 어제

부로 영원히 박살나버렸고, 그러한 희망을 품었던 이들은 오늘에 와서 유예는 없을 것임을 알고 있다. 로마는 겉으로 평화로워 보였다. 하지만 키케로의 피호민들은 그 아래로 폭력의 암류가 흐르고 있다고 주장했다. 아티쿠스 역시 그랬다. 그리고 지금 나는 다섯 명을 검거한 장본인으로서 미세한 공포를 의식하고 있구나! 키케로는 생각했다. 영향력과 피호민들을 가진 자들. 특히 렌툴루스 수라가 그렇다. 하지만 스타틸리우스는 아풀리아 출신이고, 가비니우스 카피토는 피케눔 남부 출신이다. 반란에, 혹은 로마의 이상보다 이탈리아의 이상에 더 몰두한 이력이 있는 두 지역. 가이우스 케테구스로 말하자면…… 그의 아버지는 뒷자리 의원들의 왕으로 불렸던 사람 아닌가! 막대한 부와 영향력이 따라붙는. 그런데 나, 수석 집정관 키케로가 그들의 체포와 구금에 대한 유일한 책임자다. 그들 다섯을 모두 무너뜨려 자백하게 만든 확실한 증거를 제시한 사람이 나다. 그러므로 재판에서 그들의 유죄판결을 받아내는 것도 내 책임이 되리라. 이는 분명 오래 끄는 긴 과정이 될 터이고, 그사이 폭력의 암류가 표면으로 끓어오를지도 모를 일이다. 올해 법무관들 중 누구도 특별 소집된 반역 법정의 재판장을 맡고 싶어하지 않을 것이다. 근래 들어 반역 재판의 수가 너무 적어서 2년간 반역 재판을 맡은 법무관이 없었다. 따라서 그의 포로들은 새해가 한참 지나도록 구금 상태로 로마에서 계속 살게 될 것이다. 이는 또한 메텔루스 네포스 같은 신임 호민관들이 키케로가 월권을 했다며 크게 지껄여댈 것이고, 카토 같은 다른 호민관들은 주위를 맴돌며 법적인 실수가 보이면 바로 덮치려 하리라는 뜻이기도 했다.

이 끔찍한 자들이 재판을 받지 않아도 된다면 얼마나 좋을까! 콩코르디아 신전으로 포로 타르퀴니우스를 이끌고 가면서 키케로는 생각했다. 그들은 유죄다. 그들의 입을 통해 모두가 알게 된 사실이다. 그들은 유죄판결을 받을 것이다. 아무리 관대하거나 부패한 배심원단이 와도 무죄방면될 리는 없다. 그리고 결국 그들은…… 처형될까? 하지만 법정은 처형할 수가 없다! 법정이 할 수 있는 일은 기껏해야 영구 추방을 선언하고 전 재산을 몰수하는 것뿐이다. 트리부스회에서 열리는 재판도 사형선고를 내릴 수 없기는 마찬가지다. 사형선고를 얻어내려면 대반역죄 혐의로 백인조회 재판이 열려야 하지만, '전면적인 부채 탕감' 같은 말이 여전히 입에서 입으로 전해지고 있는 판국에 거기서 어떤 평결이 나올지 누가 장담할 수 있겠는가? 재판이라는 건 때로 넌더리나게 성가신 존재야, 하고 법정의 투사는 터덜터덜 걸으며 생각했다.

콩코르디아 신전에서 심문이 시작되었지만 루키우스 타르퀴니우스의 입에서는 별로 새로운 얘기가 나오지 않았다. 키케로는 직접 질문을 하는 특권을 유지했고, 타르퀴니우스를 데리고 차근차근 단계를 거쳐 물비우스 교에서의 체포 이야기까지 끌고 갔다. 그런 뒤 수석 집정관은 회의장의 전원에게 질문할 기회를 열어주었다. 다른 사람에게도 조금은 영광을 허락하는 것이 신중한 처사일 수도 있겠다는 생각에서였다.

그렇게 해서 나온 첫번째 질문에 대한 타르퀴니우스의 대답은 그의 예상을 완전히 비껴갔다. 질문한 사람은 마르쿠스 포르키우스 카토였다.

"애초에 왜 알로브로게스족과 같이 있었소?" 카토가 특유의 크고 거친 목소리로 물었다.

"뭐라고요?" 타르퀴니우스가 되물었다. 원로원에서 자기보다 높은 사람들에 대한 존중이라고는 없는 건방진 자였다.

"알로브로게스족에게는 티투스 볼투르키우스라는 안내자가 있었소.

마르쿠스 카이파리우스는 알로브로게스족과 루키우스 세르기우스 카틸리나의 회담 결과를 로마에 있는 공모자들에게 보고할 목적으로 참석했다고 했소. 그러면 당신은 왜 있었던 거요, 타르퀴니우스?"

"아, 나는 알로브로게스족과는 별 상관이 없었어요, 카토!" 타르퀴니우스가 쾌활하게 말했다. "내가 그 일행과 같이 간 건 혼자 북쪽으로 가는 것보다 그편이 더 안전하고 재미있기 때문이었습니다. 사실 나는 카틸리나에게 다른 용무가 있었어요."

"이제 와서 그랬다고? 그래, 그 용무가 뭐였소?" 카토가 물었다.

"마르쿠스 크라수스가 카틸리나에게 보내는 전갈을 가져가고 있었습니다."

사람들로 가득찬 작은 신전은 완벽한 침묵에 빠졌다.

"다시 말해보시오, 타르퀴니우스."

"마르쿠스 크라수스가 카틸리나에게 보내는 전갈을 가져가고 있었습니다."

웅성거림이 터지더니, 점점 더 소리가 커졌다. 결국 키케로는 수석 릭토르를 시켜 파스케스로 바닥을 쾅쾅 두드리게 해야 했다.

"정숙하십시오!" 그가 고함쳤다.

"마르쿠스 크라수스가 카틸리나에게 보내는 전갈을 가져가고 있었다고요." 카토가 같은 말을 되풀이했다. "그러면 그 전갈은 어디에 있소, 타르퀴니우스?"

"아, 글로 적은 게 아니었어요!" 타르퀴니우스는 기분좋게 새된 목소리로 대꾸했다. "내 머릿속에 외워서 갔죠."

"지금도 머릿속에 외우고 있소?" 카토가 눈으로 크라수스 쪽을 보며 물었다. 크라수스는 의자에 앉은 채 망연자실한 표정이었다.

"네. 들어보실래요?"

"물론이오."

타르퀴니우스는 까치발을 들더니 아래위로 까딱거렸다. "마르쿠스 크라수스가 응원을 전하오, 루키우스 카틸리나. 로마는 당신에 대항하여 완전히 뭉치지 않았소. 주요 인물들이 계속해서 넘어오고 있소." 타르퀴니우스가 노래하듯 말했다.

"저자는 하수구의 쥐새끼처럼 교활합니다!" 크라수스가 성난 소리로 외쳤다. "내게 혐의를 제기하면 자동적으로 내가 혐의를 벗기 위해 저자 같은 이들을 무죄방면시키는 데 내 재산을 쏟아부을 수밖에 없게 된다는 속셈입니다!"

"옳소, 옳소!" 카이사르가 외쳤다.

"아니, 타르퀴니우스, 나는 그러지 않을 거요!" 크라수스가 말했다. "고르려거든 좀더 약한 상대를 고르시오. 이 자리에 있는 모든 사람들 중에 내가 가장 먼저 구체적인 증거를 들고 찾아갔다는 건 마르쿠스 키케로도 익히 아는 사실이오. 그것도 더할 나위 없이 확실한 증인 두 사람, 마르쿠스 마르켈루스와 퀸투스 메텔루스 스키피오와 동행해서."

"확실히 맞습니다," 키케로가 말했다.

"맞습니다." 마르켈루스가 말했다.

"맞습니다." 메텔루스 스키피오가 말했다.

"그러면 카토, 이 문제에 대해 더 추궁할 생각이오?" 크라수스가 몹시 싫어하는 카토에게 물었다.

"아니요, 마르쿠스 크라수스, 그럴 생각 없습니다. 이건 명백한 날조입니다."

"원로원은 동의합니까?" 크라수스가 강력히 물었다.

거수 결과 원로원은 동의하는 것으로 나타났다.

“이 결과는 곧,” 카툴루스가 말했다. “우리의 친애하는 마르쿠스 크라수스가 주둥이에 찢긴 상처 하나 없이 낚싯바늘을 뱉어낼 수 있을 만큼 큰 물고기라는 뜻입니다. 하지만 내게는 같은 혐의를 제기할 그보다 훨씬 작은 물고기가 있습니다! 카틸리나의 모반에 가담한 혐의로 가이우스 율리우스 카이사르를 고발합니다!”

“나 또한 퀸투스 루타티우스 카툴루스의 혐의 제기에 동참합니다!” 가이우스 칼푸르니우스 피소가 큰 소리로 외쳤다.

“증거는요?” 일어나려는 시늉조차 없이 카이사르가 물었다.

“증거는 곧 마련될 거요.” 카툴루스가 우쭐해하며 대꾸했다.

“내용물이 뭡니까? 편지? 구두 전갈? 순전한 상상?”

“편지요!” 가이우스 피소가 말했다.

“그럼 그 편지는 어디에 있습니까?” 카이사르가 태연히 물었다. “만약 그 편지를 쓴 사람이 나라면 누구 앞으로 쓴 겁니까? 아니면 내 필체를 위조하느라 애를 먹고 있습니까, 카툴루스?”

“당신과 카틸리나 사이에 오간 편지요!” 카툴루스가 외쳤다.

“확실히 그 사람에게 한 번 편지를 쓴 적이 있는 것 같군요.” 카이사르가 생각에 잠기며 말했다. “그가 아프리카 속주의 법무관급 총독이었을 때일 겁니다. 하지만 그뒤로는 절대 쓴 적이 없습니다.”

“썼소, 썼다고!” 피소가 씩 웃으며 말했다. “딱 걸렸군, 카이사르. 어디 빠져나가보시오! 우리가 꽉 잡고 있으니!”

“사실은,” 카이사르가 말했다. “못 잡으셨습니다, 피소. 카틸리나의 유죄 입증에 내가 어떤 도움을 줬는지 마르쿠스 키케로에게 물어보시죠.”

“굳이 그럴 필요 없습니다, 피소.” 퀸투스 아리우스가 말했다. “마르쿠스 키케로가 확인해줄 사실을 내가 기꺼이 말씀드리죠. 카이사르는 내게 에트루리아로 가서 파이술라이 인근의 술라 퇴역병들을 만나봐 달라고 부탁했습니다. 평판 있는 사람 중에 달리 그들의 신뢰를 얻을 만한 사람이 없어서 내게 부탁한 것이었습니다. 나는 기꺼이 그를 도왔습니다. 다만 내가 왜 먼저 그 생각을 못했을까 하고 스스로에게 화가 났을 뿐이죠. 나는 생각을 못했습니다. 모든 상황을 꿰뚫어 보려면 카이사르 정도는 돼야 가능합니다. 카이사르가 모반에 가담했다면 절대 행동을 취했을 리가 없지요."

"퀸투스 아리우스는 사실을 말했습니다." 키케로가 말했다.

"그러니 그만 자리에 앉아 입 다무세요, 거기 두 분!" 카이사르가 쏘아붙였다. "최고신관 선거에서 당신보다 나은 사람에게 졌으면 그냥 결과를 받아들이세요, 카툴루스! 그리고 피소, 내 법정에서 뇌물로 유죄 판결을 빠져나가느라 필시 큰돈이 들어갔겠죠! 하지만 왜 고작 단순한 앙심 때문에 자신을 비천하게 만듭니까? 본 원로원은 당신들을 압니다. 당신들이 어떤 짓을 할 수 있는지 알아요!"

이 주제에 대해 더 많은 말이 나올 수도 있었겠지만, 마침 그때 전령이 뛰어들어와 키케로에게 소식을 전했다. 케테구스와 렌툴루스 수라에게 속한 해방노예 무리가 로마를 돌며 병력을 모집중인데 웬만큼 성과가 있으며, 그들은 충분한 인원이 모이면 루키우스 카이사르와 코르니피키우스의 집으로 쳐들어가 렌툴루스 수라와 케테구스를 구출하고 그들을 집정관으로 세운 뒤 다른 포로들을 구하고 도시를 점령할 계획이라는 내용이었다.

"이런 일들은 재판이 끝날 때까지 계속 일어날 겁니다!" 키케로가 말했다. "벌써 수개월째입니다, 원로원 의원 여러분. 수개월째요! 부디 시간을 단축할 방법을 강구해보십시오!"

그는 회의를 해산시키고 그의 법무관들에게 민병대 소집을 지시했다. 죄인을 데리고 있는 모든 집에 파견대를 보냈고, 모든 주요 공공장소에 수비대를 배치했으며, 아티쿠스를 포함한 상급 기사 일단은 유피테르 옵티무스 막시무스를 지키러 카피톨리누스 언덕으로 갔다.

"오, 테렌티아, 불확실하고 실패할지 모르는 상황으로 내 집정관 임기를 끝내고 싶진 않소!" 집에 돌아간 키케로는 아내에게 외쳤다.

"그 사람들이 로마 안에 있고 카틸리나가 군대와 함께 에트루리아에 있는 한 모든 것이 여전히 지극히 불안정한 상황이기 때문이죠." 그녀가 말했다.

"바로 그렇소, 여보."

"그러면 당신은 루쿨루스 꼴이 나겠죠. 혼자 힘든 일은 다 해놓고 실라누스와 무레나가 공을 차지하는 걸 보고만 있어야 하는. 상황이 모두 마무리됐을 때엔 그들이 집정관이라는 이유만으로요."

사실 그건 미처 생각해보지 못한 부분이었다. 그러나 아내가 이리도 간단명료하게 정리하는 것을 듣고 그는 몸서리쳤다. 그래, 그렇게 될 거란 말이지, 알겠어! 시간과 관습에 속았어.

"음," 키케로는 어깨를 펴며 말했다. "식당에 못 가는 걸 양해해준다면, 나는 이만 서재로 들어가 답을 찾을 때까지 거기 박혀 있어야 할 것 같소."

"당신은 이미 답을 알아요, 여보. 하지만 이해해요. 당신이 해야 할 일은 용기를 내는 거예요. 답을 찾는 동안, 보나 데아가 당신 편이라는 것만 명심해요."

"썩어문드러질 것들!" 크라수스가 카이사르에게 말했다. 평소 차분한 성격의 그로서는 상당히 과격한 표현이었다. "거기 앉아 있던 그 개새끼들 중에 최소 절반은 타르퀴니우스가 혐의를 입증해주길 바랐을 걸! 퀸투스 쿠리우스가 편지 다발을 우리집 문 앞에 갖다놓은 게 천만다행이지! 안 그랬으면 오늘 아주 큰 곤경에 처할 뻔했어."

"제 방어는 그만큼 확실하지 못했습니다." 카이사르가 말했다. "하지만 다행히 제게 제기된 혐의 역시 약했으니까요. 멍청한 인간들! 카툴루스와 피소는 타르퀴니우스가 당신한테 혐의를 씌우니까 그제야 저를 같이 엮을 생각을 떠올린 겁니다. 간밤에 미리 계획을 세웠다면 가짜 편지를 몇 장 만들어왔겠죠.

마르쿠스, 제게 힘이 되는 몇 가지 사실 중 하나는 저의 적들이 아둔하기 짝이 없다는 겁니다! 절대 저만큼 똑똑한 적을 만나지 못하리라는 것은 제게 큰 위안거리죠."

카이사르가 이런 식으로 말하는 데엔 이미 익숙해진 터였지만, 그럼에도 불구하고 크라수스는 눈앞의 젊은 사내를 감탄하는 눈길로 바라보았다. 카이사르는 정말 단 한 번도 스스로를 의심해본 적이 없을까? 만일 있었다 해도, 크라수스는 한 번도 그런 낌새를 차린 적이 없었다. 카이사르가 냉철한 사내인 것이 다행이었다. 안 그랬다면 로마는 차라리 수천 명의 카틸리나가 있길 바라야 했을 테니까.

"내일 회의에는 참석하지 않겠네." 이윽고 크라수스가 말했다.

"아쉽군요! 흥미로운 회의가 될 텐데요."

"완벽한 검투사 한 쌍의 대결보다 더 흥미진진할 거래도 난 관심 없네! 키케로가 마음껏 영광을 누리라 해. 조국의 아버지라니! 하!"

"아, 마르쿠스, 그거야 카토가 비꼬아 한 말이지요!"

"알지, 카이사르! 내가 짜증나는 건 키케로가 그 말을 진담으로 받아들인다는 거야."

"불쌍한 인간. 자기 스스로를 밖에서 들여다볼 때마다 늘 괴로울 겁니다."

"자네 어디 아픈 거 아닌가, 카이사르? 타인을 동정하다니? 자네가?"

"이런, 이따금 저도 동정심을 느낄 때가 있습니다. 제게 그걸 불러일으키는 사람이 키케로라는 건 놀라울 게 없지요. 키케로는 그만큼 만만한 표적입니다."

민병대를 조직하고 시간적 딜레마를 해결할 방법을 찾느라 바쁜 와중에도, 키케로는 콩코르디아 신전을 원로원이 모이기에 더 적합한 장소로 바꾸는 것을 잊지 않았다. 그리하여 이튿날인 12월 5일 새벽, 회의장에 나타난 원로원 의원들의 눈에 먼저 띈 것은 목수들이 해놓은 작업의 결과물이었다. 전보다 높지만 폭은 더 좁아진 3단 좌석이 양쪽에 길게 마련되었고, 그 사이에 고등 정무관들을 위한 단상이 놓였으며 그 앞으로 호민관 벤치가 놓여 있었다.

"폭이 좁아서 위에 접의자를 두고 앉을 수 없습니다. 그냥 의자 없이 앉으시면 됩니다." 수석 집정관이 말했다. 그는 이어 옆벽과 뒷벽 상단을 손가락으로 가리켰다. "환풍구도 여럿 설치해두었습니다."

대략 300명 정도가 모인 듯했다. 전날보다 몇 명 줄어든 수였다. 짧은 시간 동안 횃대에 앉은 암탉들처럼 자리를 잡은 원로원 의원들이, 이제 회의 준비가 되었다는 신호를 보냈다.

"원로원 의원 여러분," 키케로가 엄숙하게 말했다. "오늘 이렇게 다시 회의를 소집한 것은 우리가 도저히 미룰 수 없고 외면할 수 없는 문제를 논의하기 위해섭니다. 이른바 구금된 다섯 명의 처리 방안입니다.

지금의 상황은 37년 전 사투르니누스와 그의 공모자들이 카피톨리누스 언덕 장악을 시도했다 포기했을 때와 여러 면에서 닮았습니다. 그때도 원로원은 그들을 어찌해야 할지 몰랐습니다! 그 위험한 죄인들을 자기집에 구금시키겠다고 나서는 사람도 없었습니다. 당시 로마에는 그들에게 동조하는 세력이 상당히 많았고, 그들을 데리고 있겠다고 나섰다가는 집이 불타거나 본인이 직접 살해당하고 죄수는 풀려날 수 있는 상황이었으니까요. 따라서 반역자 사투르니누스와 여타 주요 공모자 열네 명은 결국 우리의 소중한 원로원 의사당에 갇혔습니다. 창문이 없고 육중한 청동 문만 달린 그곳은 그야말로 난공불락의 감옥이었지요. 그리고 그날, 어느 노예 무리가 스카이바라는 자의 주도하에 원로원 의사당 위로 올라가 지붕에서 떼어낸 기왓장을 던져 그 안의 죄인들을 죽였습니다. 네, 개탄스러운 일이지만, 덕분에 사람들은 크게 안도했습니다! 일단 사투르니누스가 죽자 로마는 진정되었고 골치 아픈 문제도 해결되었습니다. 현재 카틸리나가 에트루리아에 존재한다는 것은 물론 그 자체로 큰 문젯거리이긴 하지만, 지금 무엇보다도 가장 중요한 것은 로마 시의 안정입니다!"

키케로는 잠시 말을 끊었다. 지금 자기 말에 귀기울이는 청중 사이에 당시 술라의 지시에 따라 원로원 의사당 지붕에 직접 올랐던 자들이 있음을, 그리고 그들 중에 노예는 단 한 명도 없었음을 그는 누구보다도 잘 알고 있었다. 노예 스카이바의 주인 퀸투스—성이 크로톤이었던가?—도 그중 한 명이었다. 크로톤은 폭동이 완전히 종결되었다고 판단될 만큼 사태가 충분히 가라앉자 스카이바를 공개적으로 칭찬하며 노예 신분에서 해방시켜주었다. 크로톤은 그렇게 살인의 책임을 노예에게 전가했다. 술라는 이 이야기를 부정한 적이 단 한 번도 없었다. 특히 독재관이 된 뒤에는 더더욱. 노예란 얼마나 편리한 도구인가!

"원로원 의원 여러분," 키케로의 어조는 단호했다. "우리는 지금 펄펄 끓는 화산 위에 앉아 있습니다! 다섯 명이 여러 집에 나뉘어 구금된 상태입니다. 여러분이 보는 앞에서, 바로 본 회의장에서, 결심이 허물어져 자발적으로 죄를 고백한 다섯 명입니다. 대반역죄를 자백했습니다! 네, 그 죄인들은 자기들의 유죄를 입증하는 확고부동한 증거 앞에서 본인들 입으로 직접 범행을 자백했습니다! 죄인들의 자백으로 다른 용의자들 역시 유죄임이 밝혀졌고, 이제 그들은 언제 어디서든 발견 즉시 체포될 겁니다. 여러분, 만일 그들이 전부 체포되면 과연 어떤 상황이 될지 머릿속에 그려보십시오. 우리는 무려 스무 명에 이르는 죄인들을 평범한 로마인의 집에 감금한 채 경악스러우리만치 느린 재판 과정이 끝나기를 기다려야 하는 것입니다.

어제 우리는 이 우려스러운 상황이 낳은 악랄한 시도를 목격했습니다. 한 패거리의 사내들이 세를 형성해 사람들을 모은 뒤, 구금된 반역자들을 탈출시키고 집정관들을 살해해 바로 그 반역자들을 집정관 자리에 올리려 했습니다! 달리 말해 이는 죄를 자백한 반역자들이 로마 안에 남아 있는 한, 그리고 카틸리나의 군대가 이탈리아 안에 머무르는 한 반란 가능성이 상존한다는 뜻입니다. 저는 신속한 대응으로 어제의 반란 시도를 막았습니다. 하지만 제가 집정관으로 있을 기간은 채 한 달도 남지 않았습니다. 네, 원로원 의원 여러분, 곧 있으면 해마다 그렇듯 정무관들이 전부 교체됩니다. 하지만 우리는 그러한 변화에 제대로 대처할 수 있는 상태가 아닙니다.

저의 가장 큰 포부는 지금의 대재앙이 로마에서 완전히 종결된 것을 보고 집정관 자리에서 물러나는 겁니다. 그리하여 카틸리나에게, 로마에는 그에게 협력할 인물이 전혀 없다고 아주 분명한 메시지를 전하는 겁니다. 그리고 우리에게는 그것을 이루어낼 방법이 있습니다……."

수석 집정관은 잠시 멈추고 자신의 논지가 제대로 전달되기를 기다렸다. 오랜 적이자 벗 호르텐시우스가 이 자리에 있었다면 얼마나 좋았을까. 호르텐시우스라면 내가 펼친 논거의 아름다움을 알아볼 것이다. 다른 사람들 대부분은 내 주장의 정략적 측면만 보려 하겠지. 카이사르는, 글쎄……. 키케로는 자신이 법조인으로든 인간적으로든 카이사르에게 딱히 인정을 받고 싶은지 확신이 서지 않았다. 크라수스는 오든 말든 상관없었다. 키케로가 법리적 논거로 인정받기를 원하는 가장 마지막 사람이 크라수스였다.

"카틸리나와 만리우스가 패하거나 항복해 올 때까지, 로마는 계속 원로원 최종 결의라는 계엄령하에 있을 겁니다. 그리고 사투르니누스와 그의 하수인들이 원로원 의사당에서 숨졌을 때도 로마는 여전히 원로원 최종 결의하에 있었습니다. 이것이 의미하는 바는, 어쩔 도리 없이 반역자들을 직접 처형한 행위에 대해 우리는 어느 누구에게도 책임을 물을 수 없다는 겁니다. 원로원 최종 결의의 면책특권은 당시 기왓장을 던진 사람들 모두에게 적용됩니다. 그들은 노예였고, 노예가 저지른 죄에 대한 책임은 그 주인들에게 있습니다. 따라서 그 노예들의 소유자들은 전부 살인죄로 기소될 수 있었습니다. 만일 로마가 원로원 최종 결의하에 있지 않았다면 말이지요. 원로원 최종 결의는 어디든 적용 가능한 포괄적인 법입니다. 원로원은 국가 위기 상황에서 국가의 안녕을 지키기 위해 원로원 최종 결의를 내릴 권한이 있습니다. 원로원 최종 결의하에서라면 우리는 국가의 안녕을 지키기 위해 무슨 수단이든 사용할 수 있습니다.

지금 로마에는 자기 입으로 범행을 자백한 반역자들이 있습니다. 그리고 우리는 검거되기 전에 달아난 다른 반역자들을 수색중입니다. 이미 신병이 확보된 다섯 명은 자기들 입으로 직접 유죄를 인정했고, 우리는 퀸투스 쿠리우스, 티투스 볼투르키우스, 루키우스 타르퀴니우스, 알로브로게스족의 브로구스로부터 관련된 증언을 들었습니다. 현재 발효중인 원로원 최종 결의에 의거해 이 반역자들은 재판에 부칠 필요가 없습니다. 현재 우리는 중대한 국가 위기 상황에 처해 있으므로, 존엄한 국가기구인 원로원은 로마의 안녕을 지키기 위해 필요한 수단은 무엇이든 사용할 권한이 있습니다. 그들 다섯 명을 법정에 세워 포룸 로마눔에서 불만을 늘어놓게 하는 것은 새로운 반란을 부추기는 꼴입니다! 특히 공공의 적으로 선포된 카틸리나와 만리우스가 이탈리아 내에 군대를 데리고 있는 지금 상황에서는 더더욱 그렇습니다. 심지어 그 군대가 재판이 진행되는 중에 그들 다섯 명을 구출하려고 우리 로마로 덮쳐올 수도 있습니다!"

청중이 내 편으로 왔을까? 왔다, 하고 키케로는 판단했다. 하지만 그것은 눈길이 카이사르에 닿기 전 생각이었다. 카이사르는 가장 아래쪽 좌석에 허리를 꼿꼿이 세우고 앉아 입술을 꼭 다물고 있었다. 카이사르의 창백한 양볼에 두 개의 심홍색 불꽃이 불타올랐다. 그는 카이사르의 반대에 부딪힐 것이었다. 카이사르는 아주 뛰어난 연설가였다. 수도 담당 법무관 당선자이니, 순서를 바꾸지 않는다면 카이사르는 일찍 발언할 것이다.

카이사르가 발언하기 전에 내 논점을 확실히 전달시켜야 한다! 하지만 어떻게? 키케로의 눈길이 카이사르 뒤쪽 줄을 맴돌다 마침내 왜소한 몸집의 늙은 가이우스 라비리우스에게 가닿았다. 원로원에서 40년을 머물렀지만 정무관 선거에 단 한 번도 나가지 않은 그는 여전히 평의원 신분이었다. 늘 뒷자리만 지키고 앉아 있는 전형적인 평의원. 그렇다고 라비리우스가 이 세상 모든 인간적 미덕의 총화인 것은 아니었다! 수많은 미심쩍은 거래와 부도덕한 행실로 대부분의 로마인들로부터 미움받는 자였다. 또한 원로원 의사당 지붕에 숨어 올라가 기왓장을 뜯어 사투르니누스를 가격한 귀족 무리 중 한 명이기도 했다……

"본 조직이 신병이 확보된 다섯 명과 도피중인 다른 자들의 운명을 오늘 이 자리에서 결정한다 해도, 그 구성원들은 이와 관련된 법적 책임으로부터 완전히 자유롭습니다. 그러니까 이렇게 생각해봅시다. 우리가 친애하는 가이우스 라비리우스 의원을 사투르니누스 살해 혐의로 기소한다고 해봅시다! 명백한 웃음거리가 아니겠습니까, 의원 여러분. 원로원 최종 결의는 모든 것에 적용 가능하고 모든 것을 허용하는 법입니다. 저는 원로원이 충분한 토론을 거쳐 자기 입으로 유죄를 인정한 다섯 명의 운명을 오늘 바로 결정지어주기를 바랍니다. 제 의견으로는, 그 죄인들을 재판에 부치는 것은 로마를 위태롭게 하는 처사입니다. 현재 발효중인 원로원 최종 결의의 포괄적인 면책특권하에서 그들을 어떻게 처리할지, 오늘 이 자리에서 토론으로 결정합시다! 원로원 최종 결의하에서 우리는 그들을 처형할 수 있습니다. 또는, 영구 추방하고 재산을 몰수한 뒤 여생 동안 이탈리아 내에서 불과 물의 사용을 금지할 수 있습니다."

키케로는 숨을 들이쉬었다. 카토의 생각이 궁금했다. 카토 역시 반대할 것이다. 그래, 딱딱하게 굳은 얼굴로 나를 노려보고 있군. 하지만 호민관 당선자 신분인 카토는 발언 순서상 한참 뒤에 있었다.

"원로원 의원 여러분, 이 문제에 대해 결정을 내리는 것은 제 역할이 아닙니다. 저는 현 상황의 법률적 측면을 설명하고 여러분이 원로원 최종 결의하에 내릴 수 있는 결정들을 알려드림으로써 제 할 일을 다했습니다. 저는 개인적으로 재판 절차 없이 오늘 이 자리에서 결정짓는 것에 찬성합니다. 그러나 본 조직이 죄인들을 정확히 어떻게 처리할지에 대해서는 사견을 밝히지 않겠습니다. 이에 대해서는 저 말고 다른 분들이 말씀하는 편이 낫겠습니다."

키케로는 잠시 멈추었다가 카이사르에게 도전적인 눈빛을 보내고, 카토를 향해서도 같은 눈빛을 보냈다. "발언 순서를 선출직 정무관 서열이 아닌 나이와 지혜와 경험 순으로 정하겠습니다. 따라서 수석 집정관 당선자에게 가장 먼저 의견을 구한 뒤 차석 집정관 당선자의 의견을 듣고, 그런 다음 오늘 이 자리에 참석해주신 모든 전직 집정관들에게 의견을 구하겠습니다. 그렇게 총 열네 명이 발언을 마치면, 그다음으로 법무관 당선자들의 발언을 듣겠습니다. 수도 담당 법무관 당선자 가이우스 율리우스 카이사르의 발언으로 시작해 법무관 당선자들의 의견을 전부 들은 뒤 현직 법무관들의 발언을 듣겠습니다. 그러고 나서 조영관 당선자들과 현직 조영관들의 발언이 있겠습니다. 고등 조영관보다 평민 조영관이 먼저입니다. 그다음에는 호민관 당선자들의 발언을 들은 뒤 마지막으로 현직 호민관들의 발언을 듣겠습니다. 전직 법무관들에 대해서는 판단을 보류하겠습니다. 이미 열거한 발언자 수만도 벌써 예순에 달하니까요. 하지만 지금 현직 법무관 세 명이 카틸리나와 만리우스를 상대하느라 전투에 나가 있습니다. 따라서 전직 법무관들의 의견을 구하지 않더라도, 오늘 발언에 나설 의원들의 수는 총 쉰일곱 명에 이릅니다."

"쉰여덟 명입니다, 마르쿠스 툴리우스."

어떻게 메텔루스 켈레르를 빠뜨렸을까, 수도 담당 법무관인 그를?

"당신은 지금 군대를 데리고 피케눔에 있어야 하지 않습니까?"

"기억할지 모르겠지만, 마르쿠스 툴리우스 당신이 저를 피케눔에 파견하면서 열한번째 날마다, 그리고 호민관 선거가 열리는 시기를 즈음해 열이틀 동안 로마로 복귀하라고 단서를 덧붙였습니다."

"네, 그랬습니다. 그러면 발언자는 총 쉰여덟 명입니다. 오늘은 휘황찬란한 웅변술을 펼칠 시간은 없다는 뜻입니다. 제 말뜻을 잘 이해하셨겠지요? 이 토론은 반드시 오늘 마쳐야 합니다! 저는 오늘 일몰 전에 표결이 시행되기를 바랍니다. 그러니 미리 온당한 경고를 드리겠습니다, 원로원 의원 여러분. 연설이 길어진다 싶으면 제가 중간에 차단합니다." 키케로는 수석 집정관 당선자 실라누스를 쳐다보았다.

"데키무스 유니우스, 의견을 개진하십시오."

"시간에 대한 마르쿠스 툴리우스의 당부에 유념하여, 짧게 발언하겠습니다." 실라누스가 말했다. 약간 곤혹스러운 듯한 목소리였다. 첫번째 발언자는 토론의 논조를 세우고 뒤에 이어질 발언들을 자기 쪽으로 이끄는 것이 일반적인 관례였다. 키케로한테는 그게 언제나 가능했다. 하지만 실라누스는 그럴 자신이 없었다. 더군다나 오늘 원로원의 분위기가 어느 방향으로 흘러갈지 몰라서 더더욱 그랬다.

키케로는 과감히 사형을 지지한다는 의견을 분명하게 밝혔다. 하지만 다른 사람들의 생각은 어떨까? 결국 실라누스는 적당히 타협하여 '극형'을 지지한다고 밝혔고, 다른 모든 사람들은 이것을 사형으로 해석했다. 그는 재판 절차에 대해서는 어떤 식으로도 언급하지 않았고, 역시나 다른 사람들은 이를 재판을 치르지 말자는 뜻으로 이해했다.

다음은 무레나의 차례였다. 그 역시 '극형'에 찬성했다.

키케로는 당연히 발언하지 않았고, 가이우스 안토니우스 히브리다는 전장에 나가 있었다. 그러니 다음 순서는 전직 집정관들 중 서열이 가장 높은 원로원 최고참 의원 마메르쿠스였다. 그는 거북한 표정으로 '극형'을 택했다. 그다음으로 발언한 전직 감찰관 겸 전직 집정관들—겔리우스 포플리콜라, 카툴루스, 바티아 이사우리쿠스, 시름에 찬 루키우스 코타—모두 '극형'을 택했다. 그 다음으로는 감찰관을 지내지 않은 전직 집정관들의 발언이 나이순으로 이어졌다. 쿠리오, 루쿨루스 형제, 피소, 글라브리오, 볼카티우스 툴루스, 토르콰투스, 마르키우스 피굴루스. 모두 '극형'이었다. 루키우스 카이사르는 도리상 마땅히 발언 기회를 포기했다.

지금까지는 좋았다. 이제 카이사르 차례였다. 다른 사람들은 키케로와 달리 카이사르의 생각을 전혀 짐작하지 못하고 있었기 때문에, 그의 발언에 많은 사람이 놀랐다. 그중에는 카토도 포함되어 있었다. 카토는 이렇듯 반갑잖은 동지가 생긴 것이 못내 당황스러운 눈치였다.

"로마 공화국을 이루는 로마 원로원과 인민은 어떠한 경우에도 로마 시민을 재판 없이 처벌하는 것을 허용하지 않습니다." 카이사르가 낭랑하고 맑은 목소리로 말했다. "지금까지 총 열다섯 분이 사형을 지지했지만, 그중 재판 절차를 언급한 사람은 단 한 명도 없었습니다. 분명 본 조직의 구성원들은 공화정을 철폐하고 로마 역사를 저 뒤로 되돌리기로 결심한 모양입니다. 지금 우리가 결정하려는 것은 우리 공화국 시민 스물한 명의 운명이며, 그중에는 과거에 집정관을 지냈을 뿐 아니라 정식 선출된 현직 법무관인 자도 포함되어 있습니다. 그러니 저는 공화정의 이상이나 재판과 항소 절차를 예찬하는 발언으로 여러분의 시간을 낭비하지 않겠습니다. 우리 공화국의 시민이라면 누구나 형이 집행되기 전에 재판과 항소를 신청할 권리가 있다는 사실도 이 자리에서 언급하지 않겠습니다. 다만 저의 조상인 율리우스 가문 사람들이 툴루스 호스틸리우스 왕의 통치기에 원로원의 일원이었으므로, 과거 왕정시기에 상황이 어땠는지에 대한 설명으로만 제 발언을 한정하겠습니다."

의원들이 몸을 바로 세워 앉았다. 카이사르는 말을 이었다. "죄인의 자백이 있든 없든, 사형은 로마인다운 방식이 아닙니다. 왕이 다스리던 시대에도 사형은 로마인다운 방식이 아니었습니다. 물론 과거 왕들은 많은 사람들을 사형에 처했습니다. 심지어 오늘날에도 사형은 공공 폭력 사태에서 벌어진 살인이라는 형식을 빌려 계속 이루어지고 있지요. 툴루스 호스틸리우스 왕은 호전적인 성향임에도 불구하고 사형선고를 정식으로 승인하길 망설였습니다. 사형은 잘못되어 보였습니다. 툴루스 호스틸리우스 왕은 이 점을 분명하게 인식했고, 바로 그래서 호라티우스가 누이 호라티아를 살해하고 두움비리에게 유죄를 선고받자 직접 나서서 호라티우스에게 항소를 신청하라 권했습니다. 그리하여 당대 원로원 구성원 100명은—우리 공화정 원로원의 선조들입니다—심정적으로는 호라티우스에게 자비롭지 않았지만, 결국 왕의 뜻을 받아들여 로마 원로원에는 로마인을 죽일 권한이 없다는 선례를 확립했습니다. 통치자로 인해 로마인들이 죽음에 내몰린다는 것은—그 누가 마리우스와 술라를 잊었겠습니까?—올바른 통치체제가 붕괴되었음을, 국가가 타락했음을 의미합니다.

원로원 의원 여러분, 오늘 주어진 시간이 별로 없으니 저는 단지 이 말만 하겠습니다. 왕정 시대로 돌아가지 맙시다! 사형은 왕정 시대의 전유물입니다! 사형은 합당한 처벌 방식이 아닙니다. 사형은 죽음이고, 죽음은 영원한 잠일 뿐입니다. 어떤 인간이든 죽는 것보다 살아서 추방형을 선고받았을 때 더 큰 고통을 겪습니다! 추방된 자는 시민권을 빼앗기고, 가난을 겪고, 경멸을 받고, 무명인이 된 자신의 초라한 처지를 매일같이 떠올려야 합니다. 공공장소에서 그의 조각상이 내려지고, 그의 이마고는 가문의 장례식에서는 물론 어디서도 내보일 수 없습니다. 그는 버려진 자, 추락한 자, 비천한 자입니다. 아들과 손자 들은 수치로 고개를 숙이고 다녀야 하며, 아내와 딸들은 하루하루를 눈물로 보내야 합니다. 그리고 그는 이 모든 고통을 고스란히 느낍니다. 여전히 살아 있기 때문에, 인간으로서 그 모든 감정과 나약함을 지니고 있기 때문입니다. 그에게 기력이 있다 한들 그것은 오로지 그에게 고통으로 작용할 뿐 아무런 쓸모를 발휘하지 않습니다. 살아 있는 죽음이야말로 진짜 죽음보다 훨씬 더 큰 고통입니다. 저는 그 과정이 신속하기만 하다면 죽음은 전혀 두렵지 않습니다. 제가 두려운 것은 정치적 상황으로 인해 영구 추방을 당하는 것입니다. 제 존엄의 상실입니다. 저는 아주 작은 뼈 하나까지도, 아주 세밀한 조직 하나까지도 완벽히 로마인입니다. 베누스가 저를 만들었고, 베누스는 로마를 만들었기 때문입니다."

실라누스는 혼란스러워 보였고, 키케로는 화가 나 있었으며, 다른 모든 사람들은 생각에 잠긴 표정이었다. 심지어 카토까지도.

"학식이 높은 우리 수석 집정관께서 원로원 최종 결의와 관련해 피력하신 주장, 그러니까 원로원 최종 결의의 보호막 아래에서 통상적인 법과 절차는 일체 그 효력이 유보된다고 하신 주장의 취지를 저는 충분히 이해합니다. 수석 집정관이 가장 우려하는 것은 로마의 안녕이며, 죄를 자백한 반역자들을 계속 우리 도시의 성벽 안에 두는 일을 위험하게 여기는 것 역시 잘 알고 있습니다. 학식이 높은 우리 수석 집정관께서는 이 일을 최대한 빨리 매듭짓기를 바랍니다. 그건 저도 마찬가지입니다! 하지만 그 방법이 사형이어서는 안 됩니다. 그것은 역사를 왕정 시대로 되돌리는 처사입니다. 저는 학식이 높은 우리 수석 집정관과 여기 자리한 훌륭한 전직 집정관 열네 분을 우려하는 게 아닙니다. 저는 내년 집정관과 올해 법무관과 내년 법무관 들, 또는 여기 자리한 이미 법무관을 지냈고 앞으로 집정관에 오를 희망을 품은 분들을 우려하는 게 아닙니다."

카이사르는 말을 끊었다. 극도로 엄숙한 표정이었다. "제가 우려하는 것은 지금으로부터 10년 내지 20년 뒤에 나타날 미래의 어느 집정관입니다. 그는 오늘 우리가 이 자리에서 세운 선례를 어떤 시각으로 바라볼까요? 학식이 높은 우리의 수석 집정관께선 사투르니누스 사건을 인용하면서 당시의 선례를 어떤 시각으로 바라보십니까? 우리는 그날 로마 시민들을 재판도 없이 불법적으로 처형한 자들이 실제로 누구였는지 알고 있습니다. 사형집행관을 자처한 그들은 그날 로마의 축성된 신전을 훼손했습니다! 원로원 의사당이 바로 그것입니다! 그날 로마는 신성모독을 겪었습니다. 아, 이 얼마나 끔찍한 선례입니까! 그러나 저는 학식이 높은 우리의 수석 집정관을 우려하는 게 아닙니다. 제가 우려하는 것은 우리의 수석 집정관보다 양심적이지 못하고 우리의 수석 집정관보다 박식하지 못한 미래의 어느 집정관입니다.

차가운 머리로 이 문제를 다시 봅시다. 눈을 크게 뜨고 우리의 사고기관을 분리해 다시 한번 생각합시다. 죽음 말고 다른 처벌수단도 있습니다. 아테네나 마실리아 같은 호화로운 지역으로 추방하는 것 말고 다른 처벌수단도 있습니다. 코르피니움이나 술모같이 철벽처럼 요새화

한 이탈리아 구릉 도시는 어떨까요? 우리는 지난 수세기 동안 포로로 잡힌 왕이나 왕자 들을 그곳에 가두었습니다. 로마의 공공의 적을 그곳에 가두지 못할 이유가 무엇입니까? 죄인들의 재산을 몰수하고 그 돈으로 해당 도시에 수고비를 두둑이 치러서 그들이 절대 탈출하지 못하게 합시다. 네, 그들에게 고통을 줍시다! 하지만 그들을 죽이지는 맙시다!"

카이사르는 자리에 앉았다. 아무도, 심지어 키케로도 말이 없었다. 그때 수석 집정관 당선자 실라누스가 소심한 표정으로 일어섰다.

"가이우스 율리우스, 내가 쓴 '극형'이라는 표현을 당신이 오해한 것 같습니다. 다른 분들도 같은 실수를 범한 것 같고요. 나는 사형을 말한 게 아닙니다! 사형은 로마인답지 않지요. 아니요, 사실 내 발언은 당신의 발언과 비슷한 내용이었습니다. 요새화된 이탈리아 구릉 도시의 어느 집에서 종신형을 살게 합시다. 몰수한 재산으로 그 비용을 치르고요."

그리하여 이제는 모두가 몰수한 재산으로 비용을 치르는 엄중한 종신형을 찬성하고 나섰다.

법무관들의 발언이 끝나자 키케로가 손을 들었다. "오늘 출석한 전직 법무관들에게도 전부 발언 기회를 드리고 싶지만 그러기에는 그 수가 너무 많고, 아까 제가 말씀드린 쉰여덟 명에 전직 법무관은 포함되어 있지 않았습니다. 지금의 논의에 새롭게 보탤 내용이 없는 분들께서는 제가 지금 드릴 두 가지 질문에 거수로 답해주시기 바랍니다. 먼저, 사형에 찬성하시는 분?"

아무도 없었다. 키케로는 얼굴을 붉혔다.

"이탈리아의 도시에 엄히 구금하고 전 재산을 몰수하자는 방안에 찬성하시는 분?"

한 명을 빼고 전부 손을 들었다.

"티베리우스 클라우디우스 네로 의원은 어떤 의견입니까?"

"오늘 나온 발언 중에 '재판'에 대한 언급이 없었다는 사실이 심히 우려스럽습니다. 죄를 자백한 반역자든 아니든, 로마인이라면 모두 재판을 받을 권리가 있으니 그들은 반드시 재판을 받아야 합니다. 하지만 그들의 재판은 카틸리나가 패배하거나 항복하기 전에 시행되어선 안 됩니다. 최고 핵심 주동자인 그가 가장 먼저 심판대에 서야 합니다."

"카틸리나는," 키케로가 점잖게 대꾸했다. "더이상 로마 시민이 아닙니다! 우리 공화국에는 카틸리나가 재판을 받을 권리를 보장하는 법이 없습니다."

"그도 재판을 받아야 합니다." 클라우디우스 네로가 고집스럽게 말하고 자리에 앉았다.

수석 호민관 취임을 닷새 앞둔 메텔루스 네포스가 제일 먼저 발언했다. 그는 피곤했고 배가 고파 죽을 지경이었다. 회의가 시작된 지 여덟 시간이 지났다. 사안의 중대성과 지금까지 발언한 사람들의 수를 감안하면 그리 긴 시간은 아니었지만, 네포스가 지금 걱정하는 건 자기 다음 순서인 카토였다. 카토가 장황하고 서툴고 지루하기 짝이 없는 연설을 하지 않은 적이 있었던가? 그리하여 그는 카이사르를 지지한다고 대충 뇌까리듯이 발언하고는 카토를 쏘아보며 제자리에 앉았다.

메텔루스 네포스는 지금 카토가 원로원에 호민관 당선자 신분으로 앉아 있는 유일한 이유가 바로 네포스 자신임을 전혀 짐작도 하지 못했다. 네포스가 동방에서 폼페이우스 마그누스의 선임 보좌관 자격으로 아주 유쾌한 전투를 치른 뒤 로마로 돌아갈 때 그의 행렬은 성대하기 짝이 없었다. 당연했다. 네포스는 명문 카이킬리우스 메텔루스 집안 사람으로 원래도 엄청난 부자였지만 동방에 간 이후 수완 좋게 더 큰 부자가 된데다, 다른 사람도 아닌 무려 폼페이우스의 처남이었으니까. 그리하여 그는 선거가 열리기 훨씬 전에, 또 한여름 폭염이 시작되기 훨씬 전에 미리 여유롭게 아피우스 가도에 올랐다. 시간에 쫓기면 말이나 마차를 타야 할 텐데, 네포스는 서둘러 움직이는 것에 이미 진력이 난 터였다. 그가 택한 이동수단은 최소 열두 명의 장정이 지는 거대한 가마였다. 그는 이 끝내주게 멋진 가마 안에 거위털 요를 깔고 티로스 자주 천을 덮은 뒤 그 위에 나른하게 누워서 갔다. 한구석에는 하인이 웅크리고 앉아 있다가 필요할 때마다 먹을 것과 마실 것, 요강, 읽을거리 수발을 들었다.

네포스는 한 번도 가마의 휘장 사이로 얼굴을 내밀지 않았으니, 자신의 행렬과 자꾸 마주치는 초라한 보행자들을 전혀 보지 못했다. 그리고 그와 정반대 방향으로 가던 초라할 대로 초라한 여섯 명의 보행자 일행도 물론 전혀 보지 못했다. 그중 세 명은 노예들이었다. 나머지 세 명은 무나티우스 루푸스, 아테노도로스 코르딜리온, 마르쿠스 포르키우스 카토였다. 그들은 여름 동안 아이들에게서 벗어나 조용히 공부를 하러 루카니아에 있는 카토의 사유지로 가는 길이었다.

카토는 한참 동안 길가에 서서 느릿느릿 지나가는 행렬을 물끄러미 바라보며 동원된 사람과 수레의 수를 세어보았다. 노예들, 춤추는 여자아이들, 첩들, 경호원들, 약탈물, 취사도구를 실은 수레들, 장서들이 진열된 수레와 포도주 저장 수레.

“어이, 거기 병사, 삼프시케라모스 왕처럼 행차하시는 이분은 과연 뉘시오?” 행렬이 가까이 지나갈 때 카토가 한 경호원에게 소리쳐 물었다.

"퀸투스 카이킬리우스 메텔루스 네포스이십니다. 마그누스의 처남이시지요!" 병사가 외쳤다.

"갈 길이 엄청나게 급하신가보군." 카토가 빈정대듯 말했다.

그러나 병사는 이 말을 진지하게 받아들였다. "네, 그렇습니다! 로마에서 호민관 선거에 나가실 거라서요!"

카토는 남쪽으로 가는 길을 좀더 걷다가, 서쪽 하늘로 해가 절반쯤 내려왔을 즈음 문득 뒤로 돌았다.

"무슨 일인가?" 무나티우스 루푸스가 물었다.

"로마로 돌아가 호민관 선거에 나가야겠네." 카토가 악문 잇새로 말했다. "그 어릿광대가 이끌 호민관단에, 그놈과 그놈의 전능하신 주인 폼페이우스 마그누스를 힘들게 할 누군가가 꼭 있어야 해!"

카토의 선거 성적은 나쁘지 않았다. 메텔루스 네포스에 이어 2등을 한 것이다. 이는 네포스가 자리에 앉으면 그 다음은 카토가 일어설 차례라는 뜻이었다.

"죽음만이 유일한 처벌입니다!" 카토가 소리쳤다.

장내가 얼어붙었다. 모두의 눈이 카토에게 돌아갔다. 그는 언제나 모스 마이오룸을 철벽같이 수호해왔기에, 그가 카이사르나 티베리우스 클라우디우스 네로와 뜻을 같이하리란 걸 모두가 믿어 의심치 않고 있었다.

"분명히 말하건대, 죽음만이 유일한 처벌입니다! 법이니 공화정이니 하는 터무니없는 소리들은 다 뭡니까? 언제부터 우리 공화국이 자기 입으로 범행을 자백한 반역자들을 치맛자락 속에 숨겨주었습니까? 자백한 반역자들을 위해 만든 법은 없습니다. 법은 소인배를 위해 만듭니다. 소인배는 법을 위반할 수는 있지만 자신의 조국, 자기를 낳아주고 지금의 자신을 만들어준 조국에 해를 끼칠 생각을 품진 않습니다.

저 줏대 없이 흔들리는 멍청한 약골 데키무스 유니우스 실라누스를 보십시오! 마르쿠스 툴리우스가 사형을 원하는 것 같으니까 '극형'을 지지한다더니, 카이사르가 발언하자 입장을 바꾸는군요! 카이사르가 한 말이 바로 자기가 하려던 말이랍니다! 하기야 귀하디귀하신 카이사르의 말씀을 그가 어찌 거스르겠습니까? 카이사르라는 자의 정체가 뭡니까? 스스로 신의 후손이라고 으스대며 한갓 인간에 지나지 않는 우리의 머리 위에 똥을 싸질러대는 저 기생오라비 같은 인간의 진짜 정체를 아십니까? 원로원 의원 여러분, 카이사르가 이 일의 최고 핵심 주동자입니다! 카틸리나? 렌툴루스 수라? 마르쿠스 크라수스? 아니, 아니, 아닙니다! 카이사르입니다! 카이사르의 계획이었습니다! 3년 전 자기 외숙부 루키우스 코타와 그의 동료 루키우스 토르콰투스가 집정관에 오른 첫날 그들의 암살을 꾀했던 자가 카이사르 아니었습니까? 네, 카이사르는 자기와 피가 섞인 외숙부가 아닌 푸블리우스 술라와 아우트로니우스를 택했습니다! 카이사르, 카이사르, 언제나 언제까지나 카이사르입니다! 저자를 보십시오, 의원 여러분! 우리 모두를 합친 것보다 더 낫다는 저자의 얼굴을 보십시오! 신의 후손인, 우리를 지배하려고 태어난, 세상을 조종하려고 혈안이 된 저자의 얼굴을 보십시오! 어둠 속에 숨어 있다가 다른 사람들을 거리낌없이 불속으로 밀어넣을 얼굴입니다! 카이사르, 당신의 얼굴에 침을 뱉겠소! 카이사르! 내가 침을 뱉어주겠소!"

카토는 정말로 그렇게 하려고 했다. 대부분의 의원들은 이 증오로 가득찬 독설에 너무 놀라 벌어진 입을 다물지 못했다. 카토와 카이사르가 서로 싫어한다는 사실은 모두가 알고 있었다. 카이사르가 카토의 아내와 바람을 피웠다는 사실도 대부분이 알고 있었다. 그렇다고 저렇듯 억지 비난을 퍼붓다니? 반역을 꾀했다고? 카토는 머리가 어떻게 된 걸까?

"지금 우리는 범행을 자백한 죄인 다섯 명의 신병을 확보했습니다. 또 그들의 자백으로 죄는 밝혀졌지만 아직 신병은 확보되지 않은 열여섯 명이 더 있습니다. 어째서 재판이 필요합니까? 재판은 시간과 나랏돈의 낭비입니다! 그리고 원로원 의원 여러분, 재판이 있는 곳에는 늘 뇌물이 등장할 가능성이 있습니다. 이 사건 못지않게 심각한 다른 사건들에서도 배심원들은 죄상이 명백한 자들을 무죄로 풀어주었습니다! 다른 배심원들도 탐욕스러운 손을 뻗어 마르쿠스 크라수스 같은 자들에게서 큰돈을 뜯어갔지요! 마르쿠스 크라수스는 카이사르의 친구이자 재정적 후원자입니다. 로마를 지배할 자가 카틸리나일까요? 아니요! 카이사르입니다! 카이사르는 카틸리나를 자기 기병대장으로 두고 크라수스가 국고위원회를 마음대로 주무르게 할 겁니다!"

"이 모든 발언에 증거가 있길 바랍니다." 카이사르가 온화한 목소리로 말했다. 그는 차분함이 오히려 카토의 집중력을 흩트린다는 사실을 잘 알고 있었다.

"증거를 찾을 테니 걱정 마시오!" 카토가 소리쳤다. "잘못이 있으면 증거가 나타날 수밖에 없지! 저 다섯 명이 반역자임을 증명하는 증거가 나타난 것을 보십시오! 그들은 증거를 자기 눈으로 보고 자기 귀로 듣고 결국 자기 죄를 자백했습니다. 그런 게 증거입니다! 저는 카이사르가 이번 반란에, 그리고 3년 전 사건에 연루되어 있다는 증거를 반드시 찾을 겁니다! 분명히 말하건대, 다섯 명의 죄인에게는 재판이 필요 없습니다! 그들 중 아무에게도 필요 없습니다! 그들이 죽음을 피해 가서도 안 됩니다! 카이사르는 철학적인 근거를 들어 우리가 관용을 베풀어야 한다고 주장합니다. 죽음은 단지 영원한 잠일 뿐이랍니다. 하지만 그걸 누가 압니까? 네, 그 누구도 모릅니다! 우리가 죽으면 어떻게 되는지 말해주려면 죽었다가 살아나야 하지만, 이제까지 그런 사람은 아무도 없었습니다! 사형은 비용이 적게 듭니다. 죽음은 최종적입니다. 저 다섯 명을 오늘 사형시킵시다!"

카이사르가 다시 발언했다. 여전히 온화한 목소리였다. "이보시오, 카토, 설사 반역죄라 하더라도, 대반역죄에 해당되어야만 법적으로 사형이 허용되오. 저 다섯 명이 재판을 치르지 않으면 그들의 죄가 대반역죄에 해당하는지 경반역죄에 해당하는지 어떻게 판단하겠소? 내가 보기에 카토 당신은 대반역죄라 주장하는 것 같은데, 정말 그렇소?"

"아무리 카이사르 당신이 관대한 태도 뒤로 저의를 숨기고 있다 하더라도, 지금이 법을 갖고 꼬투리를 잡을 때요?" 카토가 우렁차게 외쳤다. "그들은 죽어야 합니다, 오늘 당장 죽어야 합니다!"

카토는 계속했다. 시간의 흐름은 잊어버린 채였다. 그를 방해하는 사람은 아무도 없었다. 끝없이 계속되는 저 똑같은 소리에 사람들이 나가떨어져야만 카토는 비로소 만족하고 장광설을 멈출 터였다. 의원들은 몸을 움츠렸다. 키케로는 거의 울 것 같았다. 카토는 해가 질 때까지 설교를 이어갈 것이고, 오늘 표결은 없을 것이다.

해 지기 한 시간 전 무렵, 하인 하나가 옆걸음으로 회의장에 들어와선 카이사르에게 슬쩍 쪽지를 건넸다.

카토는 이 광경을 놓치지 않았다. "아! 반역자가 밝혀졌습니다!" 그가 고함쳤다. "반역을 꾀하는 편지를 이제 아예 우리 눈앞에서 주고받는군요! 저자의 오만함이 이 정도입니다, 저자가 원로원을 대놓고 무시하는 것 좀 보십시오! 당신은 반역자야, 카이사르! 저 편지가 증거입니다!"

카토가 우레 같은 소리로 맹비난하는 동안 카이사르는 편지를 읽었다. 다시 고개를 드는 카이사르의 얼굴에 아주 묘한 표정이 떠올랐다. 약간의 곤란함일까? 아니면 혹시 즐거움?

"편지를 낭독하시오, 카이사르, 낭독하시오!" 카토가 악을 썼다.

하지만 카이사르는 고개를 저었다. 편지를 다시 접더니 자리에서 일어나, 회의장을 가로질러 카토가 서 있는 반대편 가운뎃줄로 걸어간 뒤, 미소 띤 얼굴로 그에게 편지를 건넸다. "내 생각엔 당신이 이 내용을 혼자 알기를 바랄 것 같소만." 카이사르가 말했다.

카토는 글을 잘 읽는 사람이 아니었다. 헤아릴 수 없이 많은 구불구불한 글씨가 연속적으로 쓰여 있어서(또 간혹 한 단어가 다음 행으로 이어지기도 해서 혼란이 가중되었다) 해독에 오랜 시간이 걸렸다. 카토가 입을 우물거리며 머리를 짜내는 동안, 의원들은 한편으로 이 상대적인 고요함에 감사하고 다른 한편으로는 그가 장광설을 곧 재개할까봐 두려워하며(그리고 그 쪽지에 정말로 반역을 꾀하는 내용이 담겨 있을까봐 두려워하며) 자리를 지키고 앉아 있었다.

카토의 목구멍에서 비명이 터져나왔다. 모두가 화들짝 놀랐다. 그는 종이를 구깃구깃 뭉쳐 카이사르에게 확 던졌다.

"당신이나 가져, 이 역겨운 바람둥이!"

하지만 카이사르는 받지 않았다. 편지 뭉치가 그가 앉은 자리에 훨씬 못 미쳐 바닥으로 떨어지자 필리푸스가 얼른 주워들어 곧장 펼쳐보았다. 카토보다 읽는 속도가 빨랐던 필리푸스는 잠시 후 크게 웃음을 터트렸다. 그는 편지를 다 읽자마자 법무관 당선자들이 앉아 있는 줄로 건넸다. 그 줄 끝에는 실라누스가 앉은 고관석이 있었다.

카토는 청중의 관심이 다른 데로 달아나버린 것을 깨달았다. 다들 웃거나 읽거나 궁금해하느라 바빴다. "반역자들의 운명을 결정하는 것보다 한심스럽고 시시한 일에 마음을 더 빼앗기는 여러분의 모습은 참으로 한결같습니다!" 그가 소리질렀다. "수석 집정관에게 요구합니다. 현재 발효중인 원로원 최종 결의에 의거해 신병이 확보된 다섯 명을 수석 집정관이 즉시 처형하고, 다른 네 명—루키우스 카시우스 롱기누스, 퀸투스 안니우스 킬로, 푸블리우스 움브레누스, 푸블리우스 푸리우스—에게도 사형선고를 내려 그들 전체 또는 일부가 체포되는 즉시 효력이 발효되도록 원로원이 지시를 내립시다."

물론 키케로도 그 자리의 다른 모든 사람들처럼 얼른 카이사르의 쪽지를 읽고 싶었지만, 기회가 생긴 것을 알아차리고 재깍 잡아챘다.

"감사합니다, 마르쿠스 포르키우스 카토, 당신의 제청을 받아들여 표결을 시행하겠습니다. 구금중인 다섯 명을 즉각 처형하고, 방금 거명된 네 명을 체포 즉시 처형한다는 내용입니다. 사형에 찬성하는 분은 제 오른쪽에 서십시오. 반대하는 분은 제 왼쪽입니다."

수석 집정관 당선자 데키무스 유니우스 실라누스, 그러니까 세르빌리아의 남편은 키케로가 안건을 발의하기 직전에 쪽지를 받아들었다. 내용은 이랬다.

방금 브루투스가 달려와서 나한테 하는 말을 들으니, 상스러운 내 이부동생 카토가 원로원에서 당신이 반역자라고 주장한다는군요. 심지어 증거가 전혀 없음을 스스로 인정하면서 말이죠! 세상에서 제일 소중한 내 사랑, 그냥 무시해요. 그앤 당신한테 앙심을 품은 거예요. 아틸리아를 도둑맞고 당신을 질투하는 거죠. 게다가 아틸리아가 카토한테 그랬대요. 당신과 비교하면 카토는 피핀나('어린 소년의 성기'를 뜻하는 라틴어—옮긴이)라고요. 그게 사실이란 건 나도 보장할 수 있어요. 당신에 비하면 나머지 로마 남자들은 모두 피핀나예요.

카토는 파트리키 귀족 발바닥의 때만도 못한 놈인 걸 잊지 말아요. 심술 맞은 늙은 촌놈과 노예의 후손에 불과하니까. 소농 주제에 파트리키들 비위를 살살 맞춰서 감찰관 자리까지 오른 자였죠. 그러곤 그만큼 숱하게 많은 파트리키들을 파멸에 빠뜨렸고요. 그놈도 지금 똑같은 짓을 하려는 거예요. 카토는 파트리키들을 전부 증오하고, 그중에도 특히 당신을 증오해요. 우리 관계를 알게 된다면 당신을 지금보다도 더 증오하겠죠.

용기를 잃지 말고, 그 악독한 약골 녀석과 놈의 하수인들 따윈 전부 무시해요. 로마가 잘되려면 카토와 비불루스 같은 놈들 쉰 명보다 단 한 명뿐이래도 카이사르 당신이 더 필요하니까. 그게 사실이란 건 그들의 아내들 모두가 증명할 수 있답니다!

실라누스는 카이사르를 쳐다보았다. 나이에 걸맞은 존엄을 지키고 싶은 생각 말고 달리 아무런 기분도 들지 않았다. 카이사르의 얼굴은 슬퍼 보였지만, 후회하는 기색은 없었다. 실라누스는 자리에서 일어나 키케로의 오른쪽으로 갔다. 카이사르에게 투표하진 않을 터였다.

카이사르에게 많은 표가 가진 않았지만, 그렇다고 모두가 오른쪽에 선 것은 아니었다. 메텔루스 켈레르, 메텔루스 네포스, 루키우스 카이사르, 라비에누스를 비롯한 호민관 몇 명, 필리푸스, 가이우스 옥타비우스, 루쿨루스 형제, 티베리우스 클라우디우스 네로, 루키우스 코타, 토르콰투스가 키케로의 왼쪽에 섰다. 뒷자리의 평의원들도 약 서른 명 정도가 그들과 함께 섰다. 원로원 최고참 의원 마메르쿠스도 있었다.

"푸블리우스 케테구스는 자기 형제를 처형하는 쪽에 표를 주셨군요." 키케로가 말했다. "가이우스 카시우스도 친척의 처형에 찬성하셨고요. 이 정도면 가히 만장일치라 할 만합니다."

"저 나쁜 자식! 항상 말을 부풀려!" 라비에누스가 낮게 으르렁댔다.

"왜 안 그러겠소?" 카이사르가 어깨를 으쓱하며 말했다. "기억은 오래가지 않고, 의사록에는 대개 저런 발언들이 남으니까요. 가이우스 코스코니우스와 그의 동료 서기들은 이름을 잘 받아 적지 않소."

"편지는 지금 어디 있습니까?" 라비에누스가 물었다. 그 역시 궁금해 죽을 지경이었다.

"지금은 키케로가 들고 있군요."

"제가 가져오겠습니다!" 라비에누스는 이렇게 말하고 몸을 돌려 수석 집정관에게 덤벼들 듯이 걸어가서는 쪽지를 확 낚아채왔다. "여기 있습니다. 이건 당신 겁니다." 그는 쪽지를 카이사르에게 내밀었다.

"아, 당신도 읽어보시오, 라비에누스!" 카이사르가 웃으며 말했다. "당신만 몰라야 할 이유는 없지 않소. 심지어 그 부인의 남편까지, 이 자리의 모두가 다 아는데."

의원들이 제자리로 돌아가기 시작했다. 하지만 카이사르는 그대로 서 있었다. 마침내 키케로가 그를 돌아보았다.

"원로원 의원 여러분, 여러분께서는 아홉 명이 죽어야 한다고 결정하셨습니다." 카이사르가 최대한 감정을 배제한 목소리로 말했다. "마르쿠스 포르키우스 카토가 펼친 주장으로 미루어 판단하건대, 이것은 국가가 내릴 수 있는 그야말로 최악의 형벌입니다. 그러니 형벌은 이걸로 족해야 합니다. 저는 이 이상의 조치는 취하지 말자고 제안합니다. 재산까지 몰수되어선 안 됩니다. 죄인들의 부인과 자식 들은 앞으로 남편과 아버지의 얼굴을 다시 볼 수 없습니다. 그러니 반역자를 그들 가슴에 품은 죄에 대한 벌은 그것으로 족합니다. 최소한 그들이 살기 위해 필요한 수단만큼은 그대로 지니게 합시다."

"흥! 당신이 자비를 베풀자고 하는 진짜 이유를 우리가 모를까봐?" 카토가 호통쳤다. "시궁창 찌꺼기 같은 안토니우스 삼형제와 그 화냥년 어미를 당신이 거둬들이기 싫은 거잖소!"

그러자 그 화냥년의 오라비이자 시궁창 찌꺼기 같은 안토니우스 삼형제의 외삼촌 루키우스 카이사르가 카토에게 덤벼들었다. 반대편에서 원로원 최고참 의원 마메르쿠스도 달려들었다. 그러자 비불루스, 카툴루스, 가이우스 피소, 아헤노바르부스가 주먹을 흔들며 카토를 지키고 나섰다. 이어 메텔루스 켈레르와 메텔루스 네포스까지 난투극에 가세했지만, 카이사르는 활짝 웃는 얼굴로 가만히 서서 지켜보기만 했다.

"아무래도 이거," 카이사르가 라비에누스에게 말했다. "내가 호민관에게 구제권 행사를 요청해야겠소!"

"파트리키 신분이니 호민관에게 구제권 행사를 요청할 권리가 없으십니다." 라비에누스가 진지한 표정으로 말했다.

싸움을 말릴 수 없을 것 같아 보이자 키케로는 대신 회의를 해산시키기로 했다. 키케로는 카이사르의 한쪽 팔을 붙들고 그를 콩코르디아 신전 밖으로 데리고 나왔다.

"세상에, 카이사르, 집으로 가시오!" 그가 간청했다. "왜 이리 분란을 피우시오!"

"그건 양쪽 모두에 해당하는 말이로군요." 카이사르는 경멸하는 눈빛을 흘려보내고는 신전으로 다시 들어가려 했다.

"집으로 가시오, 제발!"

"재산 몰수가 없을 거라고 약속하지 않으면 갈 수 없소."

"기꺼이 약속하겠소! 어서 가기나 하시오!"

"가겠소. 하지만 내가 그 약속을 허투루 여길 거라 기대하진 마시오."

키케로는 승리했지만, 카이사르의 연설은 그의 머릿속을 무자비하게 휘젓고 돌아다녔다. 그는 릭토르들과 상당한 규모의 민병대를 데리고 렌툴루스 수라가 아직 기거하는 루키우스 카이사르의 집으로 무거운 발걸음을 옮겼다. 가이우스 케테구스, 스타틸리우스, 가비니우스 카피토, 카이파리우스는 각각 법무관들을 보내 데려오라고 시켰지만, 렌툴루스 수라는 아무래도 자신이 직접 데리러 가야 할 것 같았다. 그는 과거에 집정관이었던 자였다.

너무 큰 대가를 치르는 걸까? 아니다! 이 반역자들이 죽는 순간 로마는 마술에 걸린 듯 잠잠해지리라. 반란을 일으키려는 망상은 모두의 머릿속에서 사라지리라. 사형은 억제력이 가장 큰 형벌이다. 로마에서 사형이 더 자주 시행되면 그만큼 범죄도 줄어들 것이다. 재판 절차에 관해서라면, 카토가 펼친 두 가지 주장 다 옳았다. 그들은 자기들 입으로 직접 죄를 인정했으니 그들을 재판에 부치는 것은 나랏돈 낭비였다. 그리고 재판 절차가 지닌 문제점은, 배심원을 매수할 돈을 충분히 동원할 수만 있다면 재판 과정을 너무도 쉽고 간단하게 조종할 수 있다는 데 있었다. 타르퀴니우스는 크라수스에게 혐의를 제기했다. 논리적으로만 따지면 크라수스는 어떤 식으로도 반란에 개입되어 있을 리 없었다. 어쨌거나 키케로에게 최초로 구체적인 물증을 가져다준 사람은 바로 크라수스였으니까. 하지만 키케로의 마음속에는 의혹의 씨앗이 뿌려졌다. 만일 크라수스가 처음에 개입했다가 나중에 마음을 바꿔먹고, 교활하게도 그 편지들을 솜씨 좋게 조작한 거라면?

카툴루스와 가이우스 피소는 카이사르에게 혐의를 제기했다. 카토도 그랬다. 그들 중 티끌만치라도 증거를 제시한 사람은 아무도 없었고, 그들 모두 카이사르의 완고한 정적이었다. 하지만 의혹의 씨앗은 뿌려졌다. 카이사르가 근 3년 전 루키우스 코타와 토르콰투스를 암살하려 기도했다고 카토가 제기한 의혹은 어떤가? 당시 암살 기도를 두고 온갖 소문이 난무했지만, 범인으로 지목된 사람은 카틸리나였다. 그때 루키우스 만리우스 토르콰투스는 부당취득 재판에서 카틸리나의 변호를 맡음으로써 자신은 그 소문을 믿지 않음을 공개적으로 드러냈다. 당시 카이사르의 이름은 전혀 거론되지 않았다. 게다가 루키우스 코타는 카이사르의 외숙부다. 하지만……. 로마의 다른 파트리키 귀족들도 가까운 친척을 살해할 계획을 품곤 하지 않는가. 친아들을 죽인 카틸리나처럼. 그래, 파트리키들은 나와 다른 족속들이야. 파트리키들은 자기네가 존중하는 법만 따랐다. 로마 최초의 진정한 독재관 술라를 보라. 그도 파트리키였다. 나머지 다른 사람들보다 우월한 인물. 확실히 키케로보다야 나은 인물이었다. 아르피눔에서 온 유숙객. 로마에 기거하고 있을 뿐인 이방인. 멸시받는 신진 세력.

크라수스를 주시해야겠어, 하고 키케로는 결심했다. 하지만 카이사르는 더욱 면밀히 주시해야 했다. 카이사르의 빚을 보라. 전면적인 부채 탕감이 현실화되면 카이사르보다 더 이득을 볼 자가 누가 있는가? 그 정도면 카틸리나를 지지할 이유가 충분하지 않은가? 그러지 않고서 카이사르가 피할 수 없는 파멸의 늪으로부터 스스로를 구제할 방법이 과연 뭐가 있을까? 로마 군대가 진주한 적이 없는 광활한 지역을 정복하는 방법이 있지만, 키케로는 이것은 카이사르에게 불가능한 일로 제쳐두었다. 카이사르는 폼페이우스가 아니다. 카이사르는 한 번도 군대를 지휘해본 적이 없다. 그리고 행여나 로마가 그에게 특별 직권을 부여해줄 리도 만무하다! 생각하면 할수록 카이사르가 카틸리나의 반란에 개입되어 있을 것 같다는 확신은 더더욱 짙어졌다. 단, 카틸리나의 성공이 카이사르의 부채 탕감을 뜻하기만 한다면.

렌툴루스 수라를 데리고 포룸 로마눔으로 돌아오는 길에(그는 이번에도 아이를 데려가듯 손을 잡고 이끌었다) 또다른 카이사르가 나타났다. 가이우스만큼 재능이 탁월하거나 위험한 인물은 아니지만, 루키우스 카이사르 역시 만만치 않은 인물이었다. 전해에 집정관을 지냈고 올해 조점관이며 앞으로 언젠가는 감찰관으로 선출될 인물이었다. 그와 가이우스는 가까운 친척이었고 서로 사이가 좋았다.

그러나 루키우스 카이사르는 그들을 보자마자 발걸음을 멈췄다. 키케로가 렌툴루스 술라의 손을 잡고 데려가는 모습에 자신의 눈을 불신하는 표정이었다.

"지금?" 루키우스 카이사르가 키케로에게 물었다.

"지금입니다." 키케로가 단호히 대답했다.

"준비도 없이? 자비도 없이? 목욕과 깨끗한 옷과 마음의 준비도 없이? 우리가 야만인이오?"

"지금 해야 합니다." 키케로가 힘들게 말했다. "해가 지기 전에요. 부디 방해하지 말아주십시오."

루키우스 카이사르가 시위하듯이 길에서 물러났다. "오, 신들이시여,

부디 제가 로마의 정의 실현을 방해하지 말게 하옵소서!" 그가 빈정거렸다. "내 누이에게 자기 남편이 목욕도, 깨끗한 옷조차 없이 죽을 거라는 사실을 말해주었소?"

"시간이 없습니다!" 키케로는 무슨 말이든 해야 했다. 아, 이건 끔찍해! 그는 할 일을 하고 있을 뿐이었다! 하지만 루키우스 카이사르에게 그렇게 말할 수는 없었다. 어찌 그러겠는가? 그가 무슨 말을 할 수 있을까?

"그렇다면 나는 누이의 집이 아직 수라의 명의로 되어 있을 때 빨리 누이에게 가봐야겠군!" 루키우스 카이사르가 딱딱거렸다. "당신은 내일 당장 원로원을 소집해 재산을 몰수할 게 뻔하니까."

"아니, 아닙니다!" 키케로가 거의 울 듯이 말했다. "당신 육촌동생 가이우스에게 재산 몰수는 없을 거라고 내가 엄숙히 약속했습니다."

"참 관대하시군." 루키우스 카이사르가 말했다. 그는 매부 렌툴루스 수라를 쳐다보고 무슨 말인가 하려는 듯 입을 뗐지만 이내 굳게 다물어버리고 고개를 젓더니 돌아섰다. 그 무엇도 힘이 되지 못하리라. 수라의 귀에 무슨 말이 들릴 것 같지도 않았다. 충격이 이미 그의 사고를 마비시킨 터였다.

방금 전의 대면으로 떨리는 가슴을 안고, 키케로는 베스타 계단을 내려가 포룸 로마눔 낮은 구역에 도착했다. 사람들이 발 디딜 틈 없이 꽉 차 있었다. 게다가 포룸 로마눔을 직업적으로 드나드는 사람들만 있는 것도 아니었다. 사람들 사이로 길을 뚫는 릭토르들을 따라 걸으며 그는 얼핏 아는 얼굴들을 본 듯한 느낌이 들었다. 저 사람, 젊은 데키무스 브루투스 알비누스였나? 푸블리우스 클로디우스는 분명히 아닌데!

겔리우스 포플리콜라의 의젓한 아들도? 하지만 저 친구들이 무슨 일로 로마 뒷골목 서민들과 어깨를 부딪치며 저기 서 있는 거지?

그곳을 둘러싼 어떤 분위기가 느껴졌다. 키케로는 이미 떨고 있었지만, 그 기운에 더더욱 기가 질렸다. 사람들은 으르렁대고 있었다. 음울한 눈빛, 불쾌한 표정, 로마의 수석 집정관과 그가 이끄는 죄인을 보고도 좀처럼 비켜서지 않는 몸뚱어리들. 공포의 전율이 키케로의 등골을 스쳐갔다. 그는 즉시 뒤돌아 달아나고 싶었다. 하지만 그럴 수 없었다. 이것은 그가 해야 하는 일이었다. 그는 오늘 이 일을 처음부터 끝까지 지켜봐야 했다. 그는 조국의 아버지였다. 그는 혼자 힘으로 로마를 파트리키의 소굴에서 구출해냈다.

카피톨리누스 언덕의 아륵스로 이어지는 게모니아이 계단 저편으로 금방이라도 허물어질 듯한 로마의 (유일한) 감옥 라우투미아이가 있었다. 그중에도 가장 오래된 작은 삼각형 건물이 왕정 시대부터 있었던 툴리아눔이었다. 그곳으로 들어가는 단 하나의 출입문이 아르겐타리우스 언덕길과 포르키우스 회당에 면한 벽에 나 있었다. 험악한 분위기를 풍기는 이 두꺼운 목조대문은 평상시엔 늘 굳게 잠겨 있었다.

하지만 이날 저녁 툴리아눔의 대문은 활짝 열려 있었고, 그 앞으로 상반신을 탈의한 사내 여섯 명이 빼곡히 늘어서 있었다. 로마의 공공 사형집행인들이었다. 그들은 물론 노예 신분이었으며, 다른 공공 노예들처럼 신성경계선 바깥쪽의 렉타 가도에 자리한 판자촌에서 살았다. 단 그들이 사는 구역은 외따로 떨어져 있었는데, 로마의 공공 사형집행인들은 공무를 수행할 때 외에는 신성경계선을 넘어 도시에 들어가지 않기 때문이었다. 그들이 크고 억센 손으로 목을 꺾는 대상은 대개 외국인 죄수들이었다. 보통 매해 개선식이 있을 때 한두 번이었다. 그들의 손으로 로마인의 목을 부러뜨리는 것은 아주 오랜만의 일이었다. 술라는 로마인들을 숱하게 죽였지만, 툴리아눔 감옥에서 정식으로 사형을 집행한 경우는 한 번도 없었다. 마리우스도 로마인들을 숱하게 죽였지만, 툴리아눔 감옥에서 정식으로 사형을 집행한 경우는 한 번도 없었다.

다행스럽게도 사형집행실의 물리적인 위치상 군중 맨 앞줄의 어느 누구도 그 안을 들여다볼 수 없었다. 게다가 키케로가 비참한 모습의 죄인 다섯 명을 전부 모으고 그들과 군중 사이에 릭토르들과 민병대로 빽빽이 벽을 세우고 난 후엔 정말로 거의 아무것도 보이지 않았다.

키케로가 몇 계단을 올라 사형집행실 앞에 서니 악취가 코를 쏘았다. 속을 뒤집는 고약한 썩은 내였다. 아무도 안을 치우지 않는 탓이었다. 죄수가 들어가서 바닥 한가운데 뚫린 구멍으로 내려가면, 몇 미터 아래 사형집행인이 목을 부러뜨리려 기다리고 있다. 일이 끝나면 시체는 그냥 거기 방치되어 썩는다. 그러다 다음에 그 방을 써야 할 때가 오면, 사형집행인들이 썩어 문드러져가는 시체 더미를 하수구에 연결된 홈통으로 밀어넣는 게 전부였다.

메스꺼움을 참으며 선 키케로의 얼굴은 잿빛으로 변해 있었다. 다섯 명이 방안으로 들어가 한 줄로 섰다. 렌툴루스 수라가 맨 처음, 카이파리우스가 마지막이었다. 모두들 그에게는 눈길조차 주지 않는 게 고마울 뿐이었다. 충격이 그들을 무기력에 빠뜨린 터였다.

단지 잠깐에 지나지 않았다. 사형집행인 한 명이 문밖으로 나와 키케로를 향해 고개를 끄덕였다. 이제는 갈 수 있구나, 하고 키케로는 생각했다. 그는 릭토르들과 민병대를 앞세우고 로스트라 연단으로 걸어갔다.

연단 위에서, 그는 끝이 보이지 않을 정도로 멀리까지 늘어선 군중을 내려다보며 혀로 입술을 축였다. 이제 로마의 신성경계선 안쪽에 있었으니 공식 선언에서 '죽음'이라는 표현을 사용할 수 없었다.

하지만 '죽었다'는 말 대신 무슨 말을 할 수 있을까? 키케로는 잠시 가만히 있다가 두 팔을 활짝 펴고 외쳤다. "비베레!" 그들은 생을 다했다! 과거완료. 종결을 의미하는 완료형 동사.

아무도 환호하지 않았다. 아무도 야유하지 않았다. 키케로가 팔라티누스 언덕 쪽으로 걸어가자 군중이 흩어졌다. 대부분 에스퀼리누스 언덕, 수부라 지구, 비미날리스 언덕 쪽으로였다. 그가 작고 둥근 베스타 신전 건물에 다다랐을 때에는 아티쿠스를 위시하여 상당히 많은 수의 18개 상급 백인조 기사들이 보였다. 날이 어둑해진 터라 손에는 횃불들을 들고 있었다. 그들은 키케로를 조국의 구원자, 조국의 아버지, 신화에서 나온 영웅이라며 큰 소리로 환호했다. 그의 영혼을 위로하는 말들! 루키우스 세르기우스 카틸리나의 반란은 더이상 존재하지 않았다. 그는 그것을 혼자 힘으로 세상에 드러냈으며, 그것을 죽였다.

5장

CHAPTER FIVE
5. Dec. 63 B.C. ~ Mar. 61 B.C.

기원전 63년 12월 5일부터
기원전 61년 3월까지

폼페이아 술라

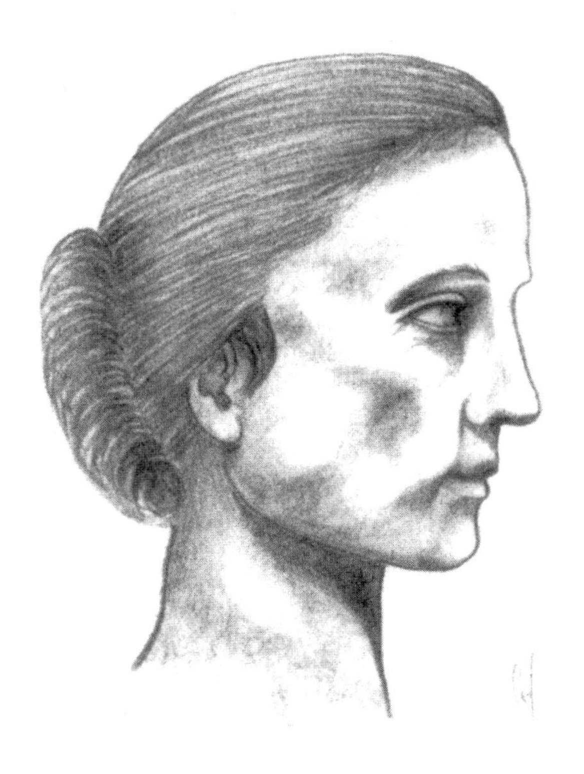

아우렐리아

카이사르는 분노의 기운을 내뿜으며 관저를 향해 뚜벅뚜벅 걸었다. 티투스 라비에누스가 카이사르의 뒤를 뛰다시피 쫓아갔다. 카이사르는 폼페이우스의 꼭두각시 호민관인 그에게 고개를 홱 돌려 보이며 자신을 따라오라고 지시한 터였다. 라비에누스는 영문을 몰랐지만, 폼페이우스가 없을 때 그를 조종하는 자는 카이사르였으므로 말없이 따라나섰다.

앞에 놓인 술을 들라는 권유 역시 고개를 홱 돌리는 것으로 전달되었다. 라비에누스는 포도주를 따르고 앉아서, 서재 안을 이리저리 서성대는 카이사르를 물끄러미 바라보았다.

마침내 카이사르가 입을 열었다. "태어난 걸 후회하게 만들어주마, 키케로! 감히 로마의 법을 멋대로 해석해? 우리가 어떻게 그런 머저리를 수석 집정관으로 뽑아놓았을까!"

"키케로를 찍지 않으셨습니까?"

"놈에게도 히브리다에게도 표를 주지 않았소."

"카틸리나한테 표를 주셨습니까?" 라비에누스가 놀라서 물었다.

"그리고 실라누스. 솔직히 찍고 싶은 사람이 없었소. 하지만 기권은 허용되지 않으니 대충 고르고 끝냈죠." 카이사르의 뺨은 여전히 붉게 상기되어 있었다. 라비에누스는 카이사르의 두 눈이 불 위에 떠 있는 얼음 조각 같다고 생각했다. 평소의 그답지 않은 상상력이었다.

"앉으십시오! 어서요! 술을 입에 대지 않으시는 걸 알지만 오늘밤은 예외로 하십시오. 한 잔 드시면 기분이 나아질 겁니다."

"술은 어떤 경우에도 이롭지 않소." 그는 이렇게 딱 잘라 말하면서도 라비에누스가 권한 대로 자리에 앉았다. "내 기억이 틀리지 않다면, 티투스, 당신 백부 퀸투스 라비에누스는 37년 전 원로원 의사당 기왓장에 깔려 돌아가셨지요?"

"네. 사투르니누스, 루키우스 에퀴티우스, 그 밖에 다른 사람들과 함께였지요."

"그 일을 어떻게 생각하시오?"

"절대 용서할 수 없는 불법적인 행위였다는 것 외에 다른 해석의 여지가 있습니까? 그들은 로마의 시민이었고, 재판도 없었어요."

"맞소. 하지만 그건 공식 처형은 아니었소. 그들이 살해된 까닭은, 만일 그들이 살아서 결국 재판 절차를 거친다면 앞서보다 더한 폭력 사태가 야기될 수 있음을 마리우스나 스카우루스가 우려했기 때문이오. 물론 살인이라는 수단으로 그 문제를 해결한 건 술라였소. 당시 그는 마리우스의 재빠르고 영리하고 거침없는 오른팔이었으니까. 그렇게 열다섯 명이 죽었고, 분란을 부를 반역 재판은 아예 열리지 않았으며, 곡물 선단이 도착하자 마리우스는 곡식을 헐값에 나누어주었고, 배를 채운 로마는 다시 잠잠해졌소. 그리고 시간이 지나 노예 스카이바가 그 열다섯 명을 죽인 공로를 독식했소."

라비에누스가 얼굴을 찌푸렸다. 그는 포도주에 물을 더 탔다. "이야기를 어디로 끌고 가시는 건지 도통 모르겠군요."

"나는 알고 있소, 라비에누스. 중요한 건 그거요." 카이사르는 미소를 띠며 입술 사이로 앙다문 이를 드러냈다. "우리 공화국에 비교적 최근 등장한 그 꺼림칙한 편법적 수단을 '공화국 수호를 위한 원로원 결의' 또는 키케로가 그럴싸하게 붙인 이름처럼 '원로원 최종 결의'라 해보겠소. 누군가를 독재관으로 임명해 결정권을 주는 걸 원로원의 어느 누구도 원치 않아서 고안된 장치지요. 이 장치는 가이우스 그라쿠스, 사투르니누스, 레피두스 등이 소란을 일으켰을 때마다 원로원의 목적을 위해 봉사했소."

"무슨 말씀이신지 아직도 잘 모르겠습니다." 라비에누스는 말했다.

카이사르가 잠시 숨을 골랐다. "그 원로원 최종 결의가 여기 다시 모습을 드러냈소, 라비에누스. 그리고 지금 무슨 일이 일어났는지 보시오! 키케로의 머릿속에서 현재의 원로원 최종 결의는 떳떳하고 필요불가결하며 굉장히 편리한 수단이오. 원로원을 현혹해서 최종 결의를 통과시킨 뒤 그걸 방패 삼아 법이고 모스 마이오룸이고 몽땅 무시하고 있잖소! 원로원 최종 결의를 정식 법적 절차에 맞게 수정하려는 시도조차 없이 그걸로 로마의 근간을 짓밟고 로마 시민들의 목을 꺾었소! 재판도 없었고, 법식도 없었고, 최소한의 품위도 없었소! 그들은 전투에 패배하여 쓰러지는 병사들보다 더 급하게 죽음을 맞았소! 아니, 그들은 지붕에서 쏟아진 기왓장 더미에 비공식적으로 살해된 게 아니오. 로마 원로원의 전적인 승인하에 그리되었단 말이오! 오늘 원로원은 키케로가 채근해댄 통에 재판관과 배심원단의 역할을 다 가로채갔소! 이러한 상황이 오늘 저녁 포룸 로마눔에 모인 군중에게 어떻게 비쳤으리라고 생각하시오, 라비에누스? 어떻게 비쳤을지 내가 말해주겠소. 그들은 재판 없이는 유죄를 선고받지 않을 로마 시민의 절대적인 불가침 권리를 오늘 이후로 보장받을 수 없다고 느꼈소. 그리고 소위 명석하다는 저 인간, 자기중심적이고 유약한 머저리 키케로는 지금 스스로 가장 훌륭하고 적절한 방식을 통해 원로원을 큰 곤경에서 구해낸 장본인이라 여기고 있소! 그래요, 원로원 입장에서 본다면야 그게 가장 쉬운 방법이었긴 하지요. 그러나 1계급에서 최하층민에 이르기까지 전 계층의 로마 시민에게, 오늘 키케로가 한 짓은 불가침 시민권의 종언을 선언한 것이나 다를 바 없소! 앞으로 원로원이 또다른 원로원 최종 결의를 앞세워 재판이나 정식 법적 절차 없이 로마인들을 사형시키기로 결정한다면? 그러한 상황의 재발을 무엇으로 막겠소, 라비에누스? 과연 무엇으로?"

별안간 숨이 가빠진 라비에누스는, 겨우겨우 내용물을 흘리지 않고 어렵사리 술잔을 책상에 내려놓았다. 그는 이전과 다른 시선으로 카이사르를 빤히 쳐다보았다. 어찌하여 카이사르는 아무도 깨닫지 못한 이 일의 파급효과를 홀로 저렇게 간파한 것일까? 라비에누스 자신은 키케로가 한 행동의 의미를 왜 더 잘 이해하지 못했을까? 그래, 키케로는 몰랐어! 오로지 카이사르만이 알았던 거야. 처형에 반대표를 던진 다른 사람들도 그저 인정상 차마 찬성할 수 없어서 그랬던 것뿐이야. 아니면 코끼리 다리를 더듬는 장님들처럼 어렴풋이 진실을 인식했거나.

"오늘 아침 발언에서 나는 중대한 실수를 저질렀소." 카이사르는 여전히 분에 차서 말했다. "난 그때 반어적인 태도를 취했소. 감정을 자극하는 건 옳지 않다고 느꼈으니까. 나는 이성에 호소했소. 과거 왕정 시대를 언급하고, 키케로가 우리 모두를 왕정 시대로 되돌려놓음으로써 공화정의 대의를 무력화하고 있다고 말했소. 그렇게 해서 키케로의 제안이 얼마나 정신 나간 짓인지를 모두에게 깨우쳐주려 했소. 하지만 더 쉽게 설명했어야 해요. 어린아이를 가르치듯 명백한 진실들을 하나하나 차근차근 설명했어야 했소. 하지만 나는 그들이 어느 정도는 머리를 쓸 줄 아는 교육받은 성인이리라 생각했소. 그래서 반어적인 태도를 취했소. 그들이 내 논지를 제대로 따라오지 못하리라고, 무슨 뜻으로 내가 그런 이야기들을 꺼내는지 파악하지 못하리라고는 결코 생각지 못했소. 지금 당신한테 하는 것보다 더 직설적으로 설명했어야 했는데, 나는 그만 그들이 화가 나서 판단력을 잃을까봐 그들을 감정적으로 자극하지 않으려 한 거요! 하지만 그들은 애당초 판단력이 없었소. 나는 어차피 잃을 게 없었단 말이오! 나는 좀처럼 실수하지 않는 사람이지만 오늘 아침에는 실수를 저질렀소, 라비에누스. 카토를 보시오! 카토가 날 싫어하는 건 알았지만 나는 적어도 그자만큼은 내 주장을 지지하리라 예상했소. 하지만 카토는 정말이지 말도 안 되는 헛소리만 지껄였소. 그런데도 그들은 대모신을 따르는 내시들처럼 무작정 그를 추종했고."

"카토는 요란하게 짖는 개입니다."

"아니, 라비에누스. 놈은 그저 바보 중에도 최악의 바보요. 하지만 스스로 바보인 걸 모르지."

"그건 우리 모두에게 해당하는 말 같군요."

카이사르의 눈썹이 치켜올라갔다. "나는 바보가 아니오, 티투스."

티투스는 곧바로 자세를 낮추었다. "물론 그렇지요." 술은 왜 술을 마시지 않는 사람과 함께할 때면 특유의 마력을 잃어버리는 걸까? 라비에누스는 자기 잔에 물을 따랐다. "지나가버린 일을 곱씹어봐야 의미가 없습니다, 카이사르. 아까 키케로가 태어난 걸 후회하게 만들어주겠다고 하신 말은 진심이지요? 하지만 어떻게요?"

"간단하오. 금으로 되어 있다는 그놈 목청에 놈의 원로원 최종 결의를 처박아줄 거요." 카이사르는 꿈꾸는 듯한 표정으로 말했지만, 그의 눈에는 미소가 어려 있지 않았다.

"하지만 어떻게요? 어떻게, 어떻게, 어떻게?"

"당신의 올해 호민관 임기가 나흘 남았지요, 라비에누스? 우리가 재빨리 움직인다면 그 정도로도 충분하오. 내일 하루는 우리 생각을 정리하고 각자의 역할을 꼼꼼하게 정하는 데 할애하지요. 그 다음날에 1단계가 실행되오. 그리고 남은 이틀 동안 최종 단계를 실행하겠소. 나흘 뒤면 일이 다는 아니어도 충분히 많이 진척돼 있을 거요. 그리고 친애하는 당신, 티투스 라비에누스는 호민관 임기를 찬란한 영광 속에 마치게 될 거요! 다른 건 몰라도, 앞으로 다가올 나흘 동안 벌어질 사건들로 반드시 후세에 이름을 떨칠 것이오!"

"제가 할 일은 무엇입니까?"

"당장 오늘 저녁엔 아무것도 없소. 하지만 당신 혹시 그걸 손에 넣을 수 있겠…… 아니, 그건 불가능하겠지. 그 부분은 좀 다르게 가기로 합시다. 사투르니누스의 흉상이나 입상을 구할 수 있겠소? 아니면 당신의 백부 퀸투스 라비에누스 것이라도?"

"더 좋은 걸 구해올 수 있습니다." 라비에누스가 즉시 대답했다. "사투르니누스의 이마고가 있는 곳을 압니다."

"이마고? 하지만 그는 법무관까지 오르지 못했는데!"

"맞습니다." 라비에누스가 환히 웃으며 말했다. "카이사르, 당신같이 훌륭한 귀족 출신은 절대 이해하지 못하는 게 피케눔이나 삼니움이나 아르피눔 출신인 야심만만한 저희 신진 세력의 심리입니다. 저희 같은 사람들은 자신의 실물을 밀랍으로 정교하게 본뜨고 색채와 모양을 정확하게 살린 진짜 머리카락으로 제작되는 이마고를 하루라도 빨리 갖고 싶어 안달합니다. 그래서 지갑에 돈이 생기면 곧장 벨라브룸 구역의 장인을 찾아가 이마고 제작을 의뢰하지요. 제가 아는 사람들 중에는 원로원에 절대 들어갈 수 없는데도 이마고를 갖고 있는 자들도 있어요. 안 그러면 벨라브룸 구역의 마기우스가 어떻게 그런 큰 부자가 되었겠습니까?"

"뭐, 어쨌거나 지금 상황에서 당신같이 야심만만한 피케눔 출신들이 이마고 제작을 의뢰하는 게 나로선 굉장히 반가운 일이군요." 카이사르가 활기차게 말했다. "사투르니누스의 이마고를 구하시오. 그리고 그걸 쓰고 좋은 연기를 펼칠 배우도 찾아주시오."

"퀸투스 백부께서도 이마고를 갖고 계셨습니다. 그분의 이마고를 쓰고 연기할 배우도 구하겠습니다. 두 사람의 흉상도 구할 수 있을 겁니다."

"그렇다면 내일 새벽까지 당신에게 다른 볼일은 없겠군요. 하지만 그 시각 이후로 당신이 호민관 직을 떠나는 마지막 순간까지 당신을 가차없이 부려먹을 것을 약속하겠소."

"우리 두 사람만 진행합니까?"

"아니, 네 명이오." 카이사르가 라비에누스를 대문으로 배웅하려고 일어서며 말했다. "내 계획에는 당신과 나, 메텔루스 켈레르, 그리고 내 육촌형님 루키우스 카이사르까지 총 네 명이 필요하오."

라비에누스는 이 말을 들은 뒤에도 카이사르가 뭘 어쩌려는 건지 좀처럼 짐작이 가지 않았다. 그는 궁금하고 들뜬 마음을 안고 관저를 나섰다. 호기심과 흥분으로 인해 그날 밤에는 도저히 잠을 이루지 못할 것 같았다.

카이사르는 잠자는 건 단념한 터였다. 그는 생각에 깊이 잠긴 채 서재로 돌아갔다. 집사 에우티코스가 문간에 서서 몇 차례나 헛기침을 했는데도 알아채지 못했다.

"아, 마침 잘 왔네!" 최고신관이 말했다. "내가 집에 있다는 사실을 아무에게도, 심지어 어머니께도 알리지 말게. 알겠는가?"

"아이고, 맙소사!" 집사가 탄식하며 통통한 두 손을 통통한 얼굴로 가져갔다. "주인어른, 율리아 아가씨가 지금 즉시 주인어른을 뵙기를 간절히 바라십니다."

"나하고 무슨 이야기를 하고 싶은 건지 알고 있네만, 새 호민관단 취임일에 그애가 원하는 만큼 긴 시간 대화를 나누겠다고 전하게. 하지만 그전엔 절대 안 되네."

"주인어른, 그건 닷새 뒤가 아닙니까! 불쌍한 아가씨가 과연 닷새나 기다릴 수 있을지 모르겠습니다!"

"에우티코스, 내가 그애더러 20년을 기다려야 한다면 20년을 기다려야 하네. 가족이나 집안 문제는 전부 닷새를 기다려야 해. 율리아한테는 할머니가 계시니 나한테 기댈 필요가 없네. 확실히 이해했는가?"

"네, 주인어른." 집사는 작게 대답하고 조심스럽게 문을 닫은 다음 살금살금 통로를 지나 율리아가 서 있는 곳으로 갔다. 율리아는 하얗게 질린 얼굴로 양손을 꽉 맞잡고 있었다. "송구하오나, 아가씨, 주인어른께서 새 호민관단 취임일 전까지는 아무도 뵙지 않으시겠답니다."

"그러실 리가!"

"그리 말씀하셨습니다. 아우렐리아 마님도 뵙지 않으시겠답니다."

때마침 아우렐리아가 베스타 신녀 관저 쪽에서 나타났다. 눈빛은 냉정했고 입은 꼭 다문 채였다. "이리 오거라." 아우렐리아가 이렇게 말하며 율리아를 자기 거처로 데려갔다.

"소문을 들었구나." 아우렐리아가 율리아를 의자에 앉히며 말했다.

"듣긴 했는데 그게 무슨 뜻인지 잘 모르겠어요." 율리아가 심란한 듯 말했다. "아빠를 뵙길 청했는데, 절 만나지 않으시겠대요!"

아우렐리아가 멈칫했다. "네 아버지가? 현실이나 사람과의 대면을 피하는 건 카이사르답지 않은데."

"에우티코스가 그랬어요. 오늘로부터 닷새가 지나기 전에는 아무도, 심지어 할머니도 만나지 않겠다고 하셨대요. 날짜가 상당히 구체적이었어요. 새 호민관단이 취임하기 전까지 모두 기다려야 한대요."

아우렐리아는 이맛살을 깊이 찌푸리며 방안을 이리저리 서성였고, 한참 동안 아무런 대꾸도 없었다. 율리아는 눈물로 시야가 부옇게 흐려왔지만 꾹 참고 할머니를 바라보았다. 우리 세 사람은 정말 달라도 너무 달라! 율리아는 이렇게 생각했다.

율리아의 생모는 딸이 채 일곱 살이 되기 전에 세상을 떠났다. 그러니 율리아가 한참 성장할 동안 그녀에게는 아우렐리아가 할머니이자 어머니였다. 아우렐리아는 다가가기 쉽지 않았고 항상 바빴으며 매사에 엄격하고 인정사정없었지만, 그럼에도 불구하고 손녀가 자라면서 가장 필요한 안정감과 소속감을 확고하게 심어주었다. 아우렐리아는 웃음이 별로 없었어도 가장 힘든 순간에 튀어나오는 날카로운 기지가 있었으며, 손녀가 자기와 달리 웃음이 많다고 해서 딱히 못마땅하게 여기지도 않았다. 세련된 옷차림에서 올바른 예법에 대한 엄격한 교육에 이르기까지, 아우렐리아는 율리아에게 필요한 가르침 전부를 주었다.

그리고 인생에서 자신에게 주어진 몫을 겸허히 받아들이고 살아야 한다는 이성적이고 현실적인 가르침 역시 빠뜨리지 않았다. 그러면서도 우아함과 자부심을 지켜야 하며, 상처받거나 억울한 감정을 키우면 안 된다는 것도.

"지금보다 더 나은 다른 세상을 기대하는 건 부질없는 짓이야."라는 것이 아우렐리아의 변함없는 도덕관이었다. "어찌되었건 현실 세상만이 우리에게 주어진 유일한 세상이야. 그러니 우리는 가능한 한 행복하고 기쁘게 현재의 삶을 살아가야 해. 운명이나 섭리에 맞서 싸우려 들면 안 돼, 율리아."

강철처럼 심지가 단단하다는 것 외에 카이사르는 모친과 닮은 점이 전혀 없었다. 가끔 별것 아닌 일로 두 사람 사이에 마찰이 빚어지기도 한다는 걸 율리아도 모르는 바 아니었다. 하지만 아버지는 아우렐리아가 율리아에게 받아들이도록 한 그 세상의 시작이요 끝이었다. 그는 딸에게 신까지는 아닐지 몰라도 분명 영웅이었다. 율리아에게 아버지는 어느 누구보다 완벽하고 빛나고 유식하고 재치 있으며 잘생기고 이상적인 진짜 로마인이었다. 아, 율리아는 부친의 결함 역시 잘 알았다(그가 딸을 상대로 그런 결함을 드러낸 적은 한 번도 없었지만). 불같은 성미부터 시작해, 고양이가 쥐를 가지고 놀듯 사람을 갖고 노는 악취미에 이르기까지. 율리아가 보기에 아버지는 습관적으로 그런 죄악을 저질렀다. 그럴 때 아버지는 잔인하고 냉정했으며 만면에 즐거운 미소가 가득했다.

아우렐리아가 문득 걸음을 멈추고 입을 열었다. "네 아버지가 우리를 피하는 건 무슨 중요한 이유가 있어서일 거야. 우리를 대면하기 두려워서가 아닌 건 확실해. 아마 우리와 무관한 이유일 것 같구나."

"그리고 아마도," 아우렐리아의 말을 이해한 율리아가 말했다. "우리의 뇌리를 떠나지 않는 문제들과도 무관한 것 같아요."

아우렐리아의 얼굴에 근사한 미소가 떠올랐다. "통찰력이 하루가 다르게 늘어가는구나, 율리아. 맞아, 아무래도 그런 것 같다."

"그러면 할머니, 아빠가 우릴 만나줄 시간이 날 때까지 할머니하고 얘기를 해야겠어요. 제가 마르가리타리아 주랑건물에서 들은 말이 사실인가요?"

"네 아버지와 세르빌리아의 관계 말이니?"

"그게 그런 거였나요? 아!"

"네가 아는 건 뭐였니, 율리아?"

"다 듣진 못했어요. 사람들이 저와 눈이 마주치면 하던 얘기를 멈춰서요. 제가 들은 건 아빠가 어떤 여자와 대단한 소문에 말려들었고, 그 관계가 오늘 원로원에서 전부 폭로되었다는 거였어요."

아우렐리아가 신음을 내뱉었다. "그래, 그랬단다." 그리고 그날 콩코르디아 신전에서 벌어진 일을 에두르지 않고 전부 율리아에게 말해주었다.

"우리 아버지와 브루투스의 어머니라니." 율리아가 천천히 말했다. "정말 난장판이네요!" 율리아가 웃음을 터트렸다. "아빤 어쩜 그렇게 감쪽같을까요! 브루투스도 저도 그동안 전혀 눈치채지 못했어요. 아빠는 대체 그분의 어떤 면이 마음에 들었을까요?"

"넌 세르빌리아를 늘 싫어했지."

"네, 맞아요!"

"그래, 그럴만하지. 너야 주로 브루투스 편에서 생각할 테니, 세르빌리아가 좋을 리 없을 거야."

"할머니는요?"

"그 여자 자체는 무척 마음에 든다."

"하지만 아빠는 저한테 그분이 싫다고 하셨어요. 아빤 거짓말을 하지 않으시잖아요."

"네 아버진 세르빌리아를 싫어하는 게 맞아. 네 아버지로 하여금 그 여자와의 관계를 지속하게 하는 게 무엇인지는 나도 모르겠다. 솔직히 알고 싶지도 않고! 뭔지는 몰라도 무척 강렬한 것임은 사실이야."

"침대에서 뛰어난가보죠."

"율리아!"

"저도 이젠 어린애가 아니에요." 율리아가 킥킥거렸다. "제게도 귀가 있어요."

"그런 말은 마르가리타리아 주랑건물 상점에서 들었니?"

"아뇨, 새어머니 방에서요."

순간 아우렐리아의 태도가 굳어지며 위험한 분위기를 풍겼다. "또다시 그런 일이 발생하지 않도록 곧장 조치를 취해야겠구나!"

"할머니, 제발 그러지 마세요!" 율리아가 소리치며 할머니의 팔에 손을 얹었다. "가여운 새어머니를 탓하시면 안 돼요. 어쨌거나 새어머니가 한 말도 아닌걸요. 친구분들이 한 말이죠. 저는 아직 어른이 아니지만 늘 제가 새어머니보다 훨씬 나이들고 현명한 사람인 것 같은 기분이 들어요. 새어머니는 그냥 귀여운 강아지 같아요. 친구들의 이야기소리가 자기 머리 위로 오갈 때, 그저 대화에 끼고 싶고 그 사람들 마음에 들고 싶어서 살랑살랑 꼬리를 흔들고 방긋방긋 웃으며 앉아 있어요. 클로디아 자매와 풀비아가 말도 못하게 괴롭히는데도, 새어머닌 그 사람들이 얼마나 잔인한지 전혀 알아차리지 못하더라고요." 율리아는 잠시 생각에 잠겼다. "전 아빠를 몹시 사랑하고 아빠에 대한 비난은 아무것도 듣고 싶지 않지만, 솔직히 아빠도 새어머니에게 너무 잔인하세요. 아빠가 왜 그러는지는 저도 잘 알아요! 새어머닌 아빠의 상대가 되기에 너무 아둔해요. 애초에 두 분은 결혼하지 말았어야 해요."

"그 결혼을 성사시킨 건 나였단다."

"할머니께서 그러셨다면 충분한 이유가 있었겠죠." 율리아가 따뜻하게 말했다. 그러곤 문득 한숨을 지었다. "오, 하지만 폼페이아 술라보다 훨씬 더 똑똑한 상대를 고르셨더라면 얼마나 좋았을까요!"

"내가 그애를 택한 건," 아우렐리아가 단호히 말했다. "그쪽에서 먼저 제안을 해왔기 때문이었어. 그리고 카이사르를 하루라도 빨리 결혼시키는 것이 세르빌리아와의 혼인을 막을 확실한 방법이라고 생각했단다."

훗날 원로원 의원들은 서로 편지를 교환한 끝에, 그들 대부분이 그날 괜히 포룸 로마눔의 낮은 구역을 어슬렁대다 렌툴루스 수라와 다른 음모자들이 처형되는 현장을 목격하길 원치 않았다는 것을 확인했다.

그렇게 판단했던 의원들 중 한 명은 다음해 수석 집정관 당선자 데키무스 유니우스 실라누스였고, 또다른 한 명은 호민관 당선자 마르쿠스 포르키우스 카토였다.

실라누스가 카토보다 좀더 먼저 집에 도착했다. 카토는 그가 카이사르의 화려한 언변에 맞서 펼친 연설을 칭찬하려는 사람들 때문에 자꾸만 걸음이 지체되고 있었다.

실라누스가 직접 현관문을 열고 들어와야 했다는 것만으로도 집안 풍경은 충분히 짐작되고도 남았다. 예상했던 대로 아트리움에는 하인이 한 명도 보이지 않았고 찍소리조차 없었다. 그날 원로원 회의에서 벌어진 일을 노예들도 벌써 다 아는 게 분명했다. 하지만 세르빌리아도 알고 있을까? 브루투스는? 무언가 뱃속을 쿡쿡 쑤시는 듯한 통증으로 그의 얼굴이 일그러졌다. 실라누스는 애써 다리에 힘을 주며 곧장 아내의 거실로 발걸음을 옮겼다.

아내는 그곳에 있었다. 브루투스의 장부를 뚫어져라 들여다보던 세르빌리아는 짜증 섞인 표정으로 고개를 들었다.

"네, 네, 무슨 일이죠?" 세르빌리아가 딱딱거렸다.

"아직 모르는군." 실라누스가 말했다.

"뭘 몰라요?"

"당신이 카이사르에게 쓴 편지가 엉뚱한 손에 들어갔다는 사실 말이오."

세르빌리아의 눈이 휘둥그레졌다. "무슨 말이죠?"

"당신 비위를 잘 맞춰서 당신이 자주 심부름을 보내는 그 호들갑스러운 하인 녀석이 사실은 그리 영리하지 않다는 말이오." 세르빌리아가 지금껏 남편에게서 들어본 가장 신랄한 말투였다. "그 녀석은 홀딱홀딱 뛰어서 콩코르디아 신전으로 들어오더니, 때를 살피며 잠시 기다릴 지각도 없이 그야말로 최악의 순간에 편지를 카이사르에게 건넸소. 세간의 존경을 한몸에 받는 당신의 이부동생 카토가 카이사르를 카틸리나 반란의 배후자로 지목하고 한창 공세를 펴던 중이었지. 상황이 극적으로 전개되던 중 카이사르가 그 편지를 건네받고 곧장 읽으려 하자, 카토가 카이사르더러 편지 내용을 전 원로원 의원 앞에서 낭독하라고 요구했소. 카이사르의 반란 행위를 증명해줄 편지인 줄 알고 말이지."

"그래서 카이사르가 편지를 낭독했군요." 세르빌리아가 덤덤히 대꾸했다.

"허허, 당신은 카이사르와 그렇게 오랫동안 친밀한 관계를 유지하고도 그리 그 남자를 모르오?" 실라누스의 입술이 말려올라갔다. "그는 그렇게 대처가 서툴거나 통제력이 부족한 사람이 아니오. 아니, 이 우발적인 사건에서 승리자로 보인 사람이 있었다면 그건 카이사르였소. 당연히 카이사르였지! 그는 카토에게 미소를 지어 보이더니, 자기 생각에는 카토가 그 편지의 내용이 공개되지 않는 쪽을 선호할 것 같다고 말했소. 그러곤 자리에서 일어서서 아주 정중한 태도로, 또 즐거운 표정으로 카토에게 편지를 건넸지. 후, 아주 완벽했소!"

"그런데 어떻게 해서 내가 까발려졌죠?" 세르빌리아가 나지막이 물었다.

"카토는 도저히 자기 눈을 믿을 수가 없었소. 몇 줄 안 되는 그 편지를 해독하는 데 한참이 걸렸지. 우리는 내내 숨을 참고 지켜보고 있었소. 그러다 돌연 카토가 당신 편지를 공처럼 구겨서 포를 쏘듯 카이사르에게 던졌소. 하지만 거리가 너무 멀었지. 바닥에 떨어진 편지를 필리푸스가 주워들어 읽었소. 그러고는 법무관 당선자들에게 편지를 돌렸고, 결국엔 고관석까지 전달되었지."

"한바탕 웃음판이 벌어졌겠군요." 세르빌리아가 앙다문 잇새로 내뱉었다. "얼마나 웃어댔겠어!"

"피핀나." 그가 조롱조로 중얼거렸다.

여느 여자라면 움츠러들었겠지만 세르빌리아는 아니었다. "머저리들!" 그녀가 으르렁댔다.

"회의장이 웃음바다가 되는 바람에, 키케로가 표결에 들어간다고 외치는 소리조차 잘 들리지 않았소."

시련을 당하는 와중에도 세르빌리아의 정치적 촉각은 둔해지지 않았다. "표결이라뇨? 뭐에 대해서요?"

"체포된 반란 공모자들의 운명을 결정하는 표결이었소. 불쌍한 영혼들. 사형이냐 추방이냐였지. 나는 사형 쪽에 섰소. 당신 편지 때문에 그럴 수밖에 없었소. 카이사르는 추방이 옳다고 주장했고 처음에는 의원들도 대부분 그에게 우호적인 반응을 보이고 있었소. 하지만 카토가 사형을 주장하자 분위기가 반전되었소. 결국 다수결로 사형이 결정되었소. 세르빌리아 당신에게 감사라도 해야겠소. 당신 편지가 카토의 입을 다물게 하지 않았다면 카토는 해가 지도록 발언을 계속했을 테고 결국 표결은 내일까지 없었을 테니까. 내일쯤이면 카이사르의 주장이 타당함을 원로원도 깨닫게 될 텐데. 만일 내가 카이사르였다면 당신을 토막내서 늑대 밥으로 던져줬을 거요."

세르빌리아는 괴로웠지만, 실라누스를 경멸하는 마음 때문에 결국 그의 말을 무시했다. "처형은 언제 시행되죠?"

"바로 지금 이 순간 시행되고 있소. 나는 빨리 집에 와서 당신에게 미리 경고해주어야 할 것 같아서 왔소. 카토가 곧 도착할 테니까."

세르빌리아가 자리에서 벌떡 일어섰다. "브루투스!"

하지만 실라누스는 은근한 만족감을 느끼며 아트리움 쪽에 귀를 기울이더니 심술궂은 미소를 지었다. "늦었군. 여보. 너무 늦었어. 카토가 도착했소."

세르빌리아는 그 말에도 불구하고 문을 향해 움직였지만, 도중에 카토가 벌컥 문을 열고 들어왔다. 오른손 엄지와 검지로 브루투스의 귓불을 우악스럽게 붙잡은 채였다.

"이리 와서 네 화냥년 어미를 똑똑히 봐!" 카토가 고함쳤다. 그는 잡고 있던 귀를 놓고 브루투스의 등허리를 힘껏 밀쳤다. 힘이 어찌나 셌던지 브루투스가 몸을 휘청거리며 바닥에 그대로 고꾸라지려 했다. 실라누스는 브루투스를 붙잡아 바로 일으켜준 후 바깥쪽으로 물러섰다. 실라누스가 보기에 지금 이 청년은 너무 놀라고 당황해서 무슨 일이 벌어지고 있는지 전혀 이해하지 못하고 있었다.

기분이 왜 이리 묘할까? 실라누스는 스스로에게 물었다. 왜 내 마음속 비밀스러운 한구석에서는 지금 이 상황이 이리도 즐겁고 마음 후련할까? 오늘 세상 사람들이 모두 내가 마누라를 도둑맞았다는 걸 알게 되었는데, 그럼에도 거기에는 그다지 마음이 쓰이지 않고 오히려 지금 이 상황이 달콤한 복수처럼, 아내가 받아 마땅한 벌로 느껴진단 말이지. 카이사르를 비난하고 싶은 마음은 들지 않아. 아내가 시작한 일이야. 분명 아내가 시작했어. 카이사르는 자기와 정치적 악연이 없는 남자의 아내는 건드리지 않아. 그리고 나는 한 번도 그와 정치적으로 부딪힌 적이 없어. 아내가 시작했어. 분명히 아내가 시작했다고. 아내가 그를 원했고, 아내가 그를 찾아간 거야. 그리고 브루투스를 그의 딸에게 준 거야! 그런데 아내가 세상에서 제일 증오하는 카토가 이제 아내의 열정의 대상이 누군지 알았으니—브루투스, 그리고 카이사르지—아내가 평화로이 자기만족에 빠져 살던 시간은 끝났어. 이제부터 이들 남매 사이에는 어릴 때처럼 또 한바탕 추악한 전쟁이 벌어지겠지. 오, 물론 아내가 이길 거야! 하지만 아내의 승리를 지켜볼 때까지 살아 있을 사람이 과연 몇 명이나 될까. 일단 나는 아닐 거야. 어찌나 감사한 일인지. 제발 내가 제일 먼저 사라지는 사람이 되기를.

"똑바로 보라고! 네 화냥년 어미를!" 카토가 또 한번 고함치더니 브루투스의 머리통을 사정없이 후려쳤다.

"엄마, 엄마, 무슨 일이에요?" 브루투스가 훌쩍이며 말했다. 귀가 윙윙 울리고 눈에서 눈물이 줄줄 흘렀다.

"'엄마, 엄마!'" 카토가 브루투스를 따라하며 놀렸다. "'엄마, 엄마!' 이 빙충맞은 놈. 제 어미 뒤꽁무니나 따라다니는 강아지 새끼. 남자 망신을 혼자 다 시키고 있구나! 브루투스, 우리 아기, 브루투스, 엄마 쭈쭈 먹을래? '엄마, 엄마!'" 카토는 브루투스의 머리통을 연신 후려쳤다.

그때 세르빌리아가 뱀처럼 잽싸고 날렵하게 카토에게 달려들었다. 움직임이 너무도 갑작스러웠던 탓에, 세르빌리아가 카토의 바로 앞에 섰을 때 그는 브루투스에게서 채 시선을 거두기도 전이었다. 세르빌리아는 두 사람 사이에 선 채 양손을 높이 들고 손가락을 갈퀴처럼 세워 카토의 얼굴을 감싸쥐더니 마치 쇠갈고리를 흙에 파묻듯 손톱을 살 속에 박았다. 카토가 본능적으로 눈을 감지 않았다면 세르빌리아는 그를 눈멀게 했을 것이다. 그 대신 세르빌리아의 날카로운 손톱은 카토의 눈썹부터 오른쪽과 왼쪽 턱선을 저 아래 근육까지 찢으며 내려왔고, 이어 목으로 어깨로 계속 긁어내렸다.

천하의 싸움꾼 카토도 어쩔 수 없이 뒤로 물러섰다. 그는 끔찍한 고통으로 가느다란 노호를 내뱉었지만, 눈을 떴을 때 시야에 들어온 세르빌리아의 모습이 죽은 카이피오의 얼굴을 제외한 그 무엇보다도 공포스러웠기에 이내 소리를 멈추었다. 세르빌리아의 입술은 치아 위로 말려올라가 있었고 눈은 살기를 내뿜었다. 아들과 남편과 이부동생이 눈을 크게 뜨고 바라보는 가운데, 세르빌리아는 피가 뚝뚝 듣는 손가락을 입으로 가져가 거기 묻은 카토의 살점을 흉에 겨운 표정으로 빨아먹었다. 실라누스는 토악질을 하며 달아났다. 브루투스는 혼절했다. 카토만이 피를 강물처럼 쏟으며 그녀를 노려보고 서 있었다.

"나가. 그리고 다시는 오지 마." 세르빌리아가 차분한 목소리로 말했다.

"네 아들을 내 걸로 만들 거야, 반드시 그럴 거야!"

"카토, 그럴 꿈이라도 꿔봐. 오늘 내가 너한테 한 짓은 고작 나비의 입맞춤 정도로 보일 테니까."

"넌 괴물이야!"

"잔말 말고 나가, 카토."

카토는 토가 주름으로 얼굴과 목을 감싼 채 나갔다.

"그런데 카이피오를 저 세상으로 보낸 게 나란 걸 말해줄 생각을 왜 못했을까?" 움직임 없는 아들 곁에 쪼그려 앉으며 세르빌리아는 혼자 의아해했다. "뭐, 상관없지." 브루투스를 만지기에 앞서 손가락에 남은 카토의 흔적을 닦아내며 그녀가 말했다. "그 소소한 사실은 다른 때를 위해 아껴두겠어."

브루투스가 의식을 완전히 되찾기까지는 꽤 긴 시간이 걸렸다. 어쩌면 카토의 살점을 맛있게 먹어치울 수 있는 어머니에 대한 극도의 공포심이 마음 한구석에 자리잡았기 때문인지도 몰랐다. 하지만 결국 그는 눈을 뜨고 어머니를 마주볼 수밖에 없었다.

"일어나서 긴 의자에 앉거라."

브루투스가 일어나 긴 의자에 앉았다.

"이게 다 무슨 일 때문인지 알고 있니?"

"아니요, 엄마." 그가 조그맣게 대답했다.

"카토가 나더러 화냥년이랬을 때도 몰랐니?"

"네, 엄마." 그가 조그맣게 대답했다.

"나는 화냥년이 아니야."

"네, 엄마."

"하지만," 세르빌리아가 의자에 앉으며 말했다. 필요할 경우 재빨리 아들 옆으로 옮길 수 있는 자리였다. "어쨌거나 너도 이제 세상 돌아가는 이치를 이해할 나이니까 이야기해주마. 오늘 이 모든 일들이 벌어진 건," 그녀는 평소와 다를 바 없는 말투로 계속했다. "지난 몇 년간 율리아의 아버지와 내가 연인 사이였기 때문이야."

브루투스는 몸을 숙이고 양손에 얼굴을 파묻었다. 머릿속에 떠오른 두 가지 생각을 한데 연결시키기가 힘들었다. 갈피를 잡을 수 없는 비참함과 경악에 찬 괴로움이 밀려들었다. 일단 콩코르디아 신전 문 앞에서서 엿들은 모든 대화, 들은 내용을 어머니에게 보고했던 것, 파비우스 픽토르의 글을 해석하며 보낸 잠깐의 행복한 시간, 그러다 카토 외삼촌이 들이닥쳐 자기 귀를 움켜쥐었던 때, 이어 외삼촌이 어머니에게 고함을 지르자 엄마가 카토 외삼촌을 해친 것. 그리고 마지막으로, 어머니가 보인 그 무시무시한 행동이 브루투스를 다시 생생히 엄습했다. 소름이 끼친 그는 몸을 떨며 양손에 얼굴을 파묻고 비참하게 울었다.

다음으로는 엄마와 카이사르가 연인 사이였다는 것. 두 사람은 수년간 연인 사이였다. 그는 이 일에 대해 어떻게 느끼는가? 그가 이 일에 어떤 감정을 느껴야 하는 걸까? 브루투스는 누군가가 지침을 내려주는 걸 좋아했다. 플라톤이나 아리스토텔레스 같은 인물들은 이처럼 다루기 힘들고 비논리적이며 혼란스러운 감정들을 어떻게 간주했을까? 그런 것들을 미처 배우지 못한 채로, 이렇듯 믿을 만한 방향타도 없이, 온전히 그 스스로—그것도 감정에 대해—판단을 내려야 하는 이 상황이 너무 싫었다. 어쨌든 그는 이 일에 대해 그 어떤 감정도 느낄 수 없을 것 같았다. 엄마와 카토 외삼촌이 이 일로 그 사달을 냈다고? 하지만 어째서? 엄마한테는 엄마 자신이 법이다. 카토 외삼촌도 그것을 모를 리 없다. 엄마에게 연인이 있다면 그럴만한 이유가 있어서일 것이다. 그리고 카이사르가 엄마의 연인이라면 그 또한 그럴만한 이유가 있을 것이다. 엄마는 타당한 이유가 없는 일은 절대로 하지 않는다. 절대로!

생각이 이 이상 미치지 못하고 있을 때, 소리 없이 우는 아들의 모습이 지겨워진 세르빌리아가 마침내 입을 열었다. "카토는 제정신이 아니야, 브루투스. 그놈은 한 번도 제정신이었던 적이 없어, 심지어 아기였을 때조차도. 모르몰리케가 그앨 해쳤어. 세월이 지나도 나아진 게 없고. 어리석고 편협하고 독선적이고 믿을 수 없을 만큼 자기만족에만 빠져 있지. 내가 내 인생을 어떻게 살건 그 녀석이 상관할 바가 아니야. 너에 대해서도 상관할 바 아니고."

"엄마가 외삼촌을 그렇게까지 미워하는 줄은 정말 몰랐어요." 브루투스가 손에서 얼굴을 떼고 그녀를 바라보았다. "엄마는 외삼촌에게 평생 갈 상처를 입혔어요. 평생을요!"

"잘됐구나!" 세르빌리아는 진심으로 기뻐하며 대답했지만, 그때서야 아들이 어떤 꼬락서니인지를 온전히 파악하고서 몸을 움찔했다. 요 며칠 브루투스는 여드름 때문에 면도를 제대로 못하고 촘촘하게 난 검은 수염을 짧게 깎는 데 만족해야 했다. 커다란 여드름 사이사이로 사방에 콧물이 번진 브루투스의 얼굴은 그냥 못생긴 정도가 아니라 끔찍스러웠다. 세르빌리아는 손으로 뒤쪽을 더듬어 포도주병과 긴 물병 사이에 놓인 부드러운 작은 수건을 집어서 아들에게 툭 던졌다. "얼굴 닦고 코도 풀어라, 브루투스, 어서! 난 카토가 널 비난한 말 중에서 단 한 가지도 인정하지 않지만, 너는 분명 나를 몹시 실망시킬 때가 있어."

"알아요." 브루투스가 조그맣게 내뱉었다. "저도 알아요."

"뭐, 괜찮다!" 세르빌리아는 아들이 기운을 차리도록 격려한 뒤, 자리에서 일어나 아들 뒤로 가서 한 팔로 그의 굽은 어깨를 감쌌다. "너에겐 출생과 재산과 학식과 영향력이 있지 않니. 그리고 아직 스물한 살밖에 되지 않았어. 발전할 시간은 무궁무진하게 남아 있단다, 아들아. 하지만 카토에겐 시간이 같은 효과를 발휘하지 않을 거다. 아무것도 카토를 발전시킬 수 없어."

어머니의 팔은 마치 뜨거운 납이 든 유리관처럼 느껴졌지만, 그는 감히 뿌리치지 못했다. 그가 어깨를 조금 폈다. "이제 가도 될까요, 엄마?"

"그래, 네가 내 입장을 이해했다면."

"이해해요, 엄마."

"내 일은 내가 알아서 한다, 브루투스. 그리고 카이사르와 나의 관계에 대해 너에게 어떠한 변명도 할 생각은 없어. 실라누스도 전부터 알고 있었어. 아주 오래전부터 알았지. 카이사르와 실라누스와 내가 이 관계를 비밀로 하기로 한 건 합리적인 결정이야."

그 순간 브루투스는 문득 깨달았다. "테르티아!" 숨이 턱 막혔다. "테르티아는 실라누스가 아니라 카이사르의 딸이군요! 테르티아는 율리아를 닮았어요."

세르빌리아는 살짝 감탄하며 아들을 바라보았다. "정말 똑똑하구나, 브루투스. 맞아, 테르티아는 카이사르의 핏줄이다."

"실라누스도 그걸 안다고요."

"처음부터 알고 있었어."

"불쌍한 실라누스!"

"그럴만한 가치가 없는 일에 동정심을 낭비하지 말아라."

아주 작은 용기가 브루투스의 가슴속에 새어들었다. "그러면 카이사르는요?" 그가 물었다. "그 사람을 사랑하세요?"

"너를 빼고 이 세상 어느 누구보다도."

"오, 불쌍한 카이사르!" 브루투스는 이렇게 말하고, 어머니가 한마디라도 더 하기 전에 그 자리를 빠져나왔다. 방금 부린 만용에 가슴이 방망이질 쳤다.

실라누스는 그의 유일한 아들인 브루투스에게 자기만의 넓고 편안한 공간을 마련해주었다. 주랑정원이 내다보이는 전망 좋은 방이었다. 브루투스는 그곳으로 달아났지만, 거기에 오래 있진 않았다. 얼굴을 씻고 수염을 최대한 짧게 다듬고 머리를 빗은 뒤 호출한 하인의 도움을 받아 토가를 입고 실라누스의 음울한 집을 나섰다. 하지만 그는 로마 거리를 홀로 걷진 않았다. 어둠이 내려앉은 뒤였기에 횃불을 든 두 하인을 대동했다.

"지금 율리아를 만날 수 있는가, 에우티코스?" 브루투스는 카이사르의 집 앞에서 물었다.

"시간이 무척 늦었습니다만, 아가씨가 깨어 계신지 보고 오겠습니다." 집사가 공손하게 대답하며 그를 안으로 들였다.

당연히 율리아는 브루투스를 만나겠다고 했다. 그는 계단을 밟고 올라가 율리아의 방문을 두드렸다.

문을 연 율리아는 양팔을 벌려 브루투스를 안아주었다. 율리아의 뺨이 그의 머리카락에 닿았다. 그 순간 더할 나위 없이 평화롭고 가없이 따뜻한 기분이 그의 살갗에서부터 뼛속 깊이 스며들었다. 브루투스는 이제야 사람들이 집에 돌아오는 것만큼 좋은 일은 없다고 하는 이유를 깨달았다. 그에게 집은 율리아였다. 그의 마음속에는 율리아를 향한 사랑이 한없이 샘솟았다. 더없는 위안과 행복 속에서 그의 감긴 눈꺼풀 아래로 눈물이 흘렀다. 그는 율리아를 꽉 껴안고 그녀의 체취를 들이마셨다. 그녀의 다른 모든 것처럼 달콤한 향기였다. 율리아, 율리아, 율리아…….

브루투스는 자신도 모르게 두 손으로 율리아의 등을 쓸어내렸고, 그녀의 어깨에서 고개를 들어 자신의 입으로 그녀의 입을 찾아 더듬었다. 동작이 너무 서툴고 어설펐던 탓에, 율리아가 그 의도를 알아차렸을 때는 이미 그의 기분을 상하게 하지 않고 몸을 뺄 수 없는 상황이었다. 그리하여 율리아는 적어도 상대에 대한 연민으로 가득찬 채 첫 입맞춤을 경험했다. 막상 겪어보니 그녀가 걱정했던 만큼 나쁘지는 않았다. 부드럽고 보송한 그의 입술 감촉이 좋았고, 눈을 감고 있어서 그의 얼굴이 보이지도 않았다. 또 그는 그것 이상의 행위를 시도하지도 않았다. 비슷한 느낌의 입맞춤이 두 번 더 이어진 뒤 그는 그녀를 놓아주었다.

"오, 율리아, 당신을 정말 사랑해!"

"나도 당신을 사랑해요, 브루투스."라는 말 말고 그녀가 달리 뭐라고 할 수 있었을까?

율리아는 브루투스를 안으로 데려가 긴 의자에 앉게 했다. 하지만 자신은 예법을 지켜 브루투스로부터 조금 떨어진 곳에 놓인 의자에 앉았다. 문은 살짝 열어둔 채였다.

율리아의 거실은 넓었고, 적어도 브루투스의 눈에는 유달리 아름다웠다. 이곳은 율리아의 손길이 닿은 곳이었고, 율리아의 손길은 예사롭지 않았으니까. 하늘을 나는 새들과 여린 꽃들이 밝고 연한 색으로 그려진 프레스코화, 날씬하고 우아한 가구들. 티로스 자주색이나 금박 장식 따위는 전혀 없었다.

"당신 어머니와 우리 아버지요." 율리아가 말했다.

"그 일은 어떤 의미일까?"

"두 분께 말인가요? 아니면 우리에게?"

"우리에게. 그 일이 두 분께 어떤 의미일지 우리가 어떻게 알 수 있겠어?"

"내 생각에," 율리아가 천천히 말했다. "그 일은 우리에겐 아무 해가 되지 않을 거예요. 우리를 이유로 들어 그분들의 관계를 금지하는 법은 없어요. 물론 눈살이 찌푸려질 일이긴 하겠지만요."

"우리 어머니의 행실은 나무랄 데 없어. 그 사실은 이 일로도 변하지 않아!"

"물론이에요. 당신 어머니의 삶에서 우리 아버진 독특한 자리를 차지하고 있어요. 세르빌리아는 팔라나 셈프로니아 투디타니 같은 여자들과 다르잖아요."

"오, 율리아, 당신은 훌륭해. 늘 모든 걸 이해하잖아!"

"너무도 쉽고 당연한 이치인걸요, 브루투스. 우리 아버진 다른 남자들과 한데 뭉뚱그릴 수 없는 분이고, 당신 어머니 역시 다른 여자들과는 달라요." 율리아가 어깨를 으쓱했다. "누가 알겠어요? 두 분이 어떤 분들인지 생각해본다면 어쩌면 그 관계는 필연적일지도 모르죠."

"우리 둘한테 여동생이 있어." 브루투스가 불쑥 말했다. "테르티아는 실라누스가 아니라 당신 아버지의 핏줄이야."

율리아는 멈칫하고 헉 소리를 내더니, 이내 기쁘게 웃었다. "오, 내게 동생이 있다니! 기뻐요!"

"그러지 마, 율리아, 제발 그러지 마! 우리 둘 다 그 사실을 결코 인정해선 안 돼. 우리 가족들 사이에서조차도."

율리아의 미소가 흔들리더니 서서히 사그라졌다. "아, 그래요, 당신 말이 맞아요, 브루투스." 눈물이 고였지만 떨어지지는 않았다. "그애한테 절대 내색을 해선 안 되겠죠. 언제까지나." 그녀가 좀더 밝은 목소리로 말했다. "나도 알아요."

"얼굴이 좀 닮긴 했지만 그앤 당신과 전혀 달라. 테르티아는 천성적으로 어머니를 닮았어."

"오, 말도 안 돼요! 이제 겨우 네 살인데 당신이 그걸 어떻게 알아요?"

"척 보면 알아." 브루투스가 단언했다. "가이우스 카시우스의 어머니와 우리 어머니가 그와 내 별점을 비교해봤으니, 그앤 그와 약혼하게 될 거야. 카시우스와 나의 삶은 테르티아를 통해 더욱 긴밀하게 연결되었지."

"카시우스가 앞으로도 절대 몰라야 할 텐데요."

이 말에 브루투스는 신랄한 조소를 퍼부었다. "율리아! 카시우스에게 아무도 얘기를 안 할 거 같아? 그에겐 어차피 상관없을 거야. 실라누스보다야 카이사르의 혈통이 우월하니까."

마치 브루투스 어머니의 말을 듣고 있는 것 같았다! 율리아는 놀라서 원래 화제로 돌아갔다. "우리 부모님들 말이에요." 그녀가 말했다.

"당신 생각엔 두 분 사이로 인해 우리 관계가 달라질 일이 없을 것 같아?"

"오, 물론 달라지겠죠. 그래도 우린 그냥 무시해야 해요."

"그러면," 브루투스가 자리에서 일어서며 말했다. "그렇게 하기로 해. 이제 가봐야겠어. 시간이 너무 늦었으니까." 문간에서 브루투스는 율리아의 손을 잡고 손등에 입을 맞췄다. "우린 4년 뒤에 결혼할 거야. 기다리기가 몹시 힘들지만, 플라톤은 그 기다림이 우리를 더더욱 하나로 만들어줄 거라고 해."

"플라톤이요?" 율리아가 멍한 표정으로 물었다. "난 그런 부분은 읽지 못했는데요."

"내가 행간의 뜻을 추측한 거야."

"아, 그랬군요. 남자들은 행간을 읽는 능력이 탁월하잖아요. 그런 경우를 자주 봐왔어요."

밤이 막 낮에 자리를 내어주기 시작할 무렵 티투스 라비에누스, 퀸투스 카이킬리우스 메텔루스 켈레르, 루키우스 율리우스 카이사르는 최고신관 관저에 도착했다. 카이사르는 잠을 자지 않아도 상관없는 듯 정신이 또렷해 보였다. 물, 도수가 낮고 달콤한 포도주, 갓 구운 빵, 첫번째로 압착해낸 기름, 히메토스 산에서 난 최상급 꿀이 방 안쪽 탁자에 차려져 있었고, 손님들이 음식을 드는 동안 카이사르는 느긋하게 그들을 기다렸다. 카이사르 자신은 아무것도 먹지 않고, 그저 조각 장식된 석제 잔에 든 김이 나는 무언가를 홀짝거렸다.

"뭘 그렇게 드시오?" 메텔루스 켈레르가 궁금해 물었다.

"끓는 물에 식초를 살짝 섞은 거요."

"으, 그런 걸 무슨 맛으로!"

"먹다보면 익숙해지지요." 카이사르가 동요 없이 말했다.

"뭐하러 그런 것에 익숙해진단 말이오?"

"두 가지 이유에서요. 첫째, 건강에 좋소. 나는 늙었을 때까지도 몸을 튼튼하게 유지하고자 하니까. 둘째, 미각을 단련시킬 수 있소. 찌든 기름에서 상한 빵까지 온갖 음식을 참아낼 수 있게 되지요."

"첫번째 이유는 납득이 가지만, 스토아학파 추종자가 아니라면 두번째 이유에 무슨 미덕이 있소? 당신이 그런 형편없는 음식을 참고 먹어야 할 일이 있겠소?"

"전쟁터에 나가면 자주 생기지요. 최소한 내가 전쟁을 수행하는 방식으로는 말이오. 폼페이우스 마그누스는 당신을 아주 융숭히 대접했겠지요? 안 그렇소, 켈레르?"

"당연한 일 아니오! 내가 수하에서 복무했던 다른 모든 장군들도 그랬소! 당신과는 전쟁에 나갈 생각을 아예 말아야겠소!"

"겨울이나 봄에는 좀더 낫소. 식초 대신 레몬즙을 타니까."

켈레르가 눈동자를 굴렸다. 라비에누스와 루키우스 카이사르는 웃음을 터트렸다.

"좋습니다. 이제 본격적인 이야기에 들어갑시다." 카이사르가 자기 책상 뒤에 놓인 의자에 앉았다. "보호자인 양 책상에 앉는 것을 양해해 주기 바랍니다. 내가 여러분의 얼굴을 전부 볼 수 있고, 여러분도 모두 내 얼굴을 볼 수 있는 자리가 좋을 것 같습니다."

"괜찮네." 루키우스 카이사르가 진중하게 대답했다.

"티투스 라비에누스는 어젯밤 여기 왔었고, 나와 함께하는 이유를 어제 이미 말했소." 카이사르가 말했다. "그리고 루키우스 형님이 저와 함께하는 이유는 말하지 않아도 충분히 알고 있습니다. 한데 켈레르, 당신의 동기에 대해선 아직 아는 바가 없소. 지금 밝혀주시지요."

사촌 클로디아와 결혼해 줄곧 참을성 많은 남편으로 살아온 메텔루스 켈레르는 폼페이우스 마그누스의 처남이기도 했다. 켈레르와 그의 아우 메텔루스 네포스의 어머니가 무키아 테르티아의 어머니이기도 했기 때문이다. 형제간 우애가 좋고 둘 다 외모가 매력적인데다 성격도 유쾌했으므로, 사람들은 그들 형제를 좋아하고 존중했다.

그동안 카이사르의 눈에 비친 켈레르의 정치 성향은 결코 급진적이지 않았다. 굳이 표현하자면 상당히 보수적인 편에 속했다. 그러니 오늘 그가 이 질문에 어떻게 대답하느냐에 이 일의 성공 여부가 달려 있었다. 켈레르가 카이사르를 전폭적으로 지원해줄 각오가 서 있지 않다면, 계획한 바를 실행에 옮기기란 요원했다.

켈레르의 잘생긴 얼굴에 단호한 결의가 떠올랐다. 그는 몸을 앞으로 기울이며 주먹을 불끈 쥐었다. "무엇보다도 카이사르, 나는 키케로 같은 벼락출세자가 진정한 로마인들에게 이래라저래라 지시하고 드는 꼴을 보고 있을 수 없소. 또한 로마 시민을 재판도 없이 처형한 행위 역시 절대 용납할 수 없소! 키케로와 한통속이 된 자가 누구요? 바로 또 다른 준(準)로마인, 노예 살로니우스의 후손 카토요. 이렇게 노예의 후손이나 변변한 조상도 없는 시골 무지렁이가 계속 우리의 법을 제멋대로 해석하고 나서면 장차 우리 로마가 어떻게 되겠소?"

켈레르도 알고 있었을까? 사실상 이 대답은 그의 매형 폼페이우스 마그누스까지 싸잡아 비난하는 말이었다. 그러나 그 자리에서 이 사실을 언급할 만큼 눈치가 무딘 사람은 없었으므로, 그러한 사실은 편의상 무시되었다.

"계획한 바가 있는가, 가이우스?" 루키우스 카이사르가 물었다.

"상당히 많습니다. 먼저 라비에누스, 내가 어젯밤에 당신에게 한 이야기를 되풀이하더라도 이해해주시오. 일단 키케로가 한 짓이 본질적으로 정확히 무엇인지부터 설명하겠습니다. 시민을 재판 없이 처형한 것은 이 문제의 핵심이 아니라 부산물에 가깝습니다. 키케로가 저지른 정말 중대한 범죄는 '공화국 수호를 위한 원로원 결의'를 자의적으로 해석한 데 있습니다. 나는 이 최종 결의라는 것이 원로원이나 로마의 여타 단체가 마음대로 무엇이든 할 수 있도록 허용해주는 전면적인 보호수단으로서 고안되었다고 믿지 않습니다. 그건 키케로의 자의적인 해석입니다.

원로원 최종 결의가 최초로 생겨난 것은 단시일간의 민간 소요 사건이었던 가이우스 그라쿠스 사태를 진압하기 위해서였습니다. 사투르니누스의 반란시에도 같은 맥락에서 최종 결의가 선포되었지요. 이때는 이 제도의 약점이 첫번째 사례에 비해 더 분명하게 드러났고요. 그 후 술라가 이탈리아에 상륙했을 때 카르보가 한 차례 선포한 바 있고, 레피두스의 반란 사태로 또 한 차례 선포되었습니다. 레피두스 사태 때 발효된 최종 결의는 술라의 법으로 보완한 형태였습니다. 그 법으로 원로원은 해당되는 민간 소요 사태나 전쟁과 관련해 전면적이고 확실한 권한을 부여받았지요. 당시 원로원은 레피두스 사태를 전쟁으로 선포하기를 택했습니다.

하지만 지금은 그때와 상황이 다릅니다." 카이사르의 어투는 단호했다. "현재 원로원은 다시 세 민회의 견제를 받는 상황입니다. 그리고 어제 저녁에 처형된 다섯 명 중 로마에 대항해 군사를 이끈 자는 아무도 없었습니다. 카이파리우스가 한밤중에 물비우스 교가 공격받고 있다고 판단해 저항한 걸 예외로 치면, 사실 그 다섯 명 중에는 로마인을 상대로 무기를 들었던 사람조차 없습니다. 그들은 공공의 적으로 선포된 상태도 아니었습니다. 설사 그들의 반역적 의도를 증명해주는 논거가 수없이 많이 제기되었다 해도, 그것은 결국 의도에 지나지 않았습니다. 구체적인 행위가 아니라 의도 말입니다! 그 편지들은 '사실'이 아니라, '의도'가 담긴 편지였습니다.

로마에서 떠난 카틸리나가 돌아온다면, 그때는 그들이 어떤 의도를 품었을지 누가 압니까? 또한 집정관과 법무관 들을 모두 죽이려던 그들의 의도는 카틸리나가 로마를 떠나버리자 어떻게 되었습니까? 두 명의 남자가—어제 죽은 다섯 명 중에 그 두 명은 없었습니다!—키케로를 살해할 목적으로 키케로의 가택에 침입을 시도했다고 합니다. 하지만 우리의 집정관과 법무관 들은 지금도 멀쩡히 살아 있어요! 몸에 상처 하나 입지 않았습니다! 이제 우리는 의도를 품는 것만으로도 재판 없이 처형되는 겁니까?"

"오, 당신이 어제 이 얘기를 했으면 얼마나 좋았겠소!" 켈레르가 한숨을 내쉬었다.

"동감이오. 하지만 카토가 예의 그 장광설을 시작한 후에 내가 이런 주장을 아무리 열심히 폈던들 의원들 마음이 과연 움직였을지 심히 의문스럽소. 발언을 짧게 하라고 그리도 강조했던 키케로가 카토의 말은 한 번도 중지시키지 않더군요. 기왕이면 일몰까지 계속했다면 얼마나 좋았겠소."

"그 문제라면 세르빌리아를 탓해야지." 루키우스 카이사르가 남들이 차마 하지 못한 말을 과감히 뱉었다.

"걱정 마십시오. 이미 그러고 있으니까요." 카이사르는 입술을 앙다물었다.

"그 여잘 죽일 계획이더라도 절대 그렇다고 편지에 적어 보내지는 마시오." 켈레르가 한마디 보태며 활짝 웃었다. "의도만으로도 죄가 성립되는 세상이니까."

"내 요지가 정확히 그거요. 키케로는 원로원 최종 결의를 우리들 중 어느 누구라도 공격해올 수 있는 괴물로 변질시켰소."

"하지만 뒤늦게 우리가 무슨 일을 할 수 있을지 모르겠습니다." 라비에누스가 말했다.

"그 괴물이 키케로를 향하게 하는 거요. 지금쯤 그는 머릿속으로 원로원이 '조국의 아버지'라는 호칭을 자기한테 정식으로 부여하게 만들 계획을 짜느라 여념이 없겠죠." 카이사르의 입술이 말려올라갔다. "키케로는 자기가 조국을 구했다고 주장하지만, 나는 애당초 그의 조국은 위험에 처한 적이 없다는 입장입니다. 카틸리나에게 군대가 있긴 하지만 그 반란은 실패할 게 뻔합니다. 레피두스의 반란도 형편없었지만, 카틸리나의 반란은 웃음거리조차 못 돼요. 하지만 물론 그를 진압하는 과정에서 훌륭한 로마 군인들 다소의 희생은 불가피하겠지요."

"대체 무슨 계획을 갖고 계십니까?" 라비에누스가 물었다. "우리가 뭘 할 수 있습니까?"

"원로원 최종 결의라는 개념 자체를 불명예로 물들이겠습니다. 나는 원로원 최종 결의라는 보호막 아래에서 대반역죄를 저지른 자를 재판에 회부할 생각입니다." 카이사르가 말했다.

루키우스 카이사르가 헉 소리를 냈다. "키케로 말인가?"

"키케로는 안 됩니다. 카토도 그렇고요. 최근의 사태에 연루된 자를 상대로 보복을 시도하는 것은 시기상조입니다. 그랬다간 도리어 우리 목이 위태로워질 테니까요. 물론 그때가 오긴 하겠지만 아직은 이릅니다. 아니, 우리는 훨씬 이전의 원로원 최종 결의하에 범죄행위를 저질렀고 그 사실이 익히 알려진 자를 노릴 겁니다. 신중하신 키케로께서 이미 원로원 회의에서 그 이름을 언급했지요. 가이우스 라비리우스입니다."

세 쌍의 눈이 크게 뜨였다. 하지만 아무도 한동안 말이 없었다.

"그렇다면 살인죄군요." 이윽고 켈레르가 입을 열었다. "가이우스 라비리우스가 당시 원로원 의사당 지붕에 있던 자들 중 한 명임은 어느 누구도 부인할 수 없지만, 그건 반역죄가 아닌 살인죄였소."

"해당 법 규정에 따르면 그렇지 않소, 켈레르. 생각해보시오. 국가의 법적 권리를 침해하려는 목적으로 살인을 행했다면 그것은 반역죄요. 따라서 대반역죄 혐의로 재판이 예정된 로마 시민을 살해했다면 그 행위 자체로 반역죄가 성립되오."

"이제야 무슨 말씀인지 알겠습니다." 라비에누스가 눈빛을 반짝이며 말했다. "하지만 이 문제를 결코 법정까지 가져가진 못할 겁니다."

"대반역죄는 법정에서 다루지 않소. 대반역죄 재판은 백인조회에서 치러야 하지요." 카이사르가 말했다.

"백인조회로도 가져갈 수 없습니다. 아무리 수도 담당 법무관이 켈레르라고 해도요."

"내 생각은 다르오. 재판을 백인조회로 가져갈 방법이 있어요. 우리 공화국보다 훨씬 오래되었지만 우리 공화국의 어느 법 못지않게 유효한 로마법에 의거해 재판을 여는 것이오. 고문서에 다 들어 있다오, 친구. 심지어 키케로조차도 이 일의 적법성을 문제삼을 수 없을 거요. 그 역시 이 문제를 백인조회로 가져가는 것 말고 별다른 대응책을 찾지 못할 거요."

"좀더 자세히 설명해주시오, 카이사르. 나는 오래된 법은 잘 모르니까요." 켈레르의 얼굴에 차츰 미소가 떠올랐다.

"당신은 수도 담당 법무관으로서 본인이 선포한 칙령을 철저히 준수하기로 평판이 자자하지요." 카이사르가 말했다. 그는 청중이 감질나도록 살짝 시간을 끌었다. "당신이 선포한 칙령 중 하나는, 기소인이 법의 범위 내에서만 행동한다면 피고인이 누구든 무조건 재판에 회부시키겠다는 것이오. 내일 새벽 티투스 라비에누스는 당신의 재판소에 나타나, 사투르니누스와 퀸투스 라비에누스를 살해함으로써 대반역죄를 지은 가이우스 라비리우스를 재판에 회부해달라고 요구할 것이오. 단, 툴루스 호스틸리우스 왕 재위기에 시행된 절차와 형식에 따라서 말이오. 당신은 그 주장에 문제가 없는지 확인하고, 팔꿈치 밑에서—선견지명이 뛰어난 사람답게!—대반역죄 재판 절차를 기술한 내 논문 한 부를 꺼내들 것이오. 그리고 그 논문을 통해 라비에누스가 두 건의 살인을 통해 대반역죄를 저지른 라비리우스를 기소하는 것이 법조문의 범위를 넘지 않는다는 사실을 확인할 거요."

청중은 그를 감탄하는 눈길로 바라보았다. 카이사르는 식어버린 식촛물을 마저 마시고 이어 말했다.

"툴루스 호스틸리우스 왕의 재위기에 시행된 재판 중 지금까지 우리에게 전해져 내려오는 유일한 사례는 자기 누이를 죽인 호라티우스의 재판입니다. 단 두 명의 재판관 앞에서 공판이 열렸지요. 재판관들은 당대에 원로를 배출한 가문 출신이어야 했으니, 오늘날 이번 사건에서 재판관 자격을 갖춘 자는 총 네 명에 불과합니다. 그중 하나는 나고, 다른 하나는 루키우스 형님이지요. 또다른 한 명은 공공의 적으로 선포된 카틸리나고, 마지막 한 명인 파비우스 상가는 현재 피호민들을 데리고 알로브로게스족의 영토로 향해 가는 중입니다. 그러니 켈레르 당신은 나와 루키우스 형님을 재판관으로 지명한 뒤 마르스 평원에서 즉각 재판이 열리도록 지시하는 거요."

"사실관계를 정확히 파악했소?" 켈레르가 이맛살을 깊게 찌푸리며 물었다. "당시 발레리우스 가문 사람들이 법정에서 증언을 했고, 세르빌리우스 가문과 퀸틸리우스 가문 사람들 역시 율리우스 가문 사람들처럼 알바롱가가 파괴된 후 로마로 이주해 오지 않았소?"

이번에는 루키우스 카이사르가 나서서 답변했다. "호라티우스 재판은 알바롱가가 파괴되기 훨씬 전의 사건이오, 켈레르. 그러니 세르빌리우스 가문과 퀸틸리우스 가문 사람들은 자격이 없소. 율리우스 가문 사람들이 로마로 이주한 시기는 누마 폼필리우스가 여전히 왕위에 있었을 때요. 클루일리우스가 율리우스 가문으로부터 알바롱가의 왕권을 찬탈하고 그들을 알바롱가에서 몰아냈지요. 그리고 발레리우스 가문 사람들은," 루키우스 카이사르는 어깨를 으쓱했다. "로마의 군사 신관들이었으니 그들 역시 자격이 없소."

"제가 잘못 알았군요." 켈레르가 싱긋 웃었다. 기분이 무척 좋아진 듯했다. "제가 겨우 카이킬리우스 가문 출신인 게 심히 송구스럽군요!"

"이따금은," 켈레르의 농담을 알아차린 카이사르가 말했다. "자기 조상을 스스로 고를 수 있다면 좋겠지요, 퀸투스. 어쨌든 카이사르의 운을 믿어 보시오. 키케로든 카토든 당신의 재판관 지명을 문제삼지 못할 거요."

"상당히 시끄러워지겠습니다." 라비에누스가 만족스럽게 말했다.

"그럴 거요, 티투스."

"라비리우스는 호라티우스의 전례를 따라 항소를 제기하겠고요."

"물론이지요. 하지만 그전에 우리는 고대의 온갖 휘황찬란한 형벌 도구들을 선보일 거요. 불운의 나무에 매달린 십자가, 채찍질용 갈퀴, 도끼머리를 꽂은 파스케스를 든 릭토르 세 명. 그들은 각각 최초의 세 로마 부족을 상징하지요. 라비리우스의 머리를 천으로 덮고 손목도 정해진 의식에 따라 묶을 겁니다. 한 편의 훌륭한 연극이 되겠지요! 아마 스핀테르(당대 로마의 유명 배우—옮긴이)마저도 부러워할 겁니다."

"하지만," 라비에누스가 다시 어두운 낯빛으로 말했다. "그들은 이런 저런 핑계를 대며 사람들의 분노가 가라앉을 때까지 백인조회에서의 라비리우스 항소 재판을 미루려 들 겁니다. 렌툴루스 수라를 비롯한 다섯 명의 기억이 살아 있는 동안에는 재판이 열리지 않을 거예요."

"그렇게 될 순 없소." 카이사르가 말했다. "고대법에 따르면 항소 재판은 곧장 열려야 하오. 호라티우스의 경우에도 항소 재판은 곧바로 열렸소."

"듣자 하니 라비리우스에게 유죄가 선고되겠군." 루키우스 카이사르가 말했다. "하지만 나는 아직도 제대로 이해하지 못했네. 이게 다 무슨 뜻인가?"

"첫째, 우리의 재판은 글라우키아가 정립한 현대식 재판과 매우 다르다는 걸 보여줄 겁니다. 현대를 살아가는 사람들의 눈에는 우리의 연극이 한 편의 익살극처럼 비칠 겁니다. 재판관들은 자기네 마음에 드는 증거만 채택하고, 변론 시간도 자기네 마음대로 정하지요. 라비에누스가 이 재판을 우리에게 가져오면 우리가 그렇게 할 겁니다. 저와 형님은 피고인이 자신을 변론하기 위해 내놓는 증거를 모조리 거부할 겁니다. 여기서 핵심은 이 재판이 아주 불공정하게 비춰져야 한다는 겁니다! 어제 다섯 명이 처형된 과정은 과연 그들에게 공정했습니까?"

"두번째 이유는 뭔가?" 루키우스 카이사르가 물었다.

"둘째, 항소 재판은 백인조회의 흥분이 가라앉지 않은 상태에서 곧바로 열립니다. 키케로는 속이 타들어갈 거예요. 만일 백인조회에서 라비리우스의 유죄가 선고되면 자기 목숨도 위태로워지니까요. 지나친 자기 확신과 자만심이 잠시 판단력을 가렸을 뿐, 그는 바보가 아닙니다. 이 소식을 전해 듣자마자 우리의 의도를 간파할 겁니다."

"그리고," 켈레르가 말했다. "키케로가 정신이 제대로 박혔다면 곧장 트리부스회로 달려가 고대법을 무효화하는 법을 통과시키려 들겠군."

"그렇소, 나도 키케로가 그렇게 대응할 것으로 믿소." 카이사르는 라비에누스를 바라보았다. "어제 콩코르디아 신전에서 있었던 표결에서 암피우스와 룰루스가 우리 쪽에 섰지요? 당신 생각에 그 두 사람이 우리에게 협력할 것 같소? 트리부스회에서 거부권을 행사해줄 호민관이 필요한데, 당신은 라비리우스와 마르스 평원에 있을 테니 말이오. 암피우스와 룰루스 두 사람 중 누가 우리 입장을 대변해 거부권을 행사해주겠소?"

"암피우스는 확실합니다. 저와 같은 편이고, 우리 둘 다 폼페이우스 마그누스의 피호민이니까요. 하지만 룰루스도 협력할 겁니다. 키케로와 카토를 괴롭힐 수 있는 일이면 무엇이든 하려 벼르고 있어요. 자신의 토지 법안이 실패한 것을 그들 탓으로 돌리고 있거든요."

"그러면 룰루스로 하지요. 암피우스도 옆에서 지원해주고. 키케로는 고대의 재판 절차를 시행한 우리를 법적으로 처벌하기 위해 트리부스회에서 완전 제정청구법을 통과시키려고 할 겁니다. 그런데 법안을 그 자리에서 바로 통과시키려면 키케로는 그 귀하신 원로원 최종 결의를 또다시 발동시켜야 합니다. 이제 제발 태워서 사람들의 기억으로부터 지워버리고 싶을 그 원로원 최종 결의를 또다시 대중의 관심 한가운데 불러내야 하는 것이죠. 키케로가 최종 결의를 발동시키려 할 때 룰루스와 암피우스가 거부권을 행사합니다. 그런 뒤에 룰루스가 키케로를 한쪽으로 불러내 타협안을 제시했으면 합니다. 소심하기 이를 데 없는 우리의 수석 집정관께서는 포룸 로마눔에서 폭력 사태가 벌어지는 상황을 막기 위해서라면 무슨 제안이든 받아들일 겁니다. 자신이 원하는 바의 단지 절반만이라도 얻을 수 있다면요."

"이탈리아 전쟁 때 마그누스가 키케로에 대해 뭐랬는지 아십니까?" 라비에누스가 경멸하듯 내뱉었다. "우리의 영웅적인 수석 집정관께선 검을 보기만 해도 기절하신다더군요."

"룰루스가 제시할 타협안 내용은 뭔가?" 루키우스 카이사르가 라비에누스의 말에 얼굴을 찌푸리며 물었다. 그는 라비에누스를 잘해야 필요악 같은 존재로밖에 생각하지 않았다.

"첫째, 키케로가 통과시킬 법은 이번 기소 건에 대해 우리에게 책임을 묻지 않는다. 둘째, 라비리우스가 백인조회에 신청한 항소 재판은 라비에누스가 계속해서 호민관 신분으로 기소인 역할을 수행할 수 있도록 이튿날 바로 열린다. 셋째, 항소 재판의 형식은 글라우키아법을 따른다. 넷째, 사형을 추방 및 벌금형으로 대체한다." 카이사르는 만족스러운 한숨을 내쉬었다. "다섯째, 백인조회의 항소심 재판관으로 나를 지명할 것이며 켈레르가 나의 공식 감독관을 맡는다."

켈레르가 웃음을 터트렸다. "세상에, 카이사르! 그것참 기막힌 묘수요!"

"형벌을 굳이 바꾸는 이유가 뭡니까?" 라비에누스가 물었다. 그는 여전히 어두운 표정이었다. "지금까지 백인조회에서는 단 한 번도 대반역죄 죄목으로 유죄를 선고한 적이 없습니다. 로물루스가 어린애였을 때부터 말입니다."

"당신 참 지나치게 비관적이오, 티투스." 카이사르는 책상 위에 얹은 양손을 가볍게 포갰다. "우리가 할 일은 사람들 마음속에 타오르고 있는 분노의 불길에 살살 부채질을 하는 것뿐이오. 사람들은 원로원이 로마인의 불가침 권리를 짓밟는 현장을 목격했소. 이번만큼은 1계급과 2

계급, 심지어 18개 백인조의 상급 기사들도 원로원의 뜻에 따르길 거부할 거요. 원로원은 최종 결의로 지금 너무 많은 권력을 등에 업었고, 기사계급과 부유층은 그런 상황을 분명하게 직시하고 있소. 이것은 그라쿠스 형제 때부터 이어져 내려온 계급 갈등이오. 라비리우스는 누구나 싫어하는 못된 늙은이요. 백인조회 유권자들의 재판청구권이 위태로워진 마당에, 그들 중 누가 라비리우스의 운명 따윌 신경이나 쓰겠소? 도리어 가이우스 라비리우스를 혼쭐내줄 좋은 기회라고 생각할 거요."

"그리고 추방형을 내리겠지." 켈레르는 약간 거북한 듯했다. "라비리우스가 고약한 인간인 건 알지만, 카이사르, 그는 많이 늙었소. 추방형이 내려지면 오래 살지 못할 거요."

"하지만 판결이 아예 내려지지 않는다면?" 카이사르가 말했다.

"어떻게 판결이 내려지지 않을 수 있소?"

"그건 전적으로 당신에게 달렸소, 켈레르." 카이사르는 장난기가 가득한 미소를 지었다. "마르스 평원에서 열리는 회의의 책임자는 수도 담당 법무관인 당신이오. 당신의 의무 중 하나는 백인조회가 로마 시의 성벽 바깥에서 열릴 경우 야니쿨룸 언덕 꼭대기의 붉은 깃발을 예의주시하는 것이지요. 로마가 침략당할 경우에 대비해서 말이오."

켈레르가 다시 웃음을 터트렸다. "카이사르, 당신 정말!"

"친애하는 나의 벗, 켈레르, 지금 로마에 원로원 최종 결의가 선포된 것은 카틸리나가 에트루리아에 군대를 데리고 있기 때문이 아니오! 카틸리나한테 군대가 없었다면 망할 최종 결의 따위는 지금쯤 존재하지도 않았을 거고, 그 다섯 명은 오늘까지 살아 있었을 거요. 평상시라면 아무도 야니쿨룸 언덕에 눈길을 주지 않겠지요. 더군다나 수도 담당 법무관은 법정까지 오지 않아도 온갖 일로 분주할 테지요. 하지만 지금은 카틸리나가 언제 군대를 이끌고 쳐들어올지 모르는 상황이오. 야니쿨룸의 붉은 깃발이 내려지면 사람들은 공포에 휩싸일 거요. 백인조회 사람들은 투표를 포기하고 침략자들을 상대하기 위해 무기를 가지러 집으로 달려가겠지요. 과거에 에트루리아인들과 볼스키인들이 로마를 침략했을 때 로마인들이 그랬듯이 말이오. 그러니 내 제안하겠소." 카이사르가 점잖은 목소리로 말했다. "야니쿨룸 언덕에서 붉은 깃발을 내릴 사람을 구해두시오. 그리고 미리 신호를 정해두시오. 해가 서쪽으로 충분히 기울지 않은 경우라면 불이 좋을 테고, 반대의 경우엔 거울을 반사시키는 편이 좋겠지요."

"다 좋네." 루키우스 카이사르가 말했다. "하지만 라비리우스가 유죄를 선고받지도 않고 원로원 최종 결의가 폐기되지도 않는다면, 무엇을 위해 이 복잡한 일을 벌인단 말인가? 솔직히 이걸로 키케로에게 무슨 교훈을 주겠나? 카토야 어차피 포기했지. 그자는 미련해서 그 어떤 상황에도 교훈을 얻지 못할 테니까."

"카토에 대해서는 루키우스 형님 생각이 옳습니다. 하지만 키케로는 다릅니다. 아까도 말했듯 키케로는 소심한 자입니다. 지금이야 성공에 들떠 흥분해 있지요. 집정관 임기가 끝나기 전에 위기 사태가 하나 터져주길 바랐는데 정말로 그렇게 되었으니까요. 이 일로 인해 자신이 곤경에 처할 수 있다는 생각은 못하고 있습니다. 하지만 우리가 키케로를 궁지에 몰아넣어서 백인조회가 정말로 라비리우스에게 유죄를 선고하기 직전까지 간다면, 그땐 그도 분명히 우리의 뜻을 이해할 겁니다. 절 믿으십시오."

"하지만 우리가 키케로에게 전하려는 뜻이라는 게 정확히 뭔가, 가이우스?"

"원로원 최종 결의라는 방패막이 아래 저지른 짓이라도 훗날 처벌을 당할 수 있다는 것, 그리고 수석 집정관이라는 자가 무려 로마 원로원과 같이 중요한 단체를 기만해서 항소권은커녕 기본적인 재판청구권도 주지 않고 로마 시민의 처형을 승인하도록 만들어선 안 된다는 겁니다. 키케로는 분명히 이해할 겁니다, 루키우스 형님. 백인조회에서 라비리우스에게 유죄표를 주는 모든 사람들은, 키케로에게 로마의 운명을 결정하는 주체가 그도 원로원도 아님을 경고하는 겁니다. 또한 그가 렌툴루스 수라를 비롯한 다섯 명을 재판 없이 처형함으로써 그들의 존경과 신뢰를 잃었음을 표명하는 겁니다. 키케로에게 그런 상황은, 이 일로 인해 파생된 다른 어떤 결과보다도 훨씬 더 괴로울 겁니다." 카이사르가 말했다.

"그는 이 일로 당신을 증오하게 될 거요!" 켈레르가 소리쳤다.

한 쌍의 금빛 눈썹이 치켜올라갔다. 카이사르가 오만한 표정을 띠었다. "그렇다 한들 그게 나와 무슨 상관이오?"

법무관 루키우스 로스키우스 오토는 과거에 호민관으로서 카툴루스를 위시한 보니파의 이익을 위해 봉사하던 시절, 극장의 원로원석 바로 뒤편 열네 줄을 18개 백인조의 상급 기사들에게 돌려주고 난 뒤 거의 모든 로마인들로부터 미움을 받았다. 어느 날 극장을 가득 메운 사람들이 그를 향해 휘파람을 불며 거칠게 야유를 퍼부었을 때 키케로가 앞으로 나서서 우매한 군중의 화를 가라앉혀주었고, 오토는 그날 이래로 줄곧 키케로에게 호의를 품어왔다.

이제 외인 담당 법무관으로서 포룸 로마눔 낮은 구역에서 업무를 보던 오토는, 이날 티투스 라비에누스가 험악한 표정을 띠고 메텔루스 켈레르의 재판소로 성큼성큼 걸어가 무언가를 강하게 요구하는 광경을 보았다.

호기심이 동한 오토는 그쪽으로 어슬렁어슬렁 걸어갔다. 그가 다다랐을 때 라비에누스는 가이우스 라비리우스를 대반역죄 죄목으로 심판해야 하며, 재판은 툴루스 호스틸리우스 왕 재위 시절의 법에 따라 시행되어야 한다는 주장을 마무리하고 있었다. 켈레르가 라비에누스의 주장이 타당한지 확인하겠다며 카이사르가 쓴 두툼한 고대법 논문을 꺼내든 순간, 오토는 지금이야말로 자기가 키케로에게 진 빚을 조금이나마 갚을 때라고 판단했다. 그는 곧장 이 일을 알리러 키케로에게 갔다.

키케로는 그날따라 늦잠을 자고 있었다. 반란 공모자들을 처형하고 맞은 밤에는 한숨도 자지 못한 터였다. 그리고 그 이튿날인 어제는 온종일 사람들이 찾아와 칭찬하자 한껏 마음이 들떴으며, 밤이 되자 훨씬 편안해진 마음으로 잠자리에 들었다.

그리하여 오토가 찾아와 대문을 쾅쾅 두드려댔을 때 키케로는 아직 침실에서 나오지도 않은 상태였다. 그는 현관에서 들려오는 시끄러운 소리에 잠이 깨어—그렇게나 작은 집이었다!—급히 아트리움으로 향했다.

"오토, 친애하는 나의 벗, 부디 양해 바라오!" 키케로가 활짝 웃는 얼굴로 크게 외쳤다. 그는 헝클어진 머리를 두 손으로 빗어넘겼다. "근 며칠간 사건이 많았지 않소. 어젯밤에야 제대로 푹 잤다오." 오토의 초조한 표정을 보자 키케로는 일이 잘 풀리는 듯한 기분이 살짝 사그라지는 것을 느꼈다. "카틸리나가 쳐들어왔소? 전투가 벌어졌소? 우리 군이

진 거요?"

"아니요, 아닙니다. 카틸리나와는 아무 상관없는 일입니다." 오토가 고개를 가로저으며 말했다. "티투스 라비에누스 때문입니다."

"티투스 라비에누스가 왜요?"

"그자가 포룸 로마눔에 있는 메텔루스 켈레르의 재판소에 나타나 늙은 가이우스 라비리우스를 기소하겠다고 하더군요. 사투르니누스와 퀸투스 라비에누스를 살해함으로써 대반역죄를 저질렀다면서요."

"그자가 뭘 어쨌요?"

오토는 거듭 설명했다.

키케로의 입속이 바싹 말랐다. 얼굴에서 피가 몽땅 빠져나가는 듯했고 가슴이 방망이질 치며 호흡이 가빠왔다. 키케로는 한 손을 뻗어 오토의 팔을 붙잡았다. "그럴 리가!"

"정말입니다. 지금 벌어지고 있는 일이에요. 메텔루스 켈레르는 그 요구를 받아들일 분위기였습니다. 이게 대관절 무슨 일인지 제가 정확히 파악할 수 있으면 좋겠지만, 뭐가 뭔지 당최 모르겠습니다. 라비에누스는 연신 툴루스 호스틸리우스 왕을 들먹이며 고대의 재판 절차에 대해 뭐라고 지껄여댔고, 메텔루스 켈레르는 고대법에 관한 무슨 자료라면서 두툼한 두루마리를 꺼내어 펼쳐 들고 뚫어지게 쳐다보았습니다. 왠지 모르겠지만 왼손 엄지가 자꾸 따끔따끔한 게 무언가 큰 말썽이 벌어지려나보다 싶었어요! 당장 집정관께 달려와 말씀을 드려야겠다고 생각했습니다."

하지만 오토가 말을 끝맺었을 때 키케로는 이미 그 자리에 없었다. 키케로는 몸종에게 고함을 치며 사라진 터였다. 눈 깜짝할 새 다시 나타난 그는 위엄 넘치는 자주색 단을 댄 토가를 걸치고 있었다.

"집밖에 내 릭토르들이 있었소?"

"네, 주사위 놀이를 하고 있었습니다."

"그러면 바로 갑시다."

평소 키케로는 흰옷을 입은 릭토르 열두 명을 앞세우고 느긋하게 걷기를 좋아했다. 모든 사람들이 그의 모습을 제대로 보고 감탄할 수 있어야 했다. 하지만 이날 아침 릭토르들은 서둘러 걸으라는 종용을 받았다. 한두 번 재촉한 게 아닌데도 걸음은 자꾸만 더 느려졌다. 집에서 포룸 로마눔까지는 그리 먼 거리가 아닌데도, 키케로에게는 로마에서 카푸아만큼이나 멀게 느껴졌다. 키케로는 위엄이고 뭐고 당장에라도 뛰어가고 싶었지만, 그러지 않을 만한 지각이 충분히 있었다. 그는 그날 콩코르디아 신전에서 토론을 개시하며 가이우스 라비리우스라는 이름을 처음 언급한 사람이 바로 그 자신임을 똑똑히 기억했다. 그 이름을 언급한 이유가 원로원 최종 결의하에서 취한 조치는 행위자가 누구든 책임이 면제됨을 주장하기 위해서였다는 사실도 똑똑히 기억했다. 그런데 여기 티투스 라비에누스—이제 보니 폼페이우스가 아닌 카이사르의 꼭두각시 호민관이었다!—가 라비리우스에게 퀸투스 라비에누스와 사투르니누스 살해 혐의로 기소를 제기하다니! 하지만 살인죄 혐의가 아니다. 오래된 대반역죄 혐의였다. 카이사르가 콩코르디아 신전에서 연설할 때 설명한 바로 그 대반역죄.

키케로의 행차 대열이 카스토르 신전과 수도 담당 법무관의 재판소 사이 공간에 이르렀을 무렵, 재판소 주변에는 사람들이 작은 무리를 이룬 채 무언가를 열심히 듣고 있었다. 키케로가 도착했을 때는 그다지 중요할 게 없는 이야기들이 오가고 있었다. 라비에누스와 메텔루스 켈레르는 어떤 여자인지 누군지에 대해 대화를 나누고 있었다.

"뭐요? 이게 다 무슨 일이요?" 키케로가 숨넘어가는 소리로 따져 물었다.

켈레르가 깜짝 놀랐다는 듯 눈썹을 치켰다. "본 재판소의 정상적인 업무를 수행하고 있소, 수석 집정관."

"그 업무라 하면?"

"시민들 간의 분쟁에서 심판을 보고, 제기된 형사사건에 재판이 필요한지 여부를 판단하는 것이오." 켈레르는 '재판'을 유독 강조하여 말했다.

키케로의 얼굴이 붉게 달아올랐다. "지금 나랑 장난하자는 거요?" 그가 험악스레 외쳤다. "지금 무슨 일이 벌어지고 있느냐고 물었소!"

"친애하는 키케로," 켈레르가 느릿하게 말했다. "나는 다른 사람이면 몰라도 당신하곤 절대 장난 따윈 치고 싶지 않소."

"도대체 지금 무슨 일이 벌어지고 있는 거요!"

"여기 훌륭한 호민관 티투스 라비에누스가, 37년 전 그의 백부 퀸투스 라비에누스와 루키우스 아풀레이우스 사투르니누스를 살해한 가이우스 라비리우스를 대반역죄 혐의로 기소하고자 하오. 툴루스 호스틸리우스 왕 재위기에 시행된 절차에 따라 심판코자 한다기에 나는 관련 문서들을 정독했고, 수도 담당 법무관 임기 초에 선포한 칙령에 의거해 가이우스 라비리우스를 해당 절차대로 재판에 부치기로 결정했소." 켈레르가 숨도 안 쉬고 말을 쏟아냈다. "이제 가이우스 라비리우스가 출두하기를 기다리는 중이오. 라비리우스가 나타나는 즉시 그를 기소하고 재판관들을 지명해 곧장 재판을 시행하겠소."

"말도 안 돼요! 그럴 수 없소!"

"관련 문서들과 내가 선포한 칙령 어디에도 이를 금지하는 조항은 없소, 마르쿠스 키케로."

"이건 나를 겨냥한 거요!"

켈레르가 과장되게 놀란 표정을 지었다. "뭐요? 키케로 당신이 37년 전에 원로원 의사당 지붕에서 기왓장을 던졌다는 거요?"

"태연히 모르는 척하는군, 켈레르! 지금 카이사르의 꼭두각시 노릇을 하는 거요? 당신이 카이사르 같은 작자에게 매수될 사람일 줄은 미처 몰랐소!"

"수석 집정관, 근거 없이 혐의를 씌웠을 시 큰 벌금을 물리는 법이 로마에 있었다면, 당신은 지금 당장 벌금을 내야 했을 거요!" 켈레르가 거세게 응수했다. "나는 로마 원로원과 인민의 수도 담당 법무관으로서 내 할 일을 하겠소! 당신이 이렇게 들이닥쳐 내 일에 참견하기 전까지 내가 하고 있던 일이 정확히 그거였소!" 켈레르는 곁에 남아 있던 그의 릭토르 네 명 중 한 명에게 고개를 돌렸다. 그의 릭토르들은 켈레르를 몹시 존경했고 그의 수하에서 일하는 것을 좋아했기에, 시종 웃음 띤 얼굴로 두 사람의 대화를 지켜보고 있었다.

"릭토르, 루키우스 율리우스 카이사르와 가이우스 율리우스 카이사르를 재판소로 호출하게."

바로 그때 방금 전까지 자리에 없었던 릭토르 두 명이 카리나이 지구 쪽에서 나타났다. 그들 사이로 왜소한 사내 하나가 발을 질질 끌며 걷고 있었다. 뼈만 앙상히 남은 볼품없는 모습의 그는 본래 나이 일흔보다 열 살은 더 들어 보였다. 평소 그는 무언가 음흉한 꿍꿍이를 감춘 듯한 표정을 띨 때가 많았으나, 공식 호송대의 감시하에 켈레르의 재판소로 불려오는 지금은 그저 어리둥절하여 정신이 혼미해 보였다. 가이우스 라비리우스, 그는 훌륭한 인물은 아니었다. 그러나 어떤 의미에서

든 로마의 유명인사였다.

얼마 지나지 않아 카이사르 가문의 두 사내가 수상쩍으리만치 신속하게 모습을 드러냈다. 두 사람이 함께 서 있는 모습은 일대 장관이라 그들 주변에 모여든 사람들은 감탄사를 연발했다. 둘 다 키 큰 금발 미남이었고, 로마의 주요 신관단 소속임을 표시하는 자주색과 심홍색 줄무늬 토가를 걸치고 있었다. 다른 점이 있다면 가이우스는 최고신관으로서 역시 자주색과 심홍색 줄무늬 튜닉을 입은 반면, 조점관인 루키우스는 맨 윗부분에 소용돌이꼴 관이 얹힌 굽은 모양의 지팡이 리투우스를 들고 있다는 점이었다. 화려한 광경이었다. 켈레르는 멍한 표정의 라비리우스를 바라보며, 퀸투스 라비에누스와 사투르니누스를 살해함으로써 툴루스 호스틸리우스 왕정 기준의 대반역죄를 저질렀다고 그를 공식적으로 기소했다. 카이사르 가문의 형제는 무표정한 얼굴로 한걸음 옆으로 물러섰다.

"이 재판에 재판관으로 설 자격이 있는 자는 네 명뿐입니다." 켈레르가 우렁찬 목소리로 선언했다. "네 명을 차례로 호명하겠습니다! 루키우스 세르기우스 카틸리나, 앞으로 나오십시오!"

"루키우스 세르기우스 카틸리나에게는 추방령이 내려졌습니다." 수도 담당 법무관의 수석 릭토르가 대답했다.

"퀸투스 파비우스 막시무스 상가, 앞으로 나오십시오!"

"퀸투스 파비우스 막시무스 상가는 국내에 없습니다."

"루키우스 율리우스 카이사르, 앞으로 나오십시오!"

루키우스 카이사르가 앞으로 나왔다.

"가이우스 율리우스 카이사르, 앞으로 나오십시오!"

카이사르가 앞으로 나왔다.

"두 분께," 켈레르가 엄숙하게 말했다. "루키우스 아풀레이우스 사투르니누스와 퀸투스 라비에누스를 살해한 혐의를 받고 있는 가이우스 라비리우스의 재판을 툴루스 호스틸리우스 왕의 왕정 대반역법에 따라 시행할 것을 명령합니다. 또한 해당 재판을 지금으로부터 두 시간 후 마르스 평원의 가설투표소 부근에서 열 것을 명령하는 바입니다.

릭토르, 릭토르단에서 동료 세 명을 호출해 각각 로마의 최초 세 부족인 티티에스족, 람네스족, 루케레스족 대표 역할을 맡게 할 것을 지시하겠네. 또한 그들을 법정에 공무원 자격으로 출석시키게."

키케로는 어조를 가다듬고 한번 더 설득을 시도했다. "퀸투스 카이킬리우스," 그는 정중히 말했다. "이것은 불가합니다! 어떻게 오늘 당장 대반역죄 재판을 연단 말입니까? 그것도 두 시간 후라니요! 피고인은 변호인단을 구성할 시간이 필요합니다! 변호인을 선택하고 그를 위해 증언할 증인을 구해야 합니다."

"툴루스 호스틸리우스 왕의 왕정 대반역법에는 그런 조항이 없습니다." 켈레르가 말했다. "나는 법에서 정한 대로 할 뿐입니다, 마르쿠스 툴리우스. 나는 이 법을 만든 사람이 아닙니다. 오직 법에서 이미 정한 절차를 따를 권한을 갖고 있을 뿐이며, 본 사건에 해당하는 절차는 해당 시기의 문서에 명확히 기술되어 있습니다."

키케로는 아무 대꾸도 하지 않고 홱 돌아섰다. 수도 담당 법무관 재판소를 빠져나왔지만 어디로 가야 할지 알 수 없었다. 진짜로 저지르려는 거야! 다른 고대법들처럼 국가에서 삭제하지 않은 케케묵은 옛날 법을 근거로 저 힘없는 늙은이를 진짜로 재판에 세우려는 거야! 아, 왜 로마에서는 오래된 것이라면 뭐든 그리도 숭상할까, 왜 아무것에도 손을 못 댈까? 저 허술한 초가집, 최초의 왕까지 거슬러올라가는 오래된 법들, 포르키우스 회당 한가운데 떡하니 막고 서 있는 기둥에 이르기까지 다 똑같아. 옛날부터 거기 있었던 것은 언제나 거기에 있어야 해.

카이사르가 배후에 있어. 분명해. 로마 역사에 기록된 가장 오래된 재판인 호라티우스 재판이나 심지어 그 재판의 항소 재판까지 타당한 것으로 만들어줄 퍼즐 조각을 찾아낸 건 그자야. 카이사르는 그저께 원로원 회의에서 그 둘 모두를 사례로 인용했어. 하지만 카이사르는 정확히 무엇을 얻고자 하는 걸까? 어째서 켈레르 같은 보니파가 카이사르를 적극적으로 밀어주는 걸까? 티투스 라비에누스는 이해할 수 있었다. 루키우스 카이사르도 마찬가지였다. 하지만 메텔루스 켈레르는 도무지 설명이 되지 않았다.

발걸음이 카스토르 신전 쪽을 향하고 있었기에, 키케로는 집으로 가기로 했다. 방에 혼자 틀어박혀 생각하고 생각하고 또 생각하리라. 키케로의 사고를 관장하는 신체기관은 평소 아무 문제없이 작동했지만, 그는 오늘만큼은 그 기관이 정확히 어느 위치에 있는지 알고 싶었다. 머리일까? 가슴? 배? 알기만 한다면 그곳을 세차게 때리거나, 찜질하거나, 아니면 하제를 써서 깨끗이 씻어내서라도 충격을 주어 제 기능을 하게 만들고 싶었다.

그때 그는 카툴루스, 비불루스, 가이우스 피소, 메텔루스 스키피오 일행과 부딪힐 뻔했다. 저들이 팔라티누스 언덕을 서둘러 내려오는 걸 전혀 못 봤다니! 내게 무슨 문제라도 생긴 걸까?

그곳에서 가장 가까운 카툴루스의 집을 향해 끝없이 이어지는 계단을 오르며, 키케로는 이날 벌어진 일을 나머지 네 사람에게 이야기했다. 그리고 마침내 카툴루스의 널찍한 서재에 자리를 잡고 앉자 키케로는 평소에 좀처럼 하지 않던 행동을 했다. 희석하지 않은 포도주를 큰 잔에 가득 따라 단숨에 마셔버린 것이다. 눈의 초점이 그제야 서서히 맞춰지기 시작하면서, 그는 한 사람이 빠졌다는 사실을 깨달았다.

"카토는 어디 있소?"

다른 네 사람은 불편한 표정을 짓더니, 뭔가 체념한 듯한 눈빛을 교환했다. 가급적 그들끼리 비밀로 하고자 했던 일을 듣게 될 모양이었다.

"카토는 지금 보행 가능한 부상자로 분류해야 할 거요." 비불루스가 말했다. "누가 그의 얼굴을 갈기갈기 찢어놨소."

"카토를 말이오?"

"당신이 생각하는 그런 게 아니오, 키케로."

"그러면 뭐요?"

"세르빌리아가 그와 카이사르 문제로 언쟁을 벌이던 중 그에게 암사자처럼 덤벼들었소."

"세상에!"

"소문내지 마시오, 키케로." 비불루스가 단호히 일렀다. "누가 왜 그랬는지 온 로마 사람들에게 알려지진 않은 지금도, 그로서는 공개적인 자리에 나서기가 쉽지 않을 거요."

"그렇게 심하오?"

"심한 정도가 아니오."

그때 카툴루스가 책상을 세게 내리치는 바람에 방안의 모든 사람이 놀라서 펄쩍 뛰었다. "지금 우리는 카토 소식을 나누자고 모인 게 아닐세!" 카툴루스가 딱딱댔다. "우리가 여기 모인 이유는 카이사르를 막기 위해서야!"

"무슨 돌림노래가 따로 없군요." 메텔루스 스키피오가 말했다. "카이사르를 막아, 카이사르를 막아. 하지만 우린 한 번도 그를 막지 못하고 있습니다."

"카이사르는 무엇을 노리는 걸까요?" 가이우스 피소가 물었다. "그러니까 내 말은, 오래된 법을 들어 노인을 재판에 부칠 이유가 뭐냐는 겁니다. 쉽게 부인할 수 있는 날조된 혐의를 씌워서 말입니다."

"라비리우스를 백인조회 재판에 세우려고 카이사르가 묘안을 짠 겁니다." 키케로가 말했다. "카이사르와 그의 친척은 라비리우스에게 유죄를 선고할 거예요. 그리고 라비리우스는 백인조회에 항소를 제기하겠지요."

"그래서 뭘 어쩌겠다는 건데요?" 메텔루스 스키피오가 말했다.

"그들은 라비리우스에게 대반역죄 혐의를 제기하고 있네. 라비리우스는 사투르니누스와 그의 공모자들을 살해했지만 당시 원로원 최종 결의 덕분에 그 행위에 대한 책임을 면제받은 자들 중 한 명이야." 키케로가 참을성 있게 설명했다. "다시 말해 카이사르는 원로원 최종 결의하에 취한 행동의 책임을 아무도 피할 수 없음을 인민에게 보여주려는 것이네. 심지어 37년이 지난 후라도. 카이사르는 내가 렌툴루스 수라와 나머지 네 명을 처형한 일에 대해 훗날 나를 기소하겠다고 경고를 보내는 거야."

이 말에 무거운 침묵이 내려앉았다. 침묵을 깨려는 듯 카툴루스가 의자에서 일어나 이리저리 서성였다.

"결코 그의 뜻대로는 되지 않을 걸세."

"네, 백인조회에서 유죄를 선고하진 않겠지요. 하지만 이 일은 큰 화제를 불러일으킬 겁니다. 라비리우스의 항소 재판에는 군중이 몰려들 거예요." 키케로가 괴로운 표정으로 말했다. "아, 호르텐시우스가 로마에 있다면!"

"그는 지금 로마로 돌아오는 중일세." 카툴루스가 말했다. "미세눔에서 누가 캄파니아에 노예 반란이 있을 거라는 소문을 퍼뜨리기 시작해서, 호르텐시우스가 이틀 전 짐을 싸서 출발했어. 내가 사람을 보내 이동중인 그를 찾아서 서두르라고 전하겠네."

"그러면 라비리우스의 항소 재판에서 저와 같이 변호할 수 있겠군요."

"항소 재판을 무조건 미뤄야 합니다." 피소가 말했다.

고대 문건들에 대해 지식이 해박한 키케로는 피소를 경멸하듯 쏘아보았다. "미룰 수 있는 게 전혀 없습니다!" 그가 으르댔다. "항소 재판은 카이사르 형제가 재판관을 서는 원심 재판이 끝나는 즉시 열려야 하니까요."

"제가 보기엔 그냥 다 헛소동 같은데요." 메텔루스 스키피오가 말했다. 문벌은 화려하지만 지력은 거기에 크게 못 미치는 자였다.

"그렇지 않네." 비불루스가 냉랭하게 말했다. "평소 스키피오 자네가 그 오만한 코 바로 앞까지 디밀어줘도 아무것도 못 보는 인간인 건 알고 있지만, 아무리 그런 자네라도 반란 공모자들이 처형된 후 인민들의 분위기가 어떤지 느낄 것 아닌가? 그들은 불만이 높아! 원로원 의원이고 내부자인 우리는 카틸리나 사건의 내막을 속속들이 알지. 하지만 심지어 18개 상급 백인조의 기사들 중에서도 원로원이 법원과 민회의 권한을 침해했다고 불평을 품은 자들이 많아. 카이사르가 날조한 이 재판 덕분에, 인민들은 공공장소에 한데 모여 불만을 쏟아낼 기회를 갖게 될 걸세."

"그래서 사람들이 항소 재판에서 라비리우스에게 유죄를 선언한다고?" 루타티우스 카툴루스가 딱 잘라 물었다. "비불루스, 백인조회가 절대 그럴 리 없네! 카이사르 형제가 사형을 선고할 순 있겠지만—그들은 그러고도 남겠지—백인조회에서는 절대 유죄판결을 내리지 않아. 늘 그래왔네. 그래, 그들이 불평을 할 수는 있겠지. 하지만 불만은 자연스레 가라앉을 거야. 백인조회는 절대 카이사르의 뜻대로 움직이지 않을 걸세."

"내 생각도 같습니다." 키케로가 침울하게 말했다. "하지만 왜 카이사르의 의도대로 될 것만 같을까요? 그자의 토가 주름 속에는 또다른 꿍꿍이가 숨겨져 있어요. 그런데 그게 뭔지 아무리 생각해도 모르겠습니다."

"불만이 자연스레 가라앉든 어쨌든, 퀸투스 카툴루스, 그러니까 당신 말씀은 우리가 이 전쟁터 한쪽에 얌전히 앉아 카이사르가 말썽을 일으키는 것을 보고만 있어야 한다는 뜻입니까?" 메텔루스 스키피오가 물었다.

키케로가 대답했다. "그게 아니지!" 그는 짜증이 났다. 메텔루스 스키피오는 정말 아둔했다! "인민의 불만이 높다는 비불루스의 말에 나도 동의하네. 그러니 라비리우스의 항소 재판이 곧바로 열리게 둬선 안 돼. 그걸 막을 유일한 방법은 툴루스 호스틸리우스 왕의 왕정 대반역법을 무효화하는 것밖에 없네. 그러니 나는 오늘 아침에 당장 원로원을 소집해서 의원들에게 요청할 걸세. 그 법을 무효화하도록 트리부스회에 지시하는 원로원 결의를 내려달라고 말이야. 결의안 통과가 오래 걸리지 않게 할 거고, 통과되는 즉시 트리부스회를 소집할 걸세." 키케로는 눈을 감더니 몸을 바르르 떨었다. "하지만 걱정스러운 건 디디우스법을 건너뛰려면 원로원 최종 결의를 또 발동해야 한다는 거야. 원로원 결의가 승인되기까지 열이레 동안이나 기다리고 있을 수는 없으니까. 집회가 열리도록 놔둬서도 안 되고."

비불루스가 미간을 찌푸렸다. "키케로, 내가 당신만큼 법을 잘 안다고 생각진 않지만, 단언컨대 카틸리나와 관련된 의제가 아니면 원로원 최종 결의의 효력은 트리부스회까지 미치지 않소. 그러니까 내 말은, 이 재판이 카틸리나와 관련이 있다는 것을 우리는 알지만, 트리부스회 유권자들 중 원로원 의원들을 뺀 나머지는 이러한 사정을 모른다는 거요. 하지만 트리부스회에서 원로원 의원들의 수는 투표 결과를 좌지우지할 정도가 못 되오."

"원로원 최종 결의는 독재관의 명령과 동일하오." 키케로가 단호하게 말했다. "일체의 통상적인 민회와 공무 활동을 대체하지요."

"호민관들이 당신에게 거부권을 행사할 거요." 비불루스가 말했다.

키케로는 득의만만했다. "원로원 최종 결의하에서 호민관은 거부권을 행사할 수 없소."

"그게 무슨 말입니까, 마르쿠스 툴리우스, 제가 거부권을 행사할 수 없다니요?" 세 시간 후 트리부스회에서 푸블리우스 세르빌리우스 룰루스가 말했다.

"친애하는 푸블리우스 세르빌리우스, 현재 로마는 원로원 최종 결의가 선포된 상태입니다. 호민관의 거부권은 효력이 정지됩니다." 키케로가 말했다.

트리부스회의 참석률은 썩 높지 않았다. 포룸 로마눔의 구경꾼들 상당수가 카이사르 형제가 가이우스 라비리우스를 어떻게 하는지 보려고 마르스 평원으로 몰려간 탓이었다. 그러나 키케로가 카이사르의 공격에 어떻게 대응하는지 지켜보기 위해 신성경계선 안에 머문 자들이 오로지 원로원 의원들이나 카툴루스 파벌의 피호민들뿐만은 아니었다. 근 700명에 육박하는 이들 군중 중 어림잡아 절반 이상이 그들의 반대자였다. 키케로는 그들 중에 마르쿠스 안토니우스와 그의 덩치 큰 형제들, 젊은 포플리콜라, 데키무스 브루투스, 그리고 특히 푸블리우스 클로디우스의 얼굴을 발견했다. 그들은 분주히 서로에게 무언가를 속삭였다. 부산스러운 분위기가 그들을 감쌌고, 얼굴에는 어두운 빛이 감돌았으며, 성난 고함소리가 터져나왔다.

"잠깐 봅시다, 키케로." 룰루스가 잠시 격식에서 벗어난 투로 말했다. "이 원로원 최종 결의란 게 다 뭐요? 지금 로마는 원로원 최종 결의가 내려진 상태다, 네, 그렇습니다. 하지만 그것은 순전히 에트루리아에서의 반란과 카틸리나의 활동에 국한된 것이지, 트리부스회의 통상적인 활동까지 제지할 순 없습니다! 우리가 여기 모인 것은 툴루스 호스틸리우스 왕의 왕정 대반역법을 무효화하는 법의 승인 여부를 결정하기 위해서이며, 에트루리아의 반란이나 카틸리나의 활동과는 전혀 무관합니다! 그런데도 당신은 원로원 최종 결의를 들먹이며 통상적인 민회 절차를 무시하려 드는 겁니까! 집회도 생략하고, 디디우스법도 건너뛴다더니, 급기야는 정식으로 선출된 호민관이 거부권을 행사하는 것까지 안 된다는 거요!"

"정확히 그렇소." 키케로가 턱을 쳐들며 대답했다.

로스트라 연단은 민회장 바닥에서 올려다보았을 때 포룸 로마눔보다 3미터 정도 높이 솟은 실로 웅장한 구조물이었다. 로스트라 연단의 맨 꼭대기는 40여 명을 수용할 수 있을 정도로 공간이 넓었다. 이날 아침 그곳에는 키케로와 수하 릭토르 열두 명, 수도 담당 법무관 메텔루스 켈레르와 수하 릭토르 여섯 명, 법무관 오토와 코스코니우스와 그들의 수하 릭토르 열두 명, 또 호민관 세 명—룰루스, 암피우스, 카툴루스 파벌의 루키우스 카이킬리우스 루푸스—이 서 있었다.

늘 그렇듯 이날도 포룸 로마눔에는 찬바람이 불었고, 그래서인지 자주색 단을 댄 토가의 두꺼운 주름 속에서 옹송그리고 있는 키케로의 모습은 유난히 왜소해 보였다. 로마가 낳은 최고의 웅변가로 떠받들어지는 그였지만, 원로원 의사당이나 법정 같은 작은 무대와 달리 로스트라 연단은 키케로의 웅변 방식과 잘 맞지 않았다. 로스트라 연단에는 호르텐시우스 같은 화려하고 과시적인 웅변가가 훨씬 잘 어울렸다. 키케로가 호르텐시우스처럼 거창한 연설을 시도하기는 힘들었다. 사실 제대로 웅변할 시간 여유조차 없었다. 그냥 이렇게 계속 싸울 수밖에.

"수도 담당 법무관," 룰루스가 메텔루스 켈레르를 향해 큰 소리로 외쳤다. "법무관께서는 현재 발효된 원로원 최종 결의가 에트루리아의 반란이나 로마에서의 모반 행위와 관련이 있다는 수석 집정관의 해석에 동의하십니까?"

"아니요, 호민관, 동의하지 않습니다." 켈레르가 믿음직스러운 진중한 목소리로 답했다.

"어째서 동의하지 않으십니까?"

"저는 로마의 평민이 호민관에게 부여한 거부권 행사를 막는 그 무엇에도 동의할 수 없기 때문입니다!"

켈레르의 이 말에 카이사르의 지지자들은 찬성의 함성을 내질렀다.

"그렇다면, 수도 담당 법무관," 룰루스가 이어서 질문했다. "현재 발효된 원로원 최종 결의는 본 민회에서 제가 행사한 거부권을 무력화할 수 없다는 게 당신의 의견입니까?"

"그렇습니다, 그것이 제 의견입니다!" 켈레르가 외쳤다.

군중의 들썩거림이 심해지자 오토가 룰루스와 메텔루스 켈레르 앞으로 나섰다. "마르쿠스 키케로가 옳습니다!" 오토가 소리쳤다. "마르쿠스 키케로는 이 시대 최고의 변호인입니다!"

"마르쿠스 키케로는 개똥이야!" 누군가가 외쳤다.

"개똥 독재관!" 다른 누군가가 외쳤다. "개똥 독재관!"

"키케로는 개똥이야! 키케로는 개똥이야! 키케로는 개똥이야!"

"정숙! 정숙하시오!" 키케로가 소리질렀다. 그는 군중이 두려워지기 시작했다.

"키케로는 개똥이야, 키케로는 개똥이야, 개똥 독재관!"

"정숙! 정숙!"

"정숙을 되찾으려면," 룰루스가 외쳤다. "호민관들은 수석 집정관의 방해 없이 자신들의 권리를 행사할 수 있어야 합니다!" 그는 로스트라 연단 끝으로 걸어나와 아래를 내려다보았다. "퀴리테스 여러분! 저는 이 자리에서 원로원 최종 결의의 본질을 조사하는 법을 제정하자고 제안합니다! 지난 며칠간 우리의 수석 집정관이 원로원 최종 결의를 휘둘러 초래된 결과는 그야말로 엄청납니다! 그것 때문에 사람들이 죽었습니다! 이제는 그것 때문에 호민관이 거부권을 행사할 수 없답니다! 이제 호민관들은 다시 술라의 법 아래에서처럼 하잘것없는 존재랍니다! 오늘의 대재앙은 제2의 술라가 나타나기 전의 서곡입니까? 원로원 최종 결의를 소리 높여 옹호하는 그는 제2의 술라가 되려는 걸까요? 그는 최종 결의를 무슨 요술봉처럼 휘두릅니다! 휘리릭, 한 번이면 모든 장애물이 사라집니다! 원로원 최종 결의만 있으면 사람을 그냥 죽이고, 아직 죽이지 않은 사람은 쇠사슬로 묶고 재갈을 물립니다. 로마인들이 트리부스회를 소집해 법을 제정하거나 기각시킬 권리를 없앱니다. 재판청구를 아예 금지시킵니다. 다섯 명이 재판도 받지 못한 채 죽었고, 다른 한 사람은 지금 이 순간 마르스 평원에서 재판을 받고 있는데, 우리의 개똥 독재관은 썩어빠진 원로원 최종 결의를 또다시 들먹이며 정의를 뒤엎고 우리 모두를 노예로 만들려 합니다! 세상을 지배하는 것은 우리입니다. 하지만 개똥 독재관께선 우리를 지배하려고 합니다! 저는 로마인의 진정한 의회체로부터 거부권을 행사할 권리를 부여받았습니다. 그러나 개똥 독재관은 제게 그 권리가 없다고 합니다!" 룰루스는 증오에 찬 몸짓으로 키케로를 향해 몸을 돌렸다. "개똥 독재관, 이제 다음 단계는 무엇이오? 나를 툴리아눔 감옥에 데려가 재판도 없이 내 목을 으스러뜨릴 거요? 재판도 없이, 재판도 없이, 재판도 없이, 재판도 없이!"

민회장의 누군가가 룰루스의 말을 따라 하기 시작했다. 놀란 키케로의 눈에는 카툴루스 파벌마저도 그 흐름에 동참하는 것처럼 보였다. "재판도 없이! 재판도 없이! 재판도 없이!" 외침은 끝없이 계속되었다.

그러나 폭력 사태는 없었다. 평소 성질이 불같은 가이우스 피소와 아헤노바르부스는 이쯤이면 누군가를 한 대 쳤을 법한데도, 두 사람 다 꼼짝 않고 서 있었다. 그 두 사람과 비불루스가 공포로 얼어붙은 모습을 보고, 카툴루스는 반란 공모자들의 처형에 대한 사람들의 반감이 과연 어느 정도였는지 실감했다. 카툴루스는 자기도 모르게 로스트라 연단에 서 있는 키케로를 향해 오른손을 들어올려 멈추라고, 당장 패배를 인정하라고 무언의 명령을 보냈다.

키케로는 허둥대느라 고꾸라질 뻔하며 한 걸음 앞으로 나갔다. 손바닥을 활짝 펴서 쳐든 채 사람들을 향해 제발 진정하고 조용히 해달라고 간청했다. 소리가 충분히 잦아들자, 키케로는 혀로 입술을 축이고 침을 꿀꺽 삼켰다. "수도 담당 법무관," 그가 외쳤다. "법 해석에서 당신이 나보다 우월한 위치에 있음을 인정합니다! 당신의 의견을 채택하십시오! 원로원 최종 결의는 에트루리아의 반란이나 로마에서의 모반 행위와 무관한 사안에 행사된 거부권에는 영향을 미치지 않습니다!"

그는 살아 있는 한 결코 싸움을 멈추지 않을 터였지만, 지금 이 순간만큼은 자신이 졌다는 것을 알았다.

멍하고 지친 얼굴로, 키케로는 룰루스가 내민 타협안을 받아들였다. 카이사르가 룰루스더러 제시하라고 미리 지시한 타협안이었다. 키케로로서는 룰루스가 왜 그렇게 상대에 유리한 조건을 제시하는지 알 수 없었다. 심지어 룰루스는 카이킬리우스 · 디디우스법에 명시된 사전 집회와 열이레간의 대기 의무를 면제해주는 것까지 동의했다! 하지만 원로원 최종 결의로 호민관의 거부권 행사를 막을 수 없다면 디디우스법에서 정한 사전 집회와 대기 기간 의무조항 역시 면제받을 수 없음을 여기 모인 군중 중 가장 어리석은 자라도 알 터인데? 오, 그래, 역시 이건 카이사르의 솜씨야. 그렇지 않다면 왜 라비리우스의 항소 재판에서 카이사르가 재판관을 섰겠는가? 카이사르는 이 일로 정확히 무엇을 얻으려는 걸까?

"모두가 자네에게 등을 돌린 건 아닐세, 마르쿠스." 아티쿠스가 말했다. 두 사람은 퀴리날리스 언덕 꼭대기에 있는 아티쿠스의 화려한 저택을 향해 알타 세미타를 걸어 오르고 있었다.

"하지만 그런 사람이 너무 많아." 키케로가 비참한 목소리로 말했다. "아, 티투스, 우린 그 가증스러운 공모자들을 반드시 제거해야만 했단 말일세!"

"알지." 아티쿠스는 드넓게 펼쳐진 공터에서 발걸음을 멈췄다. 마르스 평원과 구불구불한 티베리스 강 저편으로 바티카누스 평원과 언덕이 한눈에 내다보였다. "라비리우스의 재판이 아직도 진행중이라면 여기서 보일 걸세."

하지만 가설투표소 인근 풀밭에는 사람이 거의 없었다. 늙은 라비리우스의 운명은 이미 결정된 후였다.

"카이사르 형제의 법정에는 누굴 보냈나?"

"티로에게 토가를 입혀 보냈네."

"티로에겐 위험한 일이었겠군."

"그래, 하지만 티로는 내게 상황을 정확히 보고해줄 테니까. 사실 자네야말로 내게 그런 사람이지. 오늘 트리부스회에서 내게 가장 필요한 사람은 자네였어." 키케로는 웃음인지 신음인지 모를 소리를 내뱉었다. "하. 트리부스회라니! 이건 다 사기야."

"카이사르가 영리한 건 자네도 인정해야 해."

"그래, 나야 인정하지! 하지만 자네는 왜 그렇게 생각하나, 티투스?"

"백인조회에서 내리는 처벌을 사형이 아닌 추방 및 벌금형으로 바꾸자는 조건 때문에. 라비리우스가 채찍을 맞고 참수되는 걸 보지 않아도 되니, 백인조에서 이제 그에게 마음놓고 유죄표를 주겠지."

이번에는 키케로가 가던 걸음을 멈추었다. "그럴 리가 없어!"

"그렇게 될걸. 재판 때문이야, 마르쿠스, 재판! 원로원 바깥의 사람들은 진짜 정치적 파급효과를 보지 못해. 그들은 당장 자기네 안전에 영향을 끼칠 때만 정치를 주시한다네. 그러니 그 다섯 명이 포룸 로마눔에 버젓이 나타나 재판을 받게 놔뒀으면 로마에 얼마나 위험한 일이었을지 그 사람들이 알 턱이 있나. 그저 재판을 청구하거나 항소를 제기할 기회 없이 시민이 처형된다면—그게 심지어 죄를 자백한 반역자라도!—자기네 목숨 역시 어느 때든 위태로워질 수 있다는 사실만 보는 것이지."

"내가 취한 조치가 로마를 구했어! 내가 조국을 구했다고!"

"자네에게 동조하는 사람들이 많네, 마르쿠스, 내 말을 믿어. 사람들의 감정이 가라앉기를 기다리세. 지금으로서는 카이사르에서 푸블리우스 클로디우스까지 몇몇 진짜 획책꾼들이 군중의 감정을 조종하고 있으니까."

"푸블리우스 클로디우스?"

"그래, 맞아. 클로디우스가 추종자들을 꽤 크게 모으고 있는 걸 몰랐나? 물론 주로 천한 자들이긴 하지만 소기업가들 사이에서도 영향력을 꽤 확보했어. 화려한 연회를 열어주고 큰손 노릇을 하고, 천한 사람들에게 선물을 돌리고, 뭐 그런 식인가 보더군." 아티쿠스가 말했다.

"하지만 그는 아직 원로원에 입성하지도 않았어!"

"열두 달만 지나면 입성한다네."

"돈 많은 풀비아 덕을 보는군."

"그렇다네."

"자네는 푸블리우스 클로디우스에 대해 어떻게 그리 잘 아는가? 클로디아와 가깝게 지내서? 자네는 클로디아와 왜 친구로 지내나?"

"클로디아는," 아티쿠스가 찬찬히 말했다. "내가 '능숙한 열녀'로 부르는 부류의 여자일세. 그런 여자들은 남자만 보면 숨을 할딱이고 심장 두근대며 입술을 내밀다가도 막상 남자가 달려들면 비명을 지르며 달아나지. 보통은 아무것도 모르는 자기 남편한테로. 그러니 그런 여자들은 정조를 빼앗길까봐 전혀 걱정하지 않아도 되는 부류의 남자들과 어울리길 선호한다네. 그러니까 나 같은 동성애자와."

키케로는 침을 꿀꺽 삼켰다. 얼굴을 붉히지 않으려고 했지만 헛수고였다. 시선을 어디에 두어야 할지 알 수 없었다. 지금까지 아티쿠스는 자신이 동성애자임을 스스로 인정한 적이 없었을 뿐만 아니라 그 단어 자체를 아예 입에 올리지 않았다.

"당황하지 말게, 마르쿠스." 아티쿠스가 웃으며 말했다. "오늘은 평소와 다른 날이잖아, 그래서 그런 거야. 내가 그런 말을 했단 건 잊게."

테렌티아는 에둘러 말하지 않았다. 귀부인으로서 품위를 지키면서도, 자신의 신분으로 사용할 수 있는 어휘란 어휘는 전부 동원했다.

"당신은 조국을 구했어요." 테렌티아는 사나운 기세로 말을 끝맺었다.

"전장에서 카틸리나를 패배시키기 전까진 아니오."

"그거야 당연히 그렇게 되지 않겠어요?"

"지금까지만 봐선 우리 군이 제대로 하는 게 없소! 히브리다는 아직도 통풍 때문에 절절매고, 렉스는 움브리아에서 숙소로 쓸 민가를 구해 아예 편안하게 자리를 잡았고, 메텔루스 크레티쿠스가 아풀리아에서 뭘 하는지는 아무도 모르고, 메텔루스 켈레르는 이곳 로마에서 카이사르가 지핀 불에 기름을 붓느라 바쁘니까."

"내년 초면 다 끝날 거예요. 기다려봐요."

지금 이 순간 키케로가 가장 원하는 건 아내의 근사한 가슴에 얼굴을 파묻고 눈이 퉁퉁 붓도록 우는 것이었다. 하지만 그것은 허락되지 않으리라는 걸 알기에, 떨리는 입술을 진정시키며 심호흡을 한 번 크게 쉬었다. 행여 눈가에 고인 눈물을 보고 뭐라 할까싶어 테렌티아를 차마 쳐다보지도 못했다.

"티로한테 보고는 받았어요?" 테렌티아가 물었다.

"아, 그랬소. 카이사르 형제가 라비리우스에게 사형선고를 내렸다는군. 로마 역사상 가장 추한 당파적 편협성을 드러낸 뒤에 말이오. 라비에누스는 고삐 풀린 망아지나 다름없었더군. 심지어 사투르니누스와 백부 퀸투스 라비에누스의 이마고를 쓴 배우들까지 데려왔는데, 그 모습이 반역자라기보다는 베스타 신녀 같았다는군. 그리고 백부 퀸투스의 두 아들도 와서—둘 다 마흔이 넘었소!—가이우스 라비리우스 때문에 '아빠'를 잃었다고 애들처럼 엉엉 울었다는군! 청중은 측은하다고 소리치며 그들에게 꽃을 던져주었다지. 놀랄 일도 아니오. 그야말로 재기 넘치는 한 편의 공연이었으니까. 카이사르 형제는 고대의 문구들을 정확히 구사했다오. '릭토르, 가서 저자의 손을 묶어라! 릭토르, 가서 저자를 말뚝에 묶고 매질하라! 릭토르, 가서 저자를 십자가에 매달아라!' 하!"

"그래도 라비리우스는 항소를 제기했어요."

"물론 그랬소."

"항소 재판은 내일 백인조회에서 열릴 거고요. 듣자 하니 글라우키아법에 따라 열린다고요. 하지만 증인도 증거도 부족해서 공판은 단 1회에 국한된다더군요." 테렌티아가 코웃음을 쳤다. "그런데도 배심원단이 이 기소가 얼마나 말도 안 되는 짓인지 깨닫지 못한다면, 로마의 지성이 겨우 이 정도임을 개탄할 수밖에요!"

"그거야 애초에 개탄했소." 키케로가 냉소하듯 내뱉었다. 그는 몹시 늙어버린 듯한 기분으로 자리에서 일어섰다. "여보, 미안하지만 식사는 거르겠소. 시장기가 들지 않아요. 해 지기 전에 어서 가이우스 라비리우스를 만나는 게 좋겠소. 내일 변호를 맡아야 하니까."

"호르텐시우스도 같이 맡나요?"

"잘되면 루키우스 코타도 같이 맡을 거요. 그는 첫번째 변론인으로 세우기 좋은데다 호르텐시우스와 호흡이 잘 맞으니까."

"당연히 당신은 최종 변론을 맡겠군요."

"당연하지. 한 시간 반이면 충분할 거요. 루키우스 코타와 호르텐시우스가 각각 한 시간 이내로 해주기로 동의해준다면."

하지만 카리나이 지구의 지극히 사치스럽고 요새 같은 대저택에서 가이우스 라비리우스를 만나본 키케로는, 유죄선고를 받은 그가 자신의 변호인단과 관련해 사뭇 다른 생각을 품고 있음을 알게 되었다.

이 노인에게는 퍽 고된 하루였다. 그는 머리를 좌우로 흔들고 축축한 눈을 깜빡거리며, 크고 화려한 아트리움에 놓인 안락한 의자에 키케로를 앉혔다. 수석 집정관은 언젠가 자신도 이런 집을 살 만한 돈을 구했을 때 새집을 이런 식으로 꾸밀 수 있을지 궁금해하며 마치 로마에 처음 온 촌놈처럼 사방을 이리저리 둘러보았다. 이 방을 그대로 따라하면 전직 집정관의 저택으로 썩 어울리리라. 단, 과시적인 느낌은 조금 덜어내고. 천장은 번쩍번쩍한 보석이 박힌 황금 별들로 장식되었고 벽과 기둥은 진짜 금으로 도배되어 있었다. 심지어 좁고 긴 사각 수조에도 황금 타일이 깔려 있었다.

"내 아트리움이 마음에 드오?" 가이우스 라비리우스가 물었다. 꼭 도마뱀 같은 생김새였다.

"방이 아주 좋습니다." 키케로가 말했다.

"이런 집에서 연회를 열지 않다니 참 아깝지, 안 그렇소?"

"그렇기야 하지만, 왜 이런 요새에서 사시는지 그 이유는 저도 짐작합니다."

"연회 같은 건 돈 낭비야. 나는 재산을 벽에 붙여두지. 요새에서 사는 사람은 은행보다 그쪽이 더 안전하다오."

"노예들이 몰래 떼어 가진 않습니까?"

"십자가에 매달리고 싶어 안달이면 그리하겠지."

"네, 무서워서 못 그러겠지요."

노인은 금박 의자의 금박 팔걸이 끝에 달린 사자 두상에 얹고 있던 양손을 꽉 움켜쥐었다. "나는 금이 좋아. 색깔이 참 예쁘거든."

"네, 그렇지요."

"그래서 당신이 내 변호인단의 대표를 맡고 싶다?"

"네, 그렇습니다."

"사례로 당신한테 얼마를 줘야 하오?"

'사방 10미터짜리 황금 판 한 장이면 되겠습니다, 감사합니다.'라는 말이 입안에서 뱅뱅 돌았지만, 그 대신 키케로는 미소를 지어 보였다. "가이우스 라비리우스 당신의 재판은 우리 공화국의 미래에 무척 중요하다고 생각합니다. 따라서 저는 무보수로 당신을 변호하겠습니다."

"역시 그렇게 하는구려."

로마 최고의 변호인으로부터 무료 변호를 받게 된 데 대한 감사의 표시는 이것이 전부였다. 키케로는 침을 꿀꺽 삼켰다. "다른 동료 의원들과 마찬가지로, 가이우스 라비리우스, 저 역시 수년간 당신과 안면이 있습니다. 하지만," 그는 목청을 가다듬었다. "흠, 항간에 떠도는 소문들 말고는 당신에 대해 딱히 아는 바가 없습니다. 그러니 변론을 준비하려면 지금 몇 가지 질문을 드려야 하겠습니다."

"나는 아무 대답도 하지 않을 테니, 입 아프게 헛수고 마시오. 알아서

지어내요."

"소문을 통해 들은 내용으로 말입니까?"

"라리눔에서 오피아니쿠스가 벌인 일에 내가 어떻게 관여되어 있는가 하는 것 말이오? 당신은 클루엔티우스를 변호하지 않았소."

"하지만 가이우스 라비리우스 당신에 대해서는 언급한 적이 없습니다."

"그러면 더 잘됐군. 오피아니쿠스는 클루엔티우스 재판이 있기 훨씬 전에 죽었으니 진짜 내막을 알 사람이 누가 있겠소? 키케로 당신은 거짓말을 잘도 꾸며서 얘기하더군. 그래서 내가 당신이 내 변호인단 대표를 맡게 두는 거요. 아니, 아니, 아무것도 신경쓰지 마시오! 당신은 마치 오피니아쿠스가 소문이 무성한 저 카틸리나보다도 자기 친척들을 더 많이 살해한 것처럼 꽤나 그럴듯하게 얘기했소. 그건 전부 재산을 노리고 저지른 짓이지! 그런데도 오피니아쿠스는 집이 황금으로 도배되어 있지 않아. 흥미롭지 않소?"

"저야 알 수 없지요." 키케로가 맥없이 말했다. "그분 집에 가본 적이 없으니까요."

"아풀리아 절반이 내 땅이오. 그리고 나는 쉬운 사람이 아니고. 그렇지만 술라가 그때 원로원 의사당 지붕에 올려보낸 사람이 나 말고도 쉰 명이나 더 되는데 왜 나만 그 일로 추방을 당해야 하오? 그날 의사당 지붕에 있었던 자들 중에는 나보다 중요한 인물도 많았소. 세르빌리우스 카이피오나 카이킬리우스 메텔루스같이 이름 높은 자들도 많았단 말이오. 대부분 원로원 맨 앞줄에 앉았던 자들이지. 그때가 아니면 나중에라도."

"네, 그렇군요."

"당신은 배심원단 투표 직전 마지막 변론을 맡고 싶겠지?"

"저는 늘 최종 변론을 맡습니다. 루키우스 코타가 첫번째, 다음은 퀸투스 호르텐시우스, 마지막으로 제가 나갑니다."

별안간 이 골칫덩이 노인이 분개하며 몸을 뒤로 젖혔다. "세 명뿐이라고?" 그는 숨을 할딱였다. "오, 절대 안 돼! 혼자만 돋보이겠다 이거지, 응? 변호인은 일곱이어야 돼. 7은 내 행운의 숫자야."

"가이우스 카이사르가 재판관을 맡을 겁니다." 키케로는 천천히 분명하게 설명했다. "그리고 글라우키아 방식대로 1차 공판만 있을 테고요. 가이우스 카이사르 말로는, 증인으로 나서려는 사람이 없으니 2차 공판은 열어봐야 의미가 없답니다. 카이사르는 기소인에게 두 시간, 변호인에게 세 시간을 줄 겁니다. 그런데 변호인이 일곱 명이나 되면, 다들 본격적으로 논지를 펴기도 전에 변론을 끝마쳐야 합니다!"

"시간이 부족하니 변론이 그만큼 예리해지겠지." 라비리우스는 단호했다. "변호인이라는 작자들은 기회만 있으면 잘난 척하고 싶어 안달이야! 자기 목소리에 스스로 취해서 말이야. 변호인이 지껄이는 말 3분의 2는 잘라내도 돼. 당신도 마찬가지요, 마르쿠스 키케로. 쓸데없는 소리를 어찌나 지껄여대는지."

제발 여기서 나갈 수 있었으면! 키케로는 미칠 것 같았다. 이자의 눈에 침을 뱉고, 나 대신에 아폴로한테나 가보라고 소리칠 수만 있다면! 어째서 나는 카이사르가 나를 연상시킬 전례로 이 썩어빠진 끔찍한 노친네를 이용하게 만든 걸까?

"가이우스 라비리우스, 제발 다시 생각해주십시오!"

"아니, 절대 안 되니까 헛수고 그만하시오! 루키우스 루케이우스, 젊은 쿠리오, 아이밀리우스 파울루스, 푸블리우스 클로디우스, 루키우스 코타, 퀸투스 호르텐시우스, 마지막으로 당신! 마르쿠스 키케로 당신이 좋든 싫든 이렇게 가는 거요. 7은 나한테 행운의 숫자요. 모두가 내가 질 거라고 해도, 나한테 일곱 명이 있다면 난 절대로 지지 않아." 그는 별안간 웃음을 터트렸다. "당신들이 한 시간을 일곱으로 쪼개서 발언하면 오히려 더 잘될걸! 히히!"

키케로는 자리에서 일어나 말없이 떠났다.

하지만 7은 라비리우스에게 진정 행운의 숫자였다. 재판관 역할을 완벽히 수행하는 것은 카이사르의 적성에 잘 맞았다. 카이사르는 앞서 모두가 동의한 글라우키아 방식에 따라 변호인단에게 한 치의 오차도 없이 치밀하게 시간을 할애했다. 변호인단에게 주어진 시간은 총 세 시간이었다. 루케이우스와 젊은 쿠리오는 고귀한 희생정신을 발휘해 그들의 발언 시간을 대폭 줄였고, 호르텐시우스와 키케로 둘 다 각각 반 시간을 쓸 수 있도록 했다. 그러나 첫째 날 재판이 늦게 열리고 일찍 끝나는 바람에, 호르텐시우스와 키케로는 라비리우스를 위한 마무리 변론을 그 끔찍했던 12월의 아홉째 날에 해야 하게 되었다. 라비에누스의 호민관 임기 마지막날이었다.

백인조회의 개최 여부는 날씨의 영향을 많이 받았다. 눈이나 비, 바람으로부터 수많은 시민들을 전부 가려줄 지붕이 있는 시설물이 없어서였다. 태양이 쨍쨍하게 내리쬐는 날에 회의에 참석하기란 상당한 고역이었지만, 12월은—계절상으로는 사실상 여름이었지만—해 뜬 날도 그럭저럭 견딜 만했다. 회의를 주관하는 정무관의 재량에 따라 회의 날짜를 연기하는 것도 가능했으나, 비가 아무리 세차게 쏟아져도 선거는 반드시 치러야 한다고 고집하는 사람들이 늘 존재했다(백인조회에서 재판이 열리는 일은 극히 드물었다). 술라가 선거일을 옮긴 것도 어쩌면 이 이유에서였는지도 몰랐다. 비가 잦은 11월보다는 한여름 폭염에 시달리더라도 대체로 마른 날이 많은 7월이 낫다고 판단했으리라.

라비리우스의 재판일은 양일 모두 날씨가 완벽했다. 맑고 화창한데다 살짝 쌀쌀한 미풍마저 불어주었다. 날씨만 본다면 총 4천여 명에 이르는 배심원단은 한껏 너그러운 기분이어야 마땅했다. 더구나 토가를 둘둘 말고 옹송그려 서 있는 항소인은 그들의 동정심을 자아내기 충분했다. 라비리우스는 중풍 환자처럼 몸을 덜덜 떨며, 릭토르들이 그를 위해 임시로 마련해준 버팀대를 갈퀴 같은 두 손으로 꽉 붙들고 있었다. 그러나 배심원단의 분위기는 처음부터 험악했다. 라비에누스는 그에게 할당된 두 시간 동안 단독으로 훌륭하게 주장을 펼쳤다. 연설 끝에 사투르니누스와 백부 퀸투스 라비에누스의 이마고를 쓴 배우들이 나타나 연기를 선보이는 동안, 옆에서는 그의 두 사촌이 모두에게 잘 보이는 자리에 앉아 줄곧 목놓아 흐느꼈다. 장소를 꽉 메운 군중 사이사이로 수런대는 목소리가 많았다. 그 목소리들은 자기네 재판청구권이 위협받고 있다고, 라비리우스에게 유죄를 선고해 키케로나 카토 같은 자들에게 앞으로 신중히 처신하라는 경고를 보내야 한다고, 그리고 원로원 같은 집단에게 앞으로는 재정이나 정쟁이나 외교에나 신경쓰도록 가르쳐야 한다고 1계급과 2계급 사람들에게 끝없이 속삭였다.

변호인단은 열심히 싸웠지만, 배심원단은 누가 봐도 변호인의 말을 들을 준비가 되어 있지 않았다. 힘겹게 자리를 지키는 조그만 노인 라비리우스의 처량한 모습을 보고 울어줄 사람도 없었다. 둘째 날 재판은 정시에 시작되었다. 호르텐시우스와 키케로 두 사람 모두 이날 라비리우스에게 무죄판결이 내려지려면 자신들이 지닌 최고의 기량을 발휘해야 함을 잘 알고 있었다. 그러나 불행히도 두 사람 다 그러지 못했다. 긴 의자에 누워 즐기는 화려한 만찬과 고급 포도주의 쾌락에 중독된 숱한 사람들처럼, 호르텐시우스 역시 고급 생선 요리를 통해 전염되는 중풍의 습격을 피하지 못한 터였다. 게다가 그는 이 재판에 참여하기 위해 미세눔에서 평소보다 서둘러 돌아와야 했으니, 퉁퉁 부은 발가락의 맹렬한 통증을 다스리기에 적절한 상황은 아니었다. 호르텐시우스는 그에게 주어진 반시간 내내 지팡이에 몸을 기댄 채 한 자리에만 서 있었고, 이는 그의 연설 방식에 좀처럼 맞지 않았다. 다음에 이어진 키케로의 변론은 그가 그때까지 한 연설 중 가장 맥없는 연설이었다. 그는 시간에 쫓겼을 뿐 아니라, 자기가 하는 말의 일부는 필시 라비리우스가 아닌 자기 자신의 명예를 변호하는 말이 되리라는 사실을 끊임없이 의식했다. 물론 그렇다 하더라도 교묘한 방식으로였지만.

그리하여 카이사르가 배심원 투표 절차를 시작했을 때는 여전히 한나절 가까운 시간이 남아 있었다. 일단 카이사르는 투표 순서에서 우선권이 부여될 1계급 청년 백인조의 추첨을 실시했다. 이 추첨에는 총 31개의 지방 트리부스만이 참가할 수 있었고, 여기서 당첨된 트리부스는 통상적인 절차가 시작되기에 앞서 가장 먼저 투표에 들어갔다. 우선권이 부여된 백인조의 표가 집계되어 그 결과가 민회에 발표되기까지 일체의 활동이 중지되었다. 이제까지의 전례를 보면, 이때 선택된 지방 트리부스의 청년 백인조 유권자가 어떻게 투표하는지가 전체 선거 결과나 재판의 평결 향방에 큰 영향을 미쳤다. 따라서 이 추첨에서 뽑혀 선례를 세울 트리부스가 어디일지는 매우 중대한 사안이었다. 만일 키케로가 속한 코르넬리우스 트리부스나 카토의 파피리우스 트리부스가 뽑힌다면 그것은 일이 틀어질 조짐이었다.

"크루스투메리움 트리부스!"

폼페이우스 마그누스의 트리부스였다. 좋은 징조로군, 하고 생각하며 카이사르는 재판관석에서 일어났다. 그는 가설투표소 안으로 들어가 오른쪽 다리 끝에 자리를 잡고 섰다. 유권자들은 그 다리의 끝에 놓인 바구니에 밀랍을 바른 투표용 나무 서판을 담을 터였다.

가설투표소는 농장 주인들이 양을 선별 도축할 때 사용하는 구조물과 비슷한 생김새 때문에 '양우리'라는 별명을 갖고 있었다. 각 민회에서 필요한 기능에 맞춰 이리저리 옮길 수 있는 임시 목조 울타리와 통로로 이루어진 지붕 없는 미로였다. 백인조회는 항상 가설투표소에서 투표를 실시했고, 가끔은 트리부스회나 평민회에서도 회의를 주관하는 정무관이 유권자 수에 비해 민회장이 너무 좁다 싶지만 그렇다고 카스토르 신전을 사용하기는 내키지 않을 때 이 가설투표소를 사용했다.

나는 이곳에서 내 운명을 향해 걸어가고 있구나. 카이사르는 독특한 형태의 구조물 입구에 가까이 다가서며 엄숙히 생각했다. 판결은 크루스투메리움 트리부스의 청년 기사들이 투표한 대로 되리라. 그렇게 되리라고 뼛속 깊이 느껴져. 무죄인 리베로냐, 유죄인 담노냐. 담노. 분명 담노다!

이 의미심장한 순간에 카이사르는 크라수스와 마주쳤다. 입구 주변에서 어슬렁대는 그의 얼굴은 평소와 달리 무감정하지 않았다. 좋아! 이 일이 저 냉정한 크라수스의 마음을 움직이지 못했다면 나는 소기의 목적을 달성하는 데 실패한 거야. 하지만 그의 마음은 움직였다. 분명히 움직였다.

"언젠가는," 멈춰 서는 카이사르를 보고 크라수스가 말했다. "어느 시곧 양치기가 물감을 묻힌 막대를 들고 나타나 내 토가에 붉은 점을 찍고, 나중에 내가 투표장에 다시 들어가려고 하면 중복 입장할 수 없다고 날 막아서지 않을까? 양도 그렇게 표시하는데 로마인에게 그러지 못할 이유가 없지."

"지금 그 생각을 하고 계셨던 겁니까?"

미세한 경련이 크라수스의 얼굴을 스쳐갔다. 놀라움의 표시였다. "그래. 하지만 그렇게 몸에 표시를 하는 건 로마인답지 않다고 결론을 내렸네."

"옳은 말씀입니다." 카이사르는 말했다. 갖고 있는 의지력을 전부 짜내 겨우 웃음을 참는 중이었다. "하지만 그렇게 하면 투표소를 수차례 들락거리는 트리부스 사람들을 막는 데는 확실히 도움이 되겠습니다. 특히 에스퀼리누스나 수부라 같은 수도 트리부스들 말입니다."

"별반 차이야 있겠나." 크라수스가 지루한 얼굴로 말했다. "양들이야, 카이사르, 양. 유권자들은 다 양들이라네. 메에!"

카이사르는 여전히 웃겨서 죽을 지경으로 급히 안으로 향했다. 이제 확실해졌다. 사람들은—심지어 크라수스 같은 가까운 친구들까지도—이것이 얼마나 엄숙한 행사인지 충분히 이해하고 있다!

크루스투메리움 트리부스 청년 백인조 유권자의 평결은 담노였다. 전례대로, 평결은 그들의 뜻대로 되리라. 울타리 쳐진 통로를 지나고 다리 두 개를 건너 2열로 줄지어 걸어가는 사람들의 손에는 담노(DAMNO)의 D가 적힌 나무판이 들려 있었다. 카이사르와 함께 투표를 참관하는 사람은 그의 감독관 메텔루스 켈레르였다. 이 재판의 최종 평결이 담노임을 확신한 순간 켈레르는 자기쪽 다리 감독을 코스코니우스에게 맡기고 자리를 떴다.

그다음에 이어진 것은 위태로울 정도로 긴 기다림이었다. 켈레르가 거울을 깜빡한 걸까? 해가 구름 뒤로 숨어버렸나? 야니쿨룸 언덕에서 켈레르의 명령을 기다리던 자가 졸기라도 한 걸까? 어서, 켈레르, 서둘러!

"무장하라! 무장하라! 침략자들이 쳐들어온다! 무장하라! 무장하라! 침략자들이 쳐들어온다! 무장하라! 무장하라!"

참으로 아슬아슬했다.

늙은 가이우스 라비리우스의 원심과 항소심은 이렇게 끝났다. 투표하던 사람들은 미친듯이 허둥대며 안전한 세르비우스 성벽 안쪽으로 돌아간 뒤, 무기를 갖추어 소속 백인조에서 정해준 자리로 흩어졌다.

그러나 아무리 기다려도 카틸리나와 그의 군대는 오지 않았다.

그러한 상황에도 키케로가 냅다 뛰어 팔라티누스 언덕으로 돌아가지 않고 홀로 터덜터덜 걸었다면, 그에게는 그만한 사정이 있었던 것이다. 호르텐시우스는 자기 몫의 변론을 마치자마자 끙끙거리며 가마를 타고 자리를 떴지만, 그보다 덜 유복하고 출신도 낮은 키케로의 자존심은 그런 사치를 허락하지 않았다. 그는 엄숙하고 차분한 표정으로 자기 백인조가 투표를 마치기를 기다렸다. 손에는 리베로(LIBERO)의 L이 적힌 나무판을 꽉 움켜쥐고 있었다. 이 끔찍한 날, 그와 같이 L자를 든 사람들은 그리 많지 않았다! 그는 심지어 자기 백인조 사람들조차 설득하지 못했다. 그는 엄숙하고 차분한 표정으로 1계급 사람들의 뜻을 똑똑히 지켜보았다. 무려 서른일곱 해가 지났건만, 사람들은 유죄를 선고하려 하고 있었다.

무장을 명령하는 나팔 소리는 키케로에게 기적 같았다. 그 역시 다른 모든 사람들처럼 카틸리나가 군대를 제일 먼저 마르스 평원으로 끌고 와 자신을 친 뒤 로마를 덮치리라고 짐작하지 않은 건 아니었다. 하지만 그럼에도 그는 뛰지 않고 걸었다. 차라리 지금 죽음을 맞는 것이 카이사르가 자기를 위해 준비한 운명을 맞는 것보다 낫다고 느껴졌다. 언젠가 카이사르나 다른 어떤 호민관이 적당하다고 판단하는 시점이 오면, 마르쿠스 툴리우스 키케로는 반역죄 혐의로 가이우스 라비리우스가 섰던 바로 그 자리에 서게 될 것이다. 그가 바랄 수 있는 최선은 대반역죄가 아닌 경반역죄로 기소되는 정도이리라. 추방형을 받고, 전 재산을 압수당하고, 로마 시민 명부에서 이름을 삭제당하고, 아들과 딸은 폐족으로 낙인찍힐 것이다. 이것은 그냥 한 번의 전투에 패한 게 아니었다. 그는 이 전쟁에서 졌다. 그는 술라가 아닌 카르보였다.

하지만 나는 결코 그것을 인정하지 않으리라. 키케로는 이윽고 팔라티누스 언덕으로 끝없이 이어지는 계단을 오르며 스스로에게 말했다. 나는 결코 카이사르나 다른 어느 누구도 내가 패배한 자라고 믿게 내버려두지 않으리라. 나는 내 조국을 구했다. 나는 죽을 때까지 그렇게 주장하리라! 삶은 계속된다. 나는 나를 위협하는 것이 아무것도 없는 듯 행동하리라. 심지어 내 머릿속에서도.

그리하여 다음날 포룸 로마눔에서 카툴루스를 만나 인사를 건네는 키케로의 목소리는 활기찼다. 신임 호민관들의 첫 연설을 구경하기 위해서 온 것이었다. "켈레르 일에 대해 세상의 모든 신들께 감사하고 있습니다!" 키케로가 웃으며 말했다.

"아무래도 모르겠네." 카툴루스가 말했다. "붉은 기를 내리는 건 켈레르의 생각이었을까, 아니면 카이사르가 시킨 걸까?"

"카이사르가 시켰다니요?" 키케로가 멍한 얼굴로 물었다.

"철 좀 들게, 키케로! 카이사르는 처음부터 라비리우스가 유죄판결을 받게 할 생각이 없었던 게 분명해. 안 그러면 달콤한 승리가 될 수 없었을 테니까." 파리하고 수척한 얼굴의 카툴루스는 몹시 아프고 늙어 보였다. "아아, 두려워! 그자는 울릭세스야. 명줄이 너무 강해서 그를 스치고 지나가는 모든 사람들을 다치게 해. 내 권위가 침식당하고 있어. 마침내 전부 닳아 없어지면 나는 무덤밖에 갈 곳이 없겠지."

"당치않은 말씀을 하십니다!" 키케로가 따뜻하게 위로했다.

"당치않은 말이 아닐세. 그저 달갑잖은 진실일 뿐이지. 단지 그자가 그렇게 자신만만하고 도도하고 참을 수 없으리만치 교만한 인간만 아니었더라도 용서할 수 있겠네! 내 부친은 온전히 카이사르 가문 사람이셨지. 그를 보면 자꾸만 부친이 떠올라. 하지만 두 사람은 달라." 카툴루스는 몸을 떨었다. "그는 돌아가신 부친보다 지력이 훨씬 더 뛰어나네. 그를 막을 수 있는 건 없어. 아무것도 없어. 나는 두렵네."

"오늘 이 자리에 카토가 없는 게 아쉽습니다." 키케로는 화제를 바꾸려고 했다. "메텔루스 네포스가 로스트라 연단을 독차지하겠어요. 그 두 형제가 어째서 돌연 민중파 입장을 취하는 건지 도무지 모르겠습니다."

"그거야 폼페이우스 마그누스를 탓해야지." 카툴루스가 경멸조로 내뱉었다.

키케로는 이탈리아 전쟁 때 폼페이우스 스트라보 밑에서 폼페이우스와 함께 복무한 시절 이래 줄곧 폼페이우스를 마음속으로 아껴왔다. 그는 이 자리에 없는 정복자를 위해 한마디하려다, 그 대신 경악에 찬 비명을 질렀다. "저기 좀 보십시오!"

카툴루스가 고개를 돌려보니, 마르쿠스 포르키우스 카토가 쿠르티우스 호수와 민회장 사이의 넓은 공간을 가로질러 당당히 걸어오고 있었다. 이날은 토가 안에 튜닉을 입은 채였다. 카토를 알아본 모든 사람들의 입이 떡 벌어졌다. 튜닉 때문이 아니었다. 오른쪽 왼쪽 모두 눈썹 위부터 목을 지나 양어깨까지 그어진 핏빛 상처 자국 때문이었다. 우그러진 상처에 피가 고여 있었다.

"세상에!" 키케로가 소리를 꽥 질렀다.

"오, 카토, 우리 기특한 친구!" 카틀루스가 큰 소리로 외치더니, 카토를 향해 거의 뛰다시피 다가가 카토의 오른손을 붙들었다. "카토, 카토, 왜 나왔나?"

"저는 호민관이고 오늘은 제 임기 첫날이니까요." 카토가 평상시처럼 우렁찬 목소리로 대답했다.

"하지만 자네 얼굴이!" 키케로가 외쳤다.

"얼굴은 낫기 마련이지만, 잘못된 행실은 그렇지 않습니다. 네포스를 상대해줄 제가 없으면 그자가 멋대로 설쳐댈 것 아닙니까." 박수갈채가 터져나오자 카토는 로스트라 연단에 올라 다른 신임 호민관 아홉 명과 함께 자리를 잡고 앉았다. 환호성에 화답하지도 않고 그저 메텔루스 네포스를 쏘아보느라 바빴다. 폼페이우스의 앞잡이. 인간쓰레기!

호민관 선거에는 인민 전체(파트리키 및 평민)가 참여하지는 않았다. 호민관들은 오로지 평민의 이익만을 위해 봉사했으므로, 평민회 회의는 트리부스회나 백인조회와 달리 '관료적'인 요소가 없었다. 식전 및 식후 의례가 매우 간소하여 조점이나 기도는 생략되었다. 평민회가 인기를 끄는 또다른 중요한 이유였다. 장황한 기도나 새들이 꽥꽥대는 조점 소리 따위 없이 회의는 항상 열띤 분위기 속에 시작되었다.

이날 평민회 회의는 참석률이 매우 높았다. 한편에서는 재판 없이 감행된 처형에 대한 불만이 곪아터질 지경에 이른 반면 또다른 편에서는 그 결정을 옹호했으므로, 양쪽 사이에서 불꽃 튀는 설전이 예상되었다. 먼저 전년도 호민관들이 퍽 품위 있게 연단에서 퇴장했다. 청중의 환호는 모두 라비에누스와 룰루스 두 사람에게 쏟아졌다. 그리고 정식 회의가 시작되었다.

모두가 예상한 대로 메텔루스 네포스가 가장 먼저 연단에 섰다. 카토는 먼저 나서기보다 상대의 공격을 맞받아치는 데 능한 자였다. 네포스는 재판 없이 로마 시민을 처형할 수 있는가 하는 선정적인 주제를 꺼내들었다. 반어법에서 은유법, 과장법에 이르기까지 온갖 수사학 기법을 동원해 펼친 그의 연설은 현란하기 이를 데 없었다.

"그리하여 저는 평민회 결의안을 상정합니다. 아주 온건하고 자비로우며 조금도 요란스럽지 않은 안이므로, 여기 자리하신 모든 분들이 통과시키지 않을 수 없을 겁니다!" 청중을 울렸다가 웃겼다가 종내에는 깊이 생각에 잠기게 한 긴 연설의 말미에 네포스는 이렇게 말했다. "사형도, 추방형도, 벌금형도 아닙니다. 평민 여러분, 제 제안은 오로지 로마 시민을 재판 없이 처형한 자는 누구든 공공장소에서 다시는 발언할 수 없게 하자는 겁니다! 참으로 달콤한 정의 실현이 아닙니까? 목소리를 영원히 꺼버리는 겁니다, 대중의 마음을 움직이게 하는 힘을 무력하게 만드는 겁니다! 여러분, 저와 함께하시겠습니까? 저 과대망상증 환자들과 괴물들의 입에 재갈을 물리시겠습니까?"

마르쿠스 안토니우스가 나서서 환호를 이끌었다. 환호성은 키케로와 카툴루스를 덮칠 듯 높은 파도처럼 그들 앞까지 밀려왔다. 오직 카토의 목소리만이 그 파도를 넘을 수 있었다. 오직 카토의 목소리만이 그랬다.

"거부권을 행사합니다!" 카토가 소리질렀다.

"자기 목을 지키려는 거죠!" 네포스가 경멸조로 내뱉었다. 사람들이 두 사람의 대화에 귀를 기울이면서 환성이 잦아들었다. 네포스는 과장되게 놀란 척하며 카토를 위아래로 훑어보았다. "그런데 보아하니 목이 얼마 남지도 않았군요, 카토! 무슨 일이 있었던 거요? 자리를 뜨기 전에 매춘부에게 값 치르는 걸 깜빡하셨소? 아니면 당신 배꼽 아래가 제 할 일을 하게 만들려고 매춘부한테 그렇게까지 해달라고 한 거요?"

"그게 카이킬리우스 메텔루스 가문 귀족이라는 자가 할 소리요?" 카토가 맞받았다. "당장 집으로 가시오, 네포스. 집으로 가서 똥이 가득찬 그 입을 씻어내시오! 어째서 우리가 이 신성한 로마인의 집회에서 그런 구린내 나는 말장난을 듣고 있어야 한단 말이오?"

"어째서 우리가 어느 얄팍한 원로원 결의 아래 납작 엎드려야 한단 말이오? 그래서 우리보다 로마인답지 못한 자들에게 로마인을 처형시킬 권리를 쥐여주어야 하오? 렌툴루스 수라의 증조모가 노예였소? 가이우스 케테구스의 부친이 여태 귓등에 돼지 똥을 묻히고 있소?"

"이딴 욕설 대결에 동참하길 거부하겠소, 네포스! 그러니 그만두시오! 여기서 올 12월까지 계속 그렇게 지껄여봐야 달라지는 건 아무것도 없을 테니까!" 카토가 우렁차게 외쳤다. 얼굴의 상처가 검붉은 밧줄처럼 도드라져 보였다. "거부권을 행사하겠소! 당신이 뭐라 해도 막을 수 없소!"

"당연히 당신은 거부권을 행사하겠지! 자칫하면 카토 당신이 다시는 공공장소에서 발언할 수 없게 될 테니까! 관용적인 입장을 취하고 있던 원로원을 말로써 야만인의 집합체로 만들어버린 건 다름아닌 바로 당신이었소! 사실 크게 놀랄 일도 아니지. 당신 증조모는 퍽 탐스러운 야만인 여자였다고 하더군. 투스쿨룸의 어느 어리석은 노친네가 그 야만인 여자한테 흠뻑 빠져들었다지. 그 늙은이는 돼지나 치며 그곳 투스쿨룸에 머물러야 했소! 야만족 돼지새끼를 이곳 로마까지 데려와서 예뻐할 게 아니라!"

이래도 저자가 내게 덤비지 않는다면 이 세상 그 무엇도 그를 뒤흔들 수 없으리라, 하고 네포스는 생각했다. 나라면 당장 가까운 공터에서 칼싸움을 한판 붙자고 할 거야. 그러면 평민들은 토사물을 핥는 개처럼 내가 저자에게 한 욕설들을 곧이곧대로 맛있게 먹어치우겠지. 그러면 내가 이긴다. 쳐라, 카토, 어서 와서 내 눈에 한 방 갈겨!

카토는 어떠한 폭력행위도 하지 않았다. 그는 이것이 자신에게 어떤 대가를 치르게 할지 알면서도, 스토아학파 신봉자답게 장렬히 몸을 돌려 로스트라 연단 뒤쪽 자기 자리로 돌아갔다. 관중이 이 비겁한 행동에 야유를 보내고 싶은 유혹을 느끼려는 찰나 아헤노바르부스가 마르쿠스 안토니우스보다 먼저 나서서, 카토가 훌륭한 자기 절제로 경멸을 표했다며 열광적인 성원을 보냈다.

분위기를 다시 반전시킨 건 루키우스 칼푸르니우스 베스티아였다. 베스티아는 키케로와 그의 원로원 최종 결의를 가장 잔인한 익살로 공격하기 시작했다. 평민들은 배꼽이 빠져라 웃어댔고 회의장은 활력과 생기로 가득찼다.

재판 없는 처형이라는 주제에 청중이 슬슬 식상해지고 있다고 판단한 네포스는 방향을 바꾸었다.

"그런데 루키우스 세르기우스 카틸리나라는 자 말입니다." 네포스는 일상적인 어조로 말했다. "제게는 전선에서 무슨 일이 벌어지고 있다는 얘기가 통 들리지 않습니다. 카틸리나와 소위 그의 적수라는 자들은 에트루리아, 아풀리아, 피케눔 등지에 넓게 흩어져 있습니다. 서로 안전하게 널찍널찍 떨어져 있지요. 지금까지 우리가 누구를 잡아들였습니까?" 네포스는 이렇게 물은 뒤 오른손을 높이 들고 다섯 손가락을 활짝 펼쳤다. "자, 일단 발가락이 욱신대는 히브리다가 있습니다." 네포스가 손가락 하나를 접었다. "다음으로는 메텔루스 가문의 또다른 염소이자 제2의 '백악 인간'이 있습니다." 또다른 손가락이 접혔다. "다음으로는 왕이 한 분 계시지요. 렉스, 그가 용감히 대적해 싸우는 대상은 바로, 뭐였죠? 뭐였더라⋯⋯ 아, 그래, 피튜니아꽃! 깜빡 잊을 뻔했습니다!" 이제 남은 손가락은 엄지와 새끼뿐이었다. 이 시점에서 네포스는 숫자를 세던 손을 펴 이마를 요란하게 쳤다. "아, 이런! 제 친형님을 잊을 뻔했습니다! 그곳에 함께 있어야 할 제 형님은 올바른 행위에 동참하고자 로마에 오셨지요! 남의 말을 참 안 듣는 형님이지만, 적어도 이 문제에 관해서는 형님을 용서해야 하겠습니다."

네포스의 너스레를 지켜보던 퀸투스 미누키우스 테르무스가 앞으로 나왔다. "무슨 말을 하려는 거요, 네포스? 이번엔 또 무슨 못된 장난을 치려고?"

"못된 장난이요? 제가요?" 네포스가 배우처럼 과장되게 뒷걸음질을 쳤다. "테르무스, 테르무스, 당신의 커다란 엉덩짝 밑에 타오르는 불꽃을 제발 더 크게 키우지 마시오! 테르무스 당신은 그 이름대로 '미적지근한' 게 어울린답니다!" 네포스는 노래하듯 말했다. 그가 테르무스를 도발하듯 속눈썹을 파르르 떨어 보이자 평민들은 자지러지게 웃었다. "아니요, 사랑하는 벗이여, 전 그저 이곳에 자리하신 훌륭한 평민 여러분들에게 카틸리나를 대적할 군대가 정말로 있기는 있다는 사실을 상기시키려는 것뿐이었습니다. 일단은 카틸리나를 찾기부터 해야겠지만요. 우리 이탈리아 반도의 북쪽은 참으로 드넓어 길을 잃기 십상이지요. 특히 우리의 티베리스 강에 드리워지는 아침 안개를 떠올려보십시오. 반암으로 만든 그들의 요강단지 비울 곳을 찾는 것만도 매번 얼마나 힘들겠습니까!"

"그래서 무슨 대안이 있소?" 테르무스는 험악한 기세로 물었다. 카토처럼 해보려고 용맹하게 분투했지만, 네포스는 그런 그에게 입맞춤을 날렸고 관중은 발작하듯 웃어댔다.

"돼지새끼의 친구분, 네, 제겐 대안이 있습니다!" 네포스가 밝게 대답했다. "제가 저기 서서 카토 얼굴의 무늬를 보고 있노라니까—피핀나, 피핀나!—또다른 얼굴이 눈앞에 아른거리더군요. 오, 아니요, 당신의 얼굴이 아닙니다! 저기 보이십니까? 집정관 흉상들 중 맨 끝에서 네번째 대좌 위, 군인다운 늠름한 얼굴이 보입니까? 참 멋진 얼굴이지요, 저는 볼 때마다 그런 생각을 합니다! 흰 피부에 금발머리와 아름다운 푸른 눈! 물론 당신의 눈만큼 빛나진 않지만, 그래도 퍽 아름다운 눈이지요." 네포스는 양손을 입가에 대고 크게 외쳤다. "거기 계신 로마 시민이시여! 네, 거기 뒤쪽, 집정관 흉상들 가까이 서 계신 바로 당신 말입니다! 그 대좌에 쓰인 이름을 읽어주시겠습니까? 네, 맞습니다. 금발머리와 크고 푸른 눈의 얼굴 말입니다! 뭐라고 쓰여 있습니까? 폼페이우스요? 어느 폼페이우스 말씀이시지요? 예? 마누스라고 하셨습니까? 마구스요? 아, 마그누스! 감사합니다, 감사합니다! 그 이름은 폼페이우스 마그누스입니다!"

테르무스는 두 주먹을 불끈 쥐었다. "감히 겁도 없이!" 그가 으르렁댔다.

"'겁도 없이'라고요?" 네포스가 순진한 표정으로 되물었다. "폼페이우스 마그누스가 통 겁이 없는 사람이긴 합니다. 전장에서 감히 그를 대적할 자가 있습니까? 저는 없다고 봅니다. 폼페이우스 마그누스는 시리아에서 과업을 끝마치고 로마로 돌아오는 길입니다. 모든 전투를 끝냈습니다. 동방은 정복되었습니다. 전부 나이우스 폼페이우스 마그누스의 업적입니다. 메텔루스 가문의 염소나, 이름만 왕인 렉스 가문의 어느 누구보다도 훨씬 더 큰 업적을 쌓았습니다! 제가 전쟁을 벌여야 한다면 폼페이우스 마그누스가 아닌 그들 중 하나와 상대할 겁니다. 앞서 그들은 대체 얼마나 시시해빠진 적들을 물리치고 개선식을 열었던 걸까요! 그들과 대적해 싸운다면 저는 진정한 영웅으로 추앙받을 겁니다. 그러면 저 역시 저기 가이우스 카이사르처럼 숱이 부족한 정수리를 떡갈잎관으로 가릴 수 있겠지요!"

네포스는 잠시 말을 끊고 카이사르에게 공손히 인사했다. 카이사르는 예의 그 떡갈잎관을 쓰고 원로원 의사당 계단에 서 있었다.

"퀴리테스 여러분, 간단한 평민회 결의를 통과시켜 폼페이우스 마그누스를 로마로 데려와 그에게 특별 직권을 위임할 것을 제안합니다. 그래서 이 그치지 않고 출몰하는 원로원 최종 결의를 우리가 계속 참고 지켜봐야만 하는 이유 자체를 아예 뿌리 뽑아버립시다! 저는 주장합니다. 폼페이우스 마그누스를 로마로 불러와 저 통풍환자가 잡을 엄두를 못 내는 바로 그 인물, 카틸리나를 끝장냅시다!"

열띤 환호가 재차 쏟아졌고, 카토, 테르무스, 파브리키우스, 루키우스 마리우스는 거부권을 발동했다.

수석 호민관으로서 이 회의를 주재한 네포스는 이만하면 충분하다고 판단했다. 자신이 이룬 성과에 퍽 만족해하며 회의를 종료했고, 기쁨에 들뜬 평민들이 보내는 박수갈채에 그의 형 켈레르와 나란히 팔짱을 낀 채 쾌활한 표정으로 화답했다.

카이사르가 그들에게 합류하며 말했다. "머리숱이 풍성하다는 뜻의 코그노멘을 갖고 있으면서 머리가 자꾸 벗어지면 두 분은 기분이 어떻겠소?"

"애당초 당신 아빠가 아우렐리우스 코타 가문의 여자와 결혼을 하지 말았어야지요." 네포스가 전혀 미안해하는 기색 없이 말했다. "아우렐리우스 코타 가문 사람치고 마흔쯤에 정수리가 달걀처럼 반질반질하지 않은 사람을 한 번도 본 적이 없으니 말이오."

"이봐요, 네포스. 솔직히 당신이 민중을 선동하는 재주가 그렇게 뛰어난 줄 몰랐소. 로스트라 연단에서 당신 특유의 우아함이 돋보이더군. 관중은 당신의 말 한마디에 울고 웃었고요. 그리고 내가 보기에도 오늘 연설은 굉장히 좋았으니까, 내 머리숱을 가지고 농담한 건 기꺼이 용서하겠소."

"나 역시 무척 즐거웠소. 하지만 카토가 앞으로도 오늘처럼 시끄럽게 거부권을 날려댄다면 나는 올 한 해 동안 아무것도 이루지 못할 거요."

"그럴 거요. 그 점에서는 네포스 당신한테 아주 좌절되는 한 해가 될 것이오. 그래도 더 높은 자리를 위한 선거에 출마했을 때 유권자들은 당신을 굉장히 호의적으로 기억할 거요. 어쩌면 나도 당신을 위해 한 표를 행사할 듯싶으니까."

메텔루스 형제는 팔라티누스 언덕으로 갈 참이었지만, 잠깐 카이사르와 함께 관저로 이어지는 사크라 가도를 걸어 올랐다.

"그러면 이제 에트루리아로 복귀하겠군요?" 카이사르가 켈레르에게 물었다.

"내일 동이 트자마자 출발할 생각이오. 카틸리나와 싸울 기회를 얻게 되면 좋겠지만, 우리 최고사령관 히브리다께선 내가 피케눔 경계에서 지연전술을 유지하고 있길 바라오. 카틸리나가 중간에 아무도 만나지 않고 피케눔까지 진격해올 가능성은 거의 없소." 켈레르는 아우의 손목을 다정히 잡았다. "티베리스 강의 안개에 대한 재담은 정말 뛰어났어, 네포스."

"폼페이우스를 로마로 데려오자는 제안은 진심이었소?" 카이사르가 물었다.

"실질적으로 가능한 제안은 아니지요." 네포스가 진지하게 답변했다. "솔직히 그치들의 반응을 보기 위해 한 말이었다는 걸 당신에게만 밝혀두겠소. 하지만 마그누스가 군대를 그대로 두고 혼자 떠나온다면야, 호출이 얼마나 빨리 전달되느냐에 따라 한두 달이면 로마에 도착할 수 있을 거요."

"두 달 후라면 아무리 히브리다라도 카틸리나와 전투를 끝냈을 시간이오." 카이사르가 말했다.

"물론 그렇지요. 하지만 오늘 카토를 보아하니 이렇게 로마에서 끊임없이 거부권에 부딪히며 한 해를 보내야 하는 건지 고민되는군요. 아까 당신이 말했듯 아주 좌절스러운 한 해가 될 테니 말이오." 네포스는 한숨을 쉬었다. "카토와는 말이 통하지 않소! 어떠한 논리로도 설득되지 않는 사람이니까. 누구를 만나도 눈썹 하나 까딱하지 않아요."

"사람들은 심지어 그러더군." 켈레르가 말했다. "동료 호민관들이 자기한테 너무 화가 나서 타르페이아 바위로 내던져버리려고 할 때를 대비해 카토가 특별 훈련까지 했다고 말이야. 카토가 두 살 때 마르시족 지도자였던 실로가 거꾸로 들고 날카로운 바윗돌 위에 던져버리겠다고 겁을 줬는데도, 그 괴물 같은 꼬마는 조금도 수그러들지 않고 계속

대들었대."

"네, 카토답지요." 카이사르가 활짝 웃었다. "세르빌리아가 그건 실화라더군요. 그런데 네포스, 그러면 호민관 직을 사임할 생각이오? 내가 당신 말을 맞게 이해한 거요?"

"소동을 좀더 피워야지요. 원로원이 나를 대적해 최종 결의를 선포하도록 말이오."

"폼페이우스를 로마로 데려오라고 바가지를 더 긁겠다는 말이군요."

"오, 카툴루스 잔당의 속을 뒤집어 놓으려면 그 정도로 어림없지요, 카이사르!"

"동감이오."

"하지만," 네포스가 점잔을 빼며 말했다. "내가 전 인민을 상대로 법안을 상정해 무능함을 이유로 히브리다를 파면시키고 우리의 마그누스를 로마로 불러와 그가 동방에서 누린 것과 동일한 임페리움과 군대를 부여하자고 한다면, 그때는 그들이 가만있을 수 없겠지요. 그리고 거기에 내가 작은 법안을 하나 더 상정한다면? 그러니까 마그누스가 임페리움을 유지한 채 에트루리아에 군대를 주둔케 한 뒤 내년 집정관 선거에 부재중 후보로 나가게 허락하자고 한다면 어떻겠소? 그 정도면 큰 소동이 일어나겠소?"

카이사르가 웃음을 터트렸다. "단언컨대 온 이탈리아가 전운에 휩싸일 거요!"

"최고신관께서는 꼼꼼한 법조인으로 소문난 분이시지요. 그 법안을 다듬을 때 좀 도와주시겠소?"

"그러지요."

"그러면 1월이 다 가도록 히브리다가 카틸리나를 끝장내지 못할 경우를 대비해 이 대화를 머릿속에 기억해두기로 합시다. 추방령이 내려져 호민관 무대를 퇴장하게 된다면 그것도 참 재미있겠군요!"

"군단병의 투구보다 더 지독한 냄새를 풍기시겠소, 네포스. 하지만 카툴루스와 메텔루스 스키피오 같은 자들만이 그 냄새를 맡겠군요."

"온 인민을 상대로 해야 한다는 점도 염두에 두겠소, 카이사르. 그러니까 당신 말은 내가 그 집회를 열 수 없다는 거로군요. 트리부스회 회의를 주재하려면 최소 법무관은 되어야 하니까요."

"어디 봅시다." 카이사르는 켈레르에게 물었다. "아우분께서 어느 법무관을 찾아가는 게 좋을까요?"

"당최 모르겠군요." 켈레르가 진지하게 대꾸했다.

"네포스, 추방령이 내려지면 도피를 해야 하겠군요. 동방으로 가서 폼페이우스 마그누스와 합류하겠지요?"

"네, 동방으로 가서 폼페이우스 마그누스와 합류해야죠." 네포스가 동의했다. "바로 그 폼페이우스 마그누스와 함께 로마로 온다면, 그들도 감히 내게 추방령 따위를 들먹일 엄두가 나지 않을 거요."

메텔루스 형제는 카이사르에게 애정 어린 인사를 건넨 뒤 제 갈 길로 갔다. 카이사르는 떠나가는 그들의 뒷모습을 바라보며 서 있었다. 훌륭한 협력자들이다! 그는 대문 안으로 들어서며 한숨을 내쉬었다. 하지만 문제는 상황이 언제 어떻게 바뀔지 모른다는 것이었다. 이달에 동지였던 자가 바로 다음달에 적으로 돌아설 수 있다. 어떻게 될지는 아무도 몰랐다.

율리아를 상대하기는 쉬웠다. 카이사르가 사람을 보내 부르자 율리아는 당장 달려와 품에 안겼다.

"아빠, 저는 다 이해해요. 아빠가 지난 닷새 동안 저를 만나주지 않은 이유까지도요. 정말 대단하세요! 키케로가 나대지 못하게 코를 납작하게 만들어주셨어요."

"정말 그렇게 생각하니? 내가 보기엔 대부분의 사람들은 나 같은 사람이 아무리 코를 납작하게 눌러놔도 제 분수를 충분히 알지 못하는 듯하더구나."

"아." 율리아는 미심쩍은 표정을 지었다.

"그러면 세르빌리아에 대해선 어떻게 생각하니?"

율리아는 카이사르의 무릎에 앉아 그의 하얀 부챗살에 입을 맞추었다. "제가 무슨 할말이 있겠어요, 아빠? 분수에 대해 말씀하셨는데요, 아빠를 비난하는 건 제 분수에 맞지 않아요. 저는 적어도 그 점은 알거든요. 브루투스의 생각도 저와 같고요. 저희는 아무것도 바뀌지 않은 듯이 지내기로 했어요." 율리아는 어깨를 으쓱했다. "사실, 변한 건 아무것도 없어요."

"내 둥지에 이렇게 현명한 작은 새가 있었구나!" 카이사르는 팔에 힘을 주었다. 끌어안는 힘이 너무 세어서 율리아는 숨이 막힐 듯했다. "율리아, 너 같은 딸을 이 세상 어디서 얻을까! 난 축복받은 아비로구나. 네 대신 미네르바나 베누스가 온대도 결코 너와 바꾸지 않을 거야."

율리아는 태어난 이후로 가장 행복한 기분이 들었지만, 현명한 작은 새답게 눈물을 흘리지는 않았다. 남자들은 우는 여자를 싫어했다. 남자들은 웃는 여자, 그들을 웃게 만드는 여자를 좋아했다. 남자로 산다는 건 퍽 힘든 일이었다. 공적인 영역에서 늘 경쟁에 내몰렸고, 이빨과 손톱을 세우고 사사건건 투쟁해야 했으며, 적이 어디에나 도사리고 있었다. 남자에게 괴로움이 아닌 기쁨을 주는 여자는 언제나 충분한 사랑을 받았다. 이제 율리아는 자신이 언제나 충분히 사랑받으리라는 것을 알았다. 그녀는 달리 카이사르의 딸이 아니었다. 아우렐리아가 모든 걸 가르칠 수는 없었다. 이런 것들은 율리아가 스스로 터득한 지혜였다.

"그렇다면," 카이사르가 딸의 머리칼에 뺨을 대고 말했다. "다음에 브루투스와 마주쳐도 그 녀석이 내 눈에 주먹을 갈기지는 않겠구나?"

"그럴 리가 있겠어요! 브루투스가 이 일로 아빠를 좋지 않게 생각한다면 자기 어머니에 대해서도 그렇게 생각해야 한단 거잖아요."

"그래, 분명 그렇지."

"지난 닷새 동안 세르빌리아와 만나셨어요, 아빠?"

"아니."

짧은 침묵이 내려앉았다. 율리아가 살짝 몸을 들썩이더니 용기를 내어 말했다.

"유니아 테르티아는 아빠 딸이죠."

"그렇게 알고 있다."

"제가 그애와 알고 지낼 수 있으면 얼마나 좋을까요!"

"그럴 순 없어, 율리아. 나도 그애를 모르고 지내는걸."

"브루투스 말이 그애는 천성적으로 어머니를 닮았대요."

"그게 사실이라면," 카이사르가 무릎을 살짝 튕겨 율리아를 내려놓고 자리에서 일어섰다. "역시나 그애를 모르고 지내는 편이 너한테도 좋겠구나."

"어떻게 아빠는 싫어하는 사람과 함께할 수 있으세요?"

"세르빌리아 말이냐?"

"네."

딸을 바라보는 카이사르의 얼굴에 특유의 매력적인 미소가 떠오르며, 눈가에 새로 잡힌 주름이 하얀 부챗살을 지웠다. "내 작은 새야, 그 이유를 내가 알았다면 네가 내게 좋은 딸이듯 나 역시 네게 좋은 아버지가 되었겠지. 누가 그 이유를 알겠니? 나는 모른다. 가끔은 어쩌면 신들조차 이해하지 못하리란 생각을 해. 아마도 우리 모두는 어떤 정서적 완성을 타인에게서 구하는 것 같구나. 나는 그게 절대 불가능하다고 생각하지만 말이야. 또 우리의 육신은 우리의 정신이 바보 같은 짓이라고 판단하는 것을 요구하며 상황을 더욱 복잡하게 만들지." 어깨를 으쓱하는 그의 얼굴에 자조의 빛이 스쳤다. "세르빌리아는 나에게 질병이야."

그리고 카이사르는 떠났다. 율리아는 가슴이 벅차오르는 것을 느끼며 그 자리에 잠시 가만히 서 있었다. 오늘 그녀는 다리를 건너 소녀의 세상에서 어른의 세상으로 건너왔다. 이날 카이사르는 손을 내밀어 딸이 다리를 건너도록 도와주었다. 그렇게 그는 딸에게 가장 내밀한 자신을 열어 보여주었다. 그가 이제까지 그 누구에게도, 심지어 어머니에게도 그런 적이 없었으리라는 걸 율리아는 알 수 있었다. 그녀는 발걸음을 떼고 자기도 모르게 춤을 추었다. 아우렐리아의 거처 바깥쪽 복도에 다다랐을 때까지도 그녀는 여전히 춤추고 있었다.

"율리아! 춤은 천박해!"

역시 할머니다우셔, 하고 율리아는 생각했다. 그러다 문득 할머니에게 미안한 기분이 든 그녀는 뻣뻣한 자세로 서 있는 할머니를 향해 두 팔을 활짝 펴고 달려가 양볼에 쪽쪽 소리가 나도록 뽀뽀를 퍼부었다. 가엾은 우리 할머니! 할머니는 얼마나 많은 걸 놓치며 살아오신 걸까! 할머니와 아빠가 걸핏하면 싸우시는 게 이상할 것도 없지!

"앞으로는 당신이 내 집으로 오는 게 편할 것 같아요." 파트리키 구의 낮은 지대에 자리한 카이사르의 집에 세르빌리아가 성큼성큼 들어서며 말했다.

"세르빌리아, 그곳은 당신 집이 아니라 실라누스의 집이오. 그리고 그 불쌍한 인간은 내가 자기 아내랑 성교하러 자기 집을 침입하는 꼴을 봐야 하지 않더라도 앞으로 골치 아플 일이 충분히 많을 거요!" 카이사르가 딱딱거렸다. "카토한테 그런 짓을 할 땐 나 자신도 즐거웠지만, 실라누스에게는 그럴 수 없소. 출생으로는 훌륭한 파트리키 귀족인 여자가 가끔 보면 수부라 밑바닥 여자 같은 윤리의식을 갖고 있단 말이야!"

"당신 좋을 대로 해요." 세르빌리아가 이렇게 말하며 의자에 앉았다.

세르빌리아의 이러한 반응은 카이사르에게 심상치 않은 것이었다. 그는 세르빌리아를 싫어했을진 모르나 이제 그녀에 대해 꽤 많은 사실을 파악한 터였다. 세르빌리아가 들어오자마자 거침없이 로브를 벗지 않고 저렇게 그대로 의자에 앉았다는 것은, 지금 자신의 상황에 대해 겉으로 드러나는 태도만큼 확신에 차 있지 않음을 뜻했다. 따라서 카이사르 역시 의자에 앉았다. 그가 그녀를 관찰할 수 있고, 그녀 쪽에서도 그가 머리부터 발끝까지 전부 보이는 자리였다. 카이사르의 자세는 우아하고 귀족적이었다. 왼발은 뒤로 오른발은 앞으로 뻗었고, 왼팔은 의자의 등받이 뒤로 걸치고 오른손은 무릎에 얹고 있었다. 머리는 반듯했지만 턱은 살짝 쳐든 채였다.

"원래대로라면 나는 지금 당신 목을 조르고 있어야겠지."

"실라누스는 당신이 나를 토막내서 늑대들한테 던져줄 거라더군요."

"그가 이젠 그런 말을 하오? 흥미롭군."

"오, 아예 당신 편만 들더군요! 당신네 남자들은 어찌 그리 잘 뭉치는지! 그 사람은 터무니없게도 내가 당신한테 보낸 편지 때문에 자기가 공모자들을 처형하자는 쪽에 설 수밖에 없었다며 나한테 화를 냈어요. 대체 그게 무슨 말이죠? 그런 말도 안 되는 소리는 처음 들어요!"

"당신은 스스로 대단한 정치 전문가인 양 환상을 품지만 실상은 정치에 무지하기 짝이 없소. 원로원 정치가 어떻게 돌아가는지 그 실체를 볼 수 없으니까. 원로원 정치와 민회 정치는 판이하게 다르오. 공직 생활에 나서는 남자들은 조만간 아내가 바람이 났다는 말을 들을 각오를 단단히 하지만, 한창 치열한 논쟁이 벌어지는 원로원 회의장에서 그런 말을 듣게 되리라고 그 누가 상상이나 하겠소!" 카이사르는 매섭게 몰아쳤다. "당연히 당신이 실라누스를 찬성 쪽으로 몬 거요! 그가 내 쪽에 섰다면 전 원로원이 그를 내 포주로 보았을걸. 실라누스는 허약할지 모르나 자부심을 지닌 자요. 그렇지 않다면 우리 사이에 벌어진 일을 듣고도 왜 침묵하고 있겠소? 이제 전 원로원의 절반이, 그것도 중요 인사들로 이루어진 절반이 그 편지를 읽었지 않소? 당신은 실라누스 앞에서 그 일을 자꾸 들추었겠지, 안 그렇소?"

"그러니까 그 사람이 당신 편인 것처럼 당신도 그 사람 편이로군요."

카이사르는 크게 한숨을 터트리더니 눈동자를 위로 굴렸다. "나는 누구 편도 아니오, 세르빌리아. 나는 오로지 나의 편이오."

"어련하시겠어요!"

침묵이 내려앉았다. 카이사르가 먼저 입을 열었다.

"자식들이 우리보다 훨씬 성숙하더군. 애들은 이 일을 아주 현명하게 받아들인 듯싶소."

"그런가요?" 세르빌리아가 무관심한 어조로 말했다.

"브루투스와 얘기를 나누지 않았소?"

"바로 그날 카토가 나타나서 브루투스에게 네 어미가 매춘부라고 소리친 이후로는요. 정확히는 '화냥년'이랬죠." 그녀는 그날 일을 상기하며 미소를 지었다. "내가 그놈 얼굴을 갈가리 찢어줬어요."

"오, 지금 그걸 대답이라고 하는 거요? 다음번에 카토를 만나면 나도 그 아픔을 충분히 공감한다고 위로해줘야겠소. 나 역시 당신 손톱맛을 봤으니까."

"밖으로 안 드러나는 부분이잖아요."

"그 작은 배려에 감사드려야겠군."

세르빌리아가 생기를 띠며 상반신을 앞으로 기울였다. "얼굴이 소름 끼치던가요? 내가 낸 흉터가 끔찍해요?"

"경악스럽더군. 하르피이아(그리스 신화에서 여자의 머리와 새의 몸을 한 괴물—옮긴이)가 덮친 듯한 모습이었소." 카이사르는 문득 씩 웃었다. "그러고 보니 '매춘부'나 '화냥년'보다는 '하르피이아'가 당신에게 더 적절한 표현이로군. 하지만 지나친 자축은 금물이오. 카토는 살가죽이 튼튼해서 시간이 지나면 다 아물 거요."

"당신도 상처가 쉽게 아물죠."

"카토와 나는 같은 살가죽을 갖고 있거든. 전쟁을 겪다보면 무엇이 남고 무엇이 지나가는지 알게 되오." 카이사르는 다시 한번 큰 한숨을 터트렸다. "내가 세르빌리아 당신을 어찌해야 할까?"

"그런 질문을 하다니 왼발을 오른쪽 신발에 끼우는 것이나 다름없군요, 카이사르. 우리 사이의 주도권은 당신이 아니라 내게 있어요."

이 말에 카이사르는 웃음을 터트렸다. "당치않은 소리." 그가 나직이 말했다.

세르빌리아의 얼굴이 창백하게 질렸다. "지금 그 말은 당신이 날 사랑하는 것보다 내가 당신을 더 사랑한다는 뜻이군요."

"나는 당신을 전혀 사랑하지 않소."

"그렇다면 왜 우린 함께하죠?"

"당신은 침대에서 날 즐겁게 해주지. 당신 계급 여자치고 드문 일이오. 나는 그 두 조합이 좋소. 그리고 당신이 하르피이아이긴 해도 대부분의 여자들보다는 두 귀 사이에 더 든 게 많으니까."

"그러니까 당신은 그게 거기 있다고 생각하는군요?" 자신의 약해진 모습을 카이사르에게 절대 들키고 싶지 않았던 세르빌리아가 되물었다.

"뭐 말이오?"

"우리의 사고 기관요."

"군의관이나 군인을 잡고 물어보시오. 우리의 사고 기관이 망가지는 때는 머리에 충격을 가했을 때요. 케레브룸, 뇌. 모든 철학자들이 논쟁의 대상으로 삼는 건 사실 케레브룸이 아닌 아니무스요. 생기를 불어넣는 정령, 영혼. 음악에서 기하학에 이르기까지 우리의 감각과는 무관한, 생각을 가능케 하는 부분. 고조되는 부분. 아니무스가 어디에 있는지는 우리가 알 수 없소. 머리일 수도, 가슴일 수도, 배일 수도 있지……." 카이사르가 빙긋이 미소를 지었다. "심지어 엄지발가락일 수도. 통풍으로 호르텐시우스의 사고력이 망가진 걸 보면 말이오."

"내 질문에 대한 당신의 답을 들은 것 같군요. 우리가 함께하는 이유를 이제야 알겠어요."

"그 이유란?"

"그것 때문에. 나는 당신의 연마석인 거죠. 당신은 날 만나면서 당신의 정신을 연마해요, 카이사르."

세르빌리아가 의자에서 일어나 옷을 벗기 시작했다. 카이사르는 문득 그녀에 대해 격정적인 욕망이 치미는 것을 느꼈다. 그녀를 감싸안거나 부드럽게 어루만지고 싶지 않았다. 하르피이아는 친절로 길들일 수 없다. 하르피이아 같은 괴물은 땅바닥에 눕혀서 이빨로 목을 물어뜯고, 손톱을 세운 두 손은 등뒤로 묶어둔 채, 차지하고 또 차지해야 했다.

세르빌리아는 늘 거칠게 다루면 고분고분해졌다. 카이사르가 그녀를 바닥에서 들어올려 침대로 옮겨주자 그녀는 상냥해지며 새끼고양이처럼 살짝 교태를 부렸다.

"지금까지 여자를 사랑한 적은 있어요?" 세르빌리아가 물었다.

"킨닐라." 카이사르가 불쑥 말했다. 그는 눈물을 참으려 눈을 감았다.

"어째서죠?" 하르피이아가 물었다. "특별할 게 없는 여자였는데. 재치 있지도 똑똑하지도 않았잖아요. 파트리키였긴 하죠."

대답 대신 그는 그녀에게 등을 돌리고 잠든 척했다. 세르빌리아에게 킨닐라 얘기를 해? 결코 그럴 일은 없어!

내가 킨닐라에게 느낀 감정이 사랑이라 할 수 있다면, 나는 왜 그녀를 그토록 사랑했던 걸까? 가이우스 마리우스가 본래 자아의 병든 그림자로 전락했던 시절, 그의 집에서 손을 건네받아 내 집으로 데려온 그 순간부터 킨닐라는 늘 내 것이었어. 그때 내 나이가 몇이었던가, 열셋? 그리고 킨닐라는 귀여운 일곱 살이었지. 까맣고 통통하고 사랑스러운……. 웃을 때 윗입술이 말려올라가던 모습. 그애는 웃음이 많았어. 다정함 그 자체였지. 킨닐라에겐 자기 삶의 이유랄 게 없었고, 오직 내가 그녀 삶의 이유였어. 내가 킨닐라를 그토록 사랑한 것은 우리가 어린아이일 때부터 함께했기 때문일까? 아니면 늙은 마리우스는 나를 신관 직에 묶어두기 위해 그 자신도 만나본 적 없는 어린애와 나를 결혼시키면서, 내가 다시는 만날 수 없는 소중한 선물을 준 걸까?

카이사르는 발작하듯 벌떡 일어나더니 세르빌리아의 등을 후려쳤다. 손길이 어찌나 억셌는지 손자국이 그날 내내 사라지지 않았다.

"갈 시간이오." 그가 말했다. "가시오, 세르빌리아, 어서! 당장 가!"

세르빌리아는 아무 말 없이 나갔다. 발걸음을 서둘렀다. 카이사르의 얼굴에 비친 그 무엇이 그녀를 공포에 휩싸이게 했기 때문이었다. 그녀가 자기 아들 브루투스에게 불어넣은 것과 똑같은 종류의 공포였다. 세르빌리아가 나가자마자 카이사르는 베개에 얼굴을 파묻고 킨닐라가 죽은 이후로 가장 서럽게 울었다.

그해에 원로원 회의는 더 열리지 않았다. 애초에 남은 공식 일정이 없었으니 특별한 일은 아니었다. 원로원 회의를 여는 주체는 정무관, 그러니까 일반적으로 그달에 파스케스를 쥔 집정관이었다. 때는 12월이었으므로 안토니우스 히브리다가 의장을 맡아야 했지만 키케로가 히브리다의 역할을 대신하고 있었고, 그해에 키케로는 회의라면 이미 열 만큼 연 터였다. 각자 굴속에 안전하게 자리잡은 원로원 의원들을 굳이 밖으로 불러낼 대단한 소식이 에트루리아에서 온 것도 아니었다. 겁쟁이 집단! 게다가 수석 집정관은 카이사르가 빌미만 잡았다 하면 또 무슨 짓을 벌일지 몰라 늘 불안했다. 민회가 열리는 날마다 메텔루스 네포스는 히브리다를 파면시키려고 했고, 그때마다 카토는 거부권을 발동했다. 18개 상급 백인조 기사들 중 아티쿠스와 키케로를 추종하는 이들은 이 상황을 원로원의 관점에서 보도록 사람들을 설득하려고 애썼지만, 입장을 막론하고 사람들의 표정은 점점 더 어두워져만 갔다.

키케로가 간과한 요소가 있었다면 그것은 젊은층이었다. 사랑하는 새아버지를 잃은 안토니우스 가문 형제들은 클로디우스 클럽에 이름을 올렸다. 평소 같았으면 키케로 정도의 연륜과 지위를 지닌 사람이 그들에게 주목하지 않았을 리 없다. 하지만 그는 카틸리나의 반란과 그 후 벌어진 사건들로 인해 이 젊은이들이 드리우는 그림자를 제대로 볼 수 없었다. 하지만 그들이 지닌 영향력은 실로 막대했다! 물론 1계급에서는 아니지만, 그 아래 전 계급층에서 분명 그랬다.

젊은 쿠리오가 바로 그런 예였다. 앞서 아버지 쿠리오는 지나치게 제멋대로 구는 아들을 방에 가두어놓기도 했었다. 쿠리오의 주벽과 도박과 성적 방종이 초래하는 결과들을 도대체 어찌해야 좋을지 알 수 없었던 것이다. 하지만 소용없었다. 마르쿠스 안토니우스가 젊은 쿠리오를 방에서 탈출시켰고, 둘은 저속한 선술집에 나타나 주사위 도박에서 돈을 잃고 술을 퍼마시고 여자들과의 입맞춤에 탐닉했다. 하지만 이제 젊은 쿠리오에게는 따라야 할 대의가 생겼고, 돌연 방종이라는 악덕과 상관없는 면을 보이기 시작했다. 젊은 쿠리오는 부친보다 훨씬 더 영리했으며 연설 실력도 출중했다. 이제 그는 매일같이 포룸 로마눔에 나타나 말썽을 일으켰다.

그리고 데키무스 유니우스 브루투스 알비누스가 있었다. 대대로 민중파의 대의에 맞서 싸워온 가문의 후손이자 상속자였다. 앞서 데키무스 브루투스 칼라이쿠스는 그라쿠스 형제의 가장 완고한 정적이었고, 셈프로니우스 가문에서 투디타누스라는 코그노멘을 쓰는 비(非)그라쿠스 계열 분가와 연합 관계를 유지해왔다. 이 우애 관계는 세대를 걸쳐 지속되었고, 이는 젊은 데키무스 브루투스가 카이사르 같은 파괴적 성향의 선동가가 아닌 카툴루스 같은 사람들을 지지해야 함을 뜻했다.

그럼에도 데키무스 브루투스는 포룸 로마눔에서 메텔루스 네포스를 치켜세우고 카이사르에게 열띤 환호를 보내며, 해방노예에서 4계급까지 다양한 사람들 사이에서 인기 있는 인물로 자리매김하고 있었다. 그는 보니가 받드는 원칙에 무관심한—그리고 저급한 자들과 어울려 다니는!—또 한 명의 똑똑하고 유능한 젊은이였다.

푸블리우스 클로디우스는, 글쎄……. 벌써 10년 전에 있었던 베스타 신녀 고발사건 재판 이래, 사람들은 클로디우스가 누구보다도 요란하게 카틸리나를 반대하리라고 생각해왔다. 그러나 지금 그는 피호민을 무더기로 몰고 와(어떻게 해서 그가 큰형 아피우스 클라우디우스보다 피호민을 더 많이 거느리게 된 걸까?) 카틸리나의 적들에게 말썽을 일으키고 있었다! 클로디우스는 항상 예의 그 불쾌한 아내와 팔짱을 끼고 나타났는데, 그것 자체만으로도 대단히 도발적인 행동이었다! 여자들은 포룸 로마눔에 드나들지 않았다. 여자들은 눈에 띄는 자리에서 민회의 연설을 듣지 않았고, 요란하게 지지를 드러내거나 상스러운 비난을 쏟아내지도 않았다. 그러나 풀비아는 이 모든 일을 했다. 그리고 관중은 분명 그런 그녀를 좋아했다. 이는 아마도 풀비아가 가이우스 그라쿠스의 유일한 후손인 까닭이었다. 가이우스 그라쿠스는 아들이나 손자를 남기지 않은 터였다.

사람들은 안토니우스 형제의 의붓아버지가 처형되기 전까지 한 번도 그들 형제를 중요하게 생각하지 않았다. 혹은 안토니우스 형제가 일으키는 추문 이상을 보지 못했던 걸까? 세 형제 중에 젊은 쿠리오나 데키무스 브루투스나 클로디우스의 능력과 출중함을 따를 자는 한 명도 없었지만, 그럼에도 그들 형제에게는 대중의 관심을 끄는 뭔가가 있었다. 뛰어난 검투사나 전차 경주자가 뿜어내는 매력과 비슷한 그것은 바로 강한 육체적 힘이었다. 안토니우스 형제는 야수적인 기운으로 주위를 장악했다. 특히 마르쿠스 안토니우스는 평소에 튜닉만 걸치고 다니는 버릇이 있었는데, 덕분에 사람들은 그의 거대한 장딴지와 이두박근, 떡 벌어진 양어깨, 날씬한 배, 탄탄한 가슴, 떡갈나무 둥치 같은 팔뚝을 볼 수 있었다. 마르쿠스 안토니우스는 또한 앞자락 끈을 꽉 조여 묶고 다녀서 성기의 윤곽이 그야말로 고스란히 밖으로 드러났으므로, 그가 튜닉 속에 아무것도 걸치지 않았음을 온 세상이 다 알았다. 여자들은 황홀한 표정으로 한숨을 쉬었고, 남자들은 차라리 죽고 싶은 심정으로 비참함에 침을 삼켰다. 그의 얼굴은 아주 추했다. 커다란 매부리코는 거대하고 저돌적인 턱과 바로 닿을 듯했고, 그 사이에 자리한 입은 작지만 입술이 두터웠으며, 두 눈은 지나치게 가까이 붙어 있었고, 볼은 통통했다. 하지만 적갈색 머리는 풍성하게 구불거렸고, 여자들은 그의 코와 턱이 바다거북처럼 깨물려 드는 것을 피해 그의 입술에 키스하려면 굉장히 재미있겠다며 우스갯소리를 했다. 간단히 말해서 마르쿠스 안토니우스는(다른 형제들도 비슷했지만 그보다는 덜했다) 위대한 웅변가일 필요가 없었고 법정의 미꾸라지일 필요도 없었다. 그는 경이로운 괴물처럼 그 모습 그대로 여기저기를 누볐다.

키케로가 그해 남은 기간 동안 더는 원로원 회의를 열지 않기로 한 데에는 아주 타당한 이유들이 있었다. 물론 그 이유들이 카이사르도 잠행하게 만들기에 충분하지는 못했지만.

하지만 12월 마지막날의 해가 저물어 갈 무렵, 수석 집정관은 트리부스회에서 인민들을 만나고 공직의 표지를 내려놓으러 갔다. 그는 이날의 고별사를 상당한 시간과 정성을 들여 준비한 터였다. 로마가 이제까지 들어보지 못한 명연설을 남기고 집정관 무대를 떠날 생각이었다.

그것은 키케로의 명예심과 자긍심이 요구하는 일이었다. 만일 안토니우스 히브리다가 로마에 있었다 하더라도 키케로에게는 전혀 경쟁상대가 되지 않을 터였다. 하지만 어차피 히브리다는 이 자리에 없었고 따라서 이날의 무대는 키케로의 독차지였다. 얼마나 유쾌한지!

"퀴리테스 여러분," 키케로는 감미로운 목소리로 서두를 열었다. "올해는 로마에 매우 중대한 해였습니다."

"거부권, 거부권을 행사합니다!" 민회장에서 메텔루스 네포스가 소리쳤다. "당신의 연설을 일체 거부합니다, 키케로! 로마 시민들을 재판도 없이 처형시킨 자에게 자기 행동을 정당화할 기회를 줄 순 없습니다! 키케로, 그 입을 다무시오! 선서를 하고 연단에서 내려가시오!"

오랫동안 완벽한 정적이 흘렀다. 물론 수석 집정관은 오늘 관중이 충분히 많아서 행사 장소를 민회장에서 카스토르 신전 연단으로 변경할 수 있게 되기를 바랐었다. 하지만 상황은 그렇지 못했다. 아티쿠스가 상당한 노력을 기울여주긴 했고, 덕분에 키케로를 지지하는 기사들이 전원 참석해 그들의 수가 반대파를 넘어섰다. 하지만 키케로는 네포스가 집정관 퇴임 연설 같은 전통적인 절차에까지 거부권을 행사하고 나서리라고는 생각지 못했다. 관중이 많건 적건 거부권을 피해갈 방법은 없었다. 키케로는 얼마 전 그랬던 것처럼 호민관의 거부권 행사를 금지하는 술라의 법이 지금도 여전히 유효하기를 한번 더 간절히 소망했다. 하지만 그 법은 이제 효력이 없었다. 그런데 어찌 그가 뭔가를 말할 수 있으랴? 무슨 말이라도? 아니, 아무것도!

마침내 키케로는 예부터 전해 내려오는 정해진 문구에 따라 선서를 시작했다. 그러고 난 뒤 끝을 이렇게 마무리했다. "또한 나는 나 혼자의 힘으로 조국을 구했음을, 로마 원로원과 인민의 집정관인 나 마르쿠스 툴리우스 키케로는 합법적 통치체제를 보전하고 적들로부터 로마를 지켜냈음을 선언합니다!"

아티쿠스가 박수갈채를 보냈고 추종자들이 여기에 가세하며 환성은 점점 더 크게 울려퍼졌다. 야유를 보내거나 고함을 질러댈 젊은층도 없었다. 이날은 새해 전날이었고 그들에게는 키케로의 퇴임을 지켜보는 것보다 훨씬 더 흥미진진한 일들이 많았다. 이것도 일종의 승리야. 마르쿠스 툴리우스 키케로는 계단을 따라 연단에서 걸어내려와 아티쿠스에게 양팔을 뻗으며 그렇게 생각했다. 키케로는 머리에 월계관을 얹은 채 목말을 탔고, 군중은 그런 그를 그대로 반지장이의 계단까지 데려갔다. 카이사르가 이 광경을 보지 못하는 게 안타까웠다. 카이사르는 다른 모든 차기 정무관들처럼 그 자리에 참석할 수 없었다. 내일은 카이사르의 날이었다. 내일 그를 비롯한 신임 정무관들은 유피테르 옵티무스 막시무스 신전에서 선서식을 치른 뒤, 키케로가 (카이사르와 관련해서만큼은) 보니파에 대재앙이 되리라고 몹시 염려하는 한 해를 시작할 참이었다.

이튿날 불길한 예감은 사실로 확인되었다. 공식 선서식과 달력 조정 절차가 종료되자, 신임 수도 담당 법무관 가이우스 율리우스 카이사르는 그해 첫 원로원 회의 자리를 서둘러 빠져나왔다. 그는 민회장으로 가서 트리부스회를 소집했다. 이 회의가 미리 준비된 것임은 누가 봐도 명백했다. 오로지 민중파들만이 카이사르를 기다리고 있었다. 젊은층, 원로원에서 카이사르를 추종하는 자들, 이런 일에 빠지지 않는 최하층이나 다를 바 없는 평민들, 과거 카이사르가 수부라 지구에서 살았던 숱한 세월 동안 그와 알고 지낸 이들. 카이사르가 슬쩍 눈감아준 덕에 지방 트리부스를 통해 시민권을 획득한 유대인들이 납작한 모자를 쓰고 나타났다. 해방노예들과 역시 지방 트리부스에 소속된 수많은 소무역상 및 소상인 들이 와 있었고, 가장자리에는 그들의 부인네, 자매, 딸, 친척 들이 둘러서 있었다.

카이사르는 본래의 굵은 저음이 아닌 카랑카랑하고 높은 목소리를 냈다. 그의 목소리는 저멀리 있는 관중에게까지 똑똑하게 전달되었다. "로마 인민 여러분, 오늘 여러분을 여기 부른 이유는 로마에 가해진 모욕에 맞서 제가 싸우는 모습을 봐주시길 바라서입니다. 그 모욕이 너무도 어마어마해서 신들마저 눈물을 흘리고 있습니다! 20여 년 전 유피테르 옵티무스 막시무스 신전에 화재가 발생했습니다. 저는 어릴 적 유피테르 옵티무스 막시무스를 모시는 특별 신관인 유피테르 대제관이었고, 제 인생의 절정기에 이른 지금은 최고신관이 되어 다시 한번 위대한 신을 위해 헌신할 기회를 얻었습니다. 오늘 저는 18년 전 루키우스 코르넬리우스 술라 펠릭스가 퀸투스 루타티우스 카툴루스에게 재건사업을 위임한 새 신전에서 공직 취임 선서를 마쳤습니다. 그리고 로마 인민 여러분, 저는 수치심을 느꼈습니다! 수치스러웠습니다! 저는 위대한 신 앞에서 품위를 지킬 수 없었습니다. 저는 토가 프라이텍스타 아래로 눈물을 흘렸습니다. 제 외숙부 루키우스 아우렐리우스 코타와 그의 동료 집정관이었던 루키우스 만리우스 토르콰투스가 얼마 전에 의뢰하고 직접 값을 치른, 위대한 신의 장엄한 새 신상의 얼굴을 차마 올려다볼 수 없었습니다. 네, 그렇습니다! 불과 얼마 전까지만 해도 유피테르 옵티무스 막시무스 신전에는 위대한 신의 신상조차 없었습니다!"

아무리 빽빽이 밀집한 대규모 군중 속에서도 카이사르는 언제나 눈에 띄는 존재였다. 수도 담당 법무관이 된 지금은 위상과 기품 두 가지 모두가 훌쩍 높아진 듯했다. 내면에 잠재되어 있던 강렬한 힘이 그로부터 뿜어져 나와, 그의 말을 듣는 모든 청중의 눈과 귀를 사로잡고 마음을 장악하고 몸을 전율케 했다.

"어떻게 이럴 수 있습니까?" 카이사르는 군중에게 질문했다. "로마를 이끄는 정신이 왜 이토록 방치되고 수모를 겪고 하대를 받습니까? 어째서 신전의 벽에 우리 시대가 창조해낼 수 있는 최고의 미술작품이 그려져 있지 않습니까? 어째서 외국의 왕과 왕자 들이 보내온 화려한 선물들이 보이지 않습니까? 어째서 미네르바와 유노는 마치 빈 공기인 양, 누멘인 양, 아무것도 아닌 양 신상이 없습니까? 하다못해 찰흙으로 구운 싸구려 조각상이라도 있어야 하지 않습니까! 황금 전차들은 어디에 있습니까? 화려한 기둥 장식과 으리으리한 바닥은 전부 어디에 있습니까?"

카이사르는 잠시 말을 끊고 숨을 들이쉬었다. 그는 마치 천둥 같았다. "퀴리테스 여러분, 그 이유를 제가 말씀드리겠습니다! 이 모든 것을 위한 돈이 들어간 곳은 카툴루스의 주머니입니다! 로마의 국고에서 퀸투스 루타티우스 카툴루스에게로 빠져나간 수백만 세스테르티우스는 그의 개인 은행계좌에서 다시 나온 적이 없습니다! 저는 국고위원회에 가서 기록물 열람을 요청했지만 그곳에는 아무 기록도 없었습니다! 지난 십수년간 카툴루스에게 지급된 그 수많은 돈이 어떻게 되었는지를 설명하는 기록물이 아무것도 없다는 말입니다. 신성모독! 지금의 이 사태는 신성모독입니다! 유피테르 옵티무스 막시무스를 모시는 신전을 그 어느 때보다 아름답고 영광되게 재건하라는 과업을 위임받은 자가 사업자금을 횡령한 겁니다!"

통렬한 비난이 계속될수록 청중의 분노는 점점 더 커져갔다. 카이사르의 말이 옳다. 우리 모두의 눈에 빤히 보이지 않는가?

카피톨리누스 언덕에서 퀸투스 루타티우스 카툴루스가 달려왔다. 카토, 비불루스와 나머지 보니파 사람들도 뒤따라 나타났다.

"그가 저기 오는군요!" 카이사르가 카툴루스를 손으로 가리키며 외쳤다. "저 사람을 보십시오! 저 뻔뻔함! 참으로 철면피가 아닙니까! 그러나 퀴리테스 여러분, 여러분은 저자를 응원해주어야 합니다, 그렇지요? 저 낯짝 두꺼운 횡령꾼이 달리는 모습을 보십시오! 나랏돈을 주렁주렁 매달고서 어떻게 저리도 빨리 달리는지 모르겠습니다! 퀸투스 루타티우스 페쿨라투스, 횡령꾼! 횡령꾼!"

"이게 다 무슨 소리요, 수도 담당 법무관?" 카툴루스가 가쁜 숨을 몰아쉬며 따졌다. "오늘은 회의를 열 수 없는 종교적 휴일이오!"

"저는 최고신관으로서 종교와 관련된 주제라면 어느 날 어느 때라도 트리부스회를 열 권한이 있습니다! 이것은 명백히 종교에 관한 주제입니다. 저는 어째서 유피테르 옵티무스 막시무스에게 합당한 집이 없는가에 대해 인민들에게 설명하고 있습니다, 카툴루스."

조금 전 "횡령꾼!"이라는 카이사르의 비난을 똑똑히 들은 카툴루스가 지금의 상황을 판단하기에 더이상의 정보는 필요치 않았다. "카이사르, 네놈 살가죽을 벗겨줄 테다!" 그가 주먹을 휘두르며 소리쳤다.

"오!" 카이사르가 놀란 것처럼 몸을 뒤로 젖히며 헉 소리를 냈다. "방금 저 말을 들으셨습니까, 퀴리테스 여러분? 그가 신성을 모독하며 로마의 공금을 횡령했음을 만천하에 드러내자 제 살가죽을 벗겨놓겠답니다! 이리 오십시오, 카툴루스. 여기 서서 온 로마가 다 아는 사실을 인정하십시오! 온 세상이 그 증거를 보고 있지 않습니까! 앞서 당신이 원로원 회의장에서 제게 반역죄 혐의를 씌우며 제시했던 증거보다 훨씬 더 명백한 증거가 저기 있습니다! 그곳의 벽을, 바닥을, 빈 대좌를 보면 누구나 알 수 있습니다. 수많은 선물이 하나도 보이지 않는다는 사실만으로도 당신이 유피테르 옵티무스 막시무스에게 어떤 모욕을 가했는지 알 수 있습니다!"

카툴루스는 할말을 잃고 서 있었다. 성난 군중으로 가득한 이 회의장에서 자신이 처한 입장을 어떻게 설명할 수 있을지 솔직히 알 수 없었다. 그를 이러한 처지로 몰아넣은 사람은 술라였다! 사람들이 유피테르 옵티무스 막시무스 신전처럼 거대하고 영속적인 건축물을 지어 올리는 무시무시한 비용을 어렴풋하게라도 알 길이 없었다. 스스로를 변호해봤자 그 말들은 우습도록 초라한 거짓말처럼 들릴 게 뻔했다.

"로마 인민 여러분," 험악한 표정의 군중에게 카이사르는 말했다. "제안컨대, 집회에서 두 개 법안에 대한 논의를 시작합시다. 첫째는 국고자금을 횡령한 죄로 퀸투스 루타티우스 카툴루스를 탄핵하는 법안이고, 둘째는 신성모독 혐의로 그를 재판에 부치는 법안입니다!"

"두 가지 모두 일체의 토론을 거부합니다!" 카토가 우렁찬 소리로 외쳤다.

카이사르는 어깨를 으쓱하고 두 손을 앞으로 내밀었다. 누가 봐도 그 몸짓에는 카토가 거부권을 휘두르기 시작하면 누가 말리겠느냐는 뜻이 담겨 있었다. 카이사르는 큰 소리로 외쳤다. "본 회의를 해산합니다! 퀴리테스 여러분, 각자의 집으로 돌아가 위대한 신에게 제물을 바치십시오! 로마가 보전될 수 있도록 허락해달라고 그분께 간절한 기도를 바치십시오! 사람들이 그분께 바쳐진 기금을 훔치고 성스러운 계약을 깨더라도 말입니다!"

카이사르는 로스트라 연단에서 가볍게 내려와 보니파를 향해 유쾌한 미소를 날리고는, 자기를 둘러싼 수백 명의 성난 군중과 함께 사크라 가도를 걸어 올랐다. 사람들은 하나같이 이 일을 그냥 덮지 말고 카툴루스를 꼭 기소하라며 그에게 호소하고 있는 게 분명했다.

비불루스는 카툴루스가 가쁜 숨을 발작적으로 몰아쉬는 모습을 발견하고 다가가서 그를 부축했다. "빨리!" 비불루스는 카토와 아헤노바르부스를 향해 크게 소리치며 어깨를 들썩여 토가를 벗었다. 세 사람은 토가로 들것을 만들어 저항하는 카툴루스를 억지로 눕히고, 메텔루스 스키피오에게 나머지 한 귀퉁이를 잡게 해 함께 카툴루스를 집으로 실어갔다. 카툴루스의 얼굴은 푸르다기보다는 잿빛인 것이 아마도 다행스런 징조 같았다. 어쨌거나 보니파의 수장을 집에 데려와 침대에 눕혔으니 안심이었다. 카툴루스의 아내 호르텐시아는 안절부절못하고 주변을 서성였다. 그는 괜찮을 터다. 적어도 이번만은.

"하지만 저 불쌍한 퀸투스 카툴루스가 얼마나 더 견딜 수 있겠나?" 다같이 빅토리아 언덕길로 들어서며 비불루스가 물었다.

"무슨 수를 써서라도," 아헤노바르부스가 이를 악물고 말했다. "카이사르, 그 이루마토르(구강성교를 받는 사람을 뜻하는 라틴어 욕설—옮긴이)의 입을 영원히 닫아버려야 합니다! 정 다른 수단이 없다면 살인을 해서라도요!"

"그는 펠라토르(구강성교를 해주는 사람을 뜻하는 라틴어 욕설—옮긴이) 쪽이지 않겠나?" 아헤노바르부스의 얼굴에 나타난 표정이 몹시 걱정스러워진 가이우스 피소가 말했다. 어떻게든 분위기를 밝게 이끌어보려는 시도였다. 피소는 평소 그다지 신중한 성격은 아니었지만, 재앙이 다가오고 있음을 감지한 지금 자신의 운명이 두려워지기 시작했다.

"카이사르가 해주는 쪽이라고요?" 비불루스가 비꼬는 투로 물었다.

"아니지요! 왕관만 없는 왕께서 주는 쪽일 리가 있습니까, 받는 쪽이겠지요!"

"매번 똑같군요." 메텔루스 스키피오가 한숨을 쉬었다. "카이사르를 막아, 카이사르를 막아. 하지만 우린 늘 실패할 뿐입니다."

"우린 막을 수 있어. 우리가 막을 거야." 체구가 왜소한 비불루스가 또랑또랑한 목소리로 말했다. "듣기로 메텔루스 네포스가 조만간 폼페이우스를 동방에서 데려와 그에게 카틸리나의 처치를 맡기자는 법안을 제안할 거라고 하네. 그리고 폼페이우스에게 임페리움 마이우스를 부여하자고 할 거라는군. 생각해보게! 독재관 말고는 어느 누구도 누려보지 못했던 수준의 임페리움을 지닌 장군이 이탈리아 내에 존재하는 거란 말일세!"

"그게 우리가 카이사르를 막는 데 무슨 도움이 됩니까?" 메텔루스 스키피오가 물었다.

"평민회에 내놓을 수 없는 법안이니 네포스는 그걸 트리부스회로 가져가야 해. 그런데 폼페이우스에게 임페리움 마이우스를 부여하자는 회의를 실라누스나 무레나가 소집하려 들겠나? 아니, 그 회의를 여는 건 카이사르가 될 거야."

"그래서요?"

"그러니까, 우리가 그 회의에서 폭력 사태가 벌어지게 만드는 거지. 그 회의에서 발생하는 일체의 폭력 사태에 대한 법적 책임은 전적으로 카이사르에게 있으니, 우리는 플라우티우스 폭력법에 의거해 그를 고발하는 거야. 자네가 혹시 잊어버렸을지 모르겠지만 폭행 법정을 담당하는 법무관은 바로 나일세! 카이사르를 끌어내릴 수만 있다면, 나는 정의 따윈 언제든 내팽개칠 준비가 돼 있어. 필요하다면 케르베로스(그리스 신화에서 저승의 신 하데스의 문을 지키는 머리 셋 달린 개—옮긴이)에게 다가가 그의 머리 세 개를 다 쓰다듬어주겠어!"

"비불루스, 그것참 기발한 계획일세!" 가이우스 피소가 말했다.

"그리고 이번만큼은," 카토가 말했다. "제가 보더라도 정의에 어긋난다고 할 수 없습니다. 카이사르가 유죄를 선고받는다면, 그게 바로 정의 실현이니까요!"

"카툴루스는 살날이 얼마 남지 않았소." 키케로가 불쑥 말했다. 그는 줄곧 무리의 가장자리에서 어정쩡하게 걷고 있었다. 함께 걷는 이들 중 그 누구도 이 계획에 자신을 포함시켜 생각하고 있지 않다는 사실을 그는 괴롭게 인식했다. 그는 아르피눔에서 온 유숙객에 불과했다. 그는 조국의 구원자였을지는 몰라도, 집정관 자리에서 물러난 그날 바로 잊혔다.

나머지 사람들이 전부 놀라서 키케로를 바라보았다.

"그럴 리가요!" 카토가 고함쳤다. "곧 회복하실 겁니다."

"이번엔 아마도 그렇겠지. 하지만 살날이 얼마 남지 않았소." 키케로가 고집스럽게 말했다. "얼마 전 카툴루스가 내게 그랬소. 카이사르의 질긴 노끈 같은 생명줄이 가느다란 거미줄을 문지르는 것 같다고."

"그렇다면 더더욱 카이사르를 제거해야 합니다!" 아헤노바르부스가 소리쳤다. "카이사르는 높이 오르면 오를수록 더 참고 봐줄 수가 없을 겁니다."

"높이 오르면 오를수록 더 깊이 추락할 수밖에 없습니다." 카토가 말했다. "내가 살아 있고 카이사르가 살아 있는 한, 나는 놈을 추락시키기 위해 내가 가진 지렛대를 있는 힘껏 밟겠습니다. 반드시 그러겠다고 우리의 모든 신들 앞에 엄숙히 맹세하지요."

이렇듯 보니파가 자신을 향해 시커먼 속셈을 품은 사실을 알지 못하는 카이사르는 만찬에 참석하러 집으로 갔다. 리키니아는 서약을 깼고, 이제 파비아가 수석 베스타 신녀였다. 수석 신녀 자리가 교체되는 것을 기념하는 의식들과 전체 신관단을 초대해 열었던 공식 연회에 비해 최고신관이 여는 이번 신년 만찬은 퍽 소박했다. 베스타 신녀는 다섯 명만 초대되었고 그 밖에 아우렐리아, 율리아, 그리고 파비아의 이부자매이자 키케로의 아내인 테렌티아가 함께하기로 되어 있었다. 키케로 역시 초대를 받았지만 참석을 거절했다. 폼페이아 술라도 마찬가지였다. 키케로처럼 선약이 있다는 이유에서였다. 그 선약이란 다름아닌 클로디우스 클럽의 축하 파티였지만, 카이사르에게는 폼페이아 술라가 자신의 명예를 실추시키지 않으리라고 믿을 만한 충분한 이유가 있었다. 폴릭세네와 카르딕사가 소털에 붙은 도꼬마리 열매처럼 폼페이아 술라에게 꼭 붙어 있었기 때문이다.

나의 작은 하렘이로군, 하고 카이사르는 즐거운 기분으로 생각했다. 하지만 심술궂고 험악한 표정의 테렌티아에 눈길이 닿자 속으로 화들짝 놀랐다. 테렌티아를 그런 맥락에서 생각하기란 절대 불가능한 일이지, 설혹 괴팍한 농담의 차원에서라도!

충분히 시간이 흘렀기에 베스타 신녀들은 더이상 처음같이 수줍은 태도를 보이지 않았다. 어린 두 퀸틸리아와 유니아가 특히 그랬는데, 한눈에 봐도 카이사르를 흠모하고 있는 게 틀림없었다. 카이사르는 신녀들에게 짓궂은 장난을 걸었고, 농담을 나누며 함께 웃었다. 절대로 권위를 내세우지 않았으며, 신녀들이 속으로 어떤 마음을 품고 있는지 상당 부분 이해하는 듯했다. 심지어 무뚝뚝한 포필리아와 아룬티아마

저도, 관저 저편에 가이우스 카이사르가 있는 한 신녀들의 부정(不貞)을 문제삼는 고소 사건은 벌어지지 않으리라고 믿게 되었다.

놀라운 일이야. 유쾌하게 식사가 진행되는 중에 테렌티아는 생각했다. 세간에 난봉꾼으로 소문이 파다한 남자가 이처럼 극도로 조심스러운 여자들 무리를 저리도 능숙하게 다루다니. 카이사르는 어떤 면에서는 다가가기 쉬운 느낌이었고 심지어 다정다감해 보이기까지 했지만, 한편으로는 신녀들이 자기에게 기대를 품을 여지를 결코 남기지 않았다. 신녀들은 여생 동안 늘 카이사르를 사랑할 것이 분명했지만, 그것이 그들에게 고문 같은 시간이 되진 않을 터였다. 카이사르는 그들에게 희망의 여지를 남기지 않았다. 흥미로운 사실은 심지어 비불루스조차 카이사르와 베스타 신녀들과 관련해 허위 비방을 하지 않는다는 점이었다. 지금껏 한 세기가 넘도록 이만큼 꼼꼼하고 자기 직무에 헌신적인 최고신관은 없었다. 카이사르가 최고신관 자리에 오른 지 채 일 년도 되지 않았는데도 그의 평판은 이미 어떠한 공격에도 끄떡없을 정도였다. 로마의 가장 귀중한 자산인 바로 이 성스러운 처녀들과 관련해 카이사르가 쌓아온 평판 또한 그랬다.

당연히 테렌티아의 충직한 마음은 제일 먼저 키케로를 향해 있었다. 이번 카틸리나 사태에서 키케로를 위해 가장 많이 아파한 사람은 그의 아내였다. 12월의 다섯째 날 밤 이래로 테렌티아는 남편이 종종 악몽 속에서 무언가 중얼대는 소리에 잠이 깨곤 했다. 카이사르의 이름을 외치고 또 외치는 키케로의 목소리에는 분노와 고통이 배어 있었다. 키케로의 승리를 망친 사람은 어느 누구도 아닌 카이사르였다. 카이사르는 인민의 분노의 불씨에 부채질을 했다. 각다귀에 불과하던 메텔루스 네포스를 날카로운 송곳니로 만든 사람도 카이사르였다. 하지만 테렌티아는 파비아를 통해 카이사르를 보는 또다른 관점을 접했다. 테렌티아는 화통한 여자답게 그것이 공정하고 솔직한 의견임을 인정했다. 키케로가 훨씬 더 훌륭하고 가치 있는 남자이긴 했다. 키케로는 늘 열렬하고 진실했으며 자신이 하는 모든 일에 한없는 열정과 정력을 쏟아부었다. 하지만 키케로 같은 대단한 정신의 소유자라도 카이사르 같은 자를 당해낼 수는 없다는 사실을 테렌티아는 한숨을 쉬며 인정했다. 역사가 장구한 명문가들은 어떻게 끊임없이 술라나 카이사르 같은 인물들을 배출해내는 걸까? 이미 수세기 전에 바닥이 났어야 하는데.

카이사르가 두 어린 소녀에게 이제 취침 시간임을 일러주는 소리에, 테렌티아는 혼자만의 생각에서 빠져나왔다.

"내일 아침에 일찍 일어나야지. 휴일은 이제 끝났어요." 카이사르는 주변을 지키고 있던 에우티코스에게 고개를 까딱였다. "신녀들을 숙소로 안전하게 모셔드리고, 베스타 신녀 관저의 출입문을 지키는 하인들이 깨어 있는지 살펴보고 오게."

두 소녀가 방에서 나갔다. 호리호리한 유니아는 뒤뚱거리는 퀸틸리아보다 몇 미터 앞서갔다. 소녀들이 나가는 모습을 지켜보던 아우렐리아는 머릿속으로 한숨을 쉬었다. 저 아이는 체중 조절을 해야 해! 하지만 몇 달 전 아우렐리아가 그런 취지의 지시를 내리자 카이사르는 화를 내며 이를 막았다.

"그냥 두세요, 어머니. 어머니께선 퀸틸리아가 아니고 퀸틸리아는 어머니가 아니에요. 저 불쌍한 강아지 같은 아이가 먹는 게 좋으면 먹어야지요. 그래서 그 아이가 행복하다면요! 혼인하려고 기다리는 남편감도 없는데, 저는 앞으로도 그 아이가 베스타 신녀 생활을 좋아했으면 해요."

"저러다 과식으로 죽을 거다!"

"그렇더라도 내버려두세요. 퀸틸리아가 스스로 굶기로 결심할 때에만 허락하겠어요."

저런 남자를 무슨 수로 당할까? 아우렐리아는 입을 꽉 다물고 설득을 단념했다.

"보나마나 뻔하지." 아우렐리아는 이제 살짝 신랄함이 담긴 어투로 말했다. "넌 분명 리키니아 후임으로 미누키아를 고를 거야."

옅은 금빛 눈썹 한 쌍이 치켜올라갔다. "무슨 근거로 그렇게 판단하시죠?"

"넌 뚱뚱한 아이들한테 약하잖니."

카이사르는 아우렐리아의 예상과 달리 웃음을 터트렸다. "어머니, 저는 모든 아이들한테 약해요. 크든 작든 말랐든 뚱뚱하든 상관없어요. 말이 나왔으니 말인데, 베스타 신녀를 충원하기 어려웠던 시기가 이제 끝난 것 같아 흐뭇합니다. 조건이 훌륭한 아이들만 세어도 지금까지 다섯이나 신청해왔어요. 모두 다 혈통이 훌륭하고 지참금도 후해요."

"다섯이나?" 아우렐리아가 눈을 깜빡였다. "셋인 줄 알았는데."

"누구인지 저희도 알 수 있을까요?" 파비아가 물었다.

"안 될 이유가 있겠나. 최종 선택은 내가 하겠지만, 나는 여자들의 세계에 살지 않고 여러 집안의 가정사에 대해 다 알지 못하니까. 하지만 그중 두 명은 별로 중요하지 않네. 그들에 대해서는 진지하게 고려하고 있지 않지. 공교롭게도 그중 한 명은 미누키아일세." 카이사르는 짓궂은 표정으로 어머니를 흘끔 쳐다보았다.

"그러면 진지하게 고려하고 계신 후보들은 누구죠?"

"일단 옥타비우스 가문에서 나이우스를 프라이노멘으로 쓰는 분가 출신의 옥타비아일세."

"마리우스와 킨나가 로마를 포위했을 때 야니쿨룸 언덕에서 숨진 집정관의 손녀로군요."

"맞네. 혹시 옥타비아에 대해 더 아시는 분은 없습니까?"

아무도 없었다. 카이사르는 다음 이름을 내놓았다. 포스투미아였다.

아우렐리아가 미간을 찌푸렸다. 파비아와 테렌티아도 마찬가지였다.

"아! 포스투미아에게 무슨 문제가 있나요?"

"파트리키 가문이군요." 테렌티아가 말했다. "40여 년 전에 집정관을 배출한 알비누스 분가 출신의 아이가 맞나요?"

"그렇습니다."

"올해로 여덟 살이지요?"

"그렇습니다."

"그렇다면 그 아인 택하지 마세요. 가족들이 죄다 포도주에 절어 지내는 집안이에요. 애들도 전부요—많긴 어찌나 많은지! 그애들 어머니는 대체 어쩌려고 그러는 건지 모르겠어요!—젖을 떼자마자 희석도 하지 않은 포도주를 마음대로 마시게 한답니다. 말씀하신 여자아이도 이미 몇 차례 술 취해 정신을 잃은 적이 있어요."

"세상에!"

"그러면 누가 남았죠, 아빠?" 율리아가 빙긋이 미소를 지었다.

"코르넬리아 메룰라. 유피테르 대제관을 지낸 루키우스 코르넬리우스 메룰라의 증손녀지."

모두의 눈이 힐난의 빛을 띤 채 카이사르에게 향한 가운데, 율리아만이 소리내어 불평을 터트렸다.

"지금까지 우릴 놀리셨군요!" 율리아가 깔깔거렸다. "그런 게 분명해요!"

"그런가?" 카이사르가 입술을 씰룩였다.

"더 알아보실 이유가 뭐 있어요, 아빠?"

"훌륭해, 훌륭해!" 아우렐리아가 밝게 웃으며 말했다. "그 아이 증조모는 여전히 가문의 법도를 다스리고 있고, 그 집안의 모든 세대가 아주 종교적인 환경에서 자랐어. 코르넬리아 메룰라라면 반대할 이유가 없구나. 신관단을 더욱 빛내줄 거야."

"저도 그렇게 생각해요, 어머니." 카이사르가 말했다.

율리아가 자리에서 일어섰다. "오늘의 환대에 감사드립니다, 최고신관님." 율리아가 공손하게 말했다. "저는 이만 자리에서 물러날게요."

"브루투스가 오니?"

율리아가 얼굴을 붉혔다. "이 시간에 그럴 리가요, 아빠!"

율리아가 나간 뒤 아우렐리아가 말했다. "닷새 후면 열네 살이 돼."

"진주." 카이사르가 말했다. "열네 살이면 진주목걸이를 해도 되지요. 맞아요, 어머니?"

"작은 거라면."

그가 씁쓸하게 웃었다. "진주알은 다 작아요." 카이사르는 한숨을 쉬며 자리에서 일어났다. "숙녀 여러분, 오늘 함께해주셔서 감사합니다. 여러분은 더 즐기다 가셔도 좋습니다만 저는 일이 있어서 먼저 일어나야겠습니다."

"흠! 그러니까 코르넬리아 메룰라가 신녀로 들어오는군요!" 카이사르가 문을 닫는데 테렌티아의 목소리가 들렸다.

복도로 나간 카이사르는 잠시 벽에 기대어 소리 없이 웃었다. 저들은 얼마나 좁은 세상에서 사는지! 그건 좋은 일일까 나쁜 일일까? 적어도 그들은 유쾌한 집단이긴 했다. 어머니는 살짝 괴팍해져가는 중이고 테렌티아야 원래부터 그랬지만. 그래도 이런 모임을 자주 열지 않아도 되니 신들에게 얼마나 감사한가! 여자들과 이렇듯 한담을 나누느니, 메텔루스 네포스가 스스로 로마 밖으로 사라지도록 종용하는 게 훨씬 더 흥미진진한 일이니까.

그러나 1월의 네번째 날 카이사르가 아침 일찍 트리부스회를 열었을 때, 그는 비불루스와 카토가 이번 회의를 이용해 네포스의 추락보다 더 끔찍한 다른 추락을 도모하고 있다는 사실을 전혀 몰랐다. 바로 카이사르 자신의 추락이었다.

카이사르와 그의 릭토르들은 아주 일찍 포룸 로마눔에 도착했다. 하지만 민회장이 오늘 군중을 전부 수용할 수 없으리라는 것은 그 시간에도 이미 명백해 보였다. 카이사르는 즉각 카스토르·폴룩스 신전을 향해 서서, 필요할 때를 대비해 근처에 배치해두었던 공공 노예들에게 지시를 내렸다.

사람들은 흔히 카스토르 신전을 포룸 로마눔에서 가장 웅장한 신전으로 생각했다. 재건된 지 채 60년도 되지 않은데다, 당시 이 일을 책임졌던 최고신관 메텔루스 달마티쿠스가 신전 건물을 무척 웅장하게 지은 까닭이었다. 내부가 드넓어 원로원 의원 전원이 모여도 문제없이 회의를 진행할 수 있었다. 기단 위의 유일한 방인 회의실은 바닥을 기준으로 8미터 높이에 있었고, 기단 아래에는 작은 방들이 미로처럼 배치되어 있었다. 재건 전에는 신전 앞에 석조 구조물이 있었으나 메텔루스 달마티쿠스는 이것을 허물고 신전에 통합해 민회장의 로스트라 연단만한 크기로 지상 3미터 높이의 새 연단을 만들었다. 메텔루스 달마티쿠스는 입구에서 신전 건물까지 죽 이어지는 화려하고 얕은 대리석 계단을 포룸 로마눔까지 내려가도록 짓지 않고 이 연단에서 멈추게 했다. 포룸 로마눔에서 이 연단으로 오르려면 연단 양옆에 설치된 좁은 계단을 이용하면 되었다. 이렇게 해서 카스토르 신전의 연단은 로스트라 연단과 동일한 쓰임새를 갖게 되었고, 카스토르 신전은 투표소로 쓰일 수 있었다. 트리부스회나 평민회에 모인 군중은 포룸 로마눔의 낮은 구역에 서서 이곳의 연단을 올려다보았다.

신전 바깥쪽 네 면은 세로로 홈이 파인 원통형 돌기둥으로 완전히 둘러싸여 있었다. 붉은색으로 칠해진 기둥 상단은 다양한 음영의 진한 파란색으로 채색되었고 소용돌이무늬에 금박을 입힌 이오니아식 주두가 얹혀 있었다. 메텔루스 달마티쿠스는 기둥 안쪽 방을 벽으로 둘러치지 않았기 때문에, 이곳 카스토르 신전은 밖에서 안이 쉽게 들여다보였으며 신전의 주인인 두 젊은 신들처럼 하늘로 자유로이 솟아올랐다.

카이사르가 크고 육중한 호민관 벤치를 연단으로 올리는 공공 노예들을 지켜보고 있는데, 누군가 그의 팔을 붙잡았다.

"조언 하나 하지요." 푸블리우스 클로디우스였다. 검은 눈동자가 밝게 빛났다. "오늘 소요사태가 벌어질 겁니다."

카이사르 자신도 군중 사이에 낯선 얼굴이 많다는 사실을 이미 눈치챈 참이었다. 하나같이 로마에 흔하디흔한 깡패와 전직 검투사 들이었다. 자유를 얻은 후 문지기, 토지 압류 집행관, 경호원 등 짭짤한 수입을 얻을 만한 일자리를 찾아 카푸아 같은 지역에서 로마로 흘러든 자들이었다.

"제가 데려온 자들은 아닙니다." 클로디우스가 말했다.

"그렇다면 누가 데려왔나?"

"물어봐도 말을 잘 하지 않으니 모르겠습니다. 하지만 다들 토가 안에 무언가 불룩한 물건들을 숨기고 있어요. 보나마나 곤봉이겠죠. 저라면 누군가를 시켜 서둘러 민병대를 소집하겠습니다. 회의장 경호가 제대로 이루어지기 전까지 개회를 미루십시오."

"정말 고맙네, 푸블리우스 클로디우스." 카이사르는 이렇게 말하고 몸을 돌려 수석 릭토르를 찾았다.

잠시 후 신임 집정관들이 나타났다. 실라누스의 릭토르들은 파스케스를 어깨에 얹은 반면, 무레나의 열두 릭토르들은 왼쪽 어깨가 비어 있었다. 두 사람 모두 언짢은 기색이었다. 올해 두번째로 열린 이번 회의 역시 겨우 법무관 지위의 인물이 소집한 까닭이었다. 카이사르가 양 집정관보다 앞서 회의를 주재한 것은 그들에게 커다란 모욕이었다. 실라누스는 아직 취임 축하 집회에서 인민을 상대로 연설할 기회조차 갖지 못한 터였다. 키케로가 집정관일 때도 이 정도까진 아니었다! 그러니 양 집정관은 딱딱하게 굳은 얼굴로 카이사르에게서 되도록 멀리 떨어져 있으려고 했다. 집정관의 하인들은 날렵한 상아 대좌를 연단 중앙의 옆자리로 옮기고 있었다. 중앙에는 카이사르가 앉을 고관 의자와—불길한 기운을 한껏 뿜어내는—호민관 벤치가 차지하고 있었다.

다른 정무관들도 하나둘 회의장으로 들어와 자리를 잡았다. 메텔루스 네포스는 호민관 벤치의 카이사르와 가까운 쪽 끝에 걸터앉더니, 카이사르에게 눈을 찡긋하며 손에 든 두루마리를 흔들어 보였다. 그 안에는 폼페이우스를 로마로 부르자는 법안이 담겨 있었다. 수도 담당 법무관이 사람들의 시선을 한데 모으며, 이제 3천 내지 4천에 육박하는 군중 사이에 무리지어 서 있는 자들을 향해 큰 소리로 호통을 쳤다. 맨 앞쪽은 원로원 의원들을 위해 마련된 공간임에도 바로 뒤나 옆에 전직 검투사들이 모여 서 있었던 것이다. 다른 자리의 무리들은 모두 클로디우스에게 속한 자들로, 안토니우스 삼 형제를 비롯한 클로디우스 클럽 소속의 활기찬 청년들이었다. 물론 풀비아도 있었다.

카이사르의 수석 릭토르가 다가와 그가 앉은 의자 쪽으로 허리를 숙였다. "민병대가 도착하고 있습니다, 카이사르. 지시하신 대로 눈에 안 띄게 신전 뒤쪽에 배치했습니다."

"잘했네. 명령을 기다리지 말고 상황을 직접 판단해서 움직이게."

"걱정 마시오, 카이사르!" 네포스가 쾌활한 목소리로 말했다. "군중 사이에 낯설고 험악한 얼굴이 많다기에 나도 밖에다 힘 좀 쓰는 자들을 데려놓았소."

"그건 좋은 생각이 아닌 듯싶소, 네포스." 카이사르가 한숨을 쉬며 말했다. "포룸 로마눔에서 또다시 전쟁이 벌어지는 상황은 절대 바라지 않소."

"그럴 때가 되지 않았소?" 네포스가 심드렁한 표정으로 말했다. "내가 기저귀를 벗은 이후 수년간 한 번도 제대로 된 몸싸움이 없었으니까."

"당신은 오늘 한바탕 소란을 일으키고 호민관 직을 벗겠다지 않았소."

"물론 그렇소! 하지만 가기 전에 카토한테 주먹을 한 방 먹여주고 싶어서 말이지요!"

카토와 테르무스가 마지막으로 도착해서, 폴룩스 신의 채색 대리석 기마상 쪽 계단을 통해 연단에 올랐다. 두 사람은 비불루스를 향해 환한 미소를 지어 보이며 법무관들 사이를 지나서 호민관 벤치에 착석했다. 그런데 그들은 네포스가 알아챌 새도 없이 순식간에 양쪽에서 그의 팔꿈치 아래를 잡고 들어올려 벤치 정중앙으로 옮겨놓았다. 그러고는 네포스와 카이사르 사이에 끼어 앉았다. 카토가 카이사르 옆, 테르무스가 네포스 옆이었다. 이어 베스티아가 네포스 옆 빈자리에 앉으려고 하자 루키우스 마리우스가 다시 그들 사이를 비집고 앉았다. 그렇게 해서 네포스는 적들 사이에 홀로 끼어 있게 되었다. 카이사르도 같은 처지였다. 비불루스가 카이사르 옆에 앉아 있던 필리푸스를 별안간 확 밀치고 자신의 고관석을 그리로 옮긴 것이다.

사람들의 얼굴에 경계하는 빛이 짙어졌다. 양 집정관은 표정이 편치 않았다. 이 일과 연관이 없는 법무관들은, 그들이 앉아 있는 이 연단이 지금보다 지상에서 세 배는 더 높았으면 하고 간절히 바랐다.

마침내 기도와 조점식과 함께 회의가 시작되었다. 모든 것이 질서 있게 이루어졌다. 카이사르는 호민관 퀸투스 카이킬리우스 메텔루스 네포스가 법안을 제안하고 인민의 의견을 구한다는 취지의 짧은 발언을 했다.

메텔루스 네포스는 자리에서 일어서서 두루마리를 양옆으로 활짝 펼쳤다. "퀴리테스 여러분, 오늘은 데키무스 유니우스 실라누스와 루키우스 리키니우스 무레나가 집정관을 맡은 해 1월의 넷째 날입니다! 로마 북쪽에는 대도시 에트루리아가 있습니다. 그곳에서는 추방자 카틸리나가 반역자 무리들을 이끌고 활보하고 있지요! 카틸리나와 맞서기 위해 파견된 자는 안토니우스 히브리다입니다. 히브리다는 총사령관으로서 카틸리나가 거느리는 무리의 최소 두 배가 넘는 병력을 지휘하고 있습니다만, 지금까지 성과를 올리지 못했습니다! 우리의 적은 무릎관절이 삐걱대는 늙은 퇴역병들로 구성된 오합지졸 무리입니다. 그들을 치겠다고 히브리다가 로마를 떠난 지 근 두 달이 되어가건만 여태껏 아무것도 한 일이 없습니다! 로마는 줄곧 원로원 최종 결의하에 묶여 있는데, 군단을 지휘하는 우리의 전 집정관은 아픈 발가락에 붕대를 감느라 바쁘다는 말씀입니다!"

네포스는 두루마리에 적힌 내용을 읽기 시작했다. 그의 태도는 진지했다. 그는 여기 모인 사람들이 광대놀음을 원할 거라고 착각할 만큼 어리석지 않았다. 그는 목청을 가다듬고 주장하는 바를 즉각 열거했다. "이에 로마 인민에게 제안컨대, 가이우스 안토니우스 히브리다의 임페리움과 지휘권을 박탈합시다! 최고사령관 자리를 나이우스 폼페이우스 마그누스에게 줍시다! 나이우스 폼페이우스에게 로마를 제외한 이탈리아 반도 내 어디에서나 유효한 임페리움 마이우스를 부여합시다! 또한 자금과 군대와 장비와 보좌관을 필요하다는 만큼 지급하고, 주어진 특별 직권과 임페리움 마이우스를 그 스스로 내려놓아도 되겠다고 판단할 때까지 지속되게 합시다!"

네포스의 말이 끝나자마자 카토와 테르무스가 자리에서 벌떡 일어섰다. "거부합니다! 거부합니다! 거부합니다!" 그들은 한목소리로 외쳤다.

그때 어디선가 돌무더기가 정무관들을 향해 무섭게 날아들었다. 이어 원로원 의원들이 나란히 서 있는 곳을 뚫고 깡패들이 연단의 양쪽 계단을 밟고 올라왔다. 고관 의자들이 뒤집히며 집정관, 법무관, 조영관 들은 넓은 대리석 계단을 따라 신전으로 달아났고, 카토와 네포스를 제외한 호민관들 역시 전부 그들 뒤를 따랐다. 방망이와 곤봉이 옷 밖으로 나왔다. 카이사르는 토가를 오른팔에 휘감은 채 릭토르들 사이로 물러서서 네포스를 자기 쪽으로 끌어당겼다.

하지만 카토는 더 길게 버티면서, 한 계단씩 오를 때마다 거부권을 행사한다고 소리질렀다. 그 와중에도 전혀 다치지 않는 것이 마치 기적 같았다. 마침내 무레나가 잽싸게 기둥 사이에서 뛰어나와 카토를 신전 안으로 힘껏 잡아당겼다. 민병대가 방패와 장대를 쿵쿵대며 나타나 패거리들 사이에 끼어들자 그제까지 연단을 장악하고 있던 무장 깡패들은 차차 아래로 쫓겨났다. 그러자 이번에는 연단 아래에 있던 원로원 의원들이 허둥지둥 계단을 한 번에 두 칸씩 뛰어올라 신전 안으로 몸을 피했다. 저 아래 포룸 로마눔에서는 대규모 폭력 사태가 벌어졌다. 마르쿠스 안토니우스가 고함을 치며 옆에 있던 쿠리오와 함께 스무 명 가량의 적을 상대했다. 두 사람 뒤로 쓰러진 깡패들이 높이 쌓여갔다.

"하, 이거 한 해의 시작이 참 대단하군!" 카이사르가 말했다. 그는 벗었던 토가를 세심하게 다시 두르며 등불이 환한 신전 한가운데로 걸어 나왔다.

"참으로 불명예스러운 한 해의 시작이지!" 실라누스가 딱딱댔다. 온몸에 핏기가 솟구친 덕에 복통마저 가신 터였다. "릭토르! 당장 소란을 진압하게!"

"오, 괜한 짓 하지 마시오!" 카이사르가 피곤하다는 듯 말했다. "민병대가 와 있소. 군중 사이로 수상한 얼굴이 여럿 보이기에 미리 소집해 두었소. 우리가 로스트라 연단을 벗어났으니 소란이 그리 커지진 않을 거요."

"이건 당신 소행이야, 카이사르!" 비불루스가 으르렁댔다.

"이보게, 벼룩. 자네는 뭐든지 내 소행이라는군."

"제발 좀 정숙해주시겠소?" 실라누스가 소리쳤다. "방금 원로원 회의를 소집했으니 이제 내가 의장을 맡겠소!"

"그보다 차라리 원로원 최종 결의를 선포하는 게 낫지 않겠소, 실라누스?" 네포스가 말했다. 그는 고개를 숙여 자신이 두루마리를 아직 손에 들고 있음을 확인했다. "그것보다 더 좋은 건 바깥의 소란이 가라앉는 즉시, 아까 내가 인민 앞에서 하던 일을 마저 끝내게 하는 것이겠고요."

"정숙!" 실라누스는 우렁찬 소리를 내고 싶었지만, 실제로 입에서 새어나온 소리는 염소 울음에 가까웠다. "원로원 최종 결의하에서 파스케스를 지닌 집정관인 저는 로마 공화국을 수호하기 위해 필요하다고 생각하는 모든 조치를 취할 권한이 있습니다!" 실라누스는 돌연 숨을 깊고 크게 들이마시며 자기 의자를 찾았다. 그러나 그의 의자는 저 아래 연단에 있었으므로 하인더러 의자를 가져오도록 시켰다. 마침내 도착한 의자가 펼쳐져 실라누스 앞에 놓이자 그는 푹 꺼지듯 주저앉았다. 잿빛으로 변한 얼굴에 식은땀이 흥건했다.

"원로원 의원 여러분, 이 경악스러운 사태를 제가 즉시 끝장내겠습니다!" 실라누스가 말했다. "마르쿠스 칼푸르니우스 비불루스, 발언권을 드립니다. 아까 가이우스 율리우스 카이사르에게 했던 발언을 설명해주십시오."

"설명할 것도 없습니다, 데키무스 실라누스. 자명한 사실이니까요." 비불루스가 자신의 왼뺨에 부푼 검은 멍자국을 가리키며 말했다. "가이우스 카이사르와 퀸투스 메텔루스 네포스를 공공 폭력 혐의로 고발합니다! 포룸 로마눔에서 발생한 폭동으로 이익을 얻을 사람이 저들 말고 또 누가 있습니까? 혼란이 벌어지길 원하는 사람이 또 누가 있습니까? 이렇듯 혼란을 초래하는 게 저들 말고 또 누구의 목적에 도움이 됩니까?"

"비불루스의 말이 옳습니다!" 카토가 소리질렀다. 잠깐의 위기상황으로 흥분한 까닭에 잠시 호칭 예법마저 깜빡한 터였다. "이익을 볼 자가 저들 말고 누가 있습니까? 포룸 로마눔을 피로 물들여야 하는 사람이 또 누가 있습니까? 가이우스 그라쿠스와 리비우스 드루수스와 저 역겨운 선동 정치꾼 사투르니누스까지 오래전부터 이어져 내려온 일입니다! 당신들 둘 다 폼페이우스의 하수인이야!"

분개하여 으르대거나 웅성거리는 소리가 사방에서 들려왔다. 다섯 명을 재판 없이 사형에 처하기로 한 12월 5일의 운명의 표결에서 카이사르에게 표를 준 자는 신전에 모인 원로원 의원들 백여 명 중 단 한 명도 없었다.

"호민관 네포스도, 수도 담당 법무관인 저도 폭력 사태로부터 얻을 이익은 아무것도 없습니다." 카이사르가 말했다. "우리에게 돌을 던진 자가 누구인지도 아직 밝혀지지 않았습니다." 그는 조롱하듯 비불루스를 바라보았다. "이보게, 벼룩, 내가 소집한 회의가 평화롭게 끝났다면 결국엔 네포스에게 크나큰 승리를 안겨다주었을 거야. 오늘 회의장을 찾은 저 진지한 유권자들이 정말로 폼페이우스 마그누스를 대안으로 두고도 히브리다 같은 머저리한테 계속 군대 지휘를 맡겼으리라고 생각하나? 사실 이 폭력 사태는 다른 이가 아닌 바로 카토와 테르무스가 거부권을 행사한 순간 시작되었어. 거부권이 주는 권력을 인민이 집회에서 법안을 토론하거나 투표권을 행사하는 걸 방해하는 데 사용하다니! 나는 인민이 우리에게 돌팔매질한 것을 비난하지 않아! 인민은 겨우 몇 달 전에야 그들의 권리를 되찾았으니까!"

"권리에 대해서 말하자면, 호민관에겐 거부권을 행사할 권리가 있소!" 카토가 우렁차게 외쳤다.

"참으로 어리석군, 카토!" 카이사르가 소리쳤다. "술라가 어째서 당신 같은 자들에게서 거부권을 박탈하려 했다고 생각하오? 왜냐하면 거부권은 원로원을 좌지우지하는 소수의 이익을 위해 봉사해서는 안 되니까! 당신은 거부권을 외칠 때마다 저곳 포룸 로마눔에 나온 수천 군중의 지성을 모욕하는 거요. 그들 앞에—차분하게—제시된 법안에 대해, 그들이—차분하게—설명을 듣고, 각자 뜻에 따라—차분하게—투표할 권리를 당신이 매번 빼앗는 거란 말이오!"

"'차분하게'? 지금 '차분하게'라 했소? 차분한 분위기를 어지럽힌 건 내 거부권이 아니라 당신이 모아온 깡패들이었소!"

"나는 저런 폭도들을 모으는 더러운 짓은 하지 않소!"

"당신 손을 더럽힐 필요가 있었겠소! 지시를 내리는 것만으로 충분했겠지!"

"카토, 인민이 주권자요." 카이사르는 침착해지려고 애썼다. "원로원의 잔당과 그들의 이익을 대변하는 소수의 호민관들이 아니오. 당신은 인민의 이익을 위해 봉사하지 않소. 수백만 인구의 제국을 소유하고 통치한다고 당신이 착각하는 저 원로원 의원들 한줌의 이익을 위해 봉사하지! 당신은 인민의 권리를 앗아갔고 이 도시의 존엄을 앗아갔소! 당신은 나에게 수치요, 카토! 당신은 로마에게 수치이고 인민에게 수치요! 심지어 당신의 그런 순진함을 이용하는 한편 등뒤에서 당신의 조상을 비웃는 저 보니파 주인들에게도 수치요! 나더러 폼페이우스 마그누스의 앞잡이라 했소? 그건 사실이 아니오! 하지만 카토 당신은 보니파의 앞잡이 그 이상도 그 이하도 아니오!"

"카이사르," 카토는 성큼성큼 걸어가 카이사르의 얼굴을 불과 몇 센티미터 앞에 두고 섰다. "당신은 로마 사람들의 몸속에 존재하는 암덩어리요! 내가 혐오하는 이 세상 모든 것의 집합체라고!" 그는 놀란 채 모여 서 있는 원로원 의원들에게로 몸을 돌리더니, 그들을 향해 양손을 뻰었다. 신전의 흐릿한 불빛 속에서 카토 얼굴의 줄무늬 상처는 사나운 고양이 같은 느낌을 주었다. "원로원 의원 여러분, 이 카이사르라는 자는 우리 모두를 파멸시킬 겁니다! 이자가 공화국을 파괴하리라는 사실을 저는 뼛속 깊이 느낍니다! 이자가 인민이나 인민의 권리에 대해 지껄이는 말을 듣지 마십시오! 대신 제 말을 들으십시오! 카이사르와 그의 미동(美童) 네포스를 로마에서 쫓아내고, 이탈리아에서 불과 물을 사용할 수 없게 합시다! 저는 카이사르와 네포스가 폭력죄로 기소되는 꼴을 보고야 말겠습니다! 저는 그들이 추방되는 꼴을 보고야 말 겁니다!"

"카토 당신 말을 듣고 있으니," 네포스가 말했다. "당신이 모든 회의에서, 모든 제안에 대해, 모든 언사에 대해 내키는 대로 거부권을 날리도록 내버려두는 것보다야 차라리 포룸 로마눔에서 폭력이 자행되는 게 낫겠소!"

그러고서 카토는 한 달도 안 되는 기간 내에 무방비 상태로 두번째의 안면 공격을 당했다. 네포스가 카토를 향해 뚜벅뚜벅 걸어오더니 주먹에 온 힘을 실어 세차게 후려친 것이다. 주먹 힘이 어찌나 셌는지, 세르빌리아가 할퀸 상처가 다시 터져 피가 흘렀다.

네포스는 실라누스를 향해 소리질렀다. "당신이 애지중지하는 그 하찮은 원로원 최종 결의로 내게 무슨 짓을 하든 상관없소! 카토를 제대로 때려눕히기만 했다면야 툴리아눔 감옥에서 죽어도 좋으니까!"

"로마를 떠나 당신 주인 폼페이우스에게 가시오!" 실라누스가 숨을 헐떡이며 말했다. 이 회의든, 자신의 감정이든, 신체의 통증이든 그 무엇도 그의 뜻대로 다스려지지 않았다.

"오, 그럴 생각이오!" 네포스가 경멸하듯 말하며 발길을 돌려 밖으로 걸어나갔다. "당신들 모두 나를 다시 만나게 될 거요!" 그는 요란하게 계단을 내려가며 소리쳤다. "나는 내 매형 폼페이우스와 함께 돌아올 테니까! 누가 알겠소? 그때쯤이면 카틸리나가 로마를 지배하고 있을지도 모르지. 그리고 당신들은 모두 응당 목숨을 잃었을 테고! 구린내 나는 겁쟁이들!"

카토마저도 아무 말이 없었다. 그가 가진 몇 장 없는 토가 중 하나가 도저히 회복 불가능할 지경으로 피에 물들어가고 있었다.

"나한테 더 볼일이 있소, 수석 집정관?" 카이사르가 격식 없는 말투로 실라누스에게 물었다. "바깥의 싸움 소리가 잦아든 듯하고, 이곳에서 더이상 할말도 없는 듯싶소. 안 그렇소?" 그는 차가운 미소를 지었다. "벌써 지나치게 많은 말들이 나온 것 같군."

"당신은 공공 폭력 사태를 선동했다는 의혹을 받고 있소, 카이사르." 실라누스가 숨이 넘어갈 듯한 소리로 말했다. "당신은 원로원 최종 결의가 발효된 동안 모든 회의나 정무에 일체 관여할 수 없소." 그는 비불루스를 바라보았다. "마르쿠스 비불루스 당신이 오늘 이자를 폭력죄 혐의로 기소할 수 있도록 준비해줄 것을 제안하오."

이 말에 카이사르는 웃음을 터트렸다. "실라누스, 실라누스, 사실을 똑바로 아시오! 이 벼룩이 어떻게 나를 자기 법정에서 기소할 수 있단 말이오? 이자는 자기를 위해 더러운 일을 처리해줄 카토가 필요하겠지요. 그리고 카토, 당신 그거 아시오?" 카이사르는 토가 천 주름 사이로 자신을 한껏 노려보고 있는 성난 회색 눈을 바라보며 부드러운 목소리로 물었다. "당신은 날 이길 가망이 없소. 당신의 성채보다 내 공성망치에 더 우월한 지력이 담겨 있으니까!" 카이사르는 입고 있던 튜닉을 자기 가슴팍 앞으로 당겨 벌어진 틈으로 고개를 숙이고 말했다. "어이, 거기 공성망치, 내 말이 맞나?" 그는 그곳에 모여 있는 피난민들을 향해 다정한 미소를 던지며 이렇게 말했다. "제 말이 맞다는군요, 원로원 의원 여러분. 그럼 다들 좋은 하루 보내십시오."

"참으로 대단했습니다, 카이사르!" 신전 바로 밖에서 소리를 엿듣던 푸블리우스 클로디우스가 말했다. "당신이 그렇게 화가 난 모습은 처음 보았습니다."

"내년에 원로원에 입성할 날을 기대하게. 이보다 더한 것도 보게 될 테니까. 카토와 비불루스를 상대하려면 아무리 화를 낸들 끝이 없어." 카이사르는 연단에 놓인 부러진 상아 의자들 사이에 서서 포룸 로마눔 쪽을 바라보았다. 사람들은 이제 거의 다 떠난 터였다. "깡패들은 집으로 돌아갔나보군."

"민병대가 나타나니까 다들 그리 열심히 싸우지 않더군요." 클로디우스는 카스토르의 기마상 아래쪽 계단을 먼저 밟아 내려가며 말했다. "한 가지는 알아냈습니다. 그들을 고용한 자는 비불루스였습니다. 이런 일에 서툰 아마추어더군요."

"전혀 놀랍지 않은 소식이군."

"당신과 네포스를 노리고 한 짓입니다. 두고보십시오. 곧 비불루스의 법정에 공공 폭력죄로 서게 되실 거예요." 클로디우스는 이렇게 말하며 마르쿠스 안토니우스와 풀비아를 향해 손을 흔들었다. 두 사람은 가이우스 마리우스 조각상 대좌의 맨 아랫단에 함께 걸터앉아 있었다. 풀비아는 안토니우스의 오른 주먹을 부지런히 손수건으로 훔치고 있었다.

"아, 정말 신나지 않았습니까?" 안토니우스가 물었다. 한쪽 눈이 심하게 부풀어서 앞도 제대로 보이지 않을 듯했다.

"아니, 안토니우스, 조금도 신나지 않았어!" 카이사르가 쏘아붙였다.

"비불루스가 카이사르를 플라우티우스 폭력법에 의거해 기소하려고 해. 물론 자기 법정에서." 클로디우스가 말했다. "카이사르와 네포스가 잘못을 뒤집어썼어." 그는 환하게 웃었다. "사실 실라누스가 파스케스를 든 판국에서는 전혀 놀랄 일이 아닙니다. 모든 정황을 고려해볼 때 그 사람이 카이사르 당신을 좋아할 리 없으니까요." 클로디우스는 잘 알려진 짤막한 노래를 흥얼거리기 시작했다. 바람난 아내에게 상처받은 남편에 대한 노래였다.

"다 같이 우리집에 가세!" 카이사르가 싱긋 웃으며 안토니우스의 주먹과 풀비아의 손을 가볍게 쳤다. "여기 이렇게 동네 좀도둑처럼 앉아 있다가 민병대한테 붙잡혀가지 말고. 그러다 카스토르 신전 안을 아직 어슬렁대는 저 영웅들께서 언제 다시 내려와 꼬투리를 잡으려고 코를 킁킁댈지 모를 일이니까. 나한테 깡패들과 결탁했다는 혐의를 씌웠는데, 내가 자네들과 있는 걸 보면 나더러 당장 짐을 싸서 떠나라고 할걸. 그러면 폼페이우스 같은 매형이 없는 나는 카틸리나한테 가야 할걸세."

그리고 물론 최고신관 관저로 가는 짧은 시간 동안—잠깐이면 충분했다—카이사르는 평상심을 되찾았다. 풀비아는 관저에서 2층에 자리한 폼페이아의 거처 외에는 별로 가본 적이 없었던 터였다. 이 독특한 매력의 손님들이 잘 몰랐던 새로운 공간으로 그들을 안내할 즈음, 카이사르는 이날의 재앙을 어떻게 해결하고 비불루스의 계획을 어떻게 망쳐줄지 계산을 모두 마친 터였다.

다음날 새벽, 신임 수도 담당 법무관은 자신의 재판소에 나타났다.

수하의 여섯 릭토르(벌써부터 자신들의 상관을 가장 훌륭하고 관대한 정무관으로 여겼다)는 끝을 창처럼 뾰족하게 깎은 파스케스를 들고 한쪽에 줄지어 서 있었고, 탁자와 고관 의자는 신임 수도 담당 법무관의 마음에 들게 놓여 있었으며, 서기와 심부름꾼 몇이 상관의 지시를 기다리며 대기하고 있었다. 수도 담당 법무관의 업무는 민사소송의 사전 준비뿐만 아니라 형사기소 신청 접수까지 포함했으므로, 재판소 주변에는 소송 당사자와 변호인 여럿이 벌써부터 모여 서 있었다. 카이사르가 업무를 개시한다는 신호를 보내자마자 여남은 명이 서로 먼저 하겠다고 앞다투어 몰려들었다. 로마는 사람들이 질서 있게 줄 서서 차례를 기다리는 곳이 아니었다. 카이사르 역시 꽥꽥 고함치는 사람들을 나무라지 않았다. 그는 가장 목소리가 큰 사람을 골라서 가까이 오라고 손짓한 뒤 이야기를 들었다.

그러나 첫번째 사람이 채 몇 마디 쏟아내기도 전에 집정관 수하의 릭토르들이 파스케스를 들고 나타났다. 집정관의 모습은 보이지 않았다.

"가이우스 율리우스 카이사르," 실라누스의 수석 릭토르가 말했다. 나머지 릭토르 열한 명은 재판소 주변의 소규모 군중을 옆으로 밀쳐냈다. "현재 발효중인 원로원 최종 결의에 의거해 당신의 법무관 자격이 정지되었습니다. 지금 이 순간부터 법무관 업무에서 일체 물러나십시오."

그러자 이제 막 카이사르에게 사건을 설명하기 시작한 변호인이 발끈했다. "그게 무슨 소리요?" 저명한 변호인은 아니었다. 일거리를 얻으려고 포룸 로마눔 낮은 구역을 어슬렁대는 수백 명의 변호인 중 하나일 뿐이었다. "나는 지금 수도 담당 법무관과 면담을 해야 하오!"

"수석 집정관은 퀸투스 툴리우스 키케로에게 수도 담당 법무관의 업무를 위임했습니다." 공무 집행을 방해받아 불쾌해진 릭토르가 말했다.

"하지만 나는 퀸투스 키케로와 면담하고 싶지 않소. 가이우스 카이사르와 면담하고 싶단 말이오! 이분이 수도 담당 법무관 아니오. 그리고 이분은 다른 법무관들처럼 일을 이리저리 미루지 않소! 나는 내 담당 사건을 내달이나 내년이 아닌 오늘 아침 당장 처리하고 싶소!"

재판소 주변의 사람 수가 급속히 늘어나고 있었다. 갑자기 많은 수의 릭토르들이 나타난 데에 놀라서, 또한 화가 나서 항의하는 사람들 소리를 듣고 평소 포룸 로마눔에 자주 드나들던 사람들이 이리로 모여든 것이었다.

카이사르는 아무 말 없이 의자에서 일어났다. 몸종에게 의자를 접어서 들라고 손짓하고는 자신의 여섯 릭토르들을 향해 몸을 돌렸다. 그리고 미소 띤 얼굴로 차례차례 그들의 오른손바닥에 데나리우스 은화 한 줌씩을 떨어뜨려주었다.

"자네들 파스케스를 베누스 리비티나 신전으로 가져가게. 그곳에서 상관이 사망이나 자격 정지로 인해 공직에서 물러났을 때 파스케스를 반납하는 곳에 두게. 우리가 함께한 시간이 너무 짧았음이 안타깝군. 그동안 나를 성심껏 보필해주어 고맙네."

카이사르는 릭토르들에게서 물러났다. 서기와 심부름꾼 들에게 다가가 그들에게도 돈을 주고 감사의 말을 전했다.

그는 이어 자주색 단을 댄 토가 프라이텍스타를 왼팔과 어깨에서 걷어낸 뒤, 그 커다란 천을 양손으로 느슨한 공처럼 돌돌 말아 천 끝을 바닥에 떨어뜨리지 않고 간단히 탈의를 마무리했다. 의자를 들고 있던 하인이 토가 뭉치를 받아들었다. 카이사르는 고개를 끄덕여 하인을 보냈다.

"여러분, 저는 이만 실례하겠습니다." 카이사르는 점점 커져가는 군중을 향해 말했다. "아무래도 여러분께서 저를 선출함으로써 제게 맡긴 일을 수행할 수 없게 된 듯싶습니다." 칼은 더욱 깊숙이 꽂혔다. "여러분은 반쪽짜리 법무관 퀸투스 키케로에 만족하셔야겠습니다."

퀸투스 키케로가 분노로 콧김을 뿜었다. 그는 자기 릭토르들을 데리고 저만치 떨어져 상황을 지켜보던 터였다.

"이게 무슨 일입니까?" 군중 뒤편에서 푸블리우스 클로디우스가 외쳤다. 그는 재판소를 떠날 준비를 마친 카이사르를 향해 사람들을 헤치며 앞으로 나왔다.

"나는 자격이 정지되었네, 푸블리우스 클로디우스."

"무엇 때문에요?"

"내가 주재한 트리부스회 회의에서 폭력 사태를 선동한 의혹을 받고 있기 때문이네."

"이건 불법입니다!" 클로디우스가 과장된 목소리로 소리쳤다. "먼저 재판부터 치르고 유죄가 선고되어야 하는 것 아닙니까!"

"지금은 원로원 최종 결의가 발효중일세."

"그게 어제 회의와 무슨 상관입니까?"

"어디든 갖다붙이기 편한 법이니까." 카이사르는 재판소를 떠나며 말했다.

카이사르가 튜닉 차림으로 관저를 향해 걷자, 그 자리에 모인 사람들이 모두 함께 걷겠다고 나섰다. 그를 대신해 수도 담당 법무관의 판사석에 앉은 퀸투스 키케로를 찾는 자는 없었다. 온종일 아무도 없었다.

하지만 온종일 포룸 로마눔에 모여드는 군중의 수는 점차 늘어났고 분위기도 험악해졌다. 이번엔 전직 검투사들은 보이지 않았다. 그들은 그저 이 도시의 수많은 존경받는 주민들이었다. 그 사이사이에 클로디우스, 안토니우스 형제, 쿠리오, 데키무스 브루투스가 있었고, 또 데쿠미우스와 그의 교차로단 형제들이 흩어져 있었다. 2계급부터 최하층민에 이르기까지 다양한 계층 출신의 사람들이었다. 형사재판을 개시하려던 두 법무관은 인산인해를 이룬 군중을 바라보며 징조가 불길하다고 판단했다. 퀸투스 키케로도 짐을 싸서 일찌감치 귀가했다.

무엇보다도 불안한 점은 밤새도록 아무도 포룸 로마눔을 떠나지 않았다는 사실이었다. 추위를 쫓기 위해 여러 군데 지핀 불로 포룸 로마눔이 환했다. 팔라티누스 언덕의 게르말루스 고지에 세워진 저택들에서 본 그 모습은 섬뜩하게도 군대의 야영지를 연상시켰다. 권력자들은 배곯은 대중이 포룸 로마눔을 가득 채운 지 며칠 만에 사투르니누스의 반란이 벌어졌던 때를 떠올렸다. 그들은 그 사건 이후 처음으로 로마에 평범한 사람들이 얼마나 많은지, 또 그에 비해 권력을 가진 사람들의 수는 얼마나 적은지를 여실히 깨달았다.

새벽녘에 실라누스, 무레나, 키케로, 비불루스, 루키우스 아헤노바르부스는 베스타 계단 꼭대기에 모여 서서 어림잡아 1만 5천 명쯤은 되어 보이는 인파를 바라보았다. 문득 아래쪽에서 그 무시무시한 군중 사이로 한 사람이 그들을 향해 손가락질하며 큰 소리로 뭐라고 외쳤다. 마치 소용돌이가 크게 휘몰아치듯 거대한 인파가 한꺼번에 그들을 향해 몸을 틀었다. 위에 서 있던 작은 무리의 사내들은 자신들이 방금 본 것이 죽음의 춤임을 직감하고 본능적으로 뒷걸음질쳤다. 모두의 얼굴이 그들을 향해 붙박인 가운데, 모두의 오른팔이 위로 들려올라가더니, 모두가 그들을 향해 주먹을 휘둘렀다. 그 모습은 마치 바다의 큰 물결을 따라 흔들리는 해초들 같았다.

"저 사람들이 다 카이사르 때문에?" 실라누스는 부르르 몸을 떨며 작게 내뱉었다.

"아니요." 법무관 필리푸스가 그들에게 다가오며 대답했다. "원로원 최종 결의와 재판 없이 처형된 로마 시민들 때문이오. 카이사르는 그저 최후의 한 방일 뿐이었소." 필리푸스는 비불루스를 향해 호된 질책의 눈빛을 보냈다. "당신들은 진정으로 어리석소! 카이사르가 어떤 인물인지 그렇게 모르겠소? 나는 친구라서 잘 알지! 당신들이 감히 공적으로 파멸시킬 생각을 품을 수 없는 누군가가 로마에 있다면 바로 카이사르요! 당신들은 평생 이렇듯 높은 곳에서 마치 전염병이 들끓는 지상을 바라보는 신처럼 로마를 내려다보며 살아왔지만, 카이사르는 평생 그들과 더불어 그들 중 일부로 살았소. 이 거대한 도시에 카이사르가 모르는 사람은 거의 없소. 어딜 가든 누굴 만나든 항상 미소 짓고 손을 흔들고 인사를 건네지. 단순히 그들이 귀중한 유권자들이라서가 아니오. 카이사르는 온 세상을 향해 그렇게 하는 거요. 사람들은 그를 사랑하오! 카이사르는 선동 정치가가 아니오! 그는 애당초 선동 정치가가 될 필요가 없소! 리비아에서는 죽을죄를 지은 사람들을 묶어놓고 개미를 푼다지. 당신들은 어리석게도 로마의 개미들을 들쑤신 거요! 장담하건대, 그들이 죽이려 들 사람은 카이사르가 아닐 거요!"

"민병대를 소집하겠소." 실라누스가 말했다.

"오, 허튼소리 마시오, 실라누스! 민병대는 저 아래 목수와 벽돌공 들과 함께 있으니까!"

"그러면 어떻게 하오? 에트루리아에서 군대를 데려오란 말이오?"

"아무렴, 카틸리나가 그 뒤를 바짝 쫓아오길 바라신다면야!"

"우리더러 어쩌란 말이오?"

"집으로 가서 대문을 걸어 잠그시오, 원로원 의원 여러분." 필리푸스는 이렇게 말하며 물러갔다. "최소한 나는 그렇게 할 작정이오."

하지만 그들이 필리푸스의 충고를 받아들일 엄두를 내기 전에, 거대한 함성이 터져나왔다. 베스타 계단 위쪽을 향해 있던 얼굴과 주먹 들이 방향을 바꾸었다.

"저길 보게!" 무레나가 빽 소리쳤다. "카이사르야!"

군중이 갈라지며 가운데로 길을 뚫었다. 관저에서 시작된 그 길은 카이사르가 새하얀 민무늬 토가 차림으로 로스트라 연단을 향해 가는 내내 열려 있었다. 귀가 먹먹해질 정도의 세찬 박수갈채가 쏟아졌지만, 카이사르는 거기에 화답하지 않았고 고개를 돌려 옆을 쳐다보지도 않았다. 팔라티누스 언덕 위에 서 있는 사람들은 카이사르의 행동을 주시했다. 군중은 온전히 그만을 바라보고 있었지만, 그는 연단에 올라선 뒤에도 군중을 격려하는 몸짓이나 손짓을 전혀 하지 않았다.

카이사르가 연설을 시작하자 소음은 완전히 사그라졌다. 하지만 연설 내용은 실라누스나 나머지 사람들의 귀까지 들리지 않았다. 이제 그들 곁에는 정무관 스무 명과 최소 백 명은 넘는 원로원 의원들이 함께 있었다. 카이사르가 연설한 시간은 대략 한 시간이었다. 그 한 시간 동안 군중은 눈에 띄게 차분해졌다. 카이사르는 마침내 손을 흔들어 군중을 해산시켰다. 그가 환히 미소 짓자 치아가 반짝 빛났다. 베스타 계단 위의 사람들은 거대한 군중이 흩어지는 모습을 안도와 경이에 찬 눈길로 바라보았다. 군중은 아르길레툼 구역과 시장들과 사크라 가도와 벨리아 고지를 비롯한 로마의 구석구석으로 사라졌다. 모두가 카이사르의 연설에 대해 이야기했지만, 그들 중 분노의 빛을 띤 자는 이제 아무도 없었다.

"원로원 최고참 의원으로서," 마메르쿠스가 뻣뻣한 어조로 말했다. "유피테르 스타토르 신전에서 원로원 회의를 소집하겠소. 카이사르가 한 행동이 봉기를 저지한 것임을 감안할 때 매우 적절한 장소요. 당장들 모이시오!" 마메르쿠스는 잔뜩 움츠러들어 있는 실라누스에게 벌컥 화를 내며 딱딱댔다. "수석 집정관 당신이 수하의 릭토르들을 보내 카이사르의 법무관 자격을 박탈했으니, 당신이 그들더러 가이우스 카이사르를 데려오게 하시오."

카이사르가 유피테르 스타토르 신전에 들어서자 가이우스 옥타비우스와 루키우스 카이사르가 박수를 치기 시작했다. 다른 이들도 하나둘씩 박수에 동참했고, 분위기상 비불루스와 아헤노바르부스도 최소한 박수치는 시늉이라도 해 보여야 했다. 카토는 보이지 않았다.

실라누스가 자리에서 일어섰다. "가이우스 율리우스 카이사르, 아주 위험했던 상황을 잘 마무리지은 데 대해 원로원을 대표해 감사의 말씀을 전합니다. 오늘 당신은 참으로 올바르게 처신했으니 칭찬을 받아 마땅합니다."

"당신은 정말 고루한 사람이오, 실라누스!" 가이우스 옥타비우스가 소리쳤다. "아까 대체 어떻게 한 거냐고 물어보시오! 다들 궁금해 죽을 지경이니까!"

"군중 앞에서 무슨 말씀을 하신 건지 원로원 의원들 모두 알고 싶어 합니다, 가이우스 카이사르."

카이사르는 여전히 흰 토가를 입고 선 채로 어깨를 으쓱해 보였다. "그저 각자 집으로 돌아가 할 일을 하라고 했을 뿐입니다. 로마에 불충한 사람으로 여겨지길 바라는가? 통제 불가능한 자들로 비춰지고 싶은가? 당신들 스스로를 무엇이라고 생각하기에 고작 징계 처분을 받은 법무관 한 명 때문에 이렇게들 모였느냐고 물었습니다. 로마는 제대로 통치되고 있으며, 약간의 인내심만 발휘한다면 모든 일이 그들이 만족할 수 있게끔 해결될 거라고 말했습니다."

"저 번지르르한 말 뒤로 협박을 숨기고 있는 걸세!" 비불루스가 아헤노바르부스에게 속삭였다.

"가이우스 율리우스 카이사르," 실라누스가 아주 정중하게 말했다. "토가 프라이텍스타를 착용하고 수도 담당 법무관으로서 당신 재판소로 복귀하십시오. 원로원이 보기에 오늘 당신은 모든 면에서 올바르게 처신했습니다. 그저께 열린 트리부스회 회의장에서도 불평분자들을 미리 파악해 그에 대한 조치로 민병대를 소집함으로써 역시 올바르게 처신했음이 분명합니다. 그날 벌어진 사건과 관련해 플라우티우스 폭력법에 의거한 재판은 열리지 않을 겁니다."

유피테르 스타토르 신전에 모인 어느 누구도 이에 반대하는 목소리를 내지 않았다.

"그러게 내가 뭐랬습니까?" 회의장소를 떠나며 메텔루스 스키피오가 비불루스에게 말했다. "이번에도 그가 이겼습니다! 우리가 한 일이라곤 전직 검투사들을 고용하느라 큰돈을 쓴 게 다군요!"

카토가 숨가쁘게 달려왔다. 그의 모습은 도저히 더이상 나빠질 수 없을 정도로 끔찍했다. "무슨 일입니까? 뭐가 어떻게 된 겁니까?" 카토가 물었다.

"카토 자네야말로 무슨 일이 있었나?" 메텔루스 스키피오가 물었다.

"몸이 안 좋았네." 카토가 짧게 답했다. 비불루스와 메텔루스 스키피오는 이 대답을 그가 밤새도록 아테노도로스 코르딜리온과 포도주를 들며 보냈다는 뜻으로 해석했다.

"언제나처럼 카이사르가 우릴 꺾었네." 메텔루스 스키피오가 말했다. "카이사르가 군중을 돌려보냈고 실라누스는 그를 복직시켰어. 비불루스의 법정에서 재판은 없을 걸세."

카토는 말 그대로 비명을 질렀다. 소리가 어찌나 우렁찼던지 모든 원로원 의원들이 움찔했다. 카토는 유피테르 스타토르 신전의 바깥 기둥에 주먹질을 해대기 시작했다. 다른 사람들이 겨우 팔을 잡고 카토를 그 자리에서 끌어냈다.

"난 멈추지 않아, 난 멈추지 않아, 난 멈추지 않아." 카토는 사람들이 그를 이끌고 팔라티누스 언덕길을 올라 무고니아 성문을 통과하는 내내 같은 말을 내뱉었다. "죽는 한이 있더라도 반드시 놈을 파멸시키고 말겠어!"

"카이사르는 불사조 같은 자일세." 아헤노바르부스가 침울한 목소리로 말했다. "우리가 아무리 화장터 장작더미에 몰아넣어도 매번 잿더미를 헤치고 날아오르잖나."

"언젠가는 다시 날아오르지 못할 걸세. 나는 카토와 함께하겠네. 놈이 파멸할 때까지 나 역시 절대 멈추지 않겠어." 비불루스가 다짐했다.

메텔루스 스키피오가 카토의 부은 손과 얼굴에 새로 터진 상처를 바라보며 사색하듯 말했다. "어쨌거나 자네는 현재로선 스파르타쿠스 전쟁에서 입은 상처보다 카이사르 탓에 입은 상처가 더 많겠구만."

"그리고 스키피오 자네는," 가이우스 피소가 사납게 내뱉었다. "그야말로 매를 벌고 있구만!"

1월이 거의 끝나갈 무렵 마침내 북쪽에서 소식이 왔다. 12월 초부터 아펜니누스 산맥으로 꾸준히 이동하던 카틸리나는 자신과 아드리아

해 연안 사이에 메텔루스 켈레르와 마르키우스 렉스가 버티고 있다는 사실을 깨달았다. 이제 이탈리아를 벗어날 방법은 없었고, 맞서거나 항복하거나 둘 중 하나였다. 항복은 있을 수 없었기에 그는 피스토리아 마을 부근의 좁은 골짜기에서 단 한 번의 전투에 모든 것을 걸고 싸웠다. 그러나 카틸리나에 맞서 전장에 나타난 이는 가이우스 안토니우스 히브리다가 아니었다. 이 영예는 무관 마르쿠스 페트레이우스에게 남겨졌다. 아! 발가락의 통증이여! 히브리다는 안전하고 아늑한 사령관 막사를 절대 떠날 수 없었다. 카틸리나의 군인들은 처절히 싸웠다. 3천 명이 넘는 그들 전부 죽을 각오를 한 터였다. 카틸리나 역시 마찬가지였고, 숨진 그의 손에는 한때 가이우스 마리우스의 소유였던 은 독수리기가 들려 있었다. 사람들은 카틸리나가 시체들 사이에서 숨진 채 발견되었을 때, 생전에 카툴루스에서 키케로에 이르기까지 모든 사람들에게 던지곤 했던 그 빛나는 미소를 띠고 있었다고 전했다.

이제 더는 구실이 없었으므로, 원로원 최종 결의는 마침내 해제되었다. 반란의 잔당까지 모조리 끝장낼 때까지 최종 결의를 유지하자고 주장할 엄두를 키케로조차도 내지 못했다. 남은 무리를 소탕하기 위해 법무관 몇 명이 파견되었다. 그중 비불루스는 삼니움의 산악지대에 위치한 파일리그니족 영토로 향했고, 퀸투스 키케로는 역시 지형이 험준한 브루티움으로 파견되었다.

그러고 나서 2월에 재판이 열리기 시작했다. 이번에는 처형은 없을 터였고 유죄를 선고받은 자들도 즉각 추방형에 처해지진 않을 것이므로, 원로원은 특별 법정을 세우기로 했다.

재판장으로는 전직 조영관 루키우스 노비우스 니게르가 임명되었다. 이 일을 맡겠다고 나서는 사람이 아무도 없어서였다. 카이사르에서 필리푸스까지 로마에 남아 있던 법무관들은 원래 맡고 있는 법정에서만도 일이 한가득이라는 고마운 핑곗거리가 있었다. 노비우스 니게르가 기꺼이 이 일을 맡은 것은 타고난 성정으로 보나 처한 처지로 보나 그리 놀라운 일은 아니었다. 재능에 비해 야망이 지나쳐 주변에 짜증을 불러일으키는 인간이었던 노비우스 니게르는 이 일을 계기로 훗날 집정관이 될 수 있으리라고 기대했던 것이다. 그가 재판장석에 오르면서 선포한 칙령은 사뭇 인상적이었다. 누구도 검증을 피해갈 수 없고, 누구도 특별대우를 받지 않으며, 누구도 뇌물로 빠져나갈 수 없고, 배심원단 명부는 캄파니아의 제비꽃밭보다도 향긋한 내음을 풍기리라. 그러나 마지막 칙령은 호응이 그다지 좋지 않았다. 유죄선고를 이끌어낸 정보를 제공한 자에게 포상금 2탈렌툼을 주겠다고 선포한 것이다. 포상금은 물론 벌금과 몰수 재산으로 치러질 예정이었다. 그러니 국고에서의 지출은 없었다! 그러나 사람들은 이것이 꺼림칙하게도 술라가 썼던 공권박탈 조치와 모양새가 너무도 유사하다고 느꼈다. 따라서 특별법정이 열렸을 때, 포룸 로마눔을 직업적으로 자주 드나드는 이들은 이 법정의 재판장을 그리 좋지 않게 생각했다.

다섯 명이 첫 심판대에 올랐다. 모두 유죄가 확실했던 그들은 술라 형제, 마르쿠스 포르키우스 라이카, 그리고 키케로 암살을 시도한 두 명인 가이우스 코르넬리우스와 루키우스 바르군테이우스였다. 원로원에서는 특별 법정을 지원하고자 키케로의 비밀 정보원이었던 퀸투스 쿠리우스를 데리고 회의를 열었고, 쿠리우스의 심문일을 노비우스 니게르의 심리 개시일과 일치시켰다. 물론 포룸 로마눔의 가장 넓은 공간에서 재판을 연 노비우스 니게르가 원로원보다 훨씬 더 많은 군중을 끌어모았다.

루키우스 베티우스라는 자가 첫번째(이자 마지막) 밀고자였다. 하급 기사 자격을 겨우 유지하는 형편이었던 그는 노비우스 니게르를 찾아가 포상금으로 무려 5만 세스테르티우스를 벌고도 남을 정보를 갖고 있다고 선언했다. 베티우스는 법정 증언에서 초기 단계에 그 자신도 가담 여부를 잠시 고민했지만 '제 자신의 충성심이 어디를 향해 있는지 잘 알고 있었다'고 말했다. 그는 한숨을 내쉬고 이렇게 말했다. "저는 로마인입니다. 로마에 해를 끼칠 수는 없었습니다. 로마는 제게 너무도 큰 의미이니까요."

비슷한 요지의 발언을 한참 쏟아낸 후, 베티우스는 반란 가담자들의 명단을 구술하고 이들의 모반 행위에 의심의 여지가 없다고 맹세했다.

노비우스 니게르 역시 한숨을 내쉬었다. "루키우스 베티우스, 이중에는 그다지 눈에 띄는 인물이 없소! 내가 보기엔 이 법정이 공판 절차를 개시할 만큼 충분한 증거를 확보할 가능성이 무척 낮은 듯싶군요. 구체적이고 확실한 증거가 있는 다른 인물은 없소? 편지도 좋고, 당신 외에 다른 믿을 만한 증인도 좋소."

"흠……." 베티우스가 느릿하게 말을 끌더니 돌연 몸을 떨며 세차게 고개를 가로저었다. "아니요, 없습니다!" 그가 크게 말했다.

"이보시오. 당신은 내 법정에서 철저한 보호를 받고 있소." 사냥감 냄새를 맡은 노비우스 니게르가 말했다. "당신에겐 아무 일도 없을 거요, 루키우스 베티우스, 내가 약속하오! 구체적인 증거를 하나라도 알고 있다면 내게 반드시 말하시오!"

"너무 큰 거물인데." 베티우스가 작게 중얼댔다.

"나와 내 법정에 너무 큰 거물이란 있을 수 없소."

"그게……."

"루키우스 베티우스, 말하시오!"

"편지를 갖고 있습니다."

"발신자가 누구요?"

"가이우스 카이사르입니다."

배심원단은 상체를 바짝 세워 앉았다. 구경꾼들이 웅성거리기 시작했다.

"발신자가 가이우스 카이사르라. 수신자는 누구요?"

"카틸리나입니다. 가이우스 카이사르의 자필 편지입니다."

한쪽에 모여 있던 카툴루스의 피호민 무리가 이 말을 듣고 환호성을 올렸지만, 그 소리는 곧 야유와 조롱과 욕설에 묻히고 말았다. 얼마간 시간이 지나고 나서야 법정 릭토르들이 질서를 바로잡았고, 노비우스 니게르는 이윽고 심문을 재개할 수 있었다.

"어째서 그 사실을 이제까지 숨겨온 거요, 루키우스 베티우스?"

"두려워서죠!" 밀고자가 딱딱댔다. "가이우스 카이사르 같은 거물을 내가 나서서 고발하고 싶은 마음은 추호도 없으니까요."

"이 법정에서는, 루키우스 베티우스, 가이우스 카이사르가 아닌 내가 거물이요." 노비우스 니게르가 말했다. "그리고 이제 당신은 이미 가이우스 카이사르를 고발했소. 당신은 위험하지 않으니 계속하시오."

"뭘 계속하란 겁니까?" 베티우스가 물었다. "편지를 갖고 있다니까요."

"그렇다면 편지를 이 법정에 제출해야 하오."

"그는 그게 위조된 편지라고 할 겁니다."

"그것은 오로지 법정에서 판단할 일이오. 편지를 제출하시오."

"그게……."

포룸 로마눔 낮은 구역에 있던 사람들은 이제 거의 다 노비우스 니게르의 법정 인근에 이미 와 있거나, 아니면 서둘러 이리로 오는 중이었다. 카이사르가 곤경에 처했다는 소문은 언제나처럼 빠르게 퍼졌다.

"루키우스 베티우스, 명령이오! 편지를 제출하시오!" 노비우스 니게르는 베티우스를 몰아세웠다. 그리고 이어 지극히 어리석은 발언을 했다. "가이우스 카이사르처럼 천 년이 넘는 역사를 지닌 가문 출신에 수없이 많은 피호민을 거느린 사람은 이 법정의 권력 위에 존재한다고 생각하는 거요? 아니, 그렇지 않소! 가이우스 카이사르가 자필로 카틸리나에게 편지를 쓴 게 사실이라면, 나는 이 법정에서 그를 심판하고 유죄판결이 내려지게 하겠소!"

"그렇다면 집으로 가서 편지를 가져오겠습니다." 그의 말에 설득된 베티우스가 말했다.

베티우스가 집에 다녀올 동안 노비우스 니게르는 휴정을 선언했다. 대부분의 사람들이 흥분해서 떠들었고, 그렇지 않은 사람들은(카이사르를 구경하는 건 근래 가장 즐거운 오락거리가 된 터였다) 간단한 음료수나 간식을 사오려고 황급히 뛰어갔다. 배심원단은 느긋하게 앉아 법정 하인들의 시중을 받았고, 노비우스 니게르는 배심원단 대표에게 걸어가 한담을 나누었다. 밀고자에게 포상금을 치르는 칙령을 착안해낸 스스로가 기특하기 짝이 없었다.

푸블리우스 클로디우스의 행보에는 좀더 뚜렷한 목적이 있었다. 클로디우스는 서둘러 포룸 로마눔을 가로질러 한창 회의가 진행중인 원로원 의사당으로 가서 사정을 대충 이야기하고 안으로 들어갔다. 다음해에 정식으로 출입 자격을 얻을 테니 그다지 어려운 일은 아니었다.

문 안으로 들어간 클로디우스는 잠시 멈춰 섰다. 법정에서 베티우스의 알토 음색은 원로원에서 쿠리우스의 바리톤 음색과 완벽한 조화를 이루고 있었다.

"카틸리나의 입에서 나온 소리를 내가 직접 들었다지 않소!" 쿠리우스가 카토에게 말하고 있었다. "가이우스 카이사르는 처음부터 끝까지 이번 반란의 핵심인물이었소!"

의장을 맡은 집정관 실라누스의 옆에서 살짝 뒤쪽에 놓인 고관석에 앉아 있던 카이사르가 자리에서 일어섰다.

"당신은 거짓말을 하고 있소, 쿠리우스." 매우 차분한 어조였다. "이 존경받는 집단으로부터 내가 영구히 축출되는 것을 볼 수만 있다면 무슨 짓이라도 할 자들이 이중에 과연 누구인지 우리 모두 잘 알고 있습니다. 그러나 분명히 말씀드리겠습니다, 원로원 의원 여러분! 저는 그토록 허술하고 형편없이 서툰 계획에 절대 가담하지 않았으며, 앞으로도 결코 그럴 리 없습니다! 이 지질한 바보의 이야기를 믿는 자는 이 지질한 바보보다도 더 어리석은 바보입니다! 저 가이우스 율리우스 카이사르가 포도주를 마시고 험담이나 나누며 저런 잡스러운 자들과 상종했다고요? 맡은 임무에 충실하고 자신의 존엄을 지키는 데 그토록 철저한 제가 몸을 굽혀 여기 이 쿠리우스 같은 자들과 모의를 꾸몄다 이 말입니까? 최고신관인 제가 카틸리나에게 로마를 넘길 공모를 했다고요? 로마 건국자의 후손인 율리우스 가문 출신의 제가 쿠리우스 같은 벌레들과 풀비아 노빌리오리스 같은 매춘부들이 로마를 지배해도 좋다고 동의했다 이 말씀입니까?"

카이사르의 입에서 쏟아져나온 말들은 마치 매서운 채찍 소리 같았다. 아무도 그의 말을 방해하려 들지 않았다.

"저는 정치인들의 중상모략에 익숙합니다." 카이사르는 여전히 차분하지만 질타를 담은 어조로 이어 말했다. "그러나 쿠리우스 같은 자들에게 돈을 주어 제가 차라리 죽었으면 죽었지 절대 가담하지 않을 일에 연루되었다고 허위 증언을 하도록 획책하는 행태를 저는 가만히 두고 보지만은 않을 겁니다! 분명 쿠리우스에게 누군가가 돈을 대고 있습니다! 그게 누군지 제가 알아내면 그는 제게 그 값을 톡톡히 치르게 될 겁니다! 여기 계신 뛰어나고 경탄스러우신 여러분은 횃대에 앉은 암탉들처럼 그 소위 반란이라는 것의 치졸한 세부 내용을 일일이 듣고 앉았죠! 그런데 이중 몇몇은 그보다 훨씬 더 사악한 공모를 벌여 저와 제 명성을 무너뜨리려 합니다! 그들이 노리는 대상은 제 존엄입니다!" 카이사르는 숨을 들이쉬었다. "저는 제 존엄 없이는 아무것도 아닙니다. 그리고 이 자리에서 여러분 한 명 한 명에게 엄숙히 경고합니다. 제 존엄을 건드릴 생각은 하지 마십시오! 제 존엄을 지키기 위해서라면 저는 이 유서 깊은 의사당을 여러분 머리 위로 무너뜨릴 겁니다! 펠리온 산을 오사 산 위로 옮겨 쌓고, 제우스의 천둥을 훔쳐서 여러분 하나하나를 쳐 죽일 겁니다! 원로원 의원 여러분, 제 인내심을 시험하지 마십시오. 분명히 말하건대 저는 카틸리나와 다릅니다. 만일 제가 여러분을 몰아내려고 공모했다면 지금쯤 여러분은 이미 다 쓰러졌습니다!"

카이사르는 키케로를 향해 몸을 돌렸다. "마르쿠스 툴리우스 키케로, 마지막으로 묻겠소. 이 반란을 밝혀냄에 있어 내가 당신에게 협조를 했소, 안 했소?"

키케로는 침을 꿀꺽 삼켰다. 의원들은 모두 침묵하고 있었다. 이런 연설은 여태껏 듣도 보도 못했고, 지금 다른 사람들의 시선을 끌고 싶은 이는 아무도 없었다. 심지어 카토마저 그랬다.

"협조했소, 가이우스 율리우스. 당신은 분명히 내게 협조했소." 키케로가 말했다.

"그렇다면," 카이사르가 덜 매서운 목소리로 말했다. "저는 요구합니다. 원로원은 퀸투스 쿠리우스에게 약속한 포상금의 단 1세스테르티우스도 내줘서는 안 됩니다. 퀸투스 쿠리우스는 거짓말을 했습니다. 그는 포상금을 받을 자격이 없습니다."

원로원 의원들이 느낀 두려움은 너무도 컸기에, 그들은 쿠리우스에게 약속한 포상금의 단 1세스테르티우스도 내주지 않기로 만장일치로 동의했다.

그때 클로디우스가 앞으로 나와 큰 소리로 말했다. "존경하는 원로원 의원 여러분, 엄숙한 회의 중간에 감히 끼어든 데 부디 용서를 구합니다. 하지만 저는 존경하는 가이우스 율리우스께 가능한 한 빨리 루키우스 노비우스 니게르의 법정으로 저와 함께 동행해달라고 요청해야 하겠습니다."

카이사르는 자리에 앉으려다 말고 얼빠진 표정의 실라누스를 쳐다보았다. "수석 집정관님, 다른 곳에서 제가 필요하다고 합니다. 짐작건대 이곳에서와 같은 종류의 일인 듯싶군요. 제 말이 맞다면, 제가 방금 한 말을 기억하십시오. 한마디도 빼지 말고 똑똑히 기억하십시오! 그럼 저는 이만 실례하겠습니다."

"가보십시오." 실라누스가 작게 말했다. "다른 분들도 모두 일어나셔도 됩니다."

그리하여 카이사르가 총총거리는 클로디우스를 옆에 달고 원로원 의사당을 떠나자, 원로원 의원들 역시 두 사람 뒤를 따라갔다.

클로디우스가 살짝 숨을 헐떡거리며 말했다. "그야말로 멋지게 혼내주셨습니다. 제가 들어본 중 최고였어요! 지금쯤 원로원 의사당 바닥엔 똥이 사방으로 널려 있을 겁니다."

"헛소리 집어치우게, 클로디우스. 니게르의 법정에서 무슨 일이 있었는지나 말하게." 카이사르가 퉁명스레 말했다.

클로디우스는 상세히 설명했다. 카이사르가 걸음을 멈추었다.

"릭토르 파비우스!" 그는 자신의 수석 릭토르를 부르고, 나머지 다섯 명을 서둘러 앞에 세웠다. 목소리에 전운이 감돌았다.

세 쌍의 릭토르들은 멈춰 서서 지시사항을 들었다.

그러고 나서 카이사르는 노비우스 니게르의 법정을 향해 내려갔다. 구경꾼들이 사방으로 흩어졌다. 카이사르는 배심원단 사이를 똑바로 가로질러 루키우스 베티우스가 손에 편지를 들고 서 있는 곳으로 갔다.

"릭토르, 이자를 체포하게!"

편지를 비롯해 베티우스가 들고 있던 모든 물건이 압수되었다. 베티우스는 체포되어 노비우스 니게르의 법정에서 수도 담당 법무관 재판소 쪽으로 끌려갔다.

노비우스 니게르가 자리에서 벌떡 일어나자 그가 아껴 마지않는 상아 의자가 뒤로 벌렁 넘어졌다. "이게 다 무슨 짓입니까?" 노비우스 니게르는 새된 소리로 외쳤다.

"당신은 스스로를 뭐라고 생각하는 거요?" 카이사르가 포효했다.

모두가 뒤로 한 발짝 물러섰다. 배심원단도 부르르 떨며 몸을 들썩였다.

"당신은 스스로를 뭐라고 생각하는 거요?" 카이사르가 좀더 부드러운 음성으로 되풀이했다. 하지만 여전히 저편 포룸 로마눔 한가운데에서도 들릴 만큼 큰 목소리였다. "겨우 조영관급 정무관인 당신이 서열상 상관인 나와 관련된 증거를 감히 당신 법정에서 심사하겠다고? 증거란 것도 고작 포상금을 탐낸 밀고자의 입에서 나온 것밖에 더 되는가? 당신은 스스로를 뭐라고 생각하는 거요? 당신이 모른다면, 노비우스, 내가 알려주겠소. 당신은 법에 관한 한 무지렁이요. 베누스 에루키나 신전 밖에서 몸을 파는 더러운 매춘부만큼이나 로마의 법정에서 재판장 노릇을 할 자격이 없단 말이오! 하급 정무관이 상관을 자기 법정에 세우는 것은 전대미문의 월권임을 진정 모르오? 저 시궁창 쓰레기 같은 베티우스에게 말한 그 어리석은 발언만으로도 당신은 충분히 탄핵될 수 있소! 그러니까 겨우 조영관급 정무관인 당신이 수도 담당 법무관인 나를 당신 법정에 세워 유죄를 선고받게 하겠다고? 그 기백은 높이 사겠으나, 노비우스, 그건 실현 불가능한 일이오. 당신 법정에서 진행중인 형사사건에 당신의 상관이 연루되어 있다는 판단이 들었다면, 당신은 지체 없이 해당 정무관의 동료급 정무관에게 그 건을 통째로 가져가야 하오. 나는 수도 담당 법무관이니, 당신은 이 사건을 지금 시점에 파스케스를 쥔 집정관에게 가져가야 하는 것이지. 이달은 루키우스 리키니우스 무레나가 될 것이나, 오늘은 데키무스 유니우스 실라누스요."

호기심에 찬 군중은 카이사르의 말을 하나도 빠짐없이 들었다. 노비우스 니게르는 잿빛이 된 얼굴로 서 있었다. 자기 귀를 믿을 수 없었다. 집정관의 꿈은 무너졌다.

"이 건을 당신 상관의 동료급 정무관에게 가져가시오, 노비우스. 감히 이 건을 이 법정에서 계속 진행할 생각은 품지 마시오! 감히 당신 상관에 관한 증거를 희희낙락거리며 이 법정에서 직접 심사할 생각은 품지 마시오! 당신은 여기 이 배심원단 앞에서 나와 관련된 건을 다루었소! 마치 당신에게 그럴 권한이 있다는 듯! 하지만 당신에겐 그럴 권한이 없소. 듣고 있소? 당신에겐 그럴 권한이 없소! 당신은 참으로 빛나는 선례를 세웠군! 앞으로 상급 정무관들은 하급 정무관들에게서 이런 것을 기대해야 하는가?"

용서를 구하듯 한 손이 치켜올라갔다. 노비우스 니게르는 입술을 축이고 더듬더듬 뭐라고 중얼거렸다.

"조용히 하시오! 모자란 인간 같으니." 카이사르가 소리쳤다. "루키우스 노비우스 니게르, 로마의 공직 체계에서 당신과 여타 모든 하급 정무관들이 차지하는 위치를 분명히 상기시키기 위해, 수도 담당 법무관인 나 가이우스 율리우스 카이사르는 당신을 8일간 징역형에 처하겠소. 장소는 라우투미아이 감옥이오. 그 정도면 당신에게 합당한 위치가 무엇인지, 로마 원로원이 이 특별 법정의 재판장 역할을 계속 당신에게 맡길 수 있게 하려면 어떻게 처신해야 할지 충분히 생각해볼 시간이 될 것이오. 잠시라도 감방을 벗어나선 안 되오. 음식을 가져가서도 안 되며 가족들과 면회할 수도 없소. 읽을 것이나 쓸 것을 가지고 가서도 안 되오. 라우투미아이의 감방은 자물쇠는커녕 문 자체가 없으니 당신은 내 말을 스스로 지켜야 할 것이오. 릭토르들이 보고 있지 않은 순간에도 로마 절반이 당신을 주시할 거요." 그는 불쑥 법정 릭토르들을 향해 고갯짓을 했다. "자네들 주인을 라우투미아이 감옥으로 데려가 자네들이 보기에 가장 불편해 보이는 방에 들여놓게. 내가 다른 릭토르들을 보낼 때까지 그곳에서 보초를 서게. 빵과 물만 주고, 어두워져도 불을 켜선 안 되네."

카이사르는 뒤돌아보지 않고 그대로 수도 담당 법무관 재판소로 갔다. 루키우스 베티우스가 릭토르 두 명이 양옆을 지키는 가운데 연단에서 기다리고 있었다. 카이사르와 수행 릭토르 네 명이 계단을 올랐다. 배심원단부터 서기에서 피고인들에 이르기까지 노비우스 니게르 법정의 구성원 모두가 열심히 뒤따랐다. 오, 참으로 흥미진진하구나! 하지만 베티우스를 노비우스 니게르의 옆방에 처넣는 것 말고 카이사르가 뭘 더 할 수 있을까?

"릭토르," 카이사르가 파비우스에게 말했다. "파스케스 다발을 풀게."

그리고 이어 베티우스에게 말했다. 베티우스는 여전히 편지를 손에 쥐고 있었다. "루키우스 베티우스, 당신은 나를 모함했소. 당신 보호자가 누구요?"

모여 선 군중은 더러는 재잘대고 더러는 초조해하고 더러는 경탄하고 더러는 주눅 든 얼굴로, 베티우스를 상대하는 카이사르와 그 앞에 엎드려서 끈을 푸는 파비우스 양쪽을 번갈아 보았다. 릭토르 파비우스는 바닥에 쪼그려 앉은 채, 관례에 따라 붉은 가죽끈을 써서 열십자 형태로 동여맨 자작나무 가지 다발을 찬찬히 풀었다. 쿠리아 서른 개를 상징하는 얇고 낭창낭창한 나뭇가지 서른 개가 원통 모양으로 단정하게 묶여 있었다. 각 나뭇가지의 끝을 정갈하게 다듬은 뒤 하나하나 잘 돌려서 전체적으로 기다란 원통형이 되게 묶은 것이 바로 파스케스였다.

베티우스의 눈이 휘둥그레졌다. 그는 파비우스가 만지고 있는 나뭇가지들에서 시선을 뗄 수 없었다.

"보호자가 누구요, 베티우스?" 카이사르가 날카로운 목소리로 되물었다.

공포로 인한 고뇌 속에 답이 흘러나왔다. "가이우스 칼푸르니우스 피소입니다."

"고맙소, 내가 알아야 할 건 그것뿐이오." 카이사르는 연단 아래 모여 있는 사람들을 바라보고 섰다. 원로원 의원들과 기사들이 맨 앞줄을 채우고 있었다. "로마인 여러분," 카이사르가 크고 높은 목소리로 말했다.

"여기 저의 재판소에 서 있는 이 사람은 저를 모함해 거짓 증언을 한 것으로 드러났습니다. 더구나 자신이 제출한 증거를 심사할 권한조차 없는 재판장의 법정에서였습니다. 베티우스는 하급 기사로서 법을 충분히 압니다. 이런 짓을 해서는 안 된다는 사실을 잘 알면서도 자기 은행 계좌에 2탈렌툼을 예치하고 싶은 욕심에 눈이 멀었지요. 물론 보호자인 가이우스 피소도 추가로 얼마를 약속했을 겁니다. 만일 가이우스 피소가 이 자리에 있었다면 그 역시 루키우스 노비우스와 함께 라우투미아이 감옥으로 가야 했을 겁니다. 저는 수도 담당 법무관으로서 여기 이 로마 시민 루키우스 베티우스에게 벌을 내릴 권한이 있습니다. 따라서 저는 그 권한을 행사하겠습니다. 베티우스에게 채찍형을 내릴 수는 없지만 회초리 태형은 가능합니다. 릭토르, 준비되었나?"

"네, 수도 담당 법무관님." 파비우스가 대답했다. 그는 릭토르단의 대장 열 명 중 하나였다. 그런 파비우스조차도, 릭토르로서 오랜 경력을 쌓는 동안 파스케스를 풀라는 명령은 이번이 처음이었다.

"회초리를 고르게."

파스케스를 아무리 애지중지 손질해도—로마가 가장 신성시하는 상징물 중 하나였다—먹성 좋은 미생물들이 자꾸만 나뭇가지를 갉아먹었다. 따라서 로마에서는 주기적으로 성대한 의식을 열어 헌 파스케스를 불에 태우고 새 파스케스로 대체했다. 그러니 파비우스에게 파스케스 해체는 익숙한 일이었다. 그중 특별히 더 굵은 가지를 고르느라 애쓸 필요도 없었다. 그는 떨리는 손으로 가까운 데 있는 하나를 집어 들고 느릿하게 자리에서 일어섰다.

"저자를 붙들게." 카이사르가 다른 두 명에게 지시했다. "그리고 토가를 벗기게."

"어디를, 몇 대나요?" 파비우스가 다급히 속삭였다.

카이사르는 그 말을 무시했다. "이 사람은 로마 시민이므로 튜닉을 벗기거나 엉덩이를 드러내어 지위를 손상시키지 않겠습니다. 릭토르, 왼쪽 종아리에 여섯 대, 오른쪽 종아리에 여섯 대를 치게." 카이사르는 이어 목소리를 낮추어 방금 전 파비우스의 속삭임을 흉내냈다. "세게 치지 않으면 그다음은 자네 차례가 될 거야, 파비우스!" 카이사르는 편지를 베티우스의 헐거운 손아귀에서 낚아채어 내용을 빠르게 훑어보고, 재판소 맨 끝으로 걸어가서 거기 서 있던 실라누스에게 내밀었다. 실라누스는 이날 무레나의 역할을 대신하고 있었다(그는 그 자신도 갑작스런 두통에 시달릴 혜안이 있었기를 간절히 바랐다). "수석 집정관, 당신이 이 증거물을 자세히 검토해주십시오. 이것은 제 필체가 아닙니다." 카이사르의 얼굴에 경멸의 빛이 떠올랐다. "문체 역시 제 것과 다릅니다. 열등하기 이를 데 없군요! 네 단어를 붙여 말하기도 버거워하는 가이우스 피소를 상기시키는 문장들입니다."

매질이 거행되었고, 베티우스는 꺅 소리를 내며 펄쩍펄쩍 뛰었다. 수석 릭토르 파비우스는 카이사르를 무척 좋아했다. 카이사르가 고등 조영관을 지낼 때 처음으로 그를 보좌했고, 이후 카이사르가 살인 법정에서 재판관으로 일할 때도 그의 밑에서 일했다. 파비우스는 자신이 카이사르를 잘 안다고 생각했다. 그러나 오늘 카이사르의 새로운 면을 본 그는 매질하는 손에 더욱 힘을 주었다.

그동안 카이사르는 재판소에서 여유롭게 걸어내려가 군중 뒤쪽으로 갔다. 거기에는 비천한 태생의 사람들이 한껏 흥분하여 서 있었다. 카이사르는 남루하고 소박한 토가를 걸친 사내들 스무 명의 오른쪽 어깨를 탁 치고 지나간 뒤, 그들에게 연단 바로 밑에서 잠시 기다리라고 일렸다.

체벌은 끝났다. 베티우스는 홀딱홀딱 뛰며 두 가지 고통으로 훌쩍였다. 종아리에 입은 상처 때문에, 그리고 자존심에 입은 상처 때문에. 이 치욕적인 광경을 지켜본 사람들 중 상당수가 그의 지인들이었다. 그들은 파비우스에게 열광적인 찬사를 보냈다.

"루키우스 베티우스는 가구를 수집하는 취미가 있다고 알고 있습니다!" 카이사르가 말했다. "회초리 태형으로는 잘못된 행실에 대한 기억을 충분히 오래 남길 수 없습니다. 루키우스 베티우스는 이날을 반드시 오랫동안 기억해야 합니다! 따라서 저는 그의 재산 일부를 압수할 것을 명령합니다. 제가 어깨를 친 시민 스무 명은 루키우스 베티우스를 따라 그의 집으로 가서 가구를 한 점씩 골라 가질 권리가 있습니다. 노예나 접시나 금박 장식이나 조각상은 안 됩니다. 릭토르, 이 사람을 집으로 호송하고 내 명령이 제대로 이행되는지 지켜보게."

베티우스는 릭토르들의 감시를 받으며 다리를 절뚝이고 시끄럽게 울면서 집으로 향했고, 기쁨에 들뜬 수혜자 스무 명이 뒤를 따랐다. 그들은 깔깔거리며 벌써부터 전리품을 어떻게 나눠 가질지를 서로 의논했다. 침대가 필요한 사람, 긴 의자가 필요한 사람, 탁자를 가져갈 사람, 의자를 가져갈 사람, 책상을 둘 만큼 큰 방이 있는 사람이 누군가?

카이사르가 재판소에서 내려가는데, 스무 명 중 한 명이 고개를 돌리고 외쳤다. "침대에 매트리스도 같이 가져갑니까?"

"침대는 매트리스 없인 무용지물이지. 그 사실을 나보다 더 잘 아는 사람은 없소!" 카이사르가 웃었다. "매트리스는 침대와 같이 가고 방석은 긴 의자와 같이 가지만, 매트리스나 방석에 딸린 덮개는 가져갈 수 없소, 이해했소?"

카이사르는 집으로 갔다. 이제는 그저 스스로에게 충실한 시간을 보낼 생각이었다. 다사다난한 날이었지만 아직은 하루가 많이 남아 있었다. 그리고 그는 세르빌리아와 밀회를 약속한 터였다.

황홀경에 빠진 세르빌리아를 상대하는 것은 진을 빼는 경험이었다. 세르빌리아는 열광적으로 핥고 키스하고 빨며 자기 몸을 열고 카이사르의 몸도 열어젖히려 했으며, 그를 완전히 소모시키고 나서도 더 많은 것을 원했다.

등을 바닥에 대고 누운 카이사르는 의식이 서서히 잠 속으로 가라앉는 것을 느꼈다. 그것이야말로 오늘 같은 날의 극렬한 긴장감을 날려버릴 가장 좋은 방법이자 유일한 방법이었다.

그러나 세르빌리아는 한 차례 욕구가 충족되었다고 해서 카이사르가 잠들게 놔둘 생각이 없었다. 카이사르에게 잡아당길 음모가 없어서 살짝 짜증이 치민 세르빌리아는 그 대신 늘어진 음낭을 꼬집었다.

"역시 깼군요!"

"당신은 야만인이오, 세르빌리아."

"같이 이야기하고 싶어요."

"나는 자고 싶소."

"잠은 나중에 자요!"

카이사르는 한숨을 쉬며 옆으로 돌아누워 한쪽 다리를 세르빌리아 위로 걸치고 등뼈를 반듯하게 폈다. "어디 지껄여보시오."

"당신이 놈들을 이긴 것 같아요." 세르빌리아는 잠시 말을 끊더니 이렇게 덧붙였다. "적어도 당분간은."

"당분간이라는 말이 맞소. 놈들은 절대 포기하지 않을 테니까."

"당신이 그 사람들한테도 존엄을 지킬 여지를 주면 그들도 포기할 텐데."

"내가 왜 그래야 하지? 그들은 존엄의 의미를 모르오. 자기네 존엄을 지키고 싶으면 내 존엄을 건드리지 말아야지." 그는 경멸과 짜증이 뒤섞인 소리를 냈다. "하나가 지나가면 또하나가 나타나니, 이건 나이가 들수록 더 빨리 달려야 해. 걸핏하면 신경이 날카로워져요."

"그래 보여요. 고칠 수 있겠어요?"

"굳이 고치고 싶은지는 잘 모르겠소. 어머니는 내 성질과 참을성 부족이 나의 가장 큰 두 가지 단점이라고 말씀하셨지. 가차 없는 비평가에 규율이 엄격한 분이시오. 나는 동방에 갔을 때 그 두 가지 단점을 극복했다고 생각했소. 하지만 그건 비불루스나 카토를 만나기 전이었소. 비불루스는 그후 얼마 지나지 않아 만났지. 비불루스 하나면 충분히 감당할 수 있소. 하지만 그가 카토와 합쳐지면 천 배는 더 골칫거리요."

"카토는 죽여야 해요."

"그런 식으로 막강한 적들을 모두 없애라고? 친애하는 세르빌리아, 나는 카토나 비불루스가 죽길 바라지 않소! 사람은 적이 많을수록 머리를 더 잘 쓴다오. 나는 적이 있는 편이 좋소. 아니, 내가 우려하는 것은 내 내면에 있소. 내 성깔."

"당신 성깔은," 세르빌리아가 카이사르의 다리를 쓰다듬으며 말했다. "아주 특이해요, 카이사르. 대부분의 사내들은 분노로 눈이 멀지만 당신은 오히려 분노 덕에 더 냉철해지는 것 같거든요. 그게 내가 당신을 사랑하는 여러 이유들 중 하나죠. 나도 당신과 같아요."

"당치않은 소리!" 카이사르가 웃으며 말했다. "세르빌리아, 당신은 냉혈한인 건 맞지만 동시에 감정적이오. 누가 당신 성깔을 건드리면 당신은 스스로 냉철하게 계획을 세운다고 생각하겠지만, 늘 감정이 길을 가로막고 말지. 훗날 언젠가는, 당신이 이런저런 목적을 위해 치밀한 계획을 세워 결국 목적을 달성하지만 그 결과가 스스로에게 엄청난 재앙인 것을 깨닫는 날이 올 거요. 비결은 딱 필요한 만큼만 하고 멈추는 거요. 거기서 한 발짝도 더 나가면 안 되오. 온 세상이 당신 앞에서 벌벌 떨게 만들되 그런 다음에는 자비와 정의 역시 보여주시오. 그런 행동은 적들이 쉽게 따라 할 수 없소."

"당신이 브루투스의 아버지였으면 좋았을 텐데요."

"만일 그랬다면 지금의 브루투스가 아니었겠지."

"내 말이 그 말이에요."

"그애를 내버려두시오, 세르빌리아. 그앨 조금만 풀어줘요. 당신만 보면 토끼처럼 놀라긴 해도 아주 약골은 아니오. 그 녀석 안에 사자는 없지만, 늑대나 여우 한 마리 정도는 키우고 있소. 당신과 함께 있을 때 토끼처럼 군다고 그애를 토끼로만 보는 거요?"

"이제 율리아도 열네 살이군요." 세르빌리아가 말을 돌렸다.

"맞소. 율리아한테 선물을 줘서 고맙다는 뜻에서 브루투스에게 편지를 써야겠소. 브루투스가 준 선물을 아주 마음에 들어하더군."

세르빌리아가 깜짝 놀라서 일어나 앉았다. "플라톤 원고를요?"

"왜, 당신은 그 선물이 별로라고 생각했소?" 그는 빙그레 웃으며 아까 당한 만큼 세게 그녀를 꼬집었다. "내가 준 진주도 아주 좋아했지만 브루투스가 준 플라톤 원고만큼은 아니더군."

"질투하는 건가요?"

카이사르가 웃음을 터트렸다. "질투는 저주와 같소." 그가 진지하게 대답했다. "질투는 사람을 갉아먹지. 아니, 세르빌리아, 내겐 여러 가지

면이 있지만, 질투는 하지 않소. 그애가 좋아해서 나도 기뻤고, 브루투스에게 무척 고마웠소. 내년엔 철학자를 한 명 구해다줘야겠어." 카이사르는 세르빌리아를 놀리는 듯 짓궂은 눈길로 바라보았다. "값도 진주보다 훨씬 싸고 말이오."

"브루투스는 재산을 잘 지키고 또 잘 불려요."

"로마 최고의 갑부 청년으로서 훌륭한 자세로군." 카이사르가 진중한 표정으로 말했다.

해외 사업체들을 감독하느라 오랜 기간 부재중이었던 마르쿠스 크라수스가 로마로 돌아왔다. 포룸 로마눔에서 잊지 못할 사건이 벌어진 바로 다음날 돌아온 터라, 크라수스는 카이사르를 새삼 존경심을 담은 눈길로 바라보았다.

"원로원에서 타르퀴니우스가 나를 고발한 후 로마를 떠나 있을 만한 적당한 핑곗거리가 있었던 게 아쉽다고까지는 못하겠네만," 크라수스가 말했다. "이번 사건이 흥미로운 막간극이었던 것만큼은 인정하지. 하지만 나는 자네와 사뭇 다른 전술을 쓴다네, 카이사르. 자네는 상대의 숨통을 조이는 반면, 나는 사람들이 나더러 닮았다고 하는 황소처럼 느릿하고 우직하게 쟁기질하는 편을 택하지."

"두 뿔엔 건초가 감겨 있고요."

"당연하지."

"흠, 확실히 그 수법은 통하고 있습니다. 당신을 끌어내리려는 건 어리석은 짓이지요, 마르쿠스."

"자네를 끌어내리려는 것 역시 어리석은 짓일세, 가이우스." 크라수스가 헛기침을 했다. "자네 요즘 빚이 얼마인가?"

카이사르는 이맛살을 찌푸렸다. "우리 어머니 외에 아는 사람이 있다면 바로 마르쿠스 당신일 텐데요. 그래도 액수를 굳이 들으셔야겠다면, 2천 탈렌툼 정도입니다. 5천만 세스테르티우스죠."

"2천 탈렌툼이 몇 세스테르티우스인지 내가 안다는 걸 자네도 알지. 그걸 내가 모를까." 크라수스가 씩 웃으며 말했다.

"무슨 얘기를 하고 싶은 겁니까, 마르쿠스?"

"내년에 수익성이 아주 뛰어난 속주를 잡아야 할 거란 얘길세. 원로원은 자네한테 추첨을 맡기진 않을 거야. 논란이 많은 인물이니까. 카토가 시체 위를 뱅뱅 도는 독수리처럼 자네를 감시하고 있으리란 건 말할 필요도 없고." 크라수스는 눈썹을 찡그렸다. "아주 솔직하게 말해서, 가이우스, 추첨 결과가 자네한테 유리하게 나온다고 쳐도 자네가 이 위기를 벗어날 방법이 있을지 모르겠네. 모든 곳이 평정되었잖아! 동방은 마그누스가 눌렀고, 아프리카가 마지막으로 위험했던 게 언제였나, 그래, 유구르타 때였지. 히스파니아는 두 곳 다 세르토리우스의 여파가 남아 있고. 갈리아도 건질 게 별로 없지."

"시칠리아, 사르디니아, 코르시카는 언급할 필요도 없죠." 카이사르는 눈을 이리저리 굴렸다.

"그렇지."

"제게 법적으로 빚 독촉이 들어올 거란 소식을 들었습니까?"

"아니. 그 대신 카툴루스 소식을 들었네. 요즘 건강을 많이 회복했다더군. 조만간 원로원과 민회에 돌아와 다시 자네를 귀찮게 굴기 시작할 거야. 현 총독들이 내년까지 임기를 연장받도록 추진할 작전을 세우고 있다더라고. 그렇게 되면 올해 법무관들에게 속주가 전혀 할당되지 않겠지."

"아, 그렇군요!" 카이사르는 생각에 잠기는 듯했다. "네, 그런 움직임을 당연히 고려했어야 하겠죠."

"정말 그리될 수도 있으니까."

"그럴 수도 있지요. 하지만 저는 회의적입니다. 제 동료 법무관들은 속주 관할권을 빼앗기고 가만히 앉아 있을 위인들이 아니니까요. 특히 필리푸스 같은 자들 말입니다. 필리푸스가 느긋한 에피쿠로스주의자이긴 해도 자기 몫을 챙길 줄은 압니다. 저에 대해선 말할 필요도 없고요."

"그저 조심하라는 말일세."

"그러겠습니다. 그리고 조언 감사합니다."

"어쨌거나 자네의 어려움은 해결되지 않을 거야, 카이사르. 속주에서 그 정도 빚을 해결할 방법이 과연 있을지 모르겠어."

"있을 겁니다. 제 행운이 방법을 찾아줄 테니까요, 마르쿠스." 카이사르의 목소리는 차분했다. "먼 히스파니아였으면 합니다. 거기서 재무관을 해봐서 그곳을 잘 알거든요. 루시타니족과 칼라이키족만 있으면 됩니다! 데키무스 브루투스 칼라이쿠스는—그 알맹이 없는 코그노멘을 참 쉽게도 얻었죠!—이베리아 서북부의 변두리 지역에는 거의 손대지 않았어요. 이베리아 서북부는 말입니다, 혹시 잊으셨을까싶어 말씀드리지만—전에 히스파니아에 다녀오셨으니 당연히 잘 아시겠지요—중요한 금 생산지입니다. 살라만티카는 털렸지만, 브리간티움 사람들은 로마인을 구경도 못해봤어요. 분명히 약속하건대, 그들은 곧 이 로마인을 만나게 될 겁니다!"

"추첨에 자네 운을 걸겠다 이 말이로군." 크라수스는 고개를 저었다. "자넨 참 특이한 친구일세, 카이사르! 나는 운을 믿지 않네. 평생 한 번도 포르투나 여신에게 제물을 바치지 않았어. 사람은 자기 자신의 운을 스스로 만들어가는 거라네."

"절대적으로 동의합니다. 하지만 저는 포르투나 여신이 특별히 사랑하는 로마인들이 있다는 것도 믿습니다. 포르투나는 술라를 사랑했어요. 그리고 저도 사랑합니다. 마르쿠스, 어떤 자들은 스스로 만들어가는 운에 더해 여신이 내려준 운까지 갖고 있답니다. 하지만 카이사르의 운은 이 세상에 따를 자가 없을 겁니다."

"세르빌리아도 그 운에 포함되나?"

"그 소식에 놀라셨군요?"

"자네가 나한테 딱 한 번 암시를 준 적이 있네. 자네 지금 불붙은 관솔로 장난치는 격이야."

"아, 크라수스. 그 여잔 침대에서 굉장하다고요!"

"허!" 크라수스가 못마땅한 소리를 냈다. 그는 가까운 의자에 두 발을 올리고 카이사르를 쏘아보았다. "공개적인 자리에서 자기 공성망치 운운하는 자한테 뭘 기대하겠나. 그래도 어쨌거나 앞으로 몇 달은 자네의 공성망치를 마음껏 휘두를 수 있을 걸세. 비불루스, 카토, 가이우스 피소, 카툴루스가 상처를 다 핥고 돌아오려면 꽤 긴 시간이 필요할 테니까."

카이사르의 두 눈이 반짝 빛났다. "세르빌리아도 똑같은 말을 하더군요."

푸블리우스 바티니우스는 알바 푸켄티아 태생의 마르시족이었다. 그의 조부는 신분은 보잘것없어도 미래를 내다보는 혜안이 있어서 이탈리아 전쟁이 발발하기 훨씬 전에 마르시족 영토를 떠났다. 그리하여 그의 아버지는 전쟁 당시 청년이었어도 로마에 대항해 무기를 들지 않았고, 그 결과 전쟁이 종결된 후 외인 담당 법무관을 찾아가 로마 시민권을 얻을 수 있었다. 조부가 죽은 뒤 그의 아버지는 딸랑 서류 한 장에 지나지 않는 초라한 시민권을 들고 알바 푸켄티아로 돌아왔다. 그러다 독재관 술라가 새 시민권자들을 총 서른다섯 개 트리부스에 고르게 소속시켰고, 아버지 바티니우스는 유서 깊은 세르기우스 트리부스에 배정되었다. 바티니우스 집안의 가세는 날로 번창했다. 처음에 소상인에 지나지 않았던 아버지 바티니우스는 이제 대규모 지주였다. 푸키누스 호수 인근에 자리한 마르시족 영토는 토질이 비옥하고 소출이 많은데다 로마와 가까워서, 발레리우스 가도를 따라 내려가면 바티니우스의 땅에서 나는 과일, 채소, 살진 새끼 양을 내다 팔 시장에 쉽게 닿을 수 있었다. 이후 아버지 바티니우스는 포도 재배업에 뛰어들었고, 영리하게도 큰돈을 치르고 최상의 백포도주를 산출하는 포도밭을 사들였다. 푸블리우스 바티니우스가 스무 살이 되었을 때 부친의 땅은 수백만 세스테르티우스를 호가했고, 오직 유명한 알바 푸켄티아산 포도주만 생산했다.

외아들로 태어난 푸블리우스 바티니우스는 포르투나의 선택을 받지 못한 듯했다. 어릴 때 소위 여름병을 앓고 난 후 양 무릎 아래쪽 근육을 거의 쓰지 못하게 되어, 혼자 힘으로 걸으려면 흡사 오리처럼 양 넓적다리를 꽉 붙이고 종아리를 양옆으로 내팽개치듯 내디뎌야 했다. 그뿐만 아니라 목에는 혹이 생겼다가 곪아터져 미운 흉터를 남기곤 했다. 당연히 보기 좋은 외모는 아니었다. 하지만 푸블리우스 바티니우스는 외모에서 받지 못한 은총을 천성과 지력에서 받았다. 천성이 밝아 항상 재치 넘치고 유쾌했으며 어지간해서 화를 내지 않았다. 지력도 뛰어나서, 스스로를 방어할 최선의 방법은 질병이 남긴 못생긴 외모를 오히려 남들 앞에 부각시키는 것임을 일찍이 알아차렸다. 그는 자기 자신을 농담의 소재로 삼았고, 남들이 그렇게 하는 것도 전혀 개의치 않았다.

푸블리우스 바티니우스의 부친은 장성한 아들을 둔 아버지치고 나이가 꽤 젊었기 때문에 아들을 굳이 집에 둘 필요가 없었다. 어차피 아버지처럼 가문의 땅을 활보하고 다닐 수도 없을 터였다. 아버지 바티니우스는 가업을 물려줄 만한 먼 친척을 데려다 사업을 가르치고, 아들은 점잖은 신사로 클 수 있게 로마로 보냈다.

이탈리아 전쟁에 뒤이은 격동과 혼란의 세월은 세상을 바꾸어놓으며 바티니우스 같은 신흥 부자들을 많이 낳았다. 그리고 이러한 가문들 중 상당수가 아직 보호자가 없었다. 진취적인 원로원 의원들과 18개 상급 백인조 소속 기사들은 늘 피호민을 구했지만, 이들 가문 중 다수가 그들 눈에 띄지 않고 지나쳐갔다. 바티니우스 가문이 그런 예였다.

하지만 이제는 나이가 적다고 할 수 없는 스물다섯 살의 푸블리우스 바티니우스가 마침내 로마에 도착한 뒤로는 얘기가 달랐다. 그는 로마에서도 팔라티누스 언덕에 숙소를 정한 뒤 보호자 물색에 직접 나섰다. 바티니우스가 자신의 보호자로 카이사르를 선택했다는 사실은 그의 성향과 지력에 관해 많은 사실을 시사했다. 당시 카이사르 분가의 가장 확실한 실력자는 루키우스 카이사르였다. 그럼에도 바티니우스가 가이우스를 찾아간 까닭은 가이우스 카이사르야말로 진짜 영향력을 지니게 될 인물임을 본능적으로 간파했기 때문이었다.

카이사르는 당연히 바티니우스가 마음에 들었고 그를 대단히 중요한 피호민으로 대우했다. 이는 포룸 로마눔에서 바티니우스의 경력이 순조롭게 진행되리라는 뜻이었다. 다음으로 할 일은, 바티니우스의 표현대로 '다리는 제구실을 못해도 그 사이에 달린 것은 아무 문제가 없으니' 신붓감을 찾는 것이었다.

카이사르가 마련한 혼처는 그의 육촌누이 율리아 안토니아의 맏이이자 외딸인 안토니아 크레티카였다. 지참금은 없지만 출생만으로 미래의 남편에게 높은 공적 명성과 명문가 세계로의 입장을 보장해줄 여자였다. 안타깝게도 외모는 그리 매력적이지 않았고 지성도 탁월하지 않았다. 안토니아 크레티카의 어머니는 딸의 존재 자체를 잊어버리기 일쑤였다. 세 남동생 사이에만 둘러싸여 자란 탓일까, 안토니아 크레티카의 몸집과 생김새는 그녀를 낳은 어머니마저도 당혹스러울 지경이었다. 키는 무려 180센티미터가량에 어깨는 남동생들처럼 떡 벌어졌고, 대자연은 안토니아 크레티카의 가슴팍을 넓게 만들었지만 정작 젖가슴을 달아주는 일은 잊어버렸다. 코와 턱은 그 끝이 입 위에서 서로 닿을 듯 말 듯 다툼을 벌였고, 목은 검투사처럼 두꺼웠다.

절름발이에 왜소한 몸집의 푸블리우스 바티니우스에게 이러한 사실들 중에 단 하나라도 꺼림칙한 것이 있었을까? 아니, 전혀! 바티니우스는 카이사르가 고등 조영관 자리에 오른 해에 안토니아 크레티카를 기쁘게 아내로 맞아들였고 곧 아들 하나와 딸 하나를 낳았다. 그는 거구에 못생긴 아내를 사랑했으며, 포룸 로마눔의 재담꾼들이 그들의 기이한 부부생활을 농담거리로 삼을 때마다 늘 재치 있는 농담으로 받아넘기곤 했다.

"다들 부러워서 어쩔 줄 모르나보오." 바티니우스는 말하곤 했다. "침대에 오르면서 곧 이탈리아에서 최고로 높은 산을 정복하리라는 사실을 아는 자가 여기 나 말고 누가 있겠소? 내가 그 산의 정상에 다다를 때는, 아내가 나로 가득차듯 나 역시 승리감으로 가득찬다오!"

바티니우스는 키케로가 집정관을 지낸 해에 재무관으로 선출되어 원로원에 입성했다. 당선자 스무 명 중 꼴찌를 기록했지만, 부족한 혈통을 감안하면 의외는 아니었다. 추첨 결과 바티니우스는 자체적으로 재무관을 갖춘 두 도시 오스티아와 브룬디시움을 제외한 이탈리아 전역의 항구를 감독하는 책임을 맡았다. 한번은 금은 불법 수출을 막아야 하는 임무를 띠고 푸테올리에 파견되어 맡은 일을 아주 훌륭히 해냈다. 그리하여 먼 히스파니아 속주에 배정된 전 법무관 가이우스 코스코니우스는 친히 바티니우스에게 자신의 보좌관 직을 맡아달라고 제안했다.

그런데 코스코니우스를 따라 먼 히스파니아 속주로 떠나려고 아직 로마에서 대기중일 때, 안토니아 크레티카가 발레리우스 가도에서 기이한 사고를 당해 죽었다. 아이들을 데리고 애들 조부모가 있는 알바 푸켄티아를 방문하고 돌아오는 길에, 타고 있던 마차가 길에서 탈선한 것이다. 노새들과 마차가 가파른 경사면을 타고 굴러떨어지며 모든 게 산산조각 났다.

"그래도 불행 중 다행이 있지 않나, 바티니우스." 카이사르가 말했다. 그는 그토록 진실한 슬픔 앞에 무력함을 느꼈다. "아이들은 다른 마차에 타고 있었던 덕에 전부 살았어."

"하지만 아내가 없는걸요!" 바티니우스가 쓸쓸히 울었다. "오, 카이사르, 저는 이제 어떻게 살아가야 합니까?"

"히스파니아로 가서 바쁜 생활을 하게." 바티니우스의 보호자가 말했다. "이건 운명일세, 바티니우스. 나 역시 사랑하는 아내를 잃고 히스파니아로 갔지. 그게 나를 살렸어." 카이사르는 자리에서 일어나 바티니우스에게 포도주를 한 잔 더 따라주었다. "아이들을 어떻게 하고 싶은가? 알바 푸켄티아의 조부모에게 보낼 텐가, 아니면 여기 로마에 머무르게 할 텐가?"

"로마가 낫겠지요." 바티니우스가 눈물을 닦으며 말했다. "하지만 아이들을 친척이 돌봐주면 좋겠는데, 저는 로마에 친척이 한 명도 없습니다."

"아이들 외할머니 율리아 안토니아가 있지. 그리 현명한 어머니는 아닐지 모르지만 어린아이들을 돌보기에는 괜찮은 사람일세. 그녀에게도 할 일이 생겨서 좋을 테고."

"그분께 맡기라는 말씀이시군요."

"내 생각은 그렇네. 자네가 먼 히스파니아에 나가 있는 동안만 말일세. 로마에 돌아오면 재혼을 하게. 아니, 아니, 자네의 슬픔을 모독하는 게 아닐세, 바티니우스. 아내를 대신할 사람은 어디서도 찾을 수 없어. 그건 불가능하지. 하지만 아이들에겐 어머니가 필요하고, 자네도 새로운 아내와 아이를 더 낳아서 새로운 관계를 맺는 게 좋을 거야. 다행히 자네는 대가족을 꾸릴 형편이 되지 않나."

"최고신관께서는 두번째 아내와 아이를 더 갖지 않으셨잖습니까."

"맞네. 나는 자네처럼 가정적인 남자가 아니니까. 내가 지금까지 봐온 자네는 가정생활을 소중히 하더군. 또 지적 능력이 자네에게 못 미치는 여자와도 잘 지낼 수 있는 다행스러운 능력을 지녔고 말일세. 대부분의 남자들이 그렇던데, 난 아닌 듯싶어." 카이사르는 바티니우스의 어깨를 두드렸다. "당장 히스파니아로 가서 적어도 내년 겨울까지 머무르게. 가능하면 소규모 전투를 지휘해봐. 코스코니우스는 전투 지휘를 좋아하지 않아. 그래서 보좌관을 데려가는 걸세. 그리고 시간 나는 대로 이베리아 서북부 상황을 최대한 샅샅이 살펴봐주게."

"그렇게 하겠습니다." 바티니우스가 힘겹게 몸을 일으켜 세우며 말했다. "하신 말씀이 다 옳습니다. 재혼이 필요하겠습니다. 제 혼처를 좀 알아봐주시겠습니까?"

"꼭 그리하겠네."

폼페이우스에게서 편지가 왔다. 메텔루스 네포스가 폼페이우스의 진지에 당도한 이후 쓰인 편지였다.

아직도 유대인들 때문에 골머리를 앓고 있네, 카이사르! 지난번 편지에 다마스쿠스에서 만나보겠다고 한 늙은 왕비의 두 아들을 지난봄 만났네. 히르카노스가 아리스토불로스보다 적합해 보였어. 하지만 내가 나바테아의 늙은 악당 아레타스 왕을 손봐주기 전까지는 내 생각을 밝히지 않을 생각이었지. 그래서 두 왕자를 유다이아로 돌려보내면서, 내 결정을 전해 들을 때까지 서로 사이좋게 지내라는 엄중한 명령을 내렸어. 내가 페트라로 진군하는 동안 선택받지 못한 왕자가 등뒤로 음모를 꾸미는 상황은 원치 않았으니까.

하지만 아리스토불로스는 내가 히르카노스를 선택한 사실을 간파했네. 그리고 전쟁을 벌이기로 결심한 걸세. 하지만 그다지 똑똑한 친구는 아니어서 날 제대로 파악 못했지. 나는 페트라 원정을 미루고 군대를 예루살렘으로 진군시켰네. 도시 전체를 완전히 둘러싸고 진지를 쳤어. 주변이 낭떠러지 계곡 따위로 둘러싸인 천혜의 요새 도시더군.

아리스토불로스는 언덕 위에 진지를 친 우리 훌륭한 로마군의 모습을 보자마자 당장 달려나와 항복했네. 금화 주머니를 주렁주렁 매단 나귀 몇 마리를 끌고 왔더군. 내가 말했지. 그것참 근사한 선물이긴 하지만, 왕자는 내 원정 계획을 망쳤을 뿐만 아니라 그 주머니에 든 금액보다 훨씬 더 큰 손해를 로마에 끼쳤음을 정녕 모르는가? 하지만 그 수많은 군단들을 예루살렘까지 이동시키는 데 든 비용을 아리스토불로스가 치르기만 한다면 모두 용서해주겠다고 했네. 그러니까 내가 군단 이동 비용을 충당하기 위해 굳이 이 도시를 약탈하지 않아도 된다는 뜻이라고 말했지. 아리스토불로스는 그저 기뻐 어쩔 줄 몰라 하며 그리하겠다고 하더군.

그래서 나는 성문을 열라고 지시하고, 돈을 전달받을 자로 아울루스 가비니우스를 보냈어. 하지만 아리스토불로스의 추종자들이 저항을 결심한 거야. 그들은 가비니우스에게 성문을 열지 않았고, 나에 대한 반항의 의미로 성벽 위에서 아주 무례한 짓거리를 했지. 나는 즉각 아리스토불로스를 체포하고 군대를 진군시켰네. 결국 도시는 항복했지만, 그 지역에는 거대한 신전이 세워진 터가 있어. 성채라는 호칭이 딱 알맞은 곳이지. 끈질기게 살아남은 천여 명 정도가 안에서 방어벽을 치고 나오길 거부한 거야. 장악이 쉽지 않은 곳이긴 한데, 나는 포위전을 별로 안 좋아하잖아. 하지만 본때를 보여줘야 할 놈들한테는 본때를 보여줘야지. 그렇게 놈들이 3개월간 버텼는데 그즈음 나는 그만 지루해서 그냥 그곳을 쳐버렸네. 파우스투스 술라가 가장 먼저 성벽을 넘었어. 역시 술라의 아들답지? 괜찮은 청년이야. 로마로 돌아가면 내 딸과 혼인시킬 생각이야. 그때쯤이면 딸애도 나이가 찼을 테니까. 술라의 아들을 사위로 삼다니! 나도 꽤나 출세했지.

유다이아의 신전은 흥미로웠네. 우리 신전들과 아주 달라. 신상 같은 건 전혀 없고, 안으로 들어서면 마치 신전이 나를 쏘아보는 듯한 기분이 들어. 온몸의 털이 곤두서더군! 레나이우스와 테오파네스(바로가 사무치게 그립네)는 장막 뒤에 있다는 소위 지성소라는 곳에 몹시 들어가보고 싶어하더군. 가비니우스나 다른 부하들도 그랬어. 황금이 가득할 거라고들 하면서. 흠, 그래서 나도 가만히 생각해봤지만, 카이사르, 결국 안 된다고 했네. 나는 지성소에 전혀 발을 들여놓지 않았고, 다른 사람들도 아무도 못 들어가게 했어. 난 그즈음 유대인들을 충분히 파악한 터였지. 참 기이한 민족이야. 우리처럼 종교가 국가의 일부이긴 하지만 우리와 무척 달라. 유대인들은 말하자면 광신도들이야. 그래서 나는 일반 사병부터 내 선임 보좌관들에 이르기까지 절대 그들의 종교를 모독해서는 안 된다는 지시를 내렸어. 괜히 말벌집을 건드릴 필요가 없잖나? 내가 시리아의 이 끝에서 저 끝까지 바라는 거라곤 치안과 질서와 로마에 순종하는 피호국 왕들이 전부인데 말이야. 굳이 그 지역의 관습과 전통을 뒤집을 필요는 없지. 어디나 각자의 모스 마이오룸이 있는 법이니까.

나는 왕과 대사제를 겸하는 자리에 히르카노스를 앉히고 아리스토불로스는 감옥에 처넣었네. 앞서 다마스쿠스에서 이두메아의 왕자 안티파트로스를 만났거든. 아주 흥미로운 친구야. 히르카노스는 똑똑한 인물이 아니지만 안티파트로스를 통해 히르카노스를 조종할 수 있을 것 같아. 물론 로마에 유리하게 말이야. 맞아, 나는 히르카노스에게 당신이 그 자리에 앉은 건 당신이 모시는 신의 은총 때문이 아니라 로마의 은총 때문이라고 말하는 걸 빠뜨리지 않았지. 또 당신은 로마의 꼭두각시이며 항상 시리아 총독의 지시를 받들어야 한다는 것도. 안티파트로스가 나보고 그러더군. 내가 히르카노스더러 대사제 일에 전력을 쏟아부으라고 하면 식촛물이 꿀물로 변할 거라고 말이야. 영리한 놈! 하지만 나는 놈이 그동안 직접 전쟁을 벌이기보다는 뒤에서 수차례 민란을 선동해왔다는 사실을 잘 알고 있어. 내가 그 사실을 알고 있단 걸 과연 놈이 알까?

내가 유다이아를 떠날 때 그곳 영토의 크기는, 어리석은 두 형제가 그 시시한 곳에 내 이목을 집중시키게 만들었을 때보다 줄어들었네. 유대인들이 소수민족으로 거주하는 곳은 몽땅 시리아로 편입시켜서 공식 로마 속주의 일부로 삼았으니까. 요페에서 가자에 이르는 연안 도시, 사마리아, 데카폴리스의 그리스 도시들이 전부 자치권을 얻고 시리아 땅이 되었네.

아직 마무리 작업이 남아 있지만 이제 그것도 서서히 끝이 보이는군. 연말쯤엔 로마에 가 있을 듯싶네. 그러면 나도 작년과 올해 초의 개탄스러운 사건들을 대면해야 하겠지. 로마에서 있었던 일들 말일세. 카이사르, 자네가 네포스에게 협조해준 데 대해 고마운 마음을 도저히 말로 다 표현할 수가 없네. 자네는 분명 노력했어. 그런데 왜 우리는 혼자 거룩한 척하는 카토 그 멍청이를 계속 호민관 자리에 두어야 하나? 놈은 모든 걸 망쳐놨어. 그리고 자네도 알듯이 이제 나한테는 쓸 만한 호민관이 한 명도 없다네. 심지어 내년 호민관도 한 명도 못 구했지!

로마에 전리품을 산처럼 쌓아서 갈 예정이지만, 국고위원회에서는 로마의 몫을 챙길 엄두도 내지 못할 걸세. 내 군대에 상여금으로 지급한 돈만 1만 6천 탈렌툼에 달하거든. 그러니 이번에는 전과 달리 절대 내 병사들에게 내 땅을 직접 나눠주지 않겠네. 이번에는 로마가 내 병사들에게 땅을 줘야 해. 내 병사들은 그런 보상을 받을 자격이 있어. 로마는 그들에게 빚을 졌어. 그러니까 내가 죽어라 노력하면 분명 내 병사들은 나라 땅을 받게 될 거야. 자네도 도움을 줄 걸로 믿네. 그리고 혹시 자네 뜻에 동조하는 호민관이 있으면 그를 고용하는 데 드는 비용을 분담하겠네. 네포스 말로는 토지 문제를 두고 큰 싸움이 있을 거라던데, 나 역시 예상치 않은 건 아닐세. 힘있는 자들이 너도나도 공유지를 임대해 라티푼디움을 운영하고 있잖아. 원로원에서 하는 짓이라는 게 참으로 근시안적이야.

그건 그렇고, 내가 소문을 하나 접했는데 자네도 들었나? 요즘 무키아의 행실이 바르지 못하다고. 네포스한테 물어봤더니 도무지 진정하질 못하고 펄펄 날뛰더군. 뭐, 형제자매들은 한통속이기 마련이니 당연히 그 질문이 달갑지 않았겠지. 어쨌거나 따로 수소문하는 중이네. 만일 사실로 드러나면 무키아와는 그길로 안녕일세. 지금까지 좋은 아내이고 어머니이긴 했지만, 원정을 나온 이래 무키아가 몹시 그리웠다고 하진 못하겠군.

"오, 폼페이우스." 카이사르가 편지를 내려놓으며 말했다. "당신 같은 사람이 세상천지에 또 어디 있을까!"

카이사르는 이맛살을 찌푸리며 먼저 편지의 마지막 부분에 대해 생각했다. 티투스 라비에누스는 호민관 직에서 물러난 뒤 곧바로 로마를 떠나 피케눔으로 돌아갔으니 아마도 무키아 테르티아와의 관계를 재개했을 터다. 안된 일이다. 라비에누스에게 편지를 써서 언질을 주어야 할까? 아니다. 흔히 편지는 엉뚱한 손에 들어가기 마련이고, 세상에는 한번 뜯은 봉인을 기가 막히게 되살려내는 명인들이 존재했다. 무키아 테르티아와 라비에누스가 곤란에 처했다면 그것은 그들 스스로 감당할 일이다. 카이사르에겐 폼페이우스 마그누스가 더 중요했다. 다음으로 카이사르는 위인이 전리품을 산처럼 높이 쌓아들고 로마로 돌아왔을 때 벌어질 일들을 생각해보았다. 토지는 지급되지 않으리라. 폼페이우스의 병사들은 보상을 받지 못하게 될 터였다. 하지만 가이우스 율리우스 카이사르는 3년 내에 수석 집정관 자리에 오를 테고, 푸블리우스 바티니우스는 그에게 양순한 호민관이 될 것이다. 위대한 인물이 자기보다 훨씬 더 위대한 인물에게 빚을 지게 만들 근사한 방법이었다.

세르빌리아와 크라수스 두 사람 다 옳았다. 포룸 로마눔에서의 그 놀라운 하루 이후, 카이사르의 수도 담당 법무관 임기는 참으로 평화로이 지나갔다. 카틸리나를 추종한 자들은 차례차례 재판에 회부되어 유죄판결을 받았다. 하지만 특별 법정의 재판관은 더이상 루키우스 노비우스 니게르가 아니었다. 첫 다섯 명이 추방되고 그들의 재산이 몰수된 직후 원로원에서는 토론을 거쳐 다음 재판부터는 비불루스의 법정에서 치르기로 결정했다.

그리고 카이사르가 크라수스에게서 전해 들은 대로, 키케로는 새집을 마련했다. 그 어느 밀고자도 카틸리나 반란 사건의 최대 거물인 푸블리우스 술라를 거명하지 않은 터였다. 하지만 사람들 대부분은 아우트로니우스가 가담했다면 당연히 푸블리우스 술라도 가담했을 것임을 잘 알았다. 죽은 독재관의 조카이자 폼페이우스의 매부인 푸블리우스 술라는 엄청난 유산을 물려받았지만, 숙부의 노회한 정치력이나 자기 보호 감각은 물려받지 못한 듯했다. 그가 반란에 가담한 것은 나머지 사람들처럼 재산을 키우고 싶어서가 아니었다. 그는 그저 친구들에게 호의를 베풀고 지겨운 일상을 벗어나고 싶었을 뿐이었다.

"푸블리우스 술라가 키케로에게 변호를 부탁했어." 크라수스가 빙그레 웃으며 말했다. "키케로로서는 대단히 곤란한 입장에 몰린 게지."

"그거야 키케로가 의뢰를 받아들였을 때 얘기이지요." 카이사르가 말했다.

"오, 벌써 받아들였다네, 가이우스."

"이런 소식을 어떻게 다 아십니까?"

"우리 머저리 같은 전 집정관께서 나를 만나러 왔었거든. 내 집을 살 돈이 갑자기 어디서 생겼다고, 또는 희망컨대 곧 생길 것 같다고 하더군."

"아하! 그래서 얼마를 부르셨습니까?"

"500만."

카이사르는 의자 등받이에 몸을 기대고 안타깝다는 듯 고개를 저었다. "마르쿠스 당신을 보고 있으면 늘 건축 투기꾼이 연상돼요. 아내와 아이들을 위해 집을 장만하면 그 집만큼은 가족들을 위해 남겨두겠다고 매번 신들에게 맹세하지만, 분별력보다 돈이 더 많은 누군가가 나타나 당신에게 짭짤한 액수를 제안하기만 하면, 펑! 아내와 아이들은 새 집을 구할 때까지 도로 집 없이 지내야 하겠지요."

"나도 큰돈을 들여 산 집일세." 크라수스가 방어적인 태도로 말했다.

"500만까지는 아니었지요!"

"뭐, 그렇지." 크라수스는 이렇게 대꾸하더니 이내 밝은 표정을 지었다. "실은 테르툴라가 그 집이 싫어졌대. 이사를 나가야 한대도 그다지 속상해하지 않던데. 이번에는 게르말루스 고지의 대경기장쪽 집을 살까 해. 호르텐시우스가 물고기 연못 때문에 계속 갖고 있는 그 궁전의 바로 옆집 말일세."

"테르툴라는 몇 년을 잘 살다가 별안간 왜 그 집이 싫어졌답니까?" 카이사르는 회의적인 표정이었다.

"흠, 마르쿠스 리비우스 드루수스의 집이었잖아."

"저도 압니다. 그가 그 집 아트리움에서 피살되었다는 사실도요."

"그 집엔 뭔가가 씌었어!" 크라수스가 속삭이듯 말했다.

"앞으로는 그 뭔가가 키케로와 테렌티아의 신경을 살살 긁겠군요?" 카이사르가 웃음을 터트렸다. "그러게 제가 집안에 검은색 대리석을 쓰는 건 실수라지 않았습니까. 집에 어두운 곳이 너무 많아요. 그리고 당신이 하인들에게 급료를 박하게 주는 걸 알아서 드리는 말씀입니다만, 그들 중 몇몇은 분명히 어두운 방구석으로 가서 눈물을 짜고 한숨을 지으며 긴 시간을 보냈을 겁니다. 또하나 분명한 사실은 당신이 이사를 나갈 때 그 사악한 존재들이 당신을 따라갈 거라는 점이지요. 그러니까 이번에 하인들 급료 좀 제대로 올려주세요."

크라수스는 화제를 다시 키케로와 푸블리우스 술라로 돌렸다. "듣자

하니 푸블리우스 술라가 키케로에게 전액을 흔쾌히 '빌려'주겠다더군. 그러니까 자기를 변호해주면."

"그리고 무죄선고를 받게 해주면요." 카이사르가 나긋이 말했다.

"오, 키케로는 해낼걸!" 이번에는 크라수스가 웃었다. 실로 드문 일이었다. "키케로가 하는 말을 자네도 들었어야 하는데! 그는 지금쯤 자기 집정기의 역사를 새로 쓰느라 바쁠 걸세. 9월, 10월, 11월에 있었던 그 숱한 회의들을 기억하나? 푸블리우스 술라가 카틸리나 옆에 앉아서 그를 요란하게 옹호했던 때를? 하, 키케로에 따르면, 거기 앉아 있었던 건 푸블리우스 술라가 아니라 그의 이마고를 쓴 배우 스핀테르였어!"

"농담이길 바랍니다, 마르쿠스."

"반은 농담이고 반은 진담일세. 키케로는 푸블리우스 술라가 회의가 열렸던 여러 날을 폼페이에서 자기 이익을 도모하며 보냈다고 주장한다네! 한마디로 푸블리우스 술라는 로마에 거의 머무르질 않았다는데, 자네도 알고 있었나?"

"당신 말이 맞군요. 우리가 본 사람은 푸블리우스 술라의 이마고를 쓴 스핀테르였나 봅니다."

"어쨌거나 키케로는 배심원단을 설득해낼 걸세."

그때 아우렐리아가 열린 문틈으로 얼굴을 내밀었다. "카이사르, 시간이 날 때 얘기 좀 나눴으면 좋겠구나." 그녀가 말했다.

크라수스가 일어섰다. "이만 가보겠네. 주택 문제로 만나볼 사람들이 있어." 함께 현관문 쪽으로 걷던 중 그가 말했다. "관저는 로마 최고의 주소지일세. 어디든 오가기가 편리하잖나. 또 항상 나를 반겨주는 얼굴과 좋은 포도주 한 잔이 있어 들르기 좋은 곳이지."

"좋은 포도주 한 잔을 직접 사 드실 형편은 되지 않습니까, 수전노

영감!"

"그래, 이제 나도 늙어가고 있지." 크라수스는 그 앞의 말은 무시했다. "자네 나이가 몇인가, 서른일곱?"

"올해로 서른여덟입니다."

"으으, 나는 올해 쉰네 살이 되네." 크라수스는 아쉬운 표정으로 한숨을 쉬었다. "은퇴하기 전에 큰 전쟁에 나가고 싶었는데! 폼페이우스 마그누스의 성과에 필적할 만한 공을 세울 수 있게 말이야."

"그의 말로는 이제 세상에는 정복할 곳이 남아 있지 않다는군요."

"파르티아 왕국은 어떨까?"

"다키아, 보이오하이뭄, 다누비우스 강 주변의 영토들은요?"

"자네가 가려는 곳이 그런 곳인가, 카이사르?"

"네, 죽 그쪽을 생각해왔습니다."

"파르티아 왕국." 크라수스가 문밖으로 나가며 단언했다. "금은 북쪽보다는 거기에 더 많을 걸세."

"어느 종족이든 금을 가장 중요하게 생각하지요." 카이사르가 말했다. "그러니 어느 종족에게서든 금이 나올 겁니다."

"자네 빚을 갚으려면 그 금이 필요하지."

"네, 그렇죠. 하지만 적어도 제게 있어선 금은 그리 대단한 유혹이 아닙니다. 그 점에 있어선 폼페이우스 마그누스의 말이 맞아요. 금이야 어디서든 그냥 나타나지요. 그보다 중요한 사실은 로마의 세력이 어디까지 미치느냐입니다."

크라수스는 대답 대신 손을 흔들어 보였다. 그러고서 팔라티누스 언덕 쪽으로 몸을 틀더니 이내 사라졌다.

아우렐리아가 얘기를 나누자고 할 때 피하는 건 부질없는 짓이었으므로, 카이사르는 현관문에서 곧장 아우렐리아의 거처로 향했다. 사방에서 어머니의 손길이 느껴졌다. 번드르르한 장식이 사라진 자리에는 작은 수납함과 두루마리, 서류, 책 들통이 놓여 있었다. 방 한구석에는 베틀이 있었다. 수부라 지구 인술라의 회계 장부는 더이상 어머니의 관심사가 아니었다. 이제 어머니는 베스타 신녀들의 기록 보관 작업을 도왔다.

"무슨 일이에요, 어머니?" 카이사르가 문간에 서서 물었다.

"새로 들어온 신녀 때문이야." 아우렐리아가 의자를 권하며 말했다.

카이사르가 자리에 앉았다. 이제야 기꺼이 들으려는 표정이었다. "코르넬리아 메룰라 말씀이세요?"

"그래, 그애."

"코르넬리아 메룰라는 겨우 일곱 살이에요, 어머니. 그 나이에 말썽을 일으켜봐야 뭐가 대단하겠어요? 성질이 지나치게 사납다면 모를까, 하지만 그렇게 보이지 않던데요."

"우리가 이곳에 카토를 들여놓았어." 아우렐리아가 말했다.

"아!"

"파비아는 그애를 못 다뤄. 다른 사람들도 마찬가지고. 유니아와 퀸틸리아는 그앨 너무 싫어해서 이제 꼬집고 할퀴기까지 해."

"파비아와 코르넬리아 메룰라를 당장 제 집무실로 불러주세요."

얼마 지나지 않아 아우렐리아가 수석 베스타 신녀와 어린 신임 베스타 신녀를 카이사르의 집무실로 데려왔다. 심홍색과 자주색이 희미하게 빛나는, 먼지 하나 없이 깨끗하고 위엄찬 공간이었다.

과연 코르넬리아 메룰라에게는 카토를 닮은 데가 있었다. 카이사르는 카토를 처음 만났던 때를 떠올렸다. 그날 카토는 마르쿠스 리비우스 드루수스의 집에서 당시 술라가 머무르던 아헤노바르부스 저택의 로지아를 내려다보고 있었다. 카이사르는 그 비쩍 마르고 외로운 어린 소년에게 다정히 손을 흔들어 보였었다. 코르넬리아 메룰라 역시 키 크고 마른 아이였다. 또한 카토처럼 적갈색 머리카락과 회색 눈동자를 하고 있었다. 서 있는 모습도 카토와 똑같았다. 다리를 벌렸고 턱은 치켜들었으며 두 주먹은 꽉 쥐고 있었다.

"어머니와 파비아는 의자에 앉으십시오." 최고신관이 정중하게 말했다. 그는 한 손을 아이 쪽으로 뻗었다. "너는 여기 서거라." 카이사르가 책상 맞은편 한 곳을 가리키며 말했다. "무엇이 문제인가, 수석 신녀?" 그가 물었다.

"문제가 숱하게 많다는군요!" 파비아의 어조는 신랄했다. "저애는 우리가 너무 사치스럽게 생활한대요. 여유 시간이 너무 많고요. 우리가 베스타 여신보다 유언장에 더 관심이 많다고도 하는군요. 우리는 유투르나 샘에서 길어오지 않은 물을 마실 권한이 없고, 몰라 살사를 준비할 때 왕정 시대에 행해진 절차를 따르지 않고 있답니다. 또 우리가 시월의 말의 주요 부위를 제대로 썰지 않고 있대요. 그 밖에도 여럿이죠!"

"시월의 말의 주요 부위를 처리하는 방법을 네가 어떻게 아니, 꼬마 검은 새야?" 카이사르가 아이에게 다정히 물었다('메룰라'는 '검은 새'를 의미했다). "너는 시월의 말의 주요 부위를 직접 볼 만큼 베스타 신녀 관저에서 오래 지내지 않았어." 오, 웃음을 참기가 얼마나 어려운지! 시월의 말의 주요 부위란 생식기와 꼬리와 항문의 괄약근을 이르는 말이었다. 이 부위들은 먼저 레기아로 옮겨와 제단에 피를 뿌린 다음, 베스타 여신의 신성한 화로에 옮겨 역시 같은 절차를 수행했다. 이 모든 의식이 끝나면 잘게 썰어서 남은 핏물과 섞어 불에 태웠다. 타고 남은 재는 4월에 베스타 여신을 위해 열리는 팔레스 축제에서 쓰였다.

"우리 증조할머니께서 말씀해주셨어요." 코르넬리아 메룰라가 말했다. 목소리가 장차 카토처럼 커질 게 분명했다.

"그분은 베스타 여신도 아닌데 그런 걸 어떻게 아시니?"

"당신은 사기 행위를 통해 이 집에 들어왔어요. 저는 그러니까 당신에게 대답할 의무가 없어요."

"널 네 증조할머니한테 돌려보냈으면 좋겠니?"

"그건 불가능해요. 전 이제 베스타 신녀니까요."

"내겐 그럴 권한이 있단다. 그리고 네가 내 질문에 대답을 하지 않으면 그렇게 할 거야."

기세는 조금도 수그러들지 않았지만, 코르넬리아는 방금 들은 말을 신중히 생각해보았다. "저를 신녀단에서 추방하려면 기소해서 법정에 세우고 유죄판결을 받아내야 해요."

"꼬마 변호인이로구나! 하지만 틀렸어, 코르넬리아. 우리 법은 합리적이야. 어쩌다 검은 새가 새하얀 공작과 같은 새장에 갇히는 경우를 대비해 예외 조항을 만들어두었지. 나는 너를 집으로 돌려보낼 수 있어." 카이사르는 몸을 앞으로 기울였다. 차가운 눈빛이었다. "내 인내심을 시험하지 마라, 코르넬리아! 내 말을 의심해선 안 돼. 부적격자로 선언되어 불명예스럽게 집으로 돌려보내지면 네 증조할머니가 반가워하지 않을 거다."

"당신 말은 틀렸어요." 코르넬리아가 고집스럽게 말했다.

카이사르가 자리에서 일어섰다. "내가 너를 당장 집으로 보내면 그때는 내 말을 믿겠지!" 그는 파비아 쪽으로 고개를 돌렸다. 파비아는 경탄을 담은 눈길로 카이사르를 바라보고 있었다. "파비아, 이 아이의 짐을 싸서 집으로 돌려보내게."

일곱 살과 스물일곱 살의 차이가 여기서 드러났다. 코르넬리아 메룰라는 항복했다. "질문에 대답하겠습니다, 최고신관님." 소녀가 장렬히 말했다. 눈에 눈물이 어려 반짝 빛났지만, 절대로 눈물을 떨어뜨리진 않았다.

카이사르는 이제 정말이지 아이를 꼭 껴안아 뽀뽀를 퍼부어주고 싶었지만 당연히 그건 안 될 일이었다. 설사 이 아이가 중요한 신분이 아니더라도, 길들이지는 못해도 최소한 다룰 수 있게끔 하려면 그래선 안 된다. 일곱 살이든 스물일곱 살이든 코르넬리아는 베스타 신녀였고, 어느 누구든 베스타 신녀를 껴안고 뽀뽀를 퍼부을 수는 없었다.

"넌 내가 사기 행위를 통해 여기 있다고 했지, 코르넬리아. 그건 무슨 뜻으로 하는 말이냐?"

"증조할머니께서 그렇게 말씀하셨어요."

"네 증조할머니가 하는 말이면 뭐든 다 옳은 거냐?"

회색 눈이 경악하여 둥그레졌다. "네, 당연하지요!"

"내가 여기 있는 게 왜 사기 행위인지 증조할머니가 이유를 설명했느냐, 아니면 그 말을 뒷받침할 근거도 없이 그냥 그렇다고 했느냐?"

"그냥 그렇다고 말씀하셨어요."

"나는 사기 행위를 통해 여기 있는 게 아니야. 나는 법에 따라 선출된 최고신관이야."

"당신은 유피테르 대제관이잖아요." 코르넬리아가 중얼거리듯 말했다.

"과거엔 그랬지. 하지만 그건 아주 오래전 일이야. 과거에 나는 네 증조할아버지의 역할을 이어받도록 법으로 지명되었지. 그런데 내가 유피테르 대제관으로 취임하던 때 의식에 오류가 있었던 점이 밝혀졌고,

신관과 조점관 들은 만장일치로 내가 유피테르 대제관 역할을 계속할 수 없다고 결론을 내렸어."

"하지만 당신은 지금도 유피테르 대제관이에요!"

"주인어른이라고 해야지." 최고신관이 나긋이 말했다. "나는 네 주인이란다, 꼬마 검은 새야. 그러니 너는 예의바르게 행동하며 나를 주인어른으로 불러야 해."

"그런 거라면, 네, 주인어른."

"나는 지금은 유피테르 대제관이 아니야."

"아니요, 유피테르 대제관이에요! 주인어른."

"어째서?"

"왜냐하면," 코르넬리아 메룰라가 의기양양하게 말했다. "새 유피테르 대제관이 다시 뽑히지 않았으니까요!"

"꼬마 검은 새야, 신관과 조점관 들이 만장일치로 내린 또다른 결론이 있단다. 비록 내가 유피테르 대제관이 아니더라도, 내가 죽을 때까지 그 자리에 다른 사람을 임명하지 않기로 했어. 우리가 위대한 신과 맺은 계약의 합법성을 완벽하게 유지하기 위한 결정이었지."

"아."

"이리 오너라, 코르넬리아."

코르넬리아는 망설이듯 책상 모서리를 돌아가 카이사르가 가리키는 곳에 섰다. 그가 앉은 의자에서 50센티미터가량 떨어진 자리였다.

"두 손을 앞으로 내밀거라."

아이가 움찔하더니 얼굴이 창백해졌다. 체벌을 받는 아이처럼 손을 내미는 모습에, 카이사르는 아이의 증조모에 대해 훨씬 더 많은 것을 알 수 있었다.

카이사르 역시 손을 내밀어 아이의 두 손을 굳세고 따뜻하게 감쌌다. "이제는 네 생활에서 증조할머니가 가장 큰 어른이었던 시기를 잊을 때가 온 것 같구나. 너는 로마의 베스타 신녀단에 들어왔어. 넌 증조할머니의 손을 놓고 내 손을 잡은 거야. 이 손을 만져보렴, 코르넬리아. 내 손을 만져봐."

코르넬리아는 그렇게 했다. 수줍고 겁먹은 모습이었다. 슬픈 일이야, 하고 카이사르는 생각했다. 이 아이는 만 여덟 살이 되도록 가장에게 안기거나 뽀뽀를 받은 적이 한 번도 없는 게 분명했다. 그리고 지금의 새 가장 역시 경건하고 신성한 법에 묶여, 아직도 어린 이 아이를 안아주거나 입맞춰줄 수 없었다. 로마라는 여주인은 때때로 이토록 잔인하다.

"내 손은 단단해, 그렇지?"

"네." 코르넬리아가 조그맣게 답했다.

"그리고 네 손보다 훨씬 크고."

"네."

"내 손이 떨리거나 땀에 젖었니?"

"아니요, 주인어른."

"그러면 더는 해야 할 말이 없구나. 너와 네 운명은 내 손에 있고, 이제 나는 네 아버지다. 나는 널 아버지로서 돌볼 거야. 위대한 신과 베스타 여신이 내게 내린 의무이지. 하지만 내가 널 돌보는 주된 이유는 네가 너이기 때문에, 이렇듯 어린아이이기 때문이란다. 아무도 널 때리지 않을 거고, 어두운 벽장에 가두거나 저녁을 굶긴 채 침실로 보내지도 않을 거야. 그렇다고 베스타 신녀 관저가 잘못을 저질러도 벌을 받지 않는 곳이라는 말은 아니야. 신중하게 판단해서 잘못에 합당한 벌을 내릴 뿐이지. 물건을 망가뜨리면 직접 고쳐야 해. 무언가를 더럽혔다면 직접 씻어야 해. 하지만 오직 부적격자라는 오명을 쓰고 집으로 돌려보내지는 벌밖에 받을 수 없는 한 가지 죄가 있단다. 그건 네 상관에게 옳으니 그르니 참견하는 짓이야. 신녀단이 무엇을 마시도록 허락하는지 정하는 것은 네가 할 일이 아니야. 그 물을 어떻게 구해 오는지, 잔의 어느 쪽에 입을 대고 마시는지 정하는 것도 네 할 일이 아니야. 모스 마이오룸은 고정된 게 아니란다. 왕정 시대에도 늘 똑같지는 않았어. 세상만물이 그러하듯 모스 마이오룸도 시대에 따라 바뀐단다. 그러니 이제 더는 상관을 비판해선 안 돼. 더는 상관에게 옳으니 그르니 참견하지 마라. 내 말 알겠니?"

"네, 주인어른."

카이사르는 잡고 있던 손을 놓았다. 코르넬리아에게 절대 50센티미터보다 가까이 다가가지 않은 터였다. "이제 가도 좋다, 코르넬리아. 하지만 밖에서 기다려라. 파비아에게 할말이 있으니까."

"감사합니다, 최고신관님." 파비아는 한숨을 내쉬며 활짝 웃었다.

"내게 감사할 것 없네, 수석 신녀. 이런저런 문제들에 슬기롭게 대처하게." 카이사르가 말했다. "앞으로 내가 어린 신녀 세 명의 교육에 더 적극적인 역할을 맡는 게 좋을 것 같군. 여드레마다 한 번씩, 해 뜨고 한 시간 후부터 정오까지 수업을 갖도록 하겠네. 장날이 지나고 세번째 날마다 열기로 하세."

면담은 종료되었다. 파비아는 자리에서 일어나 공손하게 절하고 방에서 나갔다.

"아주 훌륭하게 해결했구나, 카이사르." 아우렐리아가 말했다.

"어린것이 가여워요!"

"매질을 많이 당했던 거야."

"증조모란 사람이 아주 끔찍한 노인인가 봅니다."

"어떤 사람들은 지나치게 오래 살아. 나는 그러지 않길 바란다."

"그보다 중요한 건, 제가 그애한테서 카토를 제대로 내쫓았을까요?"

"오, 그런 것 같구나. 더군다나 네가 교육을 맡겠다니 분명 그렇게 되겠지. 훌륭한 생각이야. 파비아, 아룬티아, 포필리아 모두 하나같이 분별력이 부족해. 내가 지나치게 개입할 수도 없고 말이야. 나는 여자잖아. 가장이 아니잖니."

"참 묘한 일이지요, 어머니! 저는 평생 남자에게 가장 노릇을 해본 적이 없으니 말이에요!"

아우렐리아가 빙긋 웃으며 자리에서 일어섰다. "난 그래서 아주 기쁜걸. 저 불쌍한 젊은 마리우스를 생각해봐. 네 손안에 든 여자들은 너의 힘과 권위에 감사해하잖아. 만일 네게 아들이 있었다면 그앤 네 그림자 속에서 살아가야 할 거야. 어느 가문에서나 위대한 인물은 한 세대가 아닌 몇 세대를 뛰어넘어 나타나는 법이니까. 카이사르, 너는 아들을 네 자신과 다름없이 여길 거고, 그애는 결국 좌절하겠지."

클로디우스 클럽이 모임을 열었다. 장소는 풀비아가 클로디우스에게 사준 아름다운 대저택이었다. 바로 옆 건물은 클로디우스가 돈을 투자한 고급 인술라 중에 수익이 가장 많이 나는 곳이었다. 이날 모임에는 실질적으로 중요한 회원들이 전부 모였다. 클로디아 자매, 풀비아, 폼페이아 술라, 셈프로니아 투디타니, 팔라, 데키무스 브루투스(셈프로니아 투디타니의 아들), 쿠리오, 젊은 포플리콜라(팔라의 아들), 그리고 괴로움에 찬 마르쿠스 안토니우스.

“내가 키케로라면 좋겠어요.” 마르쿠스 안토니우스가 울적한 목소리로 말했다. “그러면 결혼할 필요도 없을 테니까요.”

“그건 명백히 불합리한 추론일세, 안토니우스.” 쿠리오가 빙긋 웃으며 말했다. “키케로는 결혼을 했어. 그것도 뒤쥐처럼 성질이 더러운 여자랑 했다고.”

“맞아. 하지만 키케로는 어떤 재판에서든 무죄를 받아낸다고 이름이 나서 사람들이 500만 세스테르티우스를 막 ‘빌려’주잖아.” 안토니우스는 주장을 굽히지 않았다. “나도 어떤 재판에서든 무죄를 받아낼 수만 있다면, 결혼을 안 해도 500만을 손에 넣겠지.”

“오호!” 클로디우스가 허리를 반듯이 세워 앉으며 말했다. “행운의 신부가 누구인가, 안토니우스?”

“루키우스 외삼촌—이제 히브리다 삼촌은 우리와 관계가 없으니 그 분이 내 가장입니다—이 내 빚을 갚아주지 않으시겠대요. 새아버지도 형편이 쪼들렸던데다 친아버지가 남겨준 재산도 없으니, 나는 장사꾼 냄새가 폴폴 나는 어느 끔찍한 처녀와 결혼해야 하죠.”

“누군데?” 클로디우스가 물었다.

“이름이 파디아랍니다.”

“파디아라면 파디우스 가문? 처음 듣는 이름인데요?” 클로딜라가 말했다. 이혼한 뒤로 요 근래 아주 만족스러운 나날을 보내고 있는 그녀였다. “더 말해줘요, 안토니우스, 어서요!”

마르쿠스 안토니우스는 육중한 어깨를 으쓱해 보였다. “그게 답니다. 그 여자에 관해 아는 사람이 아무도 없어요.”

“안토니우스 당신한테서 정보를 얻어내느니 바위에서 고혈을 짜내는 게 낫지요.” 켈레르의 아내 클로디아가 말했다. “파디아가 누군데요?"

"아버지가 플라켄티아 출신의 더럽게 돈 많은 상인이랍니다."

"그러니까 갈리아인이라는 거야?" 클로디우스가 헉 소리를 냈다.

여느 남자라면 이 말에 방어적으로 고개를 치켰겠지만, 마르쿠스 안토니우스는 그저 빙그레 웃기만 했다. "루키우스 외삼촌 말로는 맹세코 아니랍니다. 흠잡을 데 없는 로마인이래요. 내 생각엔 사실 같아요. 카이사르 집안사람들은 혈통에 관한 한 전문가들이니까요."

"더 말해보게!" 쿠리오였다.

"더 말하고 자시고 할 것도 없네. 늙은 티투스 파디우스에겐 아들 하나 딸 하나가 있었어. 파디우스는 원로원에 아들이나 사위를 두고 싶었고, 그걸 이루기 위한 가장 좋은 방법은 딸에게 귀족 태생 남편을 구해주는 거라 판단했지. 아들이 형편없어서 아무도 원하지 않았나봐. 그래서 내가 그 딸과 이어지게 된 거지." 안토니우스가 깜짝 놀랄 정도로 작고 가지런한 이를 내보이며 쿠리오에게 슬쩍 미소를 지었다. "거의 쿠리오 자네가 될 뻔했는데, 자네 아버지가 그렇게 하느니 차라리 당신 딸을 매춘부로 만들겠다고 하셨대요."

쿠리오가 털썩 주저앉으며 비명을 질렀다. "당연히 그랬겠지! 못생긴 스크리보니아한테 관심 보일 사람은 장님 아피우스 클라우디우스밖에 없을 테니까."

"조용히 좀 해봐요, 쿠리오!" 폼페이아가 말했다. "스크리보니아에 대해서는 우리도 다 알지만, 파디아에 대해 아는 사람은 없잖아요. 얼굴은 예뻐요, 마르쿠스?"

"지참금 액수가 아주 예쁘지요."

"얼마나 되는데?" 데키무스 브루투스가 물었다.

"안토니우스 오라토르의 손자한테 300탈렌툼을 불렀대!"

쿠리오가 휘익 휘파람을 불었다. "파디우스가 우리 아빠한테 다시 물어봐주기만 한다면 나는 안대를 쓰고라도 기꺼이 침대에 들어가겠네! 키케로의 500만 세스테르티우스 한 배 반 되는 돈이잖아! 자네 빚을 다 갚고도 조금 남겠는걸."

"내가 무슨 우리 가이우스 아저씨라도 돼?" 안토니우스가 껄껄댔다. "내 빚은 50만 세스테르티우스도 채 안 돼." 그의 목소리가 차분해졌다. "하지만 어차피 나는 그 돈에 손도 못 댈 걸세. 루키우스 외삼촌과 티투스 파디우스가 혼인계약서를 쓰고 있거든. 파디아가 그 돈을 관리하기로 말일세."

"오, 마르쿠스, 그것참 끔찍하네요!" 클로디아가 외쳤다.

"맞아요, 내가 그런 조건으론 결혼 안 한다고 거절하고서 한 말도 바로 그거였죠." 안토니우스가 스스로 흐뭇해하며 말했다.

"거절했다고?" 팔라가 물었다. 연지를 바른 양볼이 도토리를 갉아먹는 다람쥐처럼 씰룩거렸다.

"네."

"그리고 어떻게 됐어?"

"어른들이 물러섰죠."

"완전히?"

"완전히까지는 아니지만 꽤 많이요. 티투스 파디우스는 내 빚을 갚고 추가로 100만 세스테르티우스를 현금으로 주기로 했어요. 결혼식은 열흘 뒤예요. 여기 있는 사람들은 아무도 초대되지 않았습니다. 루키우스 외삼촌은 내가 순수한 사람으로 보이길 바라니까요."

"고난 없이는 갈리아인도 없으리라!(No gall, no Gaul. '고난 없이는 영광도 없다(No gall, no glory)'라는 격언에 빗댄 말장난—옮긴이)" 쿠리오가 소리쳤다.

모두가 온몸이 자지러지게 웃었다.

모임은 특별한 이야깃거리 없이 한동안 즐겁게 진행되었다. 방안에서 하인은 폼페이아가 팔라와 함께 앉아 있는 긴 의자 뒤에 자리한 두 명이 전부였다. 둘 다 폼페이아를 따라온 터였다. 어린 쪽은 폼페이아의 몸종 도리스였고, 나이든 쪽은 아우렐리아가 아끼는 감시견 폴릭세네였다. 클로디우스 클럽 회원들 중에 폴릭세네가 보고 들은 모든 것이 폼페이아가 관저로 돌아가는 즉시 아우렐리아에게 충실히 보고된다는 사실을 모르는 사람은 없었고, 이는 그들에게 상당히 짜증스러운 일이었다. 그래서 사실 폼페이아 없이 열리는 모임이 많았다. 최고신관의 어머니에게 알려져서는 안 될 못된 비행을 꾸미기 때문일 때도 있었고, 누군가가 폼페이아를 클럽에서 제명시켜야 한다고 재차 제안했기 때문일 때도 있었다. 하지만 폼페이아를 계속 모임의 일원으로 두는 데는 중요한 이유가 있었다. 로마 사회에 막대한 영향력을 지닌, 이 사회의 늙고 완고한 대들보에게 어떤 정보가 전해진다는 점이 오히려 유용할 때도 있기 때문이었다.

이날 푸블리우스 클로디우스는 짜증이 머리꼭대기까지 치솟은 터였다. "폼페이아." 그의 목소리가 매몰찼다. "당신 뒤에 있는 그 늙은 첩자 꼴 좀 안 봤으면 좋겠군! 우리가 여기서 모든 로마 사람들이 알아선 안 될 이야기를 하는 건 아니지만, 나는 첩자들이 같이 있는 것엔 반대요. 그러니까 결국 당신이 여기 있는 것에 반대할 수밖에 없소! 그 망할 첩자를 데리고 어서 집으로 가요!"

놀랍도록 선명한 초록빛 두 눈에 눈물이 가득 고였다. 폼페이아의 입술이 파르르 떨렸다. "오, 그러지 말아요, 푸블리우스 클로디우스! 제

발요!"

클로디우스는 등을 돌렸다. "집으로 가시오." 그가 말했다.

폼페이아가 긴 의자에서 내려와 신을 신고 방에서 나가는 동안 어색한 침묵이 이어졌다. 폴릭세네는 항상 그렇듯 경직된 얼굴로 그 뒤를 따랐고, 도리스는 코를 훌쩍였다.

"너무 무례했어, 푸블리우스." 폼페이아 일행이 나가자 클로디아가 말했다.

"친절함은 내가 중시하는 미덕이 아니야."

"그 여자는 술라의 손녀야!"

"유피테르의 손녀래도 상관 안 해! 폴릭세네를 참고 있기가 진절머리 난다고!"

"가이우스 아저씨는 바보가 아니에요." 안토니우스가 말했다. "폴릭세네 같은 하인 없이 그분의 아내에게 접근하기란 불가능할 걸요, 클로디우스."

"나도 알아, 안토니우스!"

"그분 자신도 그런 쪽으로 경험이 아주 많으니까요." 안토니우스가 활짝 웃으며 말했다. "남편을 오쟁이 지게 만드는 문제에 관해서라면 그분은 모르는 수법이 없을 걸요!" 안토니우스는 기분좋게 한숨을 내쉬었다. "북풍 같은 분입니다. 하지만 고루해빠진 우리 가문을 개성 있게 장식하는 사람이긴 하죠. 모르긴 몰라도 그분은 아폴로보다도 더 많은 여자를 정복했을걸요."

"난 카이사르를 오쟁이 지게 하려는 게 아닐세. 단지 폴릭세네가 내 눈에 띄지 않길 바라는 것뿐이야!" 클로디우스가 으르렁거렸다.

별안간 클로디아가 꺄르륵 웃음을 터트렸다. "로마의 눈과 귀가 이제 사라졌으니, 얼마 전 아티쿠스의 만찬 파티에서 있었던 일을 말해줄 수 있겠네."

"아주 신나는 시간을 보냈나보군요." 젊은 포플리콜라가 말했다. "새침데기 같으니!"

"오, 당연히 그랬죠. 특히 테렌티아가 그 자리에 있었거든요."

"그 파티에 뭐 별 볼 일이 있었어?" 클로디우스가 심술궂은 투로 물었다. 그는 폴릭세네 일로 여전히 화가 나 있었다.

클로디아가 목소리를 깔고 의미심장하게 선언했다. "나 그날 키케로 맞은편 자리에 앉았어요!"

"너 그날 아주 정신이 혼미해졌겠구나!" 셈프로니아 투디타니가 말했다.

"키케로의 정신이 혼미해졌을 거란 얘기겠죠!"

모두의 얼굴이 클로디아를 향했다.

"클로디아, 키케로가 그랬을 리가요!" 풀비아가 소리쳤다.

"키케로가 그랬는걸요." 클로디아가 우쭐한 표정으로 말했다. "지진이 나서 인술라가 무너지는 것처럼 나한테 푹 빠졌다고요."

"테렌티아가 보는 앞에서요?"

"뭐, 그 여잔 식탁 모퉁이를 돌아서 오른쪽 의자 맞은편에 앉아 있었어요. 그러니까 우리한테 등을 돌리고 있었죠. 맞아, 내 친구 아티쿠스가 키케로를 마누라의 속박으로부터 잠시 해방시켜준 거예요."

"무슨 일이 있었소?" 쿠리오가 우스워죽겠다는 듯 물었다.

"내가 만찬이 시작되어 끝날 때까지 키케로를 유혹했죠. 무지막지하게 적극적으로 굴었는데, 그 사람은 여자가 자기한테 추파 던지는 걸 굉장히 좋아하더라고요! 물론 내가 마음에 든 거죠. 로마에 나처럼 유식한 여자가 있는 줄은 몰랐다나요. 내가 신진 시인 카툴루스의 시를 인용했더니 그러더라고요." 클로디아는 쿠리오에게 얼굴을 돌렸다. "그 사람 시 읽어봤어요? 아주 유려해요!"

쿠리오가 눈을 비볐다. "처음 듣는 이름이오."

"아주 새로운 시인이죠. 맞아요, 물론 아티쿠스가 출판했어요. 파두스 강 너머 갈리아 출신이에요. 아티쿠스 말로는 그 시인이 곧 로마로 온대요. 하루빨리 만나보고 싶어요!"

"다시 키케로 얘기 좀 해봐." 포룸 로마눔에 새로운 소문이 생겨날 조짐을 본 클로디우스가 말했다. "사랑의 고통에 빠진 키케로는 어떤 모습일까? 솔직히 키케로에게 그런 면이 있을 줄은 몰랐어."

"멍청한데다 엄청나게 아양을 떨어." 클로디아는 지루하다는 듯 말했다. 바닥에 등을 대고 벌렁 드러눕더니 두 발로 허공을 찼다. "평소와 딴판이더라고. 우리 '조국의 아버지'께서 플라우투스 희곡의 여자 같은 남자가 된다니까. 그래서 웃겼다는 거야. 난 키케로가 계속 바보처럼 굴도록 부추겼지."

"사악한 여자 같으니!" 데키무스 브루투스가 말했다.

"테렌티아가 한 생각도 바로 그거였을 걸요."

"오호! 테렌티아가 눈치를 챘어요?"

"조금 지나자 방안의 모든 사람이 눈치챘죠." 클로디아가 콧잔등을 찡긋하며 사랑스러운 표정을 지었다. "나한테 빠져들면 들수록 더 요란하고 멍청하게 굴더라고요. 아티쿠스는 웃느라 온몸이 자지러졌죠." 클로디아가 배우처럼 과장되게 몸을 떨었다. "테렌티아는 분노로 온몸이 부들부들 떨렸고 말이에요. 불쌍한 키케로 영감! 그런데 어째서 우린 키케로를 늙은이로 생각하는 걸까? 어쨌거나, 불쌍한 키케로 영감! 아마 아티쿠스의 집을 나선 뒤 한 발짝도 못 가서 테렌티아가 키케로의 목덜미를 물어뜯었을 거예요."

"그 여잔 이제까지도 거기만 물어뜯었을 텐데." 셈프로니아 투디타니가 낮게 웅얼거렸다.

떠들썩한 웃음소리에, 정원 반대편 끄트머리에 자리한 주방의 하인들이 빙그레 미소를 지었다. 이렇듯 유쾌한 집이라니!

돌연 클로디아의 유쾌함이 다른 음색을 띠었다. 그녀는 몸을 반듯이 세워 앉더니 장난기 어린 눈빛으로 동생을 바라보았다. "푸블리우스 클로디우스, 너 재미있는 장난 좀 쳐볼래?"

"지금 나한테 카이사르가 로마인이냐고 묻는 거야?"

다음날 아침 클로디아는 클로디우스 클럽의 다른 여성 회원들과 함께 최고신관 관저 대문 앞에 나타났다.

"폼페이아가 댁에 계신가?" 클로디아가 에우티코스에게 물었다.

"네, 만나보실 수 있습니다, 부인." 집사는 이렇게 말하며 고개를 숙여 손님들을 맞이했다.

손님들이 계단을 오르는 동안 에우티코스는 서둘러 자기 하던 일로 돌아갔다. 폴릭세네를 호출할 필요는 없을 터였다. 젊은 퀸투스 폼페이우스 루푸스가 로마에 없으니 손님들 중 남자는 없을 것이었다.

폼페이아는 밤새 운 게 분명했다. 눈은 발갛게 퉁퉁 부어 있었고 표정은 비통했다. 클로디아 일행이 방안에 부산하게 들어서자 폼페이아가 발딱 일어섰다.

"오, 클로디아, 다시는 못 보는 줄 알았어요!" 폼페이아가 소리쳤다.

"저런, 내가 자기한테 그럴 리 있겠어요! 하지만 자기도 내 동생 탓을 할 순 없어요, 안 그래요? 폴릭세네가 아우렐리아에게 뭐든 다 고해 바치잖아요."

"알아요, 나도 알죠! 정말 미안하지만, 내가 어떻게 할 수 있겠어요?"

"아무것도 못하죠, 아무것도." 클로디아는 우아한 새가 내려앉듯 의자에 앉더니 같이 온 여자들을 향해 미소 지었다. 풀비아, 클로딜라, 셈프로니아 투디타니, 팔라. 나머지 한 명은 폼페이아가 모르는 여자였다.

"여기는," 클로디아가 우아하게 말했다. "시골에서 온 내 친척 클라우디아. 휴가를 맞아 로마에 내려왔어요."

"안녕하세요, 클라우디아." 폼페이아 술라가 특유의 맹한 미소를 지으며 인사했다. 시골 출신이면 팔라나 셈프로니아 투디타니와 비슷한 사람이겠구나 싶었다. 정확히 어느 지방 출신인지는 모르겠지만 탈색을 한 화려한 머리색과 진한 화장 때문에 어딘가 관능적인 분위기가 감돌았다. 폼페이아가 예의를 차렸다. "같은 가문이라 그런지 서로 닮으셨네요."

"그렇길 바란답니다." 클라우디아는 이렇게 대답하더니, 별안간 자신의 멋진 옅은 금발머리채를 뭉텅 뽑아 들었다.

폼페이아는 순간 기절할 뻔했다. 그녀는 입을 벌린 채 숨을 헐떡였다.

클로디아와 그 일행이 더이상 참지 못하고 폭소를 터트렸다.

"쉿!" 푸블리우스 클로디우스가 주변을 조용히 시켰다. 그는 전혀 여성스럽지 않은 걸음으로 바깥쪽 문을 향해 저벅저벅 걸어가 걸쇠를 걸었다. 의자로 돌아온 클로디우스는 입을 꽉 다물고 속눈썹을 파르르 떨었다.

"오, 오, 오!" 폼페이아가 비명을 질렀다. "오, 이러면 안 돼요!"

"괜찮소, 여긴 방안이니까." 클로디우스가 정상적인 목소리로 말했다. "누나 말이 맞았어, 클로디아. 폴럭세네는 없어."

"제발 부탁이에요, 여기서 나가줘요!" 폼페이아가 창백한 얼굴로 두 손을 꽉 맞잡은 채 작은 소리로 말했다. "시어머니가 계셔요!"

"뭐, 여기서도 당신을 감시하오?"

"평소엔 그렇지 않지만, 조만간 보나 데아 축제가 있는데다 올해는 우리집에서 열리잖아요. 내가 축제를 주관하기로 돼 있고요."

"아우렐리아가 주관한다는 뜻이겠지." 클로디우스가 비꼬듯 말했다.

"그래요, 맞아요. 당연히 시어머니가 하지요! 하지만 남편이 법무관이라서 보나 데아 축제가 우리집에서 열리는 거고, 공식적으로 행사를 주관하는 사람은 법무관의 아내인 나니까요! 시어머닌 외부 사람들에게 나한테 상의를 구하는 것처럼 보이려고 굉장히 철두철미하게 행동하신다고요! 오, 클로디우스, 제발 돌아가주세요! 요즘 시어머니가 내 방을 자주 들락거리세요. 내 방문이 잠겨 있는 걸 보면 카이사르에게 불평하실 거라고요."

"불쌍한 우리 아기!" 클로디우스가 부드럽게 속삭이며 폼페이아를 감싸안았다. "그래요, 가죠. 약속해요." 클로디우스는 벽에 걸린 화려한 은거울 앞으로 가서 풀비아의 도움을 받아 다시 가발을 썼다.

"예쁘다곤 못하겠네요, 푸블리우스." 그의 아내가 머리모양을 다듬어주며 말했다. "그래도 여자로 봐줄 만은 해요." 풀비아가 까르르 웃었다. "직업이 좀 의심스럽지만요!"

"어서들 가자." 클로디우스가 나머지 손님들에게 말했다. "이 분장이 먹힐 거라는 걸 클로디아에게 보여주고 싶었을 뿐이야. 되는 것으로 판명!"

잠긴 문이 열렸다. 여자들이 클로디우스를 둘러싸고 몰려나갔다.

타이밍이 정확했다. 잠시 후 아우렐리아가 나타나 눈썹을 치켜떴다.

"방금 서둘러 나간 손님들은 누구니?"

"클로디아랑 클로딜라랑 다른 몇 명이요." 폼페이아가 멍한 표정으로 말했다.

"어떤 우유를 대접할지 네가 알아둬야지."

"우유요?" 폼페이아가 놀라서 물었다.

"오, 폼페이아, 정말이지!" 아우렐리아가 선 채로 며느리를 빤히 쳐다보았다. "네 머릿속에는 싸구려 장신구나 옷 생각 말곤 아무것도 없는 게냐?"

이 말에 폼페이아는 울음을 터트렸다. 아우렐리아는 그녀로선 극히 드물게 (비록 웅얼거리는 소리였지만) 가벼운 욕설을 내뱉더니, 폼페이아의 양쪽 귀를 찰싹 때리고 싶은 걸 꾹 참고 방에서 나가버렸다.

바깥에서는 진짜 여자 다섯 명이 가짜 여자 클로디우스와 함께 사크라 가도를 걸어 올랐다. 포룸 로마눔 낮은 구역 쪽 길로 가다가 아는 남자를 만나는 것보다 그편이 더 안전할 것 같았다. 클로디우스가 기분이 좋아서 깡충깡충 뛰자 곁을 지나가던 부잣집 여인네들이 그들을 쳐다보았다. 마르가리타리아 주랑건물과 포룸 로마눔 높은 구역에 자주 쇼핑하러 가는 부인네들이었다. 그러니 그가 분장한 것을 아무에게도 들키지 않고 겨우 그를 집으로 데려온 뒤 여자들은 마침내 안도의 한숨을 내쉬었다.

"오늘 아침에 같이 다니던 그 이상한 여자가 누구냐는 질문을 며칠간 수없이 받겠어!" 옷을 갈아입고 분장을 깨끗이 지운 멀쩡한 모습의 푸블리우스 클로디우스가 긴 의자에 앉자 클로디아가 짜증이 밴 목소리로 말했다.

"애초에 누나 생각이었잖아!" 클로디우스가 항의했다.

"그래, 하지만 공공장소에서 그렇게 요란 떨 건 없었잖아! 원래 우리가 하기로 한 건 옷을 꽁꽁 싸 입고 거기 그냥 갔다 오는 거였지, 세상 사람들 다 쳐다보라고 히죽거리며 돌아다니자는 게 아니었다고!"

"조용히 해, 클로디아, 생각 좀 하게!"

"무슨 생각?"

"약간의 복수."

그에게서 뭔가 변화를 감지한 풀비아가 바싹 다가가 앉았다. 클로디우스가 복수할 대상을 항상 머릿속에 목록으로 정리해둔다는 사실을 아내 풀비아보다 더 잘 아는 사람은 없었고, 그녀는 언제든 클로디우스를 도와줄 준비가 되어 있었다. 최근에 목록이 줄긴 했다. 카틸리나는 빠졌고, 아라비아인들도 영구히 삭제된 듯했다. 그러면 클로디우스는 지금 누굴 말하는 걸까?

"누구 말예요?" 풀비아가 클로디우스의 귓불을 빨며 물었다.

"아우렐리아." 클로디우스가 앙다문 잇새로 말했다. "누군가가 그 여자의 콧대를 꺾어줄 때가 됐어."

"어떻게 복수를 한다는 거야?" 팔라가 물었다.

"이건 파비아에게도 약간의 복수가 되겠어." 그는 생각에 잠긴 듯 말했다. "그 여자도 교훈이 좀 필요해."

"무슨 짓을 하려는 거야, 클로디우스?" 클로딜라가 경계의 빛을 띠며 말했다.

"장난질!" 클로디우스는 노래하듯 소리치더니 풀비아를 붙잡고 인정사정없이 간지럼을 피우기 시작했다.

보나 데아는 '선한 여신'을 뜻했다. 로마만큼 오래된 이 여신은 얼굴도 형태도 없는 정령, 즉 누멘이었다. 따로 이름이 없는 것은 아니지만 그 이름은 너무도 신성하였기에 아무도 입에 담지 않았다. 남자들은 보나 데아가 로마 여자들에게 무엇을 의미하는지, 왜 그녀가 선하다고 하는지 이해하지 못했다. 보나 데아에게 바치는 숭배 제의는 공식적인 국가 종교사업 영역 밖의 일이었으며, 보나 데아는—국고에서 소액의 헌금을 받긴 했어도—남자 혹은 남자들로 구성된 단체에는 응답하지 않았다. 따로 배정된 여제관이 없었으므로 보나 데아와 관련된 업무는 베스타 신녀들이 맡았다. 보나 데아의 신성한 약초밭을 가꿀 여자들을 고용하는 것도 베스타 신녀들이었고, 오직 로마의 여성들만을 위한 보나 데아의 약초도 베스타 신녀들이 관리했다.

보나 데아는 로마 남성의 세계에는 관여하지 않았으므로 그녀의 거대한 신전은 신성경계선 외곽, 아벤티누스 언덕 경사면의 노두(삭숨 사크룸, 즉 신성한 바위) 아래에 있었다. 아벤티누스 저수지에 가까운 곳이었다. 남자들은 그쪽으로는 갈 엄두를 내지 않았고 그 근처에는 도금양나무조차 심지 않았다. 성소에 조각상이 서 있긴 했지만 보나 데아의 신상은 아니었다. 남자들이 불러일으킨 사악한 기운으로 하여금 그것이 보나 데아인 양 착각하게 만들기 위해 세워놓은 것뿐이었다. 보나 데아의 세상에서는 처음 본 것을 있는 그대로 믿어서는 안 되었다. 보나 데아는 여성과 뱀을 사랑했고, 신전 경내에는 뱀이 득시글했다. 흔히 남자를 뱀이라고들 했다. 그러니 그토록 많은 뱀을 소유한 그녀에게 남자가 필요할 리 있겠는가?

보나 데아는 그녀의 약이 지닌 효력으로 가장 유명했다. 보나 데아의 약은 신전을 빙 둘러싼 정원에서 났다. 그곳에는 다양한 약초밭이 있었고, 약초밭이 아닌 곳은 오월절에 씨앗을 뿌린 호밀밭이 병충해를 입은 채 바다처럼 넓게 펼쳐져 있었다. 이 호밀은 베스타 신녀들의 감독하에 추수되었고, 신녀들은 깜부깃병으로 까맣게 된 이삭들을 모아서 보나 데아의 묘약을 만들었다. 호밀 줄기 사이사이로 뱀 수천 마리가 졸거나 바스락 소리를 내며 돌아다녔지만, 뱀이나 사람이나 서로에게 무관심했다.

로마 여자들은 오월절에 지난 6개월 동안 겨울잠을 자온 선한 여신을 깨웠다. 신전 안팎을 가득 채운 꽃과 축제 분위기 속에 모든 계층의 로마 여성들이 이 신비로운 축제에 참가하고자 모여들었고, 새벽에 시작된 축제는 어스름이 내려서야 끝났다. 선한 여신 특유의 정교하게 균형잡힌 이원성(二元性)은 5월의 탄생과 호밀의 죽음, 그리고 포도주와 우유에서 첨예하게 드러났다. 포도주는 금기 사항이었지만 축제에 술이 빠질 수는 없었다. 따라서 축제에 온 사람들은 포도주를 우유라고 불렀고, 포도주를 담는 값비싼 은제 용기는 꿀단지라고 칭했다. 남성적인 물건들을 헷갈리게 보이도록 만드는 또다른 책략이었다. 여자들은 꿀단지에서 따라 마신 우유에 취해 피로해진 몸을 이끌고 집으로 돌아갈 무렵 바싹 마른 뱀들의 육감적인 몸놀림으로 인한 흥분에서 여전히 벗어나지 못한 채, 힘차게 솟아오르는 뱀의 근육과 두 쪽으로 갈라진 혀의 입맞춤, 씨를 받아들이기 위해 열린 땅, 포도나무 잎사귀로 지은 관, 탄생과 죽음의 끝없는 순환을 기억했다. 하지만 오월절에 보나 데아 축제에서 과연 무슨 일이 벌어지는지 그 어떤 남자도 알지 못했고 알려고 하지도 않았다.

그리고 12월 초가 돌아오면 보나 데아는 다시 겨울잠에 들어갔지만, 이 행사는 오월절과 달리 공개적이지 않았다. 따라서 해가 떠 있을 때나 평범한 신분의 로마 여성들이 집밖에 나와 있는 동안에는 치러지지 않았다. 보나 데아가 겨우내 꾸는 꿈은 그녀만의 비밀이었고, 이와 관련한 의식은 로마 여성들 중에서도 태생이 가장 고귀한 자들에게만 개방되었다. 그녀의 부활은 그녀의 모든 딸들이 지켜볼 수 있었지만, 그녀의 죽음은 오로지 왕들의 딸만이 지켜볼 수 있었다. 죽음은 성스러웠다. 죽음은 신성했다. 죽음은 내밀했다.

보나 데아가 올해에 최고신관의 관저에서 쉬게 되리라는 것은 모두가 다 아는 사실이었다. 최고신관의 관저가 선택된 까닭은 그곳이 베스타 신녀들의 영역에 자리해 있기 때문이었다. 보나 데아 축제는 현직 법무관 또는 집정관의 집에서 열어야 한다는 제한규정이 있었고, 이 규정 때문에 최고신관 아헤노바르부스 시절 이후로는 보나 데아 축제를 최고신관의 관저에서 열 기회가 전혀 없었다. 그리고 드디어 올해에 기회가 온 것이다. 수도 담당 법무관 카이사르의 집이 축제 장소로 선정되었고, 아내 폼페이아 술라는 공식적인 행사 주최자가 될 터였다. 날짜는 12월의 세번째 날 밤으로 정해졌다. 그날 밤에는 노예를 포함해 어떠한 남성도, 심지어 어린 남자아이도 관저에 머물러 있을 수 없었다.

카이사르는 자신의 집이 선택되었다는 사실을 당연히 기쁘게 받아들였고, 기꺼이 파트리키 구에 있는 자신의 거처에 묵기로 했다. 아우렐리아가 소유한 인술라의 옛 아파트를 써도 좋았겠지만, 지금 그곳은 누미디아의 마신타 왕자가 차지하고 있었다. 마신타 왕자는 그해 초 열린 재판에서 카이사르의 의뢰인이었고 결국 패소한 터였다. 요즘은 정말 까딱하면 성미가 불같이 치솟는단 말이지! 카이사르는 유바 왕자가 쉬지 않고 거짓말을 쏟아내는 데 분개한 나머지 왕자에게 달려들어 턱수염을 움켜잡고 밖으로 질질 끌고 나가버렸다. 로마 시민이 아닌 마신타 왕자는 채찍형을 선고받았지만, 카이사르는 그를 피신시켜 루키우스 데쿠미우스에게 데려다주었고 왕자는 여전히 데쿠미우스의 보호를 받는 중이었다. 수부라 지구를 향해 언덕을 오르던 최고신관은 생각했다. 가만, 오늘밤엔 그냥 관능적이고 투박한 수부라 여자와 하룻밤을 보내볼까. 그동안 시간도 없고 지위가 높아져서 통 그럴 기회를 갖지 못했으니까. 그래, 아주 좋은 생각이야! 먼저 데쿠미우스와 식사를 든 후에 가비아나 아프로니아나 스캅티아에게 전갈을 보내자…….

어둠이 내려앉은 시각이었지만, 포룸 로마눔을 구불구불 가로지르는 사크라 가도는 이날만큼은 횃불이 환했다. 사방에서 끝이 보이지 않는 가마와 하인 들의 행렬이 관저 정문으로 모여들었고, 횃불에서 피어오르는 검은 연기 사이로 화려한 색채의 치마, 아름다운 보석에 반사된 반짝이는 빛, 달뜬 표정의 얼굴들이 언뜻언뜻 스쳐갔다. 소리 높여 나누는 인사와 웃음소리와 간간히 들려오는 대화 속에 여자들은 가마에서 사뿐히 내려 관저 현관문에 들어서며 땅에 끌린 치맛자락을 흔들어 펴고, 머리모양을 다듬고, 브로치와 귀걸이를 매만졌다. 오늘의 옷차림을 위해 얼마나 골머리를 앓고 짜증을 부렸는지. 이날은 주변 여자들에게 자기가 얼마나 멋지게 차려입을 수 있는지, 보석함에 얼마나 값진 장신구들이 들어 있는지 보여줄 최고의 기회였다. 남자들은 절대로 모른다! 하지만 여자들은 언제나 안다.

올해 초청객 명단은 유난히 길었다. 관저의 부지가 드넓은 덕분이었다. 노바 가도에서 관저 안을 훔쳐보지 못하도록 카이사르가 중앙 주랑정원에 천막을 쳐두었기 때문에 아트리움 신전과 최고신관의 대형 만찬실과 접객실뿐만 아니라 정원에서도 모여 있을 수 있었다. 사방에 등불이 환히 밝혀져 있었고 상에는 사치스러운 진미가 잔뜩 올랐으며, 우유가 담긴 꿀단지는 바닥이 드러날 새가 없었고 우유 자체도 최상품이었다. 여자 악사들은 앉거나 서서 피리와 플루트와 리라와 작은북과 캐스터네츠와 탬버린과 은백색 딸랑이를 연주했다. 하인들은 요리 접시와 우유를 나르느라 이쪽 손님들에게서 저쪽 손님들로 쉴새없이 움직였다.

엄숙한 신비의 의식을 시작하기에 앞서 일단 분위기가 제대로 잡혀야 했으므로, 그들은 잔치 음식과 우유를 먹고 마시며 담소를 나누는 단계가 지나기를 기다렸다. 서두르는 사람은 아무도 없었다. 오랫동안 보지 못한 얼굴들을 알아보고 그간 나누지 못한 인사를 나누려면 오랜 시간이 필요했다. 다정한 친구들은 삼삼오오 모여 근황을 나누었다.

파충류인 뱀은 보나 데아를 잠재울 때 어떤 역할도 하지 않았다. 보나 데아를 겨울잠에 들게 하는 최면제는 뱀 같은 채찍질이었다. 메두사의 머리카락을 한데 묶어놓은 것처럼 사악한 그 채찍의 끝은 어느 파충류 못지않게 여인의 살을 부드럽게 휘감았다. 그러나 채찍질은 나중에 일어날 일이었다. 나중에 보나 데아의 겨울 제단에 불이 켜지고, 한껏 들이킨 우유로 인해 고통에 둔감해지고, 그 대신 특별한 황홀경으로 빠져든 연후에. 보나 데아는 까다로운 여주인이었다.

아우렐리아는 폼페이아 술라가 파비아와 나란히 문간에 서서 손님들을 맞이해야 한다고 고집했다. 클로디우스 클럽의 여자들은 제일 늦게 도착하리라는 사실이 참으로 다행이었다. 당연히 제일 늦게 오겠지! 셈프로니아 투디타니나 팔라같이 행실이 불량한 중년여성들이 얼굴에 더덕더덕 분칠을 하고 오려면 족히 몇 시간은 걸릴 테니까! 그 가느다란 몸뚱어리를 손바닥만한 옷에 끼워넣는 건 순식간이겠지만! 클로디아 자매가 세련된 여자들이라는 건 아우렐리아도 인정했다. 의상도 아름다웠고 보석 장식도 적절했으며(결코 과하지 않았다) 화장도 스티비움 눈화장과 입술연지 정도였다. 풀비아는 불꽃같은 빛깔의 의상에서 여러 겹의 흑진주 목걸이까지 늘 그렇듯 자기만의 개성이 넘쳤다. 두 돌쯤 된 아들을 두었으면서도 외모가 출산 전과 다를 바가 없었다.

"그래, 알았다, 이제 가보거라!" 폼페이아 술라의 시어머니가 며느리에게 말했다. 풀비아가 이제 막 장황한 인사말을 쏟아낸 직후였다. 카이사르의 변덕스런 아내가 깡충깡충 뛰어와 자기에게 팔짱을 끼자 풀비아는 혼자 신랄한 미소를 지었다. 폼페이아 술라는 한껏 행복한 표정으로 그녀에게 말을 걸었다.

잠시 후 아우렐리아는 전원이 도착했다고 판단하여 현관을 떠났다. 축제가 원활히 진행되는지 확인해야 한다는 불안감에 잠시도 안심할 수 없었다. 여기저기 이 방 저 방 쉴새없이 돌아다니며 사방을 눈으로 살피고, 하인들 수를 세고 음식 양을 가늠하며 손님들의 명단과 위치를 파악했다. 축제는 언뜻 소란스러운 듯하면서도 적절히 통제되고 있었지만, 그녀의 머릿속 주판은 이것저것을 지적하고 모든 사실들을 확인했다. 그런데 뭔지 모를 어떤 것이 줄곧 마음에 걸렸다. 뭘까? 뭐가 빠졌지? 지금 누군가가 있어야 할 자리에 없어!

악사 두 명이 아우렐리아 곁을 지나갔다. 잠깐 다과를 들면서 쉬려는 모양이었다. 두 사람은 피리 달린 끈을 손목에 걸고 우유와 꿀빵을 집어들었다.

"크리세, 이번 보나 데아 축제는 지금까지 내가 본 것 중에 최고야." 키 큰 악사가 말했다.

"그렇지?" 다른 악사가 입안 가득 음식을 우물거리며 동의를 표했다. "나가는 행사마다 이것의 절반만 되어도 좋겠어, 도리스."

도리스! 그래, 도리스! 폼페이아의 하녀 도리스가 없어! 아우렐리아가 도리스를 마지막으로 본 때는 한 시간 전이었다. 도리스는 어디에 있는 걸까? 뭘 하고 있지? 주방 일꾼들에게 몰래 우유를 가져다주고 있나, 아니면 제 스스로가 너무 많이 들이키고 방구석 어딘가 처박혀 자거나 토하고 있나?

아우렐리아는 방에서 나갔다. 여기저기서 인사를 건네오거나 함께 하자고 청했지만, 그런 것은 안중에 없었다. 오직 자신만이 감지할 수 있는 어떤 단서를 따라 고개를 숙이고 걸었다.

만찬실은 아니다. 여기엔 없어. 주랑정원도 다 둘러봤지만 없다. 아트리움이나 현관에도 없는 게 분명하다. 그렇다면 응접실을 찾아보고, 거기에도 없으면 다른 데로 가보자.

카이사르가 주랑정원에 쳐둔 노란색 천막이 무척 새로운 발상이었기 때문인지 손님들은 대부분 거기에 모여 있었다. 나머지 사람들은 정원을 향해 한쪽 면이 트여 있는 만찬실이나 아트리움에 안락하게 자리를 잡았다. 그렇다면 넓기도 넓거니와 방의 형태상 조명이 약한 응접실에는 사람들이 거의 없을 게 분명했다. 역시나 관저는 200명 이상의 방문객과 100명 이상의 하인들로도 그다지 붐비지 않을 만큼 넓은 곳이었다.

아하! 도리스가 저기 있군! 최고신관 관저 정문 앞에 서서 어느 여자 악사를 안으로 들이고 있었다. 그런데 무슨 저런 악사가 있지? 차림새가 기이하기 짝이 없는 그 여인은 금실로 자수를 놓은 코스 섬의 실크 옷을 입고 목둘레와 샛노란 머리 위에 화려한 보석을 치렁치렁 매달고 있었다. 구부린 왼팔 아래에는 최고급 리라를 끼고 있었다. 거북 등딱지에 호박으로 상감세공을 한데다 줄감개는 금으로 되어 있었다. 로마에 과연 저렇게 고급스러운 옷과 보석과 악기를 살 정도로 부유한 악사가 있었나? 그럴 리 없다. 만일 있다면 유명세를 톡톡히 치렀을 텐데!

무언가 수상쩍기는 도리스도 마찬가지였다. 어딘지 모르게 꾸미는 태도였고 바보같이 실실 웃음을 흘렸다. 한 손으로 입을 가리고는 악사를 향해 눈을 굴리는 모양이 어떤 공모에 가담하여 신이 난 마음을 애써 누르고 있는 듯했다. 아우렐리아는 가장 어두운 쪽 벽에 등을 바짝 붙이고 두 사람을 향해 소리 없이 다가갔다. 악사의 음성이 남자의 것임을 확인한 순간 그녀는 곧장 그 남자를 덮쳤다.

침입자는 중간 정도 키의 마른 사내였지만 힘은 여느 남자 못지않았고 몸놀림도 날쌨다. 카이사르의 모친처럼 나이든 여자쯤이야 쉽게 떼어낼 수 있을 터였다. 이 망할 노파! 나를 괴롭히면 어떻게 되는지 당신과 파비아에게 똑똑히 알려주겠어! 그런데 이건 보통 노파가 아니군! 이 여자는 프로테우스(그리스 신화에서 어떠한 사물로도 변신 가능한 바다의 신—옮긴이)야! 그가 아무리 몸을 꼬고 비틀어도 아우렐리아는 떨어지지 않았다.

아우렐리아가 입을 열어 크게 소리쳤다. "도와줘요, 도와줘요! 우리 모두 더럽혀졌어요! 도와줘요, 도와줘요! 신비로운 축제가 부정을 탔어요! 도와줘요, 도와줘요!"

여자들이 사방에서 달려와 즉각 카이사르의 어머니를 도왔다. 사람들은 언제나 아우렐리아의 말이라면 모두 복종했다. 악사의 리라가 요란한 소리를 내며 바닥으로 내동댕이쳐지고 그의 양팔이 사람들에게 붙들렸다. 엄청난 인파가 몰려들어 그를 제압했다. 아우렐리아는 그제야 손을 놓고 얼굴을 청중 쪽으로 돌렸다.

"이 사람은 남자예요." 아우렐리아가 엄한 목소리로 말했다.

이제 초청객 대부분이 이리로 모여든 터였다. 공포에 질려 서 있는 사람들 앞에서 아우렐리아가 금발머리 가발을 벗기고 하늘거리는 값비싼 옷을 홱 잡아 찢자 털이 난 남자의 가슴팍이 드러났다. 푸블리우스 클로디우스였다.

누군가가 신성모독을 외쳤다. 통곡과 괴성과 비명이 점점 높아지자 노바 가도의 모든 창문에서 사람들이 목을 빼고 밖을 내다보았다. 여자들은 보나 데아 의식이 더럽혀지고 부정을 탔다고 소리치며 사방으로 뛰어나갔고, 노예들은 자기들 숙소로 달아났으며, 악사들은 바짝 엎드린 채 머리카락을 잡아뽑고 가슴을 할퀴었다. 성인 베스타 신녀 셋은 머리에 쓰고 있던 베일을 비통한 얼굴 위로 내려서, 보나 데아를 제외한 다른 모든 이들의 눈으로부터 슬픔과 공포를 감추었다.

아우렐리아는 자기 치맛자락을 들어 클로디우스의 얼굴을 마구 문질렀다. 미친 사람처럼 마구 웃어대는 그의 얼굴 위로 검은색과 흰색과 붉은색이 뭉개지며 갈색 줄무늬가 생겼다.

"똑똑히 봐주십시오!" 아우렐리아가 지금까지 내본 적 없는 크고 우렁찬 목소리로 외쳤다. "여러분 모두에게 부탁합니다. 보나 데아의 신비를 모독한 이 남자가 푸블리우스 클로디우스임을 두 눈으로 똑똑히 보고 증인이 되어주십시오!"

돌연 이 모든 일은 더이상 장난이 아니게 되었다. 클로디우스의 웃음이 뚝 그쳤다. 클로디우스는 눈앞에 있는 여인의 돌처럼 차갑고 아름다운 얼굴을 바라보며 끔찍한 공포에 사로잡혔다. 그는 다시 안티오케이아의 낯선 방에 놓여 있었지만, 이번에 잃을 수도 있는 것은 겨우 고환 따위가 아니었다. 이번에 위험해진 것은 목숨이었다. 신성모독은 고대 관습에 따라 사형에 처할 수 있는 죄였다. 로마가 지금까지 배출한 모든 위대한 변호인들을 모두 데려온대도 그는 구출될 수 없었다. 클로디우스는 온몸을 휘감는 공포 속에 깨달았다. 보나 데아는 바로 아우렐리아였다!

클로디우스는 온 힘을 짜내어 자신을 붙든 팔들을 물리치고, 최고신관의 숙소와 식당을 잇는 통로를 향해 도망친 뒤 그곳을 지나 최고신관 전용 주랑정원에 다다랐다. 높다란 벽돌 담장 너머에서 자유가 그를 향해 손짓했다. 그는 담장 꼭대기를 향해 고양이처럼 펄쩍 뛰어 허우적거리며 담벼락을 기어올랐다. 몸을 비틀며 팔에 힘을 주어 결국 반대쪽 맨땅에 털썩 떨어졌다.

"폼페이아 술라, 풀비아, 클로디아, 클로딜라를 데려오거라!" 아우렐리아가 엄한 목소리로 말했다. "그들 모두가 용의자이니 내가 만나봐야겠다!" 그녀는 금박 장식 치마와 가발을 둘둘 감아 폴릭세네에게 건넸다. "증거물이니 안전하게 보관해두어라."

거인처럼 건장한 갈리아 해방노예 카르딕사가 분부를 기다리며 조용히 옆에 서 있었다. 아우렐리아는 카르딕사에게 손님들이 가능한 한 신속하게 이곳에서 나갈 수 있도록 배웅하라고 일렀다. 축제는 더이상 지속될 수 없었다. 로마는 동시대인들이 기억하는 한 가장 심각한 종교적 위기에 처한 터였다.

"파비아는 어디에 있지?"

테렌티아가 나타났다. 푸블리우스 클로디우스로서는 절대 보고 싶지 않을 법한 표정이었다. "파비아는 마음을 추스르고 있어요. 곧 괜찮아질 겁니다. 오, 아우렐리아, 아우렐리아, 너무 충격적이에요! 우리가 어떻게 해야 할까요?"

"어긋난 걸 바로잡기 위해 노력해야지요. 우리 자신을 위해서가 아닌 로마의 모든 여성을 위해서요. 파비아는 수석 베스타 신녀이니 선한 여신은 그녀의 소관이에요. 파비아에게 예언서를 펼쳐서 재앙을 피하기 위해 우리가 할 수 있는 일이 무엇인지 찾아봐달라고 조심스럽게 얘기하세요. 이 신성모독을 속죄하지 않고서 우리가 어떻게 보나 데아를 잠재울 수 있겠어요? 그리고 보나 데아가 잠들지 않으면 5월에 다시 깨어날 수도 없지요. 치유의 약초는 싹이 트지 않고, 아기들은 흠 없이 태어나지 못하며, 뱀들은 모조리 사라지거나 죽을 테고, 씨앗은 썩고, 검은 개들이 이 저주받은 도시의 시궁창에서 시체를 뜯어먹겠지요!"

이번에 청중은 비명을 지르지 않았다. 신음과 한숨 소리가 높아지다가 기둥 뒤로, 방 구석구석으로, 모두의 마음속에 음울하게 흩어졌다. 이 도시는 저주를 받았다.

백 개의 손이 폼페이아와 풀비아와 클로디아와 클로딜라를 줄어든 군중 앞으로 밀어냈다. 그들은 흐느껴 울며 어리둥절한 표정으로 주변을 둘러보았다. 클로디우스가 발견되었을 때 그들은 아무도 현장 가까이 있지 않았다. 그들은 단지 보나 데아 축제가 어떤 남자 때문에 부정을 탔다는 말만 들은 터였다.

최고신관의 어머니는 그들을 살펴보았다. 냉철한 만큼 공정한 그녀였다. 이들이 이번 일에 공모했을까? 휘둥그레진 그들 모두의 눈에는 공포와 당혹감이 어려 있었다. 아니야, 이들은 모르고 있었어, 하고 아우렐리아는 결론지었다. 도리스같이 어리석은 그리스인 노예 말고 대체 어느 로마 여자가 이토록 무시무시한 일에 가담하겠는가. 클로디우스는 폼페이아의 그 멍청한 하녀에게 도움을 얻기 위해 도대체 그애에게 무엇을 약속했을까?

도리스는 세르빌리아와 코르넬리아 술라 사이에 서 있었다. 어찌나 심하게 울었는지 얼굴이 눈물보다 콧물과 침으로 더 뒤범벅이었다. 그러나 도리스를 상대하기에 앞서 손님들부터 내보내야 했다.

"숙녀 여러분, 앞줄의 네 분을 제외하고 모두 이 집에서 나가주십시오. 지금 이 집은 불경스러우니 여기 계시는 것은 여러분에게 좋지 못합니다. 거리로 나가서 각자 탈것을 기다리시거나 무리를 지어 집으로 돌아가세요. 앞줄에 계신 여러분은 이 일의 증인으로서 필요합니다. 이 아이를 지금 심문하지 않으면 후에 남자들이 심문하게 될 테고, 남자들은 어린 여자애들을 심문할 때 어리석은 판단을 내리기 일쑤니까요."

도리스의 차례가 왔다.

"얼굴을 닦아라!" 아우렐리아가 버럭 소리쳤다. "어서, 얼굴을 닦고 정신을 차려! 그러지 않으면 당장 여기서 채찍질을 할 테다!"

소녀는 투박한 옷자락으로 얼굴을 닦았다. 이 집에서 아우렐리아의 말은 법이나 다름없었다.

"도리스, 누가 이런 짓을 시켰느냐?"

"그분이 저를 해방시켜주고 금화 한 자루를 주겠다고 하셨어요, 마님!"

"푸블리우스 클로디우스가 말이냐?"

"네."

"푸블리우스 클로디우스 혼자 한 일이냐, 아니면 이 일에 연루된 사람이 또 있느냐?"

닥쳐올 벌을 조금이나마 줄이려면 지금 어떻게 대답을 해야 하는 걸까? 어떻게 해야 내 잘못을 조금이라도 덜 수 있을까? 도리스는 재빠르게 꾀를 동원했다. 리키아의 어촌을 습격한 해적들로 인해 열두 살에 노예가 된 터였다. 강간당하거나 어딘가로 팔려가기 딱 좋은 나이였다. 그때 이후로 폼페이아 술라를 만나기 전까지 모신 다른 두 명의 주인들은 최고신관의 부인보다 나이 많고 매정한 부인네들이었다. 폼페이아의 몸종으로 지내는 것은 엘리시온 들판에서 사는 것이나 다름없었고, 폼페이아의 거처에 자리한 자기 방 침대 아래 놓아둔 작은 상자는 온갖 선물로 가득했다. 폼페이아는 씀씀이가 후할 뿐만 아니라 물건 관리에 소홀했으니까. 하지만 지금 도리스에게 가장 중요한 건 매질을 피하는 것이었다. 여기저기 살가죽이 떨어져나가면 아스티아낙스가 다시는 거들떠보지도 않을 터다! 그런 모습을 한 여자라면 남자들이 보기만 해도 몸서리칠 테니까.

"한 명이 더 있어요, 마님." 도리스가 작게 내뱉었다.

"목소리가 들리게 똑똑히 말하거라! 다른 연루된 자가 누구냐?"

"제 주인이신 폼페이아 술라예요, 마님."

폼페이아가 내뱉는 헉 소리와 증인들로부터 흘러나온 웅얼거림은 무시한 채, 아우렐리아가 이어서 물었다. "어떤 식으로 연루된 게냐?"

"아우렐리아 마님께선 남자들이 같이 있으면 폼페이아 마님을 폴릭세네 없이 혼자 두지 않으시잖아요. 제가 푸블리우스 클로디우스를 들어오게 해서 위층으로 올려드리면 거기에 함께 있으시려고 했어요."

"사실이 아니에요!" 폼페이아가 울며 소리쳤다. "아우렐리아, 우리의 모든 신들께 맹세하건대 그건 사실이 아니에요! 보나 데아께도 맹세할 수 있어요! 맹세해요, 맹세해요, 맹세해요!"

하지만 노예는 자신의 말이 사실이라고 끝까지 우기면서 한 발짝도 물러서지 않았다.

한 시간 후 아우렐리아가 포기를 선언했다. "증인들은 집으로 돌아가도 좋습니다. 푸블리우스 클로디우스의 아내와 자매들도 돌아가세요. 내일 우리들 중 한 명이 여러분을 만나서 질문을 드릴 테니 준비하고 있으세요. 이건 여자들 일이니, 여자들이 여러분을 상대할 겁니다."

아까부터 바닥에 주저앉아 있던 폼페이아 술라가 흐느꼈다.

"폴릭세네, 최고신관 부인을 방으로 데려가거라. 잠시도 곁을 떠나 있어선 안 돼."

"엄마!" 폴릭세네가 옆에 와서 일으켜세우려 하자 폼페이아가 코르넬리아 술라에게 소리쳤다. "엄마, 저 좀 도와주세요! 제발 저 좀 도와주세요!"

하지만 코르넬리아 술라 역시 아름답지만 돌처럼 차가운 얼굴이었다. "보나 데아 외에는 아무도 너를 도울 수 없어. 폴릭세네와 같이 가 있어라, 폼페이아."

카르딕사가 청동 대문 앞에서 맡은 일을 마치고 돌아왔다. 카르딕사의 안내하에 손님들은 눈물을 쏟아내며 집밖으로 나갔다. 매서운 바람이 불어오자 늘어진 옷자락이 여자들의 몸을 휘감았다. 모두들 충격으로 인해 걷기조차 힘들었지만, 날이 샐 때까진 주인마님이 자기들을 찾을 일이 없을 거라고 생각해서 자리를 비운 가마꾼과 경호원 들이 돌아오기 전까지 긴 시간을 길에서 기다려야 할 터였다. 그들은 추위를 피해 사크라 가도 길가에 모여 앉아서 공포에 찬 눈길로 저주받은 도시를 바라보았다.

“카르딕사, 도리스를 방에 가둬라.”

“저는 어떻게 되나요?” 소녀가 끌려나가며 외쳤다. “주인마님, 저는 어떻게 되는 거죠?”

“너는 보나 데아의 부름에 응할 것이다.”

수 시간이 흘러 밤은 새벽녘의 흐릿한 불행을 향해갔다. 아우렐리아, 세르빌리아, 코르넬리아 술라만이 여전히 남아 있었다.

“카이사르의 서재에 가서 앉을까요. 포도주 좀 듭시다.” 처량한 웃음이 새나왔다. “이제 우유라고 부를 필요도 없겠군요.”

카이사르의 서재 탁자에서 가져온 포도주로 여자들은 기운을 조금씩 되찾았다. 아우렐리아가 떨리는 손을 들어 눈을 한 번 쓸고 어깨를 뒤로 젖히더니 코르넬리아 술라를 바라보았다.

“어떻게 생각하세요?” 폼페이아의 모친이 물었다.

“도리스 그애가 거짓말을 하고 있어.”

“저도 그렇게 생각해요.” 세르빌리아가 말했다.

“제 딸이 아주 멍청하다는 건 예전부터 알았지만, 그애가 그렇게 사악하고 해로운 짓을 벌일 수 있을 거라곤 한 번도 생각해본 적이 없어요. 남자와 공모해서 보나 데아를 더럽힐 배짱이 있는 애가 아니에요. 그앤 절대 그런 짓은 못해요.”

“하지만 로마 사람들은 그렇게 생각하지 않을 거예요.” 세르빌리아가 말했다.

“네, 그렇겠죠. 로마 사람들은 가장 신성한 의식중에 그애가 남자와 밀회를 벌이려 했다는 주장을 곧이곧대로 믿고 소문을 퍼뜨릴 겁니다. 아, 이건 악몽이에요! 카이사르가 딱해요, 딱한 카이사르! 그애 집에서 그애 아내까지 연루되어 이런 일이 벌어지다니! 세상에, 이건 그애의 적들에게 잔칫상을 차려준 꼴이지!" 아우렐리아가 외쳤다.

"이건 머리가 둘 달린 괴물이에요. 더 두려운 쪽은 신성모독이지만, 더 오래 기억될 일은 이 일로 인한 추문일 테죠." 세르빌리아가 말했다.

"맞아요." 코르넬리아 술라가 몸서리쳤다. "지금 이 순간 노바 가도에서 어떤 말들이 오가고 있을지 상상이 가세요? 이곳에서 소란이 벌어진 후 하인들이 가마꾼들을 찾으러 선술집을 돌아다니며 이 이야기를 퍼뜨리고 싶어 안달하는 사이에? 아우렐리아, 어떻게 해야 우리가 선한 여신을 사랑한다는 사실을 여신께 증명해보일 수 있을까요?"

"파비아와 테렌티아가 지금 열심히 그 해답을 찾고 있을 거야. 테렌티아는 훌륭하고 합리적인 여성이니까!"

"그런데 카이사르는요? 그가 이 소식을 아나요?" 세르빌리아가 물었다. 그녀의 머릿속은 카이사르에 대한 생각으로부터 멀어지는 때가 없었다.

"카르딕사가 말을 전하러 갔어요. 곁에 다른 사람이 있으면 아르베르니 갈리아어로 대화를 나눌 겁니다."

코르넬리아 술라가 자리에서 일어서며, 이제 가자는 뜻으로 세르빌리아를 향해 눈썹을 치켰다. "아우렐리아, 피곤해 보이세요. 지금으로선 우리가 더 할 수 있는 일이 없어요. 저는 집에 가서 잠자리에 들게요. 외숙모도 그렇게 하셨음 해요."

처신이 아주 올바르게도 카이사르는 동이 트기 전까지 관저로 돌아오지 않았다. 그 대신 레기아로 먼저 가서 기도를 드리고 제단에 제물을 올린 뒤 신성한 화로에 불을 붙였다. 그는 레기아 뒤편의 최고신관

공무 영역으로 가서 등잔마다 불을 밝히고, 레기아 소속 시종 신관들을 불러 모으고, 현재 로마에 있는 대신관들이 모두 앉을 만큼 의자가 충분히 준비되었는지 확인했다. 그런 다음에는 아우렐리아를 불렀다. 어머니는 그가 곧 자신을 찾으리라는 것을 알고서 기다리고 있을 터였다.

그녀는 늙어 보였다! 어머니가 늙어 보이다니?

"어머니, 죄송합니다." 카이사르가 어머니를 가장 편안한 의자로 모시며 말했다.

"내게 죄송하다고 하지 마라, 카이사르. 로마에 죄송해야지. 이건 지독한 저주야."

"로마는 치유될 겁니다. 로마의 전 신관단이 나서서 이 일을 처리할 테니까요. 그것보다 어머니가 괜찮아지셔야지요. 이번 보나 데아 축제가 어머니에게 어떤 의미였는지 잘 알고 있습니다. 그런데 일이 이렇듯 괴상망측하게 되어버렸으니!"

"수부라의 어느 무뢰한이 보나 데아 축제 동안 술을 먹고 호기심으로 담벼락을 기어오르다 들킨 거면 그럴 수도 있다 하겠지. 그런데 푸블리우스 클로디우스라니, 도무지 그를 이해할 수 없구나! 그래, 클로디우스가 자식들을 그저 감싸고돌던 아피우스 클라우디우스의 아들이란 사실도 알고, 어릴 때부터 줄곧 천덕꾸러기 짓을 해왔다는 사실도 알아. 그렇다고 여장을 하고 보나 데아를 능멸할 생각을 해? 신성모독을 범하려고 공모를 벌인단 말이냐? 미쳐도 단단히 미친 거야!"

카이사르가 어깨를 으쓱했다. "정말 그런 건지도 모르겠어요, 어머니. 오래되고 근친혼이 잦은 가문이잖아요. 클라우디우스 풀케르 가문은 확실히 별스러워요. 그 가문은 늘 불경스러웠지요. 클라우디우스 풀케르를 떠올려보세요. 카르타고를 상대로 한 첫번째 전쟁에서 성스러운 닭들을 익사시킨 뒤 결국 드레파나 전투에서 패배했잖아요. 베스타 신녀인 딸을 불법으로 개선전차에 태운 사건은 말할 필요도 없고요! 오래된 가문 출신의 똑똑하지만 불안한 괴짜들. 클로디우스가 딱 그런 유형이에요."

"보나 데아를 능멸하다니, 이건 베스타 신녀를 범하는 짓보다도 훨씬 심각한 일이야."

"흠, 파비아 말에 따르면 그것도 시도했었다고 합니다. 그게 실패한 후에 카틸리나를 기소한 거라더군요." 카이사르가 한숨을 내쉬며 다시 어깨를 으쓱했다. "불행히도 클로디우스가 벌인 이 어리석은 짓은 정상인의 행동에 속해요. 그를 단순히 미친 사람으로 단정짓고 입을 다물게 할 수는 없습니다."

"그가 법에 따라 재판을 받게 될까?"

"어머니가 전직 집정관들의 부인과 딸 들 앞에서 그의 얼굴을 드러냈으니 피할 순 없겠지요."

"폼페이아는?"

"카르딕사 말이 어머니는 폼페이아가 공모자가 아닐 거라고 믿는다더군요."

"그래. 세르빌리아와 그애 모친도 그렇게 믿고 있어."

"그러면 노예 아이가 거짓말을 한다는 폼페이아의 말이 진실이라는 뜻이군요. 물론 클로디우스 역시 폼페이아가 공범이라고 주장하지 않는다는 전제하에서요."

"그는 그러지 않을 거야." 아우렐리아가 단언했다.

"어째서요?"

"그렇게 하면 자기가 신성모독을 범했음을 스스로 인정하는 꼴이 되니까. 클로디우스는 범행 일체를 부인할 거다."

"그러기엔 얼굴을 본 사람이 너무 많아요."

"화장으로 범벅이 된 상태였어. 내가 문질러 닦아서 클로디우스인게 드러나긴 했지만, 로마 최고의 변호인들은 그날의 목격자들 대부분이 자신의 눈을 의심하게 만들고도 남을 거야."

"그러니까 로마를 위해서는 클로디우스가 무죄판결을 받는 편이 차라리 낫다는 뜻이군요."

"그래. 보나 데아는 여자들의 신이야. 로마 남자들이 자신의 이름으로 대신 벌하려고 드는 걸 고마워하지 않을 거야."

"하지만 클로디우스가 처벌을 피하게 둘 순 없어요, 어머니. 신성모독은 공적인 차원의 범죄예요."

"물론 클로디우스는 결코 처벌을 피할 수 없어, 카이사르. 보나 데아가 그를 찾아내 자신이 흡족한 때에 처벌할 거야." 아우렐리아가 일어났다. "대신관들이 곧 도착할 테니 나는 나가마. 내가 필요하면 사람을 보내라."

얼마 지나지 않아 카툴루스와 바티아 이사우리쿠스가 들어왔다. 뒤이어 금세 마메르쿠스가 도착했으므로, 카이사르는 세 사람이 모두 자리에 앉을 때까지 아무런 말도 하지 않았다.

"자네가 단 한 장의 종이에 얼마나 많은 정보를 담아내는지 볼 때마다 감탄하게 되는군." 카툴루스가 말했다. "게다가 논리정연하고 이해하기도 쉽지."

"하지만 그 내용은 유쾌하지 않았겠지요." 카이사르가 말했다.

"음, 이번엔 그랬네."

다른 사람들도 대문 안에 들어섰다. 실라누스, 아킬리우스 글라브리오, 바로 루쿨루스, 이듬해 집정관 당선자인 마르쿠스 발레리우스 메살라 니게르, 메텔루스 스키피오, 제사장 루키우스 클라우디우스였다.

"시작하시지요, 최고신관."

"다들 제 편지를 통해 사건의 개요를 알고 있겠지만, 그날 정확히 무슨 일이 벌어졌는지를 다 같이 제 모친께 듣겠습니다. 파비아가 증언하는 게 마땅하겠지만, 파비아는 지금 다른 성인 베스타 신녀와 함께 속죄 의식을 제대로 준비하기 위해 예언서를 검토하는 중입니다."

"아우렐리아도 괜찮습니다, 최고신관."

그리하여 아우렐리아가 방에 들어와 사건의 전말을 밝혔다. 진술은 단호하고 간결했으며 뛰어난 분별력과 대단한 침착성이 돋보였다. 다행이야! 카툴루스를 비롯한 남자들은 문득 깨달았다. 카이사르는 어머니를 닮은 것이로군.

"그 사내가 푸블리우스 클로디우스였다고 법정에서 증언할 용의가 있으십니까?" 카툴루스가 물었다.

"네, 하지만 되도록 피하고 싶군요. 보나 데아가 그를 직접 심판하게 하세요."

그들은 무거운 마음으로 아우렐리아에게 감사를 표했다. 카이사르가 아우렐리아를 내보냈다.

"제사장, 제일 먼저 당신의 판단을 듣고 싶습니다." 아우렐리아가 나간 뒤 카이사르가 말했다.

"푸블리우스 클로디우스는 신성모독을 범했습니다."

"퀸투스 루타티우스의 의견은요?"

"신성모독일세."

그리하여 방안의 모든 사람이 푸블리우스 클로디우스가 신성모독죄를 저질렀다는 의견을 표명했다.

이날 개인적인 불화나 악감정으로 인한 저의를 드러내는 사람은 아무도 없었다. 신관들은 모두 한마음으로 카이사르의 단호한 결단력을 고맙게 여겼다. 정치는 반목을 필요로 하지만 종교적 위기는 그렇지 않다. 종교적 위기는 너 나할 것 없이 모두에게 영향을 미치기에 그들은 하나가 되어야 했다.

"15인 보호 관찰관단에 즉각 예언서를 검토하라 이르겠습니다." 카이사르가 말했다. "그리고 조점관단에도 의견을 구하겠습니다. 원로원이 회의를 열어 우리의 의견을 물을 테니 미리 준비해야 합니다."

"클로디우스는 반드시 재판을 받아야 합니다." 메살라 니게르는 말했다. 클로디우스가 저지른 짓을 생각만 해도 몸서리가 쳐졌다.

"그러려면 원로원에서 결의안을 얻어내고 트리부스회에서도 특별법안을 통과시켜야 합니다. 여자들이 이를 반대하고 있지만 당신 말은 맞소, 니게르. 그는 재판을 받아야 하지요. 하지만 이달의 남은 기간은 보복이 아닌 속죄의 시간이 되어야 합니다. 따라서 이 일은 내년도 집정관들이 맡아야 할 겁니다."

"폼페이아는?" 아무도 묻지 않던 질문을 카툴루스가 던졌다.

"클로디우스가 그녀도 공범임을 주장하지 않는다면—제 모친은 그러지 않을 거라고 생각하시는 것 같더군요—폼페이아가 신성모독죄를 저질렀는지 여부에 대한 판단은 전적으로 이 일에 연루된 노예 여자아이의 증언에 의존해야 합니다." 카이사르가 감정을 배제한 목소리로 답변했다. "따라서 폼페이아에게는 공식적으로 유죄가 선고될 수 없습니다."

"본인은 폼페이아가 이 일에 연루되었다고 생각하시오, 최고신관?"

"아니요, 그렇지 않습니다. 현장에 있었던 제 모친도 같은 의견입니다. 노예 아이는 매질을 피하는 데만 급급해 있습니다. 당연히 그렇겠지요. 보나 데아가 그 아이의 목숨을 요구할 겁니다. 그앤 그걸 아직 깨닫지 못한 참이고요. 그렇지만 그건 우리 손으로 할 일이 아닙니다. 여자들이 해야지요."

"클로디우스의 부인과 누이들은 어떻습니까?" 바티아 이사우리쿠스가 질문했다.

"제 모친은 그들이 결백하다고 했습니다."

"자네 어머니가 옳아." 카툴루스가 말했다. "로마 여성이 보나 데아의 신비를 모독할 리 없네. 설사 풀비아나 클로디아 같은 여자들이래도."

"하지만 나는 폼페이아에게 남은 볼일이 있습니다." 카이사르는 이렇게 말하고, 서판을 들고 선 서기 신관을 향해 손짓했다. "받아 적게. '수신인: 로마 최고신관 가이우스 율리우스 카이사르의 아내 폼페이아 술라. 나는 당신과 이혼할 것이며, 당신을 당신 오라버니의 집으로 내보낼 것임을 이 편지를 통해 밝히오. 당신 지참금에는 소유권을 주장하지 않겠소.'"

모두들 아무런 말도 하지 않았다. 서기가 카이사르의 인장을 받기 위해 간결한 내용의 그 편지를 카이사르 앞에 내미는 순간에도 누구도 선뜻 말할 용기를 내지 못했다.

밀랍으로 봉한 편지를 전달하러 하인이 관저로 떠나고 나자 마메르쿠스가 입을 열었다.

"내 아내가 그애 어미지. 하지만 아내는 폼페이아를 받아들이지 않을 걸세."

"애초에 장모님께는 그런 요청을 드리지 않을 겁니다." 카이사르가 냉랭하게 말했다. "그래서 편지에 폼페이아의 오라버니에게 보내겠다고 명시한 겁니다. 이제 그가 폼페이아의 가장이니까요. 지금은 아프리카 속주에 나가 있지만 부인이 로마에 있습니다. 그들은 본인들 의사에 상관없이 폼페이아를 받아들여야 합니다."

결국 실라누스가 모두들 아까부터 묻고 싶었던 질문을 던졌다. "카이사르, 당신은 폼페이아가 이 일에 연루되지 않았다고 믿는다지 않았소. 그런데 어째서 이혼하는 거요?"

금빛 눈썹이 치켜올라갔다. 카이사르는 진심으로 놀란 표정이었다. "카이사르가의 다른 모든 사람들처럼, 카이사르의 아내에게는 한 점의 의혹도 없어야 하니까요." 그가 말했다.

그리고 그 질문은 며칠 후 원로원 회의에서 다시 나왔고, 카이사르는 거기서도 똑같은 대답을 했다.

풀비아는 푸블리우스 클로디우스의 입술이 부르트고 코피가 터질 때까지 얼굴 양쪽을 번갈아 후려쳤다.

"바보!" 풀비아는 때릴 때마다 으르렁댔다. "바보! 바보! 바보!"

클로디우스는 맞서 싸우려 들거나 누나들에게 호소하지 않았다. 누이들은 비통한 만족감으로 그 모습을 지켜보며 서 있었다.

"대체 왜 그랬어?" 풀비아가 다 때리고 나자 클로디아가 물었다.

클로디우스는 얼마 정도 시간이 흘러 출혈이 멈추고 눈물이 그친 뒤 겨우 대답했다. "아우렐리아와 파비아를 괴롭혀주고 싶었어."

"클로디우스, 당신은 로마를 해쳤어요! 우린 저주받았다고요!" 풀비아가 절규했다.

"아, 당신 도대체 무슨 말을 하는 거요?" 클로디우스가 소리질렀다.

"여자들이 떼로 모여서 남자들한테 쌓아온 적개심을 푸는 건가? 그게 뭐하는 짓이오? 채찍도 있더군! 뱀들이 뭘 뜻하는지도 알아! 죄다 말도 안 되는 것투성이잖소!"

그러나 그는 이 말로 매만 더 벌었다. 이번에는 세 여자가 모두 달려들어 손바닥으로 때리고 주먹질을 했다.

"보나 데아는," 클로딜라가 이를 앙다문 채 말했다. "그냥 예쁘장한 그리스 조각상이 아니야! 보나 데아는 로마만큼 오래된 신이야. 우리 로마의 선한 여신이라고. 그날 그곳에 있었던 모든 여자들이 네 모독행위의 피해자야. 임신을 한 여자들은 모두 약을 먹어야 해."

"그리고 거기엔 나도 포함된다고요!" 풀비아가 울기 시작했다.

"안 돼!"

"맞아, 맞아, 맞다니깐!" 클로디아가 동생을 발로 차며 소리쳤다. "오, 클로디우스, 왜 그랬어? 아우렐리아와 파비아에게 복수할 방법은 수천 가지도 넘어! 왜 하필 신성모독을 범한 거야! 너는 이제 저주받았어!"

"그런 생각은 하지 않았어, 그냥 그게 완벽한 복수 같았다고!" 클로디우스는 풀비아의 손을 잡으려고 했다. "제발 우리 아이를 해치지 마시오!"

"아직도 이해 못해요?" 풀비아가 손을 뿌리치며 소리쳤다. "우리 아이를 해친 건 당신이에요! 우리 아이는 기형으로 태어날 거라고요. 난 약을 먹어야 해요! 클로디우스, 당신은 저주를 받았다고요!"

"나가!" 클로딜라가 악썼다. "뱀처럼 배로 기어가!"

클로디우스는 배로 기어나갔다. 마치 뱀처럼.

"보나 데아 축제 의식을 다시 열어야 해요." 테렌티아가 카이사르에게 말했다. 테렌티아와 파비아와 아우렐리아가 카이사르와 면담을 하러 서재에 온 참이었다. "의식은 동일하겠지만 속죄의 희생제의를 추가할 거예요. 도리스라는 여자애는 그날 벌을 받을 겁니다. 구체적인 방법에 대해선 여자들은 함구할 거예요. 심지어 최고신관께도요."

그 점에 대해선 모든 신들께 감사를 드려야겠군, 하고 카이사르는 생각했다. 속죄의 희생제의에 누가 바쳐질지를 떠올리는 것은 그리 어려운 일이 아니었다. "그러니까 돌아오는 민회 개최일 중 하루를 개회 금지일로 정하는 법이 필요하군요. 그리고 여러분은 지금 17개 트리부스로 구성된 종교 회의에서 그 법을 통과시켜달라고 최고신관인 제게 요청하는 것이지요?"

"그렇습니다." 파비아가 말했다. 베스타 신녀단 외부의 두 여인에게 의존하고 있다는 인상을 주지 않으려면 지금 자신이 답변해야 할 것 같았다. "보나 데아 의식은 민회 개최 금지일에 열려야 하니, 이대로라면 2월까지 기다려야 합니다."

"맞습니다. 보나 데아를 2월까지 잠들지 못한 채로 둘 순 없지요. 이두스 엿새 전으로 법안을 상정하면 될까요?"

"그러면 아주 좋겠습니다." 테렌티아가 한숨을 내쉬며 말했다.

"보나 데아는 흡족한 마음으로 잠들 겁니다." 카이사르가 안심시켰다. "임신한 여성들이 축제에서 힘들고 아주 특별한 희생을 치러야 한다는 사실을 애석하게 생각합니다. 이건 여성분들의 일이니 저는 더이상 이 일에 대해 언급하지 않겠습니다. 또한 로마 여성들 중 어느 누구도 신성모독죄를 저지르지 않았다는 사실을 기억하십시오. 보나 데아를 모독한 사람들은 남자와 비로마인 여자아이였습니다."

"듣자 하니," 테렌티아가 자리에서 일어서며 선언했다. "푸블리우스 클로디우스는 복수를 즐긴다더군요. 하지만 보나 데아의 복수는 달갑지 않을 거예요."

아우렐리아는 자리를 지켰다. 하지만 테렌티아와 파비아가 나가고 문이 닫힐 때까지 입을 열지 않았다.

"폼페이아에게 가방을 싸라고 했다." 아우렐리아가 마침내 말했다.

"그녀 소유의 물건들을 전부 챙기라고 말씀하셨겠지요?"

"지금 그러고 있다. 불쌍한 것! 펑펑 울더구나, 카이사르. 그애 올케가 같이 살기 싫어하는 모양이야. 코르넬리아 술라도 거절했고. 너무 안됐어."

"알고 있어요."

"카이사르가의 다른 모든 사람들처럼, 카이사르의 아내에게는 한 점의 의혹도 없어야 한다고." 아우렐리아가 카이사르의 말을 인용했다.

"네."

"그애가 전혀 몰랐던 일에 대해 벌을 받아야 하는 게 부당하게 느껴지는구나, 카이사르."

"저도 그렇게 생각해요, 어머니. 하지만 어쩔 수 없었어요."

"네가 그앨 계속 아내로 두기로 했대도 네 동료들이 반대했을 것 같진 않은데."

"그랬겠지요. 하지만 제가 싫었습니다."

"매정하구나."

"남자가 매정하지 않으면 여자에게 휘둘립니다, 어머니. 키케로나 실라누스를 보세요."

"실라누스의 건강이 급속히 나빠지고 있다더구나." 아우렐리아가 대화의 주제를 확장했다.

"오전에 실라누스를 봤는데, 그 말이 맞는 듯싶습니다."

"세르빌리아가 과부가 되는 때에 맞춰 이혼한 걸 후회할 날이 올지도 몰라."

"그런 건 제 결혼반지가 세르빌리아의 손가락에 끼워지는 날에나 하실 걱정이에요."

"어쩌면 너희 둘이 좋은 한 쌍이 될지도 모르겠다." 아우렐리아는 카이사르의 진심이 너무도 궁금했다.

"어쩌면요." 카이사르가 알 수 없는 미소를 지으며 말했다.

"폼페이아한테 지참금과 그애 재산을 돌려주는 것 말고 아무것도 더 해줄 수 없니?"

"제가 왜 그래야 합니까?"

"꼭 그래야 할 이유는 없지만, 그애는 부당한 벌을 받았고 앞으로 재혼도 못할 거야. 신성모독을 저질렀다는 의심을 받고 이혼당한 여자를 어느 남자가 받아주겠니?"

"그건 저에 대한 비방이에요, 어머니."

"아니, 카이사르, 그렇지 않다! 네가 그애의 무고함을 믿는다 해도 너는 결국 그애와 이혼했어. 로마 사람들은 네 뜻을 반대로 받아들일 수밖에 없어."

"어머니, 오늘 이 방에 너무 오래 계시네요." 카이사르가 온화한 목소리로 말했다.

아우렐리아가 즉시 자리에서 일어났다. "정말 그애에게 아무것도 안 해줄 거니?" 아우렐리아가 물었다.

"다른 남편을 구해줄 겁니다."

"이런 일이 있었는데 누가 그애와 결혼하겠니?"

“푸블리우스 바티니우스는 폼페이아를 기쁘게 받아들일 거예요. 이탈리아인을 조상으로 둔 남자에게 술라의 손녀라면 대단한 결혼 상대잖아요.”

아우렐리아는 잠시 생각에 잠기더니 고개를 끄덕였다. “아주 좋은 생각이구나, 카이사르. 최소한 바티니우스는 불쌍한 폼페이아만큼 아둔했던 안토니아 크레티카에게 아주 다정한 남편이었으니까. 그래, 훌륭해! 이탈리아인이니 그애를 밖으로 나돌지 못하게 할 테고. 집안에서 할 일이 너무 많아서 클로디우스 클럽 사람들과 어울릴 짬을 낼 수도 없겠지.”

“이제 가세요, 어머니!” 카이사르가 한숨을 쉬며 말했다.

두번째 보나 데아 축제는 문제없이 지나갔지만, 로마 여성들이 안정을 되찾기까지는 오랜 시간이 걸렸다. 새로 임신한 수많은 여성들이 첫번째 의식에 참석했던 여성들의 사례를 따랐다. 베스타 신녀들은 재고가 거의 남지 않을 때까지 호밀 약을 제조했다. 유례없이 많은 사내 아기들이 테스타케우스 언덕 위의 날카로운 파편들 위로 버려졌다. 사람들이 기억하기로는 아마도 처음으로, 자식을 낳지 못하는 부부가 버려진 아기를 데려다 키우는 경우가 단 한 번도 없었다. 아기들은 그냥 버려진 채 죽었다. 오월절이 올 때까지 도시는 온통 눈물로 젖은 애도 기간을 가졌다. 달력상 절기와 계절의 불일치가 심한 탓에 오월절이 한참 지나서도 뱀들이 깨어나지 않아서 상황은 더욱 악화되었다. 그러니 선한 여신이 용서를 내려주었는지 그 누가 알 수 있었을까?

세상 모든 사람들이 이 모든 불행과 고통을 일으킨 주범 푸블리우스 클로디우스를 피했고 그에게 침을 뱉었다. 종교적 위기로 인한 상처는 시간으로 치유할 수밖에 없지만, 클로디우스의 존재는 사람들에게 끊임없이 그 일을 상기시켰다. 게다가 그에게는 스스로 로마를 떠날 정도의 분별력도 없었다. 오히려 클로디우스는 뻔뻔하게도 자기가 무고하다고, 자기는 아예 현장에 있지도 않았다고 주장했다.

풀비아 역시 그를 용서하기까지 오랜 시간이 걸렸지만 임신중절로 인한 고통이 지나간 뒤 결국 마음을 풀었다. 그녀가 그렇게 한 이유는 단 하나, 클로디우스 역시 자신처럼 슬픔으로 가득해 보였기 때문이었다. 그런데 대체 어째서?

"생각 못했소, 그저 생각을 못했던 거라고!" 클로디우스는 풀비아의 무릎에 엎드려 울었다. "그냥 유쾌한 장난으로만 보였소."

"당신은 신성모독을 범했어요!"

"그런 생각은 들지 않았소, 그냥 생각을 못한 거라니까!" 클로디우스가 머리를 들어 풀비아를 응시했다. 붉어진 눈이 퉁퉁 부어 있었다. "단지 바보 같은 늙은 여자들의 술판일 뿐이잖소. 모두들 곤죽이 되도록 취해서 같이 자거나 자위를 하는 뭐 그런 자리니까. 난 별생각 없었단 말이오, 풀비아!"

"클로디우스, 보나 데아 축제는 그런 게 아니에요. 신성한 의식이에요! 정확히 뭔지는 설명할 수 없어요. 만일 그랬다간 난 온몸이 쪼그라들고 여생 동안 사람 대신 뱀을 낳게 될 테니까요! 보나 데아는 우리 여성들을 위한 신이에요! 유노 루키나 혹은 유노 소스피타같이 여성을 수호하는 다른 신들은 남자들의 신이기도 하죠. 하지만 보나 데아는 오직 여성만을 위한 신이에요. 보나 데아는 남자들이 알 수 없고 알고 싶어하지도 않을 여자들의 모든 걸 관장해요. 보나 데아가 제때 잠들지 않으면 제때 깨어날 수 없어요. 로마를 이루는 건 남자만이 아니에요,

클로디우스! 여자들 역시 로마의 일부라고요!"

"사람들은 나를 재판에 세우고 유죄를 선고하겠지?"

"아마 그럴 것 같지만, 여자들이 원치 않을 거예요. 남자들이 스스로 속하지 않은 영역에 침범하는 셈이니까요. 그건 보나 데아의 신성을 찬탈하는 행위에요." 풀비아는 온몸을 부르르 떨었다. "내가 두려운 건 남자들 손으로 치르는 재판 따위가 아니에요, 클로디우스. 보나 데아가 당신에게 무슨 짓을 할지, 난 그게 두려워요. 그건 배심원단을 사서 해결할 수 있는 문제가 아니란 말이에요."

"로마의 돈을 다 끌어모아도 배심원단을 매수하지 못할 거요."

하지만 풀비아는 미소만 지을 뿐이었다. "때가 되면 충분한 돈이 모일 거예요. 우리 여자들이 그 재판을 원하지 않으니까요. 혹시 그 재판이 열리는 걸 막을 수 있다면 보나 데아가 용서를 베풀지도 모르죠. 보나 데아가 용서하지 않을 일은 바로 남자들의 세계가 그녀의 특권을 탈취하는 것일 테니까요."

히스파니아에서 보좌관 임무를 마치고 이제 막 돌아온 푸블리우스 바티니우스는 폼페이아와 결혼할 수 있다는 말에 좋아서 폴짝 뛰었다.

"카이사르, 정말 감사합니다." 바티니우스는 웃으며 말했다. "최고신관님은 당연히 그녀를 계속 아내로 둘 수 없으시겠지요, 이해합니다. 그리고 그녀가 신성모독에 정말 가담했다고 생각하셨다면 제게 새 아내로 권하지도 않으셨을 테고요."

"로마는 자네처럼 너그럽지 못할 걸세, 바티니우스. 많은 사람들은 내가 이혼한 게 폼페이아가 클로디우스와 함께 모의했기 때문이리라고 생각할 거야."

"제게는 로마가 어떻게 생각하느냐보다 최고신관님이 어떻게 말씀하시느냐가 더 중요합니다. 제 자식들은 안토니우스 가문과 코르넬리우스 가문 사람이 되겠군요! 제가 이 은혜를 어떻게 갚을 수 있는지만 말씀해주십시오."

"간단해, 바티니우스." 카이사르가 말했다. "나는 내년에 속주로 나가고 이듬해에 집정관 선거에 출마할 거야. 그때 같이 열리는 선거에 자네가 호민관으로 출마해주길 바라네." 카이사르는 한숨을 내쉬었다. "내가 집정관 선거에 나갈 때 비불루스도 같이 출마할 거야. 내 동료 집정관이 될 가능성이 아주 높지. 우리가 출마할 해에 당선 가능성이 있는 또다른 인물로 유일하게 필리푸스가 있지만, 내가 보기에 필리푸스는 당분간 정치인이 되기보다는 에피쿠로스학파 신봉자로 지내는 편을 선호할 듯싶네. 법무관을 지낼 때도 그리 즐거워 보이지 않았거든. 필리푸스보다 일찍 법무관을 지낸 자들의 면면은 별 볼 일이 없네. 그리고 비불루스가 나와 같은 해 집정관이 된다면 나에겐 꼭 좋은 호민관이 필요해." 카이사르가 유쾌하게 말을 끝맺었다. "그리고 바티니우스 자네는 굉장히 능력 있는 호민관이 될 걸세."

"각다귀 대 벼룩이로군요."

"벼룩은 쉬워." 카이사르가 흡족한 표정으로 말했다. "엄지로 짓눌러서 터트리면 되니까. 각다귀가 잡기 훨씬 어렵지."

"사람들 말로는 폼페이우스가 곧 브룬디시움에 상륙할 거라던데요."

"그렇다더군."

"군인들에게 나눠줄 토지를 구한다고요."

"힘들 거야."

"제가 호민관 직 출마를 내년에 하는 게 낫지 않을까요, 카이사르?

그러면 폼페이우스에게 필요한 토지법을 제가 통과시켜줄 수 있고, 폼페이우스는 당신에게 상당한 빚을 지게 될 테니까요. 올해 폼페이우스를 따르는 호민관은 아우피디우스 루르코와 코르넬리우스 코르누투스 둘뿐인데 그들 모두 소기의 성과를 이뤄내지 못할 겁니다. 듣기로 폼페이우스가 내년에는 루키우스 플라비우스를 자기 사람으로 둘 거라던데 그자도 영 시원치 않을 걸요."

"아닐세." 카이사르가 나직하게 말했다. "폼페이우스 문제를 너무 쉽게 풀어주지 않기로 하지. 좀 오래 기다려야 감사하는 마음도 커질 테니까. 자네는 몸도 마음도 모두 내 사람일세. 그리고 나는 우리의 영웅 마그누스께서 그 사실을 확실히 이해하길 바라네. 동방에서 오래 지냈으니 그 정도 고난쯤은 익숙할 거야."

보니파 역시 고난을 겪고 있었다. 아우피디우스 루르코와 코르넬리우스 코르누투스보다 나은 인물을 호민관으로 당선시키는 데 성공하긴 했다. 이름은 퀸투스 푸피우스 칼레누스로, 나머지 아홉 명을 모두 합친 것보다 나은 인물 같았다. 그러나 막상 임기가 시작된 뒤엔 별다른 활약을 보이지 못했고 보니파는 다시 한번 낙담했다.

"어떻게 해서든 카이사르를 끌어내려야 합니다." 가이우스 피소가 비불루스, 카툴루스, 카토에게 말했다.

"보나 데아 사건을 고려할 때 힘든 일이오." 카툴루스가 몸을 부르르 떨며 말했다. "카이사르가 나무랄 데 없이 처신했음을 온 로마가 알고 있소. 폼페이아와 이혼했고, 지참금을 요구하지도 않았지. 카이사르의 아내는 한 점의 의혹도 없어야 한다는 그 기막힌 발언은 벌써 포룸 로마눔에서 명언으로 회자되고 있소. 훌륭하게 대처했지! 폼페이아가 결백하다고 믿지만 사회 통념상 그녀를 그대로 둘 수는 없다는 것이니까.

피소 당신이나 비불루스 자네가 집에 아내를 두었다면, 로마에 카이사르를 비난하는 여자가 단 한 명도 없다는 걸 깨달았을 텐데. 호르텐시우스도 나한테 귀 따갑게 그 얘기를 해대고, 루타티아도 호르텐시아에게 귀 따갑게 그 얘기를 해댄다는군. 이유는 모르겠지만 여자들은 클로디우스를 공개적인 재판에 세우길 원치 않소. 카이사르가 여자들의 뜻에 동의한다는 것도 잘 알고 있소." 카툴루스는 우울한 표정으로 말을 맺었다. "세상 돌아가는 이치에서 여자들의 힘을 함부로 무시하면 안 되오."

"곧 새 아내를 집에 들일 생각입니다." 비불루스가 말했다.

"누군가?"

"이번에도 도미티우스 가문입니다. 카토가 중매를 서주었지요."

"곧 있으면 카이사르의 중매도 서겠군." 가이우스 피소가 으르댔다. "내가 자네라면 계속 혼자 지내겠네. 난 그럴 생각이거든."

카토는 어떤 말에도 대꾸하지 않고 우울한 얼굴로 한 손에 턱을 괸 채 앉아 있기만 했다.

그해는 카토 편에서 대단한 성공이랄 게 없는 해였다. 그는 또 한번 괴로운 교훈을 배웠다. 경쟁상대를 초반에 제거해버리면 나를 빛내줄 상대가 없어진다는 사실. 메텔루스 네포스가 폼페이우스 마그누스에게 합류하러 로마를 떠난 뒤 카토의 호민관 임기는 별다른 눈길을 끌지 못했다. 그가 그뒤로 유일하게 취한 행동은 주변 사람들, 특히 보니파 동료들의 인기를 끌 만한 게 못 되었다. 곡물 가격이 사상 최고치로 치솟자 카토는 인민들에게 곡물을 1모디우스당 10세스테르티우스의 가격에 팔자는 법안을 냈다. 국고에 무려 1천 탈렌툼의 비용 부담을 초래하는 조치였다. 카토는 이 법안을 제일 먼저 원로원 회의에 제시했고, 뜻밖에도 카이사르가 여기에 찬성표를 주었다. 카이사르는 카토의 심경에 크나큰 변화가 일어났다며 아주 기품 있는 연설을 했고, 카토의 앞을 내다보는 혜안에 감사를 표했다. 카이사르 같은 인간은 그 법안에 담긴 합리성과 선견지명을 완벽하게 이해한 반면, 오히려 가이우스 피소나 아헤노바르부스 같은 작자들이 돼지처럼 시끄럽게 굴었다는 사실에 카토는 골이 나 있었다. 그들은 심지어 카토가 최하층민을 부추겨 사투르니누스보다 더한 선동 정치가가 되려 한다고 그를 비난했다!

"카이사르를 빚 때문에 꼼짝 못하게 만들어야 합니다." 비불루스가 말했다.

"그건 우리 쪽에 명예로운 행동이 아닐세." 카툴루스가 말했다.

"우리가 직접 연관되지 않으면 그렇게 보이지 않을 겁니다."

"몽상 따윈 집어치우게, 비불루스!" 가이우스 피소였다. "유일한 방법은 올해 법무관들이 속주를 배정받지 못하게 하는 것일세. 하지만 우리가 현 총독들의 임기를 연장하려 들면 야단법석이 벌어지겠지."

"다른 방법이 있습니다." 비불루스가 말했다.

카토가 손에 괴고 있던 턱을 치켜들었다. "뭐요?"

"법무관급 총독에게 할당되는 속주 추첨은 새해 첫날 시행됩니다. 푸피우스 칼레누스와 얘기해봤는데 추첨 시행에 거부권을 행사할 용의가 있다고 합니다. 보나 데아 모독 사건이 해결되기 전까지는 어떠한 공식 행사도 열려서는 안 된다는 근거로요." 비불루스의 얼굴에 만족스러운 빛이 떠올랐다. "보나 데아 사건과 관련해 여자들 잔소리가 끊이지 않으니 어차피 아무런 조치도 취해지지 않을 겁니다. 적어도 원로원 의원 절반이 여자들 잔소리를 들어야 하는 처지이니까요. 푸피우스 칼레누스는 앞으로 몇 달간은 문제없이 거부권을 발동할 수 있습니다. 우리가 할 일은 그저 채권자들의 귀에 올해 법무관들은 속주에 나가지 못한다고 속삭이는 것뿐입니다."

"카이사르에 대해 이것 하나는 분명히 말할 수 있겠습니다." 카토가 외쳤다. "그가 다른 건 몰라도 비불루스 당신만큼은 전보다 똑똑하게 만들었군요. 옛날 같았으면 당신이 이 정도 생각을 해냈겠습니까."

비불루스는 카토에게 뭐라고 한마디 쏘아주고 싶었지만 참았다. 그 대신 카툴루스를 향해 불쾌한 미소를 지어 보였다.

카툴루스의 반응은 다소 이상했다. "계획에 동의하네만, 한 가지 조건이 있네. 메텔루스 스키피오에게는 이 이야기를 하지 말기로 하세."

"아니, 어째서요?" 카토가 어리둥절하여 물었다.

"맨날 하는 그 소리가 듣기 지겨워서지. 카이사르를 막자, 카이사르를 막자 하지만 우린 한 번도 막질 못한다고!"

"이번엔 실패할 리 없습니다." 비불루스가 말했다. "절대 푸블리우스 클로디우스를 재판에 회부하지 못할 테니까요."

"그렇다면 클로디우스도 나름대로 피해를 입겠군. 신임 재무관이니, 추첨이 없으면 그 역시 직책을 얻지 못하겠지." 가이우스 피소가 말했다.

푸블리우스 클로디우스를 재판에 세우기 위한 원로원에서의 전쟁은 새해 첫날 유피테르 옵티무스 막시무스 신전에서 대재앙이 벌어지면서 시작되었다(카툴루스가 카이사르의 경고를 진지하게 받아들인 덕분에 신전 내부는 작년보다 상태가 훨씬 좋았다). 통상 업무가 모두 중지되었기 때문인지 신임 감찰관을 뽑자는 결정이 났고, 두 보수주의자 가이우스 스크리보니우스 쿠리오와 가이우스 카시우스 롱기누스가 당선되었다. 임기 동안 양 감찰관이 서로에게 상당히 협조적이리라고 예상되는 선거 결과였다. 하지만 물론 이는 호민관들이 그들을 방해하지 않는다는 전제하에 가능했고, 푸피우스 칼레누스가 호민관으로 있는 한 그건 어림도 없는 일이었다.

신임 수석 집정관은 피소 프루기 가문 사람이었다. 칼푸르니우스 분가에서 태어나서 푸피우스 분가로 입양된 자로, 역시 잔소리 많은 아내를 두고 있었다. 피소 프루기는 역시나 푸블리우스 클로디우스를 재판에 세우기를 단호히 반대했다.

"보나 데아 숭배는 국가사업 범주에 들지 않습니다." 피소 프루기가 딱 잘라 말했다. "그리고 저는 이미 행해진 조치를 제외한 다른 것들의 적법성에 대해서도 의문을 제기합니다. 대신관단은 푸블리우스 클로디우스가 신성모독을 저질렀다고 선언했습니다. 하지만 그의 범행은 현행법상 관련 규정이 없습니다. 푸블리우스 클로디우스는 베스타 신녀를 범한 것도 아니고, 로마의 신을 모시는 신관이나 의식을 방해한 것도 아닙니다. 푸블리우스 클로디우스의 죄가 막중하다는 사실은 어떤 말로도 부정할 수 없지만, 저는 로마의 여인들과 뜻을 같이합니다. 보나 데아 여신이 원하는 때에 원하는 방식으로 직접 응징하게 합시다."

신임 차석 집정관 메살라 니게르는 이 발언을 절대 받아들일 수 없었다. "저는 푸블리우스 클로디우스를 반드시 법정에 세우겠습니다!" 메살라 니게르가 선언했다. 목소리에서 결연한 의지가 느껴졌다. "관련 법이 없다면 새 법을 제정합시다! 우리 법에 허점이 있다고 해서 죄가 분명한 자를 재판에 부치지 않고 푸념만 해서야 되겠습니까! 푸블리우스 클로디우스를 재판할 법을 만드는 일은 어렵지 않습니다. 바로 지금 그렇게 하자고 제청합니다!"

클로디우스는 이 주제에 전혀 상관없는 사람인양 뒷자리에 홀로 조용히 앉아 있었다. 그런 그를 바라보는 카이사르의 눈빛에 씁쓸한 미소가 담겨 있었다. 양측의 주장이 격렬하게 오갔고, 급기야 피소 프루기는 메살라 니게르를 한 대 칠 기세였다.

이즈음 폼페이우스 마그누스는 마르스 평원에서 숙소를 잡아 지내는 터였다. 군대는 이미 해산했다. 원로원은 보나 데아 사건이 해결되기 전까지 개선식 안건을 처리할 수 없었다. 폼페이우스는 로마에 도착하기 훨씬 전에 이혼장을 발송했지만, 로마에서는 무키아 테르티아를 본 사람이 아무도 없었다. 그리고 소문에 따르면 범인은 카이사르라고 했다! 따라서 플라미니우스 경기장에서 특별 집회가 열리자 카이사르는 아주 유쾌한 기분으로 참석했다. 그곳에서라면 폼페이우스도 참석해 발언할 수 있었다. 키케로의 신랄한 논평에 따르면 연설은 아주 형편없었지만.

1월 말, 이제 신임 감찰관들까지 싸움에 가세하자 피소 프루기는 한 발짝 물러서 새 법안을 작성하자는 데 동의했다. 이 법안이 통과되면 푸블리우스 클로디우스를 새로운 종류의 신성모독을 저지른 죄목으로 기소할 수 있었다.

"완벽한 한 편의 광대극이로군요." 피소 프루기가 말했다. "하지만 모든 로마인은 광대극을 사랑하니 이 또한 어울리는 일이 아닐까 합니다. 여러분은 참 어리석습니다! 클로디우스는 결국 제대로 처벌받지 않고 빠져나갈 겁니다. 그리하여 지금처럼 줄곧 의혹하에 지내는 것보다 훨씬 나은 상황에 놓이겠지요."

뛰어난 법률 입안가인 피소 프루기가 직접 법안을 준비했다. 처벌만 본다면야 유죄판결시 평생 추방에 재산도 전부 몰수하는 혹독한 법이었지만, 한 가지 의문스러운 단서조항이 포함되어 있었다. 특별 법정의 재판장으로 선정된 법무관이 배심원단을 직접 구성한다는 조항이었다. 클로디우스의 운명은 재판장의 손아귀에 든 격이었다. 클로디우스에게 우호적인 법무관이라면 배심원단을 관대한 이들로 채우고, 유죄 판결 쪽에 무게를 두는 법무관이라면 가능한 한 가장 엄격한 이들을 고를 터였다.

이 법안으로 보니파는 곤혹스러운 처지가 되었다. 일단 그들은 재판이 아예 성사되지 않기를 바랐는데, 재판이 시작됨과 동시에 법무관들에게 속주를 배정하는 추첨이 시행될 예정이기 때문이었다. 또한 클로디우스에게 유죄가 선고되기를 바라지도 않았다. 카툴루스가 보나 데아 문제는 남자들의 영역이나 국가사업 영역 바깥의 일이라고 판단했기 때문이다.

"카이사르의 채권자들이 다들 초조해하는가?" 카툴루스가 물었다.

"네, 그럼요." 비불루스가 말했다. "클로디우스 재판이 개시되는 걸 한 3월까지만 거부권으로 막으면 올해는 정말 추첨이 없을 듯이 보일 겁니다. 그때쯤이면 채권자들이 움직이겠지요."

"이렇게 한 달을 더 끌 수 있을까?"

"물론이죠."

2월의 칼렌다이에 데키무스 유니우스 실라누스는 잠에서 깨어 쉴새없이 피를 토했다. 실라누스는 수개월 전부터 작은 청동 종을 침대 맡에 놓아두었다. 하지만 그가 이 종을 실제로 울린 일은 매우 드물었으므로, 종이 한번 울렸다 하면 온 집안사람들이 다 깨어 자리에서 일어났다.

"술라도 이러다가 죽었소." 실라누스가 지친 목소리로 세르빌리아에게 말했다.

"아니요, 실라누스." 세르빌리아가 굳건히 말했다. "이건 그저 한 번으로 그치고 말 일이에요. 술라는 당신보다 상태가 훨씬 더 심했어요. 당신은 괜찮을 거예요. 혹시 알아요? 그저 당신 몸이 독소를 밖으로 배출하는 건지도 몰라요."

"내 몸이 무너져내리고 있는 거요. 아래쪽에도 출혈이 있소. 곧 있으면 몸에 남은 피가 별로 없을 거요." 실라누스는 한숨을 쉬더니 애써 미소를 지어 보였다. "그래도 어떻게든 집정관까지 되었으니 우리 가문에 집정관급 이마고가 하나 더 늘었구려."

어쩌면 수년간의 결혼생활이라는 건 그 자체로 의미가 있는 것일까, 세르빌리아는 슬픔까진 아니지만 어떤 감정의 동요를 느끼고 실라누스의 손을 잡았다. "당신은 훌륭한 집정관이었어요, 실라누스."

"나도 그렇게 생각하오. 쉬운 해가 아니었지만 끝까지 해냈지." 실라누스는 따뜻하고 메마른 손가락들에 힘을 주었다. "하지만 당신과는 끝까지 함께하지 못하는군, 세르빌리아."

"당신은 우리가 맺어지기 전부터 아팠잖아요."

실라누스는 말이 없었다. 푹 꺼진 뺨 위로 놀랍도록 긴 금빛 속눈썹이 부채꼴로 펴져 있었다. 참 잘생긴 남자야, 하고 아내는 생각했다. 이 사람을 처음 만났을 때 얼마나 좋았는지. 이제 나는 두번째로 과부가 되는구나.

"브루투스가 집에 있소?" 잠시 후 그가 힘겹게 눈꺼풀을 들어올리며 물었다. "그애와 얘기를 하고 싶소." 브루투스가 오자 실라누스는 슬픈 표정을 띤 청년의 가무잡잡한 얼굴 너머로 세르빌리아를 바라보았다.

"당신은 나가서 딸들을 데려와 밖에서 기다려요. 브루투스가 들어오라고 할 때 들어오시오."

세르빌리아는 대화 중간에 나가 있어야 하는 게 너무나 싫었다! 하지만 그녀는 나갔고, 실라누스는 세르빌리아가 없는 것을 확인한 후에야 비로소 아들에게 고개를 돌렸다.

"내 침대 맡에 와서 앉아라, 브루투스."

브루투스는 시킨 대로 했다. 깜빡이는 등잔불에 비친 검은 눈동자가 눈물로 반짝 빛났다.

"나를 위해 우는 거냐?" 실라누스가 물었다.

"네."

"네 자신을 위해 울어라, 아들아. 내가 떠나면 네 어머니는 널 더 혹독하게 대할 거야."

"어떻게 지금보다 더 혹독할 수 있겠어요, 아버지." 브루투스가 흐느낌을 억누르며 말했다.

"네 어머니는 카이사르와 결혼하겠지."

"당연히 그러겠죠."

"어쩌면 그게 네 어머니를 위해 나을지도 모르겠구나. 그는 내가 만나본 가장 강한 사람이었어."

"그러면 둘 사이에 전쟁이 벌어지겠네요." 브루투스가 말했다.

"그런데 율리아는? 두 사람이 결혼하면 너희 둘은 어떻게 되는 거냐?"

"지금과 달라질 건 없어요. 저흰 잘 감당하고 있어요."

실라누스가 힘없이 이불을 움켜쥐었다. 어떤 충격으로 몸이 움츠러든 듯했다. "아, 브루투스, 때가 왔어!" 그가 소리쳤다. "네게 해줄 말이 많았는데, 이렇게 너무 늦을 때까지 미루기만 했구나. 내가 살아온 삶이 늘 그렇지 않았니?"

브루투스는 울면서 어머니와 누이들을 데리고 들어왔다. 실라누스는 그들에게 애써 미소를 지어 보인 뒤 눈을 감고 생을 마감했다.

장례식은 국장은 아니어도 성대하게 열렸다. 조문객들의 흥미를 자극하는 요소도 있었다. 과부의 정부(情夫)가 죽은 남편의 장례식 사회를 맡아서, 마치 평생 동안 그 과부를 한 번도 만난 적이 없어도 남편에 대해서는 아주 잘 아는 양 로스트라 연단에서 유려한 추도 연설을 한 것이다.

"누가 추도 연설을 카이사르에게 맡긴 겁니까?" 키케로가 카툴루스에게 물었다.

"누구였겠나?"

"하지만 그건 세르빌리아가 나설 일이 아닙니다!"

"세르빌리아가 나설 일이라는 게 있기는 한가?"

"안타깝게도 실라누스는 아들을 남기지 못하고 죽었군요."

"오히려 축복에 가깝지."

두 사람은 유니우스 실라누스의 무덤에서 천천히 걸어 돌아오는 길이었다. 그는 로마 남쪽의 아피우스 가도 도로변에 안치되었다.

"카툴루스, 클로디우스의 신성모독 사건을 어떻게 처리해야 좋을까요?"

"자네 부인은 이 일을 어떻게 보나, 키케로?"

"굉장히 상심해 있습니다. 우리 남자들은 애초에 참견을 하지 않는 편이 옳았겠지만 어쨌거나 참견을 한 이상 푸블리우스 클로디우스에게 유죄판결을 내려야 합니다." 문득 키케로가 발걸음을 멈췄다. "꼭 상의드릴 일이 있습니다, 퀸투스 루타티우스. 저는 지금 몹시 거북하고 미묘한 상황에 처해 있습니다."

카툴루스도 발걸음을 멈췄다. "키케로 자네가? 어떤 상황 말인가?"

"테렌티아는 제가 클로디아와 바람을 피운다고 생각해요."

카툴루스는 잠시 입을 떡 벌린 채 가만히 서 있더니, 이내 머리를 젖히고 웃기 시작했다. 주변의 다른 조문객들이 두 사람을 호기심 어린 표정으로 쳐다봤다. 그들의 모습은 퍽 우스꽝스러웠다. 둘 다 검은색 조문용 토가를 걸치고 그 안에는 오른쪽 어깨에 가는 자주색 띠가 둘러진 기사계급의 튜닉을 입고 있었다. 망자에 대해 예를 갖춘 차림이었다. 하지만 한 사람은 큰 소리로 껄껄 웃어대는 반면 다른 한 사람은 분명 몹시 분개한 얼굴로 서 있었다.

"뭐가 그리 우습습니까?" 키케로가 위협적인 기세로 물었다.

"자네! 테렌티아!" 카툴루스가 숨을 헐떡이며 눈물을 닦았다. "키케로, 그 여잔 절대…… 자네를…… 클로디아가?"

"얼마 전부터 클로디아가 제게 줄곧 추파를 던져왔단 걸 말씀드려야겠군요." 키케로가 뻣뻣하게 말했다.

"그 부인네는," 카툴루스가 다시 발걸음을 떼며 말했다. "놀라의 성벽보다도 뚫고 들어가기 힘든 여자일세. 켈레르가 어째서 그 여자를 참고 지내는 것 같은가? 그는 클로디아가 어떤 식으로 행동하는지 잘 알거든! 달콤한 말과 웃음을 흘리고 속눈썹을 파르르 떨며 어느 불쌍한 남자를 완전히 바보로 만들어놓고는 이내 성문을 닫고 빗장을 단단히 걸어 잠근단 말이야. 테렌티아더러 어리석은 생각 따윈 집어치우라고 하게. 클로디아는 지금 자네를 웃음거리로 만들고 있는 거야."

"테렌티아에게 어리석은 생각 따윈 집어치우라고 직접 말씀해보시죠."

"제안은 고맙지만 사양하겠네. 자네의 더러운 밑은 자네가 닦게. 호르텐시아를 상대하기도 벅찬데 내가 테렌티아하고까지 입심을 겨뤄야겠나!"

"저도 정말 피하고 싶습니다." 키케로가 힘없이 말했다. "켈레르가 제게 편지를 썼습니다. 흠, 그 사람은 이탈리아 갈리아로 떠난 이래 줄곧 제게 편지를 써 보내고 있어요!"

"자네가 클로디아와 바람피운다고 항의하던가?" 카툴루스가 물었다.

"아니요, 아니요! 폼페이우스가 수하의 군인들에게 나눠줄 토지를 얻을 수 있게 제가 도와줬으면 한답니다. 하지만 그건 아주 힘들 겁니다."

"자네가 거기 협력한다면 분명 힘들어질 것이네, 친구!" 카툴루스가 단호히 말했다. "내 눈에 흙이 들어가기 전에는 폼페이우스가 군인들에게 나눠줄 토지를 절대 얻을 수 없으리라고 내 이 자리에서 자네에게 분명히 밝혀두겠네!"

"그렇게 말씀하실 줄 알았습니다."

"그러면 뭘 이렇게 자꾸 횡설수설하는 건가?"

키케로의 양팔이 앞으로 뻗어나왔다. 그가 이를 부드득 갈았다. "저는 횡설수설하는 사람이 아닙니다! 하지만 켈레르는 온 로마 사람들이 클로디아와 그녀의 신진 시인에 대해 떠드는 걸 모르고 있더군요, 카툴루스?"

"흠," 카툴루스가 느긋한 표정으로 말했다. "클로디아와 어느 신진 시인에 대해 온 로마가 떠들어대고 있다면 사람들이 자네와 클로디아의 관계는 그리 심각하게 여기지 않는 게로군, 안 그런가, 키케로? 테렌티아에게 그렇게 말해보게."

"으으!" 키케로는 불만스런 소리를 내뱉고, 걸어가는 동안 더는 아무 말도 않기로 결심했다.

처신이 아주 적절하게도, 세르빌리아는 실라누스가 죽은 뒤 며칠 간격을 두고 카이사르에게 면담을 요청하는 편지를 보냈다. 장소는 파트리키 구에 있는 그의 아파트였다.

세르빌리아를 만나러 가는 카이사르는 평소의 카이사르가 아니었다. 이번 만남이 곤란한 대면이 되리라는 사실을 알기 때문만은 아니었다. 그보다는 채권자들이 돌연 그에게 압박을 가하기 시작했다는 게 더 큰 원인이었다. 그해에는 법무관들이 총독 자리에 배치되지 않으리라는 소문이 아르겐타리우스 언덕길 일대에 파다하게 퍼졌고, 카이사르는 이러한 상황으로 인해 기대가 높은 투자대상에서 손실이 뻔한 매물로 전락했다. 이는 카툴루스, 카토, 비불루스를 위시한 보니파의 짓이 뻔했다. 그들은 드디어 법무관들에게 속주를 배정하지 못하게 할 방법을 찾았고, 푸피우스 칼레누스는 아주 유능한 호민관이었다. 카이사르에게는 설상가상으로 경제 상황마저 보니들을 도왔다. 카토 같은 보수주의자마저도 곡물 가격을 낮출 필요성을 보았을 정도이니 로마는 진정 심각한 경제적 위기에 처해 있었다. 운, 카이사르의 운은 별안간 어디로 사라진 걸까? 아니면 포르투나 여신이 단지 그를 시험하고 있는 걸까?

하지만 세르빌리아는 당장 자신의 재혼 문제를 논할 기분은 아닌 듯했다. 그녀는 옷을 그대로 입은 채 퍽 침착한 목소리로 카이사르에게 인사를 건넨 뒤 의자에 앉더니 포도주를 마시고 싶다고 청했다.

"실라누스가 그리운 거요?" 카이사르가 물었다.

"아마 그런 것 같아요." 세르빌리아가 술잔을 두 손으로 빙글빙글 돌렸다. "죽음에 대해 아는 게 있나요, 카이사르?"

"누구에게나 찾아온다는 것 정도. 난 죽음이 두렵지 않소. 최후의 순간에 이르는 과정이 느리지만 않다면. 만일 내가 실라누스와 같은 운명을 겪어야 했다면, 나는 검으로 자결했을 거요."

"어떤 그리스인들은 죽음 뒤에도 삶이 있다고 말하죠."

"그렇소."

"당신도 그렇게 믿나요?"

"의식적 차원에서는 아닐 거라고 생각하오. 나는 죽음이 영원한 잠이라고 믿소. 우리는 사후에 육신에서 분리되어 떠다니지 않아도 계속 우리 자신일 거요. 하지만 어떠한 물질도 완전히 사라지지 않소. 우리 눈에 안 보이고 우리 머리로 이해할 수 없는 힘들의 세계가 여럿 존재하지. 우리의 신들이 속한 세계도 그중 하나요. 그러면서도 신들은 우리와 계약이나 협정을 맺을 정도로 실체를 갖고 있소. 그러나 우리는 살아서든 죽어서든 절대 신들의 세계에 속할 수 없소. 우리는 신들 세계의 균형을 잡는 존재이고, 신들의 세계는 우리 없이 존재할 수 없소. 그러니까 그리스인들이 뭔가를 본다고 할 때는 정말로 보는 거요. 신들이 정말 영원한지 누가 알 수 있겠소? 어떤 힘이 얼마나 오래가는지는? 오래된 힘이 점차 줄어들어 없어지면 새로운 힘이 형성될까? 어떤 힘이 더이상 힘이 아니게 된다면 어떻게 될까? 영원이란 꿈이 없는 잠이오. 심지어 신들에게도. 내가 죽음에 대해 믿는 건 이런 것들이오."

"그렇지만," 세르빌리아가 천천히 말했다. "실라누스가 죽었을 때 뭔가가 방에서 나갔어요. 가는 걸 눈으로 보거나 귀로 듣진 않았지만 분명히 나갔어요. 방안이 텅 비었죠."

"밖으로 나간 건 생각이 아니었을까."

"생각이요?"

"생각. 우리 모두를 이루는 건 생각이 아니겠소?"

"우리 자신에게요, 아니면 남들에게요?"

"둘 다요. 반드시 똑같은 생각이진 않겠지만."

"모르겠어요. 어쨌거나 나는 느꼈어요. 실라누스를 살아 있게 하던 무언가가 떠나는 걸요."

"포도주 드시오."

세르빌리아는 잔을 비웠다. "기분이 아주 이상해요. 하지만 어린 시절 주변 사람들이 숱하게 죽었을 때의 느낌과는 달라요. 폼페이우스 마그누스가 브루투스의 재를 무티나에서 보내왔을 때 느낀 감정과도 다르고요."

"당신은 가혹한 유년기를 보냈소." 카이사르는 이렇게 말하고 일어서서 방을 가로질러 세르빌리아 옆으로 갔다. "그리고 당신의 첫 남편에 관해서라면, 당신은 그를 사랑하지도 직접 선택하지도 않았소. 그는 그저 당신에게 아들을 만들어준 남자일 뿐이었지."

세르빌리아는 얼굴을 들어 카이사르와 입을 맞추었다. 그와의 입맞춤을 이루는 것이 무엇인지 그 어느 때보다 분명하게 느껴졌다. 이제까지는 항상 그와의 입맞춤을 너무도 강렬히 원했기에 그것을 음미하고 분석해볼 여유가 없었다. 세르빌리아는 감각과 영혼의 완벽한 결합을 느끼며 카이사르의 목을 두 팔로 감았다. 그의 피부는 살짝 거칠어진 느낌이었고, 희생제물을 태우는 불과 시커먼 화로 속 재의 냄새를 희미하게 풍겼다. 세르빌리아는 살갗과 혀로 카이사르를 느끼며 생각했다.

어쩌면 나는 이 남자의 힘 일부를 영원히 내 안에 간직하고 싶은 건지도 몰라. 내가 그걸 얻을 유일한 방법은 이 사람의 몸에 내 몸을 밀착하고, 이 사람을 내 안에 받아들이고, 우리 둘 다 이렇게 잠시 다른 생각은 모두 접어둔 채 오직 서로의 안에서 존재하는 것…….

두 사람 다 말이 없었다. 둘은 함께 얕은 잠에 빠졌다가 깨어났고, 그러자 또다시 세상이 열렸다. 요란하게 우는 아기들, 꽥꽥 소리를 지르는 여자들, 남자들은 칵 가래를 뱉고, 자갈길 위로 수레가 덜거덕대며 달리고, 가까운 공장에서 울려 오는 둔탁한 기계음과 저 아래층의 대장간에서 전해져 오는 희미한 울림.

"영원한 건 아무것도 없어요." 세르빌리아가 말했다.

"아까도 말했지만, 우리도 그렇소."

"하지만 우리에겐 이름이 있잖아요, 카이사르. 이름은 잊히지 않아요. 어떤 의미에서 이름은 불멸해요."

"그것만이 내가 목표하는 단 한 가지요."

돌연 세르빌리아의 마음속에 분노가 차올랐다. 그녀는 카이사르에게서 고개를 돌렸다. "당신은 남자니까 그게 가능하겠죠. 하지만 나는?"

"당신은 어떻소?" 카이사르가 세르빌리아의 얼굴을 자기 쪽으로 돌리며 물었다.

"이건 철학적인 질문이 아니군요."

"그래, 아니오."

세르빌리아는 몸을 일으켜 앉으며 무릎을 두 팔로 감쌌다. 숱 많은 검은 머리채가 등마루를 뒤덮었다.

"올해 나이가 몇이오, 세르빌리아?"

"곧 마흔세 살이 돼요."

바로 지금 얘기해야만 했다. 카이사르도 몸을 일으켜 앉았다. "다시 결혼하고 싶소?"

"오, 그럼요."

"누구와?"

세르빌리아는 둥그레진 눈으로 카이사르를 빤히 쳐다보았다. "누구겠어요, 카이사르?"

"나는 당신과 결혼할 수 없소, 세르빌리아."

그녀는 충격을 받은 게 분명했다. 그녀의 몸이 움츠러들었다. "왜죠?"

"우선 우리 자식들 때문이오. 우리가 결혼하고 그애들도 결혼하는 게 법적으로는 문제가 없소. 혈연관계상 용납 가능하오. 하지만 그건 너무 어색하고, 나는 그 아이들에게 그런 짓을 하고 싶진 않소."

"핑계예요."

"아니요, 그렇지 않소. 내게는 타당한 이유요."

"다른 이유는 뭐죠?"

"내가 폼페이아와 이혼할 때 한 말을 듣지 못했소?" 카이사르가 물었다. "카이사르가의 다른 모든 사람들처럼, 카이사르의 아내에게는 한 점의 의혹도 없어야 하오."

"나는 한 점의 의혹도 받지 않아요."

"아니요, 세르빌리아, 그렇지 않소."

"아니요, 카이사르, 아니에요! 사람들은 내 자존심이 너무 대단해서 유피테르 옵티무스 막시무스와도 잠자리를 하지 않을 거라고 말한다고요."

"하지만 당신의 자존심은 나와의 잠자리를 거부할 만큼 대단하진 않았소."

"당연하죠!"

그는 어깨를 으쓱했다. "당신 입으로 말했군."

"내 입으로 뭘요?"

"당신은 한 점의 의혹도 받지 않을 사람이 아니란 거요. 당신은 부정한 아내였소."

"그렇지 않아요!"

"헛소리! 당신은 수년간을 부정한 아내로 지냈소."

"하지만 상대가 당신이었잖아요, 카이사르, 바로 당신! 당신을 만나기 전에도, 당신을 만난 후에도 난 아무하고도 자지 않았어요. 심지어 실라누스와도!"

"상대가 나였단 건 중요하지 않소." 카이사르가 냉정하게 말했다. "당신은 부정한 아내였소."

"당신에겐 그렇지 않을 거예요!"

"그걸 어떻게 믿지? 당신은 실라누스에게 부정한 아내였소. 나중에 내게도 그러지 않으리란 걸 어떻게 알겠소?"

이것은 악몽이었다. 세르빌리아는 숨을 들이쉬고, 카이사르가 내뱉는 이 믿을 수 없는 말들에 집중했다. "당신을 만나기 전엔," 세르빌리아가 말했다. "세상 모든 남자가 시시했어요. 그리고 당신을 만난 후엔 당신 외에 다른 남자가 다 시시해졌어요."

"나는 당신과 결혼하지 않소, 세르빌리아. 당신은 의심을 받을 이유가 충분하고 불명예스러운 여자요."

"당신에 대한 내 감정은," 세르빌리아는 힘겹게 말을 이어갔다. "옳고 그름을 따질 수 있는 것이 아니에요. 당신은 특별해요. 내가 다른 남자에게—또는 다른 어떤 신에게라도!—내 자존심과 명예를 내던질 일은 결코 없어요. 어떻게 당신은 당신에 대한 내 감정을 이용해 나를 공격하는 거죠?"

"나는 당신을 공격하기 위해 그 무엇도 이용하지 않았소, 세르빌리아. 그저 있는 그대로의 사실을 말할 뿐이오. 카이사르의 아내에게는 한 점의 의혹도 없어야 하오."

"나는 한 점의 의혹도 받지 않아요!"

"아니요, 그렇지 않소."

"아, 도저히 못 믿겠어!" 세르빌리아는 이렇게 외치며 머리를 앞뒤로 흔들고 두 손을 맞잡아 비틀었다. "당신은 공정치 않아! 이건 부당해!"

면담은 끝난 게 분명했다. 카이사르는 침대에서 내려왔다. "당신 입장에선 당연히 그렇게 보이겠지. 하지만 그래도 달라질 건 없소, 세르빌리아. 카이사르의 아내에게는 한 점의 의혹도 없어야 하오."

시간이 흘렀다. 카이사르가 목욕하는 소리가 들렸다. 평온하게 자기만의 세계를 누리고 있는 게 분명했다. 세르빌리아는 마침내 침대에서 내려와 옷을 입었다.

"목욕은 안 하오?" 카이사르가 물었다. 그는 심지어 미소까지 지으며 세르빌리아가 방을 가로질러 발코니로 걸어가는 모습을 바라보았다.

"오늘은 집에 가서 씻겠어요."

"날 용서한 거요?"

"용서받고 싶긴 한가요?"

"당신을 계속 정부로 둘 수 있다면 영광이겠소."

"그래요, 그게 당신의 솔직한 심정이죠!"

"그렇소." 카이사르가 진지하게 대답했다.

세르빌리아는 어깨를 펴고 입술을 꽉 다물었다. "생각해보죠, 카이사르."

"좋소!"

그는 세르빌리아가 다시 올 걸로 판단하는 게 분명했다.

집으로 걸어 돌아가는 길이 멀다는 사실에 세르빌리아는 세상의 모든 신들에게 감사했다. 카이사르가 어떻게 내게 그럴 수 있을까? 그리도 능수능란하게, 그토록 무례하게! 마치 내 감정은 아무것도 아니라는 듯. 마치 나, 파트리키 가문의 세르빌리아 카이피오니스가 하찮다는 듯. 내가 자기한테 결혼해달라고 청하게 만들고는 나의 청혼이 요강의 오물인 양 내 면전에 내던졌어. 마치 내가 갈리아나 시칠리아 출신 시골뜨기 갑부의 딸인 양 날 거절했어. 난 이유를 따지고! 구걸하고! 바닥에 드러누워 그가 내 몸에 발을 닦게 했어! 나, 파트리키 가문의 세르빌리아 카이피오니스가! 우리가 함께한 수년 동안 그는 줄곧 내게 빠져 있었는데, 설마 그가 날 거절할 줄을 내가 어떻게 알았을까? 난 정말 카이사르가 나와 결혼할 걸로만 생각했어. 아, 아까 둘이 광대극을 벌일 때 그는 얼마나 쾌감을 느꼈을까! 지금껏 내가 냉정하다고 생각해왔지만 카이사르는 나와 차원이 달라. 그런데도 왜 나는 이토록 카이사르를 사랑할까? 왜 지금 이 순간에도 그를 계속 사랑하는 걸까? 바보같이. 카이사르가 날 이렇게 만들어버렸어. 카이사르를 만난 후 다른 남자는 다 시시해졌어. 그가 이겼어. 하지만 난 이 일을 절대로 용서치 않겠어. 절대로!

원로원 입장에서는 마르스 평원의 임대 빌라에 사는 폼페이우스 마그누스를 보고 있노라니 마치 사자와 자기들 사이에 겨우 종이 한 장만 세워두고 지내는 기분이었다. 이제든 저제든 누가 손가락만 베여도 순식간에 피냄새가 퍼져 저편에서 사자의 앞발이 확 덮쳐올 것만 같았다. 순전히 그러한 이유에서, 푸블리우스 클로디우스의 기소에 관한 피소 프루기의 법안을 논하는 트리부스회 집회 장소는 플라미니우스 경기장으로 결정되었다. 폼페이우스는 지금까지 클로디우스의 추문 사건에서 어떠한 역할도 하지 않으려는 의도가 분명해 보였다. 폼페이우스를 당황하게 만들고 싶었던 푸피우스 칼레누스는 즉석에서 그에게 질문을 던졌다. 재판관이 배심원을 직접 고른다고 정한 조항을 어떻게 생각하느냐고 물은 것이다. 보니파의 얼굴에 화색이 돌았다. 폼페이우스를 당황케 하는 건 곧 위인을 깎아내리는 일이니!

하지만 폼페이우스가 연단에 올라서자 수천 명의 목구멍에서 엄청난 환호성이 터져나왔다. 원로원 의원들과 소수의 18개 백인조 상급 기사들을 제외하고 이 자리에 참석한 모든 사람들은 단지 동방의 정복자 폼페이우스 마그누스를 보려는 생각으로 왔던 것이다. 위대한 정복자는 그로부터 세 시간 동안 청중을 몸이 배배 꼬이도록 지루하게 만들었고, 결국 다들 집으로 돌아가버렸다.

"15분이면 끝날 얘깁니다." 키케로가 카툴루스에게 속삭였다. "원로원은 언제나 그랬듯 이번에도 옳고 우리는 원로원을 지지해야 한다. 이게 전부지 않습니까? 아, 정말 끝도 없이 주절대는군요."

"로마 최악의 웅변가로 손꼽힐 만하군." 카툴루스가 말했다. "발이 다 아파!"

고문은 아직도 끝나지 않았지만, 이제 최소한 앉을 수는 있었다. 폼페이우스가 연설을 마치자마자 메살라 니게르가 원로원 회의를 소집한 것이다.

"나이우스 폼페이우스 마그누스," 메살라 니게르가 우렁우렁한 목소리로 말했다. "이곳 원로원 의원들 앞에서 푸블리우스 클로디우스의 신성모독 행위와 마르쿠스 푸피우스 피소 프루기의 법안에 대해 본인의 솔직한 의견을 밝혀주기 바랍니다."

사자에 대한 두려움이 너무도 컸기에, 불평을 입 밖에 내는 자는 아무도 없었다. 폼페이우스는 전직 집정관들 사이에 앉아 있었고 바로 옆에는 키케로가 있었다. 키케로는 침을 꿀꺽 삼키고 자신의 새 저택과 내부 장식을 머릿속에 떠올리며 백일몽 속으로 빠져들었다. 그러다 폼페이우스가 자리로 돌아와 털썩 앉는 소리에 깜짝 놀라 현실로 돌아왔다.

검게 그은 위인의 얼굴은 수사학 기법을 기억해내려고 애쓰다 시뻘겋게 변한 터였다. 위인이 이를 부득부득 갈았다. "오, 이만하면 그 문제는 충분히 얘기했어!"

"그래, 충분하고도 남을 정도였지." 키케로가 다정하게 미소 지으며 대꾸했다.

크라수스가 발언하려고 일어나자 폼페이우스는 흥미를 잃고 옆에 앉은 키케로에게 자기가 로마에 없었던 동안 벌어진 일들을 꼬치꼬치 묻기 시작했다. 그러나 크라수스의 발언이 본론으로 들어가기도 전에 키케로는 똑바로 몸을 세우고 앉았다. 이제 폼페이우스는 완전히 관심 밖이었다. 아, 굉장해! 이 행복감! 크라수스가 그를 하늘 높이 치켜세우고 있었다! 키케로가 집정관을 역임할 때 얼마나 훌륭하게 계급 간의 화합을 이끌어냈는지, 키케로의 통치하에서 기사들과 원로원 의원들은 얼마나 기꺼이 협력했는지…….

"그런 발언은 대체 왜 하신 겁니까?" 카이사르가 크라수스에게 물었다. 두 사람은 포룸 홀리토리움에서 바쁜 하루를 마치고 행상을 정리하는 채소 상인들을 피해 티베리스 강의 뱃길을 따라 걷고 있었다.

"키케로의 덕행을 극찬한 것 말인가?"

"이어서 그가 계급 간의 화합에 대한 길고 긴 답변을 하게 만들지만 않으셨더라도 그냥 그런가보다 했겠지요. 하지만 솔직히 폼페이우스 뒤에 들으니까 키케로가 잘하기는 잘하더군요."

"바로 그걸 노렸지. 사람들이 그 역겨운 마그누스 앞에서 발을 뒤로 빼며 굽실대는 꼴을 보고 있으려니 불쾌하기 짝이 없잖아. 그가 흘긋 곁눈질만 해도 사람들은 겁먹은 개처럼 움츠러들더군. 그런데 키케로가 우리의 영웅 곁에 기가 팍 죽어서 앉아 있더라고. 그래서 오늘 위인을 제대로 한번 골탕을 먹여주자고 결심했지."

"그러셨군요. 듣기로는 아시아에서도 폼페이우스를 잘 피해 다니셨다고요."

"부지런히 피해 다녔지."

"그래서 사람들이 그런 소리를 했나봅니다. 마그누스가 로마에 닿자마자 당신과 푸블리우스가 그를 피해 짐을 싸서 동방으로 달아났다고요."

"세상의 소문은 언제나 놀라워. 마그누스가 로마에 왔을 때 나는 분명히 여기 있었네."

"저야말로 세상의 소문이 언제나 놀랍습니다. 폼페이우스가 이혼한 게 저 때문이었단 얘기 아십니까?"

"왜, 아니었나?"

"이번만큼은 결백합니다. 지난 몇 년간 저는 피케눔에 가본 적이 없고 무키아 테르티아도 로마에 없었어요."

"농담이었네. 폼페이우스가 그 어느 때보다 활짝 웃으면서 자네를 치사하더군." 크라수스의 목구멍에서 그르렁 소리가 났다. 그가 민감한 주제를 꺼낼 때 나는 소리였다. "자네 요즘 그 늑대 같은 채권자들과 그리 잘 지내지 못하지?"

"어떻게 피해 다니는 중입니다."

"클로디우스 덕분에 올해 법무관들이 속주로 나가지 못할 거라는 말이 대부업계에 돌고 있어."

"네. 하지만 그 멍청한 클로디우스 덕분이 아닙니다. 카토, 카툴루스를 위시한 보니들 덕분이지요."

"자네를 상대하다가 그들도 꾀가 많이 늘었어."

"걱정하지 않습니다. 저는 속주에 나가게 될 겁니다." 카이사르가 담담히 말했다. "포르투나 여신은 아직 절 저버리지 않았어요."

"자네 말을 믿네, 카이사르. 그래서 내가 다른 사람한테는 절대로 하지 않을 말을 지금 자네한테 하려는 거야. 다른 사람들은 나한테 부탁을 해야 하지. 자네가 속주를 배정받기 전에 채권단들로부터 도저히 빠져나올 수 없는 상황에 처하면 부디 내게 도움을 청하게. 나는 승리가 확실한 쪽에 판돈을 걸겠네."

"이자도 없이요? 아니, 이런, 마르쿠스! 자신의 운을 스스로 만들어 갈 정도로 강력한 당신한테 제가 무슨 수로 보답하겠습니까?"

"그러니까 자네는 목이 너무 뻣뻣해서 그런 부탁은 못한다는 건가?"

"그렇습니다."

"율리우스가의 목이 얼마나 뻣뻣한지는 나도 알지. 오죽하면 내가 '부디'라는 표현까지 써가며 제안했겠나. 다른 사람들이야 무릎 꿇길 마다하지 않지. 하지만 자네는 그럴 바엔 차라리 검으로 자결할 거야. 그리고 그건 안 될 일이지. 이 이야기는 다시 꺼내지 않겠지만 머릿속에 기억해두게. 내가 자네에게 '부디'라는 말로 제안했으니, 자네는 부탁하는 입장이 아닌 거야. 이건 분명히 다르네."

2월 말에 피소 프루기는 트리부스회를 소집해 클로디우스 기소안을 담은 자신의 법안을 표결에 부쳤다. 뒤이어 벌어진 사건들은 재앙에 가까웠다. 먼저 젊은 쿠리오가 민회장 바닥에서 호소력 짙은 연설을 했고 온 군중이 그에게 환호를 보냈다. 그런 뒤 투표용 다리와 통로가 세워졌지만, 곧 마르쿠스 안토니우스를 위시한 클로디우스 클럽의 열성파 청년들이 장내로 들이닥쳤다. 투표소를 장악하고 릭토르와 민회 관리원 들에게 저항하는 그들의 위세가 어찌나 대단했던지 금방이라도 전면적인 폭동이 일어날 것만 같았다. 이때 카토가 나서서 상황을 정리했다. 그는 로스트라 연단에 올라 피소 프루기에게 무질서한 집회를 열었다며 비난을 퍼부었고, 이어 호르텐시우스가 카토를 강력하게 지지하는 발언을 했다. 결국 수석 집정관은 민회를 해산하고 그 대신 원로원 회의를 소집했다.

북적이는 원로원 의사당에서—투표를 위해 전 원로원 의원이 출석한 터였다—호르텐시우스가 절충안을 제시했다.

"감찰관들로부터 차석 집정관에 이르기까지 원로원의 상당수가 푸블리우스 클로디우스를 반드시 법정에 세워 보나 데아의 질문에 답하게 해야 한다는 강력한 의지를 품고 계십니다." 호르텐시우스는 특유의 논리적이고 침착한 어조로 발언을 시작했다. "그러니 푸블리우스 클로디우스의 재판을 반대하는 의원분들은 다시 생각하셔야 합니다. 통상적인 업무가 마비된 채 2월이 끝나가고 있습니다. 이는 국가행정을 망치는 지름길입니다. 겨우 재무관 한 명과 그가 이끄는 청년 난동꾼들 때문에 이래서야 되겠습니까! 계속 이럴 수는 없습니다! 법률에 조예가 깊은 우리의 수석 집정관이 작성한 법안에, 모두의 요구를 만족시키기 위해 바꾸지 못할 내용은 아무것도 없습니다. 따라서 원로원에서 허락한다면, 저는 현 법안에 가장 강력하게 반대하는 두 분—차석 집정관 마르쿠스 발레리우스 메살라 니게르와 호민관 퀸투스 푸피우스 칼레누스—과 협력하여 며칠 내로 법안을 수정해 오겠습니다. 다음 민회일은 3월의 노나이 나흘 전입니다. 그날 퀸투스 푸피우스가 개정안, 이른바 푸피우스법을 인민 앞에 소개할 것을 제안합니다. 그리고 본 원로원은 그날 푸피우스법에 대한 강력한 지지를 인민에 요구하고 법안을 곧장 표결에 부치십시오. 지금같이 몰상식한 상황이 더 계속되어선 안 됩니다!"

"반대합니다!" 피소 프루기는 분개하여 하얗게 질린 얼굴로 외쳤다.

"아, 아, 아, 저도요!" 뒷줄에서 누군가가 큰 소리로 울부짖었다. 클로디우스가 원로원 회의장 바닥 한가운데로 굴러떨어지듯 내려왔다. 클로디우스는 무릎을 꿇고 꼭 쥔 두 손을 애원하듯 앞으로 내민 채 몸을 굽실대며 소리쳤다. 이 실로 터무니없는 광경에, 빽빽이 모여 서 있던 원로원 의원 전원은 클로디우스를 멍하니 바라만 보았다. 저자가 지금 진심일까? 불쌍한 척 연기중인가? 저 눈물은 웃어서 난 건지 울어서 난 걸까? 아무도 몰랐다.

2월의 파스케스를 쥔 차석 집정관 메살라 니게르가 릭토르들을 향해 손짓했다. "이 짐승을 치우게." 그가 무뚝뚝하게 말했다.

릭토르들은 발길질하는 푸블리우스 클로디우스를 원로원 주랑현관으로 데리고 나갔다. 그들은 소리지르는 그의 면전에서 문을 닫아버렸으므로, 그뒤로 클로디우스가 어떻게 되었는지는 아무도 몰랐다.

"퀸투스 호르텐시우스." 메살라 니게르가 말했다. "당신의 제안에 한 가지 단서를 덧붙이겠습니다. 3월의 노나이 나흘 전 인민이 투표소에 모일 때 주변에 민병대를 배치합시다. 그러면 이제 호르텐시우스의 제안을 표결에 부치겠습니다."

회의장에 모인 의원들의 수는 총 415명이었다. 그중 400명이 호르텐시우스의 제안에 찬성했다. 반대한 15명 중에는 피소 프루기와 카이사르가 있었다.

트리부스회 역시 원로원의 뜻을 받아들여 눈에 띄게 차분한 분위기로 푸피우스법을 통과시켰다. 포룸 로마눔 낮은 구역 주변에 배치된 민병대의 규모 역시 분위기 조성에 한몫했다.

"흠," 민회가 해산할 무렵 가이우스 피소가 말했다. "호르텐시우스와 푸피우스 칼레누스와 메살라 니게르 덕분에 클로디우스는 쉽게 처벌을 피해 가겠군요."

"그들이 원안의 핵심 요소들을 제거해버린 건 사실이지." 카툴루스가 말했다. 어조에서 은근한 만족감이 느껴졌다.

"카이사르의 초췌한 얼굴을 보셨습니까?" 비불루스가 말했다.

"채권자들이 사정없이 빚 독촉을 해대고 있습니다." 카토가 신이 나서 말했다. "포르키우스 회당에서 어느 중개인에게 들은 말로는 집행관들이 매일같이 관저에 나타나 문을 두드린다는군요. 우리 최고신관께서 가는 곳 어디나 집행관들이 쫓아다닌답니다. 우리가 해냈어요!"

"그래도 카이사르는 아직까진 자유인일세." 가이우스 피소는 덜 낙관적이었다.

"그렇지요, 하지만 현 감찰관들은 카이사르에게 그의 외숙부 루키우스 코타가 그랬던 것처럼 우호적이지 않습니다." 비불루스가 말했다.

"감찰관들도 현상태를 알지만 법적인 증거가 나타나기 전까지는 행동을 취할 수 없습니다. 일단 카이사르의 채권자들이 수도 담당 법무관의 재판소로 찾아가 부채 상환을 요구해야 해요. 조만간 그리할 테고요."

또한 현 법무관들에 대한 속주 배정이 며칠 내에 시행되지 않는다면, 3월 노나이 즈음에는 카이사르의 정치 경력이 엉망이 될 참이었다. 카이사르는 어머니에게 이 일에 대해 한마디도 꺼내지 않았다. 그는 어머니가 곁에 있을 때마다 얼굴 표정으로 베스타 신녀들과 율리아와 관저에 관한 것 말고는 아무 이야기도 꺼내지 말라는 강력한 신호를 보냈다. 그가 하루하루 어찌나 말라가는지! 몸무게가 갑자기 눈에 띄게 줄었고, 각진 광대뼈는 칼날처럼 날카로워졌으며, 목에는 늙은이처럼 주름이 지기 시작했다. 카이사르의 어머니는 보나 데아의 경내를 매일같이 찾아가 잠든 뱀들에게 진짜 우유를 담은 접시를 놓아주고, 약초밭의 잡초를 뽑았으며, 보나 데아의 잠긴 신전 문에 이르는 계단에 달걀을 놓아두었다. 제 아들만은! 선한 여신이여, 제발, 제 아들만은 안 됩니다! 저는 당신의 것이니 저를 데려가소서! 보나 데아여, 보나 데아여, 부디 제 아들을 어여삐 여겨주소서! 제 아들을 어여삐 여겨주소서!

추첨이 시행되었다.

푸블리우스 클로디우스는 시칠리아 서부 릴리바이움의 재무관 직을 뽑았지만, 재판을 마치기 전에는 로마를 떠날 수 없었다.

일단은 카이사르의 운이 결국 그를 저버리지 않은 듯 보였다. 카이사르는 속주로 먼 히스파니아를 뽑았다. 집정관급 임페리움이 부여되며 당해 집정관들 외에 그 누구의 간섭도 받지 않으리라는 뜻이었다.

신임 총독에게는 교부금이 지급되었다. 국고위원회가 로마의 속주를 안전하게 지키고자 국가의 연간 지출 비용에서 할당한 금액이었다.

총독은 이 돈으로 군단병과 공무원 들에게 보수를 지급하고 도로, 교각, 수도교, 상하수도, 공공건물 및 여타 시설을 건설했다. 먼 히스파니아에 지급되는 교부금은 500만 세스테르티우스로 총독에게 한꺼번에 지급되었다. 그 돈은 지급되는 즉시 총독의 개인 재산이 되었다. 어떤 이들은 속주로 떠나기 전 로마에서 그 돈을 어딘가에 투자하기도 했다. 그들은 총독 임기 동안 속주에서 필요한 자금은 속주에서 짜내고, 그동안 로마에서 교부금 액수가 저절로 불어나 있기를 기대했다.

추첨이 열린 원로원 회의 날, 다시 파스케스를 쥔 피소 프루기는 카이사르에게 원로원을 대상으로 첫번째 보나 데아 축젯날 밤에 벌어진 사건과 관련해 증언해줄 수 있는지 물었다.

"수석 집정관의 요청에 따르고 싶지만, 저는 증언할 게 없습니다." 카이사르가 단호히 잘라 말했다.

"아, 이보시오, 가이우스 카이사르!" 메살라 니게르가 딱딱댔다. "수석 집정관은 아주 적절한 요청을 한 겁니다! 푸블리우스 클로디우스가 재판받을 때 당신은 속주에 나가 있을 테니까요. 그날 일을 아는 남자가 우리 중 단 한 명이라도 있다면 그건 누가 봐도 당신입니다."

"친애하는 차석 집정관께서 방금 핵심을 지적하셨습니다. 네, 저는 남자입니다! 저는 보나 데아 축제에 있지 않았습니다. 증언이란 서약 속에 진행되는 엄숙한 행위입니다. 따라서 오로지 진실만을 말해야 합니다. 그리고 저는 그날 벌어진 일에 대한 진실을 전혀 모릅니다."

"아는 게 전혀 없다면 어째서 아내와 이혼했습니까?"

이번에는 온 원로원이 나서서 메살라 니게르에게 답했다. "카이사르가의 다른 모든 사람들처럼, 카이사르의 아내에게는 한 점의 의혹도 없어야 한다지 않습니까!"

추첨이 시행된 다음날 30개 쿠리아의 릭토르단은 릭토르들의 고대 회의장에 모여 쿠리아법을 통과시켰고, 이로써 신임 총독은 각자의 임페리움을 부여받았다.

같은 날 저녁 시간, 중요한 인물들로 보이는 작은 무리의 사내들이 수도 담당 법무관 루키우스 칼푸르니우스 피소의 재판소에 나타났다. 루키우스 피소는 안 그래도 늦어진 저녁식사를 들러 가려던 참이었다. 그들 곁에는 품행이 불량해 보이는 더 많은 수의 사내들이 있었고, 재판소 주변에서 호기심 어린 눈길을 던지는 사람들을 정중하지만 단호한 태도로 물리쳐 대화를 듣지 못하게 했다. 그렇게 조용한 분위기가 조성되자 무리의 대변인이 앞으로 나와, 가이우스 율리우스 카이사르에게 지급된 500만 세스테르티우스를 그들을 대신해 그의 부채 상환금 일부로서 압류해달라고 요구했다.

루키우스 칼푸르니우스 피소는 가이우스 피소와 한 가문이긴 해도 서로 다른 가지에서 난 사이였다. 루키우스 피소는 로마 군단에 군수물자를 대면서 어마어마한 부를 일군 두 사내의 아들이자 손자로 카이사르와도 가까운 친척이었다. 루키우스 피소의 어머니와 아내는 둘 다 루틸리우스 가문 출신이었고, 카이사르의 외할머니도 같은 루틸리우스 가문 출신이었다. 지금까지 루키우스 피소와 카이사르는 그다지 가는 길이 겹치지 않아 교류가 많지는 않았지만, 원로원 회의에서는 항상 같은 쪽에 표를 던졌고 서로에게 늘 호감을 품고 있었다.

그리하여 이제 수도 담당 법무관 신분인 루키우스 피소는 자기 앞에 모여 선 채권자들을 향해 험악하게 인상을 써 보인 뒤, 제출된 두꺼운 서류 뭉치를 한 장 한 장 신중히 검토하며 최대한 결정을 미뤘다. 인상이 험악한 루키우스 피소에게는 쉽게 범접할 수 없는 분위기가 있었다. 그는 로마 귀족사회에서 가장 키 크고 까무잡잡한 부류에 속했으며 눈썹이 유난히 검고 숱이 많았다. 루키우스 피소가 그처럼 험악한 얼굴을 잔뜩 찌푸리며 이를 드러낼 때면—군데군데 까맣거나 누렇게 변색된 치아가 보였다—보는 사람은 본능적으로 공포심을 느끼며 슬슬 뒷걸음질 치기 마련이었다. 그럴 때면 그는 꼭 인간을 잡아먹는 흉포한 괴물 같았다.

불안한 채권자들은 당연히 그날 즉각 결론이 나길 바랐다. 하지만 용기를 내어 항의한 일부 사람들도, 심지어 수도 담당 법무관 당신이 지금 상대하고 있는 건 힘깨나 쓰는 사람들이니 서둘러 일을 해결해야 한다고 주장했던 사람들조차도, 결국엔 아무 말도 못하고 법무관이 지시했듯 이틀 후 다시 오기로 하고 돌아갔다.

루키우스 피소는 영리한 사람이기도 했다. 그는 고소인들이 낙담해서 돌아갔다고 곧바로 재판소를 닫진 않았다. 저녁식사는 좀더 미뤄야 할 터였다. 그는 해가 지도록 계속 업무를 보았고 그를 보좌하는 직원들은 하품을 하기 시작했다. 이 시각 즈음해선 포룸 로마눔 낮은 구역을 왕래하는 사람들이 거의 없기 마련이었지만, 몇몇 수상쩍은 사람들이 민회장 가장 윗줄에서 코를 비죽이 내밀고 밖을 내다보고 있었다. 채권자들의 집행관들인가? 당연하다.

루키우스 피소는 수하의 여섯 릭토르들과 짧게 대화를 나눈 뒤 사크라 가도를 올라 벨리아 고지로 향했다. 릭토르들의 걸음은 평소보다 훨씬 급했다. 관저를 지나칠 때 루키우스 피소는 그쪽으로 전혀 눈길을 주지 않았다. 다만 건너편의 마르가리타리아 주랑건물 출입구 앞에 멈춰 서서 허리를 구부려 신발을 매만졌고, 여섯 릭토르들은 도와주려는 듯 전부 그를 에워쌌다. 그러고 나서 루키우스 피소는 다시 몸을 일으켜 가던 길을 갔다. 아까의 수상한 사람들은 여전히 저 뒤에서 그들을 따라왔다. 그들은 방금 루키우스 피소가 가던 길을 멈췄을 때에도 따라서 멈춰 섰던 터였다.

저만치 뒤에 서 있던 그들이 미처 알아채지 못한 것은, 자주색 단을 댄 토가를 입은 장신의 사내를 앞서가는 릭토르들의 수가 이제 다섯에 지나지 않는다는 사실이었다. 루키우스 피소는 수하의 릭토르들 중 가장 키가 큰 자와 토가를 바꿔 입고 마르가리타리아 주랑건물 안으로 쏙 들어간 터였다. 그는 다시 관저 쪽 출구로 나가 가게 주인들이 쓰레기장으로 사용하는 공터로 갔다. 그리고 릭토르의 흰색 토가를 돌돌 말아서 빈 상자에 집어넣었다. 카이사르의 주랑정원 담벼락 높이를 보아하니 토가를 입고는 오를 수 없을 터였다.

"그 멋들어진 술병에 괜찮은 포도주가 담겨 있으면 좋겠군요." 루키우스 피소는 튜닉 차림으로 여유롭게 카이사르의 서재에 들어서며 말했다.

카이사르가 깜짝 놀라는 모습을 본 사람은 아주 드물었다. 루키우스 피소는 그 드문 모습을 보았다.

"어떻게 들어왔소?" 카이사르가 포도주를 잔에 따르며 물었다.

"푸블리우스 클로디우스가 도망칠 때 썼다는 바로 그 방법을 사용했지요."

"그 나이에 화난 남편들을 피해 도망친 거요? 부끄러운 줄 아시오!"

"아니요, 채권자들의 집행관들을 피해 온 거요." 피소가 포도주로 갈증을 달래며 말했다.

"아!" 카이사르가 자리에 앉았다. "마음껏 드시오, 피소. 내 포도주 창고의 술은 이제 다 당신 거나 다름없소. 무슨 일이 벌어진 거요?"

"네 시간 전에 당신의 채권자들이—점잖았다고 말하진 않겠소—내 재판소에 나타나 당신의 총독 교부금을 압류 처리해달라고 요구했소. 아주 은밀한 태도로 말이오. 심복들을 시켜 사람들을 멀리 내쫓고 보안이 완전히 확보된 뒤에야 주장을 진술했소. 자신들의 행동이 당신에게 알려지길 원치 않는 것이리라고 판단했지요. 아무래도 수상쩍은 느낌이 들었소." 피소는 일어나 포도주를 한 잔 더 따랐다. "그래서 내 수하 릭토르들 중 가장 키가 큰 자와 옷을 바꿔 입고 옆의 상가로 들어갔소. 관저는 경비가 엄중하니까, 언덕을 오르며 지나칠 때 그쪽을 주시한 거요."

"그러면 나는 당신이 들어온 길로 나가야겠군요. 오늘밤에 신성경계선을 넘어 임페리움을 획득할 거요. 일단 임페리움을 부여받으면 아무도 나를 건드릴 수 없소."

"일단 내일 아침에 내가 당신의 교부금을 회수할 수 있도록 허가증을 써주시오. 그러면 나중에 마르스 평원으로 당신을 찾아가서 교부금을 되돌려주겠소. 돈을 이곳 로마에 투자하고 가는 편이 낫겠지만, 보니파가 다음엔 또 무슨 짓을 벌일지 알 수 없으니까. 그들은 카이사르 당신을 잡으려고 혈안이 되어 있소."

"잘 알지요."

"아무래도," 피소의 얼굴에 아까의 험악한 인상이 다시 떠올랐다. "다른 데서 돈을 빌려서 그 협잡꾼들에게 부채금을 일단 상환하는 건 어려운 일이겠지요?"

"오늘 가는 길에 마르쿠스 크라수스를 만날 생각이오."

"마르쿠스 크라수스의 도움을 받을 수 있단 말이오?" 루키우스 피소가 믿을 수 없다는 듯 말했다. "그럴 수 있었으면 어째서 몇 달 전에 그리하지 않았소? 아니, 몇 년 전에?"

"크라수스는 친구요. 친구에게 돈을 빌릴 수는 없어요."

"무슨 말인지 알겠소. 나라면 그렇게 융통성 없게 굴지 않겠지만 말이오. 나는 어쨌건 율리우스 집안사람이 아니니까. 율리우스 집안사람이 누군가에게 신세를 지기란 무척 어려운 일이지요, 안 그렇소?"

"그렇지요. 하지만 크라수스가 먼저 제안을 해주어서 일이 더 수월해졌소."

"허가증을 써주시오, 카이사르. 나는 시장해죽겠지만 당신이 지금 저녁상을 차려줄 상황은 아닐 테니 말이오. 어서 집에 가야겠소. 루틸리아도 지금쯤 걱정하고 있을 거요."

"지금 시장하다면 음식을 차려올 수 있소." 카이사르는 벌써부터 허가증을 써내려가며 말했다. "내 하인들은 모두 믿을 수 있는 자들이오."

"아니요, 당신도 할 일이 많을 테니 나는 가보겠소."

카이사르는 서한을 완성하여 접고 밀랍을 녹여 부은 뒤 자신의 인장반지로 봉인했다. "좀더 점잖은 방식을 택하고 싶다면, 굳이 벽을 넘지 않아도 될 거요. 베스타 신녀들은 모두 처소로 돌아갔으니 신녀 관저의 옆문으로 나가도 되오."

"아니요. 내 릭토르의 토가를 옆 건물에 두고 왔소." 피소가 말했다. "한쪽 발을 좀 받쳐주시오."

"당신에게 큰 빚을 졌소, 피소." 카이사르는 피소와 함께 정원으로 걸어나가며 말했다. "오늘 일을 절대 잊지 않겠소."

피소는 빙긋이 웃었다. "채권자들이 로마 귀족사회의 생리를 잘 알지 못하는 게 다행이지 않소? 우리끼리는 수탉처럼 싸우다가도, 외부의 적이 우리 깃털을 뽑으려 들면 언제 그랬냐는 듯이 하나로 뭉치지요. 감히 내 친척한테 그 더러운 손을 갖다 대기만 해보라는 듯이!"

율리아는 잠자리에 들었으니 괴로운 작별인사가 한 번은 준 셈이었다. 힘든 사람은 어머니 하나만으로 충분했다.

"루키우스 피소에게 감사해야겠구나." 어머니가 말했다. "푸블리우스 루틸리우스 외숙부께서 살아 계셨다면 그분도 괜찮다고 하셨을 거야."

"네, 그분이라면 그러시겠지요."

"빚에서 벗어나려면 히스파니아에서 아주 열심히 일해야겠구나, 카이사르."

"어떻게 해야 할지 다 알고 있으니 어머니께선 염려하지 마세요. 그리고 제가 나가 있는 동안 비불루스 같은 작자들이 이런저런 법을 통과시켜서 친지들에게서 부채 상환을 받으려고 한대도 어머니께선 안전하세요. 오늘밤에 마르쿠스 크라수스를 만나려고 합니다."

아우렐리아는 아들을 빤히 바라보았다. "그러지 않을 줄 알았다만."

"크라수스가 먼저 제안했어요."

오, 보나 데아여, 보나 데아여, 감사합니다! 당신의 뱀들에게 일 년 열두 달 하루도 빠짐없이 달걀과 우유를 바치겠나이다! 하지만 아우렐리아가 입 밖으로 소리내어 한 말은 "그랬다니 참 좋은 친구로구나."가 전부였다.

"마메르쿠스가 최고신관 대행을 맡을 겁니다. 파비아를 잘 지켜봐주시고, 꼬마 검은 새가 카토로 변하지 않게 해주세요. 부르군두스가 알아서 제 짐을 쌀 겁니다. 당분간 폼페이우스의 임대 빌라에서 지내려고 합니다. 지금은 잠시 풀이나 뜯는 처지이니 객이 드는 것을 싫어하지 않을 겁니다."

"그러니까 너는 무키아 테르티아의 정부가 아니었던 거지?"

"어머니! 제가 피케눔에 간 적이 있기나 한가요? 피케눔 사람 중에서 찾아보시는 게 정확할 겁니다."

"티투스 라비에누스? 세상에!"

"역시 빠르시군요!" 카이사르는 어머니의 얼굴을 두 손으로 감싸고 입을 맞췄다. "부디 몸조심하세요."

그는 루키우스 피소나 푸블리우스 클로디우스보다 더 가볍게 담장을 뛰어넘었다. 아우렐리아는 꽤 오랜 시간 담장을 바라보며 서 있다가 몸을 돌려 안으로 들어갔다. 추운 날이었다.

날이 찼지만, 마르쿠스 리키니우스 크라수스는 정확히 카이사르가 예상한 장소에 있었다. 바로 쿠페데니스 시장 뒤편에 자리한 그의 사무실이었다. 크라수스는 그의 54세 먹은 눈에 꼭 필요한 만큼만 등불을 밝혀두고 열심히 사무를 보고 있었다. 목에는 목도리를, 어깨에는 숄을 두른 채였다.

"돈을 허투루 쓰는 법이 없군요." 카이사르가 말했다. 넓은 실내를 소리 없이 가로질러 걸어간 터라, 카이사르의 목소리를 들은 크라수스는 놀라서 자리에서 펄쩍 뛰었다.

"어떻게 들어왔나?"

"앞서 오늘 저녁에 내가 루키우스 피소에게 한 것과 똑같은 질문이로군요. 피소는 제 집에 주랑정원 벽을 넘어 들어왔고, 저는 자물쇠를 따고 들어왔습니다."

"루키우스 피소가 자네 집 주랑정원 벽을 넘었다고?"

"제 집 주변에 늘어선 집행관들을 피해서요. 제 채권자들 일부가 피소의 재판소로 가서 제 총독 교부금을 압류해달라고 요구했습니다. 당신이나 제 가데스인 친구 발부스가 추천해준 자들 말고 다른 채권자들 말입니다."

크라수스는 의자 등받이에 기대어 눈을 비볐다. "정말이지 자네의 운은 가히 기념비적이로군, 가이우스. 원하던 속주를 얻었을 뿐만 아니라, 그 수상쩍은 채권자들이 찾아간 법무관이 다름아닌 자네 친척이었다니. 얼마가 필요한가?"

"솔직히 모릅니다."

"알고 있어야지!"

"피소에게 그 질문을 하는 걸 깜빡했군요."

"참 자네답네! 다른 사람이었다면 별 볼 일 없는 놈이다 싶어 티베리스 강에 던져버렸겠지만, 난 자네가 폼페이우스보다도 부자가 되리란 걸 확실하게 알고 있으니까. 아무리 높은 데서 떨어져도 자네는 언제나 안전하게 착지할 걸세."

"분명히 500만 이상입니다. 제 교부금 전액을 요구했으니까요."

"2천만." 크라수스가 재깍 말했다.

"그 금액은 어떻게 나왔습니까?"

"그자들은 2천만의 4분의 1 정도면 자기들한테 충분한 이익을 내주리라고 판단한 걸세. 자네는 최소 3년간 복리로 돈을 빌려써왔지. 자네가 지금까지 빌린 돈은 전부 합해서 300만 정도일 거야."

"당신과 저는 둘 다 직업을 잘못 골랐군요!" 카이사르가 웃음을 터트렸다. "배나 말을 타고 지구 반 바퀴를 돌아가서 독수리 기를 높이 쳐들고 야만인들에게 검을 휘둘러야 하는데 말이죠. 아이가 강아지에게 하듯 지방 부호들을 있는 대로 쥐어짜고 그야말로 무시무시한 지배자가 되어 번영하는 국가를 세운 뒤, 인민과 원로원과 국고위원회의 부름을 받아 로마로 복귀합시다. 우리가 이곳 로마에서 더 많은 돈을 벌 수 있게 되었을 때."

"나는 이미 이곳 로마에서 상당히 많은 돈을 벌고 있네." 크라수스가 대꾸했다.

"하지만 이자를 받고 돈을 빌려주진 않잖습니까."

"나는 리키니우스 크라수스 가문 사람일세!"

"네, 그렇지요."

"여행복 차림이로군. 지금 떠나나?"

"마르스 평원까지만 갑니다. 일단 임페리움을 획득하면 제 채권자들은 손을 쓸 수 없으니까요. 피소가 내일 아침 제 교부금을 회수했다가 제게 돌려줄 겁니다."

"그 사람이 자네 채권자들을 언제 다시 만날 예정인가?"

"모레 정오입니다."

"잘됐군. 채권자들이 도착할 때 나도 피소의 재판소로 가보겠네. 혹시라도 너무 자책은 말게, 카이사르. 내 재산 중에 아주 적은 액수를 그들에게 주는 거니까. 피소가 얼마를 제시하건 내가 전액을 보증하겠네. 크라수스가 자네 등뒤를 봐주고 있는 한 그들은 기다려야 할 거야."

"그러면 이만 물러갈 테니 쉬십시오. 정말 감사합니다."

"그런 소리 말게. 언젠가는 내가 자네를 간절히 필요로 할 때가 올 테니." 크라수스는 자리에서 일어나 등불을 들고 카이사르를 문까지 배웅해주었다. "이렇게 어두운데 어떻게 여기까지 왔나?" 크라수스가 물었다.

"가장 깜깜한 계단에도 언제나 빛이 있습니다."

"이거 갈수록 까다로워지는군."

"뭐가 말입니까?"

"이것 보게." 무슨 일에든 차분한 남자가 차분한 목소리로 말했다. "자네가 두번째로 집정관이 되는 날 아주 공적인 장소에 자네의 조각상을 세우려고 구상중이거든. 조각가더러 사자와 늑대와 장어와 족제비와 불사조를 섞은 짐승을 만들어달라고 할 참이야. 그런데 두 발로 착지하는 모습이나 어두운 데서도 수고양이처럼 로마를 활보하는 모습을 보니, 색칠은 얼룩고양이처럼 해달라고 해야겠구먼."

세르비우스 성벽 안쪽에는 아무도 마구간을 두지 않았으므로, 카이사르는 걸어서 로마를 나섰다. 꾀 많은 고리대금업자가 감시하고 있을 법한 길은 모두 피했다. 파트리키 구를 올라 말룸 푸니쿰 구로 간 다음 롱구스 구로 방향을 꺾고 콜리나 성문을 통과해 로마를 벗어났다. 그리고 화창한 날이면 야생동물들이 아이들을 즐겁게 해주는 핑키우스 언덕 정상을 가로질러 폼페이우스의 숙소가 있는 곳으로 내려왔다. 그곳 빌라에는 물론 높다란 로지아 밑으로 마구간이 있었다. 카이사르는 잠든 군인들을 깨우지 않고 스스로 깨끗한 짚을 깔아 잘 곳을 마련한 뒤 날이 밝을 때까지 깬 채로 누워 있었다.

속주로 평범하게 출발하는 때가 없군. 카이사르는 입가에 엷은 미소를 머금고 생각했다. 지난번에 먼 히스파니아로 떠날 때는 율리아 고모와 킨닐라를 잃은 슬픔에 빠져 있었고, 이번에는 도망을 다니는 처지다. 무려 집정관급 임페리움을 지닌 도망자. 그는 벌써 머릿속으로 계획을 다 세운 터였다. 푸블리우스 바티니우스는 정찰병 노릇을 성실히 해주었고, 큰 루키우스 코르넬리우스 발부스는 가데스에서 지시를 기다리고 있었다.

발부스는 카이사르에게 보낸 편지에 기다리기가 지루하다고 썼다. 크라수스와 달리 발부스는 돈을 버는 것 자체에서 보람을 느끼지 않았다. 발부스와 그의 조카 둘 다 이제 히스파니아에서 제일가는 부자였지만, 그는 여전히 새로운 도전에 목말라했다. 장사는 조카한테 맡기면 그만이다! 삼촌 발부스는 병참술 공부에 열심이었다. 따라서 카이사르는 발부스를 자신의 공병대장으로 지명했다. 일부 원로원 사람들은 이 결정에 놀라워했지만 삼촌 발부스를 아는 사람들은 그렇지 않았다. 적어도 카이사르의 눈에는 공병대장 직이 선임 보좌관 직보다 훨씬 더 중요했다(아직 선임 보좌관은 한 명도 지명하지 않은 터였다). 군대의 장비와 물품을 책임지는 공병대장은 사령관이 가장 신임하는 부하여야 했다.

먼 히스파니아 속주에는 2개 군단이 주둔해 있었다. 둘 다 세르토리우스와의 전쟁이 종결된 후 로마에 돌아오지 않는 쪽을 택한 로마의 노련병들로 구성된 군단이었다. 그 병사들은 이제 삼십대에 들어섰고 제대로 된 전투를 목말라할 터였다. 하지만 2개 군단으로는 부족했다. 카이사르는 속주에 도착하자마자 제일 먼저 완전한 구성의 보조군 1개 군단을 모집할 생각이었다. 세르토리우스 편에서 싸웠던 히스파니아인 병사들을 모으리라. 그들이 카이사르라는 인물을 알아본다면 세르토리우스를 위해 그랬듯 기꺼이 카이사르를 위해 싸울 것이다. 그런 다음 미개척지로 나아가는 거다. 우스꽝스럽게도, 로마는 이베리아 반도를 전부 장악한 양 굴지만 실은 전체의 3분의 1도 정복하지 못했다. 하지만 카이사르가 그리할 것이다.

마구간에서 로지아로 올라가는 계단 꼭대기에 올라가보니, 폼페이우스 마그누스가 앉아서 티베리스 강 너머로 바티카누스 언덕과 야니쿨룸 언덕의 경치를 바라보고 있었다.

"하, 이거!" 폼페이우스는 자리에서 벌떡 일어나 예상치 못한 방문객의 손을 붙잡으며 소리쳤다. "말 타고 왔나?"

"아니요. 어제 걸어서 왔는데 굳이 깨우자니 너무 늦은 시각이기에 짚더미를 침대 삼아 밤을 보냈습니다. 떠날 때 말을 한두 필 빌려야 할 수도 있을 것 같은데, 오스티아까지면 되겠습니다. 여기서 며칠 묵어가도 괜찮을까요, 마그누스?"

"나야 기쁘지, 카이사르."

"그러니까 내가 무키아를 유혹했다고 생각하지 않는군요?"

"누가 그랬는지 알고 있네." 폼페이우스가 딱 잘라 말했다. "라비에누스, 그 배은망덕한 놈! 어디 두고보자!" 폼페이우스는 손짓으로 카이사르에게 편안한 의자를 권했다. "그래서 그동안 나를 만나러 오지 않았나? 플라미니우스 경기장에서도 안녕하시냐는 인사뿐이었고?"

"마그누스, 나는 일개 전직 법무관입니다! 당신은 시대의 영웅이고요. 당신과 나 사이에는 전직 집정관들이 네 줄이나 늘어서 있지요."

"그래, 하지만 아무리 그래도 자네와 이야기 정도는 할 수 있지, 카이사르. 자네는 긴 의자에 앉아서 작전만 짤 사령관이 아니라 진짜 군인이야. 때가 되면 어떻게 죽을지 저절로 깨달을 거야. 얼굴이 덮이고 허벅지가 덮인 채. 죽음은 자네에게서 아름답지 않은 그 어떤 것도 발견하지 못할 걸세."

"호메로스군요. 훌륭한 인용입니다, 마그누스!"

"동방에서 상당한 독서를 했네. 그리고 독서를 아주 즐기게 되었지. 이보게, 무려 미틸레네의 테오파네스와 어울려 다녔다네."

"대단한 학자죠."

"그래, 테오파네스가 크로이소스보다도 부자라는 사실보다 내게는 그게 더 중요했네. 나는 그를 레스보스로 데려가 미틸레네의 광장에서 모두가 보는 앞에서 로마 시민으로 만들었어. 그리고 테오파네스의 이름으로 미틸레네가 로마에 내는 공세를 면제시켜주었지. 주민들의 반응이 아주 좋았다네."

"그랬겠군요. 테오파네스는 가데스 사람인 루키우스 발부스의 가까운 친척입니다."

"그 둘의 모친들이 자매였지. 자네 발부스를 아는군."

"아주 잘 압니다. 먼 히스파니아에서 재무관을 지낼 때 만났지요."

"세르토리우스와 싸울 때 내 정찰병으로 일한 사람이네. 내가 발부스와 그의 조카에게 시민권을 주었지. 그런데 시민권을 새로 받은 사람들이 너무 많아서 그 일을 보좌관들에게 나눠 맡겼어. 내가 개인적으로 히스파니아인의 절반에게 시민권을 남발하고 있다고 원로원에서 오해할까봐 말이지. 그래서 삼촌 발부스와 조카 발부스 둘 다 코르넬리우스라는 가문명을 얻었네. 아마 렌툴루스의 피호민이 됐을 거야. 사람들이 요즘 스핀테르라고 부르는 그 렌툴루스 말고." 그가 우습다는 듯 웃음을 터트렸다. "기발한 별명들이란 참 재미있어! 조연만 맡기로 유명한 배우 이름으로 불리다니! 세상 사람들이 그 사람에 대해 어떻게 느끼는지가 그대로 드러나잖아, 안 그래?"

"네, 맞는 말입니다. 나는 이번에 삼촌 발부스를 공병대장으로 지명했습니다."

생기 넘치는 파란 눈이 반짝 빛났다. "영리하군!"

카이사르는 폼페이우스를 대놓고 위아래로 훑어보았다. "나이에 비해 몸이 아주 좋습니다, 마그누스." 카이사르는 환한 미소를 지으며 말했다.

"마흔넷일세." 폼페이우스가 날씬한 배를 톡톡 두드리며 만족스레 말했다.

폼페이우스는 정말 좋아 보였다. 동방의 햇살을 받아 얼굴은 주근깨로 뒤덮였고 금발머리는 탈색되어 있었다. 변함없이 풍성한 그 머리칼을 카이사르는 씁쓸한 기분으로 바라보았다.

"내가 나가 있던 동안 로마에서 벌어진 일들의 전말을 상세히 말해주게."

"그런 종류의 소식에는 아예 귀를 막고 지내는 줄 알았습니다."

"뭐, 허황된 공명심에 사로잡혀 요란하게 꽥꽥대는 키케로 같은 자들 소식 말인가? 하!"

"두 분이 좋은 친구 사이인 줄로 알았습니다만."

"정치하는 사람에게 진짜 친구란 없지." 위인이 느릿하게 읊조렸다. "키케로에게는 정략적인 성향이 있어."

"절대적으로 동의합니다." 카이사르가 빙그레 웃었다. "내가 라비리우스를 이용해 키케로한테 어떻게 했는지도 당연히 들었겠군요."

"자네가 칼을 꽂아줘서 기쁘네. 안 그랬으면 지금쯤 자기가 카틸리나를 몰아낸 게 내가 동방을 정복한 것보다 더 중요한 일이었다고 떠들어댈 게 아닌가! 물론 키케로도 쓸모가 있는 인물이긴 해. 문제는 그가 누구나 다 자기처럼 천 장짜리 편지를 쓸 시간을 낼 수 있다고 착각한다는 거야. 그가 작년에 나한테 편지를 보내왔기에 겨우 시간을 짜내서 내 손으로 직접 몇 줄을 써 보냈어. 그랬더니 키케로가 어쨌는지 아나? 나한테 성을 내면서 자기한테 차갑게 군다는 거야! 그자도 속주 총독으로 직접 나가봐야 해. 그래야 거기서 일이 얼마나 바쁜지 알지. 그러기는커녕 로마에서 긴 의자에 편히 누워서 우리 같은 군인들한테 이래라저래라 훈계나 하고 있으니. 그러니까 카이사르, 키케로가 한 일이 뭐가 있나? 원로원과 포룸 로마눔에서 연설 몇 차례 하고, 카틸리나를 쳐부수라고 마르쿠스 페트레이우스를 보낸 게 전부잖아."

"아주 간결하고 정확하군요, 마그누스."

"뭐, 이제 클로디우스를 어떻게 할지 정해졌으니 내 개선식 날짜를 받아내야겠어. 난 적어도 이번만큼은 영리하게 처신했네. 군대를 브룬디시움에서 해산시키고 왔지. 그러니까 이제는 내가 자기들을 협박하려고 마르스 평원에 있다는 말은 못할 거야."

"개선식 날짜를 받을 수 있으리라고 마냥 확신하진 마십시오."

폼페이우스가 허리를 세우고 앉았다. "무슨 소린가?"

"보니파가 방해공작을 펴고 있습니다. 당신이 돌아온다는 소식을 들은 이후 줄곧 그래왔어요. 당신에게 아무것도 안 내주려고 합니다. 당신이 동방에서 체결한 계약들이나 그곳에서 부여한 로마 시민권에 대한 승인, 퇴역병들에게 나눠주려는 토지. 그들이 택할 책략 중 하나는 당신을 신성경계선 밖에 최대한 오래 두는 것일 겁니다. 일단 원로원 의사당에 직접 가서 앉아 있어야 그들의 움직임에 더 효율적으로 맞설 수 있어요. 보니파가 올해 푸피우스 칼레누스라는 똑똑한 호민관을 확보했으니, 당신이 반길 만한 법안이면 뭐든지 거부권을 발동할 겁니다."

"세상에, 그럴 순 없어! 오, 카이사르, 그자들은 대체 무슨 생각을 하는 건가? 내가 동방의 속주들로부터 얼마나 많은 공세를 받아냈는지 떠올려보게. 속주가 둘에서 넷으로 늘었어! 한해 8천 탈렌툼이던 공세를 1만 4천 탈렌툼으로 올려놨다 이 말일세! 게다가 국고로 들어갈 전리품이 총 얼마에 달하는지 아는가? 무려 2만 탈렌툼이야! 내 개선행렬이 다 지나가려면 장장 이틀은 걸릴 거야. 내가 가져온 전리품이 그렇게나 많고, 사람들에게 보여줄 전투 장면이 그렇게나 많으니까! 동방에서의 승리를 자축하는 이번 개선식까지 합치면 나는 세 개 대륙을 모두 정복하고 개선식을 따낸 인물이 될 거야. 사상 최초라고! 나와 내가 거둔 승리를 기념해 지은 도시 이름만 수십 개야, 나는 도시들을 세웠단 말일세! 나는 무려 왕들을 피호민으로 두었어!"

폼페이우스의 눈에서 눈물이 비처럼 쏟아졌다. 그가 앉은 채로 상체를 숙이자 눈물이 바닥으로 뚝뚝 떨어졌다. 자신이 이룬 업적을 제대로 인정받지 못할 수도 있다는 사실을 도무지 믿을 수 없었다. "내가 로마의 왕을 시켜달란 것도 아니지 않나!" 그는 아무렇게나 눈물을 닦으며 말했다. "내가 그들에게 준 것에 비하면 내가 요구하는 건 개 오줌만큼도 되지 않아!"

"네, 동의합니다." 카이사르가 말했다. "문제는 그 인간들이 자기들은 그렇게 못할 걸 잘 알면서도 남이 세운 공은 인정하기 싫어한다는 것이죠."

"그리고 내가 피케눔 사람이고."

"그 이유도 있지요."

"그래서 그자들이 원하는 게 뭔가?"

"최소한 마그누스 당신의 불알만큼은 가져가고 싶나봅니다." 카이사르가 다정히 말했다.

"지들도 좀 갖고 싶은가보지."

"정답입니다."

키케로와는 달라. 불그레한 얼굴이 딱딱하게 굳어가는 모습을 바라보면서 카이사르는 생각했다. 보니들 따위야 앞발을 한번 휘둘러서 곤죽으로 만들어버릴 수 있는 사내다. 하지만 폼페이우스는 그러지 않으리라. 그럴 뱃심이 없는 인간이어서가 아니다. 그는 이미 수차례 자신이 능히 그러고도 남을 사람임을 로마에 증명해 보였다. 폼페이우스는 무슨 짓이든 할 수 있다. 그러나 그는 내면의 아무도 모르는 한구석에서 자신이 진정한 로마인이 아님을 늘 의식해왔다. 술라의 친인척들과 맺은 그 모든 동맹관계가 그것을 증명했다. 폼페이우스는 그 관계들을 과시하며 노골적인 만족감을 드러내곤 했다. 아니, 폼페이우스는 키케로와는 달랐지만, 두 사람에겐 분명 공통점이 있었다. 그리고 나, 진정한 로마인인 나는 보니들이 지금 폼페이우스 마그누스에게 하듯 나를 거세게 몰아붙일 때 과연 어떻게 반응할까? 술라가 될까, 마그누스가 될까? 무엇이 나를 가로막을까? 나를 가로막을 것이 과연 있기는 할까?

3월의 이두스에 카이사르는 마침내 먼 히스파니아를 향해 떠났다. 양피지에 적힌 글자와 숫자 몇 개로 요약된 교부금은 루키우스 피소가 직접 가져다주었다. 때마침 폼페이우스의 유쾌한 방문이 이어졌고, 카이사르는 루키우스 피소가 관계를 구축해둘 만한 인물이라고 폼페이우스에게 넌지시 암시를 주었다. 충성스러운 부르군두스가—이제는 그도 머리가 반백이 되었다—카이사르에게 필요한 소지품을 몇 가지 챙겨 왔다. 좋은 검, 좋은 갑옷, 좋은 군화, 비 올 때와 눈 올 때를 대비한 장비, 좋은 승마 장비, 그의 오래된 군마 발부리에게서 난 수컷 새끼 두 마리. 아비와 같이 둘 다 발굽이 통짜가 아니라 갈라져 있었다. 연마석, 면도날, 칼, 연장, 히스파니아 남부지방의 태양을 대비해 준비한, 술라가 쓰던 것과 비슷한 차양 달린 모자. 아니, 그리 많지는 않았다. 중간 크기 궤짝 세 개에 모두 들어갔다. 사치품은 카스툴로와 가데스의 총독 관저에 충분히 있을 터였다.

그리하여 부르군두스, 아끼는 하인과 필경사 몇 명, 심홍색 튜닉을 입고 도끼머리를 꽂은 파스케스를 든 파비우스와 다른 릭토르 열한 명, 가마 안에 숨죽이고 앉아 있는 마신타 왕자를 대동하고, 가이우스 율리우스 카이사르는 배를 빌려 오스티아 항을 떠났다. 행차에 필요한 짐과 노새와 말을 전부 싣고도 남을 정도로 큰 배였다. 하지만 이번에는 해적과 마주칠 일이 없으리라. 위대한 폼페이우스가 바다에서 해적이란 해적은 싹 쓸어 없앴으니까.

폼페이우스 마그누스……. 카이사르는 방향타 역할을 하는 거대한 노 두 대 사이의 가로대 난간에 기대서서 수평선 아래로 미끄러져 사라지는 이탈리아 해안을 바라보았다. 정신이 고양되는 것을 느끼며 마음속에서 자신의 고국과 그곳 사람들을 서서히 떠나보냈다. 폼페이우스 마그누스. 그와 함께 보낸 시간들은 쓸모 있고 유익했다. 해가 갈수록 그에 대한 호감이 성장해갔음은 의심의 여지가 없다. 아니면 혹시 성장한 것은 폼페이우스였을까?

아니, 카이사르, 악의를 품지 말자. 폼페이우스는 악의를 살 만한 짓은 아무것도 하지 않았다. 폼페이우스가 그토록 광활한 영역을 정복하는 것을 보고 있자니 골이 났던 건 사실이지만, 어쨌든 폼페이우스가 그토록 광활한 영역을 정복했다는 것은 그 자체로 엄연한 사실이다. 그에게 응당한 칭찬을 내리자. 어쩌면 성장한 사람은 나 자신이었을 수 있다는 점을 인정하자. 하지만 성장에는 문제가 따른다. 성장할 때는 과거의 것들을 남기고 떠나야 한다. 저 이탈리아 해안처럼. 그렇기 때문에 사람들은 좀처럼 성장하지 않는다. 그들의 뿌리는 저 아래 기반암에 굳게 박혀 있어서 그들은 만족한 얼굴로 늘 같은 곳에 머문다. 하지만 내 아래에는 내가 치워버리지 못할 게 아무것도 없다. 그리고 내 위로는 세상이 무한히 펼쳐져 있다. 긴 기다림은 끝났다. 드디어 나는 정식 군사 지휘권을 거머쥐고 히스파니아로 간다. 나는 살아 있는 기계를 손에 넣었고 그것은 제대로 다룰 줄 아는 손—바로 나의 두 손—을 만났으니, 이제는 그 무엇도 이 기계를 방해하거나 일그러뜨리거나 혼란시키거나 파괴할 수 없다. 나는 늙은 가이우스 마리우스의 무릎에 앉아 전쟁의 고수가 들려주는 이야기에 넋을 잃은 소년이었던 때부터 최고의 군사 지휘권을 동경해왔다. 하지만 이 순간까지도 내가 이 군사 지휘권을 이토록 열정적으로, 이토록 강렬하게 갈망해왔는지 온전히 깨닫지 못했다.

나는 이 두 손을 로마 군대에 얹고 세상을 정복하리라. 나는 로마를 믿고 우리의 신들을 믿기에. 그리고 내 자신을 믿기에. 나는 로마 군대의 정신이다. 그 무엇도 나를 방해할 수 없고, 일그러뜨릴 수 없고, 혼란시킬 수 없고, 파괴할 수 없다.

〈3권에 계속〉

카이사르의 여자들 2

마스터스 오브 로마 4

1판 1쇄 2016년 12월 7일
1판 5쇄 2020년 10월 26일

지은이 콜린 매컬로 | 옮긴이 강선재 신봉아 이은주 홍정인 | 펴낸이 신정민

편집 신정민 신소희 | 디자인 고은이 이주영
마케팅 정민호 김경환 | 홍보 김희숙 김상만 지문희 김현지
저작권 한문숙 김지영 이영은 | 모니터링 서승일 이희연 전혜진
제작 강신은 김동욱 임현식 | 제작처 한영문화사

펴낸곳 (주)교유당
출판등록 2019년 5월 24일 제406-2019-000052호

주소 10881 경기도 파주시 회동길 210
문의전화 031) 955-8891(마케팅), 031) 955-3583(편집)
팩스 031) 955-8855
전자우편 gyoyudang@munhak.com

ISBN 978-89-546-4332-0 (04840)
978-89-546-4327-6 (세트)

* 교유서가는 (주)교유당의 인문 브랜드입니다.

* 이 도서의 국립중앙도서관 출판예정도서목록(CIP)은 서지정보유통지원시스템 홈페이지 (http://seoji.nl.go.kr)와 국가자료종합목록 구축시스템(http://kolis-net.nl.go.kr)에서 이용하실 수 있습니다. (CIP제어번호: CIP2016027655)